Übersichtshandriss von Paderborn, aufgenommen im Jahr 1830

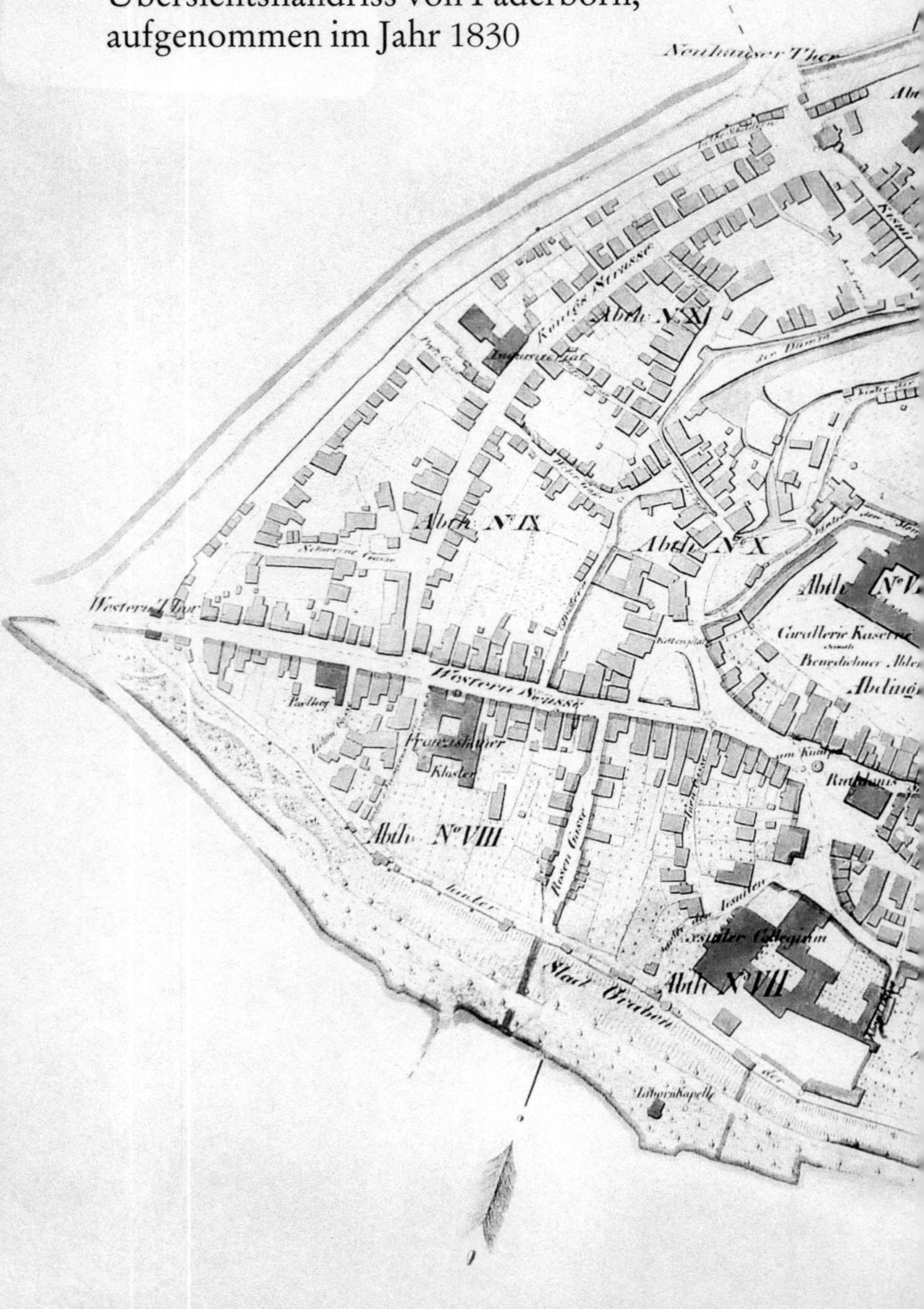

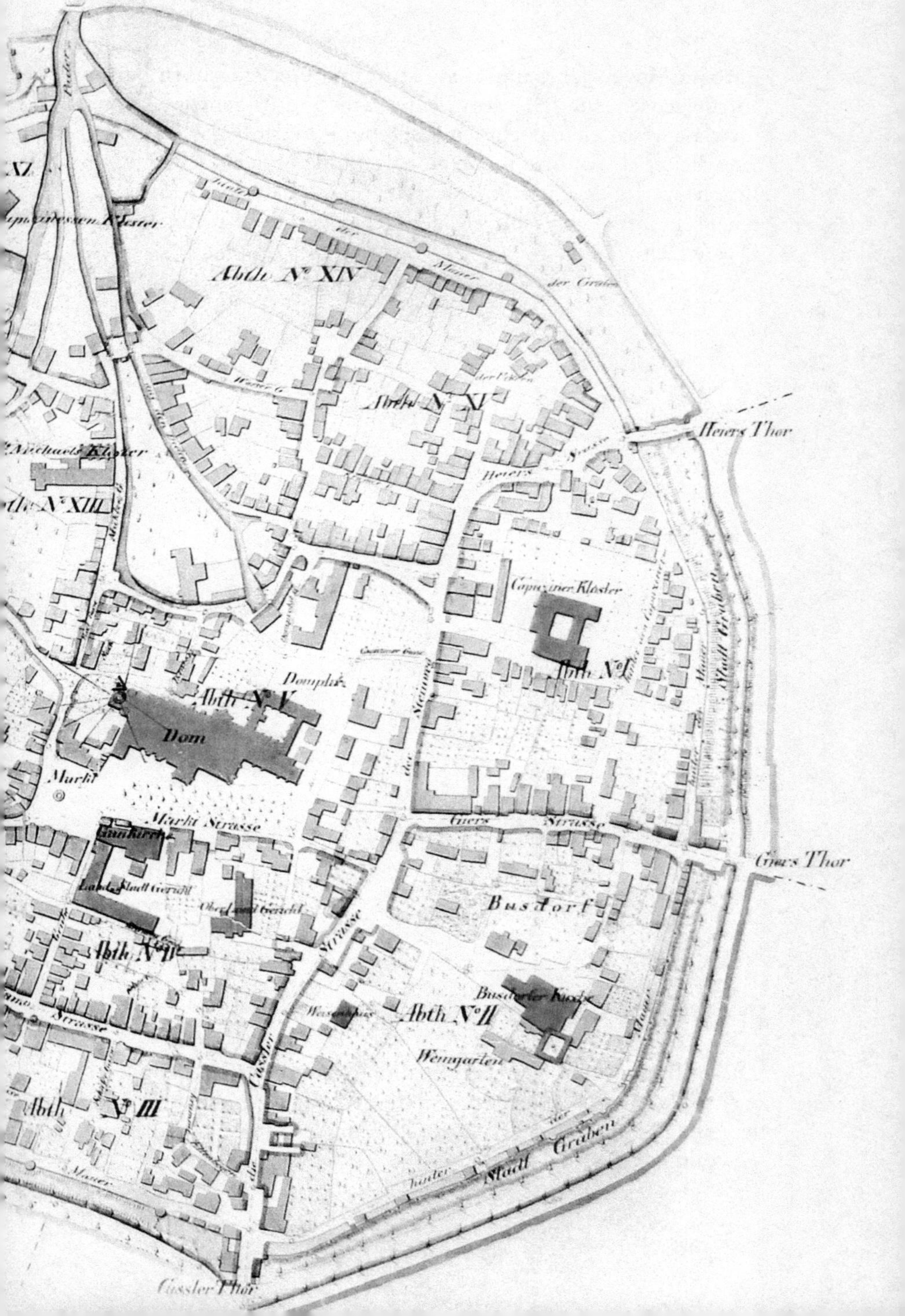

Abth No XIV
Mauer
der Graben
Abth No XI
Heiers Thor
Heiers Strasse
Capuziner Kloster
Abth No I
Stadt Graben
Domplatz
Abth No V
Dom
Markt
Markt Strasse
Gaukirche
Land u. Stadt Gericht
Ober Land Gericht
Giers Strasse
Giers Thor
Busdorf
Busdorfer Kirche
Abth No II
Weingarten
Abth No III
Abth No XIII
Cassler Strasse
der Stadt Graben
Cassler Thor

Barbara Meyer, Jahrgang 1948, ist in und um Paderborn herum aufgewachsen, studierte dort Mediävistik und Allgemeine Literaturwissenschaften und lebt seit Jahrzehnten in der Nähe des Doms. Sie arbeitet als Autorin für Regional- und Familiengeschichte. Im Emons-Verlag erschien ihr historischer Kriminalroman »Im Schatten des Doms« (2008) und aus der Gegenwart der Kriminalroman »Fastenzeit« (2009).

Dieses Buch ist ein Roman. Handlungen und Personen sind, soweit nicht historisch vorgegeben, frei erfunden. Ähnlichkeiten mit lebenden Menschen sind rein zufällig, die mit längst verstorbenen gewollt.

BARBARA MEYER

Mord im Hochstift

HISTORISCHER KRIMINALROMAN

emons:

Mix
Produktgruppe aus vorbildlich bewirtschafteten
Wäldern und anderen kontrollierten Herkünften
www.fsc.org Zert.-Nr. GFA-COC-001223
© 1996 Forest Stewardship Council

Umschlagzeichnung: Heribert Stragholz
Druck und Bindung: CPI – Clausen & Bosse, Leck
Printed in Germany 2010
ISBN 978-3-89705-717-3
Originalausgabe

Teil 1
Drachenfutter

Ir schwester die was schöne
Die thet umb ein mittag
Wol in ein fenster stane
Do kam ein wilder Trach
Geflogen inn den lüfften
Und nam die schönen magt.
…

Nun sprang her auß der hölen
Sewfrid mit disem schwerdt
Mit grossen grymmen schlegen
Er da des wurmes gert
Der wurm mit seynen krappen
Sewfrid den schildt ab reyß
Das jm vor grossen engsten
Ab ran das wasser heyß.

Das Lied vom Hürnen Sewfrid
(um 1530)

Karsamstag, 28. März 1614

Lubbert von Zinsdorf träumte von zukünftigen Ehren. Er nahm kaum den Nieselregen und die dicken Tropfen wahr, die ihm von den Ästen herab in den Nacken liefen. Nebelschwaden hingen im dichten Wald. Er beachtete sie nicht, ebenso wenig wie das Hämmern in seinem Kopf. Das kannte er, das kam vom Zechen, und dazu würde es häufiger kommen in den sonnigen Zeiten, die er vor sich sah.

Behutsam drehte er den Kopf. Dicht neben ihm ritt Barthel, sein Leibbursche, und sorgte dafür, dass Lubbert nicht vom Pferd fiel. Seine Freunde Burkhard von Langenfeld und Isidor von Vahlensieck hingen wie nasse Säcke auf ihren Rössern und schwankten bedenklich. Als Nachhut nicht zu gebrauchen. Die beiden Landsknechte vor ihm schwatzten sorglos, die Spieße mit seiner Standarte locker über die Schulter gelegt. Man hatte sie vor Räubern gewarnt, die seit einiger Zeit hier ihr Unwesen trieben. Die Brücke in seinem Wappen sah aus wie ein Hund, der Männchen macht.

»Haltung!«, wollte er brüllen, konnte aber nur krächzen. Es wirkte trotzdem. Die Soldaten saßen aufrecht und knöpften ihre Uniformen zu. Die Wolfenbütteler Farben mit der Zinsdorf'schen Fahne darüber – sein Dienstherr würde toben, wenn er sie zu Gesicht bekäme. Er wusste nicht einmal, dass Lubbert sich die zwei Landsknechte ausgeliehen hatte.

Doch sollte er ohne Geleit durch finstere katholische Lande ziehen? Er war unterwegs, sein Erbe anzutreten, zwar ohne Geld in den Taschen, aber er war ein hohes Lösegeld wert. Die Sonne kehrte in seinen Kopf zurück.

Jetzt war er Herr von Haus Albrock. Die drei Ähren, die bald sein Wappen ergänzen würden, wollte er mit goldenen Fäden sticken lassen: Sinnbild für den Reichtum seiner Bauern, von dem ihm ein ordentlicher Batzen zustand. Seinen größten Traum hatte er wahrgemacht. Die Bauern – seine Bauern! – würden vor ihm stehen und ihm huldigen. Bald.

Doch Kaspar von Fürstenberg hatte Lubberts Tatendrang gebremst. Er war nur der Bruder des Bischofs, führte sich aber auf, als habe nicht Dietrich von Fürstenberg, sondern er – Kaspar – im Hochstift die Macht.

Was hatte er bei seinem gestrigen Antrittsbesuch gesagt? Sein bischöflicher Bruder, Lubberts zukünftiger Dienstherr, werde dem hoheitlichen Einsetzungsakt erst zustimmen, wenn er sich bewährt habe. Vorher nicht. Lubbert wusste, was man von ihm erwartete. Er sollte Bauern für die Kriege des Bischofs stellen. Doch er hatte gleich abgewehrt. Nicht seine Bauern! Kaspar hatte warnend den Finger gehoben.

Lubberts größter Traum war der von der Erbhuldigung. Welch ein Wort! Er liebte es seit seiner Kindheit, und lange hatte es so ausgesehen, als ob er sie nie erleben würde. Die Eidesformel der Bauern hatte er sich genau eingeprägt. Sie mussten ihm hinfort »geben, dienen, gehorsamen, folgen und leisten«. Ihm, nicht dem Bischof. Wort für Wort würde er sich die Formel von jedem Einzelnen wiederholen lassen, und wenn seine Bauern zu dumm waren, sich die Worte zu merken, würde er sie ihnen einprügeln.

Er selbst hätte sie jetzt kaum aussprechen können, dafür war seine Zunge zu schwer. Einen Schnaps brannten die Paderborner! Es war Karfreitag gewesen, aber sie hatten gesoffen wie die Löcher. Bezahlt hatte er mit seiner neuen Würde; der Herr von Albrock hatte überall Kredit.

Hinter ihm regte es sich. Vahlensieck hob seinen triefenden Kopf vom Pferdehals und schüttelte sich. »Wenn ich gewusst hätte, dass der Weg ins gelobte Land so nass ist, wäre ich zu Hause geblieben«, murrte er.

»Wart's ab.« So viel brachte Lubbert gerade noch heraus.

Langenfeld rührte sich ebenfalls. »Einen Kopf hab ich«, stöhnte er. »Nur gut, dass es regnet. Wenn die goldenen Zinnen deines Schlosses endlich auftauchen, können unsre armen Augen wenigstens nicht vom Glanz geblendet werden.«

Das grölende Lachen der beiden brach schnell ab. Sollten sie ihren Spaß haben. Sie würden schon sehen. Und Langenfeld brauchte gar nicht so ungläubig zu tun. Er würde ihn hundertfach entschädigen.

Lubbert von Zinsdorf war jetzt der Erbe des größten Lehnshofs weit und breit, und auch wenn der Bischof ihn auf die Einsetzung warten ließ, standen ihm ab sofort dessen Einkünfte zu. In Albrock würden sie weiterfeiern. Noch heute würde er den Lämmerzehnt einsammeln lassen, außerdem die Fastnachtshühner, auf die Hermanna bestimmt verzichtet hatte. Schnaps und Bier und was sonst noch fehlte, würden die Landsknechte von den Bauern herbeischaffen. Er würde auch die Adelssöhne der Umgebung einladen. Jetzt würden sie ihn endlich ernst nehmen müssen.

Lubbert räusperte sich und versuchte, nicht zu lallen. »Euch werden die Augen übergehen, wenn ihr die Dorfmädchen seht. Sie sind rund und rosig wie kleine Schweinchen und quieken genauso.«

»Hoffentlich sind sie williger als die Stadtfrauen«, knurrte Langenfeld. Von Lubberts Versprechungen schien er nicht mehr viel zu halten.

»Müssen sie wohl – beim Schlossherrn.« Vahlensieck immerhin glaubte an ihn. »Die Paderbornerinnen machen erst zu Ostern die Beine wieder breit. Fastenzeit, ihr wisst ja.«

Vahlensieck war er nicht so viel schuldig. Langenfeld dagegen …

»Davon wissen die Männer aber nichts«, rief Langenfeld. »Bei uns waren gestern alle Gasthäuser zu, doch hier! Sie haben uns abgefüllt wie Schläuche. Und selbst mitgehalten. Das sind mir wahre Katholiken! Heute gehen sie zur Beichte, hieß es.«

Burkhard von Langenfeld mit seinen moralischen Maßstäben. Da wurde er richtig gesprächig. Ganz anders als nach Lubberts Eingeständnis vor ein paar Wochen – da hatte er kommentarlos zugeschlagen.

»Auf den Dörfern soll's noch lustiger zugehen, was, Zinsdorf? Du hast's versprochen.«

Mühsam nickte Lubbert. »Am Abend beim Osterfeuer werdet ihr es sehen. Da feiert sogar der Pastor mit.«

»Aber wenn die Mädchen kommen, muss er gehen.«

»Oh nein, der tanzt mit um das Feuer, und wenn es spät wird, holt er seine Haushälterin dazu. Die hebt die Röcke am höchsten.«

»Immerhin ist er treu.«

»Aber sie nicht. Stimmt's, Zinsdorf?«

Lubbert ließ die Freunde flachsen. Bei seinen früheren Besuchen bei den Albrocker Verwandten war im Herrenhaus nicht gefeiert worden, da ging es streng zu. Kaspar von Fürstenberg hatte recht: Es war an der Zeit, dass die Weiberherrschaft ein Ende nahm.

Ob Hermanna immer noch so frech war? Beim letzten Mal hatte sie ihn mit einem Eimer Wasser übergossen. Ganz unschuldig – schließlich war sie seine Base – hatte er sie am Hofbrunnen zu umfassen versucht. Verdammt hübsch war sie. Und – wenn er wollte – auch reich. Vielleicht sollte er sie mit Langenfeld verkuppeln, dann war der versorgt und Hermanna aus dem Haus. Langenfeld würde sie schon zureiten, da hatte Lubbert keine Sorge. Die anderen Verwandten musste er ebenfalls loswerden. Er wollte das Haus für sich, auch wenn er nur gelegentlich darin weilen würde.

Auf die Gesichter der Bauern – seiner Bauern! – freute er sich schon jetzt. Nie wieder würden sie wagen, ihn mit Knüppeln aus dem Dorf zu jagen. Nun gehörten ihre Höfe ihm. Er würde ihnen zeigen, wer der Herr war.

Als Erstes musste er einen Verwalter einsetzen, der ihm den Reichtum einsammelte und die Bauern zur Arbeit trieb. Dazu waren Hermanna und Tante Philippa, die Fromme, zu gutmütig. Herrenhaus und Gräfte waren halb verfallen. Wozu hatte man Bauern, die zu Hand- und Spanndiensten verpflichtet waren?

Mit einem Ehrenspalier würden sie ihn nicht gerade begrüßen, das war klar. Seine Freunde hätte es beeindruckt. Umso wichtiger, dass er bei seinem ersten herrschaftlichen Auftritt Haltung zeigte.

Nass ja, aber stolz inmitten eines prachtvollen Gefolges, so wollte sich der neue Herr von Albrock seinem Dorf zeigen, dessen erste Höfe jetzt den Wald beiseitedrängten. Über den Dächern ragten die mächtigen, im Nieselregen grauen Eichen empor: beängstigende Riesen, die das Dorf vor Ungemach schützten, doch Lubbert von Zinsdorf würden auch sie nicht standhalten können.

Ostersonntag, 30. März 1614

Es gab Momente am frühen Morgen, in denen Diether Meschede bedauerte, sein Haus so nah am Jesuitenkolleg gebaut zu haben. Und das nicht nur wegen der Glocken. In aller Herrgottsfrühe hatte ihn St. Johannes mit seinem Gebimmel geweckt, wie jeden Tag, und kurz darauf hatten die mächtigen Domglocken eingesetzt, die ein Weiterschlafen unmöglich machten. So bald würden sie heute nicht aufhören.

Seufzend fuhr Diether über seinen schmerzenden Kopf. Seit der Schulzeit bei den Jesuiten war er mit dem Stiftsherrn Friedrich Baer befreundet, und mit ihm und anscheinend einem Glas Wein zu viel am Kamin hatte Diether den vorigen Abend verbracht. Das Osterfeuer würde bei dem Regen sowieso nicht brennen, hatte Friedrich prophezeit. Jetzt schien immerhin die Sonne.

Ebenso hatten sie sich die schaurigen Bußpsalmen in der Johanneskirche erspart, zu denen neuerdings die ganze Stadt lief. Man erzählte sich, dass der Kirchenfußboden im Blut schwämme, seit es unter den Jesuitenschülern Mode geworden war, sich während der Karsamstagsandacht zu geißeln. Zu Diethers Zeit hatte es das zum Glück noch nicht gegeben.

Er hätte sich seine Nachbarn besser aussuchen müssen, doch jetzt war es zu spät. Seit mehreren Wochen wohnte Diether in seinem Haus und musste endlich lernen, die Glocken zu überhören und die bösen Erinnerungen zu vergessen, die sie auslösten. Die Jesuiten in ihren schwarzen Kutten und der ränkeschmiedende Bischof hatten ihm seine letzten Jahre vergällt, und noch immer warfen die Morde von damals lange Schatten …

Er verbot sich, an Leonore zu denken, verließ den Abtritt und begrüßte sein Pferd. Dann wusch er sich am Brunnen hinter dem Haus. Es hatte lange gedauert, bis sie auf Wasser gestoßen waren, und er hatte schon befürchtet, auf einen eigenen Brunnen verzichten zu müssen. Diether musste das Wasser aus großer Tiefe mit einer langen Kette heraufholen, aber es war sauber und kalt, trieb den Schlaf aus seinen Gliedern und die Schmerzen aus dem Kopf. Als er sich abgetrocknet hatte, schwiegen endlich auch die Glocken.

Beim Anziehen hörte er, wie jemand durch die Hintertür das Haus betrat. Zielstrebig wandten sich leichte Schritte zur Küche im Untergeschoss. Wahrscheinlich Gese, die Haustocher seiner Mutter. Doch sie hatte Gese bestimmt nicht hergeschickt, um am Ostermorgen Diethers Haus zu putzen.

Als er die Küche betrat, packte das Mädchen gerade ihren Korb aus. Eier, Schinken, ein Stück Braten, dazu Brot und eine Handvoll verschrumpelter Äpfel. Als ob er nicht selbst für seine Ernährung sorgen könnte.

»Ich soll Euch wecken, damit Ihr wenigstens zur letzten Messe rechtzeitig kommt, und Euch anschließend Frühstück machen«, sagte Gese.

»Guten Morgen«, gab er zurück, »und auch dir ein gesegnetes Osterfest.«

Sie lief rot an, wie immer. »Das hab ich heute schon so oft gesagt, das lass ich jetzt«, erwiderte sie. Manchmal konnte sie ganz schön trotzig sein. Sie schüttelte den Kopf, auf dem fest zusammengesteckte blonde Zöpfe die ordnende Hand seiner Mutter verrieten. »Ich weiß schon, dass Ihr nicht zur Kirche geht, und Eure Mutter weiß das bestimmt auch. Aber ich soll Euch daran erinnern, dass Ostern ist und der Bischof noch immer ein Auge auf Euch hat.«

Diether hatte es gewusst. Wie die Jesuiten wollte seine Mutter unbedingt einen guten Katholiken aus ihm machen. Der Bischof ließ ihn in Ruhe, das immerhin hatten die unerfreulichen Ereignisse Diether eingebracht. Aber nicht Margret Meschede, die versuchte es immer wieder.

»Hat sie nicht auch gesagt, dass du eine Osterkerze anzünden und das Weihwasser wechseln sollst?«

»Hat sie nicht, weil sie weiß, dass das sowieso keinen Zweck hat.« Gese entfachte das Feuer im Herd und griff nach einer Pfanne. »Aber ich finde auch, Ihr solltet wenigstens an Ostern zur Messe gehen. Wisst Ihr nicht mehr, wie Euch damals der Schultheiß mit den Trommeln vorweg durch die Stadt gezerrt hat?«

Nur zu gut erinnerte sich Diether. Im letzten Jahr war er, weil er den Empfang der Sakramente verweigert hatte, nur knapp der Verbannung entgangen. Heute stellte das keine Bedrohung mehr dar. Wer nicht zur Kirche ging, musste zwar die jesuitischen Bekehrungsversuche aushalten, aber ausgewiesen wurde niemand mehr. Und wer damals die Stadt hatte verlassen müssen, war längst zurückgekehrt, ohne dass der Bischof eingeschritten wäre.

Gese schaute ihn erwartungsvoll an, doch Diether schüttelte den Kopf. »Vergessen hab ich das bestimmt nicht. Aber es wird nicht wieder geschehen. Das hat mir der Bischof versprochen. In die Hand, glaub es nur.«

Sie drohte ihm mit dem Finger und sagte mit der Miene seiner Mutter: »Es wird noch ein schlimmes Ende mit Euch nehmen, wenn Ihr die hohen Herrschaften so wenig achtet.«

Diether lachte wie gewünscht und nahm am Tisch Platz. »Das schlimme Ende sage ich dir voraus, liebe Gese, wenn du deiner weniger hohen als hungrigen Herrschaft nicht endlich das ihr zustehende Frühstück bereitest. Wenigstens darin will ich deiner Herrin gehorsam sein und es mit Genuss verspeisen.«

Gese kicherte. »Mit Genuss verspeisen! ‘n paar Eier mit Speck, das ist alles.« Sie warf die Zutaten nacheinander in die Pfanne.

Diether hob die Nase und schnupperte. »Immerhin besser als der Haferbrei, den Mutter alltags auftischt.«

»Aber die gute Biersuppe habt Ihr immer gemocht. Außerdem braucht Ihr gar nicht so verhungert zu tun. Ich weiß genau, dass Ihr ins Wirtshaus geht und Euch dort bedienen lasst.«

Das war klar. In Paderborn sprach sich alles schnell herum.

»Aber ob man mit Genuss verspeisen kann, was Baers Elseke kocht, weiß ich ja nicht.« Gese verzog das Gesicht.

»Nichts geht über deine und Mutters Kochkünste.« Als Bestätigung griff er zum Messer, um sich ein Stück Braten abzuschneiden.

Umsonst gelobt: Gese zog ihm das Fleisch unter der Hand weg. »Der ist für heute Abend, hat Eure Mutter gesagt.« Sie legte dick mit Butter bestrichene Brotscheiben auf ein Brett und lud daneben einen großen Berg Rührei, das nach allen Freuden des Paradieses duftete.

Diether hatte kaum den ersten Bissen zu sich genommen, da

fingen mit festlich jubelndem Klang die Glocken wieder an zu läuten.

»Der Dom, hört Ihr? Der Bischof ruft nach Euch«, sagte Gese mit einem Grinsen.

Diether seufzte. Sie sah doch wohl, dass er Wichtigeres zu tun hatte.

Am Walnussbaum hinter Diethers Haus fächelte der Ostwind die ersten Blätter hin und her. Leonores Walnussbaum. Vor einigen Tagen waren die Äste noch schwarz und nass gewesen. Ob sie ihm diesen Herbst wohl bei der Ernte helfen würde?

Er riss sich vom Anblick seines sonnenbeschienenen, aber verwahrlosten Gartens los und dachte an den Tag, der vor ihm lag. Auch heute wartete Arbeit auf ihn. Seine Kanzlei lief gut, wenn auch nicht, weil die Paderborner seine Fähigkeiten als Advokat erkannt hätten. Seit Diether im letzten Jahr die mörderischen Machenschaften eines ihrer geachtetsten Mitbürger aufgedeckt hatte, verfolgte sie wohl die Angst, dass er sich auch ihre schmutzigen Geschäfte zu genau ansah.

In der Stadt sprach man ihn jetzt wieder häufiger mit seinem alten Spitznamen an, »Lux«, von Luzifer, dem abtrünnigen Lichtträger. Den Spitznamen hatte er seinem früheren Lehrer Pater Bodo zu verdanken, der keinerlei Humor für die Späße seiner Schüler aufgebracht hatte. Als hellsichtig war Diether bekannt. Dennoch hatten sie jahrelang im Dunkeln getappt, bis der Mörder sich endlich verraten hatte.

Leonore Theodor, seine Nachbarin und Bademutter der Stadt, hatte geholfen, den Fall aufzuklären. Doch hatte ihre Nähe zu den hohen Herrschaften im Bischofspalast, wo Diether die wahren Drahtzieher vermutete, die zwischen ihnen aufkeimende Freundschaft vergiftet und im Streit versinken lassen. Das nahm Diether dem Bischof am meisten übel.

Wieder verbot er sich die fruchtlosen Gedanken und holte Feuerbein aus dem Stall. Er hielt der jungen Stute mit den feuerroten Flecken im weißen Fell die Hand über die Nüstern, damit sie nicht vor Freude loswieherte, und führte sie vors Haus. Wie immer wanderte sein Blick über die klar gegliederte Fassade, die bis auf den runden Bogen der Eingangstür mit der stilisierten Sonne darüber ohne jeglichen Zierrat auskam. Es machte ihn nicht wenig stolz, dass er selbst mit Hand angelegt hatte beim Bau seines Hauses.

Diether reckte sich im Sonnenschein und saß auf. Als Erstes musste er Friedrich abholen, der mit ihm über die Dörfer reiten wollte. Er konnte sich Zeit lassen. Als Stiftsherr war Friedrich verpflichtet, an der Osterprozession des Domkapitels teilzunehmen; bestimmt saß er noch beim nachfolgenden Morgenmahl. Diether ritt die Jühengasse hinauf, dabei vermied er es, allzu offensichtlich zum Haus der Theodors hinüberzusehen, wo Leonore zusammen mit der Familie ihres Bruders lebte. Stattdessen ließ er seinen Blick auf dem im Januar eingestürzten Jesuitenturm ruhen. Bröckelte deren Macht etwa schon?

Am neuen Rathaus der Stadt, dessen vorderer Teil fast fertiggestellt war, leuchteten die bleigefassten Fenster im Sonnenschein. Sie nahmen die gesamte Fassade des Obergeschosses ein, wo der Ratssaal entstand und demnächst der Magistrat im hellen Licht tagen sollte. Seit Neujahr gehörte Diether ihm nicht mehr an, war aber in den Fünfer-Ausschuss gewählt worden, der die Einnahmen und Ausgaben der Stadt zu kontrollieren hatte. Mehr Licht konnte bei diesem Amt nur gut sein; die Geschäfte der versippten Ratsherrn waren nur schwer zu durchblicken.

Diether führte Feuerbein am Zügel durch den Schildern, wo nach der Prozession das übliche Gedränge herrschte. Weil der städtische Bierkeller wegen des Umbaus nicht benutzt werden konnte, hatte Kerkhoff, der Pächter, Tische und Bänke auf die Straße gestellt. Um sie herum waberten österlich gekleidete Männer in ganzen Trauben, zwischen denen die Schankmädchen umherwuselten und versuchten, allzu dreisten Grabschereien zu entgehen. Das Ende der Fastenzeit musste gefeiert werden; noch schöner, wenn dazu die Sonne schien.

Nachdem er mit seinen sämtlichen Bekannten den Ostergruß gewechselt, sich mit Verweis auf sein Pferd aber in kein Gespräch hatte hineinziehen lassen, ritt Diether über die menschenleere Kohlgrube auf das Busdorfstift zu. Das vom Steingebirge des Doms hervorgerufene Echo vervielfachte die Hufschläge und schickte sie hinter ihm her, sodass er sich vorkam wie auf der Flucht vor einer Horde Soldaten.

Hinter der mächtigen Mauer des Busdorfstifts, das östlich der Domburg eine eigene kleine Stadt bildete, herrschte österliche Ruhe. Friedrich lief noch in der Kutte herum und musste sich erst umziehen.

»Bruder Stefan hat mir eine kleine Wegzehrung versprochen«, sagte er.

Diether richtete sich auf eine längere Wartezeit ein. Sein Freund brauchte für alles ein wenig länger als er; immer behäbiger machte ihn das klösterliche Wohlleben.

»Du wirst uns hoffentlich nicht den ganzen schönen Tag mit Arbeit verderben«, sagte Friedrich, als er gestiefelt und gespornt vor das Stift trat. Anders als Diether, der fast reformatorisch schlicht gekleidet war, trug Friedrich ein bunt geschlitztes Wams und locker über die Schulter geworfen einen mit hellblauer Seide gefütterten Umhang. Wäre nicht sein ungebändigter blonder Haarschopf gewesen, hätte Diether viel eher nach einem Stiftsherrn ausgesehen als der rundliche Friedrich, der angesichts seines spärlichen Haarwuchses auf eine Tonsur verzichten konnte.

Friedrich bestieg seinen Rappen – umständlich, wie es seine Art war. »Ich möchte am Abend am Festmahl teilnehmen, das weißt du ja«, sagte er. »Sämtliche adligen Herren des Hochstifts werden unserem Probst die Ehre geben, das will ich nicht versäumen.«

»Ich wusste gar nicht, dass auch du solch ein Freund unserer hochgeborenen Herrschaften bist.« Das verächtliche »wie Leonore«, das ihm schon auf der Zunge lag, verkniff er sich. Friedrich wusste auch so, was gemeint war.

»Die Herrschaften können mir gestohlen bleiben«, erwiderte er. »Aber weißt du, wie der Probst auftragen lässt bei so hohem Besuch? Sogar Kaspar von Fürstenberg wird da sein, in Vertretung seines erlauchten Bruders, der wieder mal – wie immer zu Ostern – das Bett hüten muss. Alle müssen in die Ostermesse, bloß nicht der Bischof. Aber egal. Jedenfalls wird nicht viel von den guten Sachen übrig bleiben, das prophezeie ich dir. Und deshalb möchte ich rechtzeitig zurück sein.«

Diether grinste und wies auf Friedrichs Satteltaschen. »Habe ich nicht eben gesehen, wie du – dem Umfang nach – ein Festmahl für drei eingepackt hast? Und bei meinem Klienten werden wir ebenfalls bewirtet. Zu Ostern schlachten die Bauern ihre Lämmer, da wird das eine oder andere für dich Vielfraß abfallen.«

Friedrich hob abwehrend beide Hände und lachte. »Als ob du nicht genauso gefräßig wärst. Früher hast immer du gewonnen, wenn wir um die Wette gegessen haben.«

»Das hast du inzwischen aufgeholt.«

»Und du bist zu schnell gewachsen, wer soll denn da mitkommen?«

Vor dem Spiringstor bogen sie auf den Weg nach Borchen ein und ließen ihre Pferde laufen. Im Galopp ritten sie die Anhöhe südlich der Stadt hinauf und trafen sich außer Atem an der Linde. Tief unter ihnen, am Zusammenfluss von Alme und Altenau, lagen Borchens Bauernhöfe. Zwischen den besonnten Hügeln lagen weitere Dörfer.

»Hast du mal Leonore getroffen?«, fragte Friedrich, der genau wie Diether in die Ferne schaute.

»Nein«, sagte Diether.

Der Freund sah ihn besorgt an. »Das kann nicht so weitergehen mit euch. Sie ist deine Nachbarin, da müsst ihr doch miteinander reden.«

Diether gab keine Antwort. Friedrich kannte den Grund für das Zerwürfnis; er sollte ihn in Ruhe lassen.

»Na gut«, sagte Friedrich. »Aber ich hab sie gesehen. Sie war in Begleitung einer Freundin, die sie mir als Hermanna von Albrock vorgestellt hat. Merkwürdiger Name, was? Hermanna … Sie hat mir gleich erklärt, dass Hermann eine der Namenstraditionen ihrer Familie sei, und die ältesten Töchter bekämen dann eben ein A angehängt. Schien ihr aber nichts auszumachen …«

»Typisch Leonore«, warf Diether ein. »Sie hat überall Freundinnen und macht nicht einmal vor dem Adelspack halt. Kein Wunder, dass sie zu den Fürstenbergern hält.«

Friedrichs Gesicht zeigte Ungeduld. »Es gibt solche und solche Adlige, das weißt du genau, und diese hier schien mir keine solche zu sein. Kein bisschen eingebildet, wenn auch traditionsbewusst. Aber das bin ich auch.« Herausfordernd schaute er Diether an.

Diether hatte gesagt, was zu sagen war, und schüttelte nur den Kopf. Was gingen ihn wohlgeborene Damen an?

Friedrich schien das anders zu sehen. »Sie bleibt über Ostern in der Stadt, weil sich bei ihr zu Hause unliebsamer Besuch angekündigt hat«, erzählte er. »Leonore meinte, wenn morgen die Sonne wieder scheint, könnten wir zusammen im Garten sitzen und ein Glas Wein trinken, wie früher.«

Diether machte eine abwehrende Handbewegung. »Mein Bedarf an Zusammentreffen mit Adelskreisen ist gedeckt, danke vielmals. Du kannst ja gehen.«

»Werde ich«, sagte Friedrich mit leisem Trotz in der Stimme. Gleich darauf lachte er. »Obwohl mich unser Dechant bereits gewarnt hat, ich solle mich nicht zu viel mit heidnischen Weibern abgeben. Bei den Kirchenoberen sei das nicht gern gesehen. Und die Bekehrung der Ungläubigen habe unser ehrwürdiger Bischof den Jesuiten anvertraut, während es unsere Aufgabe sei, unablässig für das Heil der Kirche zu beten.«

Wider Willen musste Diether ebenfalls lachen. Man schien im Stift eine hohe Meinung von seinem Freund zu haben, der so ungläubig war wie er selbst. Diese Hermanna schien ihm zu gefallen. Wenn sie Leonore ähnlich war, wäre sie die passende Frau für Friedrich, falls der sein bequemes Kanonikerleben jemals aufgeben sollte. Am edlen Blut sollte es nicht fehlen. Immerhin zählte mit Heinrich von Köln nicht nur ein hoher Adliger, sondern ebenso hochrangiger geistlicher Herr zu Friedrichs Vorfahren.

Einträchtig ritten sie durch Borchen, dessen steinige Felder von dichtem Wald abgelöst wurden. Hier begann das Bürener Land, das viele Paderborner aufgrund des Bündnisses zwischen dem Bürener Edelherrn und den Hessen schon für Feindesland hielten. Die Grenze zeigte ein Schling an mit einem Krug dahinter, wo sie haltmachten. Der Krugwirt schenkte sein letztes Fastenbier aus, so dickflüssig und nahrhaft, dass sie auf ihre Wegzehrung hätten verzichten können.

Zweifelnd beäugte Friedrich den Weg nach Süden, bis er zwischen hohen Bäumen verschwand. »Was willst du eigentlich am heiligen Ostersonntag in Haaren?« Er hatte es sich auf der Bank bequem gemacht, die Füße auf einen Baumstumpf gelegt, und sah aus, als ob er nie wieder aufstehen wollte. »Deine Bauern werden heute ruhen, wie es die Pflicht eines jeden Christenmenschen ist.«

»Erkläre ich dir unterwegs«, sagte Diether und drängte zum Aufbruch. Widerwillig folgte ihm Friedrich mit argwöhnischem

Blick zwischen die Bäume, die bald ihre erst spärlich belaubten Wipfel über ihnen schlossen.

Den Hasenfuß würde Diether das Fürchten lehren. Henrich, der alte Knecht seines Vaters, hatte es mit ihm genauso gemacht. Erst im dunkelsten Wald war er mit der Geschichte herausgerückt, die Diether jetzt Friedrich aufzutischen gedachte.

Im Grunde hatte Diether es Henrich zu verdanken, dass er neuerdings, wenn auch mit vielen Reisen verbunden, von seinem Beruf leben konnte. Sicher – durch die Mordgeschichte im vorigen Jahr war sein Name auch auf dem Land bekannt geworden. Doch dass der Sohn Johann Meschedes, des bekannten Salzhändlers, ein fähiger Advokat sei, der ihnen in Rechtsfragen beistehen könne, das hatte Henrich verbreitet. So war es gekommen, dass Diether oft mehrmals in der Woche neben ihm auf dem Bock des Pferdewagens Platz nahm, um seine Klienten aufzusuchen. Jetzt hatte er zwar ein eigenes Haus, war aber weiterhin ein Wanderadvokat.

Friedrich behielt immer noch die Wegränder im Auge. Nur wenige Schritte konnte man in den Wald hineinsehen, dann standen die schwarzen Eichen dicht an dicht.

»Hast du eigentlich in Klöckners westfälischer Chronik die Geschichte von Scribonius gelesen?« Diether bemühte sich um ein harmloses Gesicht.

»Dem Haarener Räuberhauptmann, der so gut schreiben konnte?« Friedrich schaute ihn misstrauisch an. »Du willst mir wohl Angst machen? Der ist längst tot. Wurde er nicht 1589 gehängt?«

»Nicht gehängt, jedenfalls nicht sofort. Erst wurde er mit glühenden Zangen zerfetzt, dann gevierteilt und an vier Galgen aufgehängt. Man sollte also meinen, dass er tot ist.«

»Das ist er.« Friedrich schaute sich erleichtert um.

»Er soll wiederauferstanden sein«, erzählte Diether. »Seine Mutter war ja eine Hexe, die hat ihn ins Leben zurückgerufen. Es hat so lange gedauert, weil es nicht so einfach war, genug ungeborene Kinder zu sammeln, die sie für den Zauber brauchte.«

Friedrich tippte mit dem Zeigefinger gegen seine Stirn. »Glaubst du etwa diesen Blödsinn? Mir scheint, du bist zu viel in den Hexendörfern unterwegs, wo der Aberglaube in jedem Baum hängt.«

»Im Ernst«, gab Diether zurück. »Es gibt eine neue Räuberbande. Das hat Henrich erst neulich erzählt. Der Anführer nennt sich Scribonius, und er hat eine scheußliche Narbe über Mund und Kinn, weshalb er wie sein Vorgänger nur wispern kann. Seinen zauberkräftigen Federkiel, der ihn unbesiegbar macht, trägt er wie früher hinter dem Ohr. Auch ein Krummhänschen, damals des Schreibers Stellvertreter, und eine Frau, die Schnackenkopf heißt, gibt es unter den Räubern. Bei ihren Überfällen gehen sie genau so vor wie Scribonius. Plündern Klöster und reiche Kaufleute aus und versaufen die Beute mit den Dorfbauern. Ihre Schlupfwinkel haben sie jetzt weiter westlich in den Wäldern und Sümpfen zwischen Albrock und Borchusen, aber sie streifen immer noch durch ihr altes Reich.«

»Mag ja sein. Das ist aber noch lange kein Beweis dafür, dass Tote wiederauferstehen können.«

»Immerhin konnte seine Mutter sich in einen Raben verwandeln.«

»Blödsinn«, wiederholte Friedrich. »Mit so einem Quatsch kannst du mir keine Angst einjagen.« Er gab seinem Pferd einen leichten Schlag auf den Hals und trabte davon.

»Sie rauben nur Reiche aus, du hast es ja gehört«, rief Diether ihm nach und lachte.

»Meinen Rappen sollen sie nicht haben«, kam von Friedrich zurück, der jetzt zum Galopp ansetzte.

Kurz vor dem Dorf schloss Diether zu Friedrich auf. Der schaute ihn scheel an. »Jetzt weiß ich immer noch nicht, warum wir durch diesen Wald geritten sind.«

»Weil am Sonntag die Bauern am besten Zeit haben«, erklärte Diether. »Außerdem sind sie dann frisch gewaschen und bereit, Besuch aus der Stadt zu empfangen. Ich muss in einer Wegerechtssache mit meinem Klienten einige ältere Zeugen befragen und Protokolle aufnehmen. Aber keine Sorge; du brauchst mich nicht zu begleiten. Leg dich in die Sonne und schlaf, dann bist du frisch, wenn wir zurückkehren.«

»In diesem verhexten Räuberdorf werde ich kein Auge zu tun«, erwiderte Friedrich, sah sich aber sofort nach einem geeigneten Plätzchen um.

Diether ritt zum Krois'schen Hof, wo ihn die ganze Familie im Sonntagsstaat erwartete. Auch der Pastor war anwesend. Hochwürden werde sie begleiten, erklärte der alte Krois; er könne am besten mit den Alten. Diether hatte sofort den Verdacht, dass der geistliche Herr im Auftrag der Gegenseite unterwegs war. Der strittige Weg führte nämlich über einen Besitz des Domkapitels, das nach der Neuvergabe des Hofs den Durchgang hatte sperren lassen. Nicht nur für Diethers Klienten verlängerte sich dadurch der Weg auf die Felder.

Immerhin hatte er in diesem Fall im domkapitularischen Archiv nachsehen können, ob das Wegerecht beurkundet war. Die in den Dörfern ansässigen Adelsherren gewährten ihm grundsätzlich keinen Zugang zu ihren Dokumenten, was Diether viel Lauferei bescherte.

Die stand ihm auch dieses Mal bevor. Einen Eintrag hatte er nicht gefunden, was aber nichts zu bedeuten hatte. Viele althergebrachte Rechte waren nie beurkundet worden. Jetzt lag es an ihm: Er musste möglichst viele ältere Dorfbewohner auftreiben, die schriftlich den mehr als dreißigjährigen Gebrauch des Durchgangs bezeugten. Wenn ihm das gelang, sollte es einfach sein, den Prozess zu gewinnen. Angesichts des geringen Streitwerts und da es gegen das Domkapitel ging, war das bischöfliche Gericht sicherlich geneigt, das überkommene Gewohnheitsrecht anzuerkennen. Das war nicht immer so: Ging es um die bischöflichen Interessen, galt in der Regel das besitzerfreundlichere römische Recht.

Wie erwartet versuchte der Pastor durch kritische Nachfragen, die Zeugen zu verunsichern, indem er darauf hinwies, welche Folgen im Jenseits eine Falschaussage haben könne. Das zog bei einigen, die dem Aussehen nach dem Grabe nahe waren. Die Kräftigeren sorgten sich eher um diesseitige Folgen: Wenn Krois, der Gemeindevorsteher, sie scharf anblickte, erinnerten sie sich genau daran, dass schon ihr Urgroßvater den Weg regelmäßig benutzt habe. Bereitwillig malten sie ihre drei Kreuze unter die vorbereiteten Protokolle, bezeugt und bestätigt vom Vorsteher und vom Pfarrer, die als Einzige schreiben konnten. Bei Krois allerdings reichte es nur zu seinem Namen, dessen wenige Buchstaben er mühsam aufs Blatt kritzelte.

Als Diether am Ende des Nachmittags Friedrich auftrieb, der nach einem ausgiebigen Mittagsschlaf das Dorf besichtigt hatte, konnte er mit einem dicken Stapel beschriebenen Papiers wedeln.

Wie erwartet wurden sie zum Lammbraten eingeladen, tranken reichlich frisch gebrautes Osterbier und bekamen dazu weitere Geschichten von Scribonius dem Schreiber und seiner Räuberbande aufgetischt. Wie einen Volkshelden schienen ihn die Leute zu verehren.

Bald drängte Friedrich zum Aufbruch. Er verlor kein Wort über den unheimlichen Schreiber und dessen dämonische Mutter, galoppierte aber genauso schnell wie am Vormittag durch den Bödeker Wald zurück. Diether heftete seinen Blick auf den wehenden Schweif des Rappen und trieb Feuerbein an. Bei Dunkelheit hätten Friedrich wohl keine zehn Pferde auf den Weg durch den Eichenwald gebracht.

Dienstag, 1. April 1614

Lubbert von Zinsdorf war noch nicht abgereist. Hermanna, die in der Stadt friedliche Ostertage verlebt hatte, sah es sofort, als sie ins Dorf hineinfuhr. Die Albrock'sche Fahne wehte über dem Herrenhaus. Wer sonst hätte sie aufziehen sollen?

Der Anblick ärgerte Hermanna. Lubbert hatte kein Recht auf das Herrschaftszeichen, das nicht einmal sie, der es zustand, für sich beanspruchte. Sie würde ihm ob der Anmaßung die Leviten lesen, was seine Abreise hoffentlich beschleunigte.

»Lappen draußen, Lumpen drin«, sagten die Leute, wenn die Herrschaft ihre Anwesenheit per Fahne auf dem Dach kundtat. Schon die Urgroßmutter hatte den bestickten Stoff eingemottet, und ihre Nachfolgerinnen hatten daran nichts geändert. Tante Philippa hätte das Wahrzeichen längst herunterholen lassen sollen.

Sie hatte so gehofft, dass Lubbert weg wäre, wenn sie zurückkam. Früher war er immer so ruhelos gewesen, hatte es kaum ein paar Stunden an einem Ort ausgehalten. Wenn nach der wilden Osternacht wieder Ruhe im Dorf eingekehrt war, wäre er gelangweilt weitergezogen. Hermanna hatte sich gefreut, dass das Osterfeuer verregnet war, aber Lubbert hatte bestimmt andere Vergnügungen gefunden. Es gab im Dorf genug junge Männer, die bereit waren, mit dem Junker und seinen Spießgesellen zu zechen, und sie zogen auch gern mit, wenn es anschließend zu den Mädchen ging.

Wahrscheinlich hatte es in vielen Häusern wieder Prügel für den ungebärdigen Nachwuchs gegeben, und wenn Lubbert wie früher schon sein Teil abbekommen hatte, wäre ihr das nicht unlieb gewesen.

Aber er war noch da. Niemand hatte ihn aus dem Dorf hinausgeprügelt, und von allein war er nicht gegangen. Was mochte vorgefallen sein?

Als Lubbert von Paderborn aus seine Ankunft angekündigt

hatte, war Hermanna Hals über Kopf aufgebrochen und hatte sich im Albrock'schen Stadthaus am Kamp einquartiert. Um die Dorfbewohner hatte sie sich keine Sorgen gemacht: Die wussten sich zu wehren, wenn Lubbert, wie es in früheren Jahren vorgekommen war, sich Übergriffe gegen ihre Töchter oder ihr Eigentum erlaubte.

Jetzt schien ihr der »Lappen« auf dem Dach ein deutliches Zeichen dafür, dass Lubberts Unverfrorenheit zugenommen hatte. Sie hätte wohl doch nicht einfach verschwinden dürfen.

Die Feiertage hatte sie mit Leonore Theodor verbracht, die sie aus der kurzen Schulzeit bei den Gaukirchschwestern kannte. In den letzten Jahren hatte Hermanna von der Bademutter viel gelernt, das sie in ihrem Dorf gut gebrauchen konnte. Sie hatten geschwatzt, Wein getrunken und den Frühling genossen. An die Albrocker hatte Hermanna nicht gedacht, und wenn, dann hatte sie Histörchen aus dem Dorf erzählt.

Ihren Sorgen zum Trotz musste Hermanna erst einmal schmunzeln, als sie wie immer als Erstes beim Gemeindevorsteher hereinschaute und die Hagemeier'sche beim Taubenrupfen antraf. Hinter dem Haus, genau wie sie es Leonore und ihren Freunden geschildert hatte. Auf dem dörflichen Speisezettel hatten wilde Tauben nämlich nichts zu suchen, da der Bischof schon vor Jahren deren Jagd verboten hatte. Doch niemand hielt sich daran, nicht in Albrock und auch nicht anderswo. Sogar der sittenstrenge Albrocker Pastor Kruse verstieß gegen das Verbot. Regelmäßig musste der Küster zur Jagd ausziehen, damit die Pastor'sche, wie seine Haushälterin Klara im Dorf hieß, dem Diener Gottes die geliebte Taubenpastete zubereiten konnte.

»Hinterhofgeflügel« hatte Klara die wichtigste Zutat getauft, weil sie grundsätzlich hinter dem Haus vorbereitet wurde, um die strafbare Tat zu verbergen.

»Sonst sitzen die Albrocker, sobald das Wetter es erlaubt, mit jeder Arbeit auf der Bank neben der Vordertür«, hatte Hermanna erzählt. »Das ist nicht so langweilig, weil immer mal jemand zu einem Schwätzchen vorbeikommt. Aber ihr werdet dort nie eine Frau beim Taubenrupfen sehen, und das, obwohl jeder im Dorf jeden Tag wieder genau weiß, was der Nachbar im Topf hat.«

Besonders Friedrich Baer, dem Stiftsherrn, hatte die Geschichte gefallen. Das Wohl seines Bischofs, dem offenbar viel an den Täubchen lag, schien ihm herzlich egal zu sein.

Hermannas düstere Ahnungen wurden bestätigt, als sie in das runde Gesicht von Maria, der Frau des Dorfvorstehers, sah. Kein freudiges Lächeln begrüßte sie da, wie es ihr sonst bei jedem Treffen zuteil wurde. Geradezu vorwurfsvoll blickte Maria ihr entgegen. »So weit ist es mit uns gekommen«, sagte sie und wies auf die Tauben. »Jetzt müssen wir von dem Wildzeug leben, obwohl es doch verboten ist.«

Der alte Hagemeier war schon immer geschickt mit der Leimrute, doch diesen Gedanken behielt Hermanna für sich. Was gingen sie des Bischofs Tauben an?

»Was ist geschehen?«, erkundigte sie sich. »Eure Wintervorräte können doch nicht aufgezehrt sein? Und was ist mit den Lämmern?«

Maria wischte sich die Federn vom Schoß. Sorgfältig und ohne aufzusehen. Krumm und schief wand sich der sonst so sorgsam gezogene Scheitel über ihren grauen Kopf. »Das soll dir mein Mann erzählen«, sagte sie endlich, »das ist Gemeindesache. Er ist draußen bei den Pferden.«

Verwundert ging Hermanna zur Koppel hinüber, wo zwei Männer gestikulierend beieinander standen. Neben dem Vorsteher Anton Hagemeier erkannte sie den Dorfrichter Jörgen Tentrup, der sich rasch umdrehte und wegging, als er sie näher kommen sah. Hagemeier kam ihr mit zögerndem Schritt entgegen.

»Er war beim Amtsvogt«, sagte er anstelle einer Begrüßung. »Der Blödmann«, mit dem Kopf zeigte er auf Tentrup, »hat gemeint, dass der Soldaten schickt.«

Soldaten? Fragend schaute Hermanna dem Vorsteher ins Gesicht. Noch tiefer als sonst lagen seine Augen in schwärzlichen Höhlen, und das zerzauste graue Haar darüber verriet ihr, dass er sich heute schon mehrfach den Kopf gekratzt hatte, wie es in kniffligen Situationen seine Gewohnheit war.

Jetzt schüttelte er den Kopf, als ob Hermanna ihre Frage laut gestellt hätte. »Der Amtsvogt kann uns nicht helfen«, sagte er, »das hat er Jörgen klargemacht. Die Zustände in Albrock hätten sich eben geändert, und wir sollen bis zum Nachmittag warten. Dann käme er sowieso ins Dorf.«

Seine Worte beunruhigten Hermanna vollends. »Was hat sich geändert?«

»Weißt du gar nichts davon?« Hagemeier kratzte sich am Hinterkopf und schaute zur Seite. Nachdem er ein paar Mal »hmm« gemacht und sich geräuspert hatte, sagte er: »Lass uns reingehen.«

Mit großen Schritten, als wolle er vor ihr davonlaufen, stapfte er über die Wiese. Hermanna, die ihrem städtischen Schuhwerk zuliebe versuchte, den schlimmsten Schlammlöchern auszuweichen, kam kaum nach.

Was war denn hier los? Sonst erzählte Hagemeier ihr alles. Auch seiner Frau sah es gar nicht ähnlich, mit wichtigen Neuigkeiten hinter dem Berg zu halten. Was hatte Lubbert bloß angestellt?

Was auch immer – sie würde es ausbügeln müssen. Wie nach jedem seiner Besuche.

Hermanna war in Albrock aufgewachsen und mit den Bauernkindern barfuß durchs Dorf gelaufen. Niemand hier sprach sie im ehrfürchtigen Plural an; statt »Euch« und »Ihr« sagten alle »du« zu ihr, obwohl sie sich nicht mit jedem gut verstand. Aber ihr Wort hatte Gewicht, und mit ihren Sorgen kamen die Leute meist zu ihr.

Wie ihre Urgroßmutter, auch eine Hermanna von Albrock, war sie eine Bäuerin unter vielen. Sie beackerte mit Hilfe von Knecht und Magd ein wenig Land rund um Haus Albrock, bepflanzte zusammen mit Tante Philippa und der kleinen Anna hinter dem Herrenhaus einen großen Garten und trieb ihr Vieh morgens aus dem Stall, damit es sich dem Gemeindehirten anschließen konnte. Hudegeld bezahlte sie allerdings nicht. Immerhin verzichtete sie auf einen großen Teil ihrer Grundrechte und sogar auf das Fischrecht in der Albke. Sie konnte aber darauf zählen, dass ihr Haushalt einen Teil des Fangs abbekam.

Im täglichen Leben kam die Grundherrin, die sie genau genommen nicht war, in ihr kaum zum Vorschein. Dennoch war Hermanna sich ihrer Stellung bewusst und achtete die Tradition ihrer Familie, zu der eine machtbewusste Fahne auf dem Dach nun nicht gehörte. Die Familiengeschichte wollte wissen, dass es den Herrenhof schon vor der Zeit Karls des Großen gegeben habe; damals hatte sicher auch kein »Lappen« das Dach geziert.

Im Moment lag die Herrschaft in den Händen ihrer Tante Katharina und deren Mann Wulfhard von Zinsdorf. Urgroßmutter Hermanna hatte entgegen dem Lehnsrecht und gegen ihre männlichen Verwandten vor dem Reichskammergericht das Recht erstritten, die Herrschaft in weiblicher Linie weiterzuführen. Als älteste Urenkelin war Hermanna die nächste in der Erbfolge und vertrat ihre kinderlose Tante, die in Zinsdorf lebte, schon seit Jahren.

Es gab Ärger genug mit den Bauern in ihrem Dorf, wenn sie die Wälder ruinierten oder ihre Jauche in die Albke leiteten. Häufig stritt sich Hermanna mit ihnen herum, wenn sie eine Krankheit oder ein Missgeschick auf den angeblichen Schadenszauber einer angeblichen Hexe zurückführten. Sogar der Pfarrer kannte immer diese oder jene Zauberin, die er für alles Böse verantwortlich machte. Manchmal hatte Hermanna den Verdacht, dass er im letzten Moment vermied, mit dem Finger auf sie selbst zu zeigen. Seine Haushälterin Klara war anders; mit ihr wie mit einigen anderen Frauen aus dem Dorf war Hermanna eng befreundet.

Sie folgte dem Vorsteher auf die Deele des Hagemeier'schen Anwesens und nahm am großen Tisch vor der offenen Feuerstelle Platz. Auch Maria setzte sich dazu.

Hermanna musste Hagemeier noch einmal auffordern, endlich zu reden. »Es war Lubbert, nicht wahr?«

Zögernd antwortete er: »Jau, Lubbert …« Er rutschte auf seinem Sitz hin und her. »Lubbert, jau … Er ist ja nun am Samstag angekommen, als du schon weg warst.«

»Ja und?«

Stille. Hermanna schaute von einem zum anderen.

Maria fand auf ihrem Rock noch ein paar Taubenfedern und zupfte sie ab. Ihre fleischigen Wangen waren glühend rot, entweder vom Herdfeuer oder vor Verlegenheit. Wo war die Redseligkeit geblieben, die sie sonst an den Tag legte?

Erst nach einer Weile hob Maria den Kopf. »Dann ist der ganze Ärger losgegangen.« Mehr gab sie nicht von sich.

Hermanna war ungeduldig. Wann würde sie endlich erfahren, worum es ging?

Maria knuffte ihren Mann in die Seite. »Du musst es ihr sagen, Anton.«

Es folgte das übliche Kopfkratzen, doch dann rückte er endlich mit der Sprache heraus. »Lubbert ist der neue Herr auf Albrock. Sagt er.«

Unsinn.

Maria schüttelte den Kopf, was vermutlich dem Ungeschick ihres Mannes galt. »Dein Onkel ist gestorben, Hermanna, das sollte man wohl vorweg sagen. Und deine Tante Katharina ist zu krank, um das Gut weiterzuführen.«

»Ja, aber ich bin doch da«, rief Hermanna aus.

Nachdem die schlechte Nachricht überbracht war, wurde Hagemeier lebendiger. »Lubbert hat das Testament seines Onkels mitgebracht«, erklärte er. »Danach gehören Haus, Herrschaft und Gerechtsame von Albrock ihm. Der Pastor hat es uns vorgelesen. Auch bestätigt, dass es echt ist. Wir sollen dem neuen Herrn gehorsam sein, meint er.«

Lubbert Herr von Albrock? Dann sahen ihre Bauern bösen Zeiten entgegen ... Und sie selbst ebenfalls. Als arme Verwandte bei Lubbert unterzukriechen, war unvorstellbar.

»Von jetzt auf gleich hat Lubbert seine Herrenrechte beansprucht. Das ist doch nicht in Ordnung, oder?«, fragte Hagemeier.

Seine Frau ließ Hermanna keine Zeit für die Antwort, die ihr ohnehin schwergefallen wäre. »Unsere schönen Lämmer haben sie weggeholt«, sagte sie mit Tränen in den Augen, die sie gleich mit dem Rockzipfel abwischte. »Erst hab ich ja gar nicht gewusst, was sie wollten. Ohne zu fragen, sind sie in den Stall gerannt ...«

»Die Wolfenbütteler Soldaten«, warf Hagemeier ein, der Hermannas fragenden Blick aufgefangen hatte. »Lubbert hat sie mitgebracht.«

»Ja. Ganz abscheuliche Kerle«, sagte Maria. »Sie haben Anton gestoßen, als er sich ihnen in den Weg stellen wollte, und ihn sogar mit dem Spieß bedroht. Ich hab dann gerufen: Lass sie, Anton, weil ja die Lämmer immer wiederkommen, mein Anton aber nicht. Wenn er erst mal tot ist, meine ich.« Wieder lief ihr Gesicht rot an.

»Aber schade ist es doch, wo wir dieses Jahr nur so wenig hatten.« Hagemeier warf seiner Frau einen liebevollen Blick zu.

»Das stimmt«, sagte Maria. »Und ein bisschen wachsen hätten sie auch noch können, dann wär mehr dran gewesen.«

»Haben sie nur eure Lämmer geholt?«, fragte Hermanna.

»Nein«, antwortete Hagemeier, »im ganzen Dorf. Weil wir jahrelang den Lämmerzehnt nicht abgegeben hätten, sagte Lubbert.«

Mit stolzem Blick berichtete Maria: »Mein Mann ist nämlich zum Schloss gegangen und hat Lubbert zur Rede gestellt.«

»Viel geholfen hat's nicht«, stellte der Hagemeier fest. »Er saß da mit seinen Kumpanen, die nur gelacht haben. Meint ihr nicht, dass meine Bauern es viel zu gut haben?, hat er durch den Rittersaal krakeelt, und die haben gerufen: Gib's ihm, gib's ihm. Lubbert hat dann den Bürener und den Brenkener von den Stühlen hochgezerrt, und die sollten mir erzählen, wie es bei ihnen zu Hause zugeht. Aber die waren viel zu betrunken, haben nur rumgelallt von Herrenrecht und Dienstpflichten. Brauchten sie mir nichts von zu sagen: Wie die ihre Leute auspressen, weiß doch jeder.«

Die lange Rede – er hatte sie ganz ohne Kopfkratzen hinter sich gebracht – hatte Hagemeier erschöpft. Er griff zum Wasserkrug, den Maria inzwischen auf den Tisch gestellt hatte, und goss sich einen Becher voll. Gleich darauf war er wieder leer. Hermanna nahm sich ebenfalls einen Becher.

»Das Bier haben die Soldaten«, erklärte Maria. »Aber 'n Birnenschnaps hab ich noch, den hol ich mal.« Sie öffnete den Alkoven, wo die beiden schliefen, und fischte einen kleinen Krug unter dem Strohsack hervor. »Man muss ja alles verstecken heutzutage.«

»Du nimmst auch einen«, bestimmte sie, als Hermanna ablehnen wollte. »Auf den Schreck, das *muss* sein.«

Hermanna merkte schon beim ersten Schluck, dass Maria recht hatte. Ganz starr hatte sie gesessen, mit verkrampften Gliedern und einem Eisklumpen im Magen. Der löste sich jetzt auf, und ihr Inneres erwärmte sich. Ihr Kopf allerdings schien immer noch eingefroren zu sein. Sie konnte nicht fassen, was ihr eben zu Gehör gekommen war, und ein Vorschlag, wie man Lubbert in die Schranken weisen könne, fiel ihr auch nicht ein.

»Das war aber erst der Anfang«, sagte Maria. »Am Samstag haben sie nur die Lämmer fortgetrieben und unser Osterbier beschlagnahmt. Am Sonntagmorgen waren dann plötzlich alle Eier verschwunden, später die meisten Hühner, und dem alten Joistkemper haben sie ein Kalb abgeschlachtet. Die Soldaten sind durch alle Vorratsräume gestürmt und haben sie leer geräumt. Brot und Kuchen – alles weg.«

Wieder war – wohl in Erinnerung an die viele Arbeit, die in der Vorbereitung des Osterfests steckte – der Griff zum Rockzipfel fällig.

Wie ihre eigenen Vorräte aussahen, konnte sich Hermanna lebhaft vorstellen. Wahrscheinlich musste sie demnächst auch mit der Leimrute auf Taubenfang gehen.

Hagemeier druckste herum und kratzte sich ausgiebig. Kam da noch etwas? Jetzt war er es, der seine Frau mit dem Ellenbogen anstieß. »Erzähl's ihr«, murmelte er. »Ich kann das nicht.« Seine ohnehin tief liegenden Augen wirkten, als wären sie ganz in seinen Kopf verschwunden.

»Ja – und dann sind da noch die Mädchen …« Kaum angefangen, machte Maria eine Pause und warf Hermanna einen bedeutungsvollen Blick zu.

»Hat er sich Frauen mitgebracht?«, fragte sie.

»Nicht mitgebracht – von hier«, antwortete Maria. »Wir sind alle dienstpflichtig, hat er zu Anton gesagt, auch die Frauen. Fünf hat er gleich ins Schloss geholt«, die Namen zählte sie an den Fingern her, »und sie müssen auch da schlafen.« Sie machte ein mitleidiges Gesicht. »Als ich Enneke am Montag getroffen hab, hatte sie ganz rot verweinte Augen.«

»Es sind nicht nur fünf«, sagte Hagemeier. »Von den anderen Dörfern hat er auch welche. Die Hübschesten von den Albrocker Höfen, überall. Der …« Den Kraftausdruck auf seinen Lippen beorderte Maria mit einer schnellen Handbewegung zurück.

So zimperlich war Hermanna jedoch nicht. »Dieses verdammte Schwein«, presste sie zwischen den Zähnen hervor. Hagemeier schaute sie an, in den Augen Anerkennung.

Marias Blick dagegen ruhte auf der mit weißen Krokussen geschmückten Madonnenstatue. Hilfe suchend, schien es Hermanna. Oder fragte sie sich, ob ihre Namenspatronin den Fluch gehört habe und womöglich auf der Stelle vergelten werde?

Doch war jetzt keine Zeit, um über Marias Glaubensgewohnheiten nachzudenken. Hermanna musste ins Haus und nach Tante Philippa und Anna sehen. Was mochten sie auszustehen haben?

Hastig griff sie nach ihrem Umschlagtuch, das sie bei der Ankunft beiseite gelegt hatte.

Doch Hagemeier ließ sie noch nicht gehen. »Was machen wir denn jetzt?«, fragte er sie.

Als ob sie das wüsste. »Ihr habt gesagt, der Amtsvogt kommt am Nachmittag?«

Er nickte. »Beim Glockenschlag sollen wir zur Kirche kommen.«

Sein Ton war kläglich. Kaum ertrug sie es, die beiden so hilflos zurückzulassen.

Hermanna bestieg ihre Kutsche und ließ mit lockeren Zügeln die beiden Braunen ihren Stall selbst finden. Ein paar Dorfbewohner standen mit bedrückten Mienen vor ihren Höfen und erwiderten kaum ihren Gruß.

»Ich war schon bei Hagemeiers«, rief sie Költermanns Oma im Vorbeifahren zu, die als einzige Anstalten machte, sie aufzuhalten. Die alte Agnes nickte verständnisvoll. »Dann fahr man erst nach Hause.«

Vor Joistkempers Haus spielten die Kinder Fangen, darunter Kösters Gerda, die in der letzten Woche eine heftige Halsentzündung geplagt hatte. Hermanna hielt nicht an, um sich zu vergewissern, dass die Kleine gesund war. Dafür war in ihren Gedanken kein Platz, wo Zorn und Angst um die Vorherrschaft stritten. Abwechselnd wütete sie gegen Lubberts Rücksichtslosigkeit und fragte sich, was aus ihr und ihrem Dorf werden sollte. Keine guten Voraussetzungen, um in ihrem kleinen Reich die Oberhand zurückzugewinnen.

Sie erreichte das Torhaus und fuhr die kurvige Auffahrt entlang zum efeubewachsenen Herrenhaus, wo ihr Anna entgegengelaufen kam, gefolgt vom Knecht Martin, der sich um die Pferde kümmerte.

»Du weißt es schon«, stellte er nach einem Blick auf ihr Gesicht fest. Hermanna nickte. Sein Gesicht schien runzliger geworden zu sein, doch seine hellen Augen blitzten angriffslustig. Davon sollte sie sich etwas abschauen.

Anna war für ihre neun Jahre hoch aufgeschossen, aber immer noch ein Kind. Sie sprang in Hermannas Arme, ihre Augen leuchteten ungetrübt. Ihr Anblick machte Hermannas Herz ein wenig leichter.

»Lubbert ist zu Besuch«, sagte die Kleine, deren Puppe im Staub gelandet war. »Mit richtigen Soldaten! Und er hat mir ein Lämmchen geschenkt. Aber Tante Philippa schimpft, wie immer. Ich muss es zurückgeben, sagt sie. Das stimmt doch nicht, oder?«

Hermanna musste wider Willen lachen. Wenigstens eine, die der ganze Aufruhr unberührt ließ. Zumindest jetzt noch …

Am besten brachte sie es gleich hinter sich. Wo Lubbert sich aufhielt, brauchte sie nicht zu fragen, bei dem Lärm, der aus den Fenstern des Rittersaals drang. Männer schrien durcheinander, zotige Lieder wurden gegrölt, Glas zerschellte … Es war doch wohl keins von ihren guten italienischen? Sie schickte Anna zu Tante Philippa, mit der Nachricht, dass sie ihr bald folgen werde.

Noch nie war ihr ein Gang so schwergefallen. Ihre Beine waren wie Blei und trugen sie kaum die geschwungene Treppe hinauf. Nur selten musste sie das blank polierte Geländer benutzen, aber heute war so ein Tag.

Der Rittersaal lag im ersten Stock; er nahm die gesamte zum Hof gelegene Haushälfte ein. Bevor Hermanna zur Tür ging, betrat sie die Galerie, wo an der Stirnseite das große Porträt ihrer Urgroßmutter Hermanna von Albrock hing. Viel zu sehen war nicht von ihr. Den größten Teil der Leinwand füllte ihr besticktes Gewand, das unter dem Kinn mit einer riesigen weißen Spitzenkröse abschloss.

Hermanna suchte nach dem blassen Gesicht unter der eng anliegenden Haube, die nicht ein Haar freigab. »Sag mir, was ich tun soll, liebe Ahnfrau«, murmelte sie. »Du willst bestimmt nicht, dass ein Lubbert von Zinsdorf Herr im Haus wird.« Zumal Lubbert höchstwahrscheinlich als Erstes das Gemälde auf den Speicher verbannen würde.

Ein Graus wäre der alten Hermanna auch das Gelage der Männer gewesen, die ihren geliebten Rittersaal in eine schmutzige Hinterhofschenke verwandelt hatten. Als Hermanna die schwere Tür aufschob, klirrte wieder zersplitterndes Glas. Jemand musste das zierliche Trinkgefäß direkt gegen den Eingang geworfen haben. Wie sie befürchtet hatte, waren die Scherben fein ziseliert. Hermanna hatte die zwölf Gläser, angeblich aus dem venezianischen Murano, auf dem Paderborner Magdalenenmarkt teuer bezahlt.

Auf dem Tisch standen – und lagen – noch mehr der italienischen Gläser. Hermanna fühlte, wie der Zorn ihr Gesicht erhitzte.

Der Lärm legte sich, als sie vollends eingetreten war.

»Aah, da ist ja die viel gelobte Hausfrau«, tönte ihr Lubbert entgegen, kaum dass sie die Tür hinter sich geschlossen hatte. Sein Gesicht war feister geworden und zeigte kleine Hängebacken. Auf dem Kopf trug er wie immer einen Schlapphut – diesmal mit einer gelben Feder geschmückt –, um sein schütteres blondes Haupthaar zu verdecken. Nur ein paar Strähnen hingen über den Ohren.

»Wie oft hab ich in den letzten Tagen gehört: Warte nur, bis Hermanna zurückkommt, dann kannst du was erleben«, sagte er. »Um was zu erleben sind wir hergekommen, was, Freunde?« Zustimmendes Johlen folgte seinen Worten.

Aufstehen konnte Lubbert nicht mehr, deshalb winkte er sie zu sich. Hermanna blieb an dem langen, von ihr selbst liebevoll polierten Eichentisch stehen. Obwohl die Herren gesättigt und halb betrunken in den Armstühlen lagen, war die Tischplatte immer noch mit Esswaren beladen. Große Bierlachen und allerlei Reste und Ausgespucktes bedeckten Tisch und Boden. Zwei Mädchen aus dem Dorf versuchten, behindert durch zerrende und grapschende Hände, wenigstens notdürftig sauberzumachen. Andere Frauen saßen zwischen den Männern, teils auf den Knien; auch sie nicht freiwillig, wie es Hermanna schien.

Hermanna wusste, wann sie verloren hatte. Gegen die entfesselte Horde mit ihrem betrunkenen Anführer vermochte sie nichts auszurichten. Sie konnte nur auf den Amtsvogt setzen und die Gerechtigkeit, und wenn die ihr nicht halfen, musste sie sich selbst helfen, wie immer.

Deutlich spürte sie, wie der unterdrückte Zorn ihr Gesicht hart werden ließ. Mit fest aufeinandergepressten Lippen ging sie um den Tisch herum, zog die Frauen von ihren Plätzen hoch und schickte sie nach Hause. Außer unverständlichem Gegröle erhob sich kein Widerstand.

An Lubberts Stuhl blieb sie stehen. »Den Amtsvogt wirst du hier nicht bewirten können«, sagte sie. »Es sei denn, du kümmerst dich selbst darum, die Schweinerei zu beseitigen.«

»Hoho«, machte Lubbert. Die unentschlossene Miene in seinem glatten Gesicht sprach der Kraftmeierei Hohn.

Hermanna wandte sich zur Tür und verließ den verdreckten Saal. Das in ihrem Rücken wieder einsetzende Gejohle war deutlich verhaltener als vorher.

***

Auf Lubbert hatte die Zurechtweisung gewirkt wie ein kalter Guss. Wie machte Hermanna das bloß, dass er sich immer wieder vorkam wie ein pickeliger Halbwüchsiger?

Er lachte gezwungen, wie nach einer kleinen Kabbelei zwischen Vetter und Base. »Das war Hermanna. Ich hab's euch ja gesagt, die hat Haare auf den Zähnen.« Er setzte den Humpen an und trank ihn in einem Zug leer.

»Der müsste man es mal ordentlich besorgen«, knurrte Langenfeld.

Lubbert lachte wieder, lauter jetzt. »Versuch dein Glück. Einen Mann braucht sie sowieso, wenn sie Albrock verlassen muss. Sie weiß es noch nicht, deshalb ist sie so hochmütig. Aber wenn sie merkt, dass sie von mir abhängig ist, wird sie schon zahm werden. Und ich werde ihr ein großzügiges Brautgeld geben, da verlass dich drauf.«

»Na, deine Versprechungen …« Langenfeld brach ab, als ihn Lubberts Blick traf. Doch sein Kinn hob sich, sodass der dunkle Spitzbart fast waagerecht abstand.

Lubbert wandte sich mit einem unbehaglichen Gefühl ab. »Meine Versprechungen halte ich, keine Sorge«, murmelte er. »Jetzt hab ich die Mittel dazu. Und sie wachsen immer wieder nach, das ist das Schönste. Wie die Mädchen …« Er ließ seine Stimme immer lauter werden.

»Mädchen? Wo sind hier Mädchen?«, rief einer der Zecher.

»Wir werden sie uns wiederholen«, versprach Lubbert. »Lasst erst mal den Amtsvogt weg sein. Dann wird mir niemand mehr widersprechen, ihr werdet schon sehen.«

»Bei deiner Base bin ich mir da nicht so sicher«, wandte Vahlensieck ein. An seinem Bart bewegten sich nur die gezwirbelten Schnurrhaare; am runden Kinn trug er eine schmale Bürste, die sich nicht streitbar erheben konnte. »Und diese Tante Philippa kann auch ganz schön fuchtig werden. Mich hat sie fast die Treppe hinuntergeworfen, als ich nur mal nach der kleinen Anna sehen wollte.«

»Ihr Mundwerk wird ihnen nichts helfen.« Lubbert wies mit dem Finger nach oben, wo er die Frauen wusste, und machte dann eine Handbewegung, als ob er sie hinausbefördern wolle. »Nach der Erbhuldigung bin ich der unumschränkte Herr auf Albrock. Wenn ich herkomme, um nach dem Rechten zu sehen, will ich keine bigotten Weiber im Haus haben. Irgendwo wird sich schon ein Plätzchen für sie finden, bei der großen Verwandtschaft.«

»Aber vor der Einsetzung musst du erst dem Bischof einen Gefallen tun, hast du gesagt.« Nun hatte auch Vahlensieck dieses widerliche Misstrauen in den Augen.

»Das werde ich schon deichseln.« Lubbert gab sich sicherer, als er war. »Dietrich von Fürstenberg ist auch mit einem Zeichen guten Willens zufrieden. Ob aus dem Handel was wird, muss man dann sehen. Kann ja so manches dazwischen kommen …«

Langenfeld und Vahlensieck griffen gleichzeitig zu ihren Humpen und stießen sie kräftig gegeneinander.

»Auf Lubbert«, sagte der eine.

»Und seine goldenen Schlösser«, der andere.

***

Ungeniert hatte Hermanna hinter der nicht ganz geschlossenen Tür zum Rittersaal gelauscht. Lubberts Kommentar zu ihrem Abgang wollte sie sich nicht entgehen lassen. Den Rest hätte sie lieber nicht gehört. Sie versuchte, die Verzweiflung zu unterdrücken, die sich in ihr breitmachen wollte, und wandte sich zur Treppe, um Tante Philippa in ihrem Turmzimmer aufzusuchen. Was sollte sie ihr und Anna bloß sagen?

Sie traf die Tante am Stickrahmen an, wo sie an ihrer »immerwährenden Buße« herumstichelte, wie Hermanna die knifflige Arbeit für sich nannte. Vor Jahren hatte Philippa ein Gelübde ausgesprochen: Wenn ihr Herrgott sie trotz ihrer Sünden einen leichten Tod sterben ließe, wollte sie dem Pastor von St. Landolin ein goldbesticktes Messgewand schenken. Hermanna hielt das für ein Geschäft, bei dem die Tante leicht den Kürzeren ziehen konnte.

Dass Lubbert die Ruhe ihres Lebensabends bedrohen könnte, hatte Philippa bestimmt nicht bedacht, sonst hätte sie die Bedingung wohl anders formuliert. Hermanna wünschte dem Vetter die Pest an den Hals – welches Gelübde war angemessen, damit der Herr ihr diesen Wunsch erfüllte?

Besorgt schaute Philippa zu der Nichte auf. Das ging nur im Sitzen, denn sie war genauso groß gewachsen wie Hermanna und hielt sich trotz ihres Alters aufrecht. Ihr Haar hatte den Honigton, der den Albrocker Frauen eigen war, längst verloren und war jetzt silbern. Doch ihre Augen waren immer noch so dunkelblau wie die Hermannas. Anna dagegen, die neben Philippa saß und ebenfalls zu sticken versuchte, hatte dunkles Haar und grüne Augen, wie die Puppe Annelie neben ihr, die Hermanna ihr genäht hatte. Bei Anna schlug die Linie ihrer Mutter aus dem sauerländischen Adel durch, die bei Annas Geburt verstorben war. Trotzdem war sie eine echte Albrock und ließ sich von niemandem etwas gefallen, was die Dorfbuben oft genug zu spüren bekamen.

Aber Lubbert konnte selbst Hermanna nicht mehr verprügeln, obwohl sie es nur zu gern getan hätte. Es musste einen anderen Ausweg geben.

»Hast du Lubbert in seine Schranken verwiesen?« Die Hoffnung in Philippas Blick tat weh. »Und war es sehr unangenehm?«

»Das war es.« Hermanna unterdrückte einen Seufzer. »Zumindest konnte ich die Mädchen zu ihren Eltern zurückschicken. Lubbert habe ich nicht sehr beeindruckt, fürchte ich. Wenn er wirklich das Testament in der Hand hat, werden wir nicht viel ausrichten können.«

»Bestimmt hat er es gefälscht«, sagte Philippa, »Lubbert ist alles zuzutrauen. Deine Tante Katharina hätte dich nie übergangen, das weiß ich genau, und schon gar nicht für einen Neffen ihres Mannes, der nicht einen Tropfen Albrock'schen Bluts in den Adern hat. Und protestantisch ist er auch noch.«

»Wer weiß, wie es zugegangen ist«, erwiderte Hermanna. »Aber wenn wirklich der Amtsvogt hinter ihm steht …«

Sie ging zum Fenster und sah hinaus in den Hof, wo an den Fliederbüschen zartes Grün zu sehen war. Ihr fiel ein, was Lubbert gesagt hatte, kurz bevor sie ihren Horchposten verlassen hatte. Ein Handel mit dem Bischof, den er platzen lassen wollte, wenn sie richtig gehört hatte. Vielleicht bot der geplante Betrug – was es ja wohl war, wenn Lubbert die Vereinbarung nicht einhielt – einen Ansatzpunkt, um ihn loszuwerden. Nämlich dann, wenn der Handel etwas mit der unerwarteten Erbschaft zu tun hatte. Lubbert wollte die Bedingung nicht erfüllen, also war der Handel nichtig.

Bestimmt hatte Kaspar von Fürstenberg die Hand im Spiel. Ohne seinen brüderlichen Berater unternahm der Bischof nichts, und auf Albrock hatte Kaspar seit langem ein Auge geworfen. Sie hätte zu gern gewusst, was für Geschäfte Lubbert mit den Fürstenbergern machte.

***

Lubbert hatte seinen Mittagsrausch ausgeschlafen und erwartete den Amtsvogt. Er trug sein bestes Wams, das während der Sauferei mit den Adelssöhnen wohlverwahrt in einer Truhe auf diesen Anlass gewartet hatte. Eindrucksvoll wippte der neue blaurote Federbusch auf seinem Hut. Neben ihm stand Barthel und reckte die Zinsdorf'sche Standarte in die Höhe. Noch war es nicht so weit, dass er die Albrock'schen Farben zur Schau tragen durfte.

Weniger respektierlich war sein Gefolge. Da ihnen die Zeit zu lang wurde, warfen die Soldaten mit Steinen nach den überall im Hof herumscharrenden Hühnern. Vahlensieck und Langenfeld saßen mit geöffnetem Rock im Schatten und hielten ihre Köpfe. Nicht mal die Hemden hatten sie in die Hosen gesteckt. Auch sein eigener Kopf war schwer vom Schnaps aus Hermannas Keller, aber ließ er sich etwa gehen?

Zufrieden strich er über Kinn und Wangen, die von Barthels Rasur am Morgen glatt waren. Einen Bart zu tragen hatte er schon vor Jahren aufgegeben, nachdem er einsehen musste, dass er dichter nicht wachsen würde. Sein Haar war gepudert, und die blonden Locken hatte Barthel mit der Brennschere in Form gebracht. Der Spiegel in seinem Zimmer hatte ihm einen imposanten Adelsherrn gezeigt.

Wieder sah er zu Langenfeld und Vahlensieck hinüber. Die trugen Bärte, beide. Mit dichtem dunklem Haar, von dem es auch auf ihren Köpfen reichlich gab. Vahlensieck brauchte keine Brennschere für seine Locken, die er, wenn er Eindruck machen wollte, sorgfältig auf dem weißen Kragen zurechtlegte. So eitel wäre Lubbert nie. Allerdings würde er nie so einen Spitzbart tragen wie Langenfeld, dessen Gesicht dadurch noch länger wirkte.

Endlich ertönte der Glockenschlag: Johann von Plettenberg, der bischöfliche Vogt, hatte mit seiner Eskorte das Dorf erreicht. Der dicke Pastor Kruse kam mit wehendem Rock aus der Kirche und lief auf das direkt gegenüber stehende Herrenhaus zu. Als er im Hof eintraf, sammelte Lubbert seine Leute um sich, die unbeeindruckt von der Anwesenheit des Geistlichen ihre Kleidung richteten. Angeführt vom Pfarrer, der in einen würdigen Schritt verfallen war, und gefolgt von seinem Geleit, zog Lubbert aus, sich als Erbe von Albrock bestätigen zu lassen.

Als er am Tor den Kopf wandte, sah er, wie Hermanna mit Tante Philippa im Schlepptau das Haus verließ und sich dem kleinen Zug anschloss. Sie würde Augen machen. Bestimmt hatte sie gehört, dass auf Albrock ein neuer Wind wehte, glaubte aber ebenso gewiss – darauf ließ ihr Auftritt am Mittag schließen – an ein Missverständnis.

Der Amtsvogt würde allen Zweifeln ein Ende setzen, das hatte Kaspar von Fürstenberg ihm versprochen. Hermanna würde ihren altadligen Dünkel schon verlieren, den sie ihm gegenüber an den Tag legte. In ihren Augen – ihre verächtlichen Blicke sprachen Bände – war er nur ein hergelaufener Neuadliger. Ihr Gesicht würde er bei den bevorstehenden Eröffnungen genau im Auge behalten.

Er solle bereits vor der Erbhuldigung für Ordnung auf Albrock sorgen, hatte Kaspar gesagt, was vor allem bedeute, den Bauern den Schlendrian auszutreiben und sie im Sinn des Bischofs zu führen. Denn das konnten die Weiber nicht, das sah man ja. Ackerten selbst und ließen die Bauern fett werden.

Und respektlos waren Lubberts zukünftige Untertanen ebenfalls. Direkt von den Feldern und aus dem Stall kamen sie zum Platz vor der Kirche eher geschlendert als gelaufen, mit Mist an den Füßen und schmutzigen Händen. Sogar Hacken und Forken trugen manche bei sich, legten sie aber beiseite, als die Reiterschar des Amtsvogts mit eingelegten Spießen auf den Haufen zuritt.

St. Landolins schmuckloses Kirchlein stand inmitten des Dorfs auf einem kleinen Hügel, an dessen Fuß sich die Bauern aufgestellt hatten. Ein wenig abseits standen mit den Kindern an der Hand die Frauen. Lubbert hatte sich mit Langenfeld, Vahlensieck und dem Pastor weit über ihnen vor der Kirche aufgebaut. Ortsvorsteher Hagemeier und der Dorfrichter Tentrup kamen dazu, wechselten aber keinen Blick mit ihm. Plettenberg saß ab und stellte sich – alle überragend – neben Lubbert.

Auf einen Wink des Pfarrers hin nahmen die Männer widerwillig ihre Mützen ab. Hagemeier und Tentrup behielten ihre auf – sie glaubten wohl, sie gehörten zur Obrigkeit. Ihr Seelenhirte sprach ein Vaterunser, doch niemand betete mit. Alle sahen gespannt auf den Amtsvogt und versuchten, seiner Miene zu entnehmen, was sie erwartete.

Lubbert fragte sich, was Hermanna im Sinn hatte. Sie stand nicht wie ihre Tante bei den Frauen, sondern hatte sich zu den Männern in die vorderste Reihe gestellt. Sicher wollte sie zeigen, dass die Bauern unter ihrem Schutz standen. Die würden schon noch merken, dass es denen nichts mehr half, sich hinter ihren Röcken zu verkriechen.

Der Amtsvogt entrollte ein Pergament und wies seinen Schreiber an, die Schrift vorzulesen, die – wie Lubbert genau wusste – von Kaspar von Fürstenberg diktiert worden war. Darin setzte der Bischof als Statthalter des verstorbenen Wulfhard von Zinsdorf dessen Neffen Lubbert ein, der bis zur Erbhuldigung die Güter des Hauses Albrock verwalten solle. Die Bauern wurden ermahnt, ihrem neuen Herrn in allen seinen Anweisungen zu folgen.

»Im Namen Gottes, des Herrn«, fügte der Pastor hinzu. Obwohl er mehrfach die Hände hob, murmelte niemand ein Amen.

Mit einem Wink gab der Amtsvogt Lubbert zu verstehen, dass er nun zu seinen Untertanen sprechen möge. Lubbert reckte sich, warf den seidengefütterten Umhang gebieterisch zur Seite und schaute hinab zu den Bauern, die ihm feindselige Mienen zeigten. Auch das würde er ihnen austreiben.

Ganz vorn stand der Halbmeier Joistkemper, der sich wegen eines toten Kalbs bei ihm hatte beklagen wollen. Lubbert grinste verstohlen: Es hatte allen vorzüglich geschmeckt, nachdem sie es im Hof am Spieß gebraten hatten. So wütend wie Joistkemper ihn anschaute, war Lubbert bald genauso tot wie das Kalb. Doch ein Angriff auf ihn würde den Bauern im Halse stecken bleiben, ganz anders als der saftige Braten von gestern. Mit einem Blick streifte Lubbert die Landsknechte des Amtsvogts, die mit Musketen und aufgereckten Spießen seine Sicherheit gewährleisteten.

Er rülpste unauffällig. »Bauern von Albrock«, begann er seine sorgfältig vorbereitete Rede. »Ihr seht vor euch den neuen Herrn dieses Dorfes. Er wird sich als gnädiger und großmütiger Herr erweisen, wenn ihr, wie es der hochwürdige Herr Bischof befohlen hat, ihm den gebührenden Gehorsam und die ihm zustehenden Ehren erweist. Dann wird die Herrschaft Albrock in ihrem alten Glanze wiedererstehen und dem Hochstift dienen können. Zu diesem Zweck werdet ihr, anders als bisher, mit den Haus Albrock zustehenden Diensten und Abgaben pünktlich euren Beitrag leisten.«

In den hinteren Reihen erhob sich Gemurmel, das erstarb, als Vorsteher Hagemeier neben ihm die Hand hob.

Lubbert hatte weitere neue Regeln zu verkünden. »Wie ich bei meiner Ankunft feststellen musste, besteht in Bezug auf die Nutzung von Wald und Hude keinerlei Ordnung. Diese wird wiederhergestellt. Ab sofort ist das Betreten der Wälder bis zum Erlass einer endgültigen Holz- und Hudeordnung verboten. Auch das Jagd- und Fischrecht nimmt Haus Albrock in Zukunft wieder selbst wahr.«

Wieder wurden die Bauern unruhig. Die hinten standen, drängten nach vorn und versuchten, den Vorsteher zum Widerspruch zu bewegen. Hagemeier trat mit rotem Kopf vor Lubbert und bekam wie immer kein Wort heraus. Poltern konnte er nur den Dorfbewohnern gegenüber. Jetzt schaute er hilflos erst zum Dorfrichter, der sich mit verkniffenem Gesicht abwandte, und dann zu Hermanna. Natürlich nahm sie es als Aufforderung, sich einzumischen.

Sie trat vor und sprach Plettenberg an. »Hoch geehrter Herr Amtsvogt«, sagte sie. »Ich stehe vor Euch als derzeitige Herrin des Hauses Albrock und entbiete Euch und Eurem Dienstherrn, seiner Exzellenz, dem hochwürdigen Herrn Fürstbischof, den untertänigsten Lehnsgruß.« Und so weiter und so fort. Reden konnte seine Base.

Während Hermanna den Amtsvogt höflich begrüßte und ihr Anliegen erklärte, betrachtete Lubbert sie abschätzig. Immerhin hatte sie sich nicht umgezogen und trug noch das feine Kleid vom Stadtbesuch, während sie sonst herumlief wie alle Bäuerinnen. Ihre Schuhe jedoch wiesen deutliche Spuren des allgegenwärtigen Drecks auf. Eine Haube trug sie sowieso nie, darüber schimpfte auch Tante Philippa. Ihre blonden Locken, so widerspenstig wie Hermanna selbst, standen zu allen Seiten vom Kopf ab. Einen ehrbaren Eindruck machte sie nicht gerade. Der Amtsvogt zog die Augenbrauen in die Höhe. Lubbert konnte dessen Missbilligung nur recht sein.

Hermanna erläuterte, welche Zusagen ihre Ahnfrau, die Erste in weiblicher Linie, den Albrockern bei der Erbhuldigung gemacht habe. Die alte Hermanna habe sich auf die Familientradition berufen und den Bauern garantiert, dass sie in allem so behandelt werden sollten, wie es bisher üblich gewesen sei. Schon unter Hermann von Albrock, der immerhin Hofrichter des damaligen Bischofs gewesen sei, seien die Dorfbewohner von einem Teil ihrer Dienste und Abgaben befreit gewesen, und seitdem habe jeder Erbe, ob männlich oder weiblich, diese Linie verfolgt.

Als der Amtsvogt Lubbert fragend ansah, ergriff er das Wort. »Nun«, sagte er. »Das mögen Hermann und nach ihm Hermanna und alle weiteren Erbinnen so gehalten haben. Ich mache diese Zusagen nicht. Den Umfang der Verpflichtungen festzulegen ist Sache des Grundherrn, wie jeder weiß.«

Wie Lubbert erwartet hatte, gab Hermanna nicht auf. Sie schüttelte heftig den Kopf, was ihr Haar noch mehr in Unordnung brachte. Sie würdigte Lubbert keines Blicks, sondern wandte sich direkt an den Amtsvogt. »Das mag für die Dienste und Abgaben gelten, aber nicht für die althergebrachten Holz- und Weiderechte der Bauern, die ihnen nicht einmal persönlich gehören, sondern dem Hof. Wie sollen die Höfe instandgehalten werden, wenn den Leuten das Bauholz fehlt? Wie sollen die Familien überleben, die den Hof bewirtschaften, wenn sie ihr Vieh nicht mehr ins Gelände treiben dürfen?«

Von den Bauern kam zustimmendes Gemurmel. »Er wird die

Eichenstämme haben wollen, und uns bleibt nur das faule Astholz«, rief einer.

»Genau.« Lubbert gelang es, ruhig zu bleiben. »Ihr kennt ja den Satz: Geschenktem Gaul schaut man nicht ins Maul.«

Das schmeckte den Bauern nicht, von denen einige sogar die Fäuste reckten. Auch Hermanna machte ein finsteres Gesicht.

Doch bevor sie weitersprechen konnte, gab der Amtsvogt Lubbert einen Wink. »Vergesst nicht, edler Herr von Zinsdorf, dass Ihr noch etwas ankündigen wolltet«, sagte er. »Meine Zeit ist begrenzt, wie Ihr wisst.«

Lubbert hatte seine Zusage den Fürstenbergern gegenüber nicht vergessen, aber gehofft, mehr Zeit herausschinden zu können. Was half es, wenn er zwar dem Hochstift seine besten Absichten bewies, aber die Bauern gewarnt wurden? Scharenweise würden sie Haus und Hof verlassen, um dem Kriegsdienst zu entgehen. Ohnehin lehnte er den Plan ab. Seine Bauern sollten nicht dem Bischof Reichtum bringen, sondern ihm.

Der Amtsvogt gab seinem Hauptmann den Auftrag, die Landsknechte abmarschbereit in Aufstellung zu bringen. Lubbert musste reden. »Es wird noch eine weitere Neuerung in Albrock geben, die euch zeigen wird, dass die Herrschaft wieder in Männerhänden liegt.« Er machte eine bedeutungsvolle Pause und sah Hermanna an. Schon wieder färbten sich ihre Wangen rot. Lubbert wandte sich an die Umstehenden. »Wie ihr wisst, wird unser edles Fürstentum von allen Seiten von freibeuterischem Kriegsvolk und ungläubigen Feinden bedroht, und unser Bischof ist gezwungen, zur Verteidigung des Glaubens ein frommes Heer aufzustellen. Wir werden auch in unseren Dörfern die tapfersten Männer zum Bischofsdienst mustern und sie zu Schützen ausbilden. Wenn die Feinde besiegt sind, können alle auf ihre Höfe zurückkehren.« Lubbert war stolz auf seine Worte, zumal er selbst zu den Reformierten gehörte und einen protestantischen Dienstherrn hatte, der mit anderen zusammen das katholische Hochstift bedrängte.

Aber das wussten auch die Albrocker. »Der ist doch selbst ein Ungläubiger«, rief ein Bauer erbost. Die Folgen seiner Ankündigung hatten sie wohl noch gar nicht erfasst.

Das war bei Hermanna anders. Wenn sie wütend war, wurden ihre blauen Augen dunkel, fast violett, und jetzt war es so weit.

Doch zu Lubberts Erleichterung beherrschte sie sich. Der Amtsvogt sollte nicht den Eindruck bekommen, dass auch in diesem wichtigen Punkt seines Herrschaftsantritts Ärger zu erwarten war.

Die Bauern scharten sich um ihren Vorsteher und schimpften auf ihn ein. »Unser Wald«, hörte er, und »unserer Hände Arbeit«. Plettenberg konnte nicht entgehen, dass sie beides Lubbert nicht ohne Widerstand überlassen würden.

***

Zu Hermannas heimlicher Freude hatte Johann von Plettenberg Lubberts Einladung abgelehnt und sich mit weiteren Amtsgeschäften entschuldigt. Lubberts Mühe war vergebens. Die beiden Landsknechte und sein Bursche hatten den Rittersaal säubern müssen, während die feiernden Adelssöhne das Weite gesucht hatten. So war er auch um sein hochfeines Publikum gekommen. Nur der Pastor hatte die Einladung gern angenommen; zu viert saßen sie nun im großen Rittersaal beim Festmahl. Deutlich ruhiger war es als am Mittag.

Hermanna war nach einem Gespräch mit den Bauern in ihr Badehaus geeilt, wo sie Anna und die Magd antraf, die es gerade gereinigt hatten. Schon mittags hatte sie gesehen, dass Lubbert ihr Heiligtum für sich und seine Freunde entdeckt hatte; geradezu entweiht war es ihr vorgekommen, was nicht allein am hinterlassenen Dreck lag.

Sie selbst fühlte sich ebenfalls schmutzig, woran Lubbert, obwohl er sie gar nicht angefasst hatte, einen großen Anteil hatte. Anna war sofort bereit, mit ihr das Bad zu teilen, und holte Holz, um den großen Wasserkessel anzuheizen. Hermanna selbst schleppte Wasser vom Hofbrunnen herbei. Die Magd erhielt den Auftrag, aus der Küche etwas zu essen zu bringen und auch etwas Wein für Hermanna. Sie hatte nicht vor, alles den Eindringlingen zu überlassen.

Ihre Urgroßmutter hatte das Badehaus zur gleichen Zeit wie den Herrenhof, ihren Witwensitz, erbauen lassen, weil ihr das warme Bad gegen die Schmerzen in den Knochen half. Es war geräumig und mit zwei riesigen, eisengefassten Bottichen ausgestattet, die Hermanna erst im letzten Jahr hatte erneuern lassen. Sie hatte manch gemütlichen Abend mit ihren Dorffreundinnen darin verbracht, und auch die Männer nutzten sie von Zeit zu Zeit.

Doch Lubbert gönnte sie dieses Vergnügen keinesfalls. Sie musste sich etwas einfallen lassen, um ihn von ihren Zubern fernzuhalten.

Aber es ging nicht nur um ihr Badehaus. Sie hatte es bisher nicht wahrhaben wollen und die Sorge um ihre Bauern in den Vordergrund gestellt. Aber nach und nach wurde ihr klar, was Lubberts Anwesenheit auf Haus Albrock für sie selbst bedeutete. Sie würde ihr Dorf verlassen müssen, was undenkbar war. Schon als Kind hatte sie beschlossen, nur zu heiraten, wenn ihr der Ritter aufs Schloss folgte und nicht umgekehrt, wie es üblich war. Seit sie erwachsen war, hatte sie mögliche Bewerber um ihre Hand, die diese Voraussetzung nicht erfüllten, gar nicht erst ermutigt und war Ehevorschlägen der Verwandten ausgewichen. Sie drohte eine alte Jungfer zu werden, doch das war es ihr wert.

Und nicht nur sie, auch Tante Philippa und die kleine Anna sollten vertrieben werden. Wie brachte sie ihnen das nur bei?

Fröhlich wie immer ließ sich Anna ins Bad helfen und planschte darin herum. Hermanna zog sich aus und stieg ebenfalls ins heiße Wasser. Ihr Körper entspannte sich, doch ihr Geist gab keine Ruhe. Abwesend beantwortete sie Annas Fragen nach dem großen Meer, das sie selbst nie gesehen hatte. Dennoch überwältigte sie das Gefühl, dass bedrohliche Wellen über ihr zusammenschlugen.

Noch nie war sie sich so hilflos vorgekommen. Auch als die Bauern sie nach Lubberts Ankündigungen um Rat fragten, hatte sie keine Antwort gehabt. Was wusste sie schon von Gesetzen und Gerichten? Sie hatte die Urgroßmutter bewundert für den Mut, ihr Recht vor dem höchsten Gericht zu erkämpfen; Hermanna selbst war es bisher immer gelungen, Streitigkeiten einvernehmlich zu lösen.

Anna spielte mit der hölzernen Ente, die Martin, der Knecht, ihr geschnitzt hatte. Erst ertränkte sie den Vogel, und dann rettete sie ihn. Hermanna schloss die Augen und gab sich dem Wohlbehagen hin, das ihren Kopf allerdings nicht erreichte.

Wenn Lubbert auf Albrock die Herrschaft übernahm, würden

Anna, Philippa und sie gehen müssen. Aber die Bauern mussten bleiben und sich selbst helfen. Ohne sie. Gegen Lubbert. Da konnte Hagemeier sich noch so oft am Kopf kratzen; gegen Lubbert kam er nicht an.

Ein Advokat wäre jetzt hilfreich. Er könnte versuchen, wenigstens die von ihrer Ahnfrau verbrieften Rechte der Bauern einzuklagen. Sie kannte keinen. Oder doch? Leonore hatte von Diether Meschede erzählt, der in ihrer Nachbarschaft lebte. Er war Advokat. Er sei nicht bestechlich wie viele andere Anwälte, hatte Leonore gesagt, und dass er einigen Bauern gegen ungerechte Grundherrn beigestanden habe.

Sie öffnete die Augen und fasste einen Entschluss. Hagemeier und Tentrup sollten gleich morgen früh in die Stadt reiten und Leonore aufsuchen. Die würde ihnen den Weg zu Diether Meschede weisen. Einen Brief für Leonore würde sie ihnen außerdem mitgeben. Vielleicht wusste die ja einen Rat …

In ihre Gedanken hinein fragte Anna: »Sind die Soldaten böse, Hermanna?«

»Sie tun dir nichts, solange sie hier sind.«

»Aber Tante Philippa sagt, sie sind böse«, beharrte Anna. »Das kommt davon, weil sie im Krieg Leute umbringen müssen«, fügte sie altklug hinzu und widmete sich dem Brot mit Apfelmus, das die Magd inzwischen gebracht hatte.

Hermanna schwieg. Essen mochte sie nichts, trank aber einen großen Schluck Wein. Doch die schweren Gedanken wollten nicht weichen. Wenn es nach Lubbert ging, würden die Albrocker Bauern, jedenfalls die jüngeren von ihnen, in den Krieg ziehen müssen. Dagegen konnte auch der Advokat nichts tun, das war Lehnsrecht. Es konnte durchaus so weit kommen, dass auch Hermanna es nicht mehr umgehen konnte.

Dass der Bischof Soldaten brauchte, war nichts Neues. Rund um das Hochstift saßen protestantische Herren; man hörte von Übergriffen auf beiden Seiten. Der Bischof hielt jährliche Musterungen ab, zu denen einige ihrer Standesgenossen immer neue Jahrgänge von Bauernsöhnen schickten. Einträglicher und deshalb beliebter war es aber, auf eigene Faust das eine oder andere Fähnlein aufzustellen und es auswärtigen Kriegsherrn zu überlassen. So mancher Beutel Gold sei dabei zu verdienen, erzählte man sich.

Trotz des warmen Wassers schauderte es Hermanna. Wie konnte ein Grundherr es über sich bringen, seine Bauern zu verkaufen? Sie waren Menschen, mit denen er täglich zusammenlebte, auf die er darüber hinaus angewiesen war, um seine Ländereien ertragreich zu machen. Sie wollte sich die Not in den Familien ihres Dorfs nicht vorstellen, wenn die jungen Männer vom Hof weg in den Krieg geschickt würden.

Vielleicht war das der Handel mit dem Bischof, den er platzen lassen wollte. Die Albrocker Bauern zu Schützen ausbilden und in weit entfernte Kriege schicken, am Landesherrn vorbei. Die Schandtat traute sie Lubbert durchaus zu, und auch, dass er den Bischof hinterging.

Für ihre Bauern mochte es egal sein, auf welchen Schlachtfeldern sie starben. Doch ob der Bischof Lubberts Verrat hinnehmen würde?

Mittwoch, 2. April 1614

In aller Eile machte sich Leonore Theodor zum zweiten Mal an diesem Morgen ausgehfertig. Sie hatte früh ihre Kranken besucht und sich dann das Kräuterbeet vorgenommen, wo sie dem Unkraut zu Leibe gerückt war, das im Frühlingssonnenschein munter spross.

Nach Wochen mit Sturm und Regen war pünktlich zu Ostern die Sonne zurückgekehrt. Das schlechte Wetter hatte ihr die Fastenzeit besonders lang gemacht. Im katholischen Haushalt ihres Bruders Erik war dem Fasten kaum zu entgehen gewesen, auch wenn sie selbst mit den christlichen Vorschriften nichts im Sinn hatte.

Allerdings hatte auch ihr Vater, Dr. Jakob Theodor, den die Jesuiten als Ketzer bezeichnet hatten, die Fastenzeit eingehalten. »Reinigt das Blut«, hatte er gesagt, und: »Man soll sich ruhig mal daran erinnern, dass nicht immer Überfluss herrscht.«

Aber Leonore hatte es schon damals gehasst, wochenlang auf ihre Lieblingsspeisen verzichten zu müssen. Jetzt kam noch Eriks Frömmelei hinzu, die der Vater abgelehnt hätte. Der Bruder hatte zwar nach dessen Tod die Praxis übernommen, aber nicht seine Überzeugungen und Behandlungsmethoden. Die hielt allein Leonore in Ehren, obwohl sie nicht als Ärztin, sondern – vom studierten Bruder belächelt – nur als Hebamme und Bademutter in die Fußstapfen ihres Vaters treten durfte.

Wie ihr ketzerischer Vater hatte sie Patienten genug: Ihre von den Jesuiten beklagte »Gottlosigkeit« hielt die Paderborner nicht davon ab, ihre Dienste in Anspruch zu nehmen. Erik dagegen hatte viel Zeit zum Beten; als Arzt war er wenig gefragt.

Als sie aus der Haustür trat – ihr Vaterhaus stand direkt neben dem Jesuitenkolleg –, entdeckte sie Spuren von Gartenerde an ihrem Rock, die sie eilig ausrieb. Die Albrocker Bauern hatten sie von den Beeten geholt, und sie hatte den Dreck nur notdürftig abgeklopft. Mit schmutzigen Fingern hatte sie Hermannas Brief entgegengenommen und gleich gelesen. Es musste wichtig sein, so kurz nach ihrem Besuch – eine Ahnung, die sich bestätigte.

Nur gut, dass Kaspar von Fürstenberg, den sie als Patient und Freund vom Vater geerbt hatte, noch in der Stadt weilte. Sein Bruder Dietrich, der Bischof, ließ sich dagegen von Erik behandeln. Auch Kaspar hatte sie am Morgen schon besucht, mit einem – nach dem Rezept Dr. Theodors – selbst hergestellten Extrakt aus Herbstzeitlosen gegen seine Gicht. Er würde sich wundern, dass sie schon wieder auftauchte. Aber morgen war es zu spät, da wollte er nach Bilstein abreisen, und am Nachmittag würden ihn die Kapitelsherren beehren. Der missmutigen Miene nach freute er sich nicht besonders auf den Besuch.

Er hatte sich – ausführlich und polternd wie immer – über den Lammbraten beklagt, der ihm an allen Ostertagen ohne Rosmarin vorgesetzt worden war. Das lieferte Leonore den perfekten Vorwand für ihren Besuch. »In der ganzen Stadt kein Rosmarin«, hatte er geschimpft. »Wenn die feinen Herren auf Knoblauch verzichten, versteh ich das ja. Stinkt genug im Hohen Dom. Aber Lamm ohne Rosmarin – das gibt's nur in Paderborn.«

Nicht nur Kaspars Gicht, auch sein Leibesumfang zeigten deutlich, dass er gutes Essen liebte. In seinem Gesicht hatte Leonore lesen können, dass er die Missachtung seiner Vorlieben als persönliche Beleidigung auffasste. »Sie haben dann zum Stadtapotheker geschickt«, hatte Kaspar gebrummt, »aber dessen Vorräte waren halb verschimmelt.«

Zu Leonore war niemand gekommen. In ihrem Garten wuchs Rosmarin, und sie hatte ihn auch in diesem Jahr wieder sorgsam durch den Winter gebracht. Einen besonders schönen Strauch hatte sie ausgegraben und in einen sauberen Topf gepflanzt. Den trug sie jetzt im Arm.

Es war nicht weit bis zum Sternberger Hof, wo die bischöfliche Kanzlei und eine kleine Stadtresidenz untergebracht waren. Weil er seinen Bruder offiziell vertreten musste, war Kaspar ausnahmsweise in den wenig repräsentativen Räumen abgestiegen. Im fürstbischöflichen Neuhäuser Schloss, wo er sonst mit seinem Bruder residierte, hätte er es viel bequemer gehabt. Auch das hatte ihm Anlass zu klagen gegeben. Dietrich galt als krank, doch Kaspar hatte ihr verraten, dass er angesichts des schönen Wetters nach Wewelsburg gezogen sei.

»Zur Jagd gehen nennt er das«, hatte er gesagt und den Mund spöttisch verzogen, »wenn er den ganzen Tag in der Sonne liegt. Würde ich auch lieber tun …«

Am neuen Rathaus – immer noch war es eine Baustelle – traf sie auf Bernd Gogreve, den Sohn des Bürgermeisters, der bei den Handwerkern herumlungerte. »Der ohne Hände« nannte man ihn in der Stadt, wenn man ihn von seinem arbeitsamen Bruder Georg unterscheiden wollte. Rote Haare hatten beide, das war kein Unterscheidungsmerkmal.

Als Bernd sie sah, nahm er – was selten vorkam – die Hände aus den Taschen und bot ihr an, den Rosmarinbusch zu tragen. Allzu oft hatte Leonore Bernd sich nicht nach Arbeit drängen sehen.

»Hoho«, machten die Handwerker. »Lass dich bloß nicht verhexen, Bennat.«

Freundlich lehnte Leonore Bernds Anerbieten ab. »Ich hab's nicht weit«, erklärte sie. Dennoch blieb er an ihrer Seite und begleitete sie, vom Wetter schwatzend, durch den Schildern. Sie gab einsilbige Antworten und beschleunigte ihren Schritt.

Doch Bernd war nicht abzuschütteln. Anders als sein Bruder Georg, mit dem und vor allem dessen Frau Kunigunde, einer Base Hermannas, Leonore viel verband, war er ein Tunichtgut. Und zudem neugierig, was er jetzt wieder unter Beweis stellte.

»Man sieht Euch gar nicht mehr mit Diether Meschede«, sagte er. »Hat er endlich auf seine fromme Mutter gehört?«

»Das solltet Ihr ebenfalls tun«, gab sie zurück, obwohl sie genau wusste, dass Diether nichts auf die Ratschläge seiner Mutter gab. »Sie wird Euch bestimmt nicht gern mit Eselsohren sehen.«

»Meine Mutter ist mir egal.«

Leonore wusste von Kunigunde, dass er vor ihr kuschte wie ein junger Hund.

Der Schildern öffnete sich zum Domplatz, den die Leute Kohlgrube nannten, weil in früheren Zeiten hier der Markt gewesen war. Am Ende des Platzes lag ihr Ziel. Sie musste Bernd loswerden. Wenn er sie mit dem Rosmarinbusch zu den Fürstenbergern gehen sah, erfuhr das die ganze Stadt.

Ohnehin wurde viel zu viel über sie und Kaspar geklatscht, was

Erik ihr getreulich zutrug. »Seine Gicht wird immer schlimmer«, hatte er neulich gesagt. »In der Stadt geht schon um, dass du ihm die Knoten an die Gelenke hext, damit er dir verfallen bleibt. Vielleicht solltest du es mal mit einem ordentlichen Aderlass probieren statt mit deinen heidnischen Säftchen?«

Kaspar hatte ihn und sein Messerchen seinerzeit hinausgeworfen. Aber das hatte ihr missgünstiger Bruder wohl schon vergessen.

Der alte Mann wusste sehr wohl, woher die Gicht kam, lehnte aber jede Einmischung in sein Leben ab. »Ich esse und trinke, was ich will, Jungfer«, pflegte er auf ihre Vorhaltungen zu antworten. »Seht Ihr zu, dass Ihr rechtzeitig mit meiner Medizin zur Hand seid.«

Man musste ihm zugutehalten, dass er die Folgen seiner Sünden wie ein Mann trug, anders als Bischof Dietrich, dessen Unpässlichkeiten Kaspar – dem älteren der beiden Brüder – oft Anlass zum Spott boten.

»Ich muss da runter«, sagte sie zu Bernd und wies vage bergab Richtung Ükern in der Hoffnung, dass ihm der Weg zu lang sein würde. Wie erwartet murmelte er etwas von »muss den Handwerkern helfen« und bog ab. Erleichtert setzte Leonore ihren Weg fort, der bereits nach wenigen Schritten zu Ende war.

Den alten Kaspar von Fürstenberg fand sie – in der Sonne sitzend – im abgeschlossenen Gärtchen des alten Adelshofs. Die Beine hatte er auf einen Schemel gelegt, die Augen geschlossen. Neben ihm auf der Bank lagen Briefe und Aktenstücke, die er wohl lesen wollte.

Als er ihre Schritte hörte, brummte er: »Lasst mich in Ruhe.«

Sie räusperte sich, und er schlug die Augen auf. Sie erhellten sich, als sein Blick auf den Rosmarin fiel. »Ihr stört mich zwar bei der Arbeit, Jungfer Theodor, aber mit gutem Grund, wie ich sehe. Es sei Euch gedankt. Anscheinend seid Ihr in der Stadt die Einzige, der mein Wohlbefinden am Herzen liegt.«

Er zupfte einen Rosmarinzweig ab, zerrieb ihn zwischen den Fingern und schnupperte genießerisch daran. »Konntet Ihr den Busch nicht schon vor Ostern vorbeibringen?«, fragte er.

Leonore lachte. »Ihr hättet selbst daran denken können, dass bei mir alle Kräuter zu finden sind, die man braucht.«

»Ich hab's ja vorgeschlagen«, knurrte er. »Aber der Schultheiß meinte, am heiligen Osterfest könne man keinen anständigen Christenmenschen zu Euch schicken.« Augenzwinkernd fügte er hinzu: »Ihr seht, Eure Hexenkünste sind nicht nur in der Stadt, sondern auch den höchsten Kreisen bekannt. Wenn das Euer Vater wüsste.«

»Meine Hexenkünste kannte mein Vater ebenfalls. Von ihm hab ich sie, das wisst Ihr genauso gut wie alle anderen. Bei ihm hieß das aber ärztliches Wissen, ihm hätte niemand Zauberei vorgeworfen.«

»Er war ja auch ein Mann«, gab Kaspar zurück. »Hexen sind immer Frauen.«

Seine Miene war mürrisch, doch seine braunen Augen funkelten sie an. Trotz seines Alters war er immer noch ein schöner Mann. Anders als sein Bauch zeigte sein Gesicht keinerlei Erschlaffung. Die kantigen und dennoch freundlichen Züge hatten sich nicht verloren, und obwohl er oft lästerte und klagte, hatte sich kein missgünstiger Ausdruck festgesetzt wie bei ihrem Bruder Erik. Dazu lachte Kaspar von Fürstenberg zu gern.

Von seinem bischöflichen Bruder unterschied er sich ebenfalls. Während Dietrich mit seinem oben abgeflachten Kopf, dem fleischigen, ein wenig dummen Gesicht und dem gestutzten Bart wie ein Raubritter aussah, wirkte Kaspar durchgeistigt und edelmütig. Manchmal konnte er das sogar sein.

Er streckte sich im Sonnenschein und sah sie erwartungsvoll an. Gute Voraussetzungen für ihr Anliegen; die Frage war, wie sie ihn darauf bringen sollte.

Leonore stellte den Rosmarintopf neben der Bank ab und schaute im Garten umher, als suche sie einen geeigneten Platz für den Strauch. »Am besten pflanzt man ihn da ein, wo Ihr sitzt«, sagte sie lachend. »Er braucht Sonne, das wisst Ihr ja.«

»Ich auch«, brummte er. »Ihr steht genau davor, merkt Ihr das?«

Ungerührt trat sie einen Schritt beiseite, sodass ihm das Licht ins Gesicht fiel. Blinzelnd sah er zu ihr auf.

»Eilig scheint Ihr es nicht zu haben«, stellte er fest, »sonst ständet Ihr nicht da herum. Warum setzt Ihr Euch nicht zu mir und unterhaltet mich ein Weilchen?«

Darauf hatte Leonore nur gewartet. Doch statt sie zu Wort kommen zu lassen, erzählte Kaspar selbst. Wie immer krittelte er an Dietrich herum, der sich von Jahr zu Jahr mehr darum herumdrücke, das Hochstift zu regieren, wie es einem Fürstbischof als geistlichem und weltlichem Herrscher zukam.

»Wir haben das Feld gut bestellt«, sagte er, »damit hat Dietrich ja recht. Zumindest in Glaubensfragen. Unsere *Agenda Ecclesiae Paderbornensis* wird überall beachtet, und die Ketzer halten sich bedeckt. Den Rest können wir getrost unseren Nachfolgern überlassen. Aber was die Macht im Hochstift angeht ...« Kaspar schaute sie bekümmert an.

Leonore wusste, was er meinte. Die Landstände – Adelsherren und freie Städte des Fürstbistums – waren widerspenstig wie eh und je. Sie selbst hatte ihm ein Beispiel dafür zu liefern.

Aber Kaspar war noch nicht fertig. »Jetzt haben sich alle auf die Seite der Paderborner geschlagen. Als ob wir nicht Sorgen genug hätten.«

Weitschweifig berichtete er über die Eingabe der Städte Brakel, Borgentreich und Warburg mit dem Verlangen, die Stadt Paderborn wieder in ihre Rechte einzusetzen, die der Bischof ihr nach dem Aufstand von vor zehn Jahren genommen hatte. »Mit Recht«, rief er. »Wenn die Stadt jetzt, wie sie behaupten, an Macht, Freiheiten und Privilegien schlechter gestellt ist als das geringste Dorf, haben sich das die Paderborner selbst zuzuschreiben. Wer sagt uns denn, dass sie sich nicht wieder gegen uns erheben, wenn wir die Zügel lockern? Außerdem kann keine Rede davon sein, dass wir ihren Wohlstand empfindlich geschädigt hätten. Seht sie Euch doch an: Eure Mitbürger werden immer reicher und fetter. Möchte wissen, wie sie das trotz der hohen Abgaben schaffen.«

Leonore hatte den Verdacht, dass es Kaspar, der als Ältester das Familienvermögen zu verwalten und zu mehren hatte, vor allem um die einträgliche Pfründe ging. In der Stadt erzählte man sich, dass in des Bischofs privaten Schatzkammern, wo früher gähnende Leere geherrscht habe, sich heute säckeweise Gold und Silber stapelten. Und die Fürstenberger rafften immer noch mehr an sich. Es war ein Zug an Kaspar, der ihr überhaupt nicht gefiel.

Doch sie verbarg ihre Ablehnung und hörte geduldig zu. Schließlich wollte sie etwas von ihm. Wenn er nur endlich mit seinen Tiraden zum Ende käme ...

»Und die Kapitelsherren haben nichts Besseres zu tun, als sich auf die Seite der Paderborner zu schlagen.« Mit den Herren des Domkapitels, dem die wichtigsten Vertreter des Landadels angehörten, hatte er es immer. »Sie arbeiten grundsätzlich gegen uns – warum sollten wir ihrem Ansinnen nachgeben? Neuerdings bekritteln sie sogar unsere Justizverwaltung, stellt Euch das vor. Dabei fahren sie nicht schlecht bei unseren Gerichten, auch wenn alles langsamer geht als früher. Ein Hofgericht kann nun mal nicht dauernd tagen, das wisst Ihr selbst. Da hat es ein Magistrat besser – die städtischen Herren leben schließlich in Rufnähe. Aber was die unter Rechtsprechung verstehen, haben wir ja erlebt, als noch die Ketzer am Werk waren – vor 1604, Ihr erinnert Euch.«

Leonore erinnerte sich – dieses Jahr vergaß hier niemand. 1604 hatte der Bischof den protestantischen Magistrat entmachtet und Bürgermeister Wichart vierteilen lassen. Seitdem lag das Recht in den Händen der bischöflichen Amtmänner, die nur selten anwesend waren und noch seltener zugunsten der Stadtbürger urteilten. Diether Meschede, der Advokat, hatte seine liebe Not mit den Sachwaltern des Bischofsrechts.

Nach dem blutigen Sieg hatte Bischof Dietrich Kaspar aufgetragen, in der Stadt für Ordnung zu sorgen, und war ins Emser Bad verschwunden. »Mich selbst plagte das Podagra, aber das scherte den hohen Herrn nicht. Seine einzige Sorge war, dass Wicharts Harnisch und seine Waffen *ad perpetuam familiae memoriam* sicher aufbewahrt wurden. Auch darum musste natürlich ich mich kümmern.«

Höchstselbst aber hatte der Bischof dafür gesorgt, dass die Leichenteile Wicharts an den fünf Stadttoren aufgehängt wurden. Sie abzunehmen und zu beerdigen verweigerte er noch heute. In den vergangenen zehn Jahren hatte sich Dietrich von Fürstenbergs Rache weit herumgesprochen, und viele Auswärtige besuchten die Stadt vor allem, um die schaurigen Knochen zu besichtigen.

Das alles hatte jedoch nichts mit Leonores Sorgen zu tun. Hermanna war in Bedrängnis, und nach dem, was sie in ihrem Brief berichtet hatte, konnte Kaspar ihr helfen. Aber sie musste es geschickt anfangen. Er durfte nicht glauben, dass Hermanna nur um ihr Erbe besorgt wäre.

Endlich merkte er, dass Leonore nur einsilbige Antworten gab, und wandte sich ihr zu. »Weiß schon, warum Ihr nichts sagt«, brummte er. »Ihr seid ja selbst eine Bürgerin der Stadt.« Lachend fügte er hinzu: »Aber für Euch spricht das Domkapitel nicht, das könnt Ihr mir glauben. Die Herren glauben immer noch an Hexen, wisst Ihr ja.«

Auch wenn er jetzt so tat, als ob ihn ihre Meinung zu den politischen Fragen interessiere, behielt Leonore sie – aus Erfahrung klug – für sich. Die Fürstenberger ließen sich von niemandem dreinreden, und Kaspar suchte nur einen weiteren Grund, sich über sie lustig zu machen.

»Damit sind sie nicht allein«, sagte sie mit einem Lächeln. »Meine Nachbarn, die Jesuiten, pflegen ihren Glauben an böse Kräfte ebenfalls hartnäckig.« Kurz erzählte sie, dass Pater Bodo sich hinter ihren Bruder Erik gesteckt habe, damit er den »Hexentreffen«, wie er die österliche Frauenrunde in ihrem Garten genannt hatte, ein Ende bereite. Davon erfahren hatte auch Kaspar, durch Pater Röhrich, der des Bischofs Beichtvater war.

»So, so, die junge Albrock«, murmelte er nachdenklich. »Eure Freundin, was?« Er sah sie an und fuhr fort, ohne ihre Antwort abzuwarten. »Wird ihr nichts helfen, und wenn Ihr noch so viel Rosmarin vorbeibringt«, sagte er, wobei er noch schmunzelte. Doch Kaspars Miene verfinsterte sich.

Geduld, Leonore.

»Mit den Hermannas braucht Ihr mir nicht zu kommen, Jungfer«, sagte er und blickte zu den Papieren neben sich, »mit denen hab ich noch ein Hühnchen zu rupfen.«

Leonores Mut sank. Offenbar gab es eine alte Fehde zwischen den Albrockern und den Fürstenbergern, die ihre Freundin jetzt auszubaden hatte.

Es musste Hermannas Urgroßmutter gewesen sein, die Kaspar verärgert hatte, denn sicher hatte er in der damaligen Erbauseinandersetzung seine Finger im Spiel gehabt. Nach dem Tod des letzten männlichen Albrock hatte der Bischof das Lehen an sich gezogen. Sie hatten aber nicht mit der alten Hermanna gerechnet, die vor dem höchsten Reichsgericht ihr Erbrecht erstritten hatte.

»Der Herr verschone mich mit herrschsüchtigen Weibern«, stöhnte er.

»Herrschsüchtige Männer scheinen Euch lieber zu sein.« Kaspar hatte schon einmal Interesse an Albrock gezeigt – bestimmt steckte er auch jetzt hinter dem unvermuteten Wechsel in der Erblinie.

Und richtig. »Lubbert von Zinsdorf stammt aus einer guten Familie«, erklärte er. »Mit seinem Vater bin ich gut befreundet und war es auch mit dem alten Wulfhard, dem Onkel, Gott hab ihn selig. Er war – wenn auch erst nach einem kleinen Hinweis meinerseits – klug genug, mit seinem Testament der Weiberherrschaft auf Albrock ein Ende zu machen. Jetzt kommt mir bloß nicht mit dem Vorschlag, alles wieder rückgängig zu machen.«

»Kennt Ihr Lubbert von Zinsdorf persönlich?«

»Aber ja«, gab Kaspar zurück. »Schließlich hat er seinen Antrittsbesuch bei uns gemacht. Er muss sich noch ein wenig die Hörner abstoßen. Aber nach allem, was ich aus Albrock höre, packt er an, was ich ihm aufgetragen habe.«

»Und dazu gehört, Bauern auszuheben und zu Soldaten auszubilden?«

»Das gehört dazu«, bestätigte er.

»Auch, sie auf eigene Rechnung in fremde Kriege zu schicken?« Was Hermanna nur als Verdacht geäußert hatte, schien Leonore gewiss genug, um es Kaspar gegenüber zu behaupten. Nach allem, was sie über Lubbert von Zinsdorf gehört hatte, waren es bestimmt keine edelmütigen Gründe, die ihn dem Bischof die Soldaten verweigern ließen.

Kaspar stutzte und kniff die Augen zusammen. »Auf eigene Rechnung? Woher wisst Ihr das?«

Bereitwillig erzählte Leonore, was in Hermannas Brief gestanden hatte. Wie Hermanna an der Tür gelauscht und von Lubberts Plänen erfahren hatte, seinen Dienstherrn zu hintergehen. Dass Hermanna ebenso wenig beabsichtigte, ihre Bauern zu den Soldaten des Bischofs zu schicken, verschwieg Leonore wohlweislich.

Nachdenklich schaute der Alte sie an. »Weiberlisten«, sagte er und rollte die Augen. »Heimlich aushorchen, hintenrum anschwärzen …« Eindringlich musterte er den Fachwerkturm des Sternberger Hofs. In seinem Gesicht arbeitete es. Sie wartete ab.

Nach einer Weile wandte er den Kopf und sah sie mit blitzenden Augen an, als wäre sie die Übeltäterin. »Aber zuzutrauen wär's ihm«, rief er. »So ein Misthund, vermaledeiter! Wir hätten es uns denken können, nach der Geschichte in Wolfenbüttel. Dabei hat er mir in die Hand versprochen, sich zu bewähren und uns Folge zu leisten.«

Aha. Offenbar hatte Lubbert früher schon betrogen. Seinen damaligen Dienstherrn? Wenn ihm aus Wolfenbüttel Verfolgung drohte, konnte das Hermanna nützlich sein, falls Kaspar seine Hilfe verweigerte.

»Wir werden ihn im Auge behalten«, knurrte er. »Aber macht Euch keine Hoffnungen. Lubbert ist und bleibt Herr auf Albrock, das Testament gilt.«

Mit einer Handbewegung wehrte er ihre Einwände ab und wandte sich seinen Papieren zu. Sie war entlassen, ungnädig, wie es schien. Das würde sich geben. Spätestens dann, wenn Kaspar das nächste Mal die Gicht quälte, war er wieder dankbar für ihren Besuch.

An der Friedhofsecke blieb Leonore stehen. Ihr Blick fiel auf unkrautbewachsene Grabstellen und kreuz und quer stehende Holzkreuze. Steinerne Denkmäler wie auf dem Kapitelsfriedhof gab es hier nur vereinzelt. In der geweihten Erde vor dem Dom wurden die christlichen Stadtbürger begraben, arm und reich. Für ihren ungläubigen Vater war damals kein Platz gewesen.

Leonore war unzufrieden mit der Unterredung. Wenn sie Kaspar sonst um einen Gefallen gebeten hatte, war er zugänglicher gewesen. Allerdings war es immer um einzelne Personen gegangen und nicht um Herrschaftsfragen. In dem Punkt ließ er nicht mit sich reden, das hatte sie nun erlebt. Sie musste Hermanna anders helfen.

Leonore schaute an der Ostfassade des Doms hinauf und verfolgte die Linien der aufwärts strebenden Fenster. Vorhin hatten sie noch in der Sonne geleuchtet, die zur Südseite weitergezogen war. Genauso finster wie das reich gegliederte Mauerwerk vor ihr waren ihre Gedanken. Normalerweise drückte die katholische Herrschaft sie nicht besonders, auch wenn viele ihrer Mitbürger das Hochstift am liebsten aus der Stadt verbannt hätten. In der Gunst Kaspars fühlte Leonore sich gut aufgehoben. Bisher hatte Schultheiß Heinrich Westphal sie jedes Jahr wieder zur städtischen Bademutter bestellt, was kein Wunder war, da er zur bischöflichen

Familie gehörte und Kaspars Weisungen folgte. Dessen Wohlwollen sollte sie besser nicht aufs Spiel setzen.

Aber was war, wenn die Fürstenberger mit ihren Machtspielen das Glück anderer Menschen zerstörten? Musste sie dann nicht eingreifen, auch wenn es Kaspars Wünschen zuwiderlief?

Statt an den verwahrlosten Gräbern entlang zurückzugehen, wo am Rathaus zweifellos Bernd Gogreve lauerte, schlug Leonore den Weg bergab ein, zur unterhalb des Doms entspringenden Pader. Am Hang über dem blubbernden Quellsumpf ließ sie sich auf einem besonnten Baumstamm nieder, weit genug entfernt von der Domschule. Von Schülern stockend deklamierte Bibelsprüche bekam sie in ihrer eigenen Nachbarschaft genug zu hören, die brauchte sie hier nicht auch noch.

Am liebsten wäre sie jetzt wie früher zu Diether Meschede gegangen. Aber der sprach nicht mehr mit ihr. Im letzten Jahr hatte sie noch gedacht, in Diether einen Freund zu haben, wenn nicht sogar mehr. Gegen seine katholische Mutter hatte er sich zur Wehr gesetzt und nicht zugelassen, dass sie gegen Leonore hetzte. Aber seiner eigenen Verblendung gab er nach, warf Leonore in einen Topf mit den Fürstenbergern und verabscheute sie ebenfalls. Ohne Kaspars Schutz hätte er genau wie sie damals die Stadt verlassen müssen. Statt dankbar zu sein für ihr Verhandlungsgeschick, nahm er ihr die Freundschaft zu dem alten Patienten und die Gunst des mächtigen Herrn übel.

»Jetzt bin ich also von den Fürstenbergern abhängig und muss nach ihrer Pfeife tanzen«, hatte er – Bitterkeit und Vorwurf in Ton und Miene – gesagt, nachdem sie von Kaspars Zugeständnissen berichtet hatte.

»Das mussten wir schon immer«, hatte sie entgegnet. Schließlich war der Bischof Stadt- und Landesherr, dessen Wort alle zu gehorchen hatten.

»Ihr, ja …«, neuerdings hatte er wieder die förmliche Anrede bevorzugt, »Ihr genießt die hochherrschaftliche Freundschaft ja schon länger. Frauen können wohl nicht anders. Aber ich hatte mich von den Mächtigen immer ferngehalten, wohlweislich. Zu schnell gerät man in deren Fangnetze.«

Er hatte tatsächlich von seiner »Ehre« gesprochen, die jetzt »befleckt« sei. Ob solchen Unsinns hatte Leonore ihn nur ungläubig angeschaut. Was blieb denn von seiner Ehre, wenn er – seines Bürgerrechts beraubt – in Schande der Stadt verwiesen würde? War ein friedliches Leben inmitten seiner Nachbarn den Handel mit dem Bischof nicht wert?

Doch Diether war unzugänglich geblieben. Die nächsten Treffen zwischen ihnen waren wortkarg verlaufen, und inzwischen zog Leonore es vor, ihm aus dem Weg zu gehen, wie er es offensichtlich ebenfalls tat. Was gar nicht so leicht war angesichts der engen Nachbarschaft ...

Wenige Schritte vor ihren Füßen quoll unablässig die Pader aus dem Erdreich empor. Kressebewachsene Tümpel wechselten sich mit Sumpfstellen ab, dazwischen flossen keine Rinnsale, sondern richtige Flüsse. Wenn nur ihre Einfälle, wie Hermanna zu helfen wäre, ebenso munter sprudeln würden wie das Wasser unterhalb des Doms.

Leonore bedauerte das Zerwürfnis mit Diether zutiefst. Wie leicht wäre es gewesen, mit ihm zusammen etwas über die Wolfenbütteler Verfehlungen Lubbert von Zinsdorfs zu erfahren. Er hätte bei einem Advokatenkollegen Auskünfte über ihn einholen oder sogar selbst nach Wolfenbüttel reisen können, um Nachforschungen anzustellen. Wie sollte sie allein das schaffen?

Vom Domturm herab war jetzt das Mittagsgeläut zu vernehmen, das sie an ihre Pflichten erinnerte. Sie hatte Kranke zu versorgen, aber gleich danach würde sie zu Friedrich Baer gehen. Er musste ihr raten, denn zur Hilfe in Form einer Reise an den Wolfenbütteler Hof war er wohl zu bequem. Er hatte Hermanna bei ihr kennengelernt und sich gut mit ihr verstanden. Gewiss war er bereit, sie zu unterstützen.

Außerdem konnte sie selbst Hermanna beiseitestehen. Sie würde gleich morgen zu ihr gehen und – wenn sie es wünschte – ein paar Tage in Albrock bleiben. Die anderen Bademütter würden so lange für Leonores Patienten sorgen. Vielleicht fanden Hermanna und sie ja zusammen einen Weg, den habgierigen Vetter loszuwerden.

***

Anna streckte sich und lauschte auf das Knarren der alten Eichen vor ihrem Fenster. Sie waren Albrocks Wahrzeichen, sagte Tante

Philippa. Wenn Anna sich erhob, konnte sie den Mond sehen, groß und rund, der jenseits des Hofs über dem Wald stand und Schatten der wehenden Zweige an ihre Wand warf. Davor hatte sie keine Angst.

Sie konnte nicht schlafen, obwohl sie müde war und sich bereits mit Annelie im Arm unter ihrer warmen Decke zusammengerollt hatte. Statt der Schäfchen, die sie sonst zählte, zogen die Ereignisse des Tages vor ihren Augen vorbei. Sie wirkten überhaupt nicht einschläfernd. Allzu viel war geschehen.

Von unten drang trotz der dicken Mauern immer noch Festlärm herauf. Bekamen Lubbert und seine Freunde denn nie genug? Seit gestern lief Hermanna mit bedrücktem Gesicht herum, was bestimmt daran lag, dass die Vorratskammern fast leer waren. Lubbert hatte heute sogar eins der wenigen Schweine im Stall schlachten lassen, und Anna bekam langsam Angst um ihr Lämmchen.

Doch das war es nicht, was sie nicht schlafen ließ. Es lag an dem Streit zwischen Tante Philippa und Lubbert. Genauer an dem, was dabei gesagt worden war. Und sie selbst war schuld gewesen. Ihretwegen hatte die Tante geschimpft. Seine Freunde sollten die wilden Spiele mit dem Kind lassen, hatte sie gesagt und Lubbert gefragt, ob er denn gar keine Ehre im Leib habe.

Anna hatte das Versteckspiel Spaß gemacht, das die drei mit ihr veranstaltet hatten. Bis Tante Philippa aus dem Haus gelaufen kam und sie wegzerrte. Sie kannte alle geheimen Winkel rund um das Haus, und es hatte manchmal lange gedauert, bis ihre Gegenspieler sie mit vereinten Kräften fanden.

Wer sie entdeckt hatte, durfte sie in den Arm nehmen, hatten sie ausgemacht. Anna hatte es gefallen, wenn sie von kräftigen Armen herumgeschwenkt und gedrückt wurde. Oft hatte sie kichern müssen, wenn sie die Hasenpfote spürte, die in den Beinlingen der Männer versteckt war. Genau wie Tante Philippa es ihr erklärt hatte: Das sollte angeblich Glück bringen. Der mit den lustig gezwirbelten Bartspitzen hatte ihren Körper darüber gerieben; wahrscheinlich glaubte er, dass kleine Mädchen besonderes Glück bringen.

Tante Philippa hatte dem Spiel abrupt ein Ende gemacht. Sie hatte Anna gepackt und ins Haus geschickt. Aber sie war hinter der Tür stehen geblieben und hatte gelauscht.

Sie verstand einfach nicht, warum Tante Philippa so erzürnt war. Sie hatten doch nur Versteck gespielt. Mit ihren Worten hatte sie Lubbert so gereizt, dass er ganz böse wurde. »Von euch frommen Weibern lasse ich mir nichts mehr sagen.« Das ging ja noch, das sagte sie insgeheim oft selbst. Aber dann: »Ihr könnt eure Sachen packen, alle drei.« Nach dem ersten Schreck hatte sie sich beruhigt. Das hat Lubbert bestimmt nicht ernst gemeint. Zu ihr war er immer freundlich.

Im Hof war sein Ton gehässig gewesen. »Eures Bleibens ist hier nicht länger, liebe Tante«, hatte er gesagt. Er wäre jetzt der Herr von Albrock und brauche das Herrenhaus selbst. Dann hatte er noch was von Ehre gesagt und dass davon nicht viel übrig bliebe, wenn sie auf der Straße landeten. Damit hatte er alle drei gemeint, die Tante und ihre Nichten. Und dass sie rechtzeitig lernen müssten, zu ihrem eigenen Lebensunterhalt beizutragen. Was das bedeutete, wusste Anna nicht. Aber Lubbert hatte wiederholt: »Zu *Eurem* Lebensunterhalt, liebe Philippa.«

Die Tante hatte gezischt vor Empörung. »Ihr seid ein Wüstling, Herr von Zinsdorf. Das werden wir sehen, wes Bleibens hier nicht länger ist.« Mit rauschenden Röcken war sie zum Haus geeilt. Anna hatte es gerade noch rechtzeitig in die Küche geschafft.

Jetzt saß sie in ihren Kissen, sah dem Spiel der Zweige an der Wand zu und fragte sich, was Lubbert gemeint haben könnte. Mussten sie Albrock wirklich verlassen? Er hatte es geerbt, das hatte sie schon mitbekommen, und zwar von den Dorfkindern, nicht von ihren Tanten. Die erzählten ihr nichts. Alles werde sich ändern und bald müssten sie hungern, hatten ihre Spielgefährten mit düsteren Gesichtern berichtet. Das hatte Anna schon nicht verstanden. Sie wusste genau, dass alles so bleiben würde, wie es war, und dass niemand hungern musste. Dafür würde Hermanna schon sorgen.

Aber wenn Hermanna gehen musste? Wenn sie alle drei gehen mussten, wie Lubbert gesagt hatte? Annelies Augen sahen im Mondschein aus wie feuchter Torf. Anna presste sie fest an sich.

Sie durfte keine Angst haben. Das würde er nicht tun. Tante Philippa hatte ihn wütend gemacht, das war es. Sie selbst ließ sich von ihren ewigen frommen Vorhaltungen auch oft zu frechen Worten hinreißen.

Doch die Angst verging nicht. Was, wenn sie doch weggehen mussten?

Wie mit Armen schienen die Schatten an der Wand jetzt nach ihr zu greifen. Schnell zog Anna ihre Hausschuhe an, um zu Tante Philippa ins Bett zu huschen.

Als sie in den Gang trat, schallte aus dem Rittersaal, dessen Tür sich geöffnet hatte, noch mehr Lärm die Treppe hinauf. Bestimmt war es Hermanna, die wieder die Frauen nach Hause schickte. Sie solle sich nicht so haben, hatte Lubbert nachmittags gesagt; was wäre denn schon dabei, wenn sie ein bisschen Spaß hätten?

Das fand Anna auch. Hermanna war viel zu streng, fast wie Tante Philippa. Was sie für einen Ärger machten, wenn Anna erst nach Einbruch der Dunkelheit nach Hause fand oder wieder einmal beim Fischefangen in der Albke ihre Kleidung völlig durchnässt hatte. Sie gönnten einem keinen Spaß; kein Wunder, dass Lubbert so böse war.

Hermanna kam die Treppe hinauf, und Anna trat zurück in ihr Zimmer und schlüpfte ins Bett. Schnell zog sie sich die Decke über den Kopf. Eine Tür öffnete und schloss sich wieder; Hermanna hatte nichts gemerkt und war in ihr Zimmer gegangen.

Doch Ruhe war noch lange nicht. Als Anna wieder Schritte auf der Treppe hörte, schlug sie die Decke zurück. Wer schlich da nachts im Haus herum? Jetzt öffnete sich nebenan die Tür zu Hermannas Zimmer. Sofort erhob sich deren Stimme. »Verschwinde, Lubbert! Mir reicht es für heute. Ich will dich nicht mehr sehen.«

»Oho«, machte Lubbert. »Sei nicht so hochmütig, mein Mädchen. Ich wollte dich nur einladen, mit uns zu feiern, jetzt, nachdem uns alle anderen Frauen verlassen haben.«

Seine Stimme hörte sich gar nicht freundlich an.

Hermannas Stimme aber auch nicht. »Verlass auf der Stelle mein Zimmer, Vetter, oder ich rufe den Knecht.«

Lubbert lachte. »Dein Knecht wird gegen meine Soldaten wenig ausrichten, liebe Base. Ich will ja nur, dass du deine Hausfrauenpflichten erfüllst. Sonst nimmst du es doch so genau damit. Wir wollen ein Bad nehmen und brauchen eine Badefrau. Das bist du doch, oder? Deine Dorffreunde bedienst und bewirtest du auch. Was sollen denn meine Freunde denken?«

Hermanna zischte etwas, das Anna nicht verstand. Warum war

sie bloß immer so giftig? Lubbert hatte ja recht; sonst war Hermanna gastfreundlicher.

Lubbert lachte noch lauter als eben. »Na gut«, rief er. Hoffentlich weckte er Tante Philippa nicht auf, sonst gab es noch mehr Ärger. »Wenn du nicht mitkommst, werden wir uns eben jemand aus dem Dorf holen. Oder noch besser: Ich nehme die kleine Anna mit, die ist alt genug, uns das Wasser anzuheizen.«

Jetzt klang Lubberts Lachen hässlich. Seine Schritte kamen auf ihre Tür zu. Schnell kroch sie wieder unter ihre Decken, damit niemand merkte, dass sie gelauscht hatte.

»Untersteh dich!«, rief Hermanna. »Wenn du das tust, bringe ich dich um.«

Was hatte Hermanna bloß? So schlimm war es nun auch wieder nicht, in der Nacht geweckt zu werden, um ein paar Gäste zu bedienen.

Aber jetzt lenkte Hermanna ein. »Ich komme mit«, sagte sie knapp. »Geh schon mal vor.«

Lubbert ging die Treppe hinunter, und nach einer Weile folgte ihm Hermanna. Sie ging nicht in den Rittersaal, sondern verließ das Haus. Anna eilte zum Fenster und sah sie über den Hof zum Badehaus laufen. In dem kleinen Unterstand davor, wo das Feuerholz lagerte, machte sie Halt. Sie war immer noch wütend, riss das Holz vom Stapel und warf es in den Korb. Dann verschwand sie hinter der Tür. Bald sah Anna, wie heller Rauch aus dem Schornstein quoll.

Das hatten wohl auch Lubbert und seine Freunde gesehen, die jetzt beladen mit Fleischplatten und Bierkrügen aus dem Haus kamen und ins Badehaus gingen. Der mit dem Spitzbart kam wieder heraus und half Hermanna beim Wassertragen. Das war nett. Anna hoffte, dass es Hermanna versöhnte.

Lange stand Anna am Fenster, doch Hermanna kam nicht zurück. Hatte sie sich überreden lassen, noch ein bisschen mitzufeiern oder gar zu den Männern ins Bad zu steigen? So etwas hatte Hermanna noch nie getan. Aber Anna wusste – schließlich hatte sie einen guten Beobachtungsposten –, dass die Männer aus dem Dorf häufig in weiblicher Begleitung das Bad benutzten, und oft waren es nicht mal ihre eigenen Frauen. Da schien also nichts dabei zu sein.

Jetzt wurde es laut im Badehaus, doch Anna verstand nichts. Sie öffnete das Fenster und hörte Hermanna schimpfen. Was auch sonst. Armer Lubbert. Was hatte er jetzt wieder angestellt, das Hermanna so gegen ihn aufbrachte?

Von Hermanna war immer noch nichts zu sehen, auch nichts mehr zu hören. War wieder Frieden? Anna beschlich eine leise Sorge. Frieden schließen mit Lubbert sah Hermanna so gar nicht ähnlich. Und die Männer waren zu dritt. War Hermanna etwa in Not?

Schnell nahm Anna ihren Umhang und schlich die Treppe hinab. Annelie wollte natürlich mit. Sie lief über den Hof, um durchs Fenster ins Badehaus hineinzusehen. Was sie sah, verwunderte sie nicht wenig. Hermanna saß samt ihrer Kleidung in einem der Badezuber. War sie da hineingefallen? Statt ihr herauszuhelfen, hielten die beiden Freunde von Lubbert mit den komischen Bärten ihre Arme fest, damit sie den Zuber nicht verlassen konnte. Ihre Hemden hatten sie ausgezogen, und Lubbert stand dabei und lachte. Wollte er Hermanna nicht helfen gegen die Grobiane?

Doch jetzt kämpfte sich Hermanna selbst frei und stieg auf der anderen Seite, wo niemand stand, aus dem Wasser. Eilig lief sie in die Ecke, wo der Abtritteimer stand, nahm ihn und stülpte ihn Lubbert über den Kopf. Anna musste lachen. Wie konnte sie nur annehmen, dass sich Hermanna nicht zu helfen wusste?

Fröhlich lief sie zum Haus zurück. Als sie die Tür aufdrückte, sah sie noch, wie Lubbert aus dem Badehaus torkelte und im hellen Mondlicht zum Hofbrunnen lief. Er riss sich die besudelten Kleider vom Leib und war nackt. Anna schaute schnell weg. Wenn sie zu genau hinsah, musste sie dem Pastor nur wieder beichten, dass sie ihre Augen Unkeusches hatte ansehen lassen. Ganz genau wollte er immer wissen, was es war.

Aber neugierig war sie dennoch. Durch den Türspalt beobachtete sie, wie Lubbert einen Eimer Wasser heraufzog und sich damit übergoss, um sich zu säubern. Er brauchte lange, um sich abzuschrubben.

Anna ließ gerade die Tür zufallen, als sie eine Bewegung hinter Lubbert wahrnahm, der einen neuen Eimer Wasser hinaufzog und anscheinend gar nichts bemerkte. Ein schwarzer Schatten auf weißen Beinen. Woher war er so schnell gekommen?

Die schwere Tür ging zu, und Anna zog sie gleich wieder auf. Doch es war nichts mehr zu sehen. Lubbert war verschwunden, und die schwarze Gestalt auch.

Im sicheren Gefühl, dass Hermanna auch alles andere Bedrohliche, das ihr den Schlaf geraubt hatte, richten würde, schlich sie die Treppe hinauf und verschwand in ihrem Zimmer. Annelie hatte die Augen schon längst zu. Sie war bestimmt genauso müde wie Anna.

Donnerstag, 3. April 1614

Ein lauter Schrei riss die Bewohner des Hauses Albrock aus dem Schlaf. Wie immer war Lieseke, die Magd, bei Sonnenaufgang als Erste zum Brunnen gegangen, um sich zu waschen und Wasser für die Küche zu holen. Sie hatte den Eimer versenkt und beim Heraufziehen ein unvermutetes Gewicht gespürt.

»Und als ich hineingesehen hab, konnte ich gerade noch einen Arm vom Eimerrand rutschen sehen«, berichtete sie, immer noch vor Schreck zitternd, Hermanna, die in ihrem Nachtgewand sofort die Treppe hinabgeeilt war. Ihr sonst so gelassenes Gesicht zwischen den blonden Zöpfen war vor Aufregung rot gefleckt.

Böses ahnend ging Hermanna über den Hof auf den Brunnen zu. Vom Pferdestall her kam mit klappernden Holzschuhen Martin, der Knecht, gelaufen. Dass die borstigen blonden Haare von seinem Kopf abstanden, hatte mit dem Schreck, der ihn hertrieb, nichts zu tun; seine Haare waren immer so.

Zusammen beugten sie sich über die steinerne Umrandung und schauten auf die dunkle Wasserfläche. Tief unten schwebte ein langer weißer Arm, dessen Hand ihnen zuzuwinken schien. Der Arm endete an einem bleichen Körper, der verkrümmt im Brunnenschacht steckte.

»Das ist Lubbert, wetten?«, rief Martin in die Tiefe. Seine Worte hallten schaurig von den Wänden zurück.

Hermanna konnte den Blick nicht von dem grässlichen Anblick lösen. Wie ein Pendel schwang der Arm langsam hin und her, nach unten gezogen von der Schwerkraft, gehalten vom Wasser. Auch der Körper schien sich zu bewegen …

Abrupt richtete Hermanna sich auf. Sie hatte kein Gesicht erkennen können, doch es musste ihr Vetter sein, der tot im Brunnenschacht steckte. Sie hatte ihn nachts nicht mehr gesehen, als sie schnell ins Haus gehuscht war, um aus den nassen Kleidern zu kommen.

»Böses zieht Böses nach sich«, sagte Martin. Als Orakel hatte Hermanna ihn bisher nicht kennengelernt. Seine Miene drückte Zufriedenheit aus.

»Halt den Mund«, gab Hermanna zurück, heftiger als sie wollte. Aber auch sie fühlte Erleichterung. Um Lubbert zu trauern erschien ihr in ihrer Situation zu viel verlangt.

»Noch wissen wir nicht, wer es ist«, sagte sie. »Erst einmal müssen wir ihn da herausbekommen. Fragt sich nur, wie.«

Sie schaute trotz ihres Grauens noch einmal in die Tiefe und versuchte, unterhalb des wabernden Arms den Kopf zu erkennen. Das Kinn ruhte auf der Brust, deshalb war das Gesicht nicht zu sehen. Blondes Haar schwamm im Wasser und sah ganz nach Lubbert aus. Ihr Blick wanderte den nackten Oberkörper entlang und stieß auf Knie, die dicht an den Bauch gepresst waren. Wie war der Mensch in dieser Haltung in den Brunnen gekommen? Vielleicht war er auf dem Brunnenrand eingeschlafen, zusammengekrümmt wie im Bett? Aber dafür war der Rand viel zu schmal …

Inzwischen waren auch die anderen Hausbewohner aufgetaucht. Offensichtlich hatte Lieseke allen von der Leiche im Brunnen erzählt, denn Langenfeld und Vahlensieck rannten direkt auf sie zu. Hinter ihnen liefen Barthel, Lubberts Bursche, und die beiden Soldaten noch im Unterzeug, aber mit Musketen in den Händen. Lubbert fehlte. Hermanna und Martin wurden beiseitegedrängt, als alle gleichzeitig über den Brunnenrand schauen wollten.

Tante Philippa kam mit Anna an der Hand zögernd auf sie zu. Im Arm trug sie Hermannas Umhang. Erst jetzt merkte diese, dass sie noch nicht angezogen war.

»Was ist passiert?«, fragte Philippa leise. »Ist es wirklich Lubbert?«

Anna war schneeweiß im Gesicht.

»Ich weiß nicht«, flüsterte Hermanna. »Geht am besten zurück ins Haus. Das hier sollte die Kleine nicht sehen.«

»Man muss zum Pfarrer schicken«, murmelte Philippa. Sie trug bereits ihr Hauskleid, doch die dünnen grauen Zöpfe hingen noch unaufgesteckt herab. Nach einem unschlüssigen Blick auf den Brunnen ging sie, das widerstrebende Kind mit sich ziehend, zum Gutshaus zurück.

Hermanna drehte sich um und stolperte über ein Holzscheit, das zu ihren Füßen herumlag. Sie nahm es auf und warf es auf den Haufen neben dem Badehaus. Dann wandte sie sich zum Brunnen, wo die Männer durcheinanderschrien. Ein Landsknecht rief nach Stangen und Haken, um die Leiche aus dem Wasser zu holen. Langenfeld wollte, dass man nach dem Amtsvogt schicke; Vahlensieck sprach von Aufruhr und einem feigen Anschlag auf den Gutsherrn. Hinter dem Wald war die Sonne erschienen und beleuchtete den Hof, aber immer noch nicht den Brunnenschacht, sodass man mehr hätte erkennen können. Aber warum sollte es *nicht* Lubbert sein? Wenn seine Freunde ihn in seinem Bett gefunden hätten, wäre er jetzt hier.

Im Hoftor erschienen die ersten Albrocker, angelockt vom Tumult auf dem Gutshof. Der Pfarrer eilte mit dem Weihwasserwedel in der Hand an Hermanna vorbei zum Brunnen, hinter ihm Lieseke und Klara, seine Haushälterin. Doch die beiden Soldaten verwehrten dem Priester den Zugang zu ihrem toten Herrn und hinderten ihn, seines Amtes zu walten. Natürlich. Lubbert war ja Protestant gewesen.

Unschlüssig stand Pastor Kruse nun herum, in der einen Hand den tropfenden Wassersprenger, mit der anderen versuchte er, die Knöpfe über dem prallen Bauch zu schließen, was er in der Eile wohl vergessen hatte. Zu Hermanna wollte er offensichtlich nicht gehen, zumal sie jetzt von den Dorfleuten umringt wurde. Die auf Albrock zu Besuch weilenden Männer steckten abseits die Köpfe zusammen und berieten sich. Nach einer Weile ging der Geistliche zum Haus, wohl um Tante Philippa aufzusuchen und ein Frühstück zu ergattern.

Hermanna tauschte mit Klara einen verständnisinnigen Blick und wandte sich zu Hagemeier, dem Vorsteher. »Es scheint, dass der Herr von Zinsdorf in unserem Brunnen den Tod gefunden hat«, erklärte Hermanna. »Zu erkennen ist er nicht, aber er ist der Einzige, der fehlt.«

Hagemeier machte ein bedenkliches Gesicht. »Wir werden den Amtsvogt holen müssen«, sagte er seufzend. »Immerhin handelt es sich um einen Ritter des Bischofs, den können wir nicht einfach verbuddeln, wie es ihm zukäme.«

Der Dorfrichter nickte heftig. Allzu gern spielte Tentrup sich als Vertreter der Obrigkeit auf. Gewichtigen Schritts ging er zum Brunnen, musste aber, da die Soldaten nicht wichen, darum herumgehen, um den Toten in Augenschein nehmen zu können. Sein runder Kopf verschwand und kam nicht wieder hoch. Hermanna wusste, warum. Mit Entsetzen dachte sie an den pendelnden Arm, der den Blick nach unten zog, sodass man das Gefühl bekam, ihm folgen zu müssen.

Nach einer ganzen Weile erhob sich der Richter vom Brunnenrand. Seine Gesichtsfarbe war von rot zu weiß gewechselt, er schwankte deutlich, fing sich aber sofort.

»Ich reite sofort zum Amtsvogt«, erklärte er mit belegter Stimme. »Der muss das sehen.«

Hagemeier kratzte sich am Hinterkopf, wie immer, wenn er keinen Rat wusste. Maria, seine Frau, zupfte ihn am Ärmel. »Guck doch auch mal rein, Anton«, flüsterte sie ihm zu. Hermanna sah ihr an, dass sie nur zu gern selbst in den Schacht geschaut hätte. Doch jetzt standen alle fünf Wolfenbütteler mit aufgerichteten Gewehren um den Brunnen herum und blickten feindselig zu den aufgeregt schwatzenden Dörflern hinüber. Sie meinten wohl, einer von ihnen habe etwas mit Lubberts Tod zu tun.

Hermanna schob sich an Klaras Seite und ergriff ihren Arm. Sofort wurde auch Maria Hagemeier aufmerksam, die es aufgegeben hatte, durch ihren Mann mehr zu erfahren. Hermanna wies mit einer Kopfbewegung zur Laube zwischen den Fliederbüschen hinüber und ließ die anderen Frauen vorausgehen. Sie lief ins Haus, zog sich etwas über und kam mit einem Laib Brot und einem großen Napf Biersuppe zurück, aus dem drei hölzerne Löffelstiele ragten. Wie sie selbst hatten wohl auch ihre Freundinnen noch nichts zu sich genommen.

Vom Brunnen her verfolgten misstrauische Blicke ihren Gang über den Hof. Sie nahm die Wolfenbütteler jedoch kaum wahr vor dem schrecklichen Anblick im dunklen Wasser, der ihr jetzt wieder vor Augen stand.

Da plötzlich verhielt sie ihren Schritt und starrte ihrerseits die Männer an. Sie hatte nicht wahrhaben wollen, was der Anblick aussagte, aber es war offensichtlich. Von allein konnte der Mensch – Lubbert, wenn er es denn war – nicht in den Brunnen gefallen sein, nicht in dieser Haltung. Er wäre kopfüber gestürzt, beim

Vorbeugen vielleicht, und wäre so verblieben, wenn er sich nicht mehr hätte umdrehen und retten können. Aber niemand rollte sich nach dem Sturz wie zum Schlafen an der Brunnenwand zusammen.

Das war es, was die Wolfenbütteler gleich bemerkt hatten. Jemand musste Lubbert in den Brunnen geworfen haben, bewusstlos oder tot, denn sonst hätte er sich gewehrt.

Die fünf hatten den Blick von ihr abgewandt und besprachen sich über den Brunnen hinweg. Schnell ging sie zum Gartenhaus – ebenfalls ein Erbstück der alten Hermanna –, stellte ihre Last auf dem Tisch ab und ließ sich selbst auf die Bank fallen.

»Du bist ganz weiß im Gesicht.« Klara brach vom Brot drei große Stücke ab.

»Hast du die Leiche etwa gesehen?« Marias Frage hörte sich vorwurfsvoll an, wohl weil sie selbst nicht hatte schauen dürfen.

»Das musste ich ja wohl.«

Hermanna beschloss, ihr Unwohlsein auf den grausigen Anblick zu schieben und den wahren Grund erst einmal für sich zu behalten. Später konnte sie nachdenken.

Bald kam der Amtsvogt. Plettenberg hatte die Funktion erst seit kurzem inne, und es hieß, dass er sich bisher nicht durch Klarsicht oder besonderen Eifer ausgezeichnet hatte. Es war noch nicht gesagt, dass er zum gleichen Schluss kommen würde wie die Wolfenbütteler und Hermanna.

***

Gleich nach Sonnenaufgang holte Diether Meschede sein Pferd aus dem Stall und machte sich auf den Weg nach Albrock. Laut klapperten die Hufe auf den gepflasterten Straßen der Stadt. Er ritt die Westernstraße entlang an seinem Elternhaus vorbei, wo bereits Rauch aus dem Schornstein quoll. Bestimmt hatten Henrich und Borius, der Jungknecht, schon begonnen, die schweren Salzsäcke auf den Wagen zu laden. Henrichs Fahrt ging heute nach Lippspringe und darüber hinaus, hatte Diether gestern erfahren, entgegen seiner leisen Hoffnung, dass der Vater den Knecht nach Westen schicken würde. Denn dann hätte er auf dem Weg Gesellschaft gehabt.

Das Westerntor war frei; noch waren die Fuhrwerke nicht unterwegs. Vom Torwächter registriert, verließ Diether die Stadt, ohne zurückzuschauen. Was auch nicht nötig war: Der Anblick des grinsenden Totenkopfs über der Uhr, einer der Überreste Liborius Wicharts, war ihm vertraut genug, dass er ihm auch jetzt vor Augen stand. Unwillig schüttelte er das garstige Bild und die Erinnerungen an die schwärzeste Stunde seiner Stadt ab.

Die Sonne wärmte Diether den Rücken. Der Tag begann viel zu schön, um ihn mit finsteren Gedanken zu belasten. Feuerbein trabte munter die Feldwege entlang, er selbst genoss den Blick über das grünende, bis zur Landwehr freie Gelände, das gesprenkelt war von dunklen Eichengruppen, hinter denen sich kleine Bauernhöfe duckten. Er überquerte die Alme an der Furt, von der Henrich gesprochen hatte, und hielt, quer durch den Bruch reitend, auf die ausgedehnten Wälder zu, die sich – nur von Sümpfen und winzigen Weilern unterbrochen – von hier bis zur Lippe erstreckten und weit darüber hinaus.

In diese Wälder musste er eintauchen, um an Borchusen vorbei nach Albrock zu gelangen, das er nur dem Namen nach kannte. Möglichst ohne sich zu verirren – was laut Henrich nicht so einfach war. Viele Wege durchzogen den Wald, führten zu vereinzelt stehenden Bauernhöfen oder einfach ins Nirgendwo. Hinter jeder Wegbiegung konnten Sümpfe lauern mit grundlosen Löchern, in denen Mann und Pferd spurlos verschwanden.

»Und dann sind da noch die Räuber«, hatte Henrich augenzwinkernd hinzugefügt. Er glaubte wohl, Diether sei immer noch ein Kind, dem er bange machen könne.

Als Diether den Wald erreicht hatte, merkte er sich den Stand der Sonne, um ihr entgegengesetzt geradeaus nach Westen zu reiten. In seiner Studentenzeit, die ja erst ein paar Jahre zurücklag, hatte er nach Freiburg gefunden – lachhaft, wenn er jetzt den Weg nach Albrock verfehlen würde. Ganz von allein verfiel die Stute in einen schnelleren Schritt; zwischen den dicht stehenden Bäumen war es auch ihr nicht geheuer.

Diether ließ Feuerbein laufen und dachte an den bevorstehenden Besuch. Die Albrocker Abgesandten hatten es eilig gemacht am gestrigen Morgen und ihn – nachdem sie ihn in aller Herrgottsfrühe aus dem Bett geholt hatten – gedrängt, bald etwas zu unternehmen. So, wie die Frau des Ortsvorstehers es dargestellt hatte, peinigte der neue Grundherr die Dorfbewohner bis aufs Blut. »Er will alles, sogar die Frauen«, hatte der Dorfrichter gesagt. Obwohl Diether ihnen nicht viele Hoffnungen hatte machen können, hätten sie ihn am liebsten wohl gleich mitgenommen.

Zu seinem Ärger hatte er die neuen Klienten Leonore zu verdanken und ihrer Adelsfreundin Hermanna, von der ihre Untertanen mit großer Hochachtung gesprochen hatten. Diether wusste, was von den gepriesenen Wohltaten solcher Herrschaften zu halten war. Sie wurden durch die Dienste und Abgaben mehr als aufgewogen, auch wenn die Bauern glaubten, sie freiwillig zu leisten.

Er hatte keine große Lust, in die adligen Streitigkeiten einzugreifen. So viel besser als bei Lubbert von Zinsdorf ging es den Bauern unter dieser Hermanna sicher auch nicht; schließlich waren nicht sie es, die im Herrenhaus lebten, das sie aber samt allen Insassen zu unterhalten hatten.

Zugegeben – er selbst hätte unter einem Herrn wie Lubbert nicht leben wollen. Wenn er den Bauern glauben konnte, räumte er ihnen die Vorratskammern aus, holte das Vieh von der Weide, belästigte die Frauen und wollte ihre Söhne zu Soldaten machen. Aber das alles war üblich unter den Grundherren, und kein Gericht – schon gar nicht das des Bischofs – würde Lubbert für solche Übergriffe bestrafen.

Reizvoller als die aussichtslose Situation der Bauern fand er die Stellung der Albrock'schen Erbinnen. Jedenfalls dann, wenn er nur als Advokat dachte. Unter Juristen war es eine häufig disputierte Frage, ob in Adelskreisen das weibliche Erbrecht durchzusetzen war. In Bauernfamilien war es üblich, dass Töchter den Hof übernahmen, wenn der Grundherr zustimmte. Doch bei Lehn- und Erbgütern sagte das überkommene Recht des Paderborner Landes etwas anderes.

Noch immer in aller Munde waren die zweiundzwanzig Fallbeispiele, die Joachim von Büren seinerzeit zusammengetragen hatte, um im Streit mit einer Verwandten zu belegen, dass hierzulande Lehn- und Erbgüter nicht in weiblicher Linie vererbt wurden. Das Gericht hatte ihn als rechtmäßigen Erben eingesetzt. Wenige Jahre später jedoch hatte das Reichskammergericht ein gegenläufiges Urteil gefällt und die Witwe von Albrock als Erbin bestätigt. Die Frage war immer noch offen.

Aber Diether war es bestimmt nicht, der den Hermannas dieser Erde zu ihrem Recht verhelfen würde. Die hatten ganz andere Möglichkeiten …

Feuerbein verhielt den Schritt, und Diether schreckte aus seinen Gedanken hoch. Wo war die Sonne? Er schaute in die Baumkronen, die ihm viel dichter belaubt vorkamen als bei dem österlichen Ausflug nach Haaren mit Friedrich. Nur wenige Strahlen konnten das Blätterdach durchdringen.

Den Weg vor ihm kreuzte ein Bach. Deshalb also wollte die Stute nicht weiter. Seltsam – als wasserscheu war ihm Feuerbein bisher nicht bekannt. Oft genug hatten sie im Paderbruch Quellsümpfe und Bachläufe durchquert.

Oder hatte sie etwas gehört? Sie spitzte die Ohren bachaufwärts, und Diether tat es ihr nach. Deutlich war jetzt ein Platschen zu vernehmen, regelmäßig wiederkehrend, wie von schnellen Schritten. Jemand oder etwas kam auf sie zu, unverkennbar.

Linker Hand erstreckte sich nur Wald, von keinem Hof, keinem Dorf unterbrochen. Der Bach sei eine Geländemarke, hatte Henrich gesagt. Kurz danach verzweigte sich der Weg, ging rechts nach Borchusen und geradeaus nach Albrock. Auf der anderen Seite gab es nur Wildnis. Wer von dort kam, konnte nichts Gutes im Sinn haben.

Ob Henrich doch recht hatte und Räuber diese Wälder unsicher machten?

Beruhigend klopfte Diether Feuerbein den Hals und trieb sie mit leichtem Druck seiner Unterschenkel über den Wasserlauf. Nur wenig mehr war nötig, um sie zum Galopp zu bewegen. Sie jagten geradeaus an der Weggabelung vorbei, ohne dass Diether sich umgeschaut hätte. Wenn etwas hinter ihm war, wollte er es nicht sehen, sondern ihm entkommen.

Nach einer Weile lichtete sich der Wald um ihn herum. Wo nicht tiefer Schatten den Boden bedeckte, breiteten sich leuchtende Flecken von Buschwindröschen aus. Er zügelte sein Pferd und ließ es in einen gemächlicheren Schritt verfallen. Wenn er sich bewohnten Gegenden näherte, wollte er nicht den Anschein erwecken, er sei auf der Flucht.

Doch obwohl jetzt links und rechts von ihm immer mehr Baumstümpfe sichtbar wurden, von Menschen gefällt, die in der Nähe wohnen mussten, nahm der Wald kein Ende. Der Weg wand sich mal hier-, mal dorthin, umging bewachsene Wasserlöcher und besonders mächtige Bäume. Es waren Eichen, stellte Diether nach einem genaueren Blick in die Kronen fest. So dicht schlossen sie sich über ihm, dass er die Sonne nur ahnen konnte.

Aber sie war noch hinter ihm. Der Weg war der richtige; nach wie vor führte er nach Westen.

Um ihn herum schien alles friedlich. Wenn die Vögel aufgeregt zwitscherten, lag das an seiner Anwesenheit in ihrem Revier. Ihm drohte keine Gefahr. Und wenn – er hatte immer noch seinen Dolch, den er auf Henrichs Anraten hin zuletzt doch in die Satteltasche gepackt hatte.

Friedrich fiel ihm ein und dessen Furcht, als sie – immerhin zu zweit – im Haarener Wald unterwegs gewesen waren. Diether war wohl doch genauso ein Feigling wie der Freund.

Leise über sich selbst lachend beschloss Diether, sich seinen Mut zu beweisen und hier – mitten im tiefsten Wald – eine Rast einzulegen. Er saß ab. Aus den Sumpflöchern war ein veritabler Bach entstanden, in dem sich die hellgrünen Laubdächer spiegelten. Das musste die Albke sein, von der Henrich gesprochen hatte. Sie hatte dem Dorf den Namen gegeben und floss direkt dorthin. Von hier aus war es nicht mehr weit, bis er St. Landolin sehen konnte. Das Kirchlein stehe auf einem Hügel und schaue knapp über die Baumkronen, hatte Henrich gesagt.

Mit Blick auf das von wilden Schwertlilien bewachsene Ufer ließ er sich auf einem Baumstumpf nieder. Feuerbein trank und begann zu grasen.

Früh am Morgen solle er am besten kommen, hatten die Bauern gesagt. Dann liege Lubbert noch im Bett und der Herr Advokat habe freie Bahn. Sie hatten sich von seinen Bedenken, was ihre angeblichen Rechte betraf, nicht entmutigen lassen. Die alte Hermanna habe ihren Vorfahren in die Hand versprochen, beteuerten sie, dass es bei den Abgaben und Leistungen bleiben solle, die von alters her gegolten hätten.

»Derartige Vermächtnisse pflegen die Adligen schriftlich festzuhalten«, hatte Diether gesagt. »Ein Bundbrief, ein Testament –

wenn es so etwas gibt, liegt es im Archiv. Aber da werden sie uns nicht hineinlassen.«

»Ich weiß, was Ihr meint«, hatte die Frau des Vorstehers gesagt. Er selbst – Hagemeier hieß er – hatte trotz ermunterndem Kopfkratzen immer noch kein Wort herausgebracht. »Auf Albrock liegen solche Sachen in der Bibliothek. In einem alten Schrank, wo Hermanna auch die Chronik aufbewahrt. Bestimmt weiß sie darüber Bescheid, wenn es eine solche Urkunde gibt.«

Sie war sicher gewesen, dass Hermanna ihnen helfen würde. Von Lubbert dagegen war Widerstand zu erwarten, deshalb musste er aus dem Weg sein. Darum die frühe Stunde – vor Mittag pflegte er nicht aufzutauchen. So lange hatten sie Zeit zum Suchen.

Diether musste also dem Adelsfräulein seine Aufwartung machen. Und vorher den Vorsteher aufsuchen, der ihn zum Schloss begleiten wollte. Sein Haus stehe am Dorfeingang kurz vor der Kirche, hatte er gesagt, davor zwei alte Linden, an denen es zu erkennen sei.

Seufzend erhob Diether sich von seinem zwar nicht sonnigen, aber doch friedlichen Ruheplatz und ergriff Feuerbeins Zügel. Hoffentlich gab es Frühstück bei Hagemeiers. Mit knurrendem Magen wollte er keine Blaublütigen um sich haben.

***

Trommelschlag war zu hören. Er kam vom Barbruch her, der Albrock im Nordwesten vor unerwünschten Eindringlingen schützte. Das war der Amtsvogt mit seinen Landsknechten; die kannten die Wege durch die sumpfigen Wälder. Überraschend früh war Johann von Plettenberg im Anmarsch, um den mysteriösen Todesfall amtlich in Augenschein zu nehmen.

»Der braucht noch eine Weile«, sagte Hermanna, die noch mit Maria Hagemeier und Klara in der Laube saß, wo sie kaum ihr Morgenmahl verzehrt hatten. Hermanna hatte sich zum Essen zwingen müssen.

»Nun erzähl aber endlich, was geschehen ist«, sagte Maria. Lange Zeit hatte Hermanna still dagesessen, und Marias Miene war immer ungeduldiger geworden. Klara hatte mitleidig geschaut.

Die Trommeln kamen schnell näher, weshalb Hermanna ihren

Bericht über den Schreck des frühen Morgen kurz halten konnte. Was gab es schon zu erzählen: Im Brunnen lag ein toter Mensch, wahrscheinlich war es Lubbert, und man musste abwarten, was der Amtsvogt dazu sagte.

»Er hat es herausgefordert«, murmelte Klara. Auf Hermannas verwunderten Blick hin setzte sie hinzu: »Ich will ja nicht sagen, dass Gott ihn gestraft habe. Aber wohl seine ewige Trunkenheit. Denn die wird zu seinem Sturz geführt haben.«

Hermanna hatte verschwiegen, was in ihrem Kopf herumging. Noch war nicht erwiesen, dass jemand bei dem Sturz nachgeholfen hatte. Maria Hagemeier mit der Vorliebe fürs Dramatische war es dann, die Hermannas Befürchtung aussprach.

»Und wenn er nicht von allein gefallen ist?«

»Pscht«, machte Klara. »Davon sollten wir lieber nicht reden. Als Erste wäre dann Hermanna verdächtig, das weißt du ja.«

Das war das Problem. Wenn es Mord war und es zur Untersuchung durch den Amtsvogt kam, musste Hermanna sich auf misstrauische Befragungen einrichten. Vielleicht sogar unter Torturen …

»Ach was«, erwiderte Maria. »Hermanna tut so was nicht. Auch keiner aus dem Dorf, obwohl wir Grund genug gehabt hätten. Bestimmt waren das die Räuber. Hast du nicht gesagt, dass er nackt war?«

Hermanna nickte abwesend.

»Siehst du! Erst haben sie ihn niedergeschlagen, dann beraubt und ausgezogen und dann in den Brunnen geworfen. Irgendwer im Wald wird jetzt feine Kleider tragen.«

In diesem Moment kam der Amtsvogt in den Hof geritten, gefolgt vom Richter und einem schwarz gewandeten Schreiber, beide mit wichtiger Miene, und einem Trupp Soldaten mit Spießen, einige sogar mit Gewehren bewaffnet. Sie postierten sich vor dem Tor und bildeten einen Kreis um die Dorfbewohner, die sich vor der Scheune zusammengeschart hatten. Anders als bei seinem vorigen Besuch trug der Amtsvogt einen prachtvollen und glänzend polierten schwarzen Harnisch, während die Landsknechte zwar mit eisernen Helmen, aber nur ledernen Brustpanzern gerüstet waren.

Nach einer kühlen Begrüßung Hermannas schritt Amtsvogt von

Plettenberg rasselnd zum Brunnen, wo ihm die Wolfenbütteler respektvoll Platz machten. Er nahm den Helm mit dem rotweißen Federbusch ab, steckte seinen Kopf in den Brunnen, schaute eine lange Weile hinein, kam dann wieder hoch und nickte mit ernster, bedeutungsvoller Miene dem Dorfrichter zu.

Hermannas kleine Hoffnung, dass der Amtsvogt sich als weniger hellsichtig erweisen würde als sie, hatte getrogen.

Plettenberg wandte sich Hermanna und Tante Philippa zu, die mit dem Pastor aus dem Haus gekommen war. Kruse hatte sich gleich neben den Amtsvogt gestellt und schaute neugierig von ihm zu Hermanna.

»Die Angelegenheit bedarf einer offiziellen Untersuchung«, sagte Plettenberg knapp, ohne Philippa zu begrüßen. »Da der Herr von Zinsdorf offensichtlich nicht anwesend ist, werde ich die Befehlsgewalt auf Albrock übernehmen.« Von oben herab – Plettenberg war lang und dünn und trug darüber hinaus eine hochmütige Miene zur Schau – sah er auf Hermanna und Philippa herab, die auch nicht gerade klein waren. »Die Damen bitte ich, in ihren Räumen weitere Veranlassungen abzuwarten.«

Hermanna setzte zum Protest an, doch Plettenberg hatte sich bereits weggedreht und wies seinen Hauptmann an, die Leiche aus dem Brunnen zu bergen. Sie hatte nicht vor, sich wie ein Kind ins Haus schicken zu lassen, und blieb stehen. Das tat auch Philippa, die vor Entrüstung weiß geworden war.

»Was bildet der junge Kerl sich ein.« Ihr Ton war leise, aber ihr Gesicht zornig. »Ohne den Bischof wäre er nichts!«

Nachdem die Landsknechte eine Zeit lang mit der Rückseite ihrer Piken im Brunnen herumgestochert hatten, offensichtlich ohne Erfolg, zog auf Befehl des Hauptmanns einer der kräftigeren den Uniformrock aus und stieg hinab in die Tiefe. Es dauerte nicht lange, bis über der Brüstung sein triefnasser Kopf sichtbar wurde. Danach ein schlaffer, blasser Körper, der wie ein Kragen um seinen Nacken gelegt war. Hermanna erschauderte. Der Landsknecht musste mit dem Kopf unter die Leiche getaucht sein.

Der Tote wurde auf die Erde gelegt, seine Blöße mit dem Uniformrock des tapferen Soldaten bedeckt. Obwohl Vahlensieck protestierte, besprengte ihn der Pastor mit Weihwasser und machte über seinem Kopf ein Kreuzzeichen nach dem anderen.

Jetzt drängte alles zum Brunnen; jeder wollte sehen, um wen es sich handelte. Der Hauptmann gab den Soldaten ein Zeichen, und sie schoben die Dorfleute mit quer gelegten Piken zurück. Hermanna und Philippa ließen sie passieren.

Es war wirklich Lubbert. Hermanna sah es sofort, trotz der vom Wasser aufgequollenen Gesichtszüge.

Sein Kopf lag merkwürdig schief. Wahrscheinlich war der Hals gebrochen.

Das fiel auch dem Amtsvogt auf, der nachdenklich auf die Leiche herabsah. Von Lubberts Freunden beobachtet, schob er, da er sich in der Rüstung nicht bücken konnte, mit dem eisenbewehrten Fuß den Kopf des Toten hin und her.

Lubberts Gesicht schaute Hermanna mal aus der, mal aus jener Lage an. Das wäre ihm mit heilem Nacken nicht gelungen.

Der Bruch konnte eine Folge des Sturzes sein. Wahrscheinlicher war aber, dass jemand Lubbert den Hals umgedreht oder ihn erschlagen hatte wie einen Hund.

Hermanna sah dem Amtsvogt an, dass er nicht wusste, was jetzt zu tun war. Sie hätte es auch nicht gewusst und war beinahe froh, dass er mit der Macht auf ihrem Hof auch die Verantwortung übernommen hatte.

»Das muss untersucht werden«, sagte er noch einmal und schaute Hilfe suchend seinen Schreiber an. Der nickte eilfertig mit dem Kopf, machte aber keine Anstalten, etwas zu unternehmen.

Tante Philippa räusperte sich. »Mit Verlaub, werter Herr von Plettenberg …« Auf ihre Worte hin drehte er sich mit abweisender Miene um. »Wir wollen doch der Form Genüge tun und – wie es unsere Christenpflicht ist – den Leichnam vor das Angesicht seines Schöpfers tragen. Dann könnt Ihr Eure Untersuchungen fortsetzen.«

Diesmal nickte der Pfarrer eifrig.

Langenfeld und Vahlensieck murrten; ihnen war es wohl nicht recht, ihren protestantischen Freund in einer katholischen Kirche aufgebahrt zu sehen. Da sie aber keinen besseren Vorschlag zu machen hatten, befahl Plettenberg, alles zur Aufbahrung in die Wege zu leiten. Das übernahm der Pfarrer.

Dann sagte Plettenberg ein drittes Mal, dass der Fall untersucht werden müsse. Seine eigene Rolle in der Erforschung der Gründe für Lubberts Tod sah er aber wohl als erschöpft an. Er wies den Schreiber an, eine Niederschrift anzufertigen, die auch alle Namen der Anwesenden verzeichne.

»Bis zur Aufklärung der genaueren Umstände bewachen die Landsknechte das Dorf«, befahl er dem Hauptmann. »Quartier machen werdet ihr auf den Höfen und im Gutshaus. Niemand darf hinaus oder hinein ins Dorf, ohne dass ich es erfahre. Stellt auch fest, wo sich jeder aufgehalten hat. Ich selbst werde den hochwürdigen Herrn Hofrichter benachrichtigen.«

Er verbeugte sich knapp vor Philippa, ließ sich auf sein Pferd helfen, setzte den Helm wieder auf und ritt ganz allein zum Tor hinaus. Hermanna schien es, als ob er es eilig habe, den Ort zu verlassen.

Verblüfft sahen sie und Tante Philippa dem Amtsvogt nach.

Die Köpfe der Dörfler, die – immer noch von den Soldaten bewacht – mit angespannten Mienen die Szene am Brunnen beobachtet hatten, folgten dem Amtsvogt ebenfalls. Dann kam Bewegung in die Gruppe. Der halbe Vormittag war vorbei, und das gute Wetter wollte zur Feldbestellung genutzt werden. Doch der Hauptmann wies seine Untergebenen an, niemanden laufen zu lassen, bevor er nicht vom Schreiber vermerkt worden war.

Die Bauern wurden unruhig und drängelten gegen ihre Bewacher, die schon die Waffen erhoben.

Tante Philippa trat zu dem Schreiber, der besorgt zu den Unruhestiftern hinübersah. »Ihr solltet die Leute gehen lassen«, sagte sie. »Bevor noch ein Unglück geschieht. Die Namen könnt Ihr aus der Kopfschatzliste abschreiben, es sind alle da.«

Erleichtert stimmte der Schreiber zu. »Das werde ich tun«, gab er zurück. »Aber zu Hause in der Kanzlei. Dort setze ich dann auch das Protokoll auf.«

Dann bestieg er sein Pferd und verließ ebenso eilig wie sein Herr den Hof.

Nun waren nur noch die Landsknechte da. Es sah nicht so aus, als ob sie ebenfalls verschwinden würden. Immerhin ließen sie die Leute frei, auf einen Befehl des Hauptmanns hin, dem weitere Anweisungen folgten. Jede Familie sei von zwei Soldaten zu ihrem Hof zu begleiten, ordnete er an, ohne das Murren der Leute zu beachten. Ihnen sei ein angemessenes Quartier zu bereiten. Die übrigen sollten mit ihm auf dem Schloss bleiben.

Hermanna ging zu den Bauern hinüber. »Ich bitte euch, bleibt ruhig«, sagte sie. »Auch wenn's schwerfällt. Es wird sich alles bald aufklären.« Das versprach sie, ohne selbst daran zu glauben.

Obwohl ihr die Anordnungen des Hauptmanns nicht behagten, erleichterte es sie zu sehen, dass Ruhe und Übersicht sein Handeln bestimmten. Bessere Umgangsformen als sein Herr schien er auch zu haben. Er nahm den Helm vom Kopf, verbeugte sich vor Tante Philippa und stellte sich als Menke von Wewer vor, entschuldigte sich sogar für die Ungelegenheiten, die er dem Haus bereite, und bat sie, ihm und seinen Männern geeignete Räume anzuweisen.

Hermanna nahm ihn genauer in den Blick. Sein Haar war grau und kurz geschoren, die Kopfhaut von Narben durchzogen, die auch das Gesicht zierten. Spuren früherer Kämpfe erkannte sie ebenso an seinen Händen, an der Rechten fehlte sogar der Daumen. Deshalb wohl trug er das Schwert auf der linken Seite. Sein Gesicht, soweit es durch den dichten Bart zu sehen war, war kantig und hart, in seinen blauen Augen las Hermanna geradlinige Offenheit.

Mit dankbarer Miene nahm Philippa die Höflichkeit des alten Kämpen zur Kenntnis. Sie schien daraus zu schließen, dass alles in geordneten Bahnen verlaufen werde. In aller Form stellte sie ihm Hermanna als ihre Nichte und Verwalterin der Herrschaft vor.

»Sie wird sich um alles kümmern«, sagte sie, bevor sie mit rauschenden Röcken in Haus verschwand.

Der Hauptmann verkniff sich ein Schmunzeln. »In einem irrt Eure verehrte Frau Tante«, sagte er zu Hermanna. »Sie sprach mich mit von Wewer an, aber das bezeichnet nur den Herkunftsort meiner Familie. Von Adel bin ich nicht. Den Beinamen hat mein Urahn bekommen, als er aus Wewer nach Borchen zog, und ich habe ihn geerbt. Sagt also bitte Menke zu mir.«

Hermanna nickte, aber zu erwidern fiel ihr nichts ein. Nur zu gern hatte sie bisher die Initiative ihrer Tante überlassen. Nachdem Philippa vor ihr jahrzehntelang den Gutshof verwaltet hatte, kannte sie sich aus mit Vertretern der bischöflichen Behörden. Oft genug hatte sie sich über unfähige Beamte aufgeregt, die außer

Standesdünkel keine Eignung mitbrachten. »Bischof Dietrich sucht seine Vasallen nur in den Familien, die ihm auf den Thron geholfen haben und ihn auch jetzt noch unterstützen.« Vetternwirtschaft hatte Philippa das genannt.

Nun war Hermanna an der Reihe. Noch nie hatte sie in offizieller Funktion mit dem Amtsvogt zu tun gehabt. Auf Festen und Hochzeiten an den Höfen der Umgebung war ihr Plettenberg nur durch seine Länge aufgefallen; mit gelangweiltem Gesicht hatte er herumgestanden, mit niemandem geredet und auf die Frauen gegafft.

Er sei schon in jungen Jahren ein Hagestolz, hatte Philippa nach Lubberts Amtseinführung über den Vogt gesagt. Und dass er endlich heiraten müsse. Dabei hatte sie Hermanna bedeutungsvoll angesehen.

Den Plan würde Philippa jetzt wohl aufgegeben haben.

Hermanna überlegte, wo sie die Leute unterbringen sollte. Die Bauern waren weg. Eskortiert von den Soldaten, die ihre Gewehre und Piken auf des Hauptmanns »Rührt euch!« hin friedlich über der Schulter trugen, waren sie zurück in ihre Häuser gegangen. Gut zwanzig Landsknechte waren übrig geblieben. Der Hauptmann brauchte jedenfalls ein eigenes Zimmer.

Das Haus war nicht groß. Kein Vergleich mit den Schlössern ihrer Verwandten. Die beiden Gästezimmer waren bereits an Langenfeld und Vahlensieck vergeben, die jetzt mit Barthel und Lubberts Soldaten bei den Landsknechten standen. Mit scheelen Blicken zu ihr herüber redeten die Wolfenbütteler auf die Bischöflichen ein. Hermanna lief es kalt den Rücken hinunter.

Ob Lubberts Freunde bereit waren, ein Zimmer zu teilen und das andere dem Hauptmann zu überlassen? Oder sollte sie ihm besser die hochherrschaftlichen Gemächer des alten Hofrichters anweisen, die wegen seiner uralten und tiefdunklen Holzeinbauten von den Frauen nicht genutzt wurden? Lubbert hatte sie okkupiert, gegen den Willen Philippas. Sie hätten die Zimmer längst umbauen sollen. Mit Menkes Unterbringung in den heiligen Räumlichkeiten wäre die Tante bestimmt nicht einverstanden.

Die Wolfenbütteler Soldaten lagerten mit Barthel im Rittersaal. Darin wollten weder sie noch Philippa weitere Horden schmutziger Männer haben. Auch ihre Bibliothek gab sie nicht ab. Im Seitenflügel lebten der Förster und der Müller mit ihren Familien, da war kein Raum übrig. Blieb die Scheune. Sie war trocken und nahezu leer. Heu und Stroh waren weitgehend verbraucht, das schuf Platz für die Landesverteidiger. Aber um Futter und Streu für die Pferde würde sie sich noch kümmern müssen.

Wie auch um die Verpflegung der Menschen; das gehörte zur Einquartierung dazu. Wie sollten bloß ihre Bauern damit fertig werden, nachdem bereits Lubbert die Vorräte geplündert hatte? Mehr als sechzig zusätzliche – und kräftige – Esser im Dorf; woher wollten sie jetzt, wo noch nichts wuchs im Garten und auf den Feldern, die nötigen Lebensmittel nehmen? Zumal das ganze Dorf unter Arrest stand und unter den Augen der Bewacher kein Taubenschießen im Feld und auch keine Schlingenjagd möglich war.

Hoffentlich dauerte die Untersuchung nicht so lange. Aber dazu müsste der Mörder bald gefunden werden, was angesichts des dürftigen amtsvögtlichen Eifers kaum zu erwarten war.

In Bezug auf den Tatendrang übertrafen die Wolfenbütteler den Amtsvogt bei weitem. Mit den beiden Soldaten und Barthel im Gefolge kamen Langenfeld und Vahlensieck gewichtigen Schritts auf Hermanna und den Hauptmann zu. Nach einem abschätzigen Blick auf Hermanna wandten sie sich an Menke von Wewer.

»Wir kommen zu Euch als Stellvertreter des Amtsvogts, der Ihr in seiner Abwesenheit wohl seid«, begann Vahlensieck zu sprechen.

Menke bestätigte mit einem Kopfnicken.

»Dann seid Ihr es, den wir darüber aufklären müssen, wer unseren guten Freund Lubbert von Zinsdorf auf dem Gewissen hat. Wir verlangen, dass Ihr sofort zur Tat schreitet und die Mörderin festsetzt.« Vahlensiecks hochgezwirbelte Schnurrbartspitzen bebten.

»Die Mörderin?«, wiederholte der Hauptmann verblüfft. »Euer Freund war, so wie er da auf dem Boden lag, zwar nicht groß von Gestalt, aber doch wohl kein Schwächling. Meint Ihr, eine Frau hätte ihn überwältigen können?«

»Seht sie Euch doch an.« Vahlensieck wies auf Hermanna. »Sie ist groß und kräftig genug. Vielleicht hat ihr ja der Knecht geholfen. Wir fanden sie beide, als sie in den Brunnen starrten.«

Hermanna wollte protestieren, doch Menke kam ihr zuvor. »Vom Starren ist noch niemand zu Tode gekommen«, gab er zurück. »Habt Ihr Beweise für Eure Anschuldigung?«

Lubberts Leibbursche trat vor. »Mein Herr hat es vorausgesagt«, erklärte er. »Wenn mir mal etwas Böses geschieht, Barthel, hat er gesagt, dann war es meine Base. Ihr hättet nur mal sehen müssen, mit was für Blicken sie ihn bedacht hat. Blicke wie Messer, hat mein Herr gesagt.«

»Auch Blicke töten nicht«, erwiderte der Hauptmann. »Wenn Ihr mehr nicht habt …«

»Sie war es.« Vahlensiecks Augen waren schmal vor Hass. »Und zwar, um die Herrschaft über Albrock nicht an Lubbert abtreten zu müssen, der es, wie Ihr wisst, rechtmäßig von seinem Oheim geerbt hat. Und sie hatte die Gelegenheit dazu. Es muss in der Nacht geschehen sein, als wir alle zusammen …«, er hielt inne und warf einen bedeutungsvollen Blick auf Hermanna, »zusammen mit dem edlen Fräulein von Albrock, meine ich, im Badehaus waren. Kurz nachdem Lubbert hinausgegangen war, ist auch sie hinaus. Danach haben wir ihn nicht mehr gesehen.«

Jetzt war es der Hauptmann, der Hermanna mit abschätziger Miene musterte. Seine Augen wurden nicht freundlicher, als sie sich beeilte zu erklären, warum sie ins Badehaus gegangen war.

»Wie auch immer …« Er hob die daumenlose Hand, was Hermanna verstummen ließ. »Wir werden jeden befragen müssen, wo er sich in der Nacht aufgehalten hat. Euch, Fräulein von Albrock, wäre ich sehr verbunden, wenn Ihr mir einen geeigneten Raum dazu anweisen könntet. Und Ihr, meine Herren, werdet mir als Erste Auskunft geben.« Er winkte den Wolfenbüttelern, ihm ins Haus zu folgen.

Langenfeld ging als Letzter. Er hatte die ganze Zeit nichts gesagt. Jetzt zog er seinen Hut vom Kopf und schwenkte ihn. Die Geste sollte augenscheinlich Hermanna gelten, denn außer ihr war niemand mehr im Hof.

Hermanna wandte sich ab, um die Scheune zu inspizieren. Ein Grund für die unerwartete Ehrbezeugung wollte ihr beim besten Willen nicht einfallen.

***

Endlich lichtete sich der Wald. Diethers Blick fiel auf Felder, die trotz des guten Wetters unbelebt waren. Er wunderte sich. Zu nass zum Bestellen konnten sie nicht mehr sein, denn seit Ostern hatte die Sonne geschienen.

Längs des jetzt breiteren Wegs und auch voraus, wo das Dorf liegen musste, erhoben sich weiterhin mächtige Eichen. Allzu weit hatte man den Wald nicht zurückgedrängt. Sein Blick fiel auf den gedrungenen Kirchturm, der aus einer helleren Baumgruppe herausragte. Gleich daneben, wieder von dunkleren Wipfeln umgeben, wehte eine Fahne, drei goldene Ähren auf blauem Grund, im leichten Wind. Der »Lappen«, wie die Leute sagten. War also die Schlossherrin auch so eine, die allen ihre Macht zeigen musste?

Hagemeiers Hof fand Diether sofort. Die Linden waren unverkennbar. Aber nicht nur sie standen vor dem Hoftor, sondern auch zwei Landsknechte mit aufgepflanzten Spießen. Entlang des Wegs ins Dorf sah Diether weitere Bewaffnete. Jedes Haus schien bewacht zu sein. Kein Wunder, dass auf den Feldern niemand zu sehen war.

Die Frage war, ob die Soldaten nur die Bewohner am Hinausgehen hinderten oder auch Besuchern den Weg versperrten. Als er sich näherte, legten sie die Piken quer.

Diether sprach den älteren der beiden an. »Der Vorsteher erwartet mich. Ich muss dort hinein.« Er wies zum großen Deelentor.

Der Landsknecht kratzte sich am Kopf. Diether schien es, als ob er vor dem richtigen Haus postiert sei.

»Niemand darf hinaus und hinein«, sagte er. »Befehl vom Amtsvogt.«

»Und wo ist der Amtsvogt?«, fragte Diether. »Ich bin Advokat und komme in beruflicher Funktion. Euer Herr muss mir die Genehmigung erteilen.«

»Kommt mit zum Schloss, dort sitzt der Hauptmann«, beschied ihn der Soldat.

Diether folgte ihm. Sie marschierten an einigen Höfen entlang bis zur Kirche. Gegenüber war eine überdachte Hofeinfahrt zu sehen, davor eine Brücke über die Gräfte. Sie wurde von einem Bach gespeist, der am Schlossgelände vorbeifloss. Die Albke hatte ganz schön viel Wasser gesammelt auf dem Weg hierher.

Die Toreinfahrt öffnete sich zu einem kreisförmigen Hof von bemerkenswertem Ausmaß. Rechts und links standen Scheunen, auch sie waren von Landsknechten umlagert. Das weite Hofrund umgaben Fliederbüsche, ein Pavillon, ein ziegelgemauertes Häuschen und endlich das Schloss, eindrucksvoll vor allem durch seinen Efeubewuchs, der vor dem Wald im Hintergrund die Konturen des Gebäudes verschwimmen ließ.

Die Größe beeindruckte Diether dagegen nicht. Er fragte sich, warum alle vom »Schloss« sprachen, das es doch augenscheinlich nicht war. Die reine Überheblichkeit, aber dafür war der Adel bekannt. Höchstens war es ein Gutshaus zu nennen. Da waren ja die Ökonomiegebäude echter Schlösser wie die des Bischofs ansehnlicher als dieses Häuschen. Sicher, der runde Turm mit dem roten Ziegeldach, wo der übers Eck angebaute Flügel ansetzte, war etwas Besonderes. Und so wie jetzt von der Sonne beschienen, wirkte die efeubewachsene Fassade sogar einladend. Widerwillig musste Diether sich zugestehen, dass die gesamte Anlage überaus harmonisch wirkte.

Bis auf die Soldaten. Was war nur los in diesem Dorf?

Der Hauptmann wurde aus dem Haus geholt, und Diether schilderte ihm sein Anliegen. Gleichzeitig erkundigte er sich, was denn geschehen sei, dass die Dorfbewohner arrestiert werden müssten und niemand sie aufsuchen dürfe.

»Natürlich könnt Ihr mit dem Ortsvorsteher sprechen«, sagte der Hauptmann sofort. »Es stimmt, dass niemand das Dorf verlassen und niemand hereinkommen darf, ohne bei mir angegeben zu werden. Aber davon, dass die Bauern ihre Häuser nicht verlassen dürfen, war keine Rede.«

»Und was ist hier vorgefallen?«, fragte Diether noch einmal.

»Es hat einen Mord gegeben.« Nach dieser knappen Auskunft rief der Hauptmann einen Landsknecht heran und befahl ihm, die Bauern freizulassen, damit sie – allerdings in Begleitung – ihre Felder bestellen konnten.

»So sind sie«, brummelte er in seinen Bart. »Entweder befolgen sie einen Befehl gar nicht, oder sie nehmen ihn allzu wörtlich.«

Diether wollte sich noch erkundigen, wer zu Tode gekommen sei, doch der Hauptmann hatte sich schon umgedreht und ging zum Haus zurück. Da Diether die Soldaten nicht fragen wollte, machte er sich auf den Weg zu Hagemeier, der ihn sicherlich aufklären würde. War nur zu hoffen, dass all das Getöse diesen Lubbert nicht aufweckte.

***

Bruder Ewald war ein unterhaltsamer Wegbegleiter, über dessen Narreteien Leonore lauthals lachte. Er erzählte nicht nur von den Schrullen seiner Mitbrüder und manche Anekdoten über die Paderborner, wozu auch Leonore ihr Teil beitragen konnte. Nein, er machte die Leute auch so gekonnt nach, dass Leonore sie vor sich zu sehen glaubte. Nur hätte sie niemals gedacht, dass sie so drollig wären. Sie fürchtete schon, dass sie, wenn sie eins der Opfer Ewalds traf, sofort loskichern müsste.

Leonore hatte den rothaarigen Kapuzinerpater am Westerntor getroffen, wo sie Ausschau nach einem vertrauenswürdigen Fuhrmann gehalten hatte. Für ihren Ausflug nach Albrock hatte sie sich kein Pferd leihen wollen. Hermanna besaß schöne Rösser genug, und sie freute sich schon auf den freundlichen Zelter, den sie bei ihrem letzten Besuch geritten hatte. Bestimmt würde sie jemand so weit nach Westen mitnehmen, dass sie den Rest des Wegs zu Fuß gehen könne, hatte sie gedacht. Der Pater fuhr nach Salzkotten und wollte sie am Weg nach Albrock absetzen.

»Ooh, diese prächtigen frommen Werke!« Ewald jubelte mit der Stimme Pater Röhrichs, streckte sich neben ihr auf dem Kutschbock in die Höhe und schaute mit dem gleichen scheinheiligen Gesicht auf sie hinab wie der oberste Jesuit der Stadt.

Leonore hatte selbst beobachtet, dass in den letzten Wochen im Kolleg Wagenladungen mit Büchern angekommen waren, die von Novizen und Scholastikern in den dritten Stock des Aulaflügels geschleppt wurden. Dort sollte die Bücherstube der Jesuiten eingerichtet werden, deren Grundstock die reichhaltige Privatbibliothek des Fürstbischofs bildete, die er ihnen schon vor Jahren geschenkt hatte.

Ewald setzte wieder sein eigenes Gesicht auf und kicherte. »Und als sie die Kisten öffneten, waren es lauter Übersetzungen französischer Liebesromane.« Das wusste er von einem der Novizen und auch, dass eben jene Liebesromane und nicht die ebenfalls vorhandenen geistlichen Werke sich unter den frommen Patres größter Beliebtheit erfreuten.

Ihr würden die Jesuiten die Romane bestimmt nicht leihen. Dabei ließ auch Leonore sich gern von Büchern zerstreuen, die von den Klerikern für anstößig gehalten wurden.

»In unserer Bücherei stehen dafür kistenweise Gesangbücher herum«, sagte Ewald. Sein Gesicht war deutlich missmutiger geworden. »Die haben sie uns gnädigerweise abgegeben. Schließlich seien wir jetzt für die Seelsorge zuständig, sagt Pater Röhrich.«

Auf seinem Wagen befanden sich mehrere für Salzkotten und die Nachbarorte bestimmte Kisten mit dem neuen Paderborner Gesangbuch. Matthias Pontanus, seines Zeichens bischöflicher Haus- und Hofdrucker, hatte es vor fünf Jahren mit Abt Ruben, dem kurz danach verstorbenen Vorsteher des Abdinghofklosters, und den Jesuiten zusammengestellt. Natürlich war auch der Fürstbischof beteiligt gewesen. In Pontanus' Druckerei wurden die »Alte Catholische Geistliche Kirchengesäng«, wie es im Titel hieß, jetzt laufend nachgedruckt und an die Dorfpfarrer verteilt zur Weitergabe an ihre Schäflein. Nicht nur in der Messe, sondern auch zum Singen »in Häusern und auff dem Feldt« sollte laut Titelblatt das Werk gebraucht werden.

Immerhin wurden die meisten Lieder in deutscher Sprache gesungen. Das war ein Zugeständnis der katholischen Seite an die Reformierten, zu denen auch Pontanus – damals hatte er noch Brückner geheißen – vor 1604 gehört hatte. Heute war er einer der eifrigsten Katholiken in der Stadt.

»Die haben Zeit, Romane zu lesen, und wir plagen uns mit den Leuten herum«, sagte Ewald knötterig. »Es kostet nur ein paar Groschen, unser Gesangbuch, aber das ist den meisten schon zu viel. Sie haben das Geld einfach nicht. Vielen fehlt es ja sogar am Brot ...«

Ewald war einer der ersten Kapuzinerpatres, die der Domdechant Arnold von der Horst, ständiger Widersacher des Fürstbischofs, vor zwei Jahren an den Stadelhof geholt hatte. Sie sollten als erster Orden in der Stadt für die armen Leute zuständig sein.

Das sei der Grund gewesen, warum er Mönch geworden war, erzählte Ewald. Nicht zum Beten, sondern zum Helfen. Die Verpflichtung zur ständigen Barfüßigkeit habe ihn nicht geschreckt, da seine Füße nicht zum Kaltwerden neigten.

Leonore schauderte es. Sie hatte immer kalte Füße.

Noch während sie – mit dem Geld von der Horsts – ihr Kloster und die Kirche erbauten, waren Ewald und seine Mitbrüder in die Häuser gegangen und hatten versucht, die Not der Besitzlosen zu lindern. Meist reichten die Spenden betuchter Bürger dazu nicht aus, sodass sie an ihren eigenen Bauten sparten. Deshalb auch war die Bibliothek immer noch leer gewesen, zu Ewalds Verdruss, der genauso gern las wie Leonore.

Allerdings war Abhilfe in Sicht. »Wie, Ihr habt keine Bücher?«, habe bei einem Besuch der Domvikar Jodocus Weiß gefragt; wenn Ewalds Miene zu trauen war, mit äußerstem Entsetzen. Er hatte versprochen, den Kapuzinern seine gesamte eigene Bibliothek zu schenken, die Hälfte jetzt, die andere Hälfte später. Wenn die Bücher eingeräumt seien, dürfe Leonore gern welche ausleihen, versprach ihr Ewald. Es handele sich mitnichten nur um geistliche Literatur, und wenn, dann wären es Streitschriften reformierter Autoren. Jodocus Weiß sei ein großer Freund der Lateiner, weshalb er auch seinen Namen in Candidus geändert habe. Aus Rom habe er wunderbare Cicero-Abschriften mitgebracht und sie prachtvoll binden lassen …

Ewald musste sein Schwärmen von zukünftigen Lesefreuden unterbrechen, weil ihnen ein breiter, mit Bierfässern beladener Wagen entgegenkam. Der Kapuziner zügelte die Pferde und streckte dabei seinen rechten Fuß vor. An ihm fehlte ein Zeh, und Leonore erinnerte sich, wie sie Pater Ewald kennengelernt hatte. Und zwar nicht als Bücherfreund und Spaßvogel, sondern als Mann der Tat, wie überhaupt die Kapuzinermönche – anders als die meisten anderen – Benedikts Wort *ora et labora* ernst nahmen. Eigenhändig hatte er am neuen Kump gemauert, wo ihm – barfüßig mitten im Winter – ein dicker Stein auf den Fuß gefallen war.

Leonore hatte dem *chirurgicus* des Abdinghofspitals geholfen, den völlig zerquetschten kleinen Zeh abzunehmen. Sie hatte das Blut gestillt, danach wochenlang die Verbände gewechselt und Ewald mit Lesestoff für sein Krankenlager versorgt. Mit einem Seitenblick stellte sie fest, dass die Narbe kaum zu sehen war.

Der steingefasste Kump vor dem neuen Kloster war ein Werk

der Mönche, das weniger ihnen selbst – sie hatten noch einen Brunnen im Innenhof – als den Bewohnern des traditionell armen Ükern nützte. Bisher hatten die ihr Wasser aus der Pader geholt, die sämtliche Abwässer der Stadt aufnahm, oder aus den verschlammten Quellen zwischen den Höfen. Oft genug waren in dem verwinkelten Viertel Seuchen ausgebrochen, die von Haus zu Haus sprangen. Schon ihr Vater, der alte Doktor Theodor, hatte sich für den Brunnenbau ausgesprochen, aber in Angriff genommen hatten ihn erst die Kapuziner.

Leonore war ihnen zutiefst dankbar für den Bau. Doch hatten weder sie noch die Mönche mit dem Widerstand der Ükeraner gerechnet, die ihn kaum benutzten. Für die waren Krankheiten eine Strafe Gottes oder wurden angehext; ein immergrüner Aberglaube, den sie nicht nur mit den Bauern auf den Dörfern teilten, sondern auch mit vielen Stadtbürgern und sogar einigen Geistlichen. Sie selbst war wiederholt das Opfer solch gefährlichen Geredes gewesen, wie auch ihre Freundin Hermanna in Albrock, zu der sie jetzt unterwegs war.

Sie hatten das Siechenhaus und die Landwehr hinter sich gelassen und den dichten Wald erreicht. Leonore fröstelte es im Schatten der Bäume, weshalb sie zu ihrem Umhang griff.

»Aha – Ihr habt also auch Angst vor Scribonius.« Ewald missdeutete ihr Schaudern absichtlich. Dann lachte er.

»Er wird hoffentlich kein Verlangen nach Eurer Fracht haben und uns schön in Ruhe lassen.« Sie lachte ebenfalls.

Sie wussten beide, was es mit den Räubern im Albrocker Wald auf sich hatte. Leonore dachte an die vielen Legenden, deren Unwahrscheinlichkeit sie zusammen belächelt hatten. Trotzdem behielt Ewald die Waldränder im Blick, was Leonore ein wenig verwunderte.

Es gab Menschen, die im Wald lebten; das war ihr bekannt. Aber sie waren keine mordlüsternen und habgierigen Räuber, sondern Ausgestoßene, die aus irgendeiner Bedrängnis heraus oder wegen kleiner Vergehen ihre Dörfer hatten verlassen müssen. Unter ihnen waren junge Männer, die vor dem bischöflichen Kriegsdienst geflohen waren oder weil Grundherren sie an auswärtige Söldnerführer verkaufen wollten. Die Älteren waren oft entlassene Landsknechte, die nirgendwo hingehörten. Manchmal, wenn sich sonst niemand um sie kümmerte, lebten auch die Familien der Männer im Wald. Andere Frauen kamen hinzu, die von frommen Nachbarn wegen ihres Lebenswandels oder des hanebüchenen Vorwurfs der Hexerei aus der Gemeinschaft ausgeschlossen worden waren.

Leonore hatte die eine oder andere Frau aus den Wäldern kennengelernt, wenn sie an Markttagen, von der Menge geschützt, in die Stadt kamen und auch zu ihr, um gesundheitlichen Rat einzuholen oder ihren Medizinvorrat aufzustocken. Leonores Ruf als Baderin und Wehmutter hatte sich weit herumgesprochen und auch, dass man ihr vertrauen konnte. Die Frauen erzählten bereitwillig von ihren Schicksalen und vom Leben im Wald, das Leonore selbst – falls sich der Wind einmal drehen sollte – durchaus auch blühen konnte.

Es war nicht einfach, solch ein Dasein ohne jede Sicherheit. Die Waldbewohner wusste nie, ob sie auch morgen noch etwas zu essen bekamen, gesund blieben oder ihre Freiheit genießen konnten. Dagegen war das Leben im Haus ihres Bruders, auch wenn der sie mit Streit verfolgte, der wahre Himmel. Schon ohne an den Winter zu denken – jetzt im warmen Frühlingssonnenschein, der allerdings kaum durch die Baumwipfel drang –, war es schwer, im Wald zu überleben. Dessen Bewohner versuchten, mit dem, was ihre Umgebung hergab, ihr Leben zu fristen, und stahlen, weil die Not es erforderte.

Eine der allgegenwärtigen Legenden besagte, dass sie niemals arme Menschen bestahlen, sondern die, wo der Reichtum offensichtlich war und dazu schlecht bewacht, wie es meist bei Klöstern der Fall war. Das mochte zutreffen; wahrscheinlicher aber war, dass die Gesetzlosen wie alle Regeln auch solche vom Wunsch der Bürger diktierten missachteten.

Die Frauen hatten erzählt, dass die Übermütigeren von ihnen auch schon mal ins nächstgelegene Dorf zogen, um mit den Bewohnern zu trinken – im Wald waren die Möglichkeiten zum Feiern begrenzt – und sie an einer größeren Beute teilhaben zu lassen. Das schaffte Verbindungen, und kaum ein Bauer hätte, falls er im Wald auf jemanden traf, der ihm verdächtig vorkam, die Obrigkeit verständigt.

Allerdings neigten die Leute dazu, alles Böse, das ihnen geschah, egal ob ein Huhn verschwand oder ein Mensch unter unklaren Umständen zu Tode kam, den Räubern in die Schuhe zu schieben. Räuber und Hexen – immer waren sie verantwortlich. Es war immer einfacher, andere für eigene Missgeschicke verantwortlich zu machen, als sich den wahren, im eigenen Leben begründeten Ursachen zu stellen.

Der Pater saß schweigsam neben ihr und dachte wohl ebenfalls an die Waldbewohner. Immer noch musterte er die Bäume am Wegrand.

»Was würdet Ihr tun, wenn jetzt ein Räuber aus dem Wald käme?«, fragte er.

»Ihm einen guten Tag wünschen«, erwiderte Leonore. »Oder wollt Ihr mir etwa Angst einjagen?«

»Das würde mir wohl schwerfallen«, gab Ewald zurück.

Erst nach einer ganzen Weile sprach er weiter. »Nein …«, sagte er zögernd. »Es ist nur, weil … ich will sagen …«

Leonore sah ihn an. Es sah Ewald so gar nicht ähnlich, lange nach den richtigen Worten zu suchen.

»Kurz gesagt …«, endlich hatte er wohl den Faden gefunden, »es wird gleich wirklich jemand aus dem Wald kommen. Erschreckt Euch dann nicht, auch wenn er wild aussieht. Seine Tonsur ist längst zugewachsen, und sein Bart …«

Tonsur? Ein Mönch im Wald?

Endlich fand der Pater zu seiner gewöhnlichen Beredsamkeit zurück. Ein Mitbruder hatte kurz nach der Gründung ihres Konvents eine Frau getroffen, von der er nicht mehr lassen wollte. Allerdings war es schwierig, dem Kloster zu entkommen. Der Mann hatte seine Besitztümer restlos der Gemeinschaft überschreiben müssen und war, als er ging, mittellos gewesen. Deshalb hatte er aus dem Klosterschatz ein paar wertvolle Stücke im Gegenwert seines eigenen Vermögens gestohlen und war mit seiner Frau in den Wald gegangen. Jetzt wurde er als Kirchenräuber gesucht, und auf seine Gefangennahme war ein Preis ausgesetzt.

Sieh an, ein *scandalum* im neuen Kloster, von dem niemand sonst wusste.

Ewald hatte als Einziger den früheren Freund nicht fallen gelassen und hielt über Brieftauben den Kontakt aufrecht. Rötger heiße er, sagte Ewald. Eine der Kisten auf seinem Wagen war für ihn bestimmt, gefüllt mit Kleidung, Decken und haltbaren Nahrungsmitteln aus den Spenden der reichen Städter, dazu ein paar Flaschen Wein aus den Klosterbeständen.

»Wenn Ratsherr Baer wüsste, wohin seine Schinken gehen, hätte er sie wohl selbst aufgegessen. Aber er ist fett genug.« Ewald klopfte auf seinen ebenfalls beträchtlichen Bauch.

Leonore fragte mit erhobenem Zeigefinger und einem Grinsen im Gesicht: »Ihr habt Eurem Freund doch hoffentlich ein Gesangbuch eingepackt, auf dass er auf den rechten Weg zurückfinde?«

»Habe ich«, antwortete Ewald. »Schließlich müssen wir die Dinger loswerden, damit Platz wird für richtige Bücher.«

Als Ewalds Freund dann wirklich aus dem Wald trat, erschrak Leonore dann doch. Aber nur kurz. Ewald sprang vom Bock und umarmte den Fremden herzlich. Er störte sich nicht an dem wilden Bart und den verfilzten Haaren, die ihm zottelig vom Kopf abstanden.

Das war der Vorteil der Männer. Fast ein wenig neidisch betrachtete Leonore den entlaufenen Mönch. Sie konnten sich völlig zuwachsen lassen, sodass niemand mehr sie erkannte. Aber vertrauenerweckend sah so einer nicht gerade aus. Man konnte nicht einmal sehen, ob er freundlich oder boshaft war.

Leonore versuchte, den ehemaligen Kapuziner nicht allzu neugierig anzustarren, der ein wenig abseits mit Ewald sprach und sie seinerseits misstrauisch beäugte. Nach einer Weile kam Ewald zurück und setzte mit einem kurzen Winken die Fahrt fort. Leonore blickte über ihre Schulter und sah, wie sich der Mann aus dem Wald die schwere Kiste auf die Schulter lud und zwischen den schwarzen Baumstämmen verschwand.

»Das wäre erledigt«, sagte Ewald. »Damit werden sie eine Weile auskommen. Aber zum Winter hin müssen sie ein Dach über dem Kopf haben, das macht ihm Sorgen.«

Ewald musterte die Zweige, die über ihren Köpfen vorbeizogen. Seiner Miene nach zu schließen, traute er ihnen nicht viel Schutz für das junge Paar zu.

»Und da ist noch etwas«, sagte er. »Die ganze Geschichte ist noch schlimmer. Seine Frau bekommt ein Kind, sehr bald schon übrigens, und weil es das erste ist, hat sie Angst, es im Wald zu bekommen. Sie könnte zu ihrer Mutter gehen ... Aber ob die sie wieder zurücklassen wird?«

Bekümmert sah Ewald sie an. Doch in seinen Augenwinkeln entdeckte Leonore ein Blinzeln und wusste sofort, was es bedeutete. Sie sollte helfen, das war es, was er mit seiner Erzählung bezweckte. Und das würde sie auch tun, da hatte er sie richtig eingeschätzt.

Zögernd sagte sie: »Auch wenn es unklug ist – Ihr kennt ja meine Lage in der Stadt –, so möchte ich doch meine Hilfe anbieten. Warum benachrichtigt Ihr nicht die junge Frau, dass sie in den nächsten Tagen nach Albrock kommen soll? Dann können wir alles verabreden, und Ihr könnt mich rufen lassen, wenn es so weit ist. Vielleicht kann das Kind sogar dort zur Welt kommen. Ich werde mit Hermanna reden.«

Erleichtert seufzte der Mönch und trieb seine Rösser an. »Ich wusste, dass ich mich auf Euch verlassen kann, Jungfer«, sagte er augenzwinkernd. »Dann werde ich Euch jetzt mal schnell an Euer Ziel bringen, damit Ihr im finsteren Wald nicht noch von wirklichen Räubern belästigt werdet.«

Leonore stand mit ihrem Bündel, das auch ein paar Mitbringsel aus ihrer Kräuterstube für Hermanna und, weil man nie wusste, was kam, einige medizinische Geräte enthielt, in der Einfahrt des Herrenhauses. Ewald hatte sie in Albrock abgesetzt und war zum Hellweg zurückgefahren.

Schon bei der Ankunft waren ihnen die herumlungernden Soldaten aufgefallen, und im Schlosshof sah Leonore noch mehr herumlaufen. Vor der Scheune lagen Piken und Musketen auf einem Haufen, ein paar Bewaffnete sicherten das Torhaus. Es waren Bischöfliche mit der Standarte des Hochstifts: Rot leuchtete das Kreuz auf weißem Grund. Hermannas Vetter konnte die nicht mitgebracht haben.

Bestimmt aber war es Lubbert zu verdanken, dass die Albrock'sche Fahne munter auf dem Dach wehte. Hermanna hätte sie nie herausgehängt.

Zwei Landsknechte pflanzten sich vor Leonore auf, die Musketen lässig über die Schulter gelegt. »Hier geht's nicht weiter, Jungfer«, sagte der Jüngere von ihnen. Dem Geruch nach hätte ihm ein Bad gut getan. Beide Soldaten stanken nach Bier und schwankten hin und her. Sie schienen hier ein lustiges Leben zu führen.

Was mochte nur mit Hermanna sein? Sie war, was bei dem guten Wetter ungewöhnlich war, nirgends zu sehen.

»Ich werde von der Herrschaft erwartet«, behauptete Leonore. Frech drängte sie sich an den Landsknechten vorbei.

Der Junge griff zu seinem Gewehr, doch der Ältere winkte träge mit der Hand. »Lass sie gehen. Im Schloss ist der Hauptmann, der wird sie schon abfangen.«

Leonore überquerte den Hof und ging zum Haus, das ihr wie immer für einen Witwensitz, als den es Hermannas Urgroßmutter einst erbaut hatte, enorm prächtig vorkam. Die vielen kunstvollen Buntglasfenster, sorgsam vom Efeu freigehalten, blitzten in der Sonne wie wertvolle Mosaiken. Das zweiflüglige Eingangstor, fast doppelt so hoch wie sie selbst, wirkte in der großflächigen, durch Mauervorsprünge und Kabinettvorbauten gegliederten Fassade wie die Tür eines ganz normalen Hauses. Die alte Hermanna musste viel von sich und ihrer Stellung gehalten haben, wenn sie sich einen so großartigen Wohnsitz hatte bauen lassen.

Ein Hauptmann sei im Haus, hatte der Musketier gesagt. Nicht nur Lubbert, der missliebige Vetter, sondern auch ein Vertreter der bischöflichen Militärmacht. Was mochte nur geschehen sein?

Beherzt griff Leonore zum Türklopfer. Sie wollte sofort Hermanna sehen und erfahren, ob mit ihr alles in Ordnung war. Noch bestand kein Grund zur Sorge …

Als sie gerade klopfen wollte, wurde die Tür aufgerissen. Zwei uniformierte Männer mit hochroten Köpfen stürzten heraus und rissen Leonore fast um. Die fremden Farben ihrer Waffenröcke sahen schon eher nach Lubberts Begleitung aus als die Landsknechte, die sie bisher zu Gesicht bekommen hatte. Mit aufgebrachter Miene reckte der eine den Spitzbart in die Höhe, während der andere heftig den Kopf schüttelte und fluchte.

Ohne jegliche Entschuldigung, jedoch nicht, ohne sie unverschämt zu mustern, gingen sie – jetzt halbwegs würdevollen Schritts – an ihr vorbei zu Hermannas Laube.

Was war denn das? Dieser Lubbert schien das ganze Haus auf den Kopf gestellt zu haben.

Bevor die schwere Tür wieder zufallen konnte, stieß Leonore sie auf und rief nach Hermanna. Sofort kam Antwort. Hermanna stand auf der Empore vor dem Bild ihrer Ahnfrau, mit dem sie häufig Zwiesprache hielt. Jetzt lief sie eilig die breite Treppe hinab in die Halle und fiel Leonore um den Hals. Wohlbehalten, wie es Leonore schien. Äußerlich war sie unversehrt. Allerdings war sie blass im Gesicht, und um die Augen lagen dunkle Schatten, die das tiefe Violett noch verstärkten. Wenn sie entspannt war, leuchteten ihre Augen blau.

»Leonore«, rief Hermanna. Ihr Ton verriet Freude, doch die Stimme zitterte. »Dass du gekommen bist … du glaubst ja nicht, wie froh ich darüber bin.«

Im Inneren musste es schlimm um Hermanna stehen, wenn sie dermaßen ihre sonstige Gelassenheit verlor. Jetzt hatte sie sogar Tränen in den Augen, die sie verstohlen wegwischte.

Bevor Leonore fragen konnte, was geschehen sei, legte Hermanna den Finger auf den Mund und zog sie mit sich zur Bibliothek, die mit Blick auf die Gräfte und die alten Eichen im Park auf der Rückseite des Hauses lag. Hier war Hermannas Reich, in dem sie niemand zu stören wagte.

»Da draußen gibt's neuerdings zu viele Ohren«, erklärte sie, als sie die Tür schloss.

»Das ist ja wie im Krieg hier.« Leonore nahm Hermannas Hände und erforschte ihre Gesichtszüge. »Die vielen Soldaten, die das Haus belagern, du redest von Spionen – was ist denn los? So viel Unruhe kann doch nicht dein Vetter allein verursacht haben.«

»Oh doch.« Hermanna setzte eine finstere Miene auf. »Du glaubst gar nicht, was Lubbert alles angerichtet hat. Schon als ich am Montag aus der Stadt zurückgekommen bin, war das ganze Dorf in Aufruhr. Er hat sich aufgeführt wie ein Berserker, das hab ich dir ja geschrieben. Und seit er tot ist …«

»Tot? Lubbert?« Vor Überraschung prallte Leonore zurück und ließ Hermannas Hände los.

Die schlug die Hand vor den Mund und riss die Augen auf. »Oh, das weißt du ja noch gar nicht. Tut mir leid, Leonore, erschrecken wollte ich dich nicht. Es ist so viel geschehen seitdem, dass es mir vorkommt, als wäre es ewig her und jeder müsse es wissen.«

Leonore ahnte Böses. »Was ist ihm zugestoßen?«, fragte sie. »Sag nicht …«

Hermanna nickte. »Ein Mord, sagt der Amtsvogt …« Wieder liefen ihre Augen über.

Leonore erschrak. Ein Mord, den der Amtsvogt untersuchte. Und dann noch an Hermannas Vetter, der sie um ihr Erbe bringen wollte, was sie unausweichlich in Verdacht geraten ließ. Es war nicht erstaunlich, dass sie so aufgeregt war. Ihre kräftigen Schultern zitterten, als Leonore sie umfasste.

Wenn sie Hermanna helfen wollte, musste sie Ruhe bewahren. Eine von ihnen musste die Übersicht behalten. Doch zuerst musste Hermanna sich fassen und genau berichten, was sich Schlimmes auf Haus Albrock zugetragen hatte.

Leonore führte Hermanna zur gepolsterten Liegebank unter dem Fenster, ihrem bevorzugten Leseplatz, platzierte sie in der gemütlichen Ecke und setzte sich neben sie. »Und nun erzähl«, forderte sie Hermanna auf.

Doch so leicht war das nicht. Offensichtlich waren die bösen Ereignisse eins nach dem anderen auf Hermanna eingestürzt, ohne dass sie einen Moment hätte zur Besinnung kommen können. Leonore vermutete, dass sie sich wie immer um alles gekümmert hatte, was zu tun war, und ihre Sorgen hintangestellt hatte. Jetzt war ihre Kraft erschöpft.

»Wo soll ich nur anfangen?«, stöhnte Hermanna. »Es war einfach zu viel heute.«

»Am besten ganz vorn«, sagte Leonore mit einem beruhigenden Lächeln. »Was ist mit Lubbert geschehen? Das ist das Wichtigste und der Grund für alles andere.«

»Ja«, antwortete sie. »Lubbert. Es war ja schon schrecklich genug, dass er überhaupt herkam und Albrock beanspruchte. Aber sein Tod und alles danach ist noch viel schlimmer. Dabei war ich sogar einen Moment erleichtert, als er heute Morgen tot im Brunnen lag.« Schuldbewusst schaute sie Leonore an.

»Das wäre ich auch gewesen, in deiner Lage.« Leonore dachte an die Verzweiflung, die in Hermannas Brief zum Ausdruck gekommen war, und fühlte immer noch kalte Wut. »Nach allem, was du geschrieben hast, ist sein Tod kein Grund für Herzweh.«

»Seine Freunde aus Wolfenbüttel trauern immerhin um ihn.«

Hermanna zog fröstelnd die Beine unter den braunen Rock. Die kornblumenblauen Ornamente auf dem Oberteil hatten sonst besser zu Hermannas Augen gepasst. »Oder sie tun nur so. Manchmal kam es mir so vor, als wäre das freundschaftliche Verhältnis zwischen ihnen nur Theater«, sagte sie noch.

»Von vorn.« Leonore nahm die wollene Decke vom Fußende der Ottomane, legte sie um Hermanna und sah sie erwartungsvoll an.

Nach und nach erfuhr Leonore die ganze böse Geschichte vom Auffinden der Leiche am frühen Morgen über die Anordnungen des Amtsvogts und die Einquartierung des Hauptmanns und seiner Soldaten bis hin zu den Verdächtigungen, die Vahlensieck und Langenfeld über Hermanna geäußert hatten.

Leonore erinnerte sich an die beiden Männer vor der Tür, deren auffallende Bärte vor Zorn gebebt hatten. Wenn sie gerade von der Befragung durch den Hauptmann gekommen waren, von der Hermanna gesprochen hatte, schien der ihren Aussagen nicht allzu viel Gewicht beigemessen zu haben.

Sie erzählte Hermanna von dem Anblick, was diese erleichtert aufseufzen ließ. »Gut, dass ich das weiß«, sagte Hermanna. »Er wird auch mich gleich befragen.« Sie verfolgte mit sorgenvollem Blick einen Spatz, der im Fliederbusch vor dem Fenster herumhüpfte. »Aber wenn er den Wolfenbüttelern nicht glaubt, wird es wohl nicht so schlimm werden.« Sie sah Leonore an und lächelte sogar ein wenig.

Leonore nickte. Sie fühlte Erleichterung, als sie sah, wie Hermannas Augen heller wurden und sich der Farbe der Stickerei auf ihrem Busen annäherten.

Dankbar nahm sie jetzt Leonores Hand. »Jetzt, wo du da bist, geht es mir schon viel besser. Ich hoffe, du kannst ein paar Tage bleiben?«

Leonore wies auf das an der Tür abgelegte Bündel. »Ich hab vorgesorgt, weil ich nach deinem Brief den Eindruck hatte, dass du Hilfe brauchst. Wenn das Haus voll ist, wonach es ja aussieht, schlafe ich bei dir, dein Bett ist groß genug. Die finsteren Gemächer des verblichenen Hofrichters brauchst du mir also gar nicht erst anzubieten. Da spukt es sowieso.«

Hermannas Lachen zeigte ihr, dass sie wieder zu sich selbst gefunden hatte. »Zusammen werden wir mit jedem Gespenst fertig. Sogar, wenn es Lubbert heißt.«

***

Die Bewaffneten standen immer noch zwischen den Häusern und auf dem Weg herum, hinderten die Bauern aber nicht mehr an der Arbeit. Kuhgespanne waren unterwegs, Frauen buddelten in den Gärten, Kinder hüteten Gänse und Ziegen, während die Männer auf den Feldern vor dem Dorf ackerten.

So stellte sich Diether ein Dorf vor: Bauern, die emsige Betriebsamkeit an den Tag legten. Schließlich wollte der Reichtum, den die Goldähren des Albrock'schen Wappens symbolisierten, erarbeitet werden, wenn auch nicht von denen, die ihren Gewinn daraus zogen.

Doch hier war es nicht seine Aufgabe, die Bauern vor der Willkür des Grundherrn zu schützen. Er musste ihnen in einer viel größeren Notlage beistehen und befand sich deshalb, diesmal begleitet vom Ortsvorsteher Hagemeier, zum zweiten Mal an diesem Morgen auf dem Weg zum Gutshaus.

Dass Lubbert von Zinsdorf inzwischen aufgewacht war und sie bei ihrem Geschäft mit der Gutsherrin stören könnte, brauchte er nicht mehr zu befürchten. Beim Frühstück in Hagemeiers Haus hatte es keinen anderen Gegenstand gegeben als den unvermuteten Tod des neuen Grundherrn. Nach und nach waren weitere Dorfbewohner eingetroffen, und bald war auch der Selbstgebrannte auf den Tisch gekommen. Getrauert wurde hier nicht. Diether hatte es kaum glauben können, als der Vorsteher, unterstützt von seiner Frau, ihm gleich anfangs von der Gewalttat erzählt hatte. So hatte er sich die Lösung des rechtlichen Problems eigentlich nicht vorgestellt …

Zumal jetzt ganz andere Schwierigkeiten im Raum standen. Ein Mörder wurde gesucht, und zwar hier in Albrock, im Dorf und im Schloss, wie alle Dörfler hartnäckig das Anwesen bezeichneten. Der Vorsteher hatte ihn gebeten, ihn über die Rechtslage aufzuklären und an den Verhandlungen mit dem Amtsvogt teilzunehmen. Das würde häufige Besuche in Albrock erforderlich machen. Bezahlen wollte ihn die Dorfgemeinschaft mit einem jungen

Schwein, was Diether durchaus zufriedenstellte. Er konnte es entweder bei den Fleischhauern auf der Scharne zu Geld machen oder es dem Vater zum Schlachten und Räuchern überlassen.

Zu seiner Erleichterung waren im Dorf über die Bauern hinaus andere Verdächtige zu greifen, allen voran diese Hermanna. Denn sie zog den größten Nutzen aus dem Tod des neuen Grundherrn. Wenn sie nicht selbst Hand angelegt hatte, wie es wohl nicht ihre Art war, so hatte sie doch ihre Leute für die Drecksarbeit.

Die Bauern hatten jeden Verdacht gegen ihre Herrin weit von sich gewiesen. Sie waren schnell mit weiteren möglichen Tätern zur Hand, suchten sie unter den Wolfenbütteler Freunden des Toten, vielleicht sogar im Dorf, wo – das erzählten sie ihm mit Hinweis auf seine Amtsverschwiegenheit – so mancher lebte, der mit Lubbert noch ein Hühnchen zu rupfen hatte. Am liebsten hätten sie es aber wohl gesehen, wenn man die Räuber verantwortlich machen könnte.

Die Räuber – na gut. Möglich war es. Vielleicht hatte Lubbert etwas bei sich getragen, das sich zu rauben lohnte. Aber dass dessen eigene Freunde an seinem Tod schuld sein sollten, wollte nicht in Diethers Kopf. Warum sollten sie ihren gerade reich gewordenen Kumpanen umbringen? Niemand schlachtete die goldene Gans, solange er Zugang zu ihren Federn hatte.

Unter den Bauern musste man sich umhören, was die Anwesenden übernehmen wollten, nachdem Diether ihnen erklärt hatte, dass es besser sei, den Ermittlungen des Amtsvogts einen Schritt voraus zu sein. Motive schienen reichlich vorhanden zu sein, so wie dieser Lubbert in der Gegend gewütet hatte.

Diether wusste, dass die bischöflichen Behörden bei Gewalttaten gegenüber der Grundherrschaft gern das ganze Dorf haftbar machten, wenn ein einzelner Täter nicht zu finden war. Man konnte sie natürlich nicht alle aufhängen. Jedoch war es möglich, dass einige, die man als Rädelsführer ausmachte, gehängt wurden oder zumindest gebrandmarkt und der Rest samt Familie von Haus und Hof vertrieben wurde. Landlose Bauern gab es genug, die bereit waren, die freien Hofstellen zu besetzen.

Wahrscheinlicher als eine Verschwörung der Bauern aber war doch wohl, dass die Schlossherrin an dem Mord beteiligt war. Für sie hatte das meiste auf dem Spiel gestanden. Während sie Albrock hätte verlassen müssen, durften die Bauern doch immerhin auf ihren Höfen bleiben. Sogar Lubbert hätte ihnen das Nötigste zum Leben belassen müssen, getreu dem Leitspruch der Adelsherren, dass man ein Pferd füttern müsse, damit es einen trägt.

Diether schloss zum Vorsteher auf, der jetzt die Albrock'sche Einfahrt erreicht hatte. Wieder freute er sich über die plätschernde Albke, überquerte die Gräfte und betrat den soldatenbelagerten Hof. Als Erstes wollte er mit dem Hauptmann sprechen. Als ihr Rechtsvertreter musste Diether erfahren, was den Dorfbewohnern vorgeworfen wurde, und dagegen protestieren, dass man die Gemeinde insgesamt unter Arrest gestellt hatte. Der Mann sah hoffentlich ein, dass es sich lohnte, auch weitere Verdächtige im Auge zu behalten.

Hermanna kam später an die Reihe, obwohl der Vorsteher gedrängt hatte, sie als Erste aufzusuchen. Was sollte ihnen jetzt noch das Testament der Urgroßmutter nützen?, hatte Diether am großen Tisch in Hagemeiers Deele gefragt.

Die Bauern hatten gemeint, weiteren plötzlichen Veränderungen im Herrenhaus vorbeugen zu müssen. »Wo doch jetzt ein Mörder umgeht«, hatte die Frau des Vorstehers gesagt. Deshalb hatten sie darauf bestanden, Hermanna um eine Abschrift zu bitten, die sie im Dorf verwahren wollten. Das hatte Diether eingeleuchtet. Und vielleicht war in der Verfügung ja sogar etwas zu finden, das bisher von der Herrin über Schloss und Archiv verschwiegen worden war, weil es die Lage der Bauern verbesserte, nicht aber die ihre.

Er schickte einen der Landsknechte, um seinen Besuch anzukündigen. Es dauerte nicht lange, bis der Hauptmann selbst zur Tür kam und den Vorsteher und Diether hereinbat. Die weißroten Aufschläge an seinem Uniformrock wiesen ihn als bischöflichen Soldaten aus. Er war groß und hatte graues Haar, wirkte aber kräftig genug, um trotz seines Alters tüchtig dreinschlagen zu können.

Doch ansonsten hatte der Hauptmann wenig Militärisches an sich. Mit einer einladenden Handbewegung führte er sie durch eine weitläufige Halle zur Treppe, dann in einen noch größeren Saal. In der Mitte stand ein riesiger Tisch, drum herum Armstühle mit kunstvollen Schnitzereien verziert. Alles Eiche, vermutete Diether, wie auch die Täfelung an den Wänden mit umlaufenden Bänken davor. Nie hätte er zwischen derartig dunklen Wänden leben wollen.

Der Hauptmann erklärte, dass sie im Rittersaal seien, den ihm die Hausherrin freundlicherweise zur Verfügung gestellt habe. Diether ging zur Tür zurück und schloss sie nachdrücklich.

Ihr Gastgeber stellte sich als Menke von Wewer vor.

»Nennt mich Menke«, sagte er, »das andre ist nur ein Beiname.«

Dann bat er sie an den Tisch. Er schien ein umgänglicher Mann zu sein, kein tumber Soldat, wie man sie gemeinhin kannte. Zahlreiche Narben zeugten von früherer Tapferkeit, die Diether selbst hoffentlich nie an den Tag würde legen müssen.

In aller Form brachte er in Vertretung der Albrocker Gemeinheit seine Einwände gegen die Inarrestnahme ein. Die Abschließung des Dorfs von der Außenwelt, so führte er aus, beeinträchtige Handel und Wandel der Bauern, die weder ihr Vieh zum Markt bringen noch Waren von dort beziehen könnten. Auch sei es nicht wahrscheinlich, dass ausnahmslos alle Dorfbewohner am Mord mitgewirkt hätten, und Beweise lägen wohl nicht vor, sodass die Maßnahmen völlig unverhältnismäßig seien. Vorsteher Hagemeier nickte zu allem, ohne sich ein einziges Mal am Kopf zu kratzen.

Ebenso förmlich wie Diether nahm Hauptmann Menke den Protest zur Kenntnis und versprach, ihn an den Amtsvogt weiterzuleiten. Dann sicherte er zu, dass jeder Bauer unter Angabe von Zweck und Ziel das Dorf verlassen könne, sich aber unterwegs die Bewachung durch die Landsknechte gefallen lassen müsse.

»Und was die Beweise angeht ...« Der Hauptmann lockerte seinen Kragen. »Wir haben sie nicht. Noch nicht, nach Meinung meines Vorgesetzten, dem Amtsvogt. Eine Verschwörung sei aber höchstwahrscheinlich, hat er bereits auf dem Weg hierher gesagt. Schon bei der Einsetzung am Dienstag habe er eine feindselige Stimmung gegen den Herrn von Zinsdorf gespürt. Ich muss zugeben, dass ich selbst nicht an eine Zusammenrottung glaube, den Verdacht aber befehlsgemäß untersuchen muss. Aller Erfahrung nach werden Morde von einem oder meinetwegen auch mehreren Tätern ausgeführt, die ihren ganz eigenen Grund haben. Das sage ich, um Euch zu zeigen, dass wir alle Möglichkeiten im Auge behalten. Im Übrigen auch die Tatsache, dass der Ermordete in seinem eigenen Haus nicht sonderlich beliebt zu sein schien.«

Diether nickte. Menke von Wewer hatte also ebenfalls die Hausherrin im Verdacht.

Als sie wieder in der Halle standen, am Fuß einer imposanten, ebenfalls eichenen Treppe mit einer abschließenden Galerie um das nächste Stockwerk herum, sagte Hagemeier: »Er denkt auch an die Fremden, Ihr habt es ja gehört.« Er hatte den Hauptmann offenbar anders als Diether verstanden.

Doch er wollte sich jetzt nicht in eine Diskussion verwickeln lassen und erkundigte sich stattdessen, wo er Hermanna finden könne. Der Vorsteher wies zu einer zweiflügligen Tür unterhalb der Treppe. »Das ist die Bibliothek«, erklärte er. »Dort sitzt sie, wenn sie nicht in der Küche oder sonstwo zu tun hat.«

Also oft. Was hat eine Schlossherrin schon in der Küche zu suchen?

Hinter der Tür war gedämpftes Gemurmel zu hören. Hagemeier klopfte kurz an und öffnete die Tür. Diether wunderte sich. So formlos ging es in diesem Schloss zu?

Sein erster Blick fiel auf Leonore. Gleich sah er, dass sie den pflaumenblauen Rock und das rote Mieder trug, das so gut zu ihren rotbraunen Haaren passte. Die bunten Farben waren seiner Mutter immer ein Dorn im Auge gewesen. In Albrock hätte er Leonore nicht erwartet.

Sein Erstaunen legte sich, als ihm einfiel, dass sie mit Hermanna befreundet war. Friedrich hatte erzählt, dass die beiden Frauen Ostern zusammen verbracht hatten, und natürlich war Leonore nach Albrock geeilt, um ihrer Adelsfreundin zu helfen.

Leonore war offenbar gleichermaßen überrascht, ihn hier zu sehen. Fahrig fuhr sie sich durchs Haar, fing sich aber bald. »Ach ja. Diether Meschede. Wie gut, dass Ihr hier seid.« Doch sie lächelte ihn freundlich an.

Dann erst dachte er daran, seine förmliche Begrüßung anzubringen. Er verneigte sich vor der zweiten Frau im Raum, die er für Hermanna hielt, und versicherte sie höflich seiner Ehrerbietung sowie des Beileids angesichts des Todesfalls im Schloss. Vorzustellen brauchte er sich nicht mehr, das hatte Leonore – wie immer schnell mit dem Wort – bereits erledigt.

Die beiden Frauen hatten sich von der Ottomane vor dem offenen Fenster erhoben und strichen ihre Röcke glatt. Der Vorsteher begrüßte die Freundinnen, die gut für Schwestern hätten durchgehen können. Sie waren gleichaltrig, gleich groß und ähnlich in Haltung und Figur. Beide trugen keine Hauben und auch keinen »Weiberspeck«, der Rundungen vortäuschen sollte, wo sie nicht waren und nach Diethers Meinung auch nicht hingehörten. Seine Schwester Johanna verzichtete ebenfalls auf die Polster unter dem Rock, was zu ewigem Streit mit der Mutter führte. Allerdings hatten die beiden Frauen vor ihm völlig unterschiedliche Farben. Die eine blond mit dunkelblauen Augen, die andere dunkel und grünäugig. Ähnlich wiederum waren die schmalen Gesichter, beide mit einem kantigen Zug ums Kinn, der anzeigte, dass sie trotz ihrer Jugend mit den Härten des Lebens vertraut waren.

Nach seiner Vorstellung wandte sich die Hausherrin an ihn. »Ihr seid also der Advokat«, sagte sie. »Ich kann Euch gar nicht sagen, wie erleichtert ich bin, dass Ihr den Albrockern zur Seite steht. Gegen den Amtsvogt werde ich ihnen nämlich nicht helfen können, und sowieso habe ich keinerlei Kenntnis vom Recht.«

Verblüfft schaute Diether sie an. Diese Schlossherrin sprach tatsächlich davon, ihren Untertanen gegen den Amtsvogt beistehen zu wollen. Sonst war es doch so, dass die Grundherren die Obrigkeit gegen die aufsässigen Bauern zu Hilfe riefen. Oder gab sich Hermanna nur so freundlich, weil einer ihrer Untergebenen anwesend war? Man würde sehen, wie sie sich verhielt, wenn er mit der für sie gewiss unbequemen Forderung der Dorfgemeinschaft herausrückte und Einsicht in die Urkunden verlangte.

Doch erst war noch Hagemeier an der Reihe. Er stimmte in die Lobeshymnen auf den neuen Rechtsvertreter seines Dorfs ein und berichtete, wobei er zwischendurch lange nach dem richtigen Wort suchte, wie durch Diethers Eingreifen die Gemeinde vom Arrest befreit worden sei.

Auch in der Bibliothek standen dunkle Möbel – Eichen gab es anscheinend genug im Dorf. Doch durch die breiten Fenster auf zwei Seiten des Raums war es viel heller als im Rittersaal. Die Wände waren bedeckt von hohen Schränken, deren Flächen fast die Ausmaße kleiner Zimmer hatten, was den Raum aber nicht wesentlich verkleinerte. Vor einem der Fenster stand ein Lesepult, darauf ein aufgeschlagener Foliant mit farbig ausgemalten Buchstaben. Sicher nur zur Zierde; das Buch wurde jeden Morgen von der Magd abgestaubt, behutsam, damit die goldverzierten Initialen keinen Schaden nehmen.

Auf dem riesigen Schreibtisch lagen Papiere und Pergamentrollen herum, die nicht nach Zierrat aussahen. Erkennen konnte Diether Listen mit langen Zahlenkolonnen und beschriebene Blätter, die wohl Briefe waren. Das Tintenfässchen sah benutzt aus, der Federhalter lag mitten auf dem Tisch, als ob er eilig fallen gelassen worden wäre. Was Hermanna dort wohl schrieb? Hatte sie etwa keinen Verwalter für ihr Gut und keinen Schreiber für ihre Briefschaften?

Plötzlich merkte er, dass Leonores Blick auf ihm ruhte. In ihren Augen lag ein warmer Ausdruck. Diether fühlte, wie sich in seinem Gesicht ebenfalls Wärme ausbreitete, deshalb wandte er sich ab und schaute auf die Schranktüren, die außer wenigen leicht gerundeten Profilen keine Schnitzereien aufwiesen. Schwere Schlösser schützten den Inhalt, das Holz schien, vom Alter und fleißigen Händen poliert, hart wie Stahl. Bestimmt gab es auch ein Geheimfach darin. Solche Schränke, worin er staubfrei und sicher Bücher und Urkundenrollen aufbewahren könnte, fehlten ihm in seiner Kanzlei. Doch bis es so weit war, dass er sie sich aus Eiche schnitzen lassen konnte, würde er noch oft über die Dörfer reiten müssen.

Jetzt war es aber wohl an der Zeit, dass die Herrin einen der Schränke öffnete und seinen Inhalt preisgab. Hagemeier schien fertig zu sein mit seinem Bericht.

Diether trat einen Schritt vor. »Edle Herrin von Albrock«, begann er und bereute die förmliche Anrede sofort. »Wir kommen zu Euch mit einem Anliegen, das mich die Dorfgemeinschaft vorzutragen beauftragt hat. Wie Ihr wisst, sind Eure Eigenbehörigen durch den plötzlichen Besitzwechsel der Albrock'schen Herrschaft überrascht worden, und es hat sich gezeigt, dass sie keineswegs genau über ihre Rechte und Pflichten aufgeklärt waren. Die Gemeinheit bittet Euch deshalb, ihr eine Abschrift des Testaments Eurer Vorfahrin anfertigen zu lassen, um in einem zukünftigen derartigen Fall besser vorbereitet zu sein. Die Kosten wird die Gemeinheit übernehmen.«

»Das wird nicht nötig sein«, antwortete Hermanna sofort und ging zu einem der Schränke. Sie drehte den schweren Schlüssel im

Schloss und zog an einer der Türen, die sich knarrend öffnete und den Blick auf weitere Rollen und Papiere freigab. Alles war säuberlich geordnet, wie es den Anschein hatte; die ledernen Urkundenhülsen trugen Nummern, die samt Beschriftung auf einem in die Schranktür geklebten Zettel wieder auftauchten.

»Hier liegen unsere Familienpapiere«, erklärte sie und strich mit der Hand liebevoll über ein großformatiges Buch mit abgegriffenem, früher einmal goldgeprägtem Ledereinband. Ihr Blick bekundete, dass sie stolz war auf ihre edle Abstammung, deren Belege sie vorweisen konnte.

»Als Erstes möchte ich Euch zeigen, seit wie vielen Jahren unsere Bauern bereits ihre Freiheit genießen.« Sie holte das Buch aus dem Schrank, öffnete die Schließe und klappte vorsichtig den Deckel auf. Über zwei Seiten war ein wappenverzierter Stammbaum aufgeführt, an dessen unterem Ende Diether den Namen Hermanna von Albrock lesen konnte.

Ihr Finger wanderte den Stammbaum hinauf und blieb an einem Namen hängen, der noch lange nicht der letzte in der Reihe war. »Hermann von Albrock«, las Diether. Bischöflicher Hofrichter. Sein Vater war Raban von Albrock, Domprobst zu Münster. Ein Domprobst war ein geistlicher Herr. Die stolze Hermanna hatte also ebenfalls Pfaffenkinder in der Familie; wer hätte das geahnt?

»Das ist der Hofrichter«, erklärte sie. »Unser hochgeschätzter Urahn. Er hat als Erster die Leibeigenschaft aufgehoben und verfügt, dass die Pflichten der Bauern zu lockern seien, und deshalb Streit mit allen adligen Herrschaften im Umkreis bekommen. Von ihm ging der Besitz an meine Urgroßmutter.« Ihr Finger wies auf eine Hermanna; hatte Friedrich nicht von einer merkwürdigen Namenstradition gesprochen? »Sie hatte auch seine Verfügungen geerbt. Dann an meine Großmutter und von ihr zu meiner Tante Katharina, verehelichte Zinsdorf. Ihr seht, das Gut wurde immer in weiblicher Linie vererbt, und als Advokat wisst Ihr sicher auch, warum. Nach Katharina bin ich die Nächste, und mir folgt Anna, die allerdings noch ein Kind ist. Ihr werdet feststellen, dass die Verpflichtung, die Anordnungen Hermann von Albrocks zu achten, testamentarisch festgelegt ist.«

Diether glaubte, sich verhört zu haben. Hatte sie gerade ausgeführt, dass die Albrocker Bauern größere Freiheiten genossen als in den Grundherrschaften der Umgebung? Und sogar zugegeben, dass sie darauf einen Rechtsanspruch hatten? Wenn es so war, dann bestimmt nur, weil alles klipp und klar aus den Urkunden hervorging, auf die er jetzt noch gespannter war.

Hermanna griff zu einer Hülse aus starkem Leder, nahm die Kappe ab und zog mehrere Pergamentbögen heraus. »Ich hatte mir schon gedacht, dass es sinnvoll wäre, Abschriften der Testamente beim Vorsteher niederzulegen«, sagte sie. »Deshalb habe ich sie gestern schon angefertigt. Ihr könnt sie gern mit den Originalen vergleichen.«

Diether nahm ihr die Kopien ab und nickte. Das war wohl selbstverständlich.

Sie zog weitere Rollen aus dem Schrank und breitete den Inhalt – Urkunden deutlich höheren Alters als die vorherigen – auf einem Brett aus, das sie aus dem Schrank gezogen hatte. Die Ecken beschwerte sie mit sauberen kleinen Feldsteinen, die wohl zu diesem Zweck auf der Fensterbank bereitlagen.

Er nahm ein Blatt nach dem anderen zur Hand und verglich Zeile für Zeile mit dem Original. Die anderen hatten den Raum verlassen; Diether hörte ihre Stimmen jetzt vor dem Fenster, wo sie anscheinend vor einem Baum oder Busch standen und über den richtigen Zeitpunkt für dessen Schnitt fachsimpelten.

Trotz sorgfältiger Suche fand er keine Fehler in den Abschriften. Und nicht nur das. Die Schrift war deutlich lesbar und flüssig, und die Anfangsbuchstaben jeden Absatzes waren ansprechend verziert. Hatte sie nicht gesagt, sie habe sie selbst kopiert? Das hier sah eher nach einem guten Kanzleischreiber aus.

Auch schien alles so verzeichnet zu sein, wie sie es eben ausgeführt hatte. Diether nahm sich vor, die Testamente später noch einmal genau auf die Rechte der Untertanen hin zu prüfen. Im Moment war das nicht so eilig. Die Albrocker Bauern hatten ganz andere Sorgen, zu denen – trotz ihrer so gepriesenen Freiheiten – offensichtlich die um die herrschaftlichen Gärten gehörte, wie dem Gespräch draußen zu entnehmen war. Deutlich hörte er das Klappern einer Gartenschere; hatten sie also den alten Mann an die Arbeit gekriegt.

Er rollte die Abschriften zusammen und steckte sie in die Hülse zurück. Vorsichtig blätterte er dann in dem alten Buch, das Hermanna ins unterste Schrankfach gelegt hatte. Eine Familienbibel, offensichtlich eine Abschrift der Luther'schen, jedenfalls in deutscher Sprache. Auch hier waren die Initialen bunt ausgemalt und goldverziert. Zwischen den letzten Seiten lag wieder ein Stammbaum, deutlich schwerer zu entziffern, aber offensichtlich der Anfang dessen, den ihm die Schlossherrin eben gezeigt hatte. Die Linie der Herren von und zu Albrock war bis zu Karl dem Großen zurückzuverfolgen; »Edler Meier« stand unter dem Namen des ersten Hermann.

Wahrlich beeindruckend. Aber auch Diethers eigene Vorfahren reichten bis zur Zeit des alten Karl zurück und weit darüber hinaus. Sein Pech war, dass sich niemand je die Mühe gemacht hatte, sie so genau aufzuzeichnen wie das in Adelsfamilien üblich war. Bestimmt war sogar – vielleicht über eins der Pfaffenkinder – der eine oder andere edle Blutstropfen darin zu finden. Er konnte nicht sagen, dass ihn diese Möglichkeit sonderlich neugierig machte.

Interessanter war die Frage, was sich in diesen alten Schränken alles noch verbarg. Die geräumigen Fächer vor ihm waren vollgestopft mit Pergamentrollen, Papierstapeln und uralten Büchern, manche mit schweren silbernen Schließen, das Leder sorgsam eingefettet.

Das wäre etwas für Friedrich; mit diesen gewissenhaft aufbewahrten Unterlagen würde er sich wohl lieber beschäftigen als mit dem schmutzigen Archiv seines Stifts, das zu ordnen er nach dem Tod des früheren Archivars übernommen hatte. Er hatte zwischen den Pergamenten manches Testament gefunden, das in späteren Abschriften zugunsten der frommen Herren abgeändert worden war. Häufig wiesen Verträge über langfristige Abgaben und Leistungen dünne Stellen auf, wo die frühere Beschriftung abgeschabt und ersetzt worden war, was jeden Advokaten misstrauisch gemacht hätte, wenn die Betroffenen ihn sich hätten leisten können.

Ob auch dieses hochadlige Haus seine Leichen im Keller hatte? Es juckte ihn in den Fingern, sie auszugraben.

Was natürlich nicht anging, ohne Erlaubnis der Hausherrin. Es war schon ein Wunder, dass sie überhaupt vor ihm den Schrank geöffnet, und ein noch größeres, dass sie ihn mit den wertvollen

Urkunden allein gelassen hatte. Bei anderen Adelsherren war er nicht einmal in die Nähe des Archivs gekommen, und nur selten hatte er – unter den Argusaugen des Besitzers – in einzelne Urkunden Einsicht nehmen dürfen.

Diether legte die Familienbibel zurück an ihren Platz und ging zum Fenster, vor dem draußen immer noch die Gartenschere schnippte. Aber es war nicht Hagemeier, der die Arbeit tat, sondern Hermanna von Albrock. Nach seinen Anweisungen schnitt sie Zweige aus einem Johannisbeerstrauch. Leonore kniete etwas entfernt auf dem Boden und zupfte Unkraut. Das kannte er von früheren Besuchen in ihrem Garten; aber dass die Herrin selbst Hand anlegte, überraschte ihn nicht wenig.

Ein merkwürdiges Schloss war das hier – das reine Paradies. Nur der Mord an Lubbert von Zinsdorf wollte so gar nicht in das friedliche Bild hineinpassen.

***

Leonore richtete sich auf und wischte mit dem Unterarm über ihre Stirn. Zufrieden schaute sie um sich: Eins der Kräuterbeete, in denen über die Ostertage das Unkraut kräftig gewachsen war, hatte sie der Freundin abgenommen. Die anderen …

Unschlüssig ließ sie ihren Blick über Hermannas Garten wandern, dessen Beete säuberlich durch niedrige Buchsbaumhecken und kiesbestreute Wege abgetrennt waren. So viel Platz hatte sie in der Stadt nicht. Vor ihr reihte sich Beet an Beet, vorn die kleineren mit Kräutern und Blumen, dann größere für Gemüse, dahinter lag eine Wiese mit Obstbäumen. Danach kam eine Reihe Eichen, mit genügend Abstand, sodass sie das Obst nicht beschatteten, und endlich das dunkle Wasser der Gräfte, in dem sich wieder Eichen spiegelten. Undurchdringlich wirkte der sich anschließende Wald.

Die anderen Beete mussten warten. Es war viel zu heiß zum Jäten. Die Sonne stand direkt über ihr. Schon war es Mittag – was machte Diether nur so lange? Bestimmt konnte er die Finger nicht von Hermannas alten Schätzen lassen.

Leonore wandte sich zum Haus um und sah Diether, wie er vom Fenster her zu ihr hinüberschaute. Wie lange stand er schon da? Sein Gesicht lag im Schatten.

Sie winkte ihm zu, was auch Hermanna hochblicken ließ. Mit erhitztem Gesicht und zerzaustem Haar trat sie zum Fenster, schmutzige Holzschuhe – »Holschen« sagte man hier – an den Füßen, die schwere Gartenschere noch in der Hand.

Schnell richtete Leonore ihre Röcke und strich ihr Haar zurück. Wenn ihr Gesicht ebenso rot war wie das der Freundin, würde Diether es hoffentlich nicht auf seine Anwesenheit schieben.

»War alles zu Eurer Zufriedenheit, Herr Advokat?«, erkundigte sich Hermanna förmlich, ganz im Widerspruch zu ihrer Aufmachung.

Leonore unterdrückte ein Lächeln, als Diether ebenso gestelzt antwortete: »Sehr wohl, edles Fräulein. Die Abschriften stimmen mit den Originalen überein.«

»Das freut mich«, gab Hermanna zurück. Natürlich hatte sie nichts anderes erwartet.

»Wollt Ihr nicht zu uns in den Garten kommen?«, fragte Leonore und deutete zur Laube hinüber. Hermanna nickte einladend, und Hagemeier machte sich bereits auf den Weg.

Doch Diether winkte ab. »Es tut mir leid«, sagte er, was Leonore nicht glaubte. »Der Ortsvorsteher und ich haben noch etwas zu besprechen, und dann warten in der Stadt meine Geschäfte.«

Hagemeier blieb stehen, kratzte sich am Kopf, murmelte: »Dann geh ich schon mal voraus«, und verschwand zwischen den Fliederbüschen, die den Hof eingrenzten.

Auch Diether drehte sich um und machte Anstalten, sich den Weg zurück durchs Haus zu suchen.

»Wartet«, rief Leonore nach einem Blick auf Hermanna, die sich bereits den nächsten Busch vornahm. »Ich wollte sowieso zu Maria Hagemeier, da komme ich mit Euch.«

Diether drehte sich um, doch sein Gesicht konnte sie nicht erkennen. Vorsorglich schob sie nach: »Wir werden euch nicht stören, keine Sorge. Ich will Maria nur etwas geben, das sie neulich bei mir bestellt hat.«

So, wie sie war, mit schmutzigen Händen, eilte sie durch die Hintertür ins Haus und Diether nach, der bereits die Vordertür erreicht hatte. Sie sah ihm an, dass er sie am liebsten vor ihr hätte zufallen lassen. Auf dem Hof lief er voraus und strebte eilig dem Torhaus zu, sodass sie kaum Schritt halten konnte. Sein volles blondes Haar lag glatt an seinem Hinterkopf; er hatte es vor dem offiziellen Besuch im Schloss wohl gebändigt. Einen Hut trug Diether nie.

»Nun wartet doch mal«, rief sie. »Ich möchte mit Euch reden …«

Immerhin ging er langsamer, auch wenn er sich nicht umdrehte. Leonore folgte ihm in gemäßigtem Schritt, weil ihr mit einem Mal gar nichts zu sagen einfallen wollte. Wegen der Advokatenwürde trug Diether heute auch das samtene dunkelblaue Wams zur schwarzen Kniehose, die sogar mit seidenen Schleifen abschloss. Darin sah Leonore die Hand seiner Mutter; er selbst hätte die Bänder niemals so akkurat gebunden.

Sie verfolgte mit den Augen das Spiel der Muskeln unter dem engen Wams, die Diether erst bei seinem Hausbau erworben hatte. Das in der engen Taille angesetzte Schößchen endete genau über dem wohlgestalteten Hinterteil. Die Schenkel waren in der pluderigen Hose verborgen, doch in den engen schwarzseidenen Beinlingen kamen die kräftigen, langgestreckten Waden gut zur Geltung. Diether war ein schöner Mann, sogar von hinten.

Leonore schloss auf und überholte ihn. Auf der Zugbrücke blieb sie stehen und zwang ihn so, ebenfalls innezuhalten. Er war groß, aber nicht viel größer als Leonore, vor allem nicht, wenn sie sich reckte. Sein glatt rasiertes, leicht gebräuntes Gesicht mit der schiefen Nase war mit dem ihren auf gleicher Höhe. Seine blauen Augen wichen ihr aus und schauten auf ihre Hände.

»Hab ich's nicht geahnt, dass der Besuch bei Hagemeiers nur ein Vorwand war«, sagte er. »Wo habt Ihr denn Euer wichtiges Mitbringsel?«

»Ertappt«, gab Leonore zu. Wenigstens lächelte er jetzt.

Aber nicht lange. Kaum fing Leonore an zu strahlen, setzte er wieder die übliche finstere Miene auf. Wie ein kalter Guss war das. Wenn er so nachtragend war, brauchte sie ihn erst gar nicht um Hilfe zu bitten.

Doch einen Versuch war es wert. »Was haltet Ihr denn vom Tod dieses Lubbert?« Sie machte ein harmloses Gesicht.

»Er kommt gewissen Leuten allzu gelegen, nicht wahr?«, fragte er zurück.

Sie wollte den Kopf schütteln, doch ihr Hals blieb starr. In den Augen fühlte sie Kälte. »Das kann nicht Euer Ernst sein. Ihr glaubt doch nicht etwa, Hermanna hätte ihren Vetter in den Brunnen gestoßen? Oder gar Philippa oder Anna?«

»Philippa und Anna kenne ich nicht«, brummte er. »Wusste gar nicht, dass so viele hochgestellte Damen Nutznießerinnen dieses Todes sind. Sie haben ein Motiv und hatten auch die Gelegenheit, das müsst Ihr zugeben.«

Jetzt schüttelte sich Leonores Kopf ganz von allein. Sie versuchte, ihren Ärger im Zaum zu halten. »Hermanna hätte nie zu solchen Mitteln gegriffen, dazu kenne ich sie zu gut. Philippa ist alt und Anna noch ein Kind. Dieser Lubbert hatte so viele Feinde ...«

»Vor allem doch wohl im Herrenhaus«, unterbrach Diether sie, »wo er sich, nach allem, was ich gehört habe, in typischer Adelsmanier und ziemlich überraschend breitgemacht hat. Ist doch kein Wunder, wenn diejenigen, die sich für die wahren Herrschaften halten, sich dagegen wehren. Und wenn sie nicht selbst Hand angelegt haben, so haben sie gewiss ihre Leute dafür, wie für jede andere Drecksarbeit auch.«

»Hermanna ist nicht so ...«, sagte Leonore. Diether konnte ihre Freundin wirklich gar nicht einschätzen.

Diether streckte das Kinn vor. »Sie ist die Herrin mit allen Vorrechten. Erzählt mir nicht, dass sie die nicht wahrnimmt. Schließlich lebt *sie* im Schloss und nicht die Bauern.«

»Da habt Ihr unrecht.« Er konnte nicht erwarten, dass sie solche Torheiten ohne Protest durchgehen ließ. »Hermanna hat immer versucht, ihren Dorfnachbarn das Leben zu erleichtern. Aber unter Lubbert hätten sie genau das zu erwarten gehabt, was Ihr meiner Freundin unterstellt. Ausbeutung und ständige Unsicherheit. Mag durchaus sein, dass einer von den Bauern dem zuvorkommen wollte, aber wenn das so war, hat Hermanna ihn bestimmt nicht dazu angestiftet.«

»Ich spreche nicht von den Bauern«, gab Diether zurück. »So unterdrückt, wie sie sind, trauen sie sich kaum, den Kopf zu heben. Das Gerede von ihrer Aufsässigkeit zeigt nur die Angst der Herrschaften, mit der sie ihr schlechtes Gewissen bemänteln. Die Bauern wissen genau, dass auf einen Herrn der nächste folgt, und dass sie nichts Gutes zu erwarten haben, wenn sie als aufrührerisch bekannt sind.«

Das glaubte Leonore nicht. Sie kannte die Albrocker und auch viele Bauern aus anderen Dörfern. Sie waren selbstbewusst und kannten ihre Rechte, die sie – zugegebenermaßen oft erfolglos – gegen die Herrschaft durchzusetzen versuchten. Das hätte Diether aus seinen Fällen selbst wissen müssen. Von Gewalttaten wurde relativ selten etwas bekannt.

Aber Heimlichtuer gab es überall; mochte sein, dass sie sich irrte. Nach allem, was sie gehört hatte, war so mancher Vater einer halbwüchsigen Tochter auf Lubbert nicht gerade gut zu sprechen.

Doch mit Diether darüber zu streiten brachte nichts. Sie kannte seinen Dickkopf, den er sowohl seiner Mutter als auch dem Bischof gegenüber bewiesen hatte. Früher war ihre Freundschaft der Anlass für seine Beharrlichkeit gewesen …

Sie blickte ihn an. Ihre Augen trafen sich kurz, dann sah er beiseite. »Damit hätten wir also zwei der verdächtigen Gruppen abgehakt«, sagte sie. Den Kummer darüber, dass ihr Diether die Freundschaft aufgekündigt hatte, verbarg sie so gut es ging. »Aber da gibt es noch eine dritte Partei, wenn nicht mehr. Lubbert hat seine Leute aus Wolfenbüttel mitgebracht, und es mag durchaus sein, dass unter ihnen alte Feindschaften schwelten. Man müsste in Wolfenbüttel Nachforschungen anstellen …«

»Ach, und da meint Ihr, ich könne das tun?« Die dunklen Augenbrauen zogen sich in die Höhe, darunter ein spöttischer blauer Blick. »Auf so ein Hirngespinst hin? Das könnt Ihr getrost vergessen. Er hätte bestimmt niemanden mit auf eine so weite Reise genommen, dem er nicht vertraute. Und mit seinen Feinden hätte er den neuen Reichtum wohl auch nicht geteilt. Ohne Lubbert werden sie das Schloss verlassen müssen, daran habt ihr wohl nicht gedacht?«

»Erst einmal müssen sie bleiben, auf Anordnung des Amtsvogts hin. Es scheint ihnen nicht unlieb zu sein …«

»Auch das spricht für ihre Unschuld. Wäre es anders, würden sie so schnell wie möglich das Weite suchen.«

»Das mag ja sein«, gab sie zu. »Aber wir wissen noch viel zu wenig über alle Beteiligten. Es kommen sicher noch andere in Frage …«

»Ihr denkt wohl an die Räuber?«, unterbrach er sie wieder. »Das wäre Euch sicher am liebsten, wenn es niemand von Euren Adelsfreunden gewesen wäre. Auf die armen Leute im Wald wird in diesen Kreisen immer alles geschoben ...«

»Glaubt doch, was Ihr wollt.« Jetzt war Leonore es, die ihn nicht ausreden ließ. Der Zorn, der ihr gleich darauf leid tat, war in ihrer Stimme nicht zu überhören.

»Das tue ich«, gab er in genauso erbostem Ton zurück. »Schon seit langem, wie Ihr wissen solltet. Bei Euch scheint es aber nicht weit her zu sein mit dem eigenen Kopf.«

Das war unverschämt. Wieder legte sie all ihre eisige Verachtung in den Blick, dem sie ihm zuwarf, was er hoffentlich wahrnahm.

Doch sie verbot sich, noch einmal aufzubrausen. »Ihr solltet mich eigentlich besser kennen.« Damit drehte sie sich um, ohne Diether noch einmal anzusehen, und ging zum Herrenhaus zurück.

Unterwegs fiel ihr ein, dass es noch einen weiteren Beteiligten gab, der in den Mordfall verwickelt sein könnte, war aber froh, Diether gegenüber nicht davon gesprochen zu haben. Als »Lux« und als hellsichtiger Kopf hatte er sich nicht gerade gezeigt. Wenn er auch nur vermutete, dass ihr alter Freund Kaspar von Fürstenberg auch im Fall Albrock die Fäden in der Hand hielt, würde er andere mögliche Täter erst gar nicht in Betracht ziehen.

***

Hermanna hatte in der Küche bei der Vorbereitung des Mittagsmahls helfen wollen, aber bald eingesehen, dass sie völlig überflüssig war. Schon vor Leonores Auftauchen und dem Gespräch mit dem Advokaten hatte sie Anweisung gegeben, alle im Ort verteilten Soldaten auf ihrem Hof zu beköstigen, und einige Nachbarinnen gebeten, Lieseke zu helfen. Erleichtert, weil die ungebetenen Gäste nicht zulasten ihrer Speisekammern gingen, scharte sich jetzt das halbe Dorf Gemüse schnippelnd um ihren Küchentisch. Natürlich erwarteten alle – viele hatten ihre Kinder mitgebracht –, dass für sie selbst ebenfalls eine nahrhafte Mahlzeit abfiel. Gerührt über so viel Hilfsbereitschaft, wehrte Hermanna jeden Gedanken an ihre eigenen schwindenden Vorräte ab.

Sie beschloss, den Hauptmann aufzusuchen. Wenn er sie befragen wollte, konnte er das genauso gut jetzt tun, dann konnte sie den Nachmittag für ihren Garten nutzen. Wer wusste, wie lange das gute Wetter anhielt. Tagelanger Sonnenschein war im April eher ungewöhnlich.

Menke von Wewer hielt sich im Rittersaal auf, den sie ihm letztendlich doch angewiesen hatte. Die Wolfenbütteler Soldaten waren nur zu gern bereit gewesen, zu den Paderbornern in die Scheune zu ziehen, wo ein lustiges Treiben herrschte, seit einige Wagen mit Marketenderinnen den Weg nach Albrock gefunden hatten. Sie durfte gar nicht daran denken, was Tante Philippa dazu sagen würde.

Der Hauptmann beriet sich mit seinen Fähnleinführern, schickte die Männer aber sofort hinaus, als Hermanna die Tür aufschob. Er kam ihr entgegen und geleitete sie zum Tisch, wo er ihr höflich einen der schweren Eichenstühle zurechtschob.

»Eben habe ich daran gedacht, Euch rufen zu lassen, edles Fräulein«, sagte er und ließ sich an der Längsseite des Tischs nieder, sodass dessen Ecke zwischen ihnen war. Erleichtert nahm Hermanna wahr, dass sein Gesicht zwar Zurückhaltung, aber keinen Argwohn zeigte. Oder wollte er sie in Sicherheit wiegen, um sie zu unbedachten Äußerungen zu veranlassen?

»Ich hoffe, es ist alles zu Eurer Zufriedenheit«, sagte sie zum zweiten Mal an diesem Tag. Er sollte nicht vergessen, dass sie die Hausherrin war. »Dem Haus Albrock ist daran gelegen, Euch bei der Suche nach dem Mörder meines Verwandten zu unterstützen. Mir und meiner Familie wäre es aber sehr recht, wenn die Belagerung bald ein Ende nähme.«

Wie um dem Hauptmann zu zeigen, was sie meinte, erhob sich bei ihren Worten im Hof freudiges Grölen. Bestimmt waren weitere Frauen eingetroffen.

Menke lachte. »Ich kann mir vorstellen, dass Eure gestrenge Frau Tante das Treiben mit Missbilligung sieht. Aber Ihr solltet berücksichtigen, dass so meine Leute von den Frauen im Dorf fernbleiben. Es ist nicht immer einfach, die Männer in Schach zu halten. Besonders dann nicht, wenn sie betrunken sind.« Er stand auf und sah kurz aus dem Fenster.

Als Menke seinen Platz wieder einnahm, war seine Miene ernst, beinahe verständnisvoll. »Macht Euch keine Sorgen«, sagte er. »Eben darum ging es vorhin, bevor Ihr mich aufgesucht habt. Meine Leute wissen, was sie zu tun haben. Ihr werdet ruhig schlafen können, und niemandem wird ein Haar gekrümmt werden. Außer dem Mörder des Herrn von Zinsdorf natürlich. Je eher wir ihn finden, umso schneller seid Ihr uns los. Und was Eure Unterstützung angeht – die wird dabei sehr nötig sein. Fangen wir damit an, dass Ihr mich darüber aufklärt, wie Eure Stellung zu Eurem Vetter war und was seit seinem Eintreffen auf Albrock vorgefallen ist.«

Hermanna versuchte, sich ihre Verunsicherung über den Stimmungsumschwung nicht anmerken zu lassen, und führte aus, welche Verfügungen ihre Vorfahren über die Verwaltung des Herrenguts getroffen hatten. Beim Sprechen merkte sie, dass ihre Stimme zu zittern aufhörte. Sie bot an, ihm die Testamente zu zeigen, was er mit einem Kopfnicken und einem gemurmelten »später« kommentierte. Unverwandt sah er sie an, als sie erklärte, warum sie beim Eintreffen Lubberts nicht zu Hause gewesen war. Ihr weiterer Bericht über den Besuch des Amtsvogts und die Ereignisse des schrecklichen nächsten Morgens wurde wieder von Kopfnicken begleitet. Offensichtlich stimmte ihre Aussage mit dem überein, was er bereits von anderen gehört hatte.

»Ihr sagt, dass Eure plötzliche Abwesenheit von Albrock zum einen mit dringenden Geschäften in der Stadt, zum anderen mit Eurem Wunsch zusammenhing, zu Ostern die Bischofsmesse im Dom zu besuchen. Für so fromm hätte ich Euch gar nicht gehalten. Dennoch wird das bischöfliche Hochamt Euch sicher gebührlich beeindruckt haben?«

»Das muss es ja wohl«, gab Hermanna vage Auskunft. Sie hatte den Dom seit langem nicht mehr von innen gesehen. »Die Messe ist viel feierlicher, wenn der hohe Herr anwesend ist.«

»So, so«, murmelte Menke. »Und als Ihr zurückkehrtet, wartete in Eurem Schloss Lubbert auf Euch, nicht wahr? Wie ein Drache hatte er sich auf Eure Schätze gelegt. War es da nicht Euer dringender Wunsch, das Ungeheuer wieder loszuwerden?«

Hermanna fuhr auf. »Was unterstellt Ihr mir da? Nie hätte ich gegen meinen Vetter die Hand erhoben.« Dass sie ihn früher oft genug und mit gutem Grund geohrfeigt und sich auch in den vergangenen Tagen dazu veranlasst gesehen hatte, behielt sie lieber für sich.

»Beruhigt Euch, gnädiges Fräulein.« Er hob die Hände in die Höhe. »Ich sage ja nicht, dass Ihr selbst die Tat ausgeführt habt. Aber irgendein hilfreicher Ritter wird doch wohl in Eurer Umgebung zu finden sein, oder meinetwegen auch einer Eurer Untertanen, der sich bemüßigt gesehen haben könnte, den Lindwurm für Euch zu töten. Könnt Ihr Euch nicht vorstellen, wer das gewesen sein könnte?«

»Mir scheint, an Euren Lagerfeuern werden zu viele Märchen erzählt, Herr Hauptmann«, entgegnete sie. »Aber soweit ich weiß, gibt es in meiner Umgebung keinen heiligen Georg, und wenn, hätte ich ihn nicht gebeten, für mich zu kämpfen. Das tue ich notfalls selbst, aber mit anderen Mitteln. Wie Ihr wisst, hat auch meine Urgroßmutter ihr Recht erstritten, ohne Gewalt auszuüben.«

Menke wiegte seinen Kopf. »Dennoch – es könnte jemand auch ohne Auftrag gehandelt haben, Euch zuliebe. Fällt Euch niemand ein?«

»Nein.« Sie wollte ihm nicht erzählen, dass genau diese Sorge sie umtrieb: Einer der aufsässigeren oder von Lubbert besonders gedemütigten Bauern könnte dessen Leben ein Ende gesetzt haben, um ihr die Herrschaft und damit sich selbst und seiner Familie das relativ gesicherte Dasein zu erhalten.

»Nun gut. Kommen wir zum nächsten Punkt.« Der Hauptmann stand wieder auf und ging zum Fenster. »Wie kam es dazu, dass Ihr gestern Abend mit Eurem Vetter und seinen Freunden so traut Euer Badehaus« – mit seinem Daumen wies er in den Hof hinab und drehte sich abrupt zu ihr um – »geteilt habt? Das kommt mir durchaus merkwürdig vor, da mir berichtet wurde, dass Ihr Euch mit Eurem Gast den ganzen Tag über gezankt habt.«

Hermanna merkte, wie ihr Gesicht heiß wurde. Sie war zornig, fühlte aber auch Verlegenheit. Eine Antwort fiel ihr nicht ein.

Menke hatte ein vorwurfsvolles Gesicht aufgesetzt. »Ihr seid sogar in den Zuber gestiegen, habe ich gehört. Hat Euch die Anwesenheit der Männer, die immerhin gekommen waren, Euch von Haus und Hof und sogar aus Eurer Badestube zu vertreiben, gar nicht gestört? Oder habt Ihr etwa geglaubt, Eure Freizügigkeit werde einen der Herren dazu verleiten, Euch zu ehelichen und damit Eure Zukunft zu sichern?«

Auch jetzt wusste Hermanna nichts zu erwidern, diesmal, weil sie viel zu verblüfft war. So eine unsinnige Vermutung hätte sie Menke nicht zugetraut. Sie kniff die Lippen zusammen und bewegte ihren Kopf hin und her.

Menke wedelte mit der daumenlosen Hand. »Das ist gar nicht so weit hergeholt, meine ich. Vielleicht hattet Ihr ja sogar Lubbert selbst im Auge; die Verwandtschaft war wohl nicht so eng, dass sie eine Heirat verhindert hätte. Er wird Euch abgewiesen haben, denn sonst hättet Ihr ihn nicht mit dem widerlichen Abfall überschüttet. Wie Ihr seht, weiß ich auch das. Und so wütend, wie Ihr offensichtlich wart, ist es von da bis zum Mord nur ein kleiner Schritt. Zumal Ihr, als er das Badehaus verlassen hat, ihm gleich nachgelaufen seid.«

Hermannas Verwirrung hatte einem Gefühl Platz gemacht, das sie aus ihrer Kindheit kannte. Sie war auf eine der himmelhohen Eichen geklettert, ganz oben war ein Ast gebrochen, und sie war unaufhaltsam nach unten gefallen. Sie meinte, den Aufprall in seiner ganzen Heftigkeit zu spüren. Menke hatte ihr den Mord unterstellt, und seine Schlussfolgerungen entbehrten nicht einmal der Logik.

Sie spürte, wie sich ein harter Zug um ihren Mund legte, als sie fragte: »Seid Ihr jetzt fertig mit Euren hanebüchenen Anschuldigungen?«

Unbewegt starrte Menke sie an.

Obwohl alles in ihr vor Empörung bebte, zwang sich Hermanna zur Ruhe. Wenn sie jetzt unbeherrscht reagierte, gab sie seinem Verdacht nur weitere Nahrung. Vahlensieck und Langenfeld hatten ganze Arbeit geleistet bei ihrem Versuch, sie in ein schlechtes Licht zu setzen.

Doch fiel ihr nichts ein, womit sie sich hätte rechtfertigen können. Es stimmte ja – sie *war* im Bottich gewesen, wenn auch nicht freiwillig. Sie *hatte* Lubbert voller Zorn den Eimer übergestülpt. Aber sie war ihm nicht sofort nachgelaufen, denn daran hatten starke Arme sie gehindert und ein Männerkörper, der versucht hatte, sie zurück zum Zuber zu drängen. Erst nach einer ganzen Weile verbissenen Kampfes war es ihr gelungen, den Unholden zu entkommen. Wieder musste sie ihr Schaudern unterdrücken.

Der Hauptmann sah ihr immer noch ins Gesicht und wartete auf eine Antwort.

Hermanna legte die Hände auf den Tisch und straffte ihren Rücken. »Lasst Euch gesagt sein, dass nichts von Eurer üblen Anklage der Wahrheit entspricht. Meine Anwesenheit im Badehaus hatte mit meinen Pflichten als Gastgeberin zu tun …«

»So eine Gastgeberin hätte ich auch gern, die mit mir das Bad teilt.«

Wieder bezähmte Hermanna den aufwallenden Zorn. »Offensichtlich haben Eure Zuträger verschwiegen, dass ich angekleidet in den Zuber gefallen bin«, erwiderte sie. »Und wenn sie bei der Wahrheit geblieben wären, hätten sie zugeben müssen, dass sie nicht ganz unbeteiligt daran waren.«

Er schaute sie ungläubig an. Dennoch lenkte er ein. »Nun gut«, sagte er. »Wie auch immer – es geht hier nicht um die Badesitten auf Eurem Schloss. Viel wichtiger ist, was Ihr nach Eurem Bad getan habt. Ihr seid Eurem Vetter nachgelaufen, daran ist nicht zu zweifeln. Es gibt dafür zwei Zeugen …«

»Euren Zeugen scheint entgangen zu sein«, unterbrach Hermanna den Hauptmann, »dass sie es waren, die mich daran gehindert haben, sofort nach Lubbert das Badehaus zu verlassen. Ich musste mich mit aller Kraft ihrer Zudringlichkeiten erwehren, und als ich endlich hinaus konnte, war von Lubbert weit und breit nichts mehr zu sehen.«

»So, so, Zudringlichkeiten«, gab Menke mit argwöhnischer Miene zurück. »Ihr wisst ja wohl, dass Ihr zwei adlige Junker beschuldigt, ihre Ehre vergessen zu haben?«

Hermanna fuhr auf. »Und was ist mit meiner Ehre?«

»*Eure* Ehre?«, wiederholte Menke. »Daran hättet Ihr vor Eurem nächtlichen Vergnügen denken sollen, das hätte Euch die missliche Lage danach erspart. Und auch die Gelegenheit, Euren Vetter umzubringen. Es muss allzu verlockend gewesen sein – der missliebig gewordene Gast wehrlos am Brunnen, vielleicht über den Rand gebeugt, um Wasser zu schöpfen. Und gleich neben Euch, am Ausgang des Badehauses, der Stapel Feuerholz, von dem Ihr nur ein Scheit herunter zu nehmen brauchtet und schon war es geschehen. Wie weit ist es von dort zum Brunnen? Fünf, sechs Schritte? Kaum Zeit genug, wieder einen klaren Kopf zu bekommen und Euer Vorhaben zu überdenken. Wir haben die Mordwaffe übrigens gefunden – sie lag ganz harmlos auf dem übrigen Holz, trug aber deutliche Spuren von Blut und Haaren. Und was glaubt Ihr wohl, was wir am Hinterkopf des Toten gefunden haben?«

In seinen Augen las Hermanna Triumph.

»Vermutlich eine zum Scheit passende Wunde«, sagte sie.

»Genau. Ihr wisst ausnehmend gut Bescheid. Was meint Ihr, was ich bezüglich der Mordwaffe noch erfahren habe? Man hat Euch beobachtet, wertes Fräulein von Albrock, wie Ihr versucht habt, das besudelte Stück Holz verschwinden zu lassen. Ihr könnt mir nicht weismachen, dass Ihr – einen Moment, nachdem Ihr in Eurem Brunnen eine Leiche gefunden habt – im Sinn hattet, Euren Hof aufzuräumen.«

Er nickte, als wäre er völlig überzeugt von ihrer Schuld.

Sie versuchte, sich den Schreck nicht anmerken zu lassen und suchte fieberhaft nach einer Antwort auf die erneute Anklage. »Ich habe das Scheit beiseitegeräumt, das ist wahr. Weil ich darüber gestolpert bin und nicht wollte, dass es jemand anderem genauso geht. Das beweist aber mitnichten, dass ich die Waffe geführt habe.« Sie hob den Kopf. »Woher wollt Ihr überhaupt wissen, dass Lubbert genau zu der Zeit umgekommen ist? Er kann durchaus ins Haus gelaufen sein, um sich frische Sachen zu holen.«

»Das ist er aber nicht«, widersprach Menke. »Jedenfalls nicht, um danach ins Badehaus zurückzukehren, denn dort haben seine Freunde vergeblich auf ihn gewartet. Oder glaubt Ihr etwa, er sei nach Eurer Auseinandersetzung ins Dorf gegangen, um anderweitige Freuden zu suchen?«

Hermanna merkte, dass er gespannt auf ihre Antwort wartete. Wollte er sie dazu verleiten, ihre Bauern anzuschwärzen, um selbst ihren Kopf aus der Schlinge zu ziehen? Den Gefallen würde sie ihm nicht tun.

»Ihr sagt nichts?«, fragte der Hauptmann. »Die Möglichkeit ist nicht von der Hand zu weisen. Ich will Euch erzählen, wie es geschehen sein kann. Vielleicht hat er sich zu einem Bauernmädchen ins Bett gelegt, dann ist der Vater dazugekommen, meinetwegen auch der Bruder, und zusammen haben sie Euren Vetter, so nackt wie er war, zurück ins Schloss gejagt. Am Badehaus haben sie ihn erwischt, zum Holzscheit gegriffen und ihn erschlagen. Zu zweit war er dann schnell zum Brunnen geschafft.«

Menke hatte ihre größte Angst ausgesprochen, doch das konnte er nicht wissen. Unwahrscheinlich war seine Geschichte nicht; oft genug hatte es ähnliche Vorfälle gegeben, allerdings ohne dass Lubbert ernsthaften Schaden genommen hätte. Keinem ihrer Nachbarn war so viel Heimtücke zuzutrauen, dass er einen unbekleideten, wehrlosen Mann erschlagen hätte.

»Ammenmärchen«, gab Hermanna zurück. »Ihr solltet aufhören, im Trüben zu fischen, Herr Hauptmann, und lieber nach dem wahren Mörder suchen.«

»Und wo sollte der zu finden sein, gnädiges Fräulein, wenn nicht hier auf Albrock? Aber kommt mir nicht mit den Räubern, denn sonst werde *ich* von Ammenmärchen reden.«

Er hatte ja recht. Doch Hermanna wollte niemand einfallen, dem sie die Tat zugetraut hätte.

Nach einem weiteren prüfenden Blick in ihr Gesicht erhob sich Menke seufzend von seinem Stuhl und ging wieder zum Fenster, wo er eine Zeit lang seinen Soldaten zusah.

»Sieht ganz so aus, als ob Euch meine Leute noch eine Weile erhalten blieben«, sagte er. »Ihr selbst wollt es nicht gewesen sein, und Eure Bauern …«

»Für die lege ich meine Hand ins Feuer«, warf Hermanna schnell ein.

»Seht Ihr?« Menke schüttelte den Kopf und setzte sich wieder zu ihr. »Ihr schaufelt Euch Euer eigenes Grab. Am besten wäre doch allen gedient, wenn es jemand aus dem Dorf gewesen wäre, meint Ihr nicht? Nach allem, was meine Männer bereits erfahren haben, hatte Euer Vetter dort durchaus Feinde, auch wenn Ihr es nicht wahrhaben wollt. Überlegt doch einmal, wer es gewesen sein könnte.« In versöhnlichem Ton fügte er hinzu: »Er muss es ja gar nicht Euch zuliebe getan haben …« Seine blauen Augen wirkten weich, der Mund freundlich, soweit es die grimmige Narbe quer durch den Bart zuließ.

So könnte es sich zugetragen haben. Doch wenn sie das Menke gegenüber einräumte, würde er gleich weiterbohren. Am besten sagte sie gar nichts dazu. Es war nicht ihre Sache, den Mörder zu finden.

»Schade«, sagte der Hauptmann nach einer Weile. »Es wäre so einfach – ein sauberer Rachegrund, jemand wird gehängt, und Ihr seid uns los. Diese Lösung wäre auch dem Bischof am liebsten, glaubt mir das. Er wird wenig erpicht darauf sein, eine nahe Verwandte seines Hauses zum Galgen führen oder gar verbrennen zu lassen.«

Wieder hatte Hermanna das Gefühl zu fallen. Hängen oder verbrennen – eins von beidem könnte ihr Schicksal sein. Vor Schreck sank ihr Körper zusammen; die mühsam aufgebaute Beherrschung war dahin.

Dem Hauptmann war ihre Beklemmung nicht entgangen; sein Blick zeigte Genugtuung.

»Was soll ich machen?« Menke hob die breite Brust zu einem tiefen Seufzer. »Nicht einmal die Wolfenbütteler Gefolgschaft des Herrn von Zinsdorf können wir verdächtigen. Sie waren den ganzen Abend beisammen, sagen sie. Und bevor Ihr fragt: Auch die beiden Soldaten und der Leibbursche sind überprüft worden. Unabhängig voneinander haben sie bestätigt, dass sie den ganzen Abend und die halbe Nacht zu dritt beim Würfelspiel verbracht haben.«

An die Wolfenbütteler hatte Hermanna noch gar nicht gedacht. Vielleicht war das weinselige Einvernehmen, das offensichtlich unter ihnen geherrscht hatte, nur gespielt …

Doch Menke ließ ihr keine Zeit nachzudenken. »Wie Ihr seht, gnädiges Fräulein, sind wir noch nicht fertig miteinander. Morgen werde ich meinem Herrn Bericht erstatten; wir werden sehen, welche Anordnungen er Euretwegen trifft. Bis dahin steht Ihr unter Arrest wie Eure Untertanen. Meine Leute werden Euch, sobald Ihr das Haus verlasst, auf Schritt und Tritt begleiten, damit Ihr keine heimlichen Absprachen treffen könnt.«

Hermanna wollte widersprechen, doch er wehrte ab. »Spart Euch das«, sagte er nur.

Mit einem hässlich scharrenden Geräusch, das Hermanna durch Mark und Bein fuhr, schob der Hauptmann seinen Stuhl zurück. Er hob schnuppernd die Nase und ging zur Tür, öffnete sie und streckte den Kopf nach draußen. Dann wandte er sich um. »Mir scheint, wir werden zum Essen erwartet.«

Die Treppe hinauf drang der Geruch des kräftigen Bohneneintopfs, der in der Küche unter Liesekes Aufsicht von den Dorffrauen zusammengerührt wurde.

Menke kam zum Tisch zurück und half Hermanna vom Stuhl auf. Bevor er ihr den Arm reichen konnte, drehte sie sich um und ging zum Ausgang. Menke beeilte sich, um ihr den schweren Türflügel aufzuschieben.

Als habe es das grauenhafte Verhör nie gegeben, sagte er, als sie nacheinander die Treppe hinabstiegen: »Ihr scheint eine gute Köchin zu haben, Fräulein von Albrock. Dieser Duft ist wirklich verlockend.«

Der Hauptmann tat gerade so, als wäre er zu einer Gesellschaft eingeladen. Dabei hatte er gerade noch ihre Ehre in Frage gestellt und sie war des Mordes verdächtig gewesen. Ob man so fühlloses Verhalten auf den Schlachtfeldern lernte? Erst dreinschlagen und sich dann ungerührt zum Essen setzen?

Hermanna war trotz des anregenden Geruchs nach gebratenen Zwiebeln und Speck jede Esslust vergangen.

***

Schäfchen zählen half wieder nicht. Heute konnte sie nicht einmal die im Mondschein tanzenden Schatten an der Wand beobachten, die sie sonst schnell einschlafen ließen. Mit weit offenen Augen lag Anna in ihrem Bett und starrte zur dunklen Zimmerdecke hinauf.

Hermanna hatte geschimpft, als es spätnachmittags zu regnen anfing, weil sie ihren geliebten Garten verlassen musste. Anna hatte sich fast ein wenig gefreut. Den ganzen Tag über hatte sie an die Spiele der Dorfkinder gedacht, bei denen sie nicht dabei sein durfte. Es war ganz schön langweilig gewesen, neben Tante Philippa zu sitzen und – begleitet von gemurmelten Gebeten – an ihrem Mustertuch zu sticken.

Bei schlechtem Wetter mussten ihre Spielkameraden ebenfalls daheim bleiben.

Heftige Windstöße ließen die belaubten Zweige an ihr Fenster klatschen. Laut prasselte der Regen gegen die kleinen bunten Scheiben, die ohnehin schief in ihren bleiernen Fassungen saßen. Sie liebte die farbigen Lichtpunkte, die bei Sonnenschein durch den

Raum wanderten, doch jetzt war das Glas schwarz wie alles um sie herum.

Anna zog die Decke bis ans Kinn, nahm Annelie in den Arm und schloss die Augen. Sofort sah sie wieder das Bild. Dann wollte sie doch lieber in die Finsternis starren.

Oder sollte sie zu Hermanna ins Bett schlüpfen? Aber mit der war heute nicht zu spaßen gewesen. Und Tante Philippa kam auch nicht in Frage; von der hatte Anna genug.

Außerdem war da noch Leonore, die bei Hermanna schlief. Das Bett war groß genug, sodass Anna ohne Weiteres Platz gefunden hätte. Aber was sollte Leonore denken, wenn Anna zu ihnen ins Bett kroch? Vor ihr wollte sie kein kleines Kind sein, das sich in der Nacht fürchtet. Leonore war nett, sie hatte ihr versprochen, morgen mit ihr auszureiten.

»Wenn sie mit mir zusammen ist, werden die Soldaten ihr nichts tun«, hatte sie gesagt. »Und ich bin die Einzige, die das Schloss ohne Begleitung verlassen darf. Schließlich bin ich nicht verdächtig.«

Anna hatte gefragt, was »verdächtig« bedeute, aber niemand hatte ihr geantwortet.

Das war am Mittagstisch gewesen im kleinen Speisesaal neben der Küche, wo sie zusammen gegessen hatten, auch Annas Freundinnen aus dem Dorf und deren Mütter. Als alle aufbrachen und dem Sonnenschein draußen zustrebten, hatte sich Anna beklagt, weil sie nicht mit hinaus durfte. Leonore hatte ihr als Einzige zugehört.

Später hatte sie heimlich Lieseke nach dem Wort gefragt. »Verdächtig sind wir alle, weil dein Onkel Lubbert tot ist«, hatte die gesagt. »Aber Kinder müssen da nichts drüber wissen.« Damit hatte sie Anna auf dem Flur stehen lassen.

Dass Lubbert gestorben war, hatte ihr die Tante am Morgen schon erklärt. Von den Kindern hatte Anna dann – im Flüsterton – erfahren, dass er im Brunnen ertrunken war.

»Das war die Strafe Gottes«, hatte Kösters Henrik gewispert.

»Unsinn«, hatte Elseke, viel zu laut, wie immer, geantwortet. Auf ihr »Psst« hin hatte sie Anna ins Ohr geflüstert: »Er ist ermordet worden«

Da war es an Anna gewesen, »Unsinn« zu sagen. Wer sollte denn Lubbert umbringen?

Aber da war noch das Bild, an das sie nicht denken wollte. Sie hatte etwas gesehen. Vorsichtig schloss sie die Augen. Lubbert am Brunnen, der sich deutlich von den dunklen Büschen abhob. Hinter ihm ein dunkler Schatten …

Schnell riss sie die Augen wieder auf, um das Bild zu vertreiben. Doch immer noch sah sie die weißen Beine des Gespensts, die genauso hell geleuchtet hatten wie Lubberts nackte Haut.

Sollte sie Hermanna erzählen, was sie gesehen hatte? Gewiss würde sie schimpfen, wie immer, wenn Anna etwas Verbotenes tat.

Vielleicht Leonore …

Müde drehte sich Anna zur Seite. Ein Gutes hatte der Regen. Von den Soldaten war – anders als den ganzen Tag über – nichts mehr zu hören.

Teil 2
Hexenjagd

Wenn Frauen Tische schmücken,
Lorbeer tragen, Vorzeichen aus
Fußspuren lesen, Früchte und Wein in den
Kamin und Brot in den Brunnen stellen:
Was ist dies anderes als Teufelsverehrung?
Wenn Frauen sich beim Spinnen an
Minerva wenden, bei Hochzeiten
den Tag der Venus beachten und
sie anrufen, wann immer sie
auf eine öffentliche Straße gehen:
Was ist das sonst als Teufelsverehrung?

Hl. Martin von Braga, 6. Jahrhundert

Samstag, 5. April 1614

»Sei vorsichtig heute – es geht wieder gegen die Hexen.« Diether hatte noch kaum die Deele seines Elternhauses betreten, als ihm Johanna schon ihre Warnung zuraunte. Sie kannte ihren Bruder nur zu genau. Ihrer Meinung nach ließ er sich allzu gern in Streitgespräche mit der Mutter ein. Margret Meschede betete Pater Bodo, ihrem Beichtvater und täglichen Seelsorger, auch die abwegigsten Ideen nach, und die vorgeblichen »Hexen« waren sein Lieblingsthema. Diether konnte gar nicht zählen, wie oft er die uralten Märchen von zauberkräftigen Frauen widerlegt hatte.

»Schon wieder Leonore?«, erkundigte er sich seufzend und reichte ihr seinen Umhang. Johanna trug ihr gutes dunkelblaues Kleid, das mit helleren Samtbändern verziert war. Den recht freizügigen Ausschnitt hatte sie wohl auf Geheiß der Mutter mit einem weißen Tuch verbergen müssen.

»Nicht direkt ...«, konnte sie gerade noch sagen, denn inzwischen hatte Johannas Tochter Katrinchen den Oheim erspäht und kam mit dem üblichen Freudengeschrei die Treppe hinab gerannt. »Diether« war eines der ersten Worte gewesen, das sie zu sprechen gelernt hatte. Getreu hatte sie es an den kleinen Bruder Markus weitergegeben, der – ihr hinterherstolpernd – begeistert mitkreischte.

Lachend fing Diether die Kinder auf, wirbelte sie kurz durch die Luft und stellte sie dann nebeneinander an der Wand ab. »Warten!«, befahl er in der Gewissheit, dass der Gehorsam nur so lange anhielt, wie er hinschaute.

Rückwärtsgehend folgte er seiner Schwester zur Wohnstube, wo heute das Mittagsmahl der Familie stattfinden sollte. Es gab einen besonderen Anlass: Margret Meschede hatte ihren Bruder, den bischöflichen Rentmeister Antonius Barcholt, an ihren Tisch gebeten. Bestimmt nicht ohne Grund. Den Traum, ihren Sohn in bischöflichen Diensten zu sehen, hatte Diethers Mutter nie aufgegeben.

Auf dem großen Tisch an der Feuerstelle standen abgedeckte Schüsseln und Pfannen, aus denen es verlockend duftete.

»Dieser Jesuit aus Österreich …«, begann Johanna hinter ihm zu erzählen.

»Aus Graz.« Der Mann war Stadtgespräch.

»Er war mit Pater Bodo hier, heute Morgen. Sie haben Mutter einen neuen Floh ins Ohr gesetzt.«

»Der Floh trägt den Namen Johann Kepler, vermute ich mal.«

»Und den seiner Mutter Katharina.«

»Jau«, bekräftigte Diether, wie er es in seiner Kindheit gelernt hatte. »Das musste ja so kommen.«

Sie hatten die kleine Treppe zur Wohnstube erreicht, die sich ihre Eltern nach der Heirat eingerichtet hatten, um dem Bauernhaus, das Margrets Familie seit Generationen bewohnte, einen städtischeren Anstrich zu geben. Früher war hier ein Speicher gewesen, dessen altersschwarze Balken noch heute den Raum durchzogen. Geblieben waren auch die drei eichenen Stufen mit dem geschnitzten Geländer und dem von vielen Griffen polierten Handlauf. Diether umfasste ihn mit nach hinten ausgestreckten Händen, um – immer noch mit den Hacken voraus – die Treppe zu erklimmen.

Weil sie erwartete, dass er sich umdrehen würde, hatte Katrinchen gerade loslaufen wollen, blieb aber stehen, als Diether ihr ein finsteres Gesicht zeigte. Doch war in ihrer Miene weniger Enttäuschung als Begeisterung über das neue Spiel zu lesen, das sie bestimmt baldigst mit dem kleinen Bruder ausprobieren würde.

Um das Kind auf die Folter zu spannen, aber auch, um die bevorstehende Begegnung ein wenig hinauszuzögern, ließ Diether sich auf der obersten Stufe nieder. Kopfschüttelnd blieb Johanna stehen, setzte sich aber neben ihn, als er an ihrem Rock zog. Es war wie früher, nur dass jetzt an der Wand gegenüber zwei kleinere Spiegelbilder ihrer selbst standen, die – sobald er wegschaute – vorsichtige Schritte nach vorn wagten.

Beide – Katrinchen wie Markus – hatten wie Diether dichtes blondes Haar, das glatt herabfiel. Johannas Haar war früher ebenfalls hell, aber lockig gewesen. Inzwischen war es so braun wie das Leonores. Johanna trug es allerdings zu Zöpfen geflochten und fest um den Kopf herum gesteckt. So hatte eine ehrbare Bürgersfrau herumzulaufen, die Leonore in den Augen von Diethers Mutter niemals sein konnte.

»Müssen die Kinder nicht dringend an die frische Luft?«, murmelte er Johanna zu, die mit Kopfbewegungen, die er vorgab, nicht zu sehen, ihren Nachwuchs ermutigte, näher zu rücken. »Ich könnte mit ihnen zur Pader gehen …«

»Du willst dich nur vor der Verwandtschaft drücken«, gab sie ebenso leise zurück, damit sie hinter der Tür nicht gehört wurden.

Mit einem Blick bannte er die Kinder, die schon die Hälfte des Wegs hinter sich gebracht hatten.

»Kein Wunder«, flüsterte er, »nach deiner Warnung …«

Johanna lächelte nur und versuchte verstohlen, ihre Kinder zu sich zu locken, was Diether mit drohenden Blicken verhinderte.

Er konnte sich lebhaft vorstellen, was ihn hinter der Tür zur Wohnstube erwartete. Schon hatte er in dem unverständlichen Gemurmel den getragenen Tonfall des Rentmeisters Barcholt ausgemacht, der sich Mühe gab, überzeugender zu klingen als der Bischof, auch wenn er nur vom Wetter redete. Die Mutter pflichtete ihm immer bei, während von seinem Vater Johann nichts zu hören war. Auch sein Schwager Sieghart, der sonst jede Gesprächspause nutzte, um vom Geschäft zu reden, war still.

Gese und die beiden Knechte saßen wohl nicht mit in der Stube, aber zu sehen waren sie nicht. Gewiss hatte die Mutter Johanna dazu verdonnert, bei Tisch aufzutragen, um dem hochgeehrten Bruder nicht Geses loses Mundwerk zuzumuten. Bei Meschedes nämlich gehörte das Gesinde zur Familie und durfte sich manches herausnehmen. Sogar mehr als er selbst, dachte Diether oft, wenn er beobachtete, wie respektlos Henrich mit seinen Eltern umsprang. Das konnte der alte Knecht sich leisten, denn im Salzgeschäft der Meschedes war er unentbehrlich, seit er es noch vor Diethers Geburt mit Johann zusammen aufgebaut hatte.

Auch dessen Kinder hatte Henrich mit aufgezogen und nicht zu deren Schaden, meinte Diether heute. Henrichs nüchterner Blick auf die Welt, den er mit dem Vater teilte, unterschied sich wohltuend von den mütterlichen Phantasiegebilden, die ihm in jungen Jahren das Leben schwer gemacht hatten. So ungebildet der Knecht sein mochte, der kaum seinen Namen schreiben konnte: Er hatte gelernt, zwischen Glauben und Wissen zu unterscheiden, und diese Haltung an Diether und Johanna weitergegeben.

Kurz bevor Diether seine Studienjahre in Freiburg beendet hatte, war Gese als Haustochter in die Familie aufgenommen worden. Sie kam aus der bisher calvinistischen Herrschaft Büren, wo jetzt die Jesuiten aufräumten. Sofort nach seiner Heimkehr hatte sie Diether zum Verbündeten erwählt bei ihren Bemühungen, sich der katholischen Einflussnahme Margrets zu erwehren, mit der er selbst seine liebe Not hatte. Er nahm sich vor, Geses Abwesenheit am Familientisch gebührend auszugleichen.

Also um Kepler würde es heute gehen. Oder vielmehr um seine Frau, denn schließlich waren sie in Paderborn. Diether seufzte und warf den nur noch wenige Schritte entfernten Kindern einen scharfen Blick zu, der sie sofort innehalten ließ.

Die Wissenschaft hatte seine Mitbewohner noch nie gekümmert. Bestenfalls war sie, wenn wieder mal jemand die erwiesene Kugelform der Erde erwähnte, Anlass für Sprüche an der Theke, wo allfällige Schwindelgefühle regelmäßig darauf zurückgeführt wurden. Aber wenn eine Frau als Hexe verunglimpft wurde, noch dazu die Mutter eines bekannten Ketzers, wie die katholische Seite den kaiserlichen Hofmathematiker nannte, war jeder dabei.

In der Stadt selbst waren zehn Jahre vor Diethers Geburt die letzten Hexen verbrannt worden. Henrich hatte erzählt, dass so gut wie alle Paderborner die drei Scheiterhaufen umstanden hätten. Man wollte sie brennen sehen und sich im Feuer winden. Die Menge hatte gemurrt, als die Henkersknechte den Frauen ein Säckchen Schießpulver um den Hals banden, um ihnen den Tod zu erleichtern.

Diether erfasste das gleiche Grauen wie damals, als Henrich vom geradezu begeisterten »Aah« der Leute berichtet hatte, wenn das Pulver mitsamt den Köpfen explodierte.

In der Stadt schien dieser Spuk vorbei zu sein. Zwar flammte das Hexengerede immer mal wieder auf – Leonore war das beste Beispiel –, hatte aber keine Folgen. Auch auf den Dörfern war Ruhe eingekehrt; seit seiner Rückkehr aus Freiburg hatte es keine Scheiterhaufen mehr gegeben, und auch die gegenseitigen Anschuldigungen vor den Gerichten hatten weitgehend aufgehört.

Katharina Kepler hingegen schien ernsthaft bedroht zu sein,

seit es sie zusammen mit ihrem Sohn Johann nach dem Tod Kaiser Rudolfs ins ferne Linz verschlagen hatte. Doch bevor er sich fragen konnte, was das Schicksal der armen Frau mit seinen Mitbürgern zu tun haben sollte, wo sie doch schon die atemberaubende Astronomie Keplers nicht zur Kenntnis genommen hatten, war die kurze Bedenkzeit vorbei. Er hatte Johanna angeschaut, was die Kinder genutzt hatten, auf ihn zuzustürmen. Zum Glück verhinderte Johannas mahnender Finger auf dem Mund weiteres Geschrei.

Mit Markus und Katrinchen auf den Armen betrat er im Gefolge Johannas die Wohnstube seiner Mutter. Sofort stand sie auf und nahm ihm kopfschüttelnd die Kinder ab. Sah sie etwa seine Advokatenwürde beeinträchtigt? Ihr edles schwarzes Kleid mit der weißen Kröse wirkte, als ob sie an des Bischofs Tisch geladen wäre.

Sein Oheim Antonius sah ihn vom Kopfende des Tisches her ebenfalls missbilligend an. Der rotgoldene Stoff seines Gewands, der viel zu dick war für den engen Schnitt, bauschte sich vor seiner breiten Brust. Der spanischen Mode entsprach auch der riesige Mühlsteinkragen, der Barcholt kaum eine Kopfbewegung erlaubte.

Schwager Sieghart zupfte sich die dunklen Barthaare über den Mund und versteckte ein Lachen. Mit einer Augenbewegung wies der Vater Diether auf den Grund hin. Die Kinder hatten deutliche Spuren auf seiner Kleidung hinterlassen; halb aus der Hose hing ihm das Hemd, das zudem mit Finger- und Fußabdrücken verziert war.

Diether beschloss, die Mängel seiner Erscheinung zu übersehen, und begrüßte den Oheim mit einer angedeuteten Verbeugung. Er wollte sich neben Sieghart und Johanna niederlassen, wo die Kinder für Ablenkung gesorgt hätten, doch die Mutter bedeutete ihm, neben Barcholt Platz zu nehmen. Offensichtlich hatte man nur auf ihn gewartet, denn sofort begann Johanna, die Schüsseln aufzutragen. Sie waren deutlich voller als sonst; vor allem am Fleisch war nicht gespart worden. So reichhaltig fiel das Mahl nicht einmal sonntags aus – was wollte die Mutter damit erreichen?

Erst einmal nötigte sie den hochverehrten Bruder, das Tischgebet zu sprechen. Auch das geriet üppiger als gewöhnlich: Barcholt dankte nicht nur für die Gaben, sondern betete außerdem für den kränkelnden Bischof und rief den Segen des heiligen Petrus Martyr sowohl auf seinen Dienstherrn als auch auf die am Tisch sitzenden Familienmitglieder herab.

Warum gerade der? Noch nie hatte Diether von dem Märtyrer gehört.

Während alle sich bedienten und zu essen begannen, bestritt die Mutter das Gespräch. Diether war das recht. Nachdem er den Vormittag im Neubau des Rathauses verbracht, die Fortschritte begutachtet und die Abrechnungen geprüft hatte, plagte ihn der Hunger. Dem Oheim schien es ähnlich zu gehen; mit Inbrunst widmete er sich dem Kalbsbraten, versäumte es aber nicht, jeden Satz Margrets mit einem Kopfnicken zu begleiten.

Das brachte Diether dazu, besser auf ihre Worte achtzugeben. Was war so wichtig daran? Von Heiligen redete sie doch dauernd …

»Morgen wird der Tag begangen, an dem der hochverdiente Ordensmann von Ketzern ermordet wurde«, sagte sie gerade. Ihr Gesicht über dem hochgeschlossenen Kleid war rot gefärbt. Vor Eifer, vermutete Diether. Vielleicht aber auch, weil der enge Kragen ihren Hals einschnürte. Unter der bestickten Haube, die ihr Haar verbarg, musste es ziemlich heiß sein.

»… viel zu früh von uns gegangen …«, brummte der Oheim und schob sich ein großes Bratenstück in den Mund. Soße tropfte auf seine ausladende Kröse.

Der breite Altväterbart des Vaters hatte ebenfalls etwas von der Flüssigkeit abbekommen, die an seiner schmaleren Halskrause vorbei auf den schwarzen Rock lief. Diethers Mutter vermerkte es mit scharfem Blick.

»Ist das nicht bald vierhundert Jahre her?« Johanna fragte mit scheinheiliger Miene.

Jetzt ruhte das strafende Auge der Mutter auf Johanna. »Im Dom wird morgen ein Festhochamt zu Petrus' Ehren gefeiert. Pater Rupert wird die Predigt halten. Er ist dazu eigens aus Graz, aus Österreich hergekommen. Und er war höchstselbst bei uns, zusammen mit Pater Bodo, um uns zu diesem besonderen Gottesdienst einzuladen. Die ganze Familie«, fügte sie mit einem bedeutungsvollen Blick auf Diether hinzu.

Darauf wollte sie also hinaus. Ihm in Anwesenheit des Onkels, der rechten Hand des Bischofs, die Zusage abnötigen, zur Messe zu gehen. Angelegentlich beschäftigte er sich mit seinem Bohnenmus, das Johanna mit geschmolzenen Äpfeln und Zwiebeln übergossen hatte.

Aber es gab keinen Wein. Das ganze gute Mahl musste er mit Wasser hinunterspülen. Bezeichnend für die Familie Barcholt, die heute im Haus Meschede den Ton angab. Geistige Getränke waren Teufelswerk und verführten die Leute zum Bösen. An solchen Tagen wagte auch der Vater keinen Widerspruch.

Barcholt lehnte sich zurück, fürs Erste gesättigt. Mit erhobenem Zeigefinger begann er zu dozieren. »Der heilige Petrus, der nach seinem Herkunftsort auch Petrus von Verona genannt wird, war Dominikanermönch und als solcher vom Papst zum Mailänder Generalinquisiteur ernannt worden. Ihr wisst ja, dass die Dominikaner für die Inquisition zuständig sind?«

Jetzt war es an der Mutter, zustimmend zu nicken. Die anderen taten es ihr halbherzig nach.

Diether fragte: »Und was haben dann die Jesuiten mit ihm zu tun?«

»Sie verehren eben die Heiligen«, gab die Mutter zur Antwort. Das anders als du verkniff sie sich diesmal.

»Nicht nur das.« Barcholt fingerte an den Knopfleisten herum, die sein brokatenes Wams zierten. »Wegen seiner Erfolge bei der Bekämpfung von Ketzerei und Häresie haben die Jesuiten den Dominikaner Petrus zum Schutzpatron erwählt. Und seine Hilfe scheint mir nötiger denn je zu sein. Sogar in dieser, durch den Bischofssitz geheiligten Stadt.«

»So heilig kann sie nicht sein, wenn der Bischof sie nicht einmal zu Ostern mit seiner Anwesenheit beehrt«, brummte der Vater.

»Unser hochverehrter Herr Dietrich ist leidend.« Barcholt glaubte, seinen Dienstherrn verteidigen zu müssen, den er so sehr verehrte, dass er sogar den gleichen mausgrauen Knebelbart im Gesicht trug. »In wenigen Tagen wird er ins Emser Bad abreisen. Beten wir, dass seine Gesundheit dort wiederhergestellt wird.«

Die Mutter nickte. »Er weiß seine Geschäfte bei dir in guten Händen, lieber Bruder, das wird ebenfalls zur Gesundung beitragen.«

Doch Barcholt wollte nicht von seinen Amtsgeschäften reden, auch nicht davon – was die Mutter ersehnte –, wie Diether ihn darin unterstützen könne. Stattdessen kam er auf das Thema zurück, das der Vater hatte abbiegen wollen.

»Ketzerei und Häresie«, verkündete er, wieder mit erhobenem Finger. »Unser Herr Bischof wäre viel gesünder, wenn er sich nicht immer noch, bald dreißig Jahre nach seinem Amtsantritt, damit herumärgern müsste. Es ist unglaublich, wie viele Lutheraner erhobenen Hauptes in unserer Stadt herumstolzieren.«

»Gegen die Ketzer tritt auch Pater Rupert ein«, sagte die Mutter.

Wie auch nicht. Er war ein Jesuit.

Sie füllte ihrem Gast noch einmal den Teller, was der nur halbherzig abwehrte.

»Und wo es Ketzer gibt, sind auch die Hexen nicht weit«, behauptete sie, aber ohne den sonst fälligen Blick auf Diether. Als ob der hochmögende Rentmeister nicht wüsste, was in der Stadt über ihn geredet wurde.

»Wahr gesprochen.« Barcholt vermied es keinesfalls, wenn auch mit mahlenden Kiefern, Diether durchdringend anzuschauen.

»War es dir bekannt, lieber Bruder«, fragte die Mutter, die schnell abzulenken versuchte, »dass auch die gotteslästerliche Ketzerei des Hofastronomen Kepler auf Hexenkünste zurückzuführen ist?«

Verwundert schaute der Angesprochene von seinem Teller auf. »Du meinst den, der behauptet, unsere Erde drehe sich um die Sonne und nicht umgekehrt, wie Gott es gewollt hat?«

»Genau den.« Die Mutter nickte. »Alles Teufelswerk. Seine eigene Mutter hat ihm berauschende Kräuter verabreicht, das stelle man sich vor.«

Auf einen Blick seines Vaters hin schluckte Diether die scharfen Worte, die ihm auf der Zunge lagen. Aufhalten konnte die Kirche die Verbreitung der wissenschaftlichen Erkenntnisse nicht, die auf der Basis mathematischer Berechnungen dem Universum eine neue Gestalt gaben. Also versuchte man, sie auf diese schmutzige Weise schlechtzumachen.

»Pater Rupert«, erzählte die Mutter weiter, »kennt Kepler noch aus der Zeit, als er in Graz an der evangelischen Stiftsschule tätig war. Schon damals, noch als ganz junger Mann, habe er häretischen Ideen angehangen, die er dann, als ihn der Kaiser nach Prag geholt hat, ihm ins Ohr flüsterte und im ganzen Land verbreitete. Jetzt ist er nach Linz vertrieben worden, wo er weiterhin seine gotteslästerlichen Schriften verfasst. In einer davon – natürlich im Rausch geschrieben – hat er seine Mutter als Hexe verraten.«

Diether glaubte zu wissen, welche Schrift gemeint war: Keplers *Somnium*, der Bericht über einen Traum, den ihm angeblich eine Kräuterfrau – mitnichten eine Hexe – eingegeben hatte. In Abschriften kursierten die achtundzwanzig Seiten des lateinisch geschriebenen Textes über Sonne, Mond und Erde an allen Universitäten.

Erneut nickte Barcholt, das schwitzende Gesicht halb hinter dem Mundtuch verborgen. Als er wieder auftauchte, sagte er abermals mit Blick auf Diether: »Das Böse straft sich immer selbst.«

»Immer«, bekräftigte die Mutter. Sie hatte offensichtlich noch nicht erfasst, was die Blicke ihres Bruders bedeuteten: dass er keineswegs beabsichtigte, dem widerspenstigen Neffen eine Stellung in der Kanzlei des Bischofs zu verschaffen, worauf Diether, der sich selbst aussuchen wollte, für wen er vor Gericht eintrat, nicht den mindesten Wert legte.

Unbeirrt fuhr sie fort, von der Hetzjagd der Jesuiten gegen den unliebsamen Wissenschaftler zu berichten. »Über seine Mutter werden sie ihn endlich zum Schweigen bringen.«

»Ein löbliches Werk und des heiligen Petrus würdig«, erklärte Barcholt und wandte sich an Diether. »Wie wir alle wirst sicher auch du morgen im Dom die Predigt des Paters aus dem Alpenland zu Ehren des heiligen Märtyrers hören wollen. Es würde mich freuen, wenn du dazu im Kirchengestühl der Barcholts Platz nähmest.« Erwartungsvoll schaute der Oheim ihn an.

Die Mutter machte ob der Ehre große Augen, doch der Vater schüttelte fast unmerklich den Kopf. Ihm zuliebe verkniff sich Diether die spitzzüngige Antwort, murmelte nur etwas von auswärtigen Kanzleigeschäften, unaufschiebbar …

Johanna rettete ihn, indem sie die Süßspeise auftrug. Es war Diethers geliebtes Mandelmus, das es sonst nur an Hochfesten gab. Er wusste, dass es dazu drei Pfund des von der Mutter sorgsam gehüteten Mandelvorrats brauchte und zudem Gese stundenlang an der Feuerstelle gestanden hatte, um die Mandelmilch ständig rührend so sämig einzukochen, damit sie auf der Zunge schmolz.

So viel Aufwand seinem Fortkommen zuliebe. Diether schluckte indes sein schlechtes Gewissen über den Misserfolg der Mutter, den er selbst verursacht hatte, genauso leicht hinunter wie das süße Mus.

Nach dem Essen kam die Rede auf den Albrocker Mord, der – die ganze Stadt redete davon – ebenfalls Hexenkünsten zugeschrieben wurde. Margret Meschede gab sich alle Mühe, ihren bedeutenden Bruder über den Tratsch ihrer Mitbürger in Kenntnis zu setzen.

Längst hatte sich herumgesprochen, dass Diether von den Albrocker Bauern aufgesucht worden war. Bei Leonore waren sie auch gewesen. »Die muss natürlich wieder ihre Finger darin haben«, rief die Mutter aus. Sie sah Diether an, fragte aber, obwohl er es erwartet hatte, nicht nach seiner Rolle im bösen Spiel. Das hatte er der Anwesenheit Antonius Barcholts zu verdanken.

Jetzt war Leonore verschwunden, und obwohl Pater Ewald, mit dem sie – von ihren Mitbürgern genau beobachtet – westwärts gereist war, nicht verriet, wo er sie abgesetzt hatte, ging jeder davon aus, dass sie auf Albrock weilte. »Die Hexenweiber halten doch alle zusammen«, hieß es.

Dass er selbst in Albrock gewesen war, hatte Diether lieber nicht herumerzählt. Das wusste bisher nur Friedrich Baer.

Mit einem weiteren Hinweis auf wartende Klienten – der Oheim sollte nicht glauben, dass er als Advokat unbeschäftigt sei – verabschiedete Diether sich bald. Von Hexen und Heiligen hatte er wahrlich genug gehört.

So leicht jedoch war einem Barcholt nicht zu entkommen. Der Oheim stand ebenfalls auf und begleitete Diether durch die Deele zur Tür, die Hand auf seiner Schulter, womit er ihn ebenso am Vorwärtskommen hinderte wie zuvor er selbst die Kinder mit seinen finsteren Blicken.

Diether fand ihn ziemlich lächerlich, wie er da – klein und dick – vor ihm stand in seiner rotseidenen Heerpauke, einer ausgestopften Puffhose, die nur den halben Oberschenkel bedeckte. Die dünnen Beinchen in eng anliegender weißer Seide liefen in spitzen Schnallenschuhen aus.

Das Lachen verging ihm jedoch, als der Oheim zu sprechen begann. »Du siehst, lieber Neffe«, sagte er in warnendem Ton, »wie es Ketzern ergehen kann. Tod und Verdammnis erwarten sie, und ihre Familien ziehen sie mit hinein.« Seine Mundwinkel hingen herab, als ob er selbst bereits vor der Höllenpforte stünde.

Es war aber bestimmt nicht das falsche Glaubensbekenntnis Lubbert von Zinsdorfs gewesen, das ihm den Tod gebracht hatte.

Barcholt stellte sich vor das Mannloch des großen Deelentors, sodass Diether es nicht öffnen konnte. Er war wohl mit seiner Predigt noch nicht fertig.

»Soweit ich weiß«, sagte der Oheim, »war die Herrschaft auf Albrock immer gottgläubig, bis auf diese Hermanna, von der ich über den braven Pfarrer Kruse schon einiges gehört habe. Mit ihren Hexenkünsten bringt sie das ganze Dorf zur Aufsässigkeit. Und jetzt dieser feige Anschlag auf ihren eigenen Vetter …«

Auf Diethers unwillige Miene hin wehrte er ab. »Ich weiß, es ist noch nicht erwiesen, dass sie es war. Aber auch wenn nicht – die Ermordung eines Edelherrn und die Untersuchungen werfen einen Schatten auf das ehrwürdige Haus Albrock, auch auf das Dorf und ein bisschen sogar auf die Herrschaft unseres hochwürdigen Herrn Bischof, dem nichts mehr am Herzen liegt als der Friede im Hochstift. Daran denk um Gottes willen und auch ein wenig an das vierte Gebot, bevor du dich auf die Seite der Ketzer und Hexen schlägst.«

In gespielt fürsorglichem Ton setzte er hinzu: »Du weißt ja, der Bischof kann auch andere Saiten aufziehen.«

»Der Bischof ist im Emser Bad«, antwortete Diether, »der hat andere Sorgen.«

»Es gibt Kuriere …«

Diether war sicher, dass Barcholt selbst sie losschicken würde, um Dietrich von Fürstenberg über Diether Meschedes verstockte Ketzerei im Verein mit den Albrockern und die damit verbundene Gefahr für den Frieden des Paderborner Landes zu unterrichten.

Hier gab es kein Straßenpflaster. Nach den Regenfällen der letzten Tage war die Königstraße aufgeweicht und schlammig, und Diether musste aufpassen, wohin er den Fuß setzte. Am Wegrand standen anders als in der Westernstraße noch viele Bauernhöfe, deren Misthaufen weiträumig zu umgehen waren.

Eins der wenigen Steinhäuser, an der Ecke zur Protzgasse gelegen, war das Friedrich Baers, den er in der Hoffnung auf ein gutes Glas Wein jetzt aufsuchen wollte. Statt in seiner Kanonikerzelle zu beten, die so karg nicht ausgestattet war, residierte Friedrich zumeist im verschwenderisch eingerichteten Stadthaus an der Königstraße, in dem er groß geworden war und das er von seiner Großmutter geerbt hatte.

Es hatte sogar einen gepflasterten Vorplatz, auf dem mit Tudorfer Kalksteinriemchen ein geometrisches Muster ausgelegt war. Früher waren die Freunde gern von einem Kästchen zum nächsten gehüpft, was Diether sich heute – seiner Advokatenwürde zuliebe – verbot.

Von der Großmutter geerbt hatte Friedrich auch den Familienmakel, worüber zwar niemand mehr sprach, der aber trotzdem nicht vergessen war. Goste von Köln hatte man sie genannt, obwohl sie mit Heinrich von Köln nie verheiratet gewesen war. Als Kanzler des damaligen Bischofs und Probst des Gaukirchklosters war er ein Gott und dem Zölibat geweihter Herr gewesen. Gostes zwei Töchter waren in der Stadt nicht die einzigen »Pfaffenkinder«, als die auch ihre Nachfahren galten. In protestantischer Zeit waren sie gemieden worden, doch seit Dietrich Bischof war, hatte so mancher von ihnen in ein hochrangiges Amt aufsteigen können.

Erzkatholisches Blut eben. Das musste man hier in den Adern haben …

An Goste selbst war – wenn man Diethers Mutter als Maßstab ansah – wenig Katholisches gewesen. Trotzdem hatte sie bei allen hohe Achtung genossen. Auch bei Diether, der einen großen Teil seiner Kindheit bei Friedrichs Familie verbracht hatte. Zu Goste war er geflüchtet, wenn ihm die Mutter bei den kleinsten Vergehen mit Hölle und Verdammnis zusetzte, und Goste hatte ihn gelehrt, den klerikalen Geboten ein eigenes Gewissen entgegenzusetzen.

Er umrundete das Haus – auch dieser Weg war gepflastert –, um zur Hintertür zu gelangen, die ihm schon als Kind jederzeit offen gestanden hatte. Vor der Tür blieb er stehen und schaute den Weg hinab, der sich durch den ganzen Garten bis zur Remise an der Stadtmauer zog. Früher sorgsam gepflegt, lag das Gelände seit Gostes Tod brach. Allein die unverwüstlichen Apfelbäume standen in vollem Saft und würden ihn im Herbst mit ihren Früchten versorgen.

Was für ein jämmerlicher Ersatz für Gostes Gegenwart. Gerade heute hätte Diether gern mit ihr gesprochen, denn Barcholts Weisheiten, die er ihm zum Abschied mitgegeben hatte, erwiesen sich als unverdaulicher als die fette Mahlzeit. Der Oheim in seiner höfischen Kleidung hatte zwar nicht ausgesehen wie ein Kirchenmann, aber salbadert, als wäre er einer.

»Die Schwarzröcke muss man reden lassen – leben muss ich selbst«, hätte Goste dazu gesagt.

Ganz von der Hand weisen konnte Diether des Oheims Warnung trotzdem nicht. Es schadete zwar nicht dem Geschäft des Vaters, aber doch dem Ansehen der Mutter, wenn er sonntags im Dom nicht neben den Eltern auf seinem Platz stand. Er hatte durchaus vor, dem vierten Gebot Genüge zu tun, auch wenn er die Kirchenregeln sonst zumeist ablehnte. Mutter und Vater ehrte er und achtete das, was sie in ihrem Leben – auch für ihn – geleistet hatten. Davor hatte er Respekt, wie übrigens sogar vor der Erziehungsleistung der von Margret so hochverehrten Jesuiten, zu deren durchaus lernunwilligen Schülern er selbst einmal gehört hatte.

Aber engstirnige Torheit verdiente keine Ehrerbietung, egal bei wem sie zu finden war.

Blieb das Leid, das er vor allem der Mutter und – falls man ihn irgendwann doch ausweisen sollte – der ganzen Familie verursachen könnte. In seinen Augen war dafür der Bischof verantwortlich, der die Leute nicht nach ihren eigenen Regeln leben ließ. Zudem durften dessen Gefolgsleute Menschen wie ihn und Leonore als Ketzer und Hexen beschimpfen, während Diether nicht äußern durfte, dass er den priesterlichen Zauberkünsten am Altar nichts abgewinnen konnte.

Gingen die Pflichten gegenüber der Familie so weit, dass er sich auch in Glaubensfragen anpassen musste?

Seufzend öffnete er die Tür und betrat das Haus. Friedrich

würde er mit Familienpflichten nicht kommen können; der hatte selbst sein Päckchen zu tragen. Als jüngster Sohn hatte er – der Familientradition entsprechend – ins Busdorfstift eintreten müssen.

»Meinst du, ich liebe meine Tonsur?«, sagte er oft. »Pass dich an, dann lebt sich's am friedlichsten.«

Diether wusste, dass dem Freund trotz der unbestreitbaren Vorzüge des Klosterlebens die Anpassung nicht immer leicht fiel.

Auf der Treppe kam ihm Friedrichs mürrische Hausmagd mit einem leeren Weinkrug in der Hand entgegen. Statt einer Begrüßung sagte sie: »Ich bringe noch ein Weinglas mit.« Trotz ihrer verdrießlichen Miene war das ein Willkommensgruß nach seinem Herzen.

Aus Friedrichs Wohnstube drang Gemurmel. Er hatte Besuch, was nicht ungewöhnlich war und Diether recht gelegen kam. Sich klerikal gebende Rechthaber aus des Bischofs nächster Umgebung waren bei Friedrich jedenfalls nicht zu finden.

Diether trat ein und war wenig überrascht, Georg Gogreve bei Friedrich sitzen zu sehen. Anders als mit seinem windigen Bruder Bernd, der früher ebenfalls zu ihren Kameraden gezählt hatte, verband ihn und Friedrich mit dem etwas älteren Georg eine alte Freundschaft, die alle drei nach den Studienjahren gern erneuert hatten. Den Freunden gemeinsam war, dass nur wenige Haare ihre Köpfe bedeckten. Bei Georg waren sie rot, bei Friedrich blond.

Sie schauten kaum von den handgeschriebenen Blättern auf, die verstreut vor ihnen lagen. Diether erkannte lateinische Worte.

»Kepler, vermute ich mal«, sagte er, auf die Schrift weisend, und setzte sich dazu.

»Sieh an, unser Lux«, entgegnete Friedrich grinsend. »Wie hast du das erraten?«

»Alle Welt liest heute Kepler«, erwiderte Diether. »Er spukt sogar im Haus meiner Eltern herum.« Die Hausmagd brachte den Wein, und dankbar trank er einen großen Schluck.

»Er oder seine Mutter?«, fragte Georg, dessen eigene Mutter eine enge Freundin Margret Meschedes war und die Jesuitenpatres ebenso hoch wie sie schätzte.

Diether lachte und erzählte von seinem Zusammentreffen mit Barcholt an Meschedes Familientisch und vom Bericht seiner Mutter über den reisenden Pater Rupert, der landauf, landab die Leute gegen die ketzerische Wissenschaft und ihre dämonischen Quellen aufhetzte.

»Teufelswerk nennt er solche Schriften«, sagte er. »Und so was lest ihr?« Gleichzeitig zog er die ersten Seiten zu sich hinüber.

Es war Keplers *Somnium*. Ein Märchen über eine Reise zum Mond, das die Vorstellungen des Verfassers über die Zustände auf dem nächtlichen Erdbegleiter und den Blick von dort ins Weltall wiedergab. Hier war auch die Kräuterfrau, in deren Schilderung die Jesuiten Keplers Mutter Katharina zu erkennen glaubten. Schwarz auf weiß war aber zu lesen, dass die Frau ebenso erfunden war wie der ganze Traum, der allerdings auf physikalischen Erkenntnissen und genauen Berechnungen beruhte und keineswegs auf Zauberkünsten.

Während sich die anderen wieder über ihre Blätter beugten, trank Diether seinen Wein und erinnerte sich an das, was er aus der Studienzeit über die Schrift wusste. Sie hatte – obwohl immer noch nicht gedruckt – mehr Aufsehen erregt als Keplers *Astronomia Nova*, worin er bewiesen hatte, dass die magnetische Kraft der Sonne die Planeten in Bewegung hielt. Im *Somnium* hatte er das veranschaulicht. Wie war das noch? Ein Mondbewohner ist geneigt zu glauben, die Erde drehe sich um den Mond, was ein Erdbewohner widerlegen kann, der ihn allnächtlich seine Bahn ziehen sieht. Seinerseits glaubt er aber wahrzunehmen, dass die Sonne um ihn kreise, während ihm – stünde er auf der Sonne – bald klar werde, dass Erde und Planeten sich um sie herum bewegen.

Wo blieb da die Kirche mit ihrer Schöpfungsgeschichte, nach der die Erde der gottgeschaffene Mittelpunkt der Welt war und geflügelte Wesen die Himmelskörper herumschoben? Kein Wunder, dass man mit allen Mitteln versuchte, Kepler mundtot zu machen …

Doch für heute hatte er genug von den Ketzergeschichten. »Jedenfalls können wir unseren Friedrich nicht mit auf die Mondreise nehmen«, sagte er augenzwinkernd zu Georg, der verständnisinnig lachte.

»Ich weiß schon«, gab Friedrich zurück. »Keinen von sitzender Lebensart, keinen Wohlbeleibten … Aber wer will denn auch zum Mond? Zwei Wochen Wüstenhitze, dann zwei Wochen Wintersturm – herzlichen Dank.«

Die Mondfahrt ging im Lachen unter. Dann sprachen alle dem Wein zu, den sich Friedrich jedes Jahr aus Italien kommen ließ. Selbst käme er nie auf die Idee, so weit zu reisen …

»Du warst in Albrock, sagt Friedrich.« Georg wusste also schon davon. In gespieltem Zorn schaute Diether auf Friedrich, den Verräter.

»Ich habe es ihm nur erzählt, weil Kunigunde auch aus Albrock kommt. Sie ist mit Hermanna verwandt, hast du das vergessen?«

Das hatte Diether in der Tat vergessen. Kunigunde wirkte so gar nicht adlig, denn sonst hätte Georg sie wohl nicht geheiratet.

»Um Albrock ging es bei uns daheim auch«, gab er zurück, seine Gedächtnislücke verbergend. »Da seien Hexenkünste am Werk gewesen, hieß es. Gemeint ist die Schlossherrin, diese Hermanna. Als ob sie Hexenkünste brauchte, wenn sie ihren Vetter ins Jenseits befördern wollte.«

»Steht Hermanna etwa ernsthaft unter Verdacht?«, fragte Georg.

»Den besten Grund hatte doch wohl sie, oder nicht?«, entgegnete Diether.

Friedrich mischte sich ein. »Du hast dich an Hermanna festgebissen, obwohl ich dir erklärt habe, dass sie es nicht gewesen sein kann.«

Georg schaute von einem zum anderen. Bevor Diether antworten konnte, beteuerte er: »Hermanna *kann* es nicht gewesen sein. Das schlag dir aus dem Kopf!«

»Und warum nicht?«, fragte Diether. »Sie hat doch ihre Leute für die Drecksarbeit.«

Die beiden anderen schüttelten ihre Köpfe. Er lenkte ein. »Es gibt natürlich noch weitere Verdächtige. Der Hauptmann hat vorsorglich das ganze Dorf unter Arrest gestellt, auch eure Hermanna. Überall machen sich Soldaten breit, wie im Krieg. Leonore meint ja, die Täter seien unter den Leuten zu finden, die Lubbert aus Wolfenbüttel mitgebracht hat. Aber ich frage euch: Welchen Grund sollten sie haben, ihren Freund umzubringen? Nur mit ihm zusammen konnten sie auf Albrock herrlich und in Freuden leben.«

Friedrich goss neuen Wein in ihre Gläser. »Es gibt auch noch Verdächtige unter den Bauern, hast du gesagt.«

»Gibt es. Sie waren alle auf Lubbert schlecht zu sprechen. Er muss auf Herrenart im Dorf gewütet und sich allerhand Rechte herausgenommen haben, die ihm nicht zustanden. Da kann durchaus einer von ihnen Rache geübt haben, durchaus. Allerdings scheint mir zumindest der Ortsvorsteher vernünftig genug zu sein, um sein Recht vor Gericht zu suchen. Aber unter seinen Mitbewohnern gibt es Hitzköpfe, das hat er mir selbst erzählt. Hatte auch gleich ein paar Namen zur Hand, Leute, denen Lubbert besonders übel mitgespielt hat. Er muss so manchen Adelsspross im Dorf hinterlassen haben, Kinder, um die er sich dann nicht gekümmert hat. Oder auch Mädchen, die seinen Einflüsterungen oder denen seiner edlen Kumpane geglaubt haben und für die Ehe mit einem der Bauernjungen verdorben waren. Das kann einen Vater schon zur Weißglut treiben, hat Hagemeier gemeint. Aber mit so etwas kann man natürlich nicht vor Gericht gehen.«

»Ich kenne das Dorf«, sagte Georg, einen versonnenem Blick in den blaugrauen Augen. »Wir waren oft auf Albrock zu Besuch. Es ist wunderschön dort, besonders im Sommer.« Seine ohnehin rosige Gesichtsfarbe vertiefte sich – offensichtlich verband er mit dem Ort Erinnerungen an die erste Zeit ihrer Liebe. Bald war sein Gesicht so rot wie sein Haar, das er kurz geschnitten trug. Früher war er wegen seiner Haarfarbe oft gehänselt worden. Als er merkte, dass Diether ihn ansah, nahm er sein Glas und trank es leer.

»Kunigunde hat einen Teil ihrer Kindheit dort verbracht«, erzählte Georg. »Sie ist mit Hermanna zusammen aufgewachsen. Damals hat sich ihr Vater, der ja auch ein Pfaffenkind war – zu einer Zeit, als Dietrich gerade erst angetreten war und die klerikalen Nachkommen noch verfemt wurden –, mit seiner Familie in die Wälder zurückgezogen, hat sich dort versteckt, würde ich sagen. Später wurde er des Bischofs Hofrichter und konnte wieder auftauchen. Kunigunde jedenfalls hat es dort gut gefallen, auch wenn ich den Verdacht habe, dass es in der hochedlen Familie Tradition hat, auf Albrock, dem eigentlichen Stammsitz, missliebige Verwandte zu verstecken und sich anderswo, zum Beispiel in unserer Stadt, wahre Paläste zu bauen.«

Auch Georg hatte seine Vorbehalte dem Adel gegenüber. Diether fragte sich, ob er die Schlossherrin nur verteidigte, weil sie eine Verwandte war.

»Was sagt denn deine Kunigunde zu dieser Geschichte?«, fragte er.

»Meine Kunigunde ist schon vor zwei Wochen nach Zinsdorf abgereist, gleich nach dem Tod ihres Oheims. Sie wollte ihrer Tante Katharina beistehen, wird aber sicher bald zurückkehren.«

»Dann weiß sie wohl noch gar nichts vom Tod dieses Lubbert. Er heißt von Zinsdorf – ist er ein Sohn dieser Tante?«

»Sie hat keine Kinder. Es muss ein Neffe ihres Mannes sein. Ich meine, sie hätten ihn zu unserer Hochzeit mitgebracht. Aber da waren so viele ...«

»Schade, dass sie nicht da ist.« Obwohl er bisher gar nicht an Kunigunde gedacht hatte, war Diether ein wenig enttäuscht. Sie hätte ihm bestimmt viel über Albrock und seine Bewohner erzählen können.

»Wir müssen abwarten, was bei den Untersuchungen dieses Hauptmanns herauskommt«, sagte Friedrich. »Lasst uns von etwas Erfreulicherem reden.« Er schob seinen Armstuhl zurück, schlug die Beine in den geschlitzten Hosen übereinander und wandte sich an Diether. »Was macht die Stadtpolitik?«

»Wenn du das erfreulich nennst ...« Diether sah Georg an, der im vorigen Jahr für seine Bauernschaft im Fünfer-Ausschuss gesessen hatte. Der nickte. Auch seine Erfahrungen waren wenig angenehm gewesen.

»Das hättet ihr euch ansehen müssen.« Diether ballte die Fäuste und berichtete von seinem morgendlichen Einsatz. »Das Rathaus ist immer noch nicht fertig, und jedes Jahr kommen mehr Kosten hinzu. Die neuen Fenster sind offensichtlich nur dazu da, das Geld hinauszuwerfen. Wir haben heute die Rechnungen geprüft – schauerlich, sage ich euch. Sie machen ein Schloss daraus. Es muss unbedingt mehr glänzen als das Jesuitenkolleg nebenan, was ja nicht so einfach ist. Also brauchen wir nicht nur teure Halbmonde an den Giebeln, sondern auch noch Wetterfahnen mit Blumenwerk, einen großen und viele kleine Zierknöpfe, zwei Kreuze und was weiß ich. Alles aus Eisen, fein ziseliert, wenn nicht aus Kupfer, und alles muss natürlich mit Gold verziert werden. Meister Schurr hat allein siebzig Buch Feingold verbraucht, für fünfundzwanzig Taler. Davon kann eine Handwerkerfamilie das ganze Jahr über gut leben.«

Allerdings war auch in Friedrichs Wohnstube viel Gold zu sehen. Es glänzte auf Wandornamenten, an Rahmen von Bildern und Spiegeln und an viel Zierrat, der auf dem Kaminsims, den Fensterbänken und kleinen Tischen herumstand. Sogar ihre Weingläser waren goldgefasst.

Georg nickte wieder. »Im letzten Jahr war es das Gleiche. Immer das teuerste Material. Schiefer aus dem Sauerland, wo es auch die Salzkottener Ziegel getan hätten.«

Friedrich lachte. »Und bestimmt verdient sich mein Bruder an den Handwerkern, aber auch an den Meistern und Ratsherren eine goldene Nase, wenn sie jeden Handgriff begießen müssen.«

»Jau«, pflichtete Diether ihm bei. »Rechnungen aus dem Schwarzen Bären gab's reichlich.«

»Ob es das braucht, weiß ich ja nicht«, sagte Friedrich. »Aber die Verzierungen, das Gold – mir gefällt's, da könnt ihr sagen, was ihr wollt.« Das kam für Diether nicht unerwartet. »Als Fünfer müsst ihr natürlich auf die Mittel der Stadt achten …«

»Die kein Geld hat, das weißt du ja«, fiel ihm Diether ins Wort. »Wir haben schon das Bürgergeld erhöht, aber weil heutzutage niemand freiwillig nach Paderborn zieht, bringt das nicht viel ein.«

»Und dann setzen noch die Jesuiten durch, dass allen auswärtigen Händlern Zoll und Steuern erlassen werden, wenn sie die Prozessionen besuchen.« Georg grinste. »Ich hab noch nie so viele fromme Kaufleute gesehen wie bei der letzten Fronleichnamsprozession.«

Diethers Unmut nahm zu. »Während unser hochverehrter Herr Bischof, wie mein Oheim zu sagen pflegt, jedes Jahr neue Gründe erfindet, wie er den Leuten mit zusätzlichen Kopfschatzforderungen das Geld aus der Tasche ziehen kann. Wie soll da die Stadt die Abgaben erhöhen?«

»Ihr habt ja recht«, gab Friedrich zu. »Ich werde meiner armen Stadt aus den reichhaltigen Mitteln meiner Großmutter eine hochherzige Spende zukommen lassen, für noch ein wenig mehr Gold am Rathaus. Das hätte Goste bestimmt gefallen.«

Das hätte es wohl, der Ansicht war Diether ebenfalls. Und wenn Friedrich zahlte, war das nur gerecht; schließlich belasteten ihn keine Abgaben zum Wohle der Stadt.

Laut sagte er nur: »Mach das. Sie werden es hoffentlich sinnvoller verwenden als für Glitzerkram.«

Das immerhin hatte Diether in Albrock gefallen: Nirgendwo hatte er unnütze Verzierungen oder goldenen Prunk entdeckt. Bei aller eichenen Gediegenheit übertraf Hermannas Domizil das Friedrichs um einiges an Schlichtheit. Ein goldglänzendes Rathaus hätte er in einem Dorf ohnehin nicht erwartet. Auch ohne dass ein Mord ihr Leben durcheinanderwarf, schienen die Menschen auf dem Land andere Sorgen zu haben als die reichen Städter.

Nachdem auch der zweite Weinkrug geleert war, verabschiedeten sich Diether und Georg und ließen Friedrich allein in seiner glanzvollen Behausung zurück. Allzu langweilig würde es ihm nicht werden: Aus Münster war ein Stapel Bücher bei ihm eingetroffen, dem er sich widmen wollte. Das wiederum verband Friedrich mit der Albrocker Schlossherrin. Bücher spielten in beider Leben eine große Rolle.

Noch an Friedrichs mosaikverziertem Tisch hatte sich herausgestellt, dass Diether und Georg das gleiche Ziel hatten. Diether waren am Morgen, als er die Abrechnungen der städtischen Armenstiftung geprüft hatte, Unregelmäßigkeiten aufgefallen. Er hatte sich vorgenommen, die Verhältnisse im Haus selbst in Augenschein zu nehmen, und Georg sollte im Auftrag seines Vaters dort nach dem Rechten sehen. Den Grund dafür hatte er nicht genannt.

Ziemlich schweigsam ging Georg jetzt neben ihm her. Es mochte durchaus sein, dass es am Unwillen über den Auftrag seines Vaters lag, wenn er nichts sagte. Georg hatte die Marburger Universität besucht, im protestantischen Hessen, und war seitdem wenig geneigt, in die Fußstapfen Jobst Gogreves zu treten, der nicht nur – mit bischöflichem Segen – alle paar Jahre den Bürgermeister stellte, sondern auch als Syndikus des Abdinghofklosters allerhöchste Protektion genoss. Was er allerdings mit dem Wiecks-Armenhaus, wie es in Paderborn hieß, zu tun haben sollte, war Diether ein Rätsel.

Aber vielleicht wollte Georg nicht mit ihm reden, weil er wieder an Hermanna dachte und Diether die Base seiner Kunigunde verdächtigt hatte. Das Thema wollte Diether nicht vertiefen, also schwieg auch er.

Nebeneinander stapften sie die Webergasse hinauf und gingen auf Pätten quer durch die großen Anwesen hinter der Marktkirche auf das Rathaus zu. In den riesigen Scheunen der ehemaligen, am Hang über der Pader gelegenen Bauernhöfe lagerten heute Händler ihre Waren und hatten sich zur Straße hin steingemauerte Geschäftshäuser erbaut. Linker Hand lag das Abdinghofkloster, umgeben von einer hohen Mauer, vor der sich ebenfalls Kaufleute niedergelassen hatten. Darunter der Gastwirt und Weinhändler Jobst Baer, Friedrichs älterer Bruder.

Im Vorbeigehen fiel Diether der alte Stadtdiener Brabeck ein, der vor zwei Jahren unter geheimnisvollen Umständen zu Tode gekommen war. Diether und Friedrich hatten damals geglaubt, im weitläufigen Keller des Schwarzen Bären den Mörder gestellt zu haben.

Noch am Morgen hatte er bei der Prüfung der städtischen Ausgaben darüber nachgedacht, wie sehr Brabeck ihm und der ganzen Stadt fehlte. Wenn schon nicht die Ratsherren oder Dorbecher, der Stadtsekretär, hatte wenigstens der Alte im Rathaus für Ordnung gesorgt. Na gut – bis auf den Weinkeller. Die Liebe zu einem guten Tropfen war seine Schwäche gewesen. Dennoch – oder vielleicht gerade deshalb – hatte er die städtischen Vorräte gut unter Verschluss gehalten. Für das fehlende Geld in der Weinkasse waren andere verantwortlich gewesen.

Brabecks Abrechnungen waren immer in Ordnung gewesen. Das hatte auch Diethers Vater damals bestätigt, der in früheren Jahren für die Westernbauernschaft selbst so manches Amt in der Stadtregierung ausübte. Brabeck war auch für die Armenstiftung zuständig gewesen, als ältester Stadtdiener, wie es das Statut vorschrieb. Bestimmt hatte die Stifterfamilie von der Wieck damit verhindern wollen, dass die vier ehrbaren armen Witwen, die laut Statut im Haus wohnen sollten, durch jüngere und ansehnlichere Männer in Versuchung geführt wurden.

Die von der Wiecks waren eine fromme Familie, aber protestantisch, hatte der Vater erzählt. Sie hätten vielleicht ein bisschen mehr Versuchung zulassen sollen, meinte Diether, dann wären sie heute nicht ausgestorben.

Jetzt ging das Amt, die Frauen zu versorgen, von einem zum anderen; die Stadtbediensteten rissen sich geradezu darum. Die von der Wiecks hatten die Frauen großzügig ausgestattet und die Verwaltung der Mittel dem Magistrat der Stadt anvertraut. Die Stadtdiener mussten das Haus mit ausreichend Brennholz und Kohlen versorgen und außerdem jeden Sonntag den Frauen einen Taler übergeben, und zwar an dem für sie reservierten Platz in der Gaukirche. Das stellte die Einhaltung einer weiteren Vorschrift sicher, nämlich dass die Frauen sonntäglich für ihre Wohltäter zu beten hatten. Weitere Taler erhielten sie zu den Hochfesten, »womit sie sich in harmloser Weise Freude verschaffen dürfen«, so die Verfügung.

Inzwischen waren von Monat zu Monat die Feuerkosten gestiegen, und der Zahl der verteilten Taler nach war das Haus völlig überfüllt. Sogar Fleisch, Brot und Wein wurden neuerdings auf Kosten der Stadt ins Armenhaus geliefert. So arm konnten die Frauen eigentlich nicht sein …

Ob Vater Gogreve etwas damit zu tun hatte? Verstohlen schielte Diether zu Georg hinüber, der immer noch ein ernstes Gesicht machte.

Sie waren am Rathaus angelangt, dessen goldglänzende Fassade im vollen Sonnenschein lag. Mit den verzierten Giebeln wirkte der Neubau geradezu verspielt neben den trutzigen Mauern des Jesuitenkollegs, das an dieser Seite eher sparsam ornamentiert und sowieso ohne den Turm nur noch halb so eindrucksvoll war.

Gerade setzte Schreinermeister Plaß den letzten Fensterrahmen des Ratssaals ein. Bei den ersten waren bereits die Maler am Werk und schwangen grüne Pinsel. Die Farbe hob sich deutlich vom gelblichen Sandstein der Wände ab.

Das gute Wetter hatte die Paderborner auf die Straße gelockt. Die Händler hatten ihre Waren hinausgestellt und machten gute Geschäfte. Menschentrauben umstanden den Rathausneubau und begutachteten den Fortschritt. Zwischen ihnen suchte ein Reiter seinen Weg. War das nicht der Hauptmann aus Albrock? Diether schaute ihm nach, wie er durch den Schildern auf die Kohlgrube zuritt.

Wahrscheinlich ein Familienbesuch. Denn von Amts wegen hatte Menke von Wewer in Paderborn nichts verloren, da sein Regiment und auch sein Dienstherr in Boke saßen.

Hermanna von Albrock kam ihm wieder in den Sinn, die – wenn die Leute recht hatten – schon so gut wie auf dem Weg in die tiefen Keller der uralten Boker Burg war und von dort in die noch tieferen Folterkeller von Dietrichs Wewelsburg.

Er hatte seit zwei Tagen nichts aus Albrock gehört. Konnte es sein, dass der Hauptmann seine Arbeit schon getan hatte? Vielleicht hatte er tatsächlich jemanden verhaftet und konnte deshalb in aller Gemütsruhe in der Stadt Besuche machen.

Obwohl er mit den Aktivitäten des Hauptmanns nichts zu tun hatte, regte sich in Diether das schlechte Gewissen. Am ehesten war es Hermanna, die jetzt im finsteren Verließ saß oder – schlimmer noch – auf der Streckbank der Folter unterzogen wurde.

Ihm fiel ein, wie sie vor ihren Sträuchern gestanden und selbst Hand angelegt hatte, statt Hagemeier, der ihr schließlich dienstverpflichtet war, die Arbeit tun zu lassen. Ganz freimütig hatte sie ihm überdies den Schrank mit ihren Familiengeheimnissen geöffnet.

Ein feiger Mord wollte nicht recht zu ihr passen.

Vielleicht hatte Diether bei seinem Verdacht doch die Voreingenommenheit gelenkt. Nicht jeder edel Geborene musste unweigerlich ein Bösewicht sein. Kunigunde war das beste Beispiel. Er musste zugeben, dass sie viel gemein hatte mit ihrer Base Hermanna.

Er sah Georg von der Seite an, der angelegentlich die Trümmer des Jesuitenturms musterte. Fast heil geblieben war die Dachlaterne, die bereits beiseite geräumt war, um später ihren angestammten Platz ganz oben auf der Spitze des Turms wieder einzunehmen. Doch über den Einsturz und auch darüber, dass der Turm, Wahrzeichen der jesuitischen Macht, schnellstmöglich neu errichtet werden sollte, war in der Stadt genug geredet worden.

Diether hatte das Gefühl, etwas wieder gutmachen zu müssen. Deshalb sagte er: »Mit deiner Kunigunde hast du wirklich die richtige Frau gefunden, Georg, auch wenn sie jetzt nicht da ist, um uns über die Albrocker Verhältnisse aufzuklären. Ich wünsche euch von Herzen, dass eure Verwandte durch den Tod ihres Vetters keine Schwierigkeiten bekommt.«

Georg wandte den Blick von dem eingestürzten Turm und schaute Diether überrascht an. »Wie kommst du von dieser Ruine auf Hermanna? Glaubst du etwa, dem Haus Albrock drohe ein ähnliches Schicksal?«

»Es schien mir ziemlich fest zu stehen, aber das galt für diesen Turm hier auch. Man kann also nie wissen …« Diether verschwieg, welch düstere Gedanken ihn zu seiner Äußerung veranlasst hatten.

»Heute Morgen auf dem Markt hieß es, die Lage in Albrock sei unverändert.« Nachdenklich schob Georg mit seinem linken Schuh den jesuitischen Staub zusammen. »Um die Stände der Bauern haben sich die Männer des Amtsvogts herumgetrieben, die jedes Gespräch überwacht haben. Die Bauern haben kaum etwas verkauft, weil sich die Leute nicht in die Nähe der Soldaten wagten. Was meinst du …?« Er zerstreute den mühsam zusammengekratzten Dreckhaufen mit dem rechten Schuh. »Kann dort inzwischen etwas passiert sein? Vielleicht wollte der Hauptmann ja den Fall vor dem Sonntag abschließen und hat – eben weil sie ein so gutes Motiv hatte, wie du sagst – Hermanna verhaftet.«

Ungeachtet seiner eigenen Befürchtungen versuchte Diether, den Freund zu beruhigen. Dass er den Hauptmann in der Stadt gesehen hatte, verschwieg er ihm lieber. »Die Bauern haben mir versprochen, sofort nach mir zu schicken, wenn jemand aus dem Dorf ernsthaft verdächtigt wird«, sagte er. »Ich denke, das gilt auch für ihre Herrin, von der sie sehr viel halten. Mach dir keine Sorgen. Soweit ich weiß, ist Leonore noch bei ihr. Wenn ihre Freundin Hilfe braucht, wird sie sich gewiss melden.«

»Vielleicht sollte ich doch einen Boten zu Kunigunde schicken. Sie wird es sicherlich wissen wollen, wenn Hermanna etwas zustößt, und sofort zurückkommen.«

»Das kannst du ja immerhin tun«, entgegnete Diether. »Dann kann sie Hermanna beistehen, denn Leonore wird nicht lange in Albrock bleiben können. Man braucht sie in der Stadt, das weißt du ja. Der Schultheiß wird nicht lange zusehen wollen, wie sie den anderen Badefrauen ihre Arbeit aufhalst.«

Georg nickte. Etwas tun zu können half immer. Aber er wollte anscheinend noch mehr unternehmen. »Außerdem werde ich morgen nach Albrock reiten. Ich will selbst sehen, was da los ist, damit ich Kunigunde genauer berichten kann.« Mit dem Schnupftuch rieb er den Staub von seinen Schuhen, als ob er sich am liebsten gleich auf den Weg gemacht hätte.

»Gute Idee.« Diether überraschte sich selbst bei dem Gedanken, dass er den Freund gern begleiten würde. »Was hältst du davon, wenn ich mitkomme?«, fragte er. »Ich wollte eigentlich erst am Montag nach Albrock, aber genauso gut kann ich morgen mit dir reiten. Der Sonntag ist ohnehin besser für Besuche auf den Dörfern, und wir sind nicht allein auf dem Weg durch den schaurigen Räuberwald.«

»Gern.« Erleichtert schloss Georg zu Diether auf, der bereits den restlichen Weg den Kamp hinauf in Angriff nahm. Trotz des bäuerlichen Namens waren hier keine Höfe und auch keine Misthaufen zu finden. Wie Westernstraße und Rathausplatz – von der Umgebung des Doms ganz zu schweigen – war der Kamp ordentlich gepflastert und wurde von hochherrschaftlichen Anwesen gesäumt. Hier standen die Stadthäuser des Landadels neben repräsentativen Bauten der reichen Magistratssippen. Auf dem Kamp lebte natürlich auch die Familie Gogreve, an deren reichverzierter Fassade mit dem Löwenwappen über dem Portal und den zur Straße gerichteten Ausluchten sie gerade vorbeigingen.

Georg ging einen Schritt schneller, doch Diether fasste ihn am Arm. »Sagst du mir jetzt endlich, was du im Armenhaus willst? Wir sind gleich da, und wenn es etwas zu besprechen gibt, sollten wir das vorher tun.«

»Wieso meinst du, es gäbe etwas zu besprechen?«

»Weil ich es dir am Gesicht ansehe.«

Georg blieb stehen und schaute zu seinem Vaterhaus zurück, als wolle er sich von dort die Erlaubnis holen zu reden. Doch dann drehte er sich um und zog Diether mit sich. »Nicht hier«, sagte er. »Lass uns zur Mauer raufgehen.«

Sie nahmen die nächste Gasse, die zur Stadtmauer führte, und folgten ihrer Krümmung in Richtung des Spiringstors. Kleine Häuser und Werkstätten, wie sie zahlreich im Hintergelände des Kamp standen, waren direkt – mit dem Befestigungswerk als Rückwand – an die Mauer gebaut.

Ruhig war der Weg nicht, der zwischen den Häusern verlief. Doch da die Leute noch bei der Arbeit waren, riefen sie den wohlbekannten Freunden zwar einen Gruß zu, kümmerten sich aber nicht weiter um sie.

Trotzdem senkte Georg seine Stimme. »Ich werde keine Namen

nennen«, sagte er. »Aber was würdest du sagen, wenn ein uns beiden wohlbekannter Bürger dieser Stadt, Magistratsherr, Bürgermeister und so weiter, die Armenstiftung für seine eigenen Belange ausnutzt?«

»Überraschen würde es mich nicht«, antwortete Diether. »Du weißt selbst, wie viel Schindluder mit dem Geld der Stadt getrieben wird. Aber du meinst doch wohl nicht einen gewissen älteren Herrn, der mit dir unter einem Dach lebt?«

Georgs Miene zeigte an, dass er ins Schwarze getroffen hatte. Sieh an. Der ehrenwerte Jobst Gogreve eiferte nun doch seinem engsten Freund und Namensvetter nach, dem Gastwirt und Ratsherrn Baer, der oft genug ebenfalls die Finger in der Stadtkasse hatte. Sie hielten eng zusammen, die Paderborner Magistratsfamilien, machten sich gegenseitig reich und ließen niemanden außerhalb ihres Kreises in die Nähe der öffentlichen Fleischtöpfe. Er war gespannt, was da wieder gelaufen war.

Mit gesenktem Kopf rückte der Freund mit der Sprache heraus. »Meine Tante Elisabeth, Vaters jüngere Schwester, wohnt neuerdings im Armenhaus, das so arm ja nicht ist, denn sonst wäre sie wohl nicht da eingezogen. Sowieso hat sie die Nase gerümpft, als mein Vater ihr vorgeschlagen hat, dort ihren Wohnsitz zu nehmen. In Höxter konnte sie, nachdem ihr Mann gestorben war, nicht bleiben, und in unserem Haus ist kein Platz, sagt meine Mutter. Dass ich ausziehe mit Kunigunde, was uns am liebsten wäre, und mir irgendwo ein eigenes Haus baue, das wollen sie ja nicht. Aber dann wäre Platz genug. Auch Bernd ist längst alt genug, um Mutters Schürzenzipfel loszulassen. Ihre größte Sorge ist aber, dass wir dann nicht mehr regelmäßig zur Kirche gehen, womit sie recht haben könnte. Ist das etwa ein Grund, seine Verwandten der Stadt aufzubürden?«

Diether schüttelte den Kopf. »Zumal es in eurer Familie nicht allzu viele unversorgte Witwen geben dürfte, für die das Haus eigentlich gedacht ist. Paderborner Witwen, wohlgemerkt. Du sagst, deine Tante sei aus Höxter?«

»Sie haben ihr das Bürgerrecht verliehen, gebührenfrei, weil sie ja vorgeblich mittellos ist. Ihr und ihren zwei unverheirateten Töchtern Berna und Beata, die sie mitgebracht hat. Das Schlimmste ist, dass meine Basen schon in Höxter einen schlechten Ruf hatten. Sie gehen nicht zur Kirche und haben angeblich Männergeschichten.«

»Oje«, machte Diether. »Noch zwei Hexen. Haben sich denn die Jesuiten noch nicht gemeldet?«

»So weit ist es wohl nicht herum«, meinte Georg. »Sie sind noch nicht so lange hier, dass es Klatsch gegeben haben könnte. Das ist nämlich mein Auftrag: Ich soll nach dem Rechten schauen und meinen lieben Basen klarmachen, dass sie sich hier anständig aufführen sollen.«

»Und wie sollst du das anstellen?«

Georg lachte bitter. »Meine Mutter meint, ich solle ihnen Leonore vor Augen führen, ihr Verhalten der Kirche gegenüber beschreiben und die Schwierigkeiten, die ihr täglich daraus erwachsen. Ich fürchte nur, wenn ich das tue, werden die beiden Hals über Kopf aufbrechen, um eine so interessante Person kennenzulernen.«

Im Eingang der Schäfergasse blieb Georg stehen. Vor ihnen lag die riesige Dungstätte des Bauernhofs auf der Ecke, der immer noch vom alten Berning bewirtschaftet wurde. Seine vor Jahren verstorbene Frau war ein Pfaffenkind gewesen und hatte – in protestantischer Zeit – den Makel an ihre Söhne weitergegeben, die aber von Bischof Dietrich längst rehabilitiert und mit hohen Kanzleiämtern versehen worden waren. Berning selbst war Protestant; zu seinen Söhnen hatte er nicht das beste Verhältnis, erzählte man sich in der Stadt.

Georg wies mit dem Kopf auf das alte Fachwerkhaus mit dem geschnitzten Torbalken. »Meinst du, mein Vater weist mich ebenfalls aus dem Haus, wenn ich mich offen gegen ihn stelle?«, fragte er. »Einen Versuch wäre es wert …«

»Kommt nicht in Frage.« Diether tippte sich mit dem Zeigefinger gegen die Stirn. »Denn dann wirst du dich als Advokat niederlassen und mir die Klienten abjagen. Erfüll du die Aufträge des hochwichtigen Herrn Magistrat und verdien dir damit dein täglich Brot.«

Georg nahm die Anspielung auf seine abhängige Stellung nicht krumm. Es war nicht zum ersten Mal, dass dieses Thema zwischen ihnen zur Sprache kam. Er wusste genau, dass von Jahr zu Jahr die Prozesse vor dem Reichskammergericht zunahmen, weil die Leute vor den bischöflichen Gerichten nicht ihr Recht fanden. Advokaten, die gegen den Bischof und seine Behörden zu Felde zu ziehen bereit waren, gab es viel zu wenige, und Georg hätte ohne Weiteres sein Auskommen gefunden.

»Du hast ja recht«, sagte er. »Nach dieser Geschichte hier wieder …«

Sie waren am Stiftungshaus angekommen, das wenig ärmlich aus Stein erbaut war und ob seiner Größe deutlich aus der Umgebung herausstach. Auf dem gepflasterten Vorplatz waren zwei Kutschen abgestellt. Ein paar Nachbarsjungen hielten die Pferde und strahlten über das ganze Gesicht. Wahrscheinlich waren sie für ihre Dienste fürstlich entlohnt worden.

Die Damen hatten also Besuch. Den Gespannen nach zu schließen von ebenso wenig armen Leuten wie sie selbst.

Eine Magd öffnete ihnen die schwere geschnitzte Tür und ließ sie, nachdem sie nach Georgs Tante gefragt hatten, im zimmerbreiten Flur stehen. Auch hier erstreckte sich Tudorfer Pflaster endlos bis zur gegenüberliegenden Hauswand, in die zwei bleigefasste Fenster eingelassen waren. Rechts führte eine hölzerne Treppe auf die Galerie mit den Türen des ersten Stockwerks und schmaleren Aufgängen zu weiteren Geschossen. Das Schnitzwerk im Geländer war bunt bemalt, und alle Pfosten trugen rote Kugeln als Abschluss.

Ein lustiges Haus. Wenn die Bewohnerinnen genauso lustig wären …

Hinter einer der blau gestrichenen Türen hörte er Stimmen – das war wohl die gemeinsame Wohnstube der Bewohnerinnen. Davon hatte er im Statut gelesen, und ebenso, dass den Frauen eine große Küche und jeweils ein eigenes geräumiges und beheizbares Zimmer zustanden. Wenn er sich umsah, fand auch noch das Gesinde reichlich Platz.

Jedenfalls Grund genug zur Fröhlichkeit, die jetzt unverkennbar durch die Tür drang. Laut lachende Männerstimmen waren deutlich zu hören.

Diether näherte sich einem Schrank mit offen stehenden Türen. In einem Regal lag ein Lappen – offensichtlich hatte die Magd gerade, als sie klopften, das Silber geputzt. Silber in einem Armenhaus? So viel Reichtum hatten die ehrsamen von der Wiecks für ihre zukünftigen Schützlinge bestimmt nicht vorgesehen.

Der Stiftungstopf jedenfalls war leer. Vom Kapital hatten sich mehrere Ratsherren große Beträge ausgeliehen, deren Rückzahlung sich verzögerte. Jedes Jahr wieder musste die Stadt Geld zuschießen, damit die Frauen versorgt waren. Bisher hatte Diether gemeint, es sei gut angelegt, doch als er das hier sah …

Die Magd erschien und wies sie zur Tür am unteren Ende des Flurs, hinter der sie eben verschwunden war. Sie trug ein Tablett mit mehreren Tellern, die ebenso restlos geleert waren wie der gläserne Weinkrug.

Zwei Stufen führten hinauf, dann standen sie in Elisabeths Stube. Sie war gleichzeitig Schlafraum, wie das in einem Alkoven stehende Bett zeigte, dessen brokatene Vorhänge geschlossen waren. Ein kleiner Betstuhl stand vor einer Madonnenfigur, wie sie auch das Zimmer von Diethers Mutter schmückte. Georgs Tante achtete die örtlichen Gepflogenheiten.

Es hätte der plusterigen Ärmel am schwarzseidenen Kleid, der Krausen, Zierbänder und ausgestopften Wülste nicht bedurft, um Georgs Tante Fülle zu verleihen. Breit und massig lag sie auf einer Ottomane am offenen Fenster und machte einen leidenden Eindruck. Diether schaute sich unauffällig im Raum um. Es war außer ihr niemand da, der die Teller hätte geleert haben können.

Georg begrüßte seine Tante und stellte Diether als seinen Freund vor. Mit einer Hand vor der Stirn nickte sie matt, als er die Grüße seines Vaters ausrichtete.

Er erkundigte sich, ob sie sich gut eingelebt habe – wieder ein müdes Nicken – und ob alles zu ihrer Zufriedenheit sei.

Erst jetzt kam Bewegung in die Frau. Offensichtlich fiel es ihr schwer, ihre beleibte Gestalt aufzurichten. In einem See aus rosigem Speck schwamm ihr winziges Antlitz, das einen verdrossenen Ausdruck zeigte.

»Du siehst ja, lieber Neffe, wie beengt es hier ist.« Sie wies in den mit dunklen Möbeln vollgestellten Raum. Es sah aus, als ob sie bei ihrem Umzug ein halbes Schloss leer geräumt hätte.

»Und meine Töchter müssen sogar mit Dienstbotenkammern vorliebnehmen«, nörgelte sie weiter. »Das ist keine angemessene Unterkunft für deine Basen, das wirst du einsehen. Wie sollen sie hier herrschaftliche Bewerber um ihre Hand empfangen?«

Den wohl ebenso prunkvoll wie das ganze Haus eingerichteten

Wohnraum hatte sie wohl vergessen. Offensichtlich empfingen dort die Töchter gerade ihre Heiratskandidaten.

»Mein Bruder hat mir zugesagt, dass für alle unsere Bedürfnisse gesorgt sein wird. Sag ihm bitte, dass es mir zuwider ist, mich dauernd mit den Dienern über die Lieferungen zu streiten. Jeden Tag bringen sie uns nur minderwertiges Fleisch und schlechten Wein.«

Danach hatten die Abrechnungen nicht ausgesehen.

Georg stand wie ein Schuljunge vor ihr und drehte seinen Schlapphut, dessen breite Krempe zu einem Dreispitz hochgeschlagen war, in den Händen. Der in einer Ecke befestigte Fuchsschwanz wedelte hin und her, als ob er lebendig wäre.

»Und jede Woche wieder gibt es Ärger um unseren Taler.« Elisabeths Seufzer brachte die Rüschen ihres Kleides in Wallung. »Du siehst ja, dass ich zu krank bin, um am Gottesdienst teilzunehmen. Und ohne Begleitung können sich meine Töchter nicht in der Öffentlichkeit zeigen, das wird dein Vater wohl einsehen, auch wenn er selbst nur Söhne hat. Der Taler steht uns laut Statut zu, das soll dein Vater seinen Bediensteten gefälligst deutlich machen.«

Seinen Bediensteten?, wiederholte Diether für sich. Hatte Gogreve der Schwester erzählt, die Stadtdiener gehörten zu *seinem* Haus?

Georgs Gesicht war längst so rot wie seine Haare. Der Fuchsschwanz wedelte heftiger. Allerdings schien es Diether, als ob die Bewegung – anders als bei einem Hund – nicht gerade die reine Freude ausdrückte.

Während Georgs Tante weitere Klagen vorbrachte, überlegte Diether, dass er sich die Stadtdiener am besten selbst vorknöpfen sollte. Der Schultheiß würde sie hinauswerfen, das war sicher. Offensichtlich hatten sie nicht nur die Taler für die Familie Elisabeths unterschlagen, sondern auch noch weitere Bewohnerinnen erfunden. Gerade nämlich klagte die Tante, es falle ihr nicht leicht, mit drei fremden Frauen, die alle viel jünger seien als sie, die Räume zu teilen. Abgerechnet worden waren zwölf, manchmal sogar fünfzehn Taler. Diether konnte sich lebhaft vorstellen, was die Stadtdiener vorbringen würden: Wenn Gogreve die Stiftung betrüge, wollten sie ebenfalls ihren Anteil haben. Wie der Herr, so's Gscherr, pflegte Henrich in solchen Fällen zu sagen.

Er hörte besser zu, als sie von ihren Mitbewohnerinnen berichtete oder besser deren Besuchern. Priester und Mönche seien darunter. Noch nie habe sie gehört, klatschte sie, dass sich geistliche Betreuung, die als Zweck der häufigen Besuche angegeben werde, auch in der Nacht abspiele. Sie dagegen sei eine alleinstehende, schutzlose Frau, die zudem für zwei Töchter zu sorgen habe. Und sie trage Bedenken, in diesem Haus zu bleiben, da ihr der gute Ruf der Familie durchaus gefährdet erscheine …

Wohl um seinen angewiderten Ausdruck zu verbergen, wandte sich Georg von seiner geschwätzigen Tante ab und musterte das vollgestellte Zimmer. Es schien ihm nicht mehr Vergnügen zu bereiten als der vorherige Anblick.

Diether war erstaunt über die Zustände im Haus. Als vor ein paar Jahren der Bischof den Priestern Gottes das Konkubinat verboten hatte, waren sie gezwungen gewesen, ihre Frauen anderweitig unterzubringen. Am sichersten war da natürlich ein städtisches Haus, wo der Magistrat das Sagen hatte. Das schien sogar der Schultheiß zu respektieren, den der Bischof zur Wahrung seiner Belange eingesetzt hatte. Oder hatten Westphal und Gogreve, mit dem er eng befreundet war, auch hier die Hand im Spiel? Jedenfalls drohte den Frauen, solange Westphal mitspielte, nicht das Schicksal Mathilde Hagedorns, der Konkubine eines Pfarrers, die im vorigen Jahr vom bischöflichen Henker halbnackt unter Rutenstreichen durch die Stadt getrieben worden war.

Als Elisabeth innehielt und angestrengt atmete, um ihr Leiden zu verdeutlichen, nutzte Georg die Gelegenheit. Er versprach, die Beschwernisse der Tante getreulich an seinen Vater weiterzugeben, und verabschiedete sich. Diether verbeugte sich knapp und ging dem Freund voraus. Er hatte genug erfahren. Dem Stiftungszweck wurde in diesem Haus keinesfalls Genüge getan, was er von Amts wegen nicht auf sich beruhen lassen durfte.

Um diesen Eindruck zu gewinnen, hätte es keines weiteren Einblicks ins lustige Leben der Hausbewohnerinnen bedurft. Doch war dem nicht zu entgehen. Als sie den Flur entlanggingen, öffnete sich die Tür der Wohnstube und die Magd kam heraus. In jeder Hand trug sie zwei Weinkrüge.

Sofort hatten Berna und Beata – denn um sie musste es sich bei den beiden fülligen und rot gelockten Frauen handeln, die auf

Georg zustürmten – ihren Vetter erkannt. Sie umarmten ihn, was ihm sichtlich peinlich war, und versuchten, ihn in die Stube zu zerren. Diether wurde aufgefordert mitzukommen, blieb aber im Flur stehen.

Wie im sagenhaften Hörselberg, dachte Diether. Rothaarige Hexen, und waren sie nicht sogar geschminkt?

Im Raum war eine fidele Runde versammelt, die sich in ihren Gesprächen nicht stören ließ. Diether erkannte ein paar Söhne des Landadels, die sich herausgeputzt für ein samstägliches Abenteuer in die Stadt aufgemacht hatten, zwei, drei Bürgersöhne, darunter der unvermeidliche Bernd Gogreve, der seinen Bruder keines Blickes würdigte, und einen jungen Tonsurträger aus Friedrichs Stift, der sofort ein ernstes Gesicht machte. Zwei ihm fremde Männer saßen auf einem Diwan, neben ihnen zwei leere Plätze, die vermuten ließen, dass Georgs Basen neben ihnen gesessen hatten. Diether schaute genauer hin: Den Spitzbart und den hochgezwirbelten Schnauz hatte er doch schon irgendwo gesehen.

Georg hatte sich von den Frauen losgemacht und mit dringenden Geschäften entschuldigt. Kaum hatte sich die Tür hinter ihnen geschlossen, begann er zu lachen. »Sind sie nicht fürchterlich, meine Basen? Und mit solchen Perlen ist man nun verwandt. Sag du mir, wie ich denen beibringen soll, auf welche Weise sie sich hier zu benehmen haben.«

Diether grinste mit. Um *die* Verwandtschaft beneidete er den Freund wahrhaftig nicht.

Dann wurde er ernst und hielt den davonstrebenden Georg am Arm fest. »Du musst mit deinem Vater ein ernsthaftes Wort reden, Georg«, sagte er und blickte dem Freund dabei eindringlich ins Gesicht.

Natürlich wurde Georg wieder rot; es war ihm sichtlich unangenehm, stellvertretend für seinen Vater von Diether ins Gebet genommen zu werden.

Er umfasste freundschaftlich Georgs Schultern. »Wenn ich das in meinem Bericht erwähne, muss der Schultheiß Untersuchungen anstellen. Dann lässt es sich nicht mehr unter der Decke halten, egal wie gut sie sich kennen, die hohen Herren.«

Vom gottesfürchtigen Leben, das die Bewohnerinnen laut Statut zu führen hatten, wollte er gar nicht erst anfangen, denn das war – nicht nur in Paderborn – ein dehnbarer Begriff. Die Gottesfurcht nahmen alle für sich in Anspruch, wenn schon nicht im täglichen Leben, so doch beim sonntäglichen Kirchgang. Sogar schlimmste Verbrechen konnte sie rechtfertigen. Wie die katholischen Päpste hatten die beiden größten Reformatoren, Martin Luther und Johannes Calvin, die Hexenprozesse befürwortet und waren dem Bibelspruch »Die Zauberinnen sollst du nicht am Leben lassen« bereitwillig gefolgt. Angesichts solcher Leitsätze konnten Diether alle Glaubensrichtungen gestohlen bleiben.

»Und wenn das Domkapitel von den Vorgängen im angeblich so frommen Haus erfährt, werden die Dominikaner auf den Plan treten«, setzte er warnend hinzu. »Mit ihren roten Haaren sind deine Basen ein gefundenes Fressen für die Inquisition.«

Sonntag, 6. April 1614

Als Hermanna das Fenster öffnete, hörte sie die Vögel zwitschern. Der Himmel war unbewölkt, was sich im April schnell ändern konnte. Der Platz vor der Scheune war unbelebt; keine halb bekleideten Soldaten, keine Wasser schleppenden Marketenderinnen – ein fast schon ungewohnter Anblick. Sie sollte die Zeit bis zum nächsten Schauer dazu nutzen, den Hof aufzuräumen.

Ewig lang war ihr die Zeit der Belagerung vorgekommen. Jeden Augenblick hatte sie mit der nächsten Katastrophe gerechnet. Der Hauptmann hatte einen nach dem anderen die Dorfbewohner befragt und war jeden Tag ungehaltener geworden.

»Keiner will es gewesen sein«, hatte er gestern gesagt. »Wie zu erwarten war. Sie waren alle zu Hause, was die Frauen bestätigen, und niemand hat irgendwen nachts unterwegs gesehen. Entweder stecken sie alle unter einer Decke, was bedeutet, sie werden alle bestraft. Oder ich muss doch hier im Herrenhaus nach dem Täter suchen.« Mit ernstem Blick hatte er klargemacht, wen er damit meinte. Bis zum Abend hatte Hermanna der Folterkeller des Bischofs, den sie gar nicht kannte, vor Augen gestanden.

Doch jetzt konnte sie aufatmen. Vorerst – wer wusste, was noch kam.

»Wir werden anderswo gebraucht.« Nur das hatte Menke als Grund genannt, als er ihr am Abend mitgeteilt hatte, dass er mit seinen Leuten Albrock räumen werde.

Vielleicht hatte die plötzliche Kehrtwendung damit zu tun, dass er den ganzen Nachmittag abwesend war. Er müsse seinem Dienstherrn Bericht erstatten, hatte er gesagt. Also dem Amtsvogt. Vermutlich hatte Plettenberg ihm – warum auch immer – die Anweisung gegeben abzurücken.

Es gehe gegen die Räuber, wollten Hagemeiers, zu denen Hermanna sofort nach seinem Abzug gelaufen war, von den Landsknechten erfahren haben.

Hinter Hermanna raschelten Decken, Leonore drehte sich kurz um im Bett und schlief schon wieder ein. Hermanna schmunzelte. Gestern im Garten hatte die Freundin reichlich frische Luft bekommen. Stadtbewohner, die sich meist in ihren Häusern aufhielten, wurden davon müde …

Als sie die Treppe hinunterstieg, kam bereits Lieseke mit zwei Eimern Wasser für die Küche zur Tür hinein. Sie hatte es aus dem kleinen Quelltopf geholt, der unterhalb der Kirche sprudelte und das Wasser der Albke vermehrte. Den Hofbrunnen hatte Martin abgedeckt. Natürlich hatte Richter Tentrup den Mund nicht halten können. Niemand traute sich, in den Brunnen zu schauen, aus Angst, das bleiche Gesicht und den aus der Tiefe winkenden Arm zu sehen und ihm folgen zu müssen.

Hermanna bat die Magd, ihr beim Säubern von Scheune und Hof zu helfen. Das Wasser dazu konnten sie direkt aus der Gräfte holen, das war rein genug. Sorgsam schaufelte sie als Erstes den Pferdemist zusammen. Er war das einzig Gute an der Belagerung. Ihre Felder würden sich über den Dung freuen.

Lieseke war morgens noch weniger gesprächig als sonst. Schweigend kehrten sie einen Riesenhaufen Dreck zusammen, den Martin zur Mistgrube brachte. Lieseke schrubbte die Scheune, und Hermanna spülte mit mehreren Eimern Gräftewasser den restlichen Schmutz vom Hof. Der konnte in den Graben zurückfließen.

Zufrieden mit ihrem Werk stand Hermanna im Torhaus und schaute zur Kirche hinüber. Besonders im Frühling, wenn erste gelbe Blüten das Tor prachtvoll einrahmten, gefiel ihr der Anblick. Noch ließen die Linden, die in ein paar Wochen dicht belaubt sein würden, den Kirchturm durchscheinen. Sie wusste aus der Familienchronik, dass er früher ein Wehrturm gewesen war, an den man vor zweihundert Jahren das kleine Kirchenschiff angebaut hatte. Ihre Vorfahren schienen stolz auf die Albrocker gewesen zu sein, denn es wurde hervorgehoben, dass die Bauern alle anfallenden Arbeiten selbst ausgeführt hätten.

Zur Gemeinde gehörten auch die Borchusener, die sich von alters her mit einem Drittel an allen Kosten der Kirche zu beteiligen hatten. Gern taten sie es nicht. Hermanna konnte sich kaum vorstellen, dass der Kirchbau ohne Auseinandersetzungen zwischen den Dörfern abgegangen war. Doch davon schwieg die Chronik.

Von innen hatte sie die Kirche schon lange nicht mehr gesehen. Es reichte ihr, jeden Tag wieder im Dorf auf den Pfarrer zu treffen und seinen missgünstigen Blicken ausgesetzt zu sein. Dennoch wusste sie, dass hier heute keine Messe stattfinden würde. Heute war Borchusen an der Reihe. Alle vier Wochen lieh sich Kruse am späten Sonntagvormittag ihre Kutsche, um ins Nachbardorf zu reisen, das kaum eine Meile entfernt lag. Wenn die Albrocker zur Messe wollten, mussten sie – in der Regel zu Fuß – ihm vorausgehen. Allzu viele waren es nicht, die sich an ihrem Brückenheiligen vorbei auf den Weg machten.

An den übrigen drei Sonntagen mussten die Borchusener in Albrock die Messe besuchen. Auch von ihnen sah man nur wenige, was den steinernen Nepomuk auf seinem Podest sicher betrübte, der mit seiner zierlich geformten Nase – da hatte sich der Steinmetz wirklich Mühe gegeben – direkt zum Portal von St. Landolin wies. Ihr selbst war es ganz recht, wenn die Nachbarn zu Hause blieben. Denn üblicherweise setzte es Streit, wenn Borchusener und Albrocker aufeinandertrafen. Wahre Schlachten wurden zwischen der Kirche und ihrem Haus ausgetragen, und oft genug hatten Klara und sie die Leute erst zusammenflicken müssen, bevor sie den Heimweg antreten konnten.

Heute würde es ruhig sein, für Hermanna. Doch Klara war auch an Borchusen-Sonntagen gefordert. Sie musste schon früh am Morgen ins Nachbardorf aufbrechen, um alles für die erhabene Anwesenheit des Sakraments würdig vorzubereiten, wie der Pastor es nannte. Für seine Haushälterin bedeutete das stundenlange Arbeit in der Küche des Dorfschulten, der für die anschließende Bewirtung zuständig war. Erst viel später brachen der Küster und seine Frau auf, die sich um Reinigung und Ausschmückung der winzigen Kapelle kümmerten. Während Kösters – so wurden die Besitzer des großen Hofs gegenüber dem Haus Albrock genannt, weil das Küsteramt seit Generationen mit ihm verbunden war – mit der eigenen Kutsche fuhren, lieh sich Klara auch von Hermanna ein Pferd.

Sie müsste bald auftauchen. Hermanna schaute zum Pfarrhaus hinauf. Auch das hatten die Leute – nicht ohne Ärger mit Borchusen – selbst gebaut. Es war erst ein paar Jahre her; die weißen Gefache strahlten wie neu. Hermanna hätte gern neben die Pfarrei eine Schule gesetzt, damit der Küster und sie statt wie jetzt in ihren Wohnstuben die Dorfkinder in eigenen Räumen unterrichten konnten. Wenn die Klöster in der Stadt Schulen unterhielten, dann konnte sie das auch. Doch das hatte der Pastor mit dem Hinweis verhindert, dass die Bauern ohnehin aufwüchsen wie die Lilien auf dem Felde – der angewiderten Miene nach zu schließen, hatte er eher an die Schweine im Stall gedacht –, von denen niemand erwarte, dass sie Lesen und Schreiben lernten.

Manchmal wünschte Hermanna sich, dass sie gegen den Diener Gottes ebenso schlagkräftig vorgehen könnte wie ihre Bauern gegen die ungeliebten Nachbarn.

Gerade wollte sich Hermanna mit einem freundschaftlichen Klaps vom Nepomuk verabschieden und ins Haus zurückgehen, da kam Klara aus dem Pfarrhaus. Sie war nicht viel größer als Anna und ebenso dürr. Wie viel Kraft in ihr steckte, sah man aber an dem großen Korb mit den Zutaten, auf die ihr Dienstherr nicht verzichten konnte. Die steinernen Krüge schauten über den Rand und machten den Korb schwer; trotzdem trug Klara ihn am Arm wie Hermanna das Täschchen, das zu ihrem Staatskleid gehörte.

Klaras Kopf zierte eine Haube, weil Pastor Kruse das verlangte. Die Haube war jedoch bunt bestickt, und Hermanna hatte den Verdacht, dass die Freundin ihr strohiges Haar gern darunter versteckte. Sie lenkte den Blick auf die leuchtenden braunen Augen und das strahlende Lächeln, mit dem sie jeden für sich einnahm. Kruse bekam es nie zu sehen, weshalb ihm das Verführerische daran entging, denn sonst hätte er es bestimmt zu einem Hexenmerkmal erklärt.

Als ob sie sich jahrelang nicht gesehen hätten, begrüßten sie sich mit einer erleichterten Umarmung. Klara sah sich im Hof um. »Sieht aus wie immer«, sagte sie.

»Ich wollte nicht den ganzen Sonntag an die Landsknechte erinnert werden«, erklärte Hermanna. Sie zog die Freundin am Arm über den Hof. »Martin holt dir gleich Rosamunde«, versprach sie. »Lass uns noch kurz reden. Es ist so viel vorgefallen, und wir haben uns so lange nicht gesehen.«

Bereitwillig folgte Klara ihr in die Laube, die bereits von der über Borchusen aufgehenden Sonne erwärmt wurde.

»Weißt du, dass der Hauptmann auch Kruse befragt hat?«, fragte Klara. »Ich hab gelauscht.«

»Und – hat er mich schlechtgemacht?«

»Wie immer. Wenn man ihn hört, stehst du kurz vorm Scheiterhaufen.«

»Und Lubbert hab ich auch umgebracht?«

»Zuzutrauen wär's dir …«

Sie lachten beide.

»Aber der Hauptmann schien mir nicht viel auf die Worte meines hochwürdigen Herrn zu geben«, sagte Klara mit einem breiten Grinsen im kleinen Gesicht. »Eigentlich wollte Menke von ihm nur wissen, wo er die bewusste Nacht verbracht hat. Darüber hat sich Kruse natürlich aufgeregt. Was der Hauptmann wohl meinte, wo er die Nächte verbringe?«

»Unser Pastörken hätte ich sowieso nicht für den Mörder gehalten«, erwiderte Hermanna. »Dazu braucht's mehr Mumm.«

»Och«, machte Klara. »Lubbert war doch nur so 'n Hänfling und bestimmt besoffen. Den hätte sogar Kruse geschafft.«

»Jeder hätte es gewesen sein können.« Hermanna seufzte. »Obwohl das Tor wie immer verschlossen war, ist der Hof für jeden, der sich auskennt, leicht zugänglich. Alle wussten, dass Lubbert nachts im Badehaus weitergefeiert hat, und in den Büschen kann man sich gut verstecken und auf eine Gelegenheit warten. Wenn ich nur wüsste, wen ich verdächtigen soll?«

»Müssen wir uns überhaupt noch Gedanken darüber machen? Ich meine – die Soldaten sind weg. Das heißt doch wohl, dass sie hier keinen Schuldigen gefunden haben.«

»Kann sein. Ich weiß nicht so recht, was ich von diesem Abzug halten soll. Ob die Suche nach dem Täter damit abgeblasen ist? Oder ob sie wirklich die Räuber verdächtigen?«

»Die Räuber waren's immer.« Klara streckte sich behaglich im Sonnenschein und legte das Schultertuch ab. Ihre Schwatzrunden in der idyllischen Laube hatte Klara wohl genauso vermisst wie sie selbst.

Hermanna nickte. So ganz konnte sie die Gemütlichkeit immer noch nicht genießen. »Ich kann daran nicht glauben. Eher fürchte ich, der Täter ist in unserem Dorf zu finden. Es kommt mir völlig unwahrscheinlich vor, dass da zufällig ein Räuber vorbeigekommen sein soll, wo doch so gut wie jeder hier die besten Gründe hatte, Lubbert Übles zu wollen.«

»Und solange das nicht geklärt ist, findest du keine Ruhe, was?«, fragte Klara. Sie kannte die Menschen gut. Genau das war es, was Hermanna bedrückte.

Klara schaute sie an. »Wenn's dir hilft, darf ich dich vielleicht daran erinnern, dass zum Haus Albrock auch Güter in anderen Dörfern gehören. Lubbert war viel unterwegs, weißt du ja. Es muss also nicht unbedingt jemand von hier gewesen sein. Zum Beispiel in Borchusen: Der Nöllekenmeier hat doch schon öfter mit dem Morgenstern hier vorm Tor gestanden. Das erste Mal, als Lubbert seine Tochter geschwängert hat, und dann wieder, als sie an dem Kind gestorben ist und er beide begraben musste.«

Daran erinnerte sich Hermanna gut. Lubbert war nie da gewesen, und sie hatte den aufgebrachten Bauern beruhigen müssen.

Doch trotz der bitteren Erinnerung musste sie lachen. »Die Borchusener waren's auch immer!«

Klara lachte mit. »Dennoch – was ist, wenn er jetzt, wo Lubbert einmal mehrere Tage lang zu greifen war, endlich zugeschlagen hat?«

»Der Hauptmann wird auch ihn und seine Leute befragt haben«, wandte Hermanna ein. »Er hatte eine Liste aller Albrock'schen Höfe.«

»Meinst du, da hat auch nur einer die Wahrheit gesagt?«

»Wohl nicht. Aber wie sollen wir das jetzt herausbekommen? Keiner wird zugeben, dass er es war, nur damit ich wieder ruhig schlafen kann.«

»Mit dem Nöllekenmeier können wir ja schon mal anfangen«, sagte Klara. »Ich bin sowieso auf dem Weg nach Borchusen. Mal seh'n, was es da so zu erfahren gibt.«

Hermanna schabte mit dem Fingernagel in einer der Kerben herum, welche die Landsknechte in ihrem Tisch hinterlassen hatten. »Wenn er Lubbert getötet hat, wird er es kaum herumerzählt haben. Das tut niemand.« Bevor das Lächeln ganz aus Klaras Gesicht verschwand, fügte sie schnell hinzu: »Aber trotzdem – wir müssen irgendwo anfangen, da hast du recht. Wär ja schon gut, wenn du herausbekämest, ob sich sein Zorn inzwischen gelegt hat. Oder ob der Nöllekenmeier nach Lubberts Tod irgendwie anders war als sonst. Dann können wir immer noch weitersehen.«

Das Strahlen kehrte in Klaras Gesicht zurück. »Jedenfalls komme ich am Nachmittag noch mal vorbei.« Sie erhob sich und legte ihr Schultertuch um, das im gleichen Muster bestickt war wie ihre Haube. »Dann holen wir Maria dazu und überlegen zusammen.«

»Ich hoffe nur, Hagemeier war es nicht selbst.« Gleich hielt sie sich mit den Händen den Mund zu. Wie kam sie dazu, ihre Freunde zu verdächtigen?

Klara drehte sich noch einmal um. »Genauso gut könntest du es gewesen sein«, sagte sie, ohne zu lächeln. Das hatte Hermanna nun davon. Klara nahm Rosamunde, die Martin inzwischen in den Hof geführt hatte, am Zügel, saß auf und ritt zum Hoftor hinaus. Hermanna lauschte dem Hufgetrappel des Zelters nach. Wenn jemand die Albrocker verdächtigte, unter denen sie aufgewachsen war, dann reagierte Klara genauso empfindlich wie Hermanna selbst.

***

Mit einem Schrei erwachte Anna und fuhr auf.

Neben ihr lag Tante Philippa und murmelte: »Was ist denn, Kind?«

Anna hatte ganz vergessen, dass sie nachts zu ihr gekrochen war. Ihr Hemd war nass geschwitzt.

Wieder hatte sie den Schatten gesehen. Diesmal hatte er sogar den Arm erhoben. Es war aber nicht Lubbert gewesen, den er schlagen wollte, sondern sie selbst. Sie hatte der schwarzen Gestalt direkt ins Gesicht gesehen, das so weiß war wie die Beine. Aber erkannt hatte sie es nicht ... Ein Schauder lief durch Annas Körper, der nicht von der Kälte kam.

Die Fensterläden waren geschlossen, aber draußen war es hell. Sie lauschte. Kein Geräusch. Die Soldaten waren weg, fiel ihr ein. Gestern Abend hatten sie ihre Sachen gepackt. Anna hatte in ihrem Zimmer noch lange die Trommeln gehört, die beim Marsch durch die Felder den Tritt vorgaben. Sie waren immer leiser geworden, und Anna war beruhigt eingeschlafen.

Sie schlich zum Fenster, öffnete es und stieß die Läden auf. Im Hof stand Klara, die gerade Annas Lieblingspferd bestieg. Also war heute Borchusen-Sonntag, und Anna brauchte nicht zur Messe zu gehen. Tante Philippa fühlte sich zu alt für den langen Weg. Aber sie betete zu Hause, und nur mit Glück konnte Anna der langweiligen Andacht entgehen.

Als Hermanna am Abendbrottisch die Neuigkeit vom Abzug der Landsknechte verkündet hatte, war ihr Gesicht geradezu fröhlich gewesen. Das hatte es lange nicht gegeben. Mit strenger Miene hatte sie Anna jeden Tag wieder verboten, in den Hof zu gehen. Nicht einmal aus dem Fenster hatte sie gucken dürfen. Das war jetzt endlich vorbei. Sie warf noch einen langen Blick nach unten, wo Klara gerade aus dem Hof ritt. Hermanna saß in der Laube. Anna winkte, aber Hermanna schaute nicht hoch.

Tante Philippa stand im Nachthemd hinter ihr. Die dünnen grauen Zöpfe waren aus der Haube gekrochen und hingen herab. Sie waren ganz zauselig, die musste Philippa neu flechten.

Energisch schloss die Tante das Fenster. »Es gehört sich nicht, wenn kleine Mädchen so neugierig sind.« Ihr Gesicht war schon wieder ärgerlich. »Außerdem ist es viel zu kalt.«

Dabei schien doch die Sonne.

Sie nötigte Anna, sich noch einmal zu Bett zu legen, um sich wieder aufzuwärmen. Ihr schien es, als ob sich die Tante allzu gern dazulegte. Sie schlief gern lange am Morgen, während Anna am liebsten sofort hinausgelaufen wäre.

Dennoch schmiegte sie sich an den warmen Körper neben ihr und ließ sich gern in den Arm nehmen. Heute war es nicht mehr nötig, aber in den letzten Tagen hatte sie das oft gebraucht. Nicht einmal Annelie hatte ihre Angst vertreiben können.

Sie waren alle verdächtig gewesen. Waren sie es jetzt nicht mehr?

Martin hatte ihr die Bedeutung des Worts »verdächtig« erklärt. Mit ernstem Gesicht hatte er erzählt, was es für alle und besonders für Hermanna nach sich ziehen konnte, wenn die Soldaten etwas herausfänden. Dass sie alle im Gefängnis eingesperrt werden könnten … Anna zog ihre Schultern eng zusammen, um das Zittern zu unterdrücken.

Doch die Tante hatte etwas gemerkt. »Was hast du denn nur?«, fragte sie. »Eben schon – du bist voller Schreck aufgewacht. Hast du schlecht geträumt?«

Der Schatten. Erneut überlief es Anna kalt. Bisher hatte sie niemandem erzählt, was sie nachts im Hof beobachtet hatte. Wenn alle verdächtig waren, dann war es der Schatten bestimmt auch. Sie hatte lieber den Mund gehalten.

Die Soldaten durften nichts erfahren. Das hatte Martin gesagt. Aber die waren fort. Tante Philippa konnte sie es ruhig erzählen – obwohl …

»Schimpfst du auch nicht?«.

Philippa lachte. Das kitzelte Anna an ihrem Ohr. »Was hast du wieder angestellt?«

»Gar nichts«, erwiderte sie mit lauter Stimme, die jedes Wort betonte. Was die Tante immer dachte. »Aber etwas geträumt …« Das hatte sie nur ganz leise herausgebracht.

»Für Träume wird man doch nicht gescholten«, sagte die Tante und drückte Anna an sich.

»Oder vielleicht auch was gesehen …«

»Im Traum?«

»Nein, in echt. In der Nacht …«

Die Tante erstarrte. »In welcher?«

»Als Lubbert gestorben ist«, murmelte Anna kleinlaut ins Kissen.

»Da warst du auf?«

»Ich konnte nicht schlafen. Es war so ein Lärm …«

»Warst du im Hof?«

»Nur an der Tür«, log sie. »Da war eine dunkle Gestalt … und Lubbert …« Schnell drückte sie sich wieder an die Tante.

Doch die setzte sich auf, drehte Anna herum und sah ihr ins Gesicht. »Hast du erkannt, wer die Gestalt war?«

»Ich glaube nicht. Und wenn ich daran denke, bekomme ich immer Angst.«

Philippa legte den Arm um sie. »Dann denk am besten gar nicht darüber nach«, sagte sie. »Und erzähl niemandem davon. Die Soldaten sind weg, und die Gestalt kann uns egal sein. Vergiss die ganze Geschichte, dann schläfst du bestimmt auch wieder gut.«

Anna nickte zögerlich. Die Tante stieg aus dem Bett und warf ihren Umhang über das Nachthemd. Es schaute darunter hervor.

»Komm, Anna, wir wollen beten.« Nicht das schon wieder. »Der liebe Gott wird dir helfen, den bösen Traum und die nächtlichen Geister abzuschütteln.«

Sie zog Anna im Nachthemd zum Betstuhl. *Dazu* war es plötzlich nicht zu kalt.

***

Burkhard von Langenfeld war gerade mit der Morgentoilette fertig, als Isidor von Vahlensieck in sein Zimmer trat.

»Warum weckst du mich in aller Herrgottsfrühe?« Seine Schnurrbartenden hingen herab und gaben seinem Gesicht einen leidvollen Ausdruck. »Ich hab vielleicht einen Kopf …« Wohl deshalb war er nur halb angezogen. Das schwarze Wams hatte er über die Schultern gelegt, das weiße Hemd hing über der Hose.

Erst im Morgengrauen waren sie – Isidor und er – von ihrem Ausflug in die Stadt zurückgekehrt. Am Abend vorher war der Hauptmann sofort bereit gewesen, sie zu beurlauben, und sie hatten sich, ohne lange zu fragen, von Barthel die Albrock'sche Kutsche anschirren lassen. Was ein Glück war: Ohne Weiteres hatten die Pferde den Weg zurück gefunden, während sie hinten im Wagen schnarchten.

»Den hab ich auch«, entgegnete Burkhard. »Hast du in deinem Rausch überhaupt mitbekommen, dass der Hauptmann und die Soldaten aus dem Dorf verschwunden sind?«

Isidor ging zum Fenster und vergewisserte sich. »Hab mich schon gewundert – Grabesstille da draußen. Keine Spur von Landsknechten und Marketenderinnen. Was ist passiert?«

Burkhard zuckte mit den Achseln. Er war von der Stille geweckt worden. Im weinseligen Dämmerschlaf hatte er plötzlich bemerkt, dass nicht die Geräusche der Landsknechte in seinem Schädel wüteten. Das Dröhnen war nur in seinem Kopf.

Dunkel erinnerte er sich, dass Barthel bei ihrer Heimkehr etwas von den Soldaten erzählt hatte. Er hatte außerdem etwas von Räubern gemurmelt. Hieß das, der Hauptmann suchte dort seinen Mörder? Vielleicht hatte er sogar während ihrer Abwesenheit den Fall abgeschlossen, die Hausherrin festgenommen und sich danach anderen Aufgaben zugewandt. Das allerdings würde ihnen einen dicken Strich durch die Rechnung machen. Doch bestimmt hätte Barthel darüber Bericht erstattet. Oder hatte er das etwa?

»Sie sind also weg.« Vahlensiecks gequältes Gesicht entspannte sich etwas. »Und es sieht nicht so aus, als ob sie bald zurückkämen. Der Weg ist frei. Die beste Gelegenheit, unseren Plan auszuführen. Bevor noch etwas anderes dazwischenkommt oder der Hauptmann es sich doch anders überlegt. Der frühe Vogel fängt den Wurm, du weißt ja.«

»Wollte nie ein früher Vogel sein.« Allzu viel hielt Burkhard nicht von dem Plan, den sich Isidor ausgedacht hatte.

Isidor stand vor dem Spiegel und ordnete seine Locken. »Du spielst den Vogel. Das war so abgemacht. Ich spiele den Jäger und treibe dir den Wurm vor den Schnabel.«

Sich Hermanna als Wurm vorzustellen, war zu köstlich. Doch obwohl er in Isidors Lachen einstimmte, hatte Burkhard Zweifel, dass sich der fette Bissen einfach so verschlucken lassen würde.

***

Klara ließ die letzten Albrocker Häuser hinter sich und schlug den holprigen Weg ins Nachbardorf ein. Das schöne Wetter hatte die Bewohner vor die Häuser gelockt, was zu manchem Schwätzchen geführt hatte. Jetzt war sie spät dran, und vor ihr lag noch der ganze lange Weg nach Borchusen.

Wenn schon die Albrocker nichts sagten, würden die Borchusener noch weniger mit der Wahrheit herausrücken, wenn sie sich offen nach Nöllekenmeiers Zwist mit Lubbert erkundigte. Damit hatte Hermanna recht. Die Borchusener hielten ebenfalls zusammen, und wenn sie argwöhnten, dass die ungeliebten Nachbarn ihnen etwas am Zeug flicken wollten, würden sie gar nichts sagen.

Das musst du geschickter anfangen, Klara. Nicht gleich mit der Tür ins Haus fallen, sondern eine günstige Gelegenheit abwarten. Alles hing davon ab, welche Frauen heute in der Küche helfen mussten. Hoffentlich war eine Nachbarin des Nöllekenhofs dabei.

Kaum war sie aus dem Dorf heraus, wurde der Boden sandig. Das mochte Rosamunde gar nicht. Der Stute war der festgestampfte Lehm auf den Albrocker Wegen lieber. Klara war froh, dass sie auf ihrem Rücken saß und nicht mit Sand in den Schuhen zu kämpfen hatte.

Rechts des Wegs war nur ein schmaler Streifen Heide zu sehen, an den sich bis zur Albke und weit darüber hinaus dichter Eichenwald anschloss. Auf der linken Seite war der mit krüppeligem Gebüsch bewachsene Sandstreifen breiter. Hier stand die Ziegelei des Hauses Albrock, die alle benutzen durften. Bis hinauf zur Katharinenlinde zogen sich ein paar sandige, noch unbestellte Äcker, die zu den Höfen des Abdinghofklosters gehörten. In einiger Entfernung erhob sich dunstverhangen die schwarze Wand des Glockenpohls, wo im sumpfigen Gebiet der Gunne wieder Eichen wuchsen.

Im Glockenpohl mit seinem tiefen Sumpfloch in der Mitte lag ein weiterer Zankapfel zwischen Albrock und Borchusen begraben. Angeblich. Denn wie die Aussagen der Albrocker dem Hauptmann gegenüber entbehrte auch die Sage von der verschwundenen Glocke jeden Wahrheitsgehalts, was sie genau wussten.

Die Vorfahren der heutigen Albrocker hatten die Glocke verkauft, in Kriegszeiten, als Kanonen gegossen wurden und Metall viel Geld brachte. Zu der Zeit hatte in Albrock ein protestantischer Pastor gewirkt, der nicht lesen und schreiben konnte und die Messe in deutscher Sprache abhielt. Das hatte den Bauern gefallen, obwohl sie später tatenlos zusahen, wie die bischöflichen Behörden den Pastor – nachdem man ihm keine Ketzerei nachweisen konnte – als Zauberer anklagten und ihm den Kopf abschlugen. Auch die Geschichte wurde noch oft erzählt.

Verkauft hatte man die Glocke – auf Vermittlung des Pastors – an die feindlichen Hessen, was der Bischof natürlich nicht wissen durfte. Aber auch die Borchusener nicht, denn die hatten zwar vom Verkaufserlös nichts erhalten, sollten aber zum Kauf des neuen Geläuts ihr übliches Drittel beitragen. Also hatte man ihnen die Geschichte vom Teufel aufgetischt, der – weil man versäumt hatte, sie zu taufen – die Glocke geholt und im Sumpf versenkt habe. Wenn man genau hinhöre, könne man sie jedes Jahr zu Satans Namenstag läuten hören.

Die Borchusener hatten natürlich kein Wort geglaubt und ihren Beitrag zum Glockenkauf verweigert. Zumal sie ohnehin kaum etwas vom Geläut hatten, das vom bewaldeten Hang zwischen den Dörfern verschluckt wurde. Sie hatten sich die Geschichte allerdings gut gemerkt. Noch heute zog die Borchusener Jugend gern ins Nachbardorf, um den Albrockern »eins auf die Glocke« zu geben.

Vielleicht hatten sich ja der Nöllekenmeier und seine Freunde gegen Lubbert zusammengetan. Auch der war ein Albrocker, und wie Nöllekens Tochter war es so mancher Frau ergangen. Lubbert hatte bestimmt nicht lange gefragt, ob eine schöne Frau, die er zufällig auf dem Weg traf, zur Herrschaft Albrock gehörte.

Der Nöllekenhof gehörte jedenfalls noch dazu. Aber jeder wusste, dass die Herren des Domkapitels, das alle anderen Borchusener Höfe besaß, den Nöllekenmeier schon lange bearbeiteten, er solle sich ihnen eigenbehörig erklären. Auf die Art hatten sie Hermanna schon einige Höfe abgejagt.

Der Weg vor ihr schien endlos. Rosamunde stapfte wacker durch die sandigen Fahrspuren. Ihr sanft schaukelnder Passgang drohte Klara einzulullen. Sie richtete sich auf und blickte um sich. Auf diesem Weg hieß es wachsam sein. Zu ihrer Linken waren die Felder von niedrigem Gesträuch abgelöst worden, aus dem sich silbrige Birken erhoben. Der Wald zu ihrer Rechten schien undurchdringlich zu sein. Von Borchusen war noch nichts zu sehen.

Sie selbst hatte noch keinen Räuber getroffen, aber sie wusste, dass welche in den Wäldern lebten. Wahrscheinlich beobachteten sie Klara vom Waldrand aus. Zum Glück sah der offene Korb, den sie vor sich festhielt, nicht aus, als ob darin etwas wäre, das sich zu stehlen lohnte. Wer so etwas zu befördern hatte und sich in der Gegend auskannte, der mied diesen Weg. Aber ihr und allen Leuten, die sie kannte, war noch nie etwas passiert, nicht einmal dem Pastor, obwohl er goldglänzende Kostbarkeiten bei sich trug. Die waren den Räubern wohl doch zu heilig.

Auf dem Rückweg allerdings, wenn Kruse die Borchusener Abgaben und Kirchengebühren eingesammelt hatte, ließ er sich von zwei Musketieren des Schulten begleiten. »Das sind Gottes Reichtümer«, pflegte er zu sagen. »Sie brauchen besonderen Schutz.«

Zu Hause klagte er dann darüber, wie schwer es wieder gehalten habe, den Borchusenern das ihm Zustehende aus der Tasche zu ziehen, und dass er die verdienten Früchte seiner Arbeit nicht sofort wieder an die Räuber verlieren wolle.

Arbeit?, fragte sich Klara jedes Mal. Die Messe musste Kruse ja ohnehin abhalten, und danach setzte er sich zum Essen, das sie herzurichten hatte. Klara hatte jahrelang gebraucht, die Speisen genauso zuzubereiten, wie der hohe Herr sie liebte. Seinen verwöhnten Gaumen vertraute er seitdem keiner anderen Köchin an.

Besonders viel Arbeit hatte sie an den Borchusen-Sonntagen. In Albrock lud Kruse nur selten Besuch an seinen Tisch. Gastfreundlicher war er, wenn der Schulte die Bewirtung übernahm. Auch heute wurden – zu Ehren des heiligen Petrus Martyr, war Kruses Begründung gewesen – mehrere Herren des Domkapitels erwartet, die ihrerseits Gäste mitbrachten, mit denen im abgeschiedenen Borchusen die Politik des Hochstifts erörtert werden sollte. Dass Kruse daran teilnehmen durfte, machte ihn nicht wenig stolz. Klara, die nach dem Kochen aufzutragen hatte, spitzte dann wissbegierig die Ohren.

Der Schulte fühlte sich durch die hochrangigen Besucher ebenfalls geehrt und bewirtete sie deshalb gern. Wenn sie nach dem Essen noch in der Küche beisammensaßen, erzählte er gern, wie seinerzeit in seinem Haus die Wahl Bischof Dietrichs vorbereitet worden sei. Damals sei der noch Probst des Domkapitels gewesen. Dietrich habe sich durchaus unwillig gegeben, das Amt zu übernehmen, und Kaspar, sein Bruder, habe seine liebe Not gehabt, ihn dazu zu überreden. Schorlemer – wer genau das war, wusste der Schulte nicht – sei auch dabei gewesen. Alles unter höchster Geheimhaltung – nur sein Vater selbst habe auftragen und Wein bringen dürfen. Reichlich Wein, und vom besten, setzte der Sohn in der Regel augenzwinkernd hinzu. Damit habe der Schultenhof dazu beigetragen, dass Dietrich, bevor er vom Stuhl fiel, sich endlich in den Willen Gottes ergeben habe.

Klara wusste nicht, ob die Geschichte stimmte, aber dass Kaspar von Fürstenberg als trinkfest bekannt war, während sein Bruder nichts vertrug, wurde oft erzählt …

Plötzlich scheute Rosamunde, sodass Klara fast vom Rücken des Zelters gefallen wäre. Erschrocken saß sie ab. Hatte ein Fuchs das Pferd erschreckt? Sie selbst hatte nichts gehört oder gesehen.

Sie streichelte Rosamundes Nüstern und schaute sich um.

Rechts von ihr zeigte tief im Wald ein Bestand höherer Eichen an, wo die Albkequelle zu finden war. Am Waldrand war alles ruhig.

Doch als sie gerade wieder aufsitzen wollte, sah sie unter den Bäumen eine Bewegung. Die Zweige eines Holunderbuschs, der zwischen zwei Eichenstämmen hindurch zu sehen war, schwankten deutlich. Das kam nicht vom Wind, denn der wehte nur schwach. Die Blätter an den Bäumen waren ruhig. Bestimmt stand ein Räuber hinter dem Busch. Er zeigte sich nicht – *noch* nicht womöglich.

Die Zügel in der einen, die andere Hand auf dem Pferderücken, blieb Klara wie erstarrt stehen.

***

»Da seid Ihr ja. Habt Ihr endlich aus dem Bett gefunden?«

Frechheit. Lässig schlenderte Vahlensieck von der Laube her auf sie zu. Seinen Schlapphut behielt er auf dem Kopf, die lange Feder wippte unternehmungslustig. Langenfeld blieb sitzen.

Hermanna wollte nach dem Frühstück ins Badehaus eilen, das ebenfalls gesäubert werden musste. Nur kurz zögerte sie bei Vahlensiecks Worten und wollte schnell weitergehen. Doch schon hatte er sie erreicht. Er baute sich vor ihr auf und schaute ihr direkt ins Gesicht. Seine Augen standen etwas vor, das Braun um die Pupille herum war mit gelben Flecken gesprenkelt. Doch das wollte Hermanna gar nicht sehen. Sie musste sich ohnehin auf Vahlensiecks Beine konzentrieren, die lang und dünn in bunt geschlitzten Kniehosen steckten. Mit kleinen Schritten nach links oder rechts verhinderte er grinsend jeden Versuch, an ihm vorbeizukommen.

»Ihr wollt ins Badehaus, edle Jungfer? Wenn ihr nicht stehen bleibt, kommen wir mit. Zu gern würden wir Euch putzen helfen«, sagte er mit einem angedeuteten Kratzfuß und wies mit übertrieben eleganter Gebärde auf Bürste und Lappen, die sie in einem Eimer bei sich trug. Seine fischigen Augen schielten von oben herab in ihren Ausschnitt. Sie hätte auf Philippa hören und ihr Schultertuch mitnehmen sollen.

Hermanna gab ihre Fluchtversuche auf und blieb stehen. Mit

diesen Menschen wollte sie nie wieder allein in einem Raum sein. Nicht einmal im gleichen Hof. Am besten ergriff sie die Gelegenheit, den ungebetenen Gästen die Abreise nahezulegen.

»Ich wollte sowieso mit Euch sprechen«, sagte sie.

»Oho«, machte Vahlensieck und lachte. »Jetzt bin ich aber gespannt.«

Sie straffte ihren Rücken. »Ihr wart gestern nicht zugegen, als der Hauptmann und seine Soldaten Albrock geräumt haben. Aber Ihr werdet inzwischen wahrgenommen haben, dass sie nicht mehr da sind. Der Arrest ist aufgehoben, und jeder, der will, kann Albrock wieder verlassen. Ihr und Euer Freund …«

Mit der freien Hand wies sie zur Laube, wo Langenfeld, ohne etwas hören zu können, mit vorgebeugtem Kopf und der Hand am Spitzbart ihr Gespräch verfolgte.

Hermanna schaute wieder auf Vahlensieck, vermied aber seine Augen. An einer Seite seines Huts war die Krempe hochgeschlagen, dahinter steckte die blaurote Feder. »Ihr habt gewiss Verpflichtungen in Eurer Heimatstadt. Ich werde Euch nicht daran hindern, diesen nachzukommen.«

Jetzt schwankte die Feder. Hermanna ließ sie nicht aus dem Blick. »Ich erwarte also, dass Ihr gleich nach der Beerdigung morgen eure Sachen packt und abreist.«

Wieder das »Oho«. Vahlensieck fiel wohl nichts anderes ein. Auch von Lubbert hatte sie den Ausdruck oft genug gehört. Das war wohl eine Gewohnheit unter Soldaten, von denen niemand verlangte, dass sie disputieren konnten.

Jetzt interessierte es sie doch, was für ein Gesicht Vahlensieck machte. Seine Augen waren noch größer geworden, seine wulstigen Lippen formten immer noch das O. Wie Anna, wenn sie ihr Hausarrest erteilte. Er konnte doch wohl nicht erwartet haben, dass sie ihn und seinen Freund, außerdem Barthel und die beiden Wolfenbütteler Landsknechte, nach Lubberts Tod weiter durchfüttern würde.

»Sie will uns hinauswerfen«, rief er Langenfeld zu, der nur den Kopf schüttelte. Bei ihm wippte keine Feder; er hatte den Hut neben sich auf die Bank gelegt.

Vahlensieck schaute sie mit schmalen Augen an, die plötzlich aussahen, als habe eine Katze den Fisch gefressen. Deutlich trat das Gelb in den braunen Pupillen hervor. »Das könnte Euch so passen, Jungfer«, sagte er mit harter Stimme, aus der jeder tändelnde Ton verschwunden war. »Eins lasst Euch gesagt sein: Abreisen werden wir nicht. Schon gar nicht, nachdem der Hauptmann es offensichtlich aufgegeben hat, den Mörder unseres hoch geschätzten Freundes zu finden. Gewiss hat er sich nicht getraut, ein so hochedles Fräulein, wie Ihr es seid, ins Verließ zu bringen. Oder haben die mächtigen Freunde, die Ihr ja wohl habt, da eingegriffen?« Seine roten Lippen kräuselten sich verächtlich.

Hermanna hängte sich den Putzeimer über den Arm und stemmte die Fäuste in die Seiten. Jetzt sah sie aus wie eine Bäuerin, das wusste sie. Hoffentlich wie die kräftige Maria Hagemeier, die – wenn der Zorn sie erfasste – wahrlich furchterregend wirkte. Sie ließ ihre Augen ebenso blitzen wie die Marias.

»Verschont mich mit Euren haltlosen Verdächtigungen«, rief sie, »und verlasst meinen Herrschaftsbereich. Um Eure Abreise zu beschleunigen, brauche ich keine mächtigen Freunde. Da reicht ein Glockenschlag, und schon sind die Albrocker Bauern zur Stelle …«

Vahlensiecks Augen wurden noch gelber. »Da habt Ihr es. Eure Bauern sind jederzeit bereit, für Euch zum Knüppel zu greifen. So habt Ihr auch Lubberts Tod bewirkt, vermute ich. Oder sollte diese zarte Hand« – mit festem Griff fasste er ihre linke Faust, die ihm Hermanna sofort wieder entzog – »fähig sein, etwas zu töten, das größer ist als ein Karnickel?«

Wieder versuchte er, mit seinen gelben Augen ihren Blick zu bannen. Dann bemerkte Hermanna, dass er auf ihren Busen stierte. Unwillkürlich schaute sie zu Boden. Die Katze hatte den Fisch aus ihren Fängen gelassen; Vahlensiecks Augäpfel traten fast aus ihren Höhlen.

Hermanna wandte sich ab, doch er ergriff ihren Arm und hielt ihn fester als eben ihre Hand. Den anderen Arm legte er um ihre Schultern, ohne den Griff zu lockern. Jeden Versuch Hermannas, sich loszureißen, vereitelte er mit noch stärkerem Druck. Schmerzhaft bohrten sich seine Finger in ihre Armbeuge.

»Lasst mich sofort los.« Um ihren Worten Nachdruck zu verleihen, schlug Hermanna ihren Putzeimer gegen seine Beine. Mit dem Knie schleuderte er ihn fort. Alles, was sie bewirkt hatte, war, dass sein Hut heruntergefallen war. Er ließ ihn im Staub liegen.

»Das ist ein schönes Spiel, Jungfer, nicht wahr?«, flüsterte Vahlensieck nah an ihrem Ohr. »Lasst uns ins Badehaus gehen und es weiterspielen. Wir können Langenfeld dazu holen, dann wird es lustiger.« Zur Laube hinüber rief er: »Langenfeld, komm her, mach mit.«

Doch der schüttelte nur wieder den Kopf und rührte sich nicht vom Fleck.

Hermanna drehte ihren Körper, um der Umklammerung zu entgehen, aber Vahlensieck hielt sie fest. Ihre Gegenwehr schien ihn bloß noch anzustacheln.

»Ich weiß noch einen anderen Zeitvertreib«, sagte er grinsend. Obwohl sie ihre Beine in den Boden stemmte, schob er sie in Richtung des Hofbrunnens.

Verzweifelt sah sich Hermanna um. Niemand war zu sehen, außer Langenfeld in der Laube, der an seinem Hut herumstrich und nicht aufsah.

»Martin«, rief sie, vor Angst krächzend. Und noch einmal lauter: »Martin!«

»Der hilft Euch nicht, der ist beim Frühschoppen«, sagte Vahlensieck mit kalter Stimme. Sie trat gegen sein Bein, doch er lachte nur. Mit ihren Holzschuhen hätte sie mehr erreicht, aber weil der Hof nach dem tagelangen Sonnenschein trocken war, trug sie nur weiche Ledersandalen.

Jetzt waren sie am Brunnen angekommen. Mit einer Hand verschob Vahlensieck die Bretter, mit der anderen hielt er ihren Arm so fest umklammert, dass es schmerzte.

Sie wand sich, stieß mit ihrem Ellenbogen in seine Seite, boxte ihn mit der freien Hand und versuchte sogar, mit dem Knie sein Geschlecht zu treffen. Das war ein Fehler. Ohne Mühe wich er ihr aus, nutzte ihre veränderte Stellung jedoch, um sie an sich zu drücken und von hinten an ihren Po zu greifen. Hart presste er sie gegen die Brunnensteine. Aus seinem offenen Mund roch es nach vergorenem Wein.

Hermanna wehrte sich mit aller Kraft, hatte aber Angst, das Gleichgewicht zu verlieren. Der Brunnen war allzu nahe …

Vahlensieck lockerte seinen Griff und lachte wieder. »Keine

Angst, Jungfer, das Spiel geht weiter. Obwohl man mit einer Mörderin vielleicht gar nicht so zärtlich umgehen sollte …«

Wie eine Puppe drehte er sie herum. Jetzt stießen ihre Knie gegen die Steine.

»Martin«, rief sie wieder. »Leonore! Zu Hilfe …«

»Ihr könnt noch eine ganze Heiligenlitanei herbeten«, sagte Vahlensieck. »Es wird niemand kommen. Eure Türen und Fenster halten dicht, das solltet Ihr wissen.«

Noch einmal schrie sie um Hilfe. Das musste man doch im Haus hören. Bevor sie weiterschreien konnte, hielt Vahlensieck ihr den Mund zu.

Mit der anderen Hand in ihrem Rücken zwang er sie, sich in den Brunnen hinabzubeugen, und zischte in ihr Ohr: »Wir werden Euch kriegen, edles Fräulein, da helfen Euch Eure Bauern gar nichts. Und wenn man Euch nicht als Mörderin verurteilt, dann als Hexe.«

***

Georg bestand darauf, für den größten Teil der Strecke den Fahrweg zu nehmen. »Niemand reitet allein durch den Wald«, sagte er.

»Wir sind doch zu zweit«, rief Diether.

»Die Räuber sind mehr. Ich riskiere nichts, ich hab Frau und Kind.«

Diether lachte, Georg auch, aber umstimmen lassen wollte er sich nicht. Jetzt waren sie auf dem Hellweg unterwegs, zusammen mit den Kutschen aller protestantischen Familien Paderborns, die in Lippstadt den Gottesdienst besuchen wollten. Natürlich glaubten alle, Diether und Georg hätten das gleiche Ziel, weshalb die Grüße besonders freundlich und die Gespräche besonders lang ausfielen.

»Das haben wir nun davon«, sagte Diether. Georg hatte gerade wieder eine lange Erörterung des Wetters und der weiteren Aussichten hinter sich gebracht. »Wir kommen kaum vorwärts, so voll ist es hier.«

»Das beruhigt mich sehr.« Georg klopfte seinem Pferd den Hals. »Wir kriegen übrigens einen feuchten Sommer, hab ich grad von Berning erfahren.«

Diether grinste. »Das ist doch mal was. Woher will er das wissen?«

»Alte Bauernregel, sagt er. Wenn's regnet um St. Wilhelmstag, ein dürrer Sommer folgen mag. Heute ist Wilhelm, und es regnet nicht. Also …«

»Womit zwar nicht erwiesen ist, dass der Sommer verregnet sein wird, aber doch, dass die Protestanten anpassungsfähig sind. In Paderborn kennen sie sogar die Heiligen.«

»Nur weil er selbst Wilhelm heißt.«

»Ach so. Wahrscheinlich stimmt es auch gar nicht. Henrich hat nichts von Wilhelm gesagt.«

Während Georg in die nächste Unterhaltung verstrickt wurde, ritt Diether langsam voraus. Über die große Zahl der in sonntägliches Schwarz gekleideten Familien wunderte er sich nicht. Längst schlossen die Protestanten ihre Ehen in Lippstadt und lebten unbehelligt in Paderborn. In den letzten Jahren hatte der Bischof keinen Abtrünnigen mehr ausweisen lassen, und niemand rechnete mehr damit. Dietrich von Fürstenberg habe andere Sorgen, sagte man, allen voran seine Gesundheit. Die Politik überließ er ohnehin seinem Bruder Kaspar, der sich mit den rauflustigen protestantischen Nachbarländern und dem aufmüpfigen Landadel herumzuschlagen hatte, während der Bischof im Emser Bad weilte.

Die Protestanten waren froh, dass niemand mehr verbannt wurde, hielten still und widersprachen auch nicht, als der Bischof verbot, die »Ketzer« auf den katholischen Friedhöfen zu begraben. Inzwischen hatte die Stadt für sie am Ostwall einen eigenen Friedhof eingerichtet. An der wachsenden Zahl der Gräber war abzulesen, dass sich des Bischofs Problem auf natürliche Weise lösen würde.

Denn nicht nur bei älteren Frauen wie seiner Mutter, sondern besonders bei den jungen Leuten hatten die Jesuiten durchaus Erfolge aufzuweisen. Allesamt strebten sie danach, in die Mariensodalität aufgenommen zu werden, weil dort sich die Reichen und Mächtigen der Stadt trafen. Diether hatte sich dem jesuitischen Verein bisher verweigert, erfuhr aber von seinem Schwager Sieghart manches über die dort besprochenen Geschäfte.

Es war allerdings nicht so, dass nur die Protestanten unter der geistlichen Knute die Häupter ducken mussten. Strenge Regeln wie das allabendliche Ausgehverbot waren auch den Katholiken auferlegt. Doch daran hatten sich alle gewöhnt und umgingen es, so gut sie konnten. Ärgerlicher war, dass Dietrich von Fürstenberg seit Jahren ablehnte, der Bürgerschaft ihre Rechte zurückzugeben, darunter als eins der einträglichsten das Recht am Weinverkauf, das derzeit zwischen Bischof und Stadt heftig umstritten war.

Mit dem Geld aus der Weinakzise könnten sie das neue Rathaus bezahlen.

Er wechselte ein paar Worte mit dem Goldhändler Marquard über die Verzierungen am Rathaus. Bürgermeister Jobst Gogreve hatte verhindert, dass Marquard das Edelmetall liefern durfte, weshalb er Georg mit finsteren Blicken bedachte. Diether hatte zu seinen Gunsten gesprochen, weil er der Ansicht war, dass – protestantisch hin oder her – dem einheimischen Geschäftsmann der Vorzug vor dem ortsfremden gegeben werden solle. Doch plötzlich war das auswärtige Angebot sehr viel niedriger geworden, und Marquard war aus dem Rennen gewesen.

Weit vor ihnen tauchte der Salzkottener Kirchturm auf, dem man wie in Albrock den früheren Wehrturm deutlich ansah. Erst kurz vor der Stadt ging der Weg nach Albrock ab. Es war ein riesiger Umweg gewesen, den sie gut an Borchusen vorbei hätten abkürzen können. Doch endlich konnten sie die Pferde laufen lassen, was Feuerbein mit dankbarem Wiehern würdigte. Hier war niemand unterwegs, den sie mit ihrem Galopp hätten aufschrecken können. Höchstens die Räuber.

Sie galoppierten, bis sie aus dem Wald heraus waren. Vor ihnen erstreckten sich die Albrocker Felder. Am oberen Rand stand einsam ein riesiger Baum. Georg wies mit dem Kopf darauf. »Die Hubertuslinde. Sie zeigt angeblich an, wie das Wetter wird. Aber frag mich nicht, wie. Das hab ich längst vergessen.«

»Du siehst es doch.« Diether lachte. »Sie steht in der Sonne, also ist das Wetter gut.«

Georg verzog das Gesicht und trabte quer durch die Felder auf ein Wäldchen zu. Eichen, was sonst. Am Rand zog sich ein ausgefahrener Weg hinab ins Dorf auf die Kirche zu, die Diether jetzt erst zwischen den Bäumen ausmachte.

»Wir müssen durch den Schling.« Georg wies auf eine Stelle

oberhalb des Kirchleins. Diether entdeckte erst jetzt die Landwehr, die sich im Süden des Dorfs erstreckte. Auf den anderen Seiten sah er kein solches Bollwerk. Wahrscheinlich fühlten sich die Bauern durch die dichten Wälder ausreichend geschützt.

»Der Wald zu unserer Linken ist die vielgerühmte Haselei.« Mit ausgestreckten Armen ummaß Georg das Waldgebiet, als ob es ihm gehörte. Den ganzen Hang hinab zogen sich mächtige Stämme, die so hoch gewachsen waren, wie Diether sie noch nie gesehen hatte. Zwischen ihnen liefen Schweine herum und ein paar Kinder. Der Schweinehirt hatte es sich am Waldrand gemütlich gemacht.

Diether staunte gebührend. Die Bäume waren natürlich Eichen, denn um die ging es schließlich im ewigen Streit zwischen Albrock und dem Bischof, den alle Juristen der Gegend eifrig verfolgten.

Angezettelt hatte den Zwist – Jahre vor Diethers Geburt – der so geheimnisvoll zu Tode gekommene Bischof Heinrich von Lauenburg, aber der Fürstenberger hatte ebenso auf der neuen und von den Bauern abgelehnten Holzordnung bestanden. Jedes Jahr wieder führten die Verstöße dagegen zu gerichtlichen Auseinandersetzungen. Unverdrossen holten sich die Albrocker weiterhin aus der Haselei, was sie brauchten, und machten nicht einmal vor den ehrwürdigen Eichen halt, die allen bisher erreichten Übereinkünften zufolge dem Bischof für seine Bauten zustanden. Doch verurteilt wurde kaum jemand, weil sich immer Zeugen für die anderweitige Herkunft der Stämme fanden, die der Vogt als gestohlen beklagte.

»Sie sind schlitzohrig, die Albrocker, was?« Diether erinnerte sich an Berichte Hagemeiers über den Widerstand der Dörfler. Aber eins hatten sie übersehen. Immer schickten sie das Domkapitel vor, wenn sie etwas vom Bischof wollten, wohl in der Annahme, dass die geistlichen Herrschaften zusammenhielten. Was ja auch der Fall war, wenn es gegen die Leute ging. Es hatte sich wohl nicht bis hier in die Wälder herumgesprochen, dass der Bischof mit den Domherren im Dauerzwist lag und wenig geneigt war, deren Fürsprache – für wen auch immer – sein Ohr zu leihen.

Diether war überzeugt, dass die Bauern mit einem findigen Rechtsbeistand viel mehr erreicht hätten. Immerhin war das Gewohnheitsrecht am Wald sauber nachgewiesen. Das hatte er Vorsteher Hagemeier bereits erklärt und konnte jetzt damit rechnen, demnächst regelmäßig in Albrock zu tun zu haben.

Grinsend schloss Georg zu ihm auf. »Das kann man wohl sagen, dass die Albrocker mit allen Wassern gewaschen sind. Du musst mal Kunigunde fragen. Die kann Wunderdinge erzählen über die Streitigkeiten mit den Borchusenern. Kennst du die Sage von der Glocke, die sie hier erzählen?«

Diether schüttelte den Kopf. Besonders interessiert war er nicht an den Dorflegenden, schon gar nicht, wenn sie sich um Kirchengerät rankten. Bestimmt war die Glocke geweiht und hatte irgendein Wunder bewirkt. Doch als Georg erzählte, wie die Albrocker sogar den Gottseibeiuns bemüht hatten, um den Bauern aus dem Nachbardorf das Geld aus der Tasche zu ziehen, musste er doch lachen.

»*So* läuft das hier auf dem Land«, sagte Georg.

»Die sind ja noch schlimmer als unsere hochwohllöblichen Stadtbürger«, erwiderte Diether und wunderte sich, warum Georgs Gesicht sich plötzlich in die Länge zog. Seinen Vater und die absonderliche Tante im Armenhaus hatte er doch gar nicht gemeint.

Er hielt Georg am Arm zurück. »Ich wollte dir nicht die Laune verderben, tut mir leid. Aber wo wir schon beim Thema sind« – augenzwinkernd sah er Georg an –, »kannst du mir gleich erzählen, was dein Vater gesagt hat.«

»Na, was wohl?« Georg sortierte mit einer Hand die Zöpfchen, die Gogreves Pferdeknecht in die Mähne seines Braunen geknüpft hatte. »Beschimpft hat er mich, weil ich dich Grünschnabel mit zu meiner Tante ins Wieckshaus genommen hab. Das hätte ich doch wissen müssen, dass du in alle Ecken guckst, meinte er. Und dass ich, statt ihm eine Hilfe zu sein, für zusätzliche Unannehmlichkeiten sorge. Jetzt muss *ich* zusehen, dass ich eine Unterkunft für die Frauen finde. Und meine Mutter hat mir den ehrenvollen Auftrag erteilt, mich unter meinen Freunden nach geeigneten Ehemännern für die Basen umzusehen. Wie wär's mit dir?« Bei den letzten Worten hob er den Kopf, der bis zu den Haaren rot angelaufen war. Den fuchsschwänzigen Dreispitz hatte er zu Hause gelassen, sonst hätte er ihn bestimmt in den Händen gedreht.

Diether lachte und verbarg seine Enttäuschung. Der Freund hatte seiner Familie wieder nicht die Stirn geboten.

Vor ihnen tauchten die ersten Häuser zwischen den Bäumen auf. Man sah die Wände nur teilweise: schneeweiße Vierecke, schwarz umrahmt. In den kleinen Fenstern glänzte die Sonne. Über dem rot leuchtenden Dach des Gutshofs wehte die blaugelbe Fahne.

Ein schöner Anblick. Aber es war nur die Fassade. Dahinter konnte viel Unrat verborgen liegen.

Diether schüttelte den Kopf. »Eins verstehe ich nicht. Mit jedem legen sich die Albrocker an, egal ob Bischof oder Nachbardorf. Auch im Dorf selbst geht es mitnichten so friedlich zu, wie man bei diesem Anblick meinen könnte.« Er wies auf die behäbigen Fachwerkhöfe im frischen Grün, die langsam näher rückten. »Es gibt alte Feindschaften, schnell auch Tätlichkeiten, wenn sich jemand beleidigt oder übervorteilt fühlt, und vorm Boker Gericht sind sie auch dauernd zu finden. Doch die Unterdrückung durch ihre Herrschaft lassen sie sich völlig ergeben gefallen. Laut Hagemeier hat es mit der nie eine Auseinandersetzung gegeben, keinerlei Widerstand ...«

»Vielleicht haben sie ja jetzt damit angefangen«, sagte Georg.

»Du suchst also den Mörder Lubberts in Albrock.«

Georg nickte. »Eine andere Möglichkeit gibt es doch nicht. Hermanna scheidet aus, die Wolfenbütteler waren es auch nicht, meinst du – viele bleiben da nicht mehr übrig.«

»Nicht viele?« Diether lachte und hob sein Kinn in Richtung des Dorfs. Zwischen den beiden Reitern und dem Dorf lagen Felder in schmalen Streifen, die bald in Obstwiesen und Bauerngärten übergingen. Je näher sie kamen – zur Linken immer noch die Eichen –, desto mehr Menschen tauchten auf, nur erkennbar an ihren Bewegungen, da sie in ihren erdfarbenen Arbeitskleidern vom Hintergrund kaum zu unterscheiden waren. Es war Sonntag, dennoch waren viele bei der Arbeit. Schönwettertage mussten genutzt werden. Bauern gingen neben Pferdegespannen her, hinter denen Pflüge tiefe Furchen in die Äcker zogen. Frauen bückten sich über ihre Gartenbeete. Dazwischen liefen Kinder, größere knieten ebenfalls auf der braunen Erde.

Soldaten waren nicht zu sehen.

Der Hauptmann fiel Diether ein, der gestern recht entspannt

durch die Stadt geritten war. Da hatte er noch Hermanna als Täterin gesehen, doch die schied jetzt auch für ihn aus.

Georg sah ebenfalls den wuselnden Menschen bei der Arbeit zu. Er wusste noch nichts von den Befürchtungen, die Diether beim Anblick Menkes erfasst hatten. Hoffentlich erwartete sie im Schloss keine böse Überraschung …

Diether hatte noch nicht richtig nachgedacht, wer wirklich der Mörder gewesen sein könnte. Möglich schien es ihm jedoch schon, dass er unter einem der vielen eichenbeschatteten Strohdächer vor ihnen lebte.

Er drehte sich zu Georg um, der damit beschäftigt war, die silbernen Knöpfe seines Wamses zu schließen. »Wenn du auf jedem Dachboden nach dem Mörder suchen willst, hast du viel zu tun, Georg. Und dreckig ist es da auch. Deine Sonntagskleider kannst du also gleich wieder ausziehen.«

Georg lachte. »Für die Drecksarbeit haben wir ja den Hauptmann und seine Landsknechte.« Ihm war noch gar nicht aufgefallen, dass weit und breit keine Spur von ihnen zu entdecken war.

***

Gebannt beobachtete Klara den Waldrand hinter dem schmalen Sandstreifen zu ihrer Rechten. Stand da jemand? Die Blätter bewegten sich. Ein heller Fleck dazwischen – das war ein Gesicht.

Sie hatte Angst, rücklings niedergeschossen zu werden, und traute sich nicht, weiterzureiten. Die Räuber hatten Armbrüste mit scharfen Pfeilen. Aber die Soldaten trieben sich ebenfalls im Wald herum. Hoffentlich hielten die Klara dann nicht für eine Räuberfrau …

Den Blick unverwandt auf die Bäume gerichtet, kramte sie in ihrem Korb. Irgendwo musste das Messer sein. Gegen Musketen würde es nicht helfen. Aber es war vom Albrocker Schmied und schärfer als alle Borchusener Messer. Falls man sie nicht gleich erschoss, würde sie sich zu wehren wissen.

Sie hatte es kaum in der Hand, als sie Blätterrascheln hörte. Im Gebüsch wurde eine Gestalt sichtbar. Mit Rock. Keine Hosen. Unter dem verwaschenen Stoff wölbte sich ein dicker Bauch. Erstaunt schaute Klara der Frau ins Gesicht, die da unvermutet aus dem Wald trat. Jung war sie, mit heller Haut und schwarzem Haar. Hinter ihr her kam ein Mann, dessen Gesicht hinter Bart und Haaren kaum zu sehen war.

Der Mann blieb zurück, was Klara beruhigte, aber die Frau kam auf sie zu. »Habt keine Angst. Wir wollen nur eine Auskunft von Euch.«

Die beiden hatten sich wohl verirrt. Schwangere Frauen hatten bei den Räubern nichts zu suchen.

Erleichtert ging sie um Rosamunde herum auf das Paar zu. Die Frau ergriff das Wort. »Ihr kommt von Albrock?«

Klara nickte.

»Könnt Ihr uns sagen, wie es im Schloss aussieht?«, fragte die Fremde. »Sind die Soldaten wirklich fort?«

So fragten Räuber. Vor einem Einbruch muss man wissen, welche Gefahren drohen. »Warum wollt ihr das wissen?«

Der Mann hatte bisher ruhig hinter seiner Gefährtin gestanden, trat jetzt aber vor. Seinem verfilzten Bart sah man an, dass er schon länger im Wald lebte. Auch seiner Kleidung, die zerrissen war, aber sorgsam geflickt. Das Gewand der Frau schien einmal teuer gewesen zu sein.

»Wie Ihr seht, bekommt meine Frau ein Kind«, sagte er und legte einen Arm um sie. »Wir leben im Wald, und da ist es schwierig ...«

Ihm fehlten die richtigen Worte, weshalb er neu ansetzte. »Pater Ewald von den Kapuzinern meinte, auf dem Schloss könnte sie Hilfe bekommen. Er hat mit Leonore Theodor gesprochen, die wohl eine Freundin der Herrin von Albrock ist. Sie wollte unsere Ankunft vorbereiten. Aber wo jetzt die Soldaten da waren, haben wir uns nicht aus dem Wald getraut. Dabei wird es höchste Zeit ...« Wieder brach er ab. In seinen braunen Augen lag ein besorgter Ausdruck.

»Leonore ist da«, bestätigte Klara. »Aber ob sie von euch erzählt hat, weiß ich nicht. Habt ihr denn kein Zuhause, wo man euch helfen könnte? Was ist mit Eurer Mutter?« Sie nickte der Schwangeren zu.

»In die Stadt können wir nicht zurück«, antwortete die. »Mein Gefährte wird von seinem Kloster gesucht, und wenn ich zu meiner Familie zurückgehe, lassen sie mich nicht wieder zu ihm.«

Das wäre wohl auch das Beste. Ein Gesetzloser, der jeden Moment den Soldaten in die Hände fallen konnte. Und was wollte die Frau mit einem Kind im Wald?

Sie sagte, wenn auch zögernd: »Hermanna würde euch sicherlich helfen, wie ich sie kenne. Aber im Moment ist es zu gefährlich. Die Landsknechte des Amtsvogts sind zwar abgezogen, aber es sind noch andere Soldaten im Schloss …«

»Ist denn noch nicht geklärt, wer diesen Lubbert umgebracht hat?«

»Nein«, erwiderte Klara. Man schien hier ja gut Bescheid zu wissen über die Vorgänge auf Albrock. Sie fasste die Waldbewohner genauer ins Auge. »Es sollen die Räuber gewesen sein, heißt es jetzt.«

Mit großen Augen sah die Frau auf ihren Mann und fasste seine Hand.

»Heißt das, die Soldaten werden den Wald durchsuchen?«, fragte der Mann.

»Vermutlich«, gab Klara zurück.

Der Mann legte den Arm um die Schultern seiner Gefährtin, die sich eng an ihn drückte. Wie ein ganz normales Liebespaar, das in Bedrängnis geriet. Allerdings hätte sie unter den wilden Waldbewohnern niemals ein Liebespaar erwartet.

Die Frau löste sich von ihrem Mann und kam noch einen Schritt näher. Sie roch nicht so schmutzig, wie sie aussah. »Was immer Ihr denken mögt, aber wir sind keine Räuber. Vogelfreie, das ja. Doch niemand wird wegen schwerer Vergehen gesucht.«

Das würde wohl auch keiner zugeben.

»Wir tun niemand etwas Böses.« Der Mann kam ebenfalls näher. Seine Ausdünstungen entsprachen schon eher der Wildnis. »Wir stehlen, das ja, aber nur, wenn uns nichts anderes übrig bleibt, wie im letzten Winter, als die Vorräte knapp wurden. Aber wir achten sehr genau darauf, dass wir armen Leuten nichts wegnehmen.«

Die Frau nickte. Ihre schwarzen Zöpfe fielen nach vorn auf das brokatene Schultertuch. »Jetzt wird es Sommer, und da werden wir im Wald genug Nahrung finden.«

»Und wie wollt ihr mit einem Kind den nächsten Winter überleben?«

»Wir haben eine warme Höhle gefunden«, antwortete der Mann. »Außerdem wollen wir möglichst bald von hier weggehen. Irgendwohin, wo man uns nicht kennt und ich vielleicht Arbeit finde. Aber erst muss das Kind da sein. Hildegunde hat sehr viel Angst vor der Geburt.«

Seine Worte wurden bestätigt durch Hildegundes glänzende Augen. Die Tränen waren ihr wohl sehr nahe in diesen Tagen. Sie nickte wieder, aber deutlich langsamer als vorhin. »Es ist mein erstes …«

Klara überlegte. Helfen musste sie ihr, bloß wie? Ins Schloss schicken konnte sie die Frau nicht. Bestimmt würden die Wolfenbütteler sofort Verdacht schöpfen und den Amtsvogt rufen. Die alte Ziegelei fiel ihr ein, an der sie eben vorbeigeritten war. Heute am Sonntag war sie leer, und sie lag nah genug am Wald. Dort konnten die beiden fürs Erste unterschlüpfen. Wenn sie mit Hermanna gesprochen hatte, würde man weitersehen.

»Kennt ihr die Ziegelei kurz vor Albrock?«, fragte Klara und wies den Weg hinab, den sie eben hergeritten war.

Der Mann bewegte seinen Kopf in die gleiche Richtung. »Bei der Katharinenlinde.«

»Neben der Ziegelei steht ein Schuppen, da könnt ihr euch gegen Abend verstecken. Die Tür wird offen sein. Bis dahin wird uns etwas eingefallen sein, hoffe ich. Wenn es dunkel ist, komme ich zu euch.«

Die Frau holte tief Luft und begann zu lächeln, bis ihr ganzes Gesicht strahlte. Die Miene des Mannes konnte Klara nicht erkennen. Hoffentlich machte sie keinen Fehler, wenn sie die beiden nach Albrock holte.

Sie sah dem Paar nach, bis es im Wald verschwunden war. Der entlaufene Mönch hatte einen Arm um Hildegunde gelegt und hielt ihr mit dem anderen die Zweige aus dem Weg. Klara ging eilig zu Rosamunde zurück. Der Sonnenstand sagte ihr, dass sie in Borchusen dringend erwartet wurde.

***

Schmerzhaft schnitten die scharfen Steine in Hermannas Fleisch. An der Kühle im Gesicht merkte sie, dass sie dem Wasser immer näher kam. Sie kniff die Augen zu, um nicht in die Tiefe blicken zu müssen.

Wann kam endlich Hilfe? Was war mit Langenfeld – schaute er etwa immer noch zu?

Die Leiche Lubberts war längst aus dem Brunnen fortgeschafft worden. Da war kein Arm, der ihr zuwinkte, ihm zu folgen. Hinschauen konnte Hermanna trotzdem nicht.

Wenigstens ließ die linke Hand Vahlensiecks von ihrem Mund ab. Sie rief: »Martin! Lieseke!« Als einzige Antwort kam vom Wasserspiegel ein dumpfes Echo und ein raues Lachen von oberhalb des Brunnens.

Beharrlich drückte Vahlensiecks Hand ihren Kopf weiter nach unten. Mit Tritten versuchte sie, sich zu verteidigen, doch vergeblich.

Sie stützte sich mit den Händen am Brunnenrand ab und versuchte mit aller Kraft, sich aufzurichten. Der Druck verstärkte sich. Jeden Moment erwartete sie, das Wasser in ihrem Gesicht zu spüren. In ihren Ohren brauste es, als wäre sie schon am Ertrinken.

Trotzdem hörte sie die Schritte. Endlich kam jemand. Es wurde höchste Zeit. Die freie Hand Vahlensiecks machte sich an ihren Röcken zu schaffen.

»Du gehst zu weit«, zischte jemand. Es musste Langenfeld sein.

Sie wurde so abrupt losgelassen, dass sie fürchtete, nun endgültig über den Rand zu fallen. Im letzten Moment hielt jemand ihre Beine fest und hob dann ihren Oberkörper aus dem Brunnen.

Hermanna wollte tief einatmen, doch nur in schmerzhaften Kaskaden erreichte die Luft ihre zitternden Lungen. Es dauerte mehrere Atemzüge, bis ihr Körper sich entkrampfte. Kaum konnte sie das Gleichgewicht halten.

»War doch nur ein kleiner Spaß«, kam es von Vahlensieck.

Widerstrebend öffnete Hermanna die Augen. Langenfeld stand neben ihr, legte sogar fürsorglich den Arm um sie. Er war ihr Retter.

Schnell machte sie sich los.

Vahlensieck saß im Staub und lachte. »Übertreiben musst du es nicht, Burkhard.« Langenfeld hatte ihn wohl von ihr weggerissen. Er stand auf, klopfte sich den Staub von den Kniehosen, nahm seinen Hut auf und ging zur Laube. Immer noch lachte er vor sich hin.

Je weiter er sich entfernte, desto mehr spürte Hermanna, wie der Krampf aus ihren Gliedern wich. Das Atmen fiel ihr leichter, aber dafür zitterten ihr jetzt die Knie. Fast bedauerte sie es, den Arm ihres Befreiers nicht in Anspruch nehmen zu können. Hilflos ließ sie sich auf dem Brunnenrand nieder.

Langenfeld stand neben ihr und wusste offenbar nicht, was er tun sollte. Verschwinden sollte er, doch das tat er nicht.

»Edles Fräulein …« Weiter kam er nicht, denn Hermannas heftige Handbewegung brachte ihn sofort zum Schweigen. Er hatte lange genug tatenlos zugesehen, wie sein Freund sie attackierte.

»Verschont mich mit irgendwelchen Artigkeiten«, sagte sie mit zusammengebissenen Zähnen, ohne Langenfeld anzusehen.

Endlich öffnete sich gegenüber die Tür. Leonore kam aus dem Haus gestürzt und lief auf sie zu. Die braunen Locken waren gekämmt, das rote Mieder war akkurat geknöpft. Sie hatte sich ja ordentlich Zeit gelassen, bevor sie ihr zur Hilfe eilte.

Trotz des leisen Ärgers wankte Hermanna ihr erleichtert entgegen. Nur fort vom Brunnen, fort von den groben Kerlen. Sie fiel Leonore in die Arme, die sie – nach bösen Blicken auf die Wolfenbütteler – zum Haus führte.

»Mit denen rechnen wir später ab«, rief Leonore mit einer Kopfbewegung zur Laube hinüber.

Vahlensieck schwenkte seinen Hut. »Jederzeit, schöne Frau – solange Ihr uns nicht im Brunnen ertränken wollt …«

Der andere hatte sich auf dem Brunnenrand niedergelassen. Bei den Worten seines Kumpanen schüttelte er den Kopf und machte eine Handbewegung, als ob er ihn rechts und links ohrfeigen wolle.

***

»Komm, ich zeige dir noch Kunigundes Lieblingsplatz«, sagte Georg.

Die Eichen zu ihrer Linken hatten ein Ende genommen. Georg bog ab und ritt den Waldrand entlang westwärts. Nach einem kurzen Zögern folgte Diether ihm. Er wollte Georg nicht unnötig beunruhigen. Dass der Hauptmann durch die Stadt geritten war, musste ja nicht unbedingt bedeuten, dass Hermanna im Kerker saß.

Das Gelände vor ihnen neigte sich, bis es in eine endlose Fläche niedrigen Gebüschs überging. Stellenweise zeigten sich in der Sonne glitzernde Tümpel, die von binsenbewachsenen Flächen umgeben waren.

»Das ist das Rauschfeld«, erklärte Georg. »Ein Moor, dem man als Ortsfremder lieber nicht zu nahe kommt. Die Albrocker kennen die Wege, zumindest die, welche zu den Nachbardörfern führen. Aber man hört immer mal, dass jemand nicht wieder herausgefunden hat.«

Diether nickte. »Bestimmt gibt es auch eine Moorhexe und in den Wasserlöchern einen Nöck, der die kleinen Kinder holt.«

»Auch das.« Georg lachte. »Und nicht nur Kinder – gern nimmt er auch Ziegen oder Schweine. Aber wie du siehst, lassen sich die Albrocker nicht bange machen.«

Er hatte recht. Am Rand des Moors und gefährlich nah an den Tümpeln weidete Vieh. Hüten sollten es wohl die Kinder, die zwischen den Büschen Fangen spielten.

Diether schüttelte den Kopf. Er hatte schon vom angeblichen Fatalismus der Dörfler gehört, denen – von den Eltern fast unbemerkt – die Kinder wegstarben wie die Fliegen. »Wenn eins tot ist, macht mir mein Mann ein neues.« So wurde in der Stadt der Ausspruch einer besonders tumben Bäuerin weitergetragen. Er hatte das Gerede nicht geglaubt. Es gab wohl keine Mutter, die so leichthin ihr Kind verlor. Doch dass die Bauern so sorglos wären, wie er es hier sah, hätte er nicht gedacht.

»Keine Angst«, sagte Georg nach einem Blick in Diethers Gesicht. »Die können schon auf sich aufpassen, die machen das jeden Tag. Kunigunde auch, früher, meine ich. Barfuß im Matsch, das war ihre größte Freude.«

Sie hatten die nächste Waldecke erreicht, wo die Eichen von Weidenbäumen abgelöst wurden. Ein kleiner Bach trennte die Haselei vom Rauschfeld. Im klaren Wasser wuchs Brunnenkresse, zwischen deren Stängeln sich dicke Forellen tummelten.

»Die Liemeke«, erklärte Georg.

Links am Bach her zog sich ein schmaler Grasstreifen, der sich weiter oben zu einer kleinen Wiese verbreiterte. Georg wies darauf. »Hier ist es. Windgeschützt und einsam. Besonders schön ist es abends, wenn die Sonne langsam im Moor versinkt. Weniger angenehm sind die Mücken. Damals, als ich Kunigunde gefragt hab, ob sie meine Frau werden will, haben sie mich ganz schön zerstochen.«

Langsam ließen sie ihre Pferde auf die Wiese zutraben. Gelbe Narzissen und kleine Primeln wuchsen im niedrigen Gras. Sie saßen ab und ließen die Pferde im Bach trinken.

»Ein schöner Fleck.« Lächelnd gestand Diether es zu. Leonore würde es hier ebenfalls gefallen. »Aber wie man sieht, hat jedes Idyll seine Tücken. Wenn es nicht die Mücken sind, so ist es die Gefahr, sich von der verträumten Stimmung zu unbedachten Schritten verleiten zu lassen. Heiratsanträge und so …«

Abrupt drehte Georg sich um. »Das war doch nicht unbedacht.« Sein Gesicht war so rot wie die Abendsonne und so abweisend wie das Moor darunter

»Vielleicht nicht bei dir«, gab Diether zurück. »Aber ich kann mir gut vorstellen – obwohl ich die Leute ja kaum kenne –, dass viele brave Albrocker hier, wo das Bächlein lieblich gluckert, die Vögel lustig zwitschern und das Gras so weich ist, in ihr Unglück gestürzt sind.«

»Du solltest einmal mit Leonore hierhergehen«, entgegnete Georg. »Da wäre euer blöder Streit bald vergessen.«

»Das meine ich ja«, antwortete Diether. »Unbedachte Schritte …«

Georg schaute ihn nachdenklich an. Rot waren jetzt nur noch seine Haare. »Leonore ist genau die richtige Frau für dich, Diether«, sagte er. »Wie Kunigunde für mich. Ihr habt euch offensichtlich gut verstanden, als ihr auf dem Magdalenenmarkt zusammen getanzt habt. Jeder hat geglaubt, dass aus euch was wird.«

»Ich weiß. Damals hatten uns die Leute schon so gut wie zusammengequatscht. Und ich wäre ja auch beinahe auf sie hereingefallen. Ich wusste halt noch nicht, was ich heute weiß.«

»Und was weißt du heute?« Wieder schoss Georg das Blut ins Gesicht. Niemand sonst konnte so schnell die Farbe wechseln. »Sie stellt sich zu gut mit dem Adel, sagst du. Hast du dir schon mal überlegt, dass das genauso gut für Friedrich und mich gilt?

Hast du Kunigunde vergessen? Friedrich hat sogar hochadlige Verwandte. Mit uns sprichst du aber immer noch. Meinst du nicht, dass Leonore ebenso wie wir unterscheiden kann, ob jemand – adlig oder nicht – ein vertrauenswürdiger Mensch ist? Lass dir gesagt sein, lieber Freund, auch unter den Hochwohlgeborenen gibt es Leute wie dich und mich. Nicht alle fressen ihre Untertanen bei lebendigem Leib. Das könntest du auch an Hermanna sehen, wenn du nicht voller Vorurteile stecktest.«

»Mag ja sein. Aber Leonore ist außerdem vorlaut und rechthaberisch.«

»Wie du.« Georg lachte, aber froh klang es nicht. »Ich sage ja, ihr passt hervorragend zusammen.«

Das hatte Diether auch einmal gedacht. Doch jetzt schien es ihm, als ob sich zwischen ihn und Leonore ebenso dorniges Gestrüpp geschoben hätte, wie es die liebliche Wiese zum Waldrand hin begrenzte. Es waren Brombeeren. Im Herbst würde es einen weiteren Grund geben, das sonnige Plätzchen unterhalb der Haselei-Eichen aufzusuchen.

***

»Er will mich als Hexe vor Gericht bringen.«

Hermanna lag mit weißem Gesicht auf der Ottomane und zitterte immer noch. Leonore steckte die Decke fester um sie herum.

»Wer? Vahlensieck?«, fragte sie.

»Wer sonst?« Hermanna lachte bitter. »Er wird in unserem Pastor einen Verbündeten finden. Wenn es gegen mich geht, spielt die unterschiedliche Religion keine Rolle.«

»Es wird schon nicht so schlimm kommen«, sagte Leonore. »Es gibt kaum noch Hexenprozesse. Ohnehin wird dich dein Stand beschützen. Und wenn nicht – da ist immer noch Kaspar von Fürstenberg. Er ist zwar schlecht auf das Haus Albrock zu sprechen, aber eine Hexe wird er in dir auch nicht sehen wollen. Mach dir keine Sorgen und erhol dich erst einmal.«

Hermanna schaute durch das offene Fenster über den Garten hinweg. Ihre Augen wirkten dunkel, als ob die Eichenstämme, die den Verlauf der Gräfte anzeigten, sich darin spiegelten.

»Das wäre mir erspart geblieben, wenn der Hauptmann gestern

nicht so eilig aufgebrochen wäre«, sagte sie nach einer Weile. »Seine Leute hätten wohl nicht tatenlos zugesehen …«

»Meinst du?« Leonore konnte sich schon vorstellen, dass die Landsknechte die Szene johlend und Beifall klatschend umstanden hätten. »Vahlensieck hätte bestimmt eine andere Gelegenheit gefunden. Er hat es nun mal auf dich abgesehen. Jedenfalls müssen wir besser auf dich achtgeben.«

Das würde gar nicht so einfach sein. Leonore selbst musste bald in die Stadt zurück. Die Bediensteten hatten wie die Dorfleute ihre Aufgaben und konnten nicht dauernd bei Hermanna sein. Leonore musste sich etwas einfallen lassen …

»Versprich mir«, sagte sie, »dass du nirgendwo mehr allein hingehst. Keinen Schritt. Nicht einmal im Haus solltest du allein bleiben.«

Hermanna nickte. Dann straffte sie ihren Rücken, schob die Decke weg und sah Leonore an. Ihre Augen blitzten dabei sogar ein wenig. So kannte Leonore ihre Freundin schon eher. Das Klagen hatte ihr gar nicht ähnlich gesehen.

»Sie sollen Albrock verlassen, Leonore«, rief Hermanna. »Wie stelle ich es nur an, dass Langenfeld und Vahlensieck mitsamt ihren Leuten verschwinden?«

Leonore war ratlos. »Der Amtsvogt?«, fragte sie halbherzig. »Als Gerichtsherr ist er wohl zuständig …«

»Der wird womöglich in die Verdächtigungen einstimmen.« Hermanna musterte die dunkle Baumreihe draußen, als sei zwischen ihnen ein Ausweg zu finden.

Leonore teilte ihre Befürchtung. Wenn die Männer vor dem Amtsvogt ihre Beschuldigungen wiederholten, würde er die Untersuchung gegen Hermanna vielleicht wieder aufnehmen. Auch die Gefahr, dass Hermanna als Hexe angeklagt würde, war nicht von der Hand zu weisen. War jemandem eine unmittelbare Tatbeteiligung nicht nachzuweisen, konnte – so der landläufige Aberglaube – durchaus Zauberei im Spiel sein.

Doch Leonore sagte nur: »Kann sein.«

Sie überlegte, wer ihnen beistehen könne, aber ihr fiel nur Diether ein. Gleich kam der Ärger wieder hoch, den sie am Albrocker Hoftor gespürt hatte. Erst hatte sie sich gefreut, als er am Morgen nach Lubberts Tod unvermutet aufgetaucht war. Doch er hatte

Hermanna verdächtigt, nur weil sie eine Adlige war, und sich völlig uneinsichtig gezeigt. Er hatte sogar die Frechheit besessen, Leonore den eigenen Kopf abzusprechen, und dabei war es doch *seine* Denkfähigkeit, die völlig erdrosselt wurde von seiner eigenen Sturheit.

Sie konnte nur noch an Diethers Rechtsempfinden appellieren. Adel hin oder her – wenn Leonore seine Überzeugung, dass Hermanna für den Mord verantwortlich war, erschüttern konnte und ihm zudem von dem bösartigen Angriff Vahlensiecks erzählte, würde sein Mitgefühl erwachen. Hermanna musste aus der bedrohlichen Lage erlöst werden. Wenigstens einen Rat sollte Leonore ihm noch wert sein.

Morgen wolle Diether wieder nach Albrock kommen, hatte Maria Hagemeier gesagt. Wenn sich bis dahin ihr Ärger gelegt hatte, würde Leonore ihn auf die Nöte ihrer Freundin ansprechen.

Hermanna hob den Blick von den dunklen Stämmen zu den besonnten Wipfeln. In ihren Augen spiegelte sich das Blau des Himmels. »Dein Diether ...«, sagte sie, als ob sie einer Eingebung folgte. Offenbar konnte sie Gedanken lesen.

»*Mein* Diether ist er ganz bestimmt nicht.«

Hermanna richtete sich auf und nahm Leonores Hand. »Sag, was du willst, Leonore, aber ich hoffe immer noch, dass ihr wieder zusammenkommt. Ich weiß, dass er dir wichtig ist, und ich spreche bestimmt nicht nur von ihm, weil er mir jetzt von Nutzen sein könnte. Allerdings kam er mir recht beschlagen vor und wüsste wohl, was wir jetzt unternehmen können.«

»Das ja«, sagte Leonore.

Hermannas dunkelblonde Locken wippten, so eifrig bewegte sie den Kopf. Das Leben war in sie zurückgekehrt. »Ich hätte ihn auch gern als Rechtsberater an meiner Seite, wenn es dazu kommen sollte, dass ich vor Gericht gestellt werde. Und auch wenn nicht: Einen Advokaten brauche ich sowieso, zumal damit zu rechnen ist, dass ich wie meine Großmutter mein Erbrecht vor Gericht erkämpfen muss.« Sie glaubte wohl, dass Diether mit der Aussicht auf einen großen Fall zu ködern wäre.

Es war allerdings nur ein Strohhalm, nach dem Hermanna griff. Leonore wollte ihn ihr nicht jetzt schon entziehen. Sie hatte Hermanna zwar von der verlorenen Freundschaft und dem Streit am

Hoftor erzählt, aber nicht, dass Diether sie ebenfalls verdächtigte, am Tod Lubberts nicht unschuldig zu sein. Ganz zu schweigen von seiner Abneigung gegen alles, was adlig geboren war. Auch davon wusste Hermanna nichts. Es mochte ja sein, dass Diether Hermanna in der akuten Not beistehen würde. Aber Leonore hatte ihre Zweifel, ob er bereit wäre, Hermanna auch weiterhin zu vertreten.

Die fing jetzt leise an zu lachen. »Ich weiß schon, warum du nichts sagst, Leonore. Aber wenn du nicht mit Diether reden willst, werde ich das selbst tun«, sagte Hermanna. »Morgen wird er ja kommen.«

Sie erhob sich von der Ottomane und ging fast wie eine alte Frau mit unsicheren Schritten zum Gartenfenster. Kein bisschen schwang der blaue Rock hin und her, wie er das sonst tat, wenn Hermanna in Bewegung war. Leonore sah, wie sie sich mit den Händen auf der Fensterbank abstützte.

»Jedenfalls lassen wir uns nicht den schönen Sonntag verleiden«, sagte Hermanna, nachdem sie eine Weile auf ihren Garten geschaut hatte. »Komm mit mir hinaus, Leonore.« Trotz des Lachens vorhin war ihr Gesicht immer noch angespannt. So schnell würde die Beklemmung wohl nicht von ihr weichen.

***

Der Weg zog sich in die Länge. Rosamunde trabte brav vor sich hin, aber schnell vorwärts kam sie nicht. Sie zum Galopp anzutreiben verbot sich wegen der kostbaren Phiolen und Krüge in Klaras Korb, die nicht zerbrechen durften. Denn darin waren die würzigen Essenzen und die Fonds für die kräftigen Soßen, die der Pfarrer so sehr liebte.

Längst waren die Albrocker Eichen von niedrigem Mischwald abgelöst worden. Hier auf der Höhe war es trockener als in ihrem Dorf, zumal die Delle, die aus Wewer kam, schon nach kurzen Dürreperioden ihr Wasser verlor.

Besorgt dachte Klara an die Begegnung mit der Räuberfrau, die keine sein wollte, zurück. Ob es richtig war, sie ins Dorf zu bringen? Was war, wenn die beiden auskundschaften wollten, was dort zu holen war?

Wenn der Hauptmann davon Wind bekam, waren alle Bewohner in Gefahr. Die Soldaten fackelten nicht lange, wenn sie irgendwo einen Unterschlupf der Gesetzlosen vermuteten, und hatten deshalb schon ganze Ortschaften »ausgeräuchert«, wie sie das nannten. Das hatte Klara neben anderen grauslichen Abenteuern zur Genüge dem angeberischen Geschwätz ihrer Bewacher entnehmen können, die ihr in den letzten Tagen nicht von der Seite gewichen waren.

Nur gut, dass die Belagerung ein Ende genommen hatte. Sie genoss das Alleinsein, denn nachdenken konnte sie im Heim ihres redseligen Herrn nur selten. Nicht nur deshalb wäre es schlecht, die Soldaten wieder herzulocken.

Aber die Frau war hochschwanger, beruhigte sie sich. Und der Mann hatte wirklich besorgt gewirkt. Obwohl von seinem Gesicht wenig zu sehen gewesen war, glaubte Klara ihm. Beide hatten offen mit ihr geredet und keinen feindseligen Eindruck gemacht. Der Pfarrer und wohl auch der Hauptmann mochten anderer Ansicht sein, aber Räuber waren das nicht.

Hermanna würde sich eine Geschichte ausdenken, um die Anwesenheit der beiden zu erklären. Das konnte Klara vertrauensvoll ihr überlassen. Sie würde der jungen Frau helfen wollen und nicht mit Klara zanken wegen der damit verbundenen Gefahr.

Zufrieden richtete sie ihr Augenmerk wieder auf ihre Umgebung. Auch wenn sich diese beiden als friedlich erwiesen hatten – den Waldrand sollte sie trotzdem beobachten. Außer ihr war niemand auf dem verrufenen Weg unterwegs, und von Borchusen war noch nichts zu sehen.

Links und rechts vom Weg erstreckte sich die Allmende, unbebautes Land, das Albrock und Borchusen gemeinsam gehörte und als Weide genutzt wurde. Hier oben wurden nur selten Albrocker Tiere gesehen, die in der Nähe der Albkequellen und im Rauschfeld mehr Nahrung fanden. Trotzdem wachten Klaras Nachbarn eifersüchtig darüber, dass die Borchusener kein Schwein zu viel in die dornige Wildnis trieben oder gar zwischen ihre kostbaren Eichen. Auch über solchen Streit hatte es schon häufig blutige Nasen gegeben.

Unwillkürlich schüttelte Klara den Kopf, wie immer, wenn sie an den Dauerkrieg zwischen den Nachbardörfern dachte. Es gab allerdings auch Fälle, wo sie zusammenhielten: immer dann, wenn der Pfarrer für seine Hirtentätigkeit mehr Geld und Abgaben verlangte. Regelmäßig holte er sich eine von beiden Dörfern gemeinsam und lautstark verteidigte Abfuhr, was Klara mit klammheimlicher Freude schon oft beobachtet hatte.

Neuerdings aber steckte Kruse sich hinter die Herren vom Paderborner Domkapitel, die zumindest aus den Borchusenern emsige Abgabenzahler gemacht hatten. Denn dem Kapitel oblag die Herrschaft über das Dorf, nicht nur in geistlicher Hinsicht, sondern auch in weltlicher, da ihnen alle Borchusener Höfe gehörten.

Alle bis auf einen: Nölleken. Er war der einzige Bauer, der sich den domherrlichen Überredungskünsten bisher widersetzt hatte und – statt sich wie verlangt dem Domkapitel eigenbehörig zu geben – der Herrschaft Albrock die Treue hielt.

Er hatte seine Gründe, und der wichtigste war wohl Hermanna. Denn nirgends sonst ging es den Bauern so gut wie in Albrock, wo sie die Leibeigenschaft wenig drückte.

Sogar in der näheren Umgebung gab es Orte, wo ihnen kaum das Nötigste zum Leben blieb. Berüchtigt waren vor allem die Herrschaften in Büren und in Brenken, die sich in Glaubensfragen zwar grundsätzlich uneinig waren, aber gegen die Untertanen zusammenhielten. Doch auch das Domkapitel neigte dazu, die Eigenbehörigen auszubeuten.

Denn nicht nur der Mangel an Wasser machte die Borchusener arm, sondern mehr noch die hohen Pachten, Abgaben und ausufernden Dienste, die den Domherren zu leisten waren. Alles das stand auch dem Albrocker Pfarrer zu, Klaras Dienstherrn, der sie trotz der hohen Einkünfte viel zu schlecht entlohnte.

Inzwischen hatte sie die Borchusener Felder erreicht, auf denen noch nichts Grünes wuchs. Knapp über den geduckten Höfen konnte sie die Katharinenkapelle ausmachen, deren seit Jahren gesprungene Glocke wie immer schwieg. Kruse war das einerlei. Die Anwesenheit der Domherren stellte sicher, dass alle Borchusener die Messe besuchten, auch wenn sie dafür auf freiem Feld stehen mussten, weil im Kapellchen gerade mal die Gäste samt Gefolge Platz fanden.

Eifriger kümmerte sich Kruse um das Läutwerk der Albrocker Kirche, denn wenn das ausfiel, hatten die Borchusener eine weitere Ausrede für ihr Fehlen beim Gottesdienst. Dafür sammelte er zusätzliche Abgaben und gab notfalls selbst die zweifelhafte Legende von der verschwundenen Glocke wieder.

Ebenfalls im Besitz des Domkapitels war der Schultenhof, auf dem das Festmahl regelmäßig stattzufinden hatte. Der Hof genoss im Dorf eine Sonderstellung, die Hermann Schültgen, den derzeitigen Inhaber, nicht gerade beliebt machte. Von Diensten und Abgaben war der Schulte befreit, musste jedoch die Domherren und ihr Jagdgefolge bewirten, sobald sie Borchusen mit ihrer Anwesenheit beehrten. Überdies hatte er eins der domkapitularischen Pferde ständig auf seinem Hof zu verpflegen.

»Schültgen« wurde die Familie, die den Schultenhof bewohnte, von den Borchusenern genannt. Deren Abneigung gegen den Hofbesitzer lag aber nicht nur an der unausweichlichen Nähe zu den ungeliebten Grundherren, sondern vor allem an den Aufgaben als domkapitularischer Amtsmeier, die Hermann Schültgen wahrzunehmen hatte. Dazu gehörte die unangenehme Pflicht, die Gerichtsbeschlüsse des Domkapitels auszuführen. Er musste seinen Nachbarn das Vieh pfänden, wenn es befohlen wurde, und Übeltäter an den Schandpfahl anschließen. Ohnehin hatte er den Zehnt und andere Abgaben einzusammeln, was selten ohne Ärger abging.

Dafür bewirtschaftete er aber den größten und schönsten Hof von Borchusen, wie Klara wieder einmal feststellen konnte, als sie quer über den Dorfplatz auf ihn zuritt. Hinter einer Bruchsteinmauer lagen im Geviert das riesige Bauernhaus, ein Beihaus, der Schafstall, zwei Scheunen und der Zehntspeicher, den Hermanns Vater kurz nach der Bischofswahl Dietrich von Fürstenbergs hatte bauen dürfen.

Mit buntem Schnitzwerk verziert war der Fachwerkhof mit den Wohnräumen der Schultenfamilie. An dem neuen Häuschen fand sich nicht ein unverschnörkelter Balken. Ausgetüftelte Ornamente in leuchtenden Farben schmückten jede Kante, jeden Türabschluss. Rund um den Kornspeicher des Domkapitels liefen farbig ausgemalte Sinnsprüche, die zum einen – im Angesicht des jederzeit dräuenden Todes – an die Gottesfurcht erinnerten, zum anderen die Borchusener warnten, sich ehrabschneidend aufzuführen.

Wie Klara von Hermanns Mutter, der alten Trineke Schültgen, erfahren hatte, gaben die Nachbarn der Familie oft genug Gelegenheit, auf die Warnung zu verweisen. Dass ihr verstorbener Mann sich selbst und sogar seine Frau als Erbauer hatte verewigen dürfen, war ihnen nur ein kleiner Trost.

Klara übergab Rosamunde einem Knecht und betrat das Haus durch die große Tür zur Deele. An deren Ende, wo der eiserne Kesselhaken über der gemauerten Feuerstelle hing, wuselten Mägde und Dorffrauen um Trineke Schültgen herum. Im mächtigen Kamin hingen die geräucherten Kochschinken, die gleich aufzuschneiden waren. Die Zuchtkühe, die sonst hinter den halbhohen Lattenwänden beidseits der Deele standen, waren auf der Weide, was Klara mit Dankbarkeit erfüllte. Anders als die Schültgens fand sie den Gestank beim Kochen unerträglich.

Nach einer kurzen Begrüßung packte sie ihren Korb aus. Auf dem Tisch standen allerlei gefüllte Schüsseln bereit. Während sie die Deckel hob und die schon erledigten Vorbereitungen begutachtete, lauschte sie Trinekes Klagen, die zum Borchusen-Sonntag gehörten wie Kruses Amen nach der Messe.

Heute waren es die Tauben. Mit leeren Händen waren die Jäger von der Taubenjagd zurückgekommen. Klara wusste warum. Die Vögel waren dem ständigen Hunger der Landsknechte zum Opfer gefallen, die nach Lubberts Raubzügen die Vorratskammern in Albrock leer vorgefunden hatten. Das Verbot des Bischofs, die Vögel zu jagen, kümmerte sie noch weniger als die Albrocker und ihren Seelenhirten.

»Ausdrücklich hat der Pfarrer gefüllte Täubchen verlangt«, jammerte die Hausfrau. »Keine Pastete wie sonst, die man ja mit ein wenig Huhn hätte auffüllen können.«

Klara war ebenfalls enttäuscht. Wozu hatte sie für zwei Dutzend Tauben die Füllung aus Rindermark, Rosinen, Mandeln, Zitronenschale und viel teurem Safran zerstampft und hergeschleppt?

Trineke fasste Klara ins Auge. »Das liegt alles nur an euch! Wenn ihr euren Schlossherrn am Leben gelassen hättet, wie sich das gehört, wären die Soldaten in Boke geblieben.«

Klara kannte Trineke gut genug, um zu wissen, dass man ihr nicht widersprechen durfte. Die Schultin hatte immer recht, jedenfalls in Borchusen. Das hatte auch Klara zu respektieren.

»Dann machen wir eben gefüllte Schweinelendchen«, sagte sie nur. »Die isst er genauso gern. Wir können die gleiche Füllung nehmen, das fällt gar nicht auf.«

Zufrieden, die Verantwortung losgeworden zu sein, stimmte Trineke zu.

Klara machte sich daran, die Gänseleber für die Pfeffersoße zu hacken. Das Rezept hatte Kruse im letzten Jahr aus Münster mitgebracht, wo er es in der Jesuiten-Bibliothek aus einem französischen Kochbuch abgeschrieben hatte. Klara mochte die Soße ebenfalls, deshalb nahm sie eine Handvoll Leber mehr, um später, wenn sie fertig war, etwas für sich selbst und die übrigen Küchenhelferinnen abfüllen zu können. Vom Tisch der hohen Herren würde von den guten Sachen nicht viel zurückkommen.

Trineke beaufsichtigte die Arbeit der Mägde und wandte sich dem Thema zu, das an jedem der Borchusen-Sonntage auf den Tisch kam. »Januar, Februar, März, April«, zählte sie an den Fingern her, hob dann die runzlige Hand und klappte den Daumen nach innen. »Viermal hab ich in diesem Jahr den Pfarrer und seine Gäste bewirtet. Mehr muss ich nicht tun. So steht es in unserem Meierbrief. Viermal jährlich hat der Schulte den Pfarrer, wenn er hier die Messe liest, mit Kost und Bier freizuhalten. Viermal«, wiederholte sie mit Nachdruck. Die vierfingrige Hand hielt sie Klara vor das Gesicht. »Und da steht außerdem: Bier. Nicht Wein. Dein Herr scheint nicht lesen zu können, liebe Klärke.«

»Nur Latein«, erwiderte Klara und drehte ihr Gesicht zur Seite.

Obwohl sie die Klagen der Schültgen'schen nicht mehr hören konnte, stimmte sie insgeheim zu. In eigenmächtiger Rechtsauslegung hatte Kruse aus dem viermal jährlich vierwöchentlich gemacht, aus Sorge um das Seelenheil der Pfarrkinder natürlich. Dass er anschließend wie immer bewirtet wurde, setzte er als selbstverständlich voraus.

Die Hausfrau – sie durfte das – zupfte sich mit den Fingern ein Stück Fleisch vom Braten und steckte es in den Mund. Mit einem großen Holzlöffel kostete sie auch die Gänseleber, die Klara inzwischen mit Zwiebeln zusammen gebraten hatte. Es schien ihr zu schmecken, denn sie griff wieder und wieder zu. Ihre Laune besserte sich allerdings nicht. »Sonst hatten wir sonntags Ruhe, weil die Kapitulare im Dom zu tun hatten. In der Woche belästigen sie uns oft genug. Wie übrigens auch dein Pfarrer. Jedes Mal, wenn er zu einem Krankenbesuch im Dorf ist, kehrt er bei uns ein. Kriegt er bei dir eigentlich nichts zu essen?«

Klara lachte. »Mir scheint eher, er bekommt *hier* nicht genug, denn zu Hause setzt er sich gern noch mal zu Tisch.«

Eine Nachbarsfrau mischte sich ein. Marentzia Keuper hieß sie, genannt Marentiäneken. Solche Namen gab's nur hier. »Und meinst du, wir wollen dauernd in der ollen Kapelle stehen oder gar draußen vor der Tür, um seinen leirigen Gesang zu hören, den wir ja doch nicht verstehen? So heilig wollen wir gar nicht werden, vor allem dann nicht, wenn er für jede Messe zusätzliche Gebühren haben will.«

Klara wusste, dass sich die Borchusener zu rächen verstanden. Das Schwein, das Kruse als Prozessionsabgabe jährlich in deren Eichelmast treiben durfte, war mager genug, wenn es in ihrer Küche ankam. Die Borchusener machten sich einen Spaß daraus, es in der trockenen Heide zu hüten und es auch da von saftigem Futter fernzuhalten. Und das Holz, das sie Kruse zu liefern hatten, war immer voller Dornen. Niemand dachte daran, dass Klara es war, die sich daran die Finger zerstach, und nicht der Pfarrer, den sie eigentlich ärgern wollten.

Dennoch nickte sie verständnisvoll. »Ich würd's ihm ja sagen. Aber auf mich hört er sowieso nicht.«

»Und Hermann traut sich nicht.« Trineke hatte ein Messer ergriffen und hackte wütend auf der Petersilie herum. »Er hat Angst vor den Domherren, das wissen wir ja.« Ihrer Miene nach wollte sie ihrem feigen Sohn ebenfalls mit dem Messer zu Leibe rücken. »Die Arbeit hab ich, ich ganz allein. Er setzt sich mit den Herrschaften zum Essen und lässt sich von mir bedienen wie alle anderen.«

So, so, dachte Klara. Hatte sie die hilfsbereiten Frauen vergessen? Und bei Tisch aufgetragen hatte bisher immer noch sie. Trineke hatte die Arbeit jedenfalls nicht erfunden.

Pastor Kruse kam kaum zum Essen. Soviel konnte Klara sehen, die die in Teig gebackenen Forellen auftrug und heimlich schmunzelte, weil ihr Herr vor lauter Reden kaum einen Happen zu sich nehmen konnte. Beim Festmahl mit den Domkapitularen zu Ehren des Heiligen Petrus Martyr war natürlich der Mord im Nachbardorf das Thema des Tages; Kruse selbst hatte es angeschnitten. Endlich einmal hörten die Domherren, die ihrerseits genüsslich kauten, dem unbedeutenden Dorfpfarrer zu. Sie waren begierig nach seinen Worten, ließen aber die beladenen Fleischplatten nicht außer Acht, die Klara nach dem Fisch auf den Tisch stellte. Während sie unermüdlich nachlegte und Wein einschenkte, hörte sie verstohlen zu.

Aus Kruses Sicht hörte sich die Geschichte ganz anders an, als Klara sie erlebt hatte. Zuerst berichtete er von Lubberts Amtseinsetzung und darüber, wie beschämend aufsässig sich die Bauern dem neuen Herrn gegenüber verhalten hätten. Der Amtsvogt habe wieder einmal den richtigen Eindruck bekommen, und was er selbst als Seelenhirte dieser Tölpel auszustehen habe, sei gar nicht zu sagen …

Klara sah ihn bei der Beschimpfung ihrer Dorfnachbarn finster an, doch das merkte er in seinem Eifer gar nicht.

»Von allein kommen sie mitnichten darauf, sich gegen die von Gott gewollte Herrschaft aufzulehnen.« Kruse erzählte, wie Hermanna mit frechem Gesicht in der ersten Reihe gestanden und die Bauern aufgehetzt habe. Eingehend beschrieb er ihr Äußeres. Schon dass sie ihr Haar unbedeckt trug, das ihr zudem in wilden Locken vom Kopf abstehe, habe ihn an eine Hexe erinnert. Ganz genau hatte er sich auch den Schnitt ihres Kleides angesehen, das ihm zu blau, zu verziert, zu teuer war und vor allem zu viel ihres sündigen Fleisches habe sehen lassen. Er legte die Hände an seine eigene fleischige, von der Soutane züchtig bedeckte Brust und führte den Herren vor, was er meinte.

Wissend und kauend nickten die Domherren.

Besonders Hermann, der Schulte, lauschte aufmerksam. Sein Bruder saß mit offenem Mund neben ihm. Seit der Vater vor Jahren als Schöffe geholfen hatte, zwölf Frauen aus Etteln, Atteln und Henglarn zum Feuertod zu verurteilen, waren alle Schültgens begeisterte Hexenjäger. Der alte Schültgen hatte Hinrich, den jüngeren Sohn, nach Köln geschickt, um das Rechtswesen zu studieren und später selbst die Prozesse gegen die vom Teufel verlockten Frauen führen zu können. Dafür übte er jetzt am Arnsberger Gericht, das – nach seinen Worten – die allgegenwärtige Hexerei energischer bekämpfte als das bischöfliche Hofgericht.

»Nimmt sie denn an der heiligen Messe teil?«, fragte der künftige Hexenrichter.

Kruse hatte sich gerade ein Stück vom Schweinelendchen abgeschnitten und balancierte es jetzt so ungeschickt auf der Messerspitze, dass die Füllung herausfiel. Doch wohl nicht deshalb setzte er ein empörtes Gesicht auf. »Nicht einmal zu Ostern habe ich die Schlossherrin, die doch eigentlich ihrem Dorf ein Vorbild sein sollte, in der Kirche gesehen. Stattdessen fährt sie in die Stadt, um dort ihr Vergnügen zu suchen. Dass sie im Hohen Dom ebenfalls nicht war, weiß ich vom Domprobst.«

»Das ist unbezweifelbar eins ihrer Kennzeichen.« Hinrich Schulte tunkte sein Brot in die Pfeffersoße und schob es sich zwischen die Zähne. Er scheute sich nicht, mit vollem Mund zu reden. »Gerade unter den Protestanten und Ungläubigen sind die meisten Hexen zu finden. Vor Zauberei bewahrt nur das fromme Gebet.« Er trank sein Glas leer, um den Bissen herunterzuspülen. »Wir müssen dafür sorgen, dass sich die armen verführten Menschen aus ihrem Pakt mit dem Teufel lösen, und ihre Seelen vor der Hölle bewahren. Das geht nur, wenn wir sie dazu bringen, zu gestehen und zu bereuen und ihre gerechte Strafe auf sich zu nehmen.«

Und so weiter und so fort. Um ihn herum saßen lauter alte Männer, die jeden seiner Sätze mit einem Nicken bestätigten. Ihre weißen Halskrausen hatten reichlich von Klaras Soßen abbekommen, und zwischen den steifen Falten kullerte so manches Erbslein herum.

Klara vernahm mit Schrecken, welches Urteil da über Hermanna gefällt wurde. Sie musste sie warnen, denn die Kapitelsherren waren mächtig. Kaum jemand war ihr mit Namen bekannt, doch sie wusste, dass hier der halbe Landadel des Hochstifts am Tisch saß, in dessen Dörfern bis vor wenigen Jahren angebliche Hexen gebrannt hatten.

»Aufsässig und ketzerisch ist diese Hermanna von Albrock also«, sagte einer der Domherren mit schwarzseidenem Barett. »Die Sorte Frauen kennen wir.« Von den anderen kam zustimmendes Gemurmel.

Hinrich Schulte wischte sich mit dem Mundtuch die Finger sauber. »Kein Wunder, dass sie den Entzug der angemaßten Herrschaft nicht hinnehmen wollte. Ihr, verehrter Herr Pfarrer, solltet dem Amtsvogt empfehlen, die Frau möglichst bald der Inquisition zu überliefern. Verstockten Ketzern hilft nur die Streckbank, ihre Untaten zu gestehen. Und wenn nicht, wird die Hexenprobe beweisen, dass sie eine Hexe ist und mit Zauberkräften den Tod ihres Verwandten bewirkt hat.«

Oder auch nicht. Die wenigsten Frauen überlebten solche Prüfungen.

Erst als das Festmahl vorbei war, dachte Klara wieder an ihr Versprechen. Über der Kocherei hatte sie Nöllekens Meinolf völlig vergessen. Sie hatte sich bei den Dorffrauen erkundigen wollen. Aber auch wenn eine seiner Nachbarinnen da gewesen sein sollte: Trineke hatte die ganze Zeit geschwatzt, während die anderen geschnippelt und gerührt und kaum Zeit für Gespräche gehabt hatten.

Unschlüssig, was jetzt zu tun war, holte sie Rosamunde aus dem Stall und führte sie am Zügel über den Hof. Mit leeren Händen wollte sie nicht nach Albrock zurückkommen. Nicht, nachdem sie mit so viel Eifer ihren Verdacht dargelegt hatte.

Die Frauen waren längst weg. Trineke hatte sich hingelegt, wohlverdient, hatte sie gemeint. Wen sollte sie jetzt fragen?

In der Hoffnung, auf jemanden zu treffen, wanderte sie langsam durchs Dorf. Doch alles schien ausgestorben. Hier und da spielten ein paar Kinder, denen man offensichtlich eingeschärft hatte, leise zu sein und die Sonntagsruhe nicht zu stören. Die wussten nichts.

Sollte sie selbst zum Nöllekenhof gehen? Schon schlug sie die Richtung ein. Zu Fuß, das Pferd neben sich, denn aufzusitzen traute sie sich nicht, um nicht das schlafende Dorf durch Hufschläge zu wecken. Nölleken würde ebenfalls ruhen, weshalb sie sich Zeit lassen konnte. Unausgeschlafen war er noch ungenießbarer als sonst.

Hin und her überlegte sie, wie sie dem Bauern ihren Besuch, über den er sich genug wundern würde, erklären sollte, doch ihr wollte nichts einfallen. Noch schwieriger würde es sein, die Rede auf die Nacht von Lubberts Tod zu bringen. Da muss mir das Glück helfen, dachte sie. So etwas konnte man nicht vorausplanen.

Der vor ihr liegende Weg war ausgefahren und voller Löcher. Mickrig und verkommen waren die an ihm liegenden Höfe. Außer dem Schultenhof machten alle einen armseligen Eindruck. Die Kapitulare mochten emsige Hexenjäger sein, aber fürsorgliche Grundherren waren sie nicht.

Da fiel ihr ein, wie sie den Nöllekenmeier in ein Gespräch verwickeln konnte. Wozu war sie die Haushälterin des Pfarrers? Bestimmt würde Kruse wissen wollen, wie sich der Bauer zu den Versuchen des Domkapitels stellte, den Hof an sich zu ziehen. Wenn ihr Dienstherr gewusst hätte, wohin sie unterwegs war, hätte er sie vielleicht wirklich mit dem Auftrag betraut, Nölleken dahingehend auszuforschen.

Die Anweisung sollte sie als gegeben annehmen, sagte sich Klara schmunzelnd und hoffte, dass Meinolf Nölleken nicht so bald mit dem Pfarrer zusammentraf.

Sie hatte Glück. Der Nöllekenmeier saß breit und behäbig auf der Bank vor dem Haus, einen Bierkrug neben sich. Wie alle Bauern trug er auch am Sonntag Holzschuhe.

Der Nöllekenhof stach deutlich aus seiner Umgebung heraus. Er war zwar kaum größer als der Speicher auf dem Schultenhof, aber genauso sauber und ordentlich. Vor ein paar Jahren hatte Hermanna dem Bauern geholfen, ein neues Gebäude zu errichten. Aus ihrem Wald waren die eichenen Fachwerkbalken gekommen, und die Bruchsteine für Keller und Sockel hatte sie aus Tudorf holen lassen.

Schnitzwerk fand sich auch hier, allerdings sparsam. Am Torbalken hatte sich Nölleken selbst verewigt, zusammen mit seiner Frau Agnes, und allerlei bunte Ranken und Muster hinzugefügt. Auf fromme Sprüche hatte er verzichtet.

Klara begrüßte den Bauern und setzte sich ohne viel Aufhebens neben ihn, als ob ihr nach einer Rast auf ihrem Weg wäre. Sie erkundigte sich nach Agnes und erfuhr, dass sie ein weiteres Kind erwartete. Auf dem Hof und in der offenen Scheune spielte der bisherige Nachwuchs.

»Wie viele habt ihr denn schon?«, fragte Klara.

Der Bauer hob die Hand mit fünf abgespreizten Fingern. »Ein paar davon sind Nachbarskinder«, erklärte er. »Vor allem die Jungs. Wir haben ja nur Mädchen, bis jetzt.«

Nur Mädchen. So waren die Mannsbilder. Sie brauchten einen männlichen Nachfolger. Dabei hatte Hermanna mehrfach Töchtern den Hof übergeben, wenn der Vater gestorben war und die Söhne zu jung oder zu leichtfertig waren.

Vom Domkapitel war so etwas nicht bekannt. Die Herren bestanden darauf, dass der Bauer ein Mann war, und wenn der nach dem Tod des Vaters nur außerhalb der Familie zu finden war, musste sie eben vom Hof weichen.

Ob Nölleken das bedacht hatte?

»Vielleicht wird es ja diesmal ein Sohn«, erwiderte sie, um ihn günstig zu stimmen. »Ich halte euch die Daumen.«

Nölleken brummte nur.

Dann kam sie auf den vorgeblichen Zweck ihres Besuchs zu sprechen. Wie geplant gab sie vor, von Kruse ausgesandt worden zu sein, um sich zu erkundigen, wie weit seine Verhandlungen mit den Kapitelsherren gediehen seien.

Das breite Gesicht des Bauern wurde rot und verzog sich ärgerlich. »Der Pastor soll sich da raushalten.«

Klara war überrascht und hob den Kopf.

»Sag ihm das ruhig«, sagte Nölleken. »Das hat er von mir nämlich schon öfters gehört. Immer, wenn er im Dorf ist, versucht er, mich auf die Paderborner Seite zu ziehen. Letztes Mal hab ich ihn fast vom Hof gejagt, und jetzt schickt er dich vor.«

Sieh mal an.

Atemlos von der langen Rede hielt er inne und guckte Klara an, als ob sie selbst Kruse wäre. Jeden Moment erwartete sie, ebenfalls des Hofs und ihres sonnigen Plätzchens auf der Bank verwiesen zu werden.

Doch schnell beruhigte der Bauer sich wieder. »Jedenfalls ist das Thema vom Tisch«, brummte er. »Lohnt nicht, sich darüber aufzuregen.«

Klara nickte. Hermanna würde es freuen, obwohl sie in ähnlichen Fällen – wenn auch schweren Herzens – bereit gewesen war, den Willen des Hofbesitzers zu achten und das Anwesen an den neuen Leibherrn zu verkaufen. Geld brauchte sie immer …

»Obwohl ich sehr versucht war, von Albrock wegzugehen«, sagte Nölleken, nachdem er seinen Bierkrug geleert und eine Tochter geschickt hatte, um ihn neu zu füllen. Klara hatte die Erfrischung abgelehnt. Auf dem Rückweg durch den Räuberwald war ein klarer Kopf besser.

»Die Albrock'schen haben mir ja auch nicht gegen Lubbert geholfen«, sagte er bitter, »damals, als das mit unserer Marieke war.«

Lang und breit – er musste es wohl loswerden – erzählte er, was vor zwei Jahren geschehen war. Marieke war seine Älteste gewesen, diejenige, der er den Hof gegeben hätte, falls nicht noch ein Sohn käme. »Sie wäre wohl geeignet gewesen.« Er seufzte und nahm einen Schluck Bier. »Hat immer mitgeholfen, alles gemacht und gekonnt …«

Hermanna hatte ihm mehr Land gegeben, um das ungewollte Enkelkind zu versorgen. Sie habe es auch nicht zurückhaben wollen, als Marieke und das Kind verstorben waren. »Als ob das eine Entschädigung wäre.«

»So hat es Hermanna bestimmt auch nicht gemeint«, warf Klara murmelnd ein.

Nölleken sagte nichts dazu. Hermanna habe nicht zum Amtsvogt gehen wollen, erzählte er weiter. Das erboste ihn heute noch. »Man hätte den Kerl vor Gericht stellen müssen und aufhängen.« Er reckte die Faust.

Dann war er einen Moment still und sah den Kindern zu, die mit Peitschen nach selbst geschnitzten Kreiseln schlugen. Geglaubt hätte Hermanna ihm schon, das ja, sagte er dann. Ihren Vetter kannte sie schließlich gut genug. Jeder habe gewusst, was Lubbert seiner Tochter angetan hatte, aber Hermanna habe nach Zeugen und Beweisen gefragt. Er sei dann trotzdem nach Boke geritten und habe seine Anklage vorgebracht.

Er machte eine Pause.

»Und was hat der Amtsvogt gesagt?«, fragte Klara.

»Dasselbe«, antwortete er mit leiser Stimme. »Und hat mich noch beschimpft. Da könnte ja jeder kommen und so weiter. Ich hätte meine Tochter eben besser erziehen sollen.«

»Also hatte Hermanna recht.« Klara verschränkte ihre Hände und ließ sie auf ihre Beine fallen.

»Hat sie wohl.« Nölleken zuckte mit den Schultern. »Deshalb

bin ich ja dann auch nicht zum Domkapitel gegangen. Sie war immer eine gute Herrin. Muss man wohl so sagen.«

»Die Entscheidung war sicher richtig.«

Der Bauer schob mit dem Holzschuh einen Stein näher zu sich und rollte ihn im Staub herum. »Nur gut, dass Lubbert tot ist«, sagte er. »Den als Grundherrn – das Unglück könnte nicht größer sein!«

Der Nöllekenmeier hätte gleich zwei gute Gründe, Lubbert aus dem Weg zu schaffen.

»Wer weiß, ob ich nicht doch irgendwann meinen alten Bengel wieder rausgeholt hätte. Aber die Mühe hat mir zum Glück jemand abgenommen.« Er grinste Klara an.

Das war ihre Gelegenheit. »Wer kann das bloß gewesen sein?«

»Na, jeder in Albrock«, gab er zurück, »und nicht nur da. Der Mistkerl hat ja deutlich genug gesagt, was auf uns alle zukommt.«

Klara schaute ihn an. »Einige hatten aber besonders gute Gründe.«

Nölleken hielt den Stein mit der Schuhsohle fest. Seine Augen weiteten sich. »Du meinst mich, was?«

»Nun ja …«, gab sie zu. »Schließlich bist du schon zweimal mit dem Morgenstern vorm Schloss aufgekreuzt.« Sie fasste sich ein Herz. »Beim dritten Mal hast du vielleicht nur einen Knüppel mitgebracht.«

Statt sich aufzuregen, wie Klara erwartet hatte, lachte der Bauer. »Hätte durchaus so gewesen sein können, sag ich ja. Dem Mörder ist zu danken, aber ich war's nicht.«

»Hat dich der Hauptmann denn auch verhört?« Klara lenkte ab, um dem Verdacht die Spitze zu nehmen.

»Jau. Hat er.«

»Und was wollte er wissen?«

Wieder lachte Nölleken. »Wie mein Verhältnis zu Lubbert war, hat er gefragt. Der wusste von nichts, und ich hab ihm nichts gesagt. Beste Freunde waren wir natürlich.«

»Und das hat er geglaubt?«

»Was wär ihm auch sonst übrig geblieben?«

»Mehr wollte er nicht von dir?«

»Doch, natürlich. Wo ich die Nacht zum Donnerstag verbracht hätte. Ich hab gesagt, in meinem Bett, wo sonst. Agnes hat das bestätigt.«

Bevor ihn ihre Neugierde misstrauisch machen konnte, sagte Klara: »Dasselbe hat er den Pfarrer gefragt. Nur, dass der keine Frau hat, die seine Aussage bestätigen kann.«

»So einer wird sowieso nicht verdächtigt.« Nölleken sah sie mit vorwurfsvollen Augen an. »Mit so was kommen sie nur zu unsereins.«

Er stand auf und gab dem Stein, mit dem er die ganze Zeit gespielt hatte, einen Tritt, dass er mitten zwischen die Hühner flog. Ohne sich um das Gegacker zu kümmern und ohne einen Abschiedsgruß für Klara verschwand er im Haus.

***

Hermanna vermied es, zum Brunnen zu schauen. Sie wollte nicht sehen, was sich Leonore dargeboten hatte, als sie auf den Hof gestürzt war, um sie zu retten. Dennoch – vertreiben ließen sich die Gedanken nicht. Allzu genau erinnerte sie sich an das grässliche Erlebnis. Hilflos hatte sie mit den Beinen gezappelt, während ihr Oberkörper fast im Brunnenloch verschwunden war. Wieder fühlte sie die Kühle in ihrem Gesicht und gleich darauf, wie es sich erhitzte, als sie an den unwürdigen Anblick dachte, den sie den Kerlen geboten hatte.

Langenfeld hatte die ganze Zeit zugesehen und ihr unter die Röcke geschaut. Letztendlich hatte er das Schlimmste verhindert, das musste sie ihm zugestehen. Wer weiß, was Vahlensieck noch alles eingefallen wäre. Aber Langenfeld hätte viel eher merken müssen, dass sein Freund sich nicht nur einen Spaß mit Hermanna erlaubte. Spätestens, nachdem sie um Hilfe gerufen hatte, wäre sein Eingreifen nötig gewesen.

Sie wusste, dass es kein Scherz gewesen war, wie Vahlensieck behauptet hatte. Allzu ernst hatten die hässlichen Worte geklungen, die er in ihr Ohr gezischt hatte. Ihre Oberarme zierten blaue Flecken, ebenso die Beine, und die Abschürfungen an den Innenflächen ihrer Hände brannten wie Feuer.

Zu viel Gewalt für ein bisschen Spaß …

Sie rückte den Tragbalken zurecht, an dem zwei hölzerne Eimer baumelten. Aus dem Brunnen würde sie so schnell kein Wasser mehr holen. Seufzend machte sie sich auf den Weg zur Quelle.

Nach dem Mittagessen war sie in der Küche geblieben, um Lieseke zu helfen. Doch das war nicht der einzige Grund. Sie brauchte ein wenig Zeit für sich. Ihre Knie zitterten nicht mehr, auch ihre Hände waren ruhig, doch ihr Inneres bebte vor Angst.

Leonore hatte es wohl bemerkt, denn sie hatte sie besorgt angesehen. Hermanna hatte ihr beruhigend zugenickt und sich umgedreht. Auf keinen Fall sollten Leonores Freunde aus der Stadt merken, dass sie immer noch den Tränen nahe war. Sie versuchte, sich zu panzern, aber beim kleinsten Riss in der Hülle wurden ihre Augen feucht.

Wie bei Tante Philippas Frage, warum das Badehaus noch nicht geputzt sei. Überempfindlich, wie sie war, hatte Hermanna aus ihren Worten einen Vorwurf herausgehört und nur mit Mühe die Tränen zurückhalten können. Zu sagen war ihr nichts eingefallen. Die Tante hatte sie mit verwundertem Blick angeschaut.

Dabei hatte Hermanna sogar mitgelacht, als Leonore von Hexerei gesprochen hatte, weil Diether Meschede gleich, nachdem sie von ihm gesprochen hatten, in den Hof geritten war. Zu beider Überraschung wurde er begleitet von Kunigundes Ehemann, von dem Hermanna so viel Besorgnis nicht erwartet hätte. Sie hatte den Eindruck gehabt, dass die Gogreves trotz ihres bürgerlichen Stands auf die – im Vergleich zu ihnen selbst – armen und wenig einflussreichen Albrocker hinuntersahen.

Bei Georg schien sie sich geirrt zu haben. Trotz der Abwesenheit Kunigundes hatte er den weiten Weg auf sich genommen und ihr sogar den Advokaten mitgebracht, den sie so dringend benötigte.

Diether Meschede allerdings schien wenig geneigt, ihr sein Ohr zu leihen. Georg hatte sich angelegentlich nach allem erkundigt, doch Diether war stumm geblieben. Erst am Mittagstisch, wo er neben Anna gesessen hatte, war er aufgetaut. Mit Kindern konnte er umgehen, das war offensichtlich, und auch Tante Philippa hatte ihn gleich ins Herz geschlossen.

Nachdem die Soldaten abgezogen waren, hatten alle entspannt das sonntägliche Mahl genossen. Besonders Anna freute sich, dass die Belagerung ein Ende genommen hatte. Diether hatte sich geduldig angehört, wie Anna vom Fischefangen in der Albke und vom Versteckspiel in der Scheune schwatzte, und versprochen, ihr nach dem Essen auf der Schaukel Schwung zu geben. Annelies strohgerade »Locken« hatte er gebührend bewundert. Die Sonne schien, und das Mädchen hatte es kaum erwarten können, den Tisch verlassen zu dürfen.

Niemand ahnte etwas von der neuen Bedrohung, die sich wie eine schwarze Wand vor Hermanna erhob. Außer Leonore hatte niemand etwas von Vahlensiecks Angriff mitbekommen. Sie hatte keinen beunruhigen wollen und Leonore gebeten, nichts zu erzählen. Nur Martin hatte den Auftrag bekommen, die Männer nicht aus den Augen zu lassen.

Ihr musste unbedingt etwas einfallen, das sie von der Anwesenheit der Wolfenbütteler befreite.

Diese hatten sich mit Barthel und den beiden Soldaten im Rittersaal verschanzt, wo sie tafelten wie vor ein paar Tagen mit Lubbert. Wenn sie etwas brauchten, riefen sie nach Lieseke, die treppauf, treppab lief, um die ungeliebten Gäste zu bedienen. Im Haus ließen sie sich nicht blicken.

Hermanna musste einschreiten. Nicht nur, weil Leonore am Morgen den Männern die redlich verdiente Abrechnung versprochen hatte, sondern auch, weil sie als Hausherrin verantwortlich war. Sie musste für Ruhe im Haus sorgen und verhindern, dass ihnen fünf ungebetene Kostgänger die Haare vom Kopf fraßen.

Aber dazu würde sie sich in die Drachenhöhle begeben müssen, als die ihr der Rittersaal seit Lubberts Besuch erschien. Ein guter Advokat wie Diether Meschede an der Seite wäre da äußerst beruhigend. Er wüsste, wie man in so einem Fall die Worte zu setzen hatte.

Doch so unzugänglich, wie Diether wirkte, war es wohl leichter, den jungen Gogreve zu überreden, den Ritter Georg zu spielen. Jurist war er ebenfalls. Doch ließ er sich immer noch von seinem Vater gängeln. Ob er mit den rüden Kerlen in ihrem Haus fertig würde, war die Frage.

Hermanna schreckte aus ihren Gedanken auf und stellte fest, dass sie vor der Quelle stand, ohne sie bisher wahrgenommen zu haben. Erst jetzt fühlte sie schmerzhaft den Druck des Tragholzes auf ihren Schultern. Sie musste eine ganze Weile hier verbracht haben, ohne das Wasser plätschern zu hören und ohne einen Blick für die gelben Blütensterne am Boden. Es wurde höchste Zeit, dass sie wieder zu sich selbst fand.

Schnell tauchte sie die Eimer in den ummauerten Quelltopf und trug sie zum Haus zurück, wo Lieseke bestimmt schon auf das Wasser wartete. Das schwere Tragholz beugte ihren Rücken. Aber wenn das die einzige Last war, die sie zu tragen hatte, wollte Hermanna gern den ganzen Tag lang Wasser schleppen.

***

Leonore war es gar nicht recht, allein gelassen zu werden mit dem mürrischen Diether und Georg Gogreve, dessen vom Vater abgeschaute, stadtväterliche Behäbigkeit sie langweilte. Philippa war in den Turm zurückgegangen für ihr Mittagsschläfchen, und Anna war hinausgestürmt, nachdem sie sich vorher mit Diether bestens unterhalten hatte. Mit ihr dagegen redete er nur das Nötigste.

Bevor sie in der Küche verschwunden war, hatte Hermanna die Freunde gebeten, noch zu bleiben. Am Nachmittag wurde Klara aus Borchusen zurückerwartet, und auch Hagemeiers wollten ins Schloss kommen, um über die neue Lage zu beraten.

»Kunigunde wird wissen wollen, was hier vor sich geht.« So hatte sie ihren Wunsch begründet.

Gogreve hatte sofort zugestimmt und war ihr bereitwillig in die Bibliothek gefolgt, während Diether sich nur missmutig angeschlossen hatte. Jetzt stand er vor dem Lesepult und blätterte in der Abschrift der Lieder Oswald von Wolkensteins, die Hermanna selbst angefertigt hatte. Leonore hatte nicht versäumt, darauf hinzuweisen. Hermanna hatte die Liedanfänge mit kleinen Szenen aus der von Oswald besungenen ländlichen Gebirgswelt verziert, und sie beobachtete mit Genugtuung, wie Diether mit seinen schlanken Fingern sanft über die goldenen Initialen strich.

Georg empörte sich immer noch über den Verdacht, dem Hermanna ausgesetzt war, zeigte sich aber erleichtert darüber, dass sich alles zum Guten gewendet hatte.

Aber das hatte es sich mitnichten. Leonore verscheuchte die Erinnerung an das schreckliche Bild, das sich ihr beim morgendlichen Blick aus dem Fenster geboten hatte. Doch vom Übergriff Vahlensiecks musste Hermanna selbst erzählen. Ihr hatte sie es untersagt.

Beim Essen hatte die Freundin einen gefassten Eindruck gemacht. Nur Leonore hatte gesehen, wie Tränen ab und zu ihre Augen verdunkelten. Sie sorgte sich um Hermanna. Der Knecht konnte nicht den ganzen Tag auf sie aufpassen, und allein war sie kaum in der Lage, sich gegen die Eindringlinge zur Wehr zu setzen. Immerhin waren die zu zweit, sogar zu fünft, wenn sie ihre Leute dazu riefen. Und sie waren bewaffnet. Wenn es hart auf hart kam, konnten nicht einmal die Bauern ihr helfen.

Und Leonore selbst – so weit ihr Beistand überhaupt eine Hilfe war – konnte nicht mehr lange bleiben. Spätestens morgen musste sie in die Stadt zurück, wo nicht nur Kaspar von Fürstenberg auf ihre Behandlung wartete. Hermanna konnte ihr höchstens ein Pferd leihen, damit sie in den nächsten Tagen nach Albrock zurückkehren konnte.

Am besten wäre, wenn jemand, der die Zeit aufbringen konnte, für ein paar Tage ins Schloss einzöge. Ein Gedankenblitz führte ihr Friedrich Baer vor Augen. Zeit hatte er im Überfluss. Besser wäre wohl, wenn er auch in der Lage wäre, eine Muskete zu halten. Doch schon bei der Vorstellung musste Leonore lachen.

Aber so viel wie sie selbst konnte auch Friedrich ausrichten. So, wie er Hermanna bei ihrem Osterbesuch angeschaut hatte, würde er sie nicht aus den Augen lassen. Und vielleicht hielt ja ein respektabler Mann an Hermannas Seite – immerhin ein Stiftsherr – die Rüpel von weiteren Angriffen ab.

Halbwegs zufrieden beschloss Leonore, mit Hermanna zu reden. Sie musste zustimmen, und dann konnten Diether und Georg den Freund überzeugen und herschicken. Vorher konnte Leonore selbst Albrock nicht verlassen.

Sie wandte sich wieder Georg zu, der sich mit ihren abwesend geäußerten Floskeln zufriedengegeben hatte und unverdrossen über seine Pflichten in der Stadt schwadronierte. Diether hatte auf der Kante der Ottomane Platz genommen und sah aus, als ob er Georg zum Aufbruch drängen wollte.

Schnell stellte sie eine Frage zu den Verhandlungen zwischen Stadt und Bischof um den Weinzins, was Georg zu weiteren langen Ausführungen veranlasste. Sie tat interessiert, während Diether mit dem Fuß wippte und aus dem Fenster sah.

Endlich öffnete sich die Tür, und Hermanna trat ein, in den Händen ein Tablett mit einem Weinkrug und ihren italienischen

Gläsern. Sie trug immer noch ihr Hauskleid, das an den Seiten nass vom Wasserholen war. Ihr Gesicht war erhitzt, doch der Blick ungetrübt. Die körperliche Anstrengung hatte wohl die Gespenster aus ihrem Kopf verjagt.

Das merkte man auch daran, dass sie sofort das Wort ergriff. Sie bat alle an den runden Tisch in der Mitte des Raums, wo sie die Becher verteilte und den Wein eingoss.

Dann wandte sie sich an Gogreve. »Ich muss noch etwas erzählen, Georg. Eigentlich wollte ich es für mich behalten, weil es einfach zu scheußlich ist. Aber ich bin zu dem Schluss gekommen, dass Euer Rat« – dabei schaute sie auf Diether – »mir sehr hilfreich sein könnte.«

Zu Leonores größtem Erstaunen nickte Diether ermutigend.

Erleichtert begann Hermanna mit ihrem Bericht. Leonore hörte zum zweiten Mal, wie Vahlensieck Hermanna zuerst in gehässigem Ton des Mordes an Lubbert beschuldigt und sie dann zum Brunnen gezerrt hatte. Georg schüttelte die ganze Zeit über den Kopf. Als Hermanna davon sprach, wie sich Vahlensieck an ihren Röcken zu schaffen gemacht hatte, schoss ihm das Blut ins Gesicht, und die roten Haare darüber schienen sich zu sträuben. Jede seiner Gefühlsregungen war ihm an der Farbe abzulesen. Diether rührte sich nicht. Doch an seiner vorgebeugten Haltung und den funkelnden Augen sah Leonore, dass er ebenfalls betroffen zuhörte.

»Langenfeld hat mich also gerettet«, sagte Hermanna am Schluss. »Aber was ich davon halten soll, nachdem er anfangs nur zugeschaut hat, weiß ich nicht. Es hätte auch ein abgekartetes Spiel sein können.« Ihre Augen waren dunkel, aber nicht tränenfeucht. Die Erinnerungen hatten wohl eher als die Angst ihren Zorn geweckt.

Die Röte in Georgs Gesicht hatte sich zu den Ohren verzogen. Um die Nase herum war er ganz blass. Er holte tief Luft und stöhnte. »Oh nein … Kunigunde«, sagte er. Ihm graute wohl davor, ihr von Hermannas Bedrängnis zu berichten.

Hermanna lachte. »Sie wird froh sein, dass es nicht ihr geschehen ist.«

Georgs Gesicht veränderte sich wieder; Nase und Ohren zeigten jetzt den gleichen Rosaton. »Entschuldige, Hermanna«, sagte er, »ich wollte nicht … du bist es doch, die …« Vor Verlegenheit fehlten ihm die Worte.

»Schon gut.« Wieder lachte Hermanna. »Das Hemd sitzt einem eben näher als der Rock, was?«

Leonore wunderte sich über Hermannas Ausgelassenheit. Sie war sicher nicht so entspannt, wie sie sich gab.

Diether schob sein Weinglas auf dem Tisch hin und her. »Fragt sich, was diese Wolfenbütteler damit bezwecken«, sagte er.

Das war doch offensichtlich. »Sie einschüchtern, was denn sonst?«, gab Leonore zurück, schnippischer, als sie eigentlich gewollt hatte.

Diether schaute sie an. »Das auch. Aber warum gehen sie getrennt vor? Einer der Böse, der andere der Gute.« Er sprach Hermanna an. »Das war abgesprochen, da habt Ihr wohl recht. Aber – verzeiht, wenn ich Euch zu nahe trete – mir kommt da noch ein Gedanke. Hat dieser Langenfeld vielleicht irgendwelche Annäherungsversuche bei Euch gemacht?«

Hermanna wurde erst rot, dann weiß im Gesicht. »Ihr meint …« Sie brach ab und sammelte sich. »Direkt nachgestellt hat er mir nicht, nein. Bisher ist er mir kaum aufgefallen, vor lauter Lubbert und Landsknechten. Aber da war etwas, noch als Lubbert lebte …«

Mit jetzt wieder rotem Gesicht erzählte sie, wie sie vor der Tür des Rittersaals gelauscht und wie Lubbert versucht hatte, Hermanna einem seiner Freunde anzudienen. Von einer guten Mitgift habe er gesprochen.

»Aber dieser Mensch – Vahlensieck oder Langenfeld vermutlich – wird doch nicht jetzt noch, wo Lubbert tot ist, annehmen, ich würde ihn heiraten? Auch vorher – so groß kann die Zwangslage gar nicht sein …« Sie schauderte. Erneut wechselte ihr Gesicht die Farbe.

»Allerdings«, fuhr Hermanna nach einer Weile fort, »würde das erklären, warum sie sich weigern, den Hof zu verlassen. Denn daran hat sich der Streit entzündet, und in dieser Angelegenheit brauche ich Euren Rat. Ich habe sie nämlich unmissverständlich aufgefordert, gleich nach der Beerdigung den Hof zu verlassen, doch Vahlensieck hat nur gelacht. Anfangs …«

Noch einmal schüttelte es sie, aber nur kurz. Als sie zum Weinglas griff und einen großen Schluck trank, waren ihre Hände ganz ruhig. In diesem Fall war der Wein Medizin. Leonore tat es der Freundin nach.

Wider Erwarten und zu Leonores abermaliger Überraschung ging Diether freundlich auf Hermannas Problem ein. »Ihr habt ihnen eine Frist gesetzt, das war klug«, sagte er. »Warten wir also den Montag ab. Wenn sie nicht abreisen, gebt mir Bescheid, dann werden wir nochmals mit ihnen reden und notfalls rechtliche Schritte einleiten.«

Leonore machte große Augen. Was hatte denn diesen Sinneswandel bewirkt? Gestern noch ein erklärter Feind aller edel Geborenen, und heute stand er einem Schlossfräulein bei. Das waren gute Voraussetzungen für ihr eigenes Anliegen, das sie am besten gleich vorbrachte.

»Doch auf keinen Fall kann Hermanna mit diesen Leuten allein bleiben«, sagte sie. »Es macht mir große Sorgen, dass ich selbst nicht länger hier sein kann, weil in der Stadt Patienten auf mich warten. Die Albrocker Bauern und auch der Knecht haben jetzt im Frühling anderes zu tun, als auf ihre Herrin aufzupassen, und wie ich Hermanna kenne, würde sie das auch nicht in Anspruch nehmen. Deshalb habe ich mir etwas überlegt …«

Alle sahen sie erwartungsvoll an, Diether und Hermanna mit erhobenen Augenbrauen, die bei beiden gleich dunkel waren.

»Du musst natürlich zustimmen, Hermanna. Immerhin würde das bedeuten, dass du einen weiteren Gast beköstigen musst. Und der, an den ich denke, ist noch dazu ein wenig anspruchsvoller als ich.«

Diether lachte. »Ich weiß schon, wen du meinst.«

Hatte er du gesagt?

»Friedrich – ausgerechnet. Glaubst du wirklich, dass er dafür geeignet ist? Prügeln kann er sich jedenfalls nicht …«

Leonore fiel ihm ins Wort. »Genau wie ich. Aber er kann die Augen offen halten, sogar besser als ich, jetzt, wo wir gewarnt sind, und notfalls Hilfe holen. Außerdem kennen die beiden sich, und nach allem, was ich gesehen habe, wird Friedrich gern bereit sein, Hermanna zu beschützen.«

Hermanna stellte ihr Glas ab und lehnte sich zurück. »Darf ich auch mal etwas dazu sagen?«

Leonore erschrak. Sie hatte doch erst die Freundin um ihr Einverständnis bitten wollen. »Oh, Hermanna – sei nicht böse, ich bitte dich. Ich wollte vorher fragen, ob es dir recht ist, aber dann ist es mit mir durchgegangen.«

Hermanna nickte. »Ganz davon abgesehen, dass es mir fern liegt, euren Freund zu belästigen – habt ihr vielleicht einmal daran gedacht, was Tante Philippa sagen würde, wenn hier ein weiterer fremder Mann einzieht? Der noch dazu mit mir so vertrauten Umgang pflegt, dass er mir nicht von der Seite weicht?«

»Friedrich ist Stiftsherr. Er muss natürlich seine Kutte anziehen …« Diether war offensichtlich schon überzeugt.

»Deine Tante wird sich freuen, wenn du geistliche Begleitung suchst«, meinte Leonore schmunzelnd. »Und nachdem sie sich heute mit Diether so gut verstanden hat, wird sie die Anwesenheit seines höchst vertrauenswürdigen Freundes wohl ebenfalls billigen.«

»Trotzdem«, wandte Hermanna ein, »er wird nicht einfach alles stehen und liegen lassen können. Das möchte ich ihm nicht zumuten, obwohl ich ihn gern – aber dann unter anderen Umständen – als Gast auf Albrock begrüßen würde.«

»Friedrich wird sofort kommen, wenn ich ihm von den Schätzen in Eurer Bibliothek erzähle«, sagte Diether. »Ich kenne ihn. Wenn Ihr ihm genauso offenherzig Zugang zu Eurem Archiv bietet wie mir …«

Hermanna hob – von einem schrägen Kopfnicken begleitet – die Schultern und ließ sie wieder fallen. »Es wäre tatsächlich eine große Erleichterung …«

»Also abgemacht«, bekräftigte Leonore. »Mit dem Archiv haben wir auch eine gute Erklärung für seine Anwesenheit, denn die Wolfenbütteler werden noch misstrauischer sein als Philippa. Hermanna kann behaupten, dass Friedrichs Besuch schon lange geplant sei, weil sie ihn gebeten habe, die Geschichte der Familie Albrock aufzuzeichnen. Sie wird ihm viel dazu erzählen müssen, weshalb es ganz selbstverständlich ist, wenn er sie auf Schritt und Tritt begleitet.«

»Der Plan ist gut.« Georg wandte sich Diether zu. »Lass uns gleich nach unserer Rückkehr bei Friedrich vorbeigehen. Zu zweit überreden wir ihn leichter. Und dann schicke ich sofort einen Kurier zu Kunigunde. Sie soll aus Wolfenbüttel zurückkommen und kann – wenn es noch nötig sein sollte – Friedrich ablösen.«

Diether nickte, machte aber keine Anstalten aufzustehen. Auf einmal schien er es nicht mehr eilig zu haben, in die Stadt zurückzureiten. Die Gefahr, in der Hermanna schwebte, konnte ihn doch nicht derart beeindruckt haben.

Viel Zeit, sich zu wundern, blieb Leonore nicht. Auf dem Hof waren Hufschläge zu hören, und alle liefen zum Fenster. Von Hermanna war ein erleichterter Seufzer zu vernehmen: Es war nur Klara und nicht der Amtsvogt, der zurückkam, um sie den Henkersknechten des Bischofs zu übergeben.

Klara übergab Rosamunde, die Leonore selbst mit nach Paderborn nehmen wollte, an Martin und betrat das Haus. Gleich nach ihr kamen Hagemeiers durch das Torhaus, gefolgt von Dorfrichter Tentrup.

»Jetzt wird es voll«, sagte Leonore und wandte sich an Hermanna. »Wird dir das nicht zu viel?«

Die schüttelte den Kopf. »Allein herumzusitzen und zu grübeln hilft auch nicht weiter. Als der Hauptmann noch da war, war es viel zu still im Haus. Ich bin doch froh, dass wir uns endlich wieder frei bewegen und über alles reden können.«

»Zumindest kann ich noch mehr Wein für dich holen.«

»Ja, und sag Lieseke, sie soll die Pfannkuchen bringen. Sie hat versprochen, welche zu machen.«

Mit einem zuckerbestreuten und zusammengerollten Pfannkuchen in der Hand erzählte Klara übersprudelnd von den Gesprächen am Tisch des Schultenhofs. Zum Abbeißen kam Klara nicht. Viel zu sehr erregt hatten sie die bösen Worte ihres Dienstherrn über Hermanna, die sie nach den Anschuldigungen des jungen Schültgen und der Zustimmung der Kapitelsherren in ernsthafter Gefahr sah. Trotz ihrer Aufregung sah sie beim Reden abwechselnd auf die Pfannkuchen, die in den Mündern der Tischgenossen verschwanden, und auf ihren eigenen, dem sie sich gleich nach dem letzten Wort widmete.

Diether wiegte seinen Kopf. »Eigentlich hatte ich den Eindruck, es wäre hier vorbei mit der Hexenjagd.«

»Nicht, wenn es nach dem Schulten geht. Der sieht immer noch hinter jeder Ecke Hexen und Zauberer.« Maria und Tentrup nickten zu Hagemeiers Worten, die er ganz ohne Kopfkratzen herausgebracht hatte.

»Von unserem Pastor kenne ich das ohnehin«, sagte Hermanna, während sie die Weingläser auffüllte. »Und wenn ich eine Hexe bin, dann auch gleich eine Mörderin. Ihr habt es ja gehört.«

Klara wedelte mit ihrem Pfannkuchen. »Das ist doch alles Unsinn.«

Maria nickte und schluckte ihren letzten Bissen hinunter. »Wie man das von Kruse kennt. Bei ihm kommt man nur an, wenn man ihm die Füße küsst. Sonst redet er schlecht über einen und plaudert sogar aus der Beichte. Schlimm ist, dass er diesen Blödsinn über Hermanna an die große Glocke hängt. Die Borchusener haben genug Munition gegen Albrock, die brauchen nicht noch solche Gerüchte. Und dann noch das Domkapitel …« Sie seufzte.

»So einfach geht das nicht«, wandte Diether ein und wischte sich die Zuckerkrümel vom Mund. »Die selbst ernannten Hexenjäger müssen erst einmal des Bischofs Hofgericht von ihrem Verdacht überzeugen. Aber das hat die Hexenjagd längst eingestellt.«

Das brachte Leonore auf eine Idee, die sie lieber für sich behielt: Kaspar – mit ihm musste sie möglichst bald über Hermanna reden und ihn – wie auch immer – dazu bringen, sich für sie einzusetzen. Sie nahm sich noch einen Pfannkuchen.

»Ich meine …« Georg stockte und sah die Albrocker an, deren Überzahl ihn wohl verunsicherte. Hermanna nickte ihm zu, und er fuhr fort: »Es gab doch noch weitere Verdächtige, nach Diethers Bericht jedenfalls. Am besten wäre doch, wenn man versuchte, denjenigen zu finden, der diesen Lubbert wirklich umgebracht hat. Dann wäre Hermanna vom Verdacht befreit, und weiteren Schadenszauber wird man ihr ja wohl nicht nachweisen können.«

»Jau.« Hagemeier scheute sich offenbar nicht, dem Städter auf Platt beizupflichten. »Das will ich nämlich selbst wissen.« Er machte eine unwillige Handbewegung, als Maria ihm ein paar Krümel von der Brust wischen wollte, und griff zu seinem Wein.

Alle Albrocker nickten mit dem Kopf.

Klara schaute in die Runde. »Dann fang ich mal an. Mit einem der Verdächtigen hab ich heute nämlich selbst gesprochen. Er hat harmlos getan, aber wie wir alle wissen, heißt das bei unsern Bauern gar nichts.« Für die Auswärtigen fasste sie die Geschichte Mariekes, die ihr der Nöllekenmeier erzählt hatte, kurz zusammen. Nebenbei ließ sie Hermanna wissen, dass der Bauer auf keinen Fall zum Domkapitel wechseln wolle, was diese mit dankbarer Miene quittierte.

Während Klara sprach, schob Diether leise seinen Stuhl zurück und ging mit dem Glas in der Hand zum Bücherregal, dem er schon mehrfach neugierige Blicke zugeworfen hatte. Mit einem Finger strich er über die ledernen Buchrücken, doch seine Augen ruhten auf Klara.

»Mir schien«, sagte diese, »dass Nölleken ausgesprochen guter Laune war. Er konnte sogar lachen, obwohl er gerade erst vom bösen Schicksal seiner Lieblingstochter erzählt hatte. Auf dem ganzen Rückweg hab ich mich gefragt, ob es Freude darüber war, dass Lubbert sein verdientes Schicksal ereilt hat? Oder vielleicht sogar darüber, dass er selbst ihn getötet hat und niemand es ihm nachweisen kann? Denn auch der Hauptmann hat ihn bald in Ruhe gelassen. Seine Frau hat nämlich bestätigt, dass er in der Mordnacht zu Hause war. Von dem alten Hass Nöllekens hat Menke natürlich nichts gewusst.«

Die lange Rede hatte sie wohl wieder hungrig werden lassen, denn sie griff noch einmal nach dem Pfannkuchenteller. Georg und die Albrocker taten es ihr nach. Den letzten teilte sich Leonore mit Hermanna.

»Jau«, machte auch Jörgen Tentrup. »Der Nölleken – wenn der nicht Brast auf Lubbert hatte, wer dann?«

»Wenigstens ist er ein Borchusener«, warf Maria ein.

»Was ihn natürlich sofort zum Schuldigen stempelt«, entgegnete Hermanna. Ihr Blick verfolgte einen Sonnenstrahl, der durchs Gartenfenster auf ihr Stehpult fiel. Wolkensteins goldene Initialen leuchteten, Hermannas Augen aber nicht.

Maria verteidigte sich. »Wär doch besser, oder? Willst du etwa, dass es einer von uns war?«

Hermanna schaute betrübt, sagte aber nichts.

»Hilft alles nichts.« Mit beiden Händen kratzte sich Hagemeier den Kopf, was immer eine längere Rede ankündigte. Ein tiefer Seufzer folgte. »Wir können nicht immer nur nach Borchusen schielen. Ich sag's ja nicht gern, vor allem nicht vor so vielen Auswärtigen, aber auch den Albrockern guckt man nur vor'n Kopp, nicht hinein. Tentrup und ich haben eben noch über den alten Joistkemper gesprochen. Nä, Jörgen?« Mit einer Kopfbewegung forderte er den Dorfrichter auf fortzufahren.

Tentrup setzte sich erst einmal zurecht. »Jau, Joistkemper.« Er knetete sein stoppeliges Kinn. »Josef und seine Söhne.« Er schüttelte den Kopf. Ihm war es wohl ebenfalls nicht geheuer, vor Fremden dörfliche Schandtaten auszubreiten.

Leonore fand es allerdings nicht ehrabschneidend, dass Joistkemper Lubbert bei einem seiner Raubzüge durch die Albrocker Vorratskammern verhauen und mit tatkräftiger Unterstützung seiner zwei Ältesten ihn und Vahlensieck vom Hof gejagt hatte. So musste man sich gegen Räuber wehren, so adlig sie auch sein mochten. Mistforken waren ebenfalls zum Einsatz gekommen. Das wusste der Hauptmann natürlich, der auch Josef vernommen hatte. Mit angespanntem Gesicht und begleitet von zwei Landsknechten sei Josef danach durchs Dorf gegangen. Da waren seine Söhne schon fort, seit wann, wusste niemand. In der Nacht sei ihnen der Vater gefolgt.

»Mag sein, dass er zurückkommt, jetzt, wo die Soldaten weg sind.« Maria schob ihren Stuhl zurück. »Morgen geh ich mal bei seiner Frau vorbei. Vielleicht weiß sie ja, wo er ist.«

»Und was wollen wir dann tun?«, fragte Hagemeier mit sorgenvoller Miene. »Ihn dem Hauptmann ausliefern oder was?«

Maria schlug die Hände vor den Mund.

»Das bringt doch alles nichts.« Hermanna schaute vor sich auf den Tisch und strich so langsam, wie Leonore es überhaupt nicht von ihr kannte, mit einem Finger ein paar verstreute Zuckerkrümel zusammen. »Wenn wir überlegen, fallen uns viele ein, die früher schon Zwist mit Lubbert hatten. Und nicht nur das. Die einen können es gewesen sein, weil sie Angst vor der neuen Herrschaft hatten, die anderen aus Furcht um ihre Söhne, die sie nicht bei den Soldaten sehen wollen. Wo kommen wir denn hin, wenn wir das halbe Dorf verdächtigen? Das führt doch alles nur zu mehr Zwietracht, und die können wir gerade jetzt nicht brauchen. Und wie sollen wir über jemanden mehr herausfinden, als er uns freiwillig erzählt?« Hermanna ließ den Kopf hängen, was Leonore nur schwer mitansehen konnte.

»Genauso sah es damals bei uns in Paderborn auch aus«, sagte sie. »Die halbe Stadt verdächtig und nirgends ein Hinweis auf den Mörder. Doch dann half uns der Zufall, und der Täter hat sich verraten …«

Leonore sah Diether an, der am Bücherregal lehnte und das Gespräch verfolgte.

Er nickte. »Nicht ohne vorher noch jemand umzubringen.« Diether kam näher zum Tisch. »Was ich sagen will – es sei jedem angeraten, auf der Hut zu sein. Der Täter mag sich entdeckt fühlen, ohne dass es einem selbst bewusst ist, und zuschlagen, bevor man sich's versieht.«

Ein Trost war das nicht. Diether war doch ein rechter Tolpatsch. Nicht wenig verwunderte Leonore die Zärtlichkeit, die sie bei dem Gedanken fühlte. Er schien seinen Fehler selbst bemerkt zu haben, denn er drehte sich mit rotem Kopf wieder zu den Büchern um.

Diether und Georg hatten sich bald verabschiedet, um nach Paderborn zurückzureiten, und auch die Albrocker machten sich auf. Doch Klara zog Maria am Ärmel und bedeutete ihr, sitzen zu bleiben.

»Es gibt noch was zu bereden«, sagte sie zu Hermanna. Tentrup und Hagemeier waren an der Tür stehen geblieben. »Frauensachen«, murmelte Klara, was die Männer bewog, eilig die Tür hinter sich zu schließen.

Hermanna sah man an, dass sie völlig erschöpft war. Was kam jetzt noch? Die Albrocker mussten doch nicht mit jedem Wehwehchen zu Hermanna kommen.

Dann fiel ihr ein, dass Klara nicht wissen konnte, welcher Schrecken Hermanna am Morgen widerfahren war. Sie zwang sich zur Duldsamkeit, nötigte aber Hermanna, sich auf der Ottomane auszustrecken.

»Ist sie krank?«, erkundigte sich Klara.

Hermanna zwinkerte ihr zu. »Frauensachen«, erklärte sie.

Klara schaute mitfühlend, was sie nicht hinderte, Hermanna von den Räubern zu erzählen, die sie auf dem Weg nach Borchusen getroffen hatte. Leonore wollte schon aufbegehren, als ihr aufging, dass es sich bei der Schwangeren um die Frau handeln musste, für die Bruder Ewald sie um Beistand gebeten hatte. Es war ihr völlig entfallen, und Hermanna hatte sie auch nichts erzählt.

»Er ein entlaufener Mönch«, sagte Klara, »und sie ein blutjunges Weib. Leben bei den Räubern, das immerhin haben sie zugegeben. Aber selbst wollen sie keine sein. Sie stehlen nur, wenn sie müssen, haben sie gemeint. Trotzdem muss man wohl vorsichtig sein. Ach ja: Sie haben von Leonore und einem Bruder Ewald gesprochen, die ihr empfohlen haben sollen, bei Hermanna Hilfe zu suchen.«

»Das stimmt.« Verlegen gab Leonore es zu. »Ich hatte es vergessen …«

»Aber mir war gleich klar, dass sie nicht ins Schloss kommen kann«, sagte Klara. »Deshalb habe ich ihr gesagt, dass sie am Abend in der alten Ziegelei sein soll.« Sie schaute Hermanna an.

So ging es hier wohl immer zu. Ohne die Schlossherrin waren die Albrocker hilflos. Lubbert hätte niemals ihre Rolle einnehmen können.

Doch in dieser Angelegenheit fand auch Hermanna keinen Rat. »Ins Haus können sie wirklich nicht. Die Wolfenbütteler würden sofort Verdacht schöpfen. Sie haben mich schon wegen Lubbert beim Hauptmann angezeigt. Wenn jetzt noch eine Räubersfrau hinzukommt …«

»Sie kann zu uns kommen.« Maria hatte von einer zur anderen geschaut und kurzerhand entschieden. »Eine Base aus meiner weitverzweigten Familie, werden wir sagen. Hagemeier kennt die sowieso nicht alle, der wird nichts merken. Höchstens schimpfen, weil ich ihm mal wieder nichts gesagt hab. Aber das hab ich natürlich.« Sie guckte verschmitzt. »Er hat es vergessen, wie immer.«

***

Daran hätte Diether natürlich denken müssen. Friedrich und seine Angst im Wald. Mit Händen und Füßen hatte er sich gewehrt, ihn allein betreten zu müssen.

Erschöpft von dem anstrengenden Tag, aber immer noch erheitert über die Besorgnisse des Freundes wanderte Diether die Webergasse hinauf seinem Zuhause zu. Georg neben ihm war schweigsam. Müde waren auch ihre Pferde, die sie am Zügel führten.

Längst war es dunkel; so viel Zeit hatten sie gebraucht, Friedrich zu überzeugen. Nicht, dass er nicht sofort bereit gewesen wäre, Hermanna zur Seite zu stehen. Auch die zeitweise Übersiedlung nach Albrock machte ihm – nach einigem Bedenken, was in die Wildnis alles mitzunehmen wäre – wenig Sorgen. Sogar zur Kutte hatte er sich überreden lassen. Aber der Wald. Um nichts in der Welt wollte er ihn allein durchqueren und versuchte mit aller Überzeugungskraft, einen der beiden Freunde dazu zu bewegen, ihn auf dem Ritt zu begleiten.

Standhaft hatten sich Diether und Georg geweigert, unter Gelächter. Das hatte Friedrich übel genommen.

Doch zu guter Letzt hatte er selbst eine Lösung gefunden. »Dann reise ich eben standesgemäß, nehme die Kutsche und lasse mir vom Stift zwei Berittene mitgeben.«

»Verpflegung für mehrere Tage eingeschlossen«, hatte Diether hinzugefügt.

»Sowieso«, war Friedrichs knappe Antwort gewesen.

Im Grunde war er stolz gewesen, dass Hermanna ausgerechnet ihn um Hilfe bat. »Es wird schon nicht so schlimm kommen«, hatte er beim Abschied gesagt. Mehr als die Freunde hatte er wohl sich selbst beruhigen wollen. Diether war froh über den Einfall, die Stiftssoldaten mitzunehmen. Sie sollten sogar bessere Musketen haben als die des Bischofs.

An der Marktkirche angekommen, hörten sie vom Kamp her die Nachtwächter kommen. »Da muss ich wohl wieder durch den Kötterhagen«, murrte Georg. »Die Gassen sind so eng, dass der Schlamm nie trocknet.«

Diether wusste, was er meinte. Der Bischof hatte – neben der Ausgangssperre für die Stadtbürger – verfügt, dass die Nachtwächter bei jedem ihrer Rundgänge kräftig ins Horn blasen sollten. Das taten sie. Weniger gut war es um das Aufpassen bestellt. Sie liefen die gepflasterten Straßen ab, ließen aber die schmutzigen Hintergassen außer Acht. Inzwischen hatte jeder Paderborner seine Schleichwege.

Sie verabschiedeten sich, und Diether wandte sich der Jühengasse zu, die auch nicht gepflastert war, aber doch ordentlich mit

Kies abgestreut. Dafür sorgten die Jesuiten, die zwar keinen Schleichweg brauchten – für sie galt das nächtliche Ausgangsverbot nicht –, aber auf ihren Wegen in die Stadt gern eine Abkürzung nahmen.

Feuerbein kannte den Heimweg. Diether ließ den Zügel los und folgte der Stute gemächlich. Das Jesuitenkolleg lag im Mondlicht, doch der bedrohliche Schatten des Turms fehlte. Diether vermisste ihn nicht.

Auch zu Leonore führte dieser Weg. Sie war noch auf Albrock; wenn nicht, wäre er wohl wie so oft versucht gewesen, an ihre Gartentür zu klopfen. Bisher hatte er es sich versagt. Doch heute – voller Wärme, wenn auch belustigt, hatte sie ihn angesehen. Er musste sich eingestehen, dass ihm beides fehlte. Die Freundschaft mit Leonore, aber auch die kleinen Reibereien. Oder gehörte ihr Streit etwa zu den großen? Nachdem er Hermanna kennengelernt hatte, erschien der Abstand zwischen ihm und Leonore weniger weit. Und es war ja nicht so, dass sie jeden Adligen verteidigte. Aber Kaspar … Sich mit dem anzufreunden würde ihm schwerlich gelingen.

Zum Glück – zu ihrem oder seinem? – hatte sie nicht wieder mit ihrem Argwohn gegen die Wolfenbütteler angefangen. Wahrscheinlich hatte sie selbst eingesehen, dass sie damit schieflag. Denn wenn sie mit dem Mord zu tun hätten, würden sie sich nicht so auffällig verhalten und durch weitere Taten den Verdacht auf sich lenken.

Der Mörder verhielt sich jetzt sicher schön still, in der Hoffnung, dass jemand anderes für ihn hängen müsse. Die Wolfenbütteler hatten spätestens nach der Beerdigung und schon gar, wenn sie schuldig wären, allen Grund, aus Albrock zu verschwinden. Und anders als die Bauern, die jede Abwesenheit verdächtig machen würde, hatten sie auch die Möglichkeit dazu. Niemand würde sie verfolgen, wenn sie in ihre Heimat zurückkehrten.

Lubberts Freunde konnten, wenn sie über die Landesgrenzen hinaus waren, den Mord einfach vergessen, was einem Albrocker Mörder schwerlich gelingen würde, zumal jetzt wahrscheinlich das halbe Dorf seiner Herrin zuliebe nach ihm suchte.

Diether führte Feuerbein in den Stall, striegelte ihr geflecktes Fell und sah ihr gedankenvoll beim Fressen zu. Es würde schwierig werden, den Schuldigen zu finden, obwohl Georg natürlich recht hatte: Hermanna war am besten zu helfen, wenn sie von jedem Verdacht befreit würde. Dann fiele auch der absurde Vorwurf der Hexerei in sich zusammen.

Aber wer kam als Schuldiger in Frage? Aus dem Dorf so einige, das war mal klar. Diesen Borchusener sollte man ebenfalls im Auge behalten. Martin, der Knecht, war ein stilles Wasser. Er wirkte gutmütig. Unübersehbar war seine Ergebenheit Hermanna gegenüber. Man sollte herausfinden, ob er zu Jähzorn neigte. Auch Hagemeier und Tentrup hatten Hermanna voller Verehrung angeschaut.

Der Einzige im Dorf, den man nicht zu verdächtigen brauchte, war der Pfarrer. Obwohl Diether ihm, so wie er die Leute aufhetzte, gern allerlei Böses an den Hals gewünscht hätte.

Jedenfalls waren die Aussichten, den Mörder zu fangen, schlecht. Diether beendete seine Striegelei und ging ins Haus. Leonore hatte recht gehabt: Man musste auf den Zufall hoffen. Mochte ja sein, dass sich der Schurke selbst verriet. Warten war die einzige Möglichkeit. Und die Augen offen halten. Das mussten die Albrocker tun, dabei konnte er nicht helfen.

Montag, 7. April 1614

Jede Wehmutter in Paderborn hätte einen Aufstand der Jesuiten hervorgerufen, wenn sie gewagt hätte, ihren blank polierten Gebärstuhl offen zu einer Schwangeren mitzunehmen. Ein wenig beneidete Leonore Hermanna, die das hölzerne Gestell sogar an St. Landolin vorbeitrug.

»Sagt Kruse nichts dazu?«, fragte sie und wies mit dem Kopf auf das Instrument. Hermanna hatte es für die Albrocker Frauen nachbauen lassen, nachdem sie es bei Leonore gesehen hatte.

»Der kennt das gar nicht«, antwortete Hermanna und lachte. »Klara hat ihm mal erzählt, das sei ein Küchengerät.«

Das konnte man mit Pater Bodo nicht machen. Der kannte die Hilfsmittel des Teufels genau, mit denen die Wehmütter den Frauen die Geburt erleichterten. »Unter Schmerzen sollst du gebären.« So oder ähnlich stand es in der Bibel, und Bodo achtete darauf, dass die Paderbornerinnen ihrem christlichen Schicksal nicht entgingen.

Leonore hatte am gestrigen Abend die beiden Räuber mit Klara zusammen aus der Ziegelei geholt und auf Pätten an den Häusern entlang zu Hagemeiers gebracht. Da hatte Hermanna schon friedlich geschlafen. Kaum war die Räubersfrau bei Hagemeiers zur Ruhe gekommen, hatten die Wehen eingesetzt. Das Kind war bald zu erwarten.

Den Mann hatte Leonore gleich wiedererkannt: Es war der Räuber, den Bruder Ewald Rötger genannt hatte. Seine Frau hieß Hildegunde. Ihre Familie hatte im Ükern einen Bauernhof und einen Stand auf dem Markt. Eigentlich hätte Hildegunde dort Kohlsetzlinge und getrocknete Hülsenfrüchte verkaufen sollen.

Jemand hatte Rötger die Haare geschnitten und den Bart in Form gebracht. Hildegunde wahrscheinlich, die ihn nicht so zugewachsen ehrbaren Bauersleuten darbieten wollte. Trotzdem hatte Hagemeier ihn erst mit zusammengekniffenen Augen gemustert.

Leonore hatte die junge Frau aus dem Wald untersucht und festgestellt, dass sie noch ein paar Stunden Zeit hatten. Es war das erste Kind, da konnte sich die Geburt hinziehen. Sie hatte Maria eingeschärft, sofort nach ihr zu schicken, wenn die Wehen schneller aufeinanderfolgten, und sich ebenfalls schlafen gelegt. Am Morgen waren Hermanna und sie gerade mit dem Anziehen fertig gewesen, da hatte Hagemeier geklopft und »es geht los« gemurmelt.

Es habe sie kein böser Traum gequält, hatte Hermanna nach dem Aufwachen gesagt. Ihre Augen leuchteten so hell wie immer.

In Hagemeiers Deele hatte Maria die Schwangere bereits auf den Tisch gebettet. »Unser Schlafkabuff ist zu klein«, erklärte sie, »und die Bank, auf der die beiden geschlafen haben, zu schmal.« Sie hielt Hildegunde im Arm und streichelte bei den Wehen deren Bauch. »Die Männer hab ich in den Stall geschickt. Die vertragen sich ganz gut.«

»Das war sehr umsichtig«, sagte Leonore. »Kannst du uns jetzt vielleicht heißes Wasser machen? Und saubere Tücher brauchen wir auch.«

Maria drückte die Räubersfrau noch einmal an ihren Busen und überließ es Hermanna, deren Rücken zu stützen. Leonore erklärte ihr, wie sie sich bei den letzten Wehen verhalten solle und wozu der Gebärstuhl da war. Hildegunde war zwar jung, aber sie lernte schnell und machte alles richtig. Mit Leonores und Hermannas Hilfe brachte sie ein kleines Mädchen zur Welt, das trotz aller Aufregungen und Entbehrungen während der Schwangerschaft gleich kräftig seine Stimme erhob.

»Zum ersten Mal schreit bei uns ein Kind!« Mit feuchten Augen sah Maria zu, wie Leonore die Kleine wusch und warm einpackte. Dann lief sie zum Stall, um den Vater und ihren Mann zu holen. Als Hagemeier auftauchte, schickte sie ihn gleich auf den Speicher, um die nie gebrauchte Wiege herzurichten. Rötger beugte sich über seine kleine Familie. Um nicht zu stören, setzten sich Hermanna und Leonore auf die Bank am Fenster.

»Und jetzt mach ich Frühstück«, sagte Maria und schaute Leonore an. »Dafür brauch ich den Tisch. Kann Hildegunde umziehen?«

Leonore nickte. Maria holte ein paar Kissen aus ihrem eigenen Alkoven und polsterte eine Bankecke nah beim Herd damit aus.

Nachdem Hildegunde zu Marias Zufriedenheit gebettet und mit dem Kind im Arm warm zugedeckt war, stellte Maria Brot, Butter, Schinken und einen Krug Bier auf den Tisch. Für Hildegunde verschlug sie zwei Eier mit ein wenig Rotwein. »Das beste Stärkungsmittel, das es gibt«, sagte sie.

Hagemeier kam mit der Wiege zurück, die jemand liebevoll mit kleinen Blümchen und Ranken bemalt hatte. Er setzte sich ebenfalls an den Tisch, und Maria suchte nach Kissen für das Kind.

Hildegundes blasses Gesicht hatte sich gerötet und in ihren Augen, mit denen sie jede Bewegung Marias verfolgte, standen Tränen. Bestimmt war sie lange nicht mehr so liebevoll umsorgt worden. Rötger sah sie mit betrübter Miene an. Er hatte wohl Angst, dass sie jetzt mit dem Kind nicht in den Wald zurückwollte.

Hermanna schaute ebenfalls auf das Paar. Leonore stieß sie verstohlen in die Seite. »Man muss eine Lösung finden, für alle drei«, flüsterte sie ihr ins Ohr.

Hermanna nickte. »Hagemeiers?«, fragte sie leise.

»Sie scheinen Familienzuwachs nicht abgeneigt zu sein.« Leonore wies mit dem Kopf auf den Alten, der inzwischen den Selbstgebrannten geholt hatte und allen eingoss. »Einen darf auch die junge Frau trinken, dann schläft sie besser«, sagte er.

Maria nahm Hildegunde das schlafende Kind ab und legte es vorsichtig in die Wiege. Dann half sie der Mutter, sich auf der Bank auszustrecken. Hagemeier schaute ihr zu und kratzte seinen Kopf. »Ich muss aufs Feld«, brummte er nach einer Weile und stand auf.

Jetzt endlich setzte sich Maria zu ihnen an den Tisch. »Ich hab nur darauf gewartet, dass er geht«, sagte sie. »Mein Anton muss ja nicht unbedingt wissen, dass die beiden Räuber sind.« Sie lachte leise und sah dabei auf Hildegunde. Die schlief mit rosigem Gesicht.

»Hört mal zu«, sagte Maria. »Etwas spukt mir im Kopf herum, seit Klara von euch erzählt hat.« Sie sah erst Rötger ins Gesicht, dann Hermanna. »Wegen Nölleken, weißt du?«

Hermannas Gesicht war ein einziges Fragezeichen, während für Maria alles klar zu sein schien. »Na, sie werden doch wohl den Weg beobachten, die Räuber, meine ich.«

Leonore begriff als Erste. »Frau Hagemeier meint«, erklärte sie an Rötger gewandt, »dass Ihr vielleicht etwas beobachtet habt, was uns dabei helfen kann, den Mörder Lubberts zu finden.«

Jetzt verstand auch Hermanna. »Genau«, sagte sie. »Erinnert Ihr Euch an die Nacht zum Donnerstag?«

Rötger nickte. »Die Mordnacht.«

»Wenn in der Nacht auf dem Weg zwischen Albrock und Borchusen jemand geritten wäre, hättet ihr das wohl gesehen?«

Rötger heftete die dunklen Augen auf Hildegunde, als ob sie seinem Gedächtnis aufhelfen müsse. »Ich selbst kann mich an nichts erinnern«, antwortete er. »Wir leben tief im Wald verborgen. Aber wir haben Wachen, ich kann sie fragen.«

»Am besten reitet Ihr sofort los«, sagte Maria. »Hermanna gibt Euch ein Pferd. Hier könnt Ihr jetzt sowieso nichts tun.«

Nachdem Hermanna versprochen hatte, gleich Martin mit einem der Kutschpferde zu Hagemeiers zu schicken, schob Maria sie und Leonore zur Tür hinaus. »Um Hildegunde kümmere ich mich schon«, sagte sie. »Ihr weckt sie nur auf.«

Als sie auf dem Weg standen und zum Haus zurücksahen, kicherte Hermanna. »Nicht einmal meinen Gebärstuhl durfte ich mitnehmen. Bestimmt hofft Maria auf weitere süße Räuberkinder.«

Bei dem Eifer, mit dem Maria die junge Frau betüddelte, konnte sich Leonore das durchaus vorstellen.

***

Eins sah man gleich: Friedrich war kein kleiner Mönch wie die barfüßigen Kapuziner, sondern ein wohlgeborener Stiftsherr. In einer noblen offenen Kutsche, begleitet von zwei reitenden Musketieren, fuhr er in den Hof des Albrocker Herrenhauses ein. Noch mehr Bewaffnete. Aber in diesem Fall sollte Hermanna das recht sein.

Leonore und sie waren gerade aus Hagemeiers Haus zurückgekommen und saßen mit bestem Blick auf das Schauspiel am Fenster der Bibliothek. Der Kutscher zügelte die Pferde, stieg vom Bock und öffnete die mit einem Wappen bemalte niedrige Tür. Er wollte Friedrich beim Aussteigen helfen, doch der schob die Hand beiseite. Mit dem Rücken voran krabbelte er aus dem Gefährt. Dann richtete er sich auf, streckte sich, was ihm nicht viel mehr Größe verlieh, und sah sich um. Auf den Kopf setzte er ein schwarzes Birett, das sein vom Fahrtwind verstrubbeltes blondes Haar versteckte.

Er wandte sich zum Gutshaus um und entdeckte sie und Leonore am Fenster. »Gott zum Gruße, edle Frauen«, rief er, nahm die Kappe wieder ab und schwenkte sie vor sich her. Jetzt standen seine paar Haare noch mehr vom Kopf ab. »Ich dachte, ich kann mich hier nützlich machen.«

Hermanna lachte und stand auf. Leonore folgte ihr, als sie in den Hof ging, um Friedrich willkommen zu heißen. »Ein prächtiges Anwesen habt Ihr hier«, sagte er beim Hineingehen zu Hermanna. »Ist das da etwa ein Badehaus?«, fragte er mit einem Blick über die Schulter und zeigte auf den Holzstapel vor der Tür.

Hermanna nickte. »Ihr könnt es gern benutzen.«

»Wenn deine Arbeit getan ist«, setzte Leonore mit einem Schmunzeln hinzu.

Hermanna bat Lieseke, etwas von dem frisch gebackenen Zwiebelbrot, nach dem das ganze Haus duftete, in der Bibliothek aufzutischen. »Bring auch Butter mit und Wein.« Lieseke griff gleich zum Messer, um das Brot aufzuschneiden.

Friedrich sah nicht so aus, als müsse er in seinem Stift Hunger leiden. Dennoch aß er emsig wie nach mehreren Fastentagen. Mit dem Weinglas in der einen und dem Brot in der anderen Hand sah er sich im Raum um. Immer wieder wanderten seine Blicke über Hermannas Regale. Er streckte den Kopf vor, um die Titel der Bücher zu erkennen, doch dazu war er wohl zu kurzsichtig.

»Haben dir Georg und Diether erzählt, was hier geschehen ist?«, fragte Leonore.

Hermanna sank zusammen, und die Arme wurden ihr mit einem Mal schwer. Hoffentlich erwartete Leonore nicht von ihr, dass sie alles noch einmal herbetete.

Friedrich warf einen Blick auf Hermanna, in dem sie Mitgefühl las. »Keine Sorge«, sagte er zu ihr. »Ihr braucht diesen Graus nicht noch einmal zu erzählen. Die beiden haben mich eingehend über alle Vorfälle der letzten Tage aufgeklärt.« Er grinste. »Sonst hätten sie mich bestimmt nicht dazu gekriegt, ganz allein durch Eure räuberverseuchten Wälder zu reiten.«

Hermanna lachte. Geritten war er ja nun nicht, und an streitbarer Begleitung hatte es ihm durchaus nicht gemangelt.

Auch über ihre bisherigen Verdächtigen wusste Friedrich Bescheid, die er an den Fingern herzählte. Weit kam er nicht; ein Finger und die andere Hand blieben unbenutzt. »Und dann natürlich noch die ganzen Bauern«, sagte er. Deren Namen hätte Hermanna gewusst, aber nicht, wen von ihnen sie für schuldig an Lubberts Tod halten sollte.

Leonore schob ihren Stuhl zurück und stand auf. Hermanna wusste, dass sie gleich nach Friedrichs Ankunft Albrock verlassen wollte. »Ich nehme dann mal deine Kutsche«, sagte sie zu Friedrich. »Du brauchst sie hier ja nicht.«

Friedrich fuhr auf, lehnte sich aber gleich wieder zurück. »Nun gut. Auf dem Land reitet man ja sowieso.«

»Oder man geht zu Fuß.« Leonore lachte. Sie schärfte ihm ein, dass er die Augen offen halten und vor allem Hermanna im Blick haben solle.

»Wozu bin ich denn hier?«, brummte er und bestrich sich eine weitere Brotscheibe dick mit Butter.

Er sah noch einmal auf, als Leonore den Raum verließ. »Sag den Soldaten, sie sollen dich durch den Wald begleiten.« Er biss kräftig ab. »Aber sie sollen sofort zurückkommen, hörst du?« Den letzte Satz nuschelte er so, dass man ihn fast nicht mehr verstehen konnte.

Obwohl Friedrich in der seidenen Kutte einen wenig kämpferischen Eindruck machte, war Hermanna für seine Anwesenheit dankbar. Sein heiteres Wesen ließ sie jede Beklemmung vergessen. Es war allerdings nicht einfach gewesen, Philippa von der Notwendigkeit zu überzeugen, gerade jetzt einen fremden Stiftsherrn ins Haus zu laden. »Hoffentlich bekommt er keinen falschen Eindruck!«, hatte sie gejammert, »bei zwei fremden jungen Männern im Haus.« Dabei hatte sie Hermanna strafend angesehen, als ob sie dafür verantwortlich sei, dass die Wolfenbütteler sich immer noch im Haus herumtrieben.

Die Tür öffnete sich, und Philippa trat ein. Es waren eher nicht Hermannas Gedanken, die sie hergerufen hatten, sondern vielmehr Liesekes Mitteilung, dass Besuch im Haus sei. Während sie den Stiftsherrn ehrerbietig begrüßte, musterte Philippa ihn unauffällig. Bei den noch ungekämmten Haaren stutzte sie erst, doch dann fiel ihr anscheinend der weite Weg nach Albrock ein. Wohlgefallen drückte ihre Miene aus, als ihr Blick entlang der nach außen gewölbten Knopfreihe auf die weichen, vermutlich kalbsledernen Stiefelchen an Friedrichs Füßen fiel. Für feines Schuhwerk hatte die Tante immer schon eine Vorliebe gehabt.

»Wir werden Euch in des Hofrichters Räumen unterbringen«, sagte Philippa. »Kommt mit mir, dann zeige ich Euch alles.«

Auf der Treppe unterrichtete sie Friedrich darüber, dass Albrock gleich zwei bischöfliche Hofrichter hervorgebracht habe. Sie zeigte auf zwei der Porträts, die rechts und links an den Wänden der hohen Halle hingen. »Und hier haben sie gelebt«, sagte sie mit stolzem Blick, als sie die Tür zu den düsteren Räumen mit der Eichentäfelung öffnete. »Es ist sicherlich ein angemessener Rahmen für den hochwürdigen Vertreter der Heiligen Petrus und Andreas, denen Euer Stift geweiht ist.«

Nach Philippas Meinung handelte es sich bei Friedrich um einen frommen Geistlichen, weshalb sie wohl keine Bedenken hatte, ihn direkt gegenüber von Hermannas Zimmer unterzubringen. Friedrichs Genugtuung über die räumliche Nähe bekam sie zum Glück nicht mit.

Von unten war zu hören, wie sich das Eingangsportal öffnete und wieder schloss. »Pfarrer Kruse ist da«, rief Lieseke die Treppe hinauf. »Er will die Beerdigung besprechen.« Hermanna wunderte sich. Gestern schon hatte er die Tante zu diesem Zweck aufgesucht.

Philippa eilte hinab. »Das heißt hochwürdiger Herr Pfarrer, Mädchen, wie oft soll ich dir das noch sagen.«

Während die Tante den Pfarrer genauso ehrerbietig wie vorher Friedrich begrüßte, kam Hermanna mit diesem die Treppe hinab. Gleich fiel ihr auf, dass Kruse dem Stiftsherrn mit dem gleichen misstrauischen Blick entgegensah, wie er sonst Hermanna galt. Philippa hatte ebenfalls den Argwohn bemerkt; verständnislos blickte sie von einem zum anderen.

Dann stellte Philippa Friedrich vor und erklärte, warum er auf Albrock weile.

»So, so, eine Hauschronik«, sagte Kruse. »Dann werdet Ihr mit den hiesigen Bauersleuten ja nicht viel zu tun bekommen.«

»Oh doch«, antwortete Hermanna anstelle Friedrichs. »Er wird die alten Leute nach ihren Erinnerungen befragen müssen.«

»Aha.« Kruse murmelte jetzt. »Erinnerungen …«

Als er nichts mehr sagte, überließ Hermanna den Pfarrer ihrer Tante und schlug Friedrich vor, in der Bibliothek mit der Arbeit zu beginnen.

Kaum hatte sich die Tür hinter ihnen geschlossen, begann Friedrich zu lachen. »Der hat eben vor der Kirche gestanden«, erklärte er. »Bestimmt hat er das Wappen des Busdorfstifts erkannt. Von Diether weiß ich, dass Euer Kruse ein Mann des Domkapitels ist. Da muss er natürlich aufpassen, dass nicht das Busdorfstift die gleiche Bauernräuberei betreibt wie die hochedlen Kapitulare.«

Hermanna lachte mit ihm und drängte ihn dann, mit ihr zu Hagemeiers zu gehen. »Rötger muss längst zurückgekommen sein, und ich will wissen, was er in den Wäldern erfahren hat.«

Unterwegs klärte sie ihn darüber auf, welchen Zuwachs ihr Dorf mit Rötger und Hildegunde bekommen hatte.

»Räuber?«, fragte Friedrich mit großen Augen und blieb neben dem Nepomuk stehen. Er fasste an dessen Rock, als ob er Schutz suchend darunterkriechen wollte.

Wieder musste Hermanna lachen. »Sie sind harmlos«, sagte sie. »Ganz freundliche Räuber, keine Angst.«

»Na dann.« Friedrich reckte sich und riss mit gespielter Anstrengung seine Hand von dem Brückenheiligen los. Mit wehmütigem Blick schaute er zurück, als ob er ohne Nepomuks Schutz geradewegs in sein Unglück marschierte. Er war doch ein rechter Possenreißer.

Der Furcht einflößende Räuber saß schon bei Hagemeiers am Tisch. Auf der Bank stillte Hildegunde das kleine Mädchen. Hermanna konnte nicht entscheiden, welches der beiden Gesichter – Hildegundes oder das von Maria neben ihr – glücklicher aussah.

Sie stellte Friedrich vor, der sich so selbstverständlich zu ihnen setzte, als teile er jeden Tag den Tisch mit Gesetzlosen und stillenden Müttern.

Rötger hatte sich bei den Räuberwachen umgehört. Sie hatten tatsächlich in Lubberts Todesnacht jemanden auf dem Weg gesehen, der erst gemächlich von Borchusen nach Albrock und später – wie von Furien gehetzt – zurückgeritten sei.

»Ich hab's gleich gewusst.« Maria erhob ihr spitzes Kinn, das unter dem breiten Gesicht wie angeklebt wirkte. »Das war Nölleken, ganz bestimmt. Erst hat er sich Zeit gelassen, weil er vielleicht noch überlegen musste, wie er's machen soll. Und nachdem er Lubbert erschlagen hatte, musste er ganz schnell verschwinden. Klar wie Kloßbrühe ist das doch.« Maria wollte anscheinend nur zu gern glauben, dass mit Nölleken ein Täter zu greifen war, der nicht zu ihrem eigenen Dorf gehörte.

Hermanna fürchtete jedoch, dass sich Rötger mit der beruhigenden Auskunft für ihre guten Taten hatte erkenntlich zeigen wollen. Niemand konnte sagen, ob Nölleken der nächtliche Reiter war oder aber ein liebeskranker Borchusener, den die Frau seines Herzens an diesem Abend nicht erhört hatte.

Mit einem Hinweis auf Lubberts Beerdigung, die bald beginnen sollte, verabschiedeten sich Hermanna und Friedrich. Erst draußen fiel ihr ein, dass sie wieder vergessen hatte, ihren Gebärstuhl mitzunehmen. Aber mit Friedrich zusammen hätte sie den sowieso nicht durchs Dorf tragen wollen. Er konnte bei Maria bleiben, die so gut auf ihn achtgeben würde wie auf ihre bunt bemalte Kinderwiege, die erst jetzt, nachdem ihr Haar ergraut war, zum Einsatz kam.

Die Räuber würden es gut haben bei Hagemeiers.

Der Himmel hatte sich grau gefärbt, wie sich das für Beerdigungstage gehörte. Windböen fuhren in die Eichen und wirbelten die hellgrün belaubten Zweige durcheinander. Noch regnete es nicht – wenigstens das, dachte Hermanna beim Blick aus dem Fenster. Hoffentlich blieb es so.

Auf dem Hof standen die Wolfenbütteler Landsknechte und Barthel, der die Zinsdorf'sche Standarte trug. Die Soldaten hatten Musketen in der Hand. Es wirkte, als erwarteten sie einen Bauernaufstand an Lubberts offenem Grab. Auf der Treppe polterte es – Langenfeld und Vahlensieck waren im Anmarsch.

Hermanna ließ sich Zeit. Noch hatte die Glocke nicht geläutet. Während sie beobachtete, wie die beiden Junker ihre von Lubbert ererbte Begleitung herumkommandierten, versuchte sie, ihre Angst zu bekämpfen. Bestimmt würden sie die Beerdigung in Anwesenheit des Amtsvogts nutzen, Hermanna erneut mit Vorwürfen und Anschuldigungen zu überschütten.

Doch erst einmal stritten sie darüber, wie ihre Leute aufzustellen waren, um einen möglichst eindrucksvollen Zug zu bilden. Vahlensieck wollte die Standarte vorneweg flattern sehen, Langenfeld hinter ihnen. Barthel wurde herumgezerrt.

Sie wandte sich ab. Friedrich Baer hatte sie mit der Entschuldigung in der Bibliothek allein gelassen, sie müsse sich für die Beerdigung umkleiden. In Wirklichkeit hatte sie einen Moment für sich gebraucht. Mit Vahlensieck und Langenfeld wollte sie den nicht verschwenden.

Die Tür öffnete sich einen Spalt weit, der Anna genügte, um hindurchzuschlüpfen. Philippa hatte das arme Kind in ein schwarzes Kleid gesteckt, das früher einmal – schon da ungeliebt – Hermanna gehört hatte. Annas Anblick erinnerte sie daran, dass sie selbst immer noch nicht umgezogen war. Wo war sie nur mit ihren Gedanken? Sie öffnete die Kleidertruhe.

»Schwarz nehme ich aber nicht«, murmelte sie nach einem Blick auf Anna, die sich trübselig im Spiegel betrachtete. Hermanna griff zu etwas Violettem, das schon viele offizielle Anlässe überstanden hatte und auch für Lubberts Beerdigung genügen würde. Mit dem grauen, an den Ärmeln geschlitzten Mantel darüber konnte es ruhig nass werden.

»Dein Staatskleid.« Anna nickte. »Hoffentlich erbe ich das auch einmal.« Sie zupfte an dem Rock ihrer Puppe herum, für den Hermanna violetten Samt genommen hatte. »Annelie ist genau so fein wie du, guck.«

Hermanna zog sich um, während Anna gedankenverloren zum Fenster schaute. Plötzlich fragte sie: »Hast du auch den Schatten gesehen, Hermanna?«

Verblüfft hielt Hermanna inne und sah ebenfalls zum Fenster. Dort waren nur vom Wind bewegte Baumkronen. »Da ist kein Schatten.« Sie warf noch einen Blick hinaus. »Wenn die Sonne nicht scheint, kann es den auch nicht geben.«

»Das weiß ich doch.« Anna sah Hermanna an und verzog ihr Gesicht. »Ich mein ja auch nicht hier.« Wieder nahm sie das Fenster in den Blick. »In der Nacht …«

»Hast du wieder schlecht geträumt?« Hermanna redete mit dem Rock über dem Kopf, weshalb sie die Antwort größtenteils verpasste. Nur noch »… Lubberts Tod« hörte sie deutlich.

»Was redest du nur, Kind?«, sagte sie, als ihr Kleid an Ort und Stelle saß. »Nachts gibt es immer Schatten, das hat doch mit Lubbert nichts zu tun.«

Ungeduldig schob sie Anna zur Tür hinaus. »Hörst du? Da ist die Totenglocke. Wir müssen zu Lubberts Beerdigung, und das ist kein Traum.« Sie nahm Anna die Puppe ab. »Aber Annelie lassen wir besser hier, sonst wird sie noch nass.«

Nicht nur Plettenberg, sondern auch sein Hauptmann waren zur Beerdigung erschienen. Hermanna sah sie sofort – überschaubar genug war die Trauergemeinde. Neben ihr standen Anna, Tante Philippa und Friedrich, ein Stück entfernt die Wolfenbütteler, deren Burschen bei den Soldaten des Amtsvogts Aufstellung genommen hatten. Niemand aus den Adelsfamilien der Umgebung hatte sich die Mühe gemacht, dem Erben von Albrock die letzte Ehre zu erweisen. Nicht einmal die Zechkumpane seiner letzten Tage waren da. Ein toter Lubbert konnte keine Feste mehr feiern …

Aus dem Dorf sah sie nur Hagemeier, Tentrup, natürlich den Küster, aus Borchusen den Schulten des Domkapitels, den dortigen Templier und sogar Meinolf Nölleken. Der Albrocker Templier war Joistkemper, der nicht wieder aufgetaucht war. Seine Frau stand in der kleinen Gruppe älterer Dorffrauen, die sich wie sonst um den Pfarrer jetzt um die Küstersfrau scharten. Klara und Maria waren nicht da. Selbst Martin und Lieseke waren zu Hause geblieben.

Kruse betete lateinisch, entlockte dem Weihrauchfass duftende Schwaden und wedelte geweihtes Wasser auf den Sarg, den Lubberts Leute mithilfe der Landsknechte ins Grab hinabgelassen hatten. Weitere unverständliche Anrufungen Kruses folgten, mal mit erhobenen, mal mit ausgebreiteten Armen.

Der ganze Aufwand sollte nun helfen, diesem Scheusal von Lubbert ein angenehmes Jenseits zu verschaffen. Wenn das mal nicht vergebliche Liebesmüh war.

Außer Philippa und den anderen Frauen verfolgte niemand Kruses Bemühungen. Plettenberg sah wie die Bauern an sich hinunter. Hermanna vermied es, Vahlensieck und Langenfeld direkt anzuschauen, die sie nicht aus den Augen ließen. Ebenso Hauptmann

Menke von Wewer, der zur Beerdigung wieder in Albrock erschienen war. Er beobachtete zwar auch die anderen Trauergäste, ließ seinen Blick aber immer wieder auf ihr ruhen. Misstrauen las sie darin, besonders, wenn seine Augen von ihr zu Friedrich wanderten.

Den musste sie Menke später vorstellen. Hoffentlich nahm er ihr den Grund für Friedrichs Anwesenheit, ihre angebliche Familiengeschichte, ab.

Kruse war zur allen verständlichen Sprache übergewechselt, was ihm auch Hermannas Aufmerksamkeit sicherte. »So gut ist sein Latein wahrscheinlich nicht, dass er das hätte übersetzen können«, flüsterte Friedrich ihr zu.

Sie verbiss sich ein Lächeln und lauschte. Kruse am Grab sprach von Lubbert als einem viel zu früh von ihnen Gegangenen. Er würdigte seine bisherige Laufbahn im Dienst des Wolfenbütteler Herzogs, zählte Kriege und Scharmützel auf, an denen Lubbert erfolgreich teilgenommen hatte, gefolgt von Orden und Ehrenzeichen. Dass die im protestantischen Kampf gegen die Katholiken verdient worden waren, behielt Kruse für sich.

In Albrock habe er den Verstorbenen als strengen, aber gerechten Herrn seiner ihm von Gott anvertrauten Untertanen kennengelernt, so Kruse weiter. Mitten aus seinen verdienstvollen Plänen für eine gottgefällige Umgestaltung des Gutswesens habe ihn eine ruchlose Hand gerissen.

»Sein edles junges Leben, das Gott der Herr in zahlreichen gerechten Kriegen geschont hat, musste er in einem gottlosen Aufstand lassen.« Kruse schaute auf Hermannas Kleid und wiederholte: »Ein gottloser Aufstand. Wenn nicht Schlimmeres!« Übergangslos hob er beide Arme zum Himmel und betete in leierigem Singsang: »O Herr im Himmel, heiliger Gott, bewahre uns vor dem Bösen und seinen irdischen Gehilfen!«

»Amen«, sang der Küster. Sogar Tante Philippa schaute ihn böse an. Kruses unsinnige Behauptungen bedurften keiner Bestätigung.

Die Wolfenbütteler hatten wohl Kösters Amen als Aufbruchssignal verstanden. Während Kruse noch mit erhobenen Händen dastand und weiterbeten wollte, kam Bewegung in die beiden. Sie setzten ihre Schlapphüte auf und rückten die Säbel zurecht. Vahlensieck drehte mit Zeigefinger und Daumen die Bartenden hoch, und Langenfeld strich über seinen Spitzbart. Doch statt sich zum Gutshaus zu wenden, um – so hoffte Hermanna – endlich ihre Sachen zu packen, stapften sie am Grab vorbei auf sie zu.

Halb und halb erwartete sie den Angriff und machte sich vorsorglich steif. Vahlensieck packte ihren Arm und wollte sie zur offenen Grube mit Lubberts Sarg darin zerren. An ihrer anderen Seite und halb ihr zugewandt stand Langenfeld und machte beschwichtigende Handbewegungen, die wohl Vahlensieck gelten sollten. Mit der freien Hand versuchte er, Friedrich zurückzuschieben, der Hermanna umfassen und wegziehen wollte.

»Die hier ist's gewesen«, rief Vahlensieck dem Amtsvogt zu. »Sie ist eine Hexe.« Mit hartem Griff hielt er sie am Arm, wo noch die Druckstellen von gestern schmerzten.

Plettenberg schaute auf den Pfarrer. Zögernd trat der Hauptmann einen Schritt vor, wurde jedoch von seinem Dienstherrn zurückgewunken.

»War der Pfarrer nicht deutlich genug?«, fragte Vahlensieck, der Plettenbergs Blick bemerkt hatte. Mit der freien Hand wies er auf Hermanna und sah sie mit eng zusammengekniffenen Katzenaugen an. »Sogar die Geistlichkeit klagt die Hexe an«, rief er Plettenberg zu. »Sie hat unseren Freund umgebracht, und wir verlangen Gerechtigkeit. Wenn Ihr sie nicht unter Anklage stellt, werden wir sie hier und jetzt mit Lubbert von Zinsdorf zusammen begraben.«

Vor Schreck blieb Hermanna der Atem weg, als Vahlensieck sie mit Kraft in Richtung der Grube stieß. Wie gestern am Brunnen schlug eine heiße Welle von Todesangst über ihr zusammen. Ihre Füße rutschten auf den Grabesrand zu. Sie schnappte nach Luft, als sie fühlte, wie Langenfeld sie auf der anderen Seite am Arm zurückhielt, damit sie nicht fiel.

Hermanna stemmte die Füße in die Erde und versuchte mit heftigen Bewegungen, die Hände des groben Kerls abzuschütteln. Endlich kam auch Bewegung in Philippa und Friedrich, die vor Schreck erstarrt waren. Die Tante stürmte von hinten gegen Vahlensieck an und warf ihn halb um, sodass er Hermanna loslassen musste, wenn er nicht mit ihr zusammen auf den Sarg fallen wollte. Hermanna selbst geriet gefährlich ins Wanken. Mit erhobenem

Ellenbogen stieß Friedrich Vahlensieck kraftvoll zur Seite und hielt sie fest. Langenfeld drängte Friedrich zur Seite und schien ebenfalls Hermanna stützen zu wollen. Doch sie lehnte sich lieber an Friedrichs Brust, die ihr mit einem Mal stark wie ein Fels erschien.

Plettenberg hatte die Rangelei von der Kirche aus beobachtet, Hauptmann Menke aber immer noch zurückgehalten. »Gibt es Anhaltspunkte, auf die Ihr Eure Anklage stützt, Junker?«, fragte er nun in gleichgültigem Ton.

»Schaut sie doch an«, schrie Vahlensieck mit kleinen gelben Augen. »Sie ist eine Hexe, das sieht man doch. Sogar einen Kuttenträger hat sie dazu gebracht, dass er sie in ihrem gottlosen Aufstand, wie der Pfarrer sehr richtig sagte, unterstützt.«

Langenfeld trat zu ihm und redete mit begütigenden Gebärden auf ihn ein.

Anna hatte Hermannas Hand ergriffen und beobachtete, halb hinter ihr verborgen, die Wolfenbütteler. Mit der anderen Hand rieb sich Hermanna den Arm. Sie würde wochenlang Kleider mit Ärmeln tragen müssen, um die blauen Flecke zu verstecken.

Sie wandte sich ab und führte Anna zum Gutshaus zurück. Philippa und Friedrich gingen hinter ihnen.

Es war eine Posse. Hermanna atmete tief ein und fühlte, wie sie ruhiger wurde. Die Luft roch nach Regen. Vom Rauschfeld her trieben dicke Wolken auf das Dorf zu.

Es bestand überhaupt keine Gefahr. Niemals hätten die beiden ihr schauriges Vorhaben ungehindert ausführen können. Der Amtsvogt mochte nicht der Schnellste sein, doch Menke hätte bei solch himmelschreiendem Unrecht bestimmt nicht tatenlos zugesehen. Die beiden machten sich jetzt zum Aufbruch bereit. Vahlensiecks Anschuldigung war ins Leere gelaufen – vorerst.

Nicht einmal Langenfeld war bereit gewesen, seinen Freund vorbehaltlos zu unterstützen. Sein Verhalten war schwer einzuschätzen. Er hatte sowohl Vahlensieck gehindert, sie ins Grab zu stoßen, als auch Friedrich von ihr weggezerrt, als er sie zu retten versuchte. Einen wirklichen Freund hatte sie in dem spitzbärtigen Junker nicht.

Das Ganze war ein Schauspiel, das sowohl ihr als auch dem Amtsvogt galt; Letzterem, um ihn gegen Hermanna einzunehmen, ihr, um sie weiter einzuschüchtern. Auch Langenfelds angeblicher Schutz war Theater. Verstohlen schaute Hermanna sich um.

Vahlensieck und der Pfarrer steckten vor der Kirche die Köpfe zusammen. Langenfeld stand daneben und sah ihnen nach. Als Hermanna den Kopf wandte, drehte er achselzuckend die Handflächen nach oben.

In diesem Moment setzte sturzbachähnlich der Regen ein. Hagelkörner prasselten. Bevor Hermanna anfing zu laufen, sah sie noch, wie Langenfeld mit erstauntem Blick seine Hände musterte, von denen die himmlischen Wurfgeschosse abprallten.

Sie musste lachen. Bestimmt glaubte der Spitzbart jetzt auch an ihre Hexenkunst.

***

An dem Haus hatte Leonore noch nie einfach so vorübergehen können. Jedes Mal blieben ihre Augen an der mit farbigen Schnitzereien verzierten Fassade hängen. *Fides, spes, caritas*, las sie an der Wand. Ernst schauten die Männer mit den Altväterbärten zwischen den Worten hervor. Honoratioren der Stadt, hatte der Vater, der sie alle gekannt hatte, ihr erklärt. Sie stammten aus der Zeit vor Bischof Dietrich. Leonore hatte die Namen längst vergessen.

Glaube, Hoffnung, Nächstenliebe … Es war ein Leitspruch der Protestanten, dem Leonore nur teilweise folgen konnte. Mit Hoffnung und Nächstenliebe konnte sie dienen, aber gläubig – und die Hausinschrift meinte nun mal gottgläubig – war sie nicht. Die drei Tugenden sollten den Höllenhund vertreiben. In ihrem Fall mussten zwei reichen, doch gegen die netten Köter da oben halfen die allemal.

Ihr Blick wanderte hinauf, wo unter den vier Aposteln das Konterfei eines Mannes mit roter Narrenkappe zu sehen war. Der gefiel ihr, aber noch lieber mochte sie die Bildchen im Giebel. Dort zerrissen sich die honorigen Stadtbürger das Maul, schimpften und schrien herum, doch der kleine nackte Mann daneben schiss darauf.

Im Ükern war Leonore häufig mit ihrem Vater unterwegs gewesen. »Wir sind alle nur Menschen«, hatte er zu dem ungebührlichen Schnitzwerk gesagt, oder auch: »So muss man's halten.«

Überragt vom mächtigen Gebirge des Doms, standen winzige Katen und uralte Bauernhäuser eng beieinander, die von vielköpfigen Familien bewohnt wurden. Gute Brutstätten für alle möglichen Krankheiten, zumal hier niemand viel von Sauberkeit hielt. Und das, obwohl fast in jedem Garten eine Quelle sprudelte. Doch daraus tranken – oft gleichzeitig – Mensch und Vieh, und wenn sich Schweine darin suhlten, fand das auch niemand schlimm.

Heute hatte sie eine Familie behandelt, deren Mitglieder sämtlich von der Krätze befallen waren. Das kam nicht nur daher, dass die Leute sich und ihre Kleidung nur selten wuschen. Hier lebten einfach zu viele Menschen auf zu engem Raum, was schon Dr. Theodor – erfolglos wie sie selbst – bemängelt hatte. Ein eigenes Bett hatte hier niemand. Viel zu leicht konnten die kleinen Tierchen, die sich unter die Haut bohrten, von einem zum anderen wandern, so wie sich bei solchen Zuständen auch jede andere Seuche schnellstens ausbreitete.

Es war wohl nicht zu ändern. Ein Paradies war das hier nicht. Und daran waren die Menschen selbst schuld, wie ebenfalls an der Fassade vor ihr abzulesen war. Adam und Eva, unverkennbar wegen der Initialen A und E über ihren Köpfen, waren da augenfällig im Sündenfall begriffen. Hinterhältig grinste die Schlange vom Baum. In den nächsten Bildern folgte die Vertreibung in die jenseits des wachenden Erzengels dargestellte Öde und Wildnis.

Es war gar nicht so einfach, dabei die Hoffnung nicht zu verlieren. Nach einem letzten Blick auf den grimmigen Paradieswächter setzte Leonore ihren Weg fort. Zum Glück musste sie nicht an einen Engel glauben, der den Menschen den Eintritt ins Paradies verwehrte.

Im Dunst über der Pader konnte sie einen hellen Fleck ausmachen. So tief stand die Sonne schon? Wie eine finstere Höhle lag das ummauerte Gässchen zum kleinen Domplatz vor ihr. Mutig stapfte sie voran. Licht würde sie erst wieder nach dem Knick sehen. Wenigstens lief sie auf Pflastersteinen, wie in der ganzen Domburg. Wegelagerer mochten sie überfallen, aber schmutzige Füße bekam sie nicht. Leonore schmunzelte.

Sie war gleich zum Ükern gegangen, um dem Schultheiß ihre Rückkehr aus Albrock mitzuteilen. Sein Amtszimmer war, solange am neuen Rathaus gebaut wurde, im alten Tigge untergebracht, wo sie ihn angetroffen hatte.

Wie immer war er ungehalten gewesen, und der uralte und krumme Fachwerkbau mit den abschüssigen Fußböden schien seine Stimmung nicht gerade zu heben. Missgelaunt hatte er Leonore wegen ihrer Abwesenheit angeraunzt. »Tagelang!« Leonore hatte das Wort noch im Ohr und sah seinen erhobenen Finger vor sich. »Tagelang habt Ihr unsere Kranken allein gelassen.«

So schnell würde sie nicht wieder nach Albrock fahren können. Aber dort war jetzt Friedrich, der sicher mehr helfen konnte als sie. Zumindest reckte er sich nach Kräften, wenn er neben Hermanna stand.

Immerhin hatte Schultheiß Westphal ihr mitgeteilt, dass Kaspar von Fürstenberg wieder im Sternberger Hof zu finden war. »Er hat ebenfalls nach Euch gefragt«, hatte er vorwurfsvoll gesagt, sie aber beauftragt, sich erst um den neuen Krätzefall zu kümmern, bevor die Seuche auf die ganze Stadt übergriff.

Davor hatten sich die anderen Badefrauen natürlich gedrückt. Es hatte Stunden gedauert, bis sie alle Kinder und alten Leute gewaschen und mit Pfefferminzöl eingerieben hatte. Wie immer hatten sich die Jüngeren geweigert, ihre Kleider abzulegen, aber versprochen, die Behandlung nachzuholen. Doch natürlich musste sie das morgen nachprüfen. Und dann war täglich die ganze Prozedur zu wiederholen. Mit Krätze war nicht zu spaßen, da hatte Westphal recht.

Trotzdem ärgerte es sie, dass sie erst jetzt Kaspar aufsuchen konnte, was doch ihr vordringlichstes Vorhaben gewesen war. Wenn sie Pech hatte, saß er längst beim abendlichen Gastmahl mit hohen Herrschaften zusammen.

Dankbar für das bisschen Licht vom kleinen Domplatz her, das sie am Ende der Gasse erwartete, beschleunigte Leonore den Schritt. Links stand schon die dicke Linde, nun war es nicht mehr weit. Noch ein Stückchen bergauf, dann war sie endlich mit dem Dom auf gleicher Höhe. Zum Verschnaufen blieb sie kurz stehen. So abgehetzt wollte sie nicht in der bischöflichen Residenz vorsprechen.

Bei ihrem letzten Besuch hatte der Fürstenberger sich geärgert über Lubberts Plan, den ausgemachten Handel, was die Abstellung von bäuerlichen Soldaten betraf, zu unterlaufen. Doch unerwartet schienen Leonores Mitteilungen über Lubberts Untreue nicht gekommen zu sein. Von einem früheren Betrug Zinsdorfs hatte Kaspar gesprochen. Vielleicht hatte er sogar selbst den abtrünnigen Gefolgsmann gestraft …

Leonore schüttelte den Kopf. Nicht schon wieder Kaspar. Auch wenn Diether ihm den Mord an Lubbert durchaus zutrauen würde. Der hat ebenfalls seine Leute für die Drecksarbeit, würde er sagen. Aber Kaspar konnte nicht in jedem schmutzigen Schlamm rühren.

Entschlossen, ihren Argwohn geheim zu halten, wandte sie sich dem Sternberger Hof zu, der mit seinen fachwerkenen Türmchen und Erkern wie ein eigenes kleines Kastell trutzig die Domburg gegenüber dem Busdorfstift abschloss. Vor einem düsteren Himmel erhob sich der kuppelgekrönte Stiftskirchturm, während hinter dem Dom noch ein wenig fahles Licht aufschien.

Leonore erwischte Kaspar von Fürstenberg beim Ankleiden, fluchend, wie es seine Art war. Der Kammerherr hatte seine liebe Not mit dem Alten, dessen knotige Gelenke sich allzu schwer in enge Beinlinge und Ärmel zwängen ließen. Doch beim Hofgewand gehörten sie dazu. Leonore fasste gleich mit an, was ihr einen dankbaren Blick des Bediensteten einbrachte.

Nicht von Kaspar. Der verlagerte sofort bei ihrem Eintritt seinen Unmut auf sie. »Ihr treibt Euch in der Gegend herum, Jungfer, während ich vor Schmerzen nicht in meine Kleider komme.« Er hob den Kopf, damit der Diener unter seinem Bart die Knöpfe des flachen Spitzenkragens schließen konnte. Von oben herab sah er auf Leonore. »Kann schließlich nicht den ganzen Tag in Euren verdammten Heupackungen herumlaufen, die Ihr mir gnädigerweise dagelassen habt.« Dann streckte er die breite Brust heraus, damit den flinken Fingern Gelegenheit gegeben wurde, sich um die zahlreichen Knöpfe seines Wamses zu kümmern.

Als die Anziehprozedur überstanden war, ließ sich der Alte erschöpft in seinen Sessel sinken und schickte den Diener fort. Leonore bedeutete er, ihm und sich selbst Wein einzuschenken. Dankbar nahm sie einen großen Schluck. Auch sie spürte die Müdigkeit.

Kaspar stellte sein Glas ab und rieb die knotigen Finger gegeneinander. Bis auf das schabende Geräusch der trockenen Hautflächen war es ganz still im Raum. Der Hof lag mitten in der Stadt, deren Bewohner jetzt bald ihr Abendgebet sprachen. Erst später, wenn Leute wie Bernd Gogreve Straßen und Kneipen bevölkerten, würde es wieder laut werden.

Sie nahm sich eine Handvoll Nüsse und Rosinen und schob einige davon in den Mund. Wenigstens darin war Kaspar ihr gefolgt: Eine gut gefüllte Silberschale stand immer bereit und enthielt oft sogar getrocknete Sauerkirschen, die Leonore ihm dann wegaß. Sie hatte ihm als Hilfsmittel gegen die Gicht empfohlen, statt zuckriger Süßspeisen und fetter Kuchen lieber Trockenfrüchte zu knabbern. »Das ist mal ein guter Rat«, hatte er gesagt, »die passen auch besser zum Wein.« Leonore hatte nur die Augen verdreht. Er wusste selbst, dass Alkohol ebenfalls Gift für ihn war.

»Ihr wart also in Albrock«, stellte Kaspar nach einer Weile fest.

Woher wusste er das schon wieder?

Er versteckte ein Grinsen. »Hätte mir denken können, dass Ihr nichts Besseres zu tun habt, als die Albrock'schen Weiber in ihrer Aufsässigkeit zu bestärken. Habt Ihr ihnen auch geholfen, den rechtmäßigen Erben in den Brunnen zu werfen?«

Der angriffslustige Ton in Kaspars Stimme gehörte zum Spiel. Er mochte von Hermanna halten, was er wollte, aber ihr, Leonore, traute er die böse Tat nicht zu. Und es war ja gerade ihre Aufsässigkeit, die Kaspar so gefiel. Jetzt beugte er sich erwartungsvoll vor.

»Verdient hätte er's«, gab sie zurück. »Erzählt mir nicht, dass Ihr um Lubbert von Zinsdorf trauert.«

Kaspar lachte dröhnend.

»Oder habt Ihr etwa selbst die Hand im Spiel?«

Immer noch schmunzelnd musterte er Leonore. »Ganz der Vater«, knurrte er. »Der Appel fällt nicht weit vom Ross.«

Nun musste auch Leonore lächeln.

Kaspars Gesicht wurde wieder ernst. »Immer den Herrschenden mit Misstrauen begegnen, das war die Devise des alten Dr. Theodor. Das habt Ihr von ihm geerbt, Jungfer. Aber recht habt Ihr. Man wird manchmal zu Entscheidungen gezwungen …«, er machte eine kurze Pause und streckte die Handflächen vor, »die einem dann quer im Magen liegen. Ihr wisst, wovon ich spreche.« Er legte die Hände zurück auf die Armlehnen.

Abwartend nickte sie.

»Aber diesmal waren wir nicht beteiligt.« Mit den Fingern tippte er sachte auf das Holz. »Jedenfalls nicht, wie Ihr vielleicht denken mögt. Mit Mord und Totschlag wollen wir nichts zu tun haben. Außerdem hätte uns das nichts gebracht, versteht Ihr? Mit Zinsdorf wären wir auch anders fertig geworden, da hätte es eines Mordes nicht bedurft. Und dass wir ihn Eurer Hermanna zuliebe aus dem Weg geschafft hätten – das glaubt Ihr doch selbst nicht.«

Darin stimmte sie ihm zu. Das andere konnte man glauben oder nicht. Dass die Fürstenberger mit Gewalttaten nichts im Sinn hatten, musste erst noch bewiesen werden.

Doch was hatte er anfangs gesagt? Nicht so, wie Leonore meinte – also durch einen Mord –, hätten sie die Hand im Spiel gehabt. »Und auf welche andere Art habt Ihr dann in Albrock die Fäden gezogen?«, fragte sie.

Kaspar lachte wieder. »Seid gnädig mit einem alten Mann, Jungfer! Mein Bruder und ich mögen im Herrschaftsgeflecht gefangen sein, aber dennoch kommen die Fäden eher zu uns, als dass wir sie auswerfen. Sie wollen gezogen werden, glaubt mir das. Habt Ihr den Amtsvogt kennengelernt? Nein. Von allein fällt der nie eine Entscheidung, das lasst Euch gesagt sein.«

Er begann von Plettenbergs Werdegang zu erzählen, was übergangslos zu seiner ständigen Klage über den Mangel an fähigen Männern für die wichtigen Posten im Hochstift führte. Dietrichs Machtübernahme mochte das Katholikentum bestärkt haben, die Intelligenz jedoch lag danieder. Studierte junge Leute blieben kaum in Paderborn, und wenn, dann wollten sie nicht für den Bischof arbeiten. Ihr Diether sei das beste Beispiel, sagte er mit anzüglichem Blick. Nur mit den »katholischen Juristen«, wie Kaspar die gut ausgebildeten Nachfahren der Pfaffenkinder nannte, waren die vielen Ämter kaum zu besetzen.

»Ich habe dem Plettenberger deshalb meinen alten Freund Menke zur Seite gestellt, den Hauptmann, habt Ihr den kennengelernt?« Sie bejahte, und er nickte. »Ein zuverlässiger Mann, nicht dumm. Man sollte ihm ein höheres Amt geben, doch dann gibt's Ärger. Zu viele unversorgte Adelssöhne mit größeren Namen … und die

Mischpoke will bei Laune gehalten werden.« Er musste selbst lachen über die hohen Herrschaften, mit denen er größtenteils – wenn auch noch so weit entfernt – verwandt war.

»Menke hat Euch demnach über alles unterrichtet, was auf Albrock vorgefallen ist?«, fragte Leonore schnell.

»Hat er«, antwortete Kaspar. »Ich weiß Bescheid. Übrigens auch darüber, dass Eure Freundin, die junge Gutsherrin, es mit der Wahrheit nicht so genau nimmt. Das sage ich, weil Ihr mir bestimmt weismachen wollt, dass sie – warum auch immer – nicht zu den Verdächtigen gehören kann.«

Vor Schreck biss sich Leonore in die Unterlippe. Das meinte er offenbar ernst: Er zählte Hermanna zu den Verdächtigen. Wie sollte sie ihm das nur ausreden?

Nach einem Blick in ihr Gesicht grinste er hinterhältig. »So, so, Jungfer, da bekommt Ihr Angst, was? Die junge Albrock hat es faustdick hinter den Ohren, glaubt mir das.« Wieder das Grinsen. »Befragt sie selbst mal darüber, wo sie die Ostermesse gehört und wer sie gelesen hat. Der Bischof im Dom war es jedenfalls nicht, das wisst Ihr selbst. Das hat sie aber Menke erzählt.« Kaspar schob das Kinn vor. »Sie soll uns nicht für dumm verkaufen, richtet ihr das aus!«

Leonore fiel ein Stein vom Herzen. Wenn es nur darum ging … An seinem Augenzwinkern erkannte sie, dass er Hermannas kleine Lüge nicht allzu ernst nahm.

Er lehnte sich wieder zurück und striegelte mit steifen Fingern seinen graugelb gesprenkelten Bart. »Sie soll froh sein, dass es Plettenberg nicht gehört hat«, sagte er. »Dem fehlt nämlich nur noch ein kleines Steinchen, um Eure Hermanna schuldig zu sprechen. Das hat mir mein Hauptmann berichtet. Wisst Ihr, dass auch die Domkapitulare gegen sie hetzen? Sie meinen, weil sie auf den Dörfern viel Grund und Boden besitzen, können sie bestimmen, wo es langgeht, und setzen den Amtsvogt unter Druck. Heute war sogar eine Abordnung bei meinem fürstbischöflichen Bruder, der sich allerdings wie immer durch mich vertreten ließ.«

»Doch nicht wegen Hermanna?«, fragte Leonore und rettete im letzten Moment ihre Unterlippe. Das Domkapitel konnte den Bischof jederzeit unter Druck setzen.

»Wegen Hermanna«, bestätigte Kaspar. »Eine Hexe und Zauberin. So was wächst in den Dörfern hinter dem Wald, fragt nur die Domherren.«

»Und die Jesuiten finden sie hier in der Stadt.«

Kaspar nickte mit spöttischer Miene. Dann sagte er unvermittelt: »Ich habe sie aus der Schusslinie genommen.« Auf ihr fragendes Gesicht hin erklärte er: »Eure Hermanna, wen sonst? Ihr habt doch sicher bemerkt, dass Menke mit den Landsknechten Albrock verlassen hat.«

»Ihr wart das?«

Kaspar nickte. »Kann schließlich nicht gegen eine Anverwandte unseres hochwürdigen Herrn Bischof eine Hexenklage erheben«, brummte er. »Was stellen die sich vor?«

Draußen klapperte eine Kutsche vorbei, dann war es wieder still. Kaspar bedeutete Leonore mit einer Handbewegung, die Weingläser aufzufüllen. Er griff selbst zu den Nüssen und kaute, als gälte es, mit den Zähnen die Domherren zu zermalmen.

»Ohnehin wird nicht zu klären sein, wer Zinsdorf auf dem Gewissen hat«, sagte er. »Nicht durch Befragungen und auch nicht durch Folter. Menke war sich sicher, dass so gut wie jeder im Dorf, die Albrocker Weiber eingeschlossen, etwas zu verbergen hat. Aber sagen werden sie es uns nicht, das ist mal klar. Da können die Landsknechte genauso gut die Räuber jagen, was ohnehin zu unseren Aufgaben gehört. In Albrock muss man auf die Zeit setzen. Wir werden die Augen offen halten …«

»Das tun die Albrocker ebenfalls. Sie wollen keinen Mörder im Dorf haben und werden nach ihm suchen.«

»Meinen Segen haben sie.« Kaspar pulte sich mit dem langen Nagel seines kleinen Fingers Nussreste aus den Zähnen. »Solange sie ihn nicht selbst aufhängen …«, sagte er.

Leonore trank ihren Wein aus und wollte sich verabschieden, da hielt er sie zurück. »Wo Ihr schon hier seid …« Er füllte ihr Glas noch einmal, obwohl sie mit der Hand abwehrte. Sie wurde daheim zum Abendessen erwartet, und wenn Erik den Weingeruch wahrnahm, war das ein weiterer Punkt in ihrem Sündenregister.

Bestimmt hatte Kaspar neue Probleme mit der Gesundheit und brauchte ihren Rat. Sie setzte sich und griff noch einmal zu den Nüssen. Eriks Familie würde mit dem Abendbrot nicht auf sie warten.

Kaspar seufzte tief auf. So schlimm war es? »Jetzt muss *ich* mich natürlich mit dem Weibervolk auf Albrock herumschlagen.« Es platzte richtig aus ihm heraus. Leonore hätte fast gelacht, so erleichtert war sie.

Doch sein Gesicht sah aus, als ob ihn alle Plagen der Hölle quälten. »Wo ich gerade erst gedacht hatte, ich wäre wenigstens *die* Geschichte los. Sah so vielversprechend aus, dieser Lubbert. Aber nein – er muss es sich mit allen und jedem so verderben, dass er prompt umgebracht wird.«

»Und wie kann ich Euch helfen?«, fragte sie. Vor dem Fenster, das zum Dom wies, war nur noch Finsternis zu sehen.

Er sah sie eindringlich an. »Ihr, Jungfer, könntet Eure Albrocker Freunde darauf vorbereiten, dass jetzt andere Saiten aufgezogen werden.«

Zu früh gefreut. Offensichtlich wartete auf Hermanna noch mehr Ärger.

»Ich habe Menke angewiesen – nachdem er sich so gut im Dorf auskennt –, es weiterhin unter Beobachtung zu halten.«

»Also stellt Ihr wieder Landsknechte vor jede Tür.«

»Das nicht, nein. So viele Männer hab ich nicht, das ist ja das Problem. Der Hauptmann wird von Zeit zu Zeit nach dem Rechten schauen. Und er wird besonders darauf achten, dass auch Albrock sein Fähnlein Soldaten stellt, wie es der Bischof verlangt. Das könnt Ihr Hermanna ausrichten, seid so gut.«

»Darüber solltet Ihr Euch selbst mit ihr streiten«, sagte Leonore.

Kaspar fuhr auf. »Das fehlte noch. Sie hat dem Bischof Folge zu leisten, und die Bauern ihr. Selbstverständlich wird sie doch ihrem Lehnsherrn in Kriegsnot beistehen wollen. Und es auch müssen, nebenbei gesagt.«

»Ist der Bischof in Kriegsnot?« Leonore machte große Augen. Es waren nicht gerade friedliche Zeiten, doch Kriegsnot sah anders aus.

»Ein Krieg kann jeden Moment ausbrechen.« Das war eine gewagte Behauptung. »Trotz des Waffenstillstands stehen an allen Grenzen protestantische Heere, die nur auf den Befehl warten, bei uns einzufallen. Und allen voran unsere hessischen Schutzverwandten …« Er redete sich regelrecht in Zorn. Die letzten Worte spie er geradezu und unterstrich sie, indem er eine Handvoll Nüsse nahm und sie mit aller Kraft, zu der sein gichtiger Arm fähig war, an die Wand warf. Die Mäuse würden sich freuen.

Die »Schutzverwandten« waren die protestantischen Hessen, und wenn die seinem Machtbereich zu nahe rückten, erregte das immer seine Wut. Es war noch nicht lange her, da hatten die Adligen und die Städte des Hochstifts den Kasseler Kurfürsten um Schutz gebeten, den dieser nur allzu gern gewährt hatte. Schon lange streckte er seine Finger nach dem Hochstift aus. Man wollte sich nicht länger gefallen lassen, dass Bischof Dietrich in religiösen Fragen seinen Willen durchsetzte. Bisher hatte der Hesse stillgehalten.

Wenn Dietrich das Schutzbündnis auflösen wollte, brauchte er nur nachzugeben und reformierte Kirchengemeinden anzuerkennen. Das jedoch hätte das Lebenswerk der Fürstenberger in Gefahr gebracht: Sie wollten unbedingt ein katholisches Hochstift hinterlassen. Leonore dagegen war es egal, welchem Glauben ihr Land anhing, aber Frieden wollte sie darin haben.

Kaspar sah zum Fenster hinüber. »Und dann noch das freibeuterische Kriegsvolk, das seit dem Kölnischen Krieg durchs Land zieht …«

Wortreich berichtete er von den spanischen Söldnern, die vor zehn Jahren bei Delbrück ein übles Gemetzel angerichtet hatten, von den elf spanischen Reitern, die man bei Lippspringe festgesetzt hatte, von holländischen Scharen, die Kontributionen erpressten und die Dörfer ausplünderten, von Räubern und Gesetzlosen in den Wäldern und so weiter und so fort.

Leonore kannte die Geschichten längst und hörte gelangweilt zu.

»So sieht's aus«, sagte er und nickte. »Mein Bruder ist ja eigentlich ein Friedensfürst …«

Was er spätestens mit der Hinrichtung Wicharts bewiesen hatte.

»Kennt Ihr Dietrichs Wahlspruch? Nein? Ich will ihn Euch aufsagen.« Er grinste. »Aber nicht auf Latein, das soll er selbst machen.«

Er rappelte sich aus dem Sessel hoch, stellte sich in Positur und trug mit der näselnden Stimme des Bischofs vor:

»Die Waffen soll man werfen weit.
Nach Frieden trachten alle Zeit.
Kann's aber mal nicht anders sein,
so schlag alsdann mit Freuden drein.«

Er ballte eine Faust, so gut es seine knotigen Gelenke zuließen, und schlug sie in die offene Handfläche. »Das ist mein Bruder. Wie er leibt und lebt.«

Sie lachte mit, weil Kaspar es erwartete, und half ihm zurück in seinen Sessel, wo er wieder ein ernstes Gesicht aufsetzte. »Irgendwann werden wir dreinschlagen *müssen.«* Bedauernd hob er die gichtigen Hände. Doch gleich darauf blitzten seine Augen. »Aber wir werden es mit Freuden tun, darauf können die Hessen sich verlassen und alle anderen auch.« Dann verfinsterte sich seine Miene. »Vorausgesetzt, wir haben genug Soldaten. Und daran hapert es. Ihr wisst ja, dass der Bischof selbst keine Männer ausheben kann. Er ist darauf angewiesen, dass seine Lehnsleute ihre Pflicht tun und ihre Untertanen wenigstens zu den Generalmusterungen schicken, damit man sieht, auf wen man im Notfall zurückgreifen kann. Die meisten Adelsherren halten selbst Musterungen ab, bewaffnen ihre Leute und bilden sie aus …«

Und verkaufen sie fremden Kriegsherrn. Doch das erwähnte Leonore jetzt lieber nicht.

»Doch die Albrocker Bauern erscheinen nie zu den Musterungen.« In aufgebrachtem Ton fuhr Kaspar fort. »Tausende kommen jährlich von den Dörfern auf unseren Musterungsplatz in der Heide, um sich Hauptmann Bose und seinen Leuten vorzustellen. Tausende – sie kommen aus Brenken, Büren, Verne, Husen, Henglarn, Etteln, Atteln, Lichtenau, Brakel, Warburg, Oestereiden, Langenstraße, Keddinghausen …«

»Hört schon auf«, fiel ihm Leonore ins Wort. »Ich kenne die Dörfer.«

»… aber nie einer aus Albrock. Und das wird sich ändern.« Er klopfte im Takt der letzten Worte auf die Sessellehne.

Ein Einwand blieb ihr noch. »Und wenn sich die Bauern dann – gut bewaffnet und ausgebildet – gegen ihre Herrschaft erheben?«

Kaspar gähnte, doch seine Augen wirkten gar nicht müde. »Das tun sie sowieso, Jungfer. Seht Ihr ja – so schlagkräftig sind sie immerhin in Albrock. Wenn auch heimlich …«

»Andernfalls hätte es wohl ein schönes Blutbad gegeben.«

»Bei offenem, bewaffnetem Aufruhr, meint Ihr? Damit werden die Landsknechte eher fertig als mit feigem Mord.«

»Und die Landsknechte sind auch nur Bauern und müssen auf die aus dem Nachbardorf schießen.«

»Was wollt Ihr, Jungfer? Soll ich mir Soldaten backen?«

»Nein, aber für Frieden sorgen. Notfalls durch Zugeständnisse ...«

Kaspar lachte nur. »Ich werd's mir merken.« Er hob noch einmal kämpferisch die Fäuste, die wie Krallen wirkten, weil er die Finger kaum zusammenballen konnte. Es war ein trauriger Anblick. Der einstmals so kraftstrotzende Kaspar war alt geworden. Dennoch erkannte Leonore, wie sich im Griff dieser Krallen die Menschen des Hochstifts wanden und wehrten. So schnell würden die Fürstenberger nicht loslassen.

Sie hatte schon die Türklinke in der Hand, da rief Kaspar sie noch einmal zurück. »Und wenn Ihr am Dom vorbeikommt, Jungfer, dann bleibt einen Moment stehen und schaut Euch die klugen und törichten Jungfrauen genau an.« Dazu war es längst zu dunkel, was er wohl nicht bedacht hatte. »Am besten führt Ihr auch Hermanna dorthin«, sagte er. »Ein wenig Demut vor dem Herrn könnte euch beiden gut tun.« Gerade noch hatte Kaspar den Starrsinn Dr. Theodors gepriesen.

Vom Dom sah Leonore vor dem anthrazitfarbenen Himmel nur die Konturen. Kein Mond, keine Sterne. Von den Nachtwachen hörte man nichts, was ihr ein Ausweichen in die matschigen Hintergassen ersparte.

Trotz der Dunkelheit standen ihr die Figuren des Brautportals vor Augen, die sie seit ihrer Kindheit kannte. Allerdings waren es nicht die Jungfrauen mit ihren langweiligen Gesichtern oder – in der Reihe darüber – die Lebensgeschichte Jesu gewesen, an denen ihr Blick immer gehangen hatte. Geliebt hatte sie die Darstellungen ganz oben: das Schwein mit der Flöte, den Esel mit der Geige, den Fuchs, der sich mit einem Mönch um eine Urkunde stritt, und viele weitere, deren Sinn sie bis heute nicht verstand.

Kluge Tiere jedenfalls. Oder waren sie etwa töricht, weil sie den Menschen nachzuahmen versuchten? Leonore hatte keine Ahnung, was der längst verstorbene Steinmetz ihr mit den Bildern hatte sagen wollen.

Ebenso wusste sie nicht, was die klugen von den törichten Jungfrauen unterschied. Nur, dass Letztere die Ankunft ihres Herrn verpasst hatten, weil sie Besseres zu tun hatten. Das konnte Leonore nachvollziehen. War es nicht Anmaßung zu entscheiden, wessen Verhalten dumm und welches weise war?

In Kaspars Augen war Hermanna töricht, weil sie ihre Bauern schützte. Und er selbst klug, weil er mit Waffengewalt den Willen des Bischofs durchsetzen wollte. Zu diesem Zweck führte er teure Kriege mit vielen Toten und plünderte fremde Landstriche aus, was Leonore wiederum ziemlich dumm vorkam.

In erster Linie ging es Kaspar also um die Soldaten. Nur deshalb hatte er – und wohl schon bei Lubberts Einsetzung – an den Albrocker Fäden gezogen. Die in diesem Fall aber nicht von ganz allein zur bischöflichen Kanzlei geführt haben dürften. Katharina von Zinsdorf, Hermannas und Kunigundes Tante, hätte nie zugestimmt, ihr Gut einem entfernten Verwandten zu vermachen. Das hatten die Männer unter sich abgekaspert, da war sich Leonore sicher.

Dass Lubbert sich in jeder Hinsicht als Missgriff herausstellen würde, hatte Kaspar nicht wissen können. Es geschah ihm aber recht.

Jetzt versuchte er über den Hauptmann, die Albrocker jungen Männer zum Kriegsdienst zu pressen. Hermanna musste sich etwas einfallen lassen …

Doch mit dieser Sorge konnte sie sich später beschäftigen. Erst einmal war wichtig herauszufinden, wer Lubbert umgebracht hatte. Hermanna war nicht außer Gefahr.

Über das, was sie von Kaspar erfahren hatte, wollte sie die Freundin schriftlich unterrichten. Bestimmt konnte sie den Brief einer vertrauenswürdigen Marktfrau mitgeben. Dann wartete wieder die Krätze auf sie, deren Ausrottung ihr Westphal mit erhobenem Zeigefinger ans Herz gelegt hatte. Sie schaute am Domturm hinauf – sah er dem Finger des Schultheißen nicht ähnlich? Doch wo die welsche Kuppel mit dem krönenden Kreuz Missetätern jenseitige Verdammnis androhte, bedeutete Westphals Zeigefinger, wenn er sich denn zu ihren Ungunsten senkte, eher diesseitigen Verdruss …

Mit dem Schultheiß durfte sie es sich nicht verderben. Er war ihr wichtigster Verbündeter in der Sorge um die Gesundheit der Stadtbewohner. Auf Albrock war ihre Anwesenheit nicht nötig. Friedrich konnte Hermanna beistehen, auch wenn er sich dazu noch ein bisschen mehr recken musste.

Teil 3
Irrlichter

Von der Schepffunge des lichtes in dieser weld

Aber also Hatt der zorn das Hertze Gottes Nicht Berired
Darumb ist er ein Süsser freundlicher Güttiger
Sänffter
reiner
vnd Barmhertziger Gott
Nach seinem Hertzen in der Inresten geburtt
In dem locum dieser weld Blieben
vnd seine Sänffte liebe dringed aus seinem Hertzen
in die euserste geburtt des zornes
vnd lescht den selben
Darumb Sprach er
Es werde lichte.

Jacob Böhme, 1612

Freitag, 11. April 1614

Auf dem Weg zum Abtritt musste Hermanna an den Stiftssoldaten vorbei. Mit den Musketen im Arm hatten sie sich eng an die Flurwände gepresst und schnarchten mit offenen Mündern. Friedrich hatte ihnen eingeschärft, sie sollten den Flur vor Hermannas und seinem Zimmer nicht aus den Augen lassen. Sie lachte leise, als sie zwischen den Männern hindurchging.

Auch Friedrich schlief noch. Hermanna hatte nicht vor, ihn zu wecken. Draußen dämmerte es nicht einmal; jetzt hatte sie das Haus noch für sich.

Sie öffnete die Tür zu dem Kämmerchen am Ende des Flurs und prallte zurück. Jemand anderes war noch früher auf als sie. Bevor sie die Tür wieder schließen konnte, schob sich jemand mit harten Knochen neben sie. Friedrich war das nicht. Hermanna wollte etwas sagen, doch schon legte sich eine Hand auf ihren Mund, und ein Arm schloss sich eng um ihren Körper.

Mit einem Mal spürte sie, wie alles Blut zu ihrem Herzen floss und gleich darauf heiß durch ihren Körper strömte. Da war sie wieder, die Angst. Eine alte Bekannte. Hermanna bot ihr die Stirn und straffte ihren Rücken. Hinter ihr schnaubte es ein paarmal, was sich anhörte wie unterdrücktes Lachen.

Vahlensieck. Niemand anderes konnte es sein.

Sie trat mit ihren nackten Füßen gegen seine Beine und schlug mit den Armen. Wieder das Schnauben. »Der Strick«, flüsterte er. Sie waren zu zweit. Im Dunkeln griffen Hände nach ihren Beinen und banden sie zusammen.

Der andere Kerl musste auf dem Abtritt gesessen haben und kniete jetzt vor ihr. Hermanna hätte wetten mögen, dass er einen Spitzbart trug.

Ihre Arme waren noch frei. Sie stieß sie nach unten und traf auf Widerstand. Ein Kopf, der sofort aus ihren Händen verschwand. Ein Ächzen war zu hören. Sie wand sich heftiger und versuchte, die Hand vor ihrem Mund zu beißen. Doch die drückte nur kräftiger zu.

Wenige Schritte von ihr entfernt lagen die Stiftssoldaten. Sie hatten offensichtlich einen gesunden Schlaf.

Der Kerl, den sie weggestoßen hatte, rappelte sich wieder auf und drückte ihr mit kräftigem Griff die Arme an den Körper. Gemeinsam hielten sie Hermanna fest. »Knebel sie«, flüsterte der hinter ihr. Er war der Größere von beiden. Er nahm die Hand von ihrem Mund, doch bevor sie Luft holen oder gar schreien konnte, fühlte sie schon, wie etwas hineingeschoben und um ihren Kopf herum festgebunden wurde. Gleich darauf wurde ein Sack über ihren Kopf gestülpt, dann über ihren ganzen Körper und um sie herum ein Strick gewickelt.

Ein wehrloses Bündel, das war sie jetzt.

Sie wünschte, sie wäre genauso fühllos wie ein Bündel Lumpen. Wieder schoss die Angst heiß durch ihren Körper. Sie war Vahlensieck – denn er war es bestimmt – vollkommen ausgeliefert, viel mehr als am Brunnen und bei der Beerdigung. Ihre Brust war so eng, dass nicht einmal die wenige Luft hineinwollte, die sie durch die Nase bekam.

Grobe Hände packten Beine und Schultern. Das Bündel wurde fortgetragen, mit leisen Schritten mitten durch ihre tapferen Bewacher hindurch. Hermanna hätte schon auf sie fallen müssen, um sie aufzuwecken. Doch alles Winden und Strampeln verhalf ihr nicht zum Sturz.

Von niemandem gehindert schlichen ihre Entführer die Treppe hinab. Sie wurde umgeladen: Jetzt lag sie auf der Schulter des einen Kerls. Es ging zur Haustür hinaus, über den Hof und nach links die Trift entlang. Mit einem so großen Bündel über der Schulter mussten die Männer wie Räuber aussehen. Wenn nur schon jemand im Hof wach war, der sie festhalten könnte.

Aber nichts war zu hören. Bis auf Kösters Harras, der kurz anschlug, als sie vorbeigetragen wurde, aber gleich zu bellen aufhörte. Er hatte wohl Hermanna gerochen. Dass sie nicht auf zwei Beinen ging wie sonst, war ihm wahrscheinlich egal. Sie zappelte stärker, doch Harras bellte nicht noch einmal.

Tränen traten ihr in die Augen und liefen an ihrer Nase entlang. Sie schniefte und zwinkerte die Feuchtigkeit weg. Weinen half jetzt nichts. Was auch immer Schreckliches ihr bevorstand: Noch war es nicht eingetreten. Sie konnte immer noch gerettet werden, auch wenn sie jetzt hilflos auf einer harten Schulter hin und her schaukelte.

Sie mussten auf dem Weg nach Osten aus dem Dorf hinaus unterwegs sein. Hermanna fragte sich gerade, wie weit sie noch getragen werden sollte, als sie mit dem Rücken zuerst auf einen harten Untergrund geworfen wurde. Ihre Beine fanden keinen Platz, doch jemand drückte sie einfach an ihren Körper. Jetzt lag Hermanna zusammengekrümmt, die Knie fast am Kinn.

Kein Wort war gefallen. Vielleicht schwiegen die Kerle, weil sie noch in der Nähe der Häuser waren. Hermanna stieß mit dem Kopf gegen das Holz unter sich, um auf sich aufmerksam zu machen. Doch es tat nur weh, und zu hören schien sie niemand. Bald gab sie es auf.

Gleich schlug ihr Kopf von allein gegen das Holz. Unter ihr rumpelte es, dann setzten sich Räder in Bewegung. Sie lag auf einem Gefährt, das immer schneller voranrollte. Außer den Rädern hörte sie Hufschlag. Zwei Pferde liefen vorn, und neben sich konnte sie auf jeder Seite zwei Reiter ausmachen. Wenn es die Wolfenbütteler waren, die sie entführt hatten, saß wohl Barthel auf dem Bock.

Um sich herum fühlte sie Widerstand. Eine Kiste? Der Fußraum einer Kutsche? Jedenfalls war es so eng, dass sie nicht hin und her rutschen konnte. Was ein Glück war. Viel zu schnell jagte das Gefährt über den holprigen Weg. Die Angst schnürte ihren Brustkorb enger, als sie sich vorzustellen versuchte, was sie am Ende der unbequemen Reise erwarten mochte.

Ihr kamen wieder die Tränen. Sie hatte sich so sicher gefühlt. Schon am Dienstag, gleich nach der Beerdigung, hatten Vahlensieck und Langenfeld das Gutshaus verlassen. Hermanna hatte angenommen, dass sie nach der Abfuhr, die der Amtsvogt ihren Anklagen gegen sie erteilt hatte, aufgegeben hätten. Viel misstrauischer hätte sie sein müssen …

Aber auch dann wäre ihr wohl kaum in den Sinn gekommen, dass man sie ausgerechnet auf ihrem Abtritt überfallen könne. Gestern Abend war die kleine Nische in der Außenwand noch leer gewesen. Sie hatte die Haustür abgeschlossen und war – ohne die geringste Ahnung – zu Bett gegangen. Zu diesem Zeitpunkt mussten die Männer schon im Haus gewesen sein. In ihrem Haus, wo sie sich bisher so sicher gefühlt hatte. In Zukunft, so nahm sich Hermanna vor, würde sie jeden Abend in alle Räume hineinsehen.

Vorausgesetzt, sie überlebte dieses Abenteuer. Die Wolfenbütteler waren skrupellos, das hatten sie mehrfach bewiesen.

Sie mussten ihre Gewohnheiten genau gekannt haben. Dass sie morgens früh aufstand, hatten Vahlensieck und Langenfeld selbst nie mitbekommen. Aber Lieseke konnte es ihnen, ohne sich etwas dabei zu denken, erzählt haben. Sie hatte nichts gewusst von dem Streit.

Friedrich schlief jetzt sicher noch. Er würde ihr nie verzeihen, dass sie ihn nicht geweckt hatte. Oft genug hatte er sie gewarnt. Ihm hatte der hämische Blick Vahlensiecks nicht gefallen, mit dem er Hermanna bei dem frostigen Abschied der Wolfenbütteler bedacht hatte. Sie selbst hatte nichts Auffallendes bemerkt, weshalb sie angenommen hatte, Friedrich wolle sich wichtig machen, um nicht so bald Albrock und Hermanna verlassen zu müssen. Doch sie war es gewesen, die die Wolfenbütteler falsch eingeschätzt hatte, ein Fehler, den sie jetzt zutiefst bedauerte.

Sie mochte Friedrich und genoss die Gespräche mit ihm. Doch in den vergangenen Tagen war er ihr nicht von der Seite gewichen. Sie hatte ihn in der Bibliothek vor ihre Bücher gesetzt oder ihn mit kleinen Aufträgen ins Dorf geschickt. Viel zu schnell war er dann wieder neben ihr aufgetaucht. Sie hatte ihm nicht sagen können, dass ihr die ständige Begleitung zu viel wurde.

Nur am Morgen hatte er sie in Ruhe gelassen. Wie Leonore und wahrscheinlich alle Städter war er ein Langschläfer, während die Dörfler zeitig aufstehen mussten. »Frühmorgens bin ich sicher«, hatte sie gesagt. »Die Wolfenbütteler finden genau so schwer aus den Federn wie Ihr.«

Dass sie wirklich die Gegend verlassen hätten, hatte sie selbst nicht angenommen. Allzu sehr waren die Junker darauf erpicht, Hermanna für den Mord an ihrem Freund hängen zu sehen. Nahe beim Amtsvogt in Boke oder in Paderborn, wo es Gastwirtschaften gab, würden sie Unterschlupf gesucht haben. Darin war sie sich mit Friedrich einig gewesen.

Mühsam veränderte sie ihre Lage, um nicht immer an denselben Stellen gestoßen zu werden. Sie stemmte die Beine nach unten, bis sie Halt fanden, und streckte den Kopf in die andere Richtung. Bald fühlte sie auch da ein Brett. Weiter ausdehnen konnte sie sich nicht, aber jetzt war ihr Kopf festgeklemmt und schlug nicht mehr auf den Boden.

Hermanna hatte versucht, ihren Missmut Friedrich gegenüber zu verbergen, was ihr nicht immer gelungen war. Besonders nicht, nachdem Vorsteher Hagemeier und Richter Tentrup mit ihren Klagen zu ihr gekommen waren. Friedrich war aber auch zu neugierig gewesen. Er hatte sich zu den Leuten an den Tisch gesetzt und sie unter dem Vorwand, Erinnerungen für die Albrocker Geschichte zu sammeln, nach Lubbert ausgefragt.

»Was macht der Kerl hier?«, hatte Tentrup geschimpft. »Hält der uns für dumm?«

Und Hagemeier hatte sich in die Brust geworfen. »Wenn's hier einen Mörder gibt, dann suchen wir den selbst. Dafür brauchen wir keinen Hauptmann und keinen Kuttenträger aus der Stadt.« Erst danach hatte er sich am Kopf gekratzt. So leicht würde Lubberts Mörder sich den Dorfgenossen nicht zu erkennen geben.

Friedrich hatte über sein Ungeschick lachen können und ihre Bitte, die Dorfbewohner in Ruhe zu lassen, nicht übel genommen.

»Es gibt aber auch welche«, hatte er bei der Gelegenheit erzählt, »die mich von ganz allein ansprechen. Sie wollen zu gern loswerden, wie Euer Vetter hier gewütet hat und wie sie sich gewehrt haben. Sind sogar stolz darauf, wenn's ordentlich blutig zuging. Und alle scheinen ihren Verdacht zu haben. Was glaubt Ihr, wie viele Andeutungen ich zu hören bekommen habe? Namen nennen sie natürlich nicht …«

Ihm gegenüber gewiss nicht, und auch sonst nicht. Untereinander wusste ohnehin jeder, von wem jeweils die Rede war. Ob wirklich ein Mörder unter ihren Albrockern war?

Durch den Sack hindurch hörte sie, wie jemand »brrr« machte. Gleich darauf wurde das Gefährt langsamer und bog um eine Kurve. Jetzt hatten sie wohl den Hellweg erreicht. Sie waren nach links abgebogen, also fuhren sie in Richtung Paderborn, und das so eilig wie zuvor.

Hermanna zerrte an den Stricken, um sich von ihnen zu befreien, erreichte jedoch nur, dass sie schmerzhaft in ihre Haut schnitten. Erst jetzt nahm sie wahr, dass der Sack, in dem sie steckte, von etwas Leichtem, Weichem bedeckt war. Sie drückte mit dem Kopf dagegen und fühlte Stroh, das dem weiteren Druck nicht nachgab. Niemand würde es sehen, wenn sie sich durch Zappeln bemerkbar machte.

Ohnehin schien zu dieser frühen Stunde kein Mensch unterwegs zu sein. Kein Gruß hin und her, kein Hufschlag, der sich näherte. Die Schüttelei nahm kein Ende. Morgen würden zahlreiche blaue Flecken ihren Körper zieren.

Friedrich sollte die Musketiere des Busdorfstifts zum Teufel jagen. Sie hatten ihre Gewehre beschützt, aber Hermannas Entführung verschlafen.

***

Energisch klopfte es an seine Tür. Friedrich schreckte auf. War es schon Morgen?

Ein Blick zum Fenster zeigte ihm, dass es noch dunkel war. Beruhigt ließ er den Kopf wieder sinken. Nicht weiter schlimm, wenn ihn zu so unchristlicher Zeit jemand im Bett antraf.

Es klopfte noch einmal, dann öffnete sich die Tür. Er rechnete mit einem der Stiftsknechte, doch dann vernahm er Philippa von Albrocks Stimme.

»Seid Ihr wach, Hochwürden?«

Eine Laterne schob sich durch den Türspalt, dann – in einem dunkelgrauen Hauskleid mit einer schmalen weißen Kröse am Hals – ihre hochgewachsene, magere Gestalt. Schnell zog Friedrich die Bettdecke höher. In seinem Schlafgewand brauchte sie ihn nicht zu sehen.

»Ist Hermanna hier?«, fragte sie zu seiner Überraschung und machte Anstalten, weiter in den Raum zu treten.

»Wie kommt Ihr darauf?«, fragte er, zog aber, da sie bereits mit der Laterne in die Ecken leuchtete, den Arm unter der Decke hervor, um mit einladender Geste zu sagen: »Schaut Euch nur um. Hier ist sie nicht.«

Wenn Hermanna gesucht wurde, war sie sicher nicht in ihrem Zimmer. Sie stand früh auf, das wusste er. Zu tun gäbe es immer, hatte sie gesagt. »Gibt es einen besonderen Grund, warum Hermanna gesucht wird?«

Philippa vermied es, den Stiftsherrn in seinem Bettzeug anzuschauen, schielte aber verstohlen unter die Liegestatt. Glaubte sie wirklich, die stolze Hermanna würde sich darunter verstecken?

»Ihr müsst vielmals entschuldigen, Hochwürden.« Sie tat ehrerbietig, richtete aber gleichzeitig ihren misstrauischen Blick auf den Schrank.

In Gedanken ging Friedrich eine Wette mit sich ein, ob sie sich wohl trauen würde, ihn zu öffnen.

Philippa trat dem Objekt ihrer Neugier einen Schritt näher. »Aber wir suchen Hermanna.«

Das war ihm inzwischen bekannt.

»Sie ist nirgendwo aufzufinden …« Noch einen Schritt näher zum Schrank.

Er versuchte, sie mit Worten aufzuhalten. »Ist sie nicht irgendwo im Hof? Vielleicht im Badehaus?«

»Wir haben schon überall gesucht …«, gab Philippa zur Antwort. Sie schaute auf den Schrank, als ob dort ihre letzte Hoffnung verborgen läge.

Plötzlich ging Friedrich auf, dass es echte Besorgnis war, die ihre Suche antrieb, und nicht – jedenfalls nicht nur – der Verdacht, Hermanna könne ehrenrührige Beziehungen zu ihm unterhalten. Trotz der zu erwartenden Empörung würde es sie erleichtern, zwischen den Schranktüren einen Rockzipfel der Nichte hervorblitzen zu sehen. Doch damit konnte er nicht dienen.

»Was ist mit den Dorffrauen? Vielleicht macht sie irgendwo einen Besuch?«

»Ihre Kleider liegen in ihrem Zimmer. Sie müsste im Nachtgewand ins Dorf gegangen sein.« Einen letzten Blick warf sie auf den Schrank, dann drehte sie sich um und ging zur Tür. Förmlich gab sie noch einmal ihrem Bedauern über die Störung Ausdruck und verließ sein Zimmer.

Friedrich sprang aus dem Bett. Immerhin war er im Haus, um auf Hermanna aufzupassen, auch wenn sie selbst diesen Auftrag nicht allzu ernst nahm. Oft genug ging sie eigenbrötlerisch ihrer Wege, und er hatte erst lernen müssen, sie dann in Ruhe zu lassen. Tagelang hatten sie von den Wolfenbüttelern nichts gehört. Er musste zugeben, dass auch seine Aufmerksamkeit nachgelassen hatte.

Er verzichtete auf die Kutte, die beim Suchen nur hinderlich wäre, und lief in Wams und Kniehosen zur Treppe. Die Stiftsknechte vor Hermannas Tür richteten sich halb auf und murmelten: »Wir passen weiter auf sie auf.« Erst im Weitergehen fiel ihm ein, dass sie Hermanna gesehen haben müssten.

Er drehte sich um. »Ihr Esel«, rief er. »Sie ist längst nicht mehr in ihrem Zimmer, habt ihr das gar nicht gemerkt?« Natürlich machten sie große Augen. Wo sie doch kein bisschen geschlafen hatten!

In der Küche fand er den gesamten Albrock'schen Haushalt versammelt. Martin, den sie als Einzigen in Friedrichs Rolle eingeweiht hatten, warf ihm einen finsteren Blick zu und stellte sich zu Lieseke an den Herd. Von hinten sahen sie aus wie Geschwister: beide kurz und stämmig, die gleichen strohigen blonden Haare, bei Lieseke mit Zöpfen.

Am Tisch saß Anna und zog ein mürrisches Gesicht. »Wir können doch auch ohne Hermanna frühstücken. Sie wird schon irgendwo sein, und dann isst sie eben später …«

»Pscht«, machte ihre Großtante, gab aber Lieseke Anweisung, das Morgenmahl aufzutischen. Jeder versuchte, seine Befürchtungen vor dem Kind zu verbergen, doch alle schoben ihre Löffel mehr im Brei herum, als dass sie ihn aßen. Friedrichs eigener Napf wurde ebenfalls nicht leer, denn inzwischen hatte sich in seinem Hals ein Kloß festgesetzt, der aus Angst bestand und nicht aus Haferbrei.

»Vielleicht hat sie ihr Gartenkleid angezogen?«, fragte er.

Danach hatte Lieseke schon geschaut. »Das hängt am Haken. Und bevor Ihr fragt: Im Badehaus fehlt auch kein Umhang. Alle da.«

Friedrich hatte einen letzten – hilflosen – Einfall. »Schlafwandelt sie vielleicht?«

Alle, sogar Anna, schauten ihn mit zusammengezogenen Brauen von unten herauf an, als habe er Hermanna unterstellt, sie fräße kleine Kinder ohne Senf.

Anna schob den letzten Löffel Brei in den Mund, worauf Philippa nur gewartet hatte. Sie schickte Anna in ihr Zimmer und verbot ihr, das Haus zu verlassen, was weiteres Maulen hervorrief.

»Es hilft alles nichts«, sagte die alte Frau dann. »Wir werden Hermanna suchen müssen. Ihr muss etwas geschehen sein, sonst wäre sie hier.«

Martin und Lieseke nickten und standen auf. Sogar ihre breiten Gesichter waren ähnlich und zeigten den gleichen Ausdruck von Besorgnis. Verwandt waren sie aber nicht.

»Wartet noch«, bat Friedrich. »Wir sollten uns absprechen.«

Sie setzten sich wieder auf die Bank und schauten ihn erwartungsvoll an, Lieseke mit Hoffnung in den blauen Augen, Martin grauäugig und wieder mit düsterem Blick.

»Wir sollten nicht alle in die gleiche Richtung laufen, da habt Ihr recht.« Den »Hochwürden« sparte Philippa sich nach einem Blick auf Friedrichs Kleidung. Sie selbst trug inzwischen ein dickes, edelsteinbesetztes Kreuz auf der Brust. »Ich schlage vor, dass Lieseke die Albkeufer absucht, Martin sich im Rauschfeld umsieht und ich selbst bei den Nachbarn herumfrage und sie bitte, suchen zu helfen. Wenn Ihr Euch ebenfalls beteiligen wollt, könnt Ihr mit mir gehen.«

»Natürlich helfe ich«, sagte er.

Er sah zum Küchenfenster. Über der Baumreihe jenseits des Hofs war rosa Himmel zu sehen. Bald stieg dort die Sonne empor. Wenn Hermanna hier war – sie vielleicht unglücklich gefallen war und irgendwo hilflos am Boden lag –, konnte sie nicht lange verborgen bleiben.

»Als Erstes gehe ich zum Pfarrer und bitte ihn, für Hermannas glückliche Rückkehr eine Messe zu lesen«, kündigte Philippa im Hinausgehen an.

Friedrich hatte seine Zweifel, dass Pastor Kruse bei diesem Auftrag mit ganzem Herzen dabei wäre.

***

Wenn Hermanna richtig geschätzt hatte, müsste jetzt bald unter den Rädern ihres Reisegefährts Straßenpflaster auftauchen. Um sie herum hatte sich der Weg belebt. Sie hörte Hufschlag und Rufe, doch nichts deutete darauf hin, dass sie in ihrem Versteck entdeckt worden war.

Ob man sie in die Stadt hineinbringen würde? Die Torwächter

durchsuchten jeden Wagen, doch das hatten ihre Entführer sicherlich bedacht.

Sie drehte den Kopf, um das Fahrgeräusch besser zu hören, bis sie endlich unter den Rädern Steine wahrnahm. Sie hatte recht gehabt. Ein kurzer Halt – wohl am Torhaus – und schon ging es weiter. Niemand hatte das Stroh angerührt, unter dem sie hilflos strampelte.

Wieder stieg Angst in ihr auf. Das lockere Stroh über ihr drückte wie eine Zentnerlast. Sie verdrehte unter den Schnüren die Arme, damit ihre Lungen mehr Luft bekamen. Ihr rumpelndes Gefängnis schien immer enger zu werden. Ihre Knie scheuerten unablässig an einem rauen Brett entlang, und ihr Nacken war schmerzhaft verspannt, weil sie den Kopf nicht weiter vorstrecken konnte. Um sie herum war es stockdunkel, dabei musste draußen längst die Sonne aufgegangen sein.

Unter den Rädern wurde es lauter, das Schütteln verstärkte sich. Das Gefährt fuhr auf einer gepflasterten Straße. Bei jedem Stoß löste sich Hermannas Hüfte von dem Brett darunter und fiel gleich wieder herab. Der Knochen fühlte sich an, als ob jemand ihn mit einem Hammer bearbeitete.

Ihr ganzer Körper schmerzte. Die Fahrt sollte endlich ein Ende nehmen, auch wenn danach neue Gefahren drohten. Doch Vahlensieck ausgeliefert zu sein war vielleicht schlimmer als ein paar Stöße. Er spielte mit ihr, aber seine Spiele waren grausam.

Und er hatte gedroht, sie als Hexe vor Gericht zu bringen. Wenn dieser Plan hinter der Entführung stand, mochten sie durchaus zum bischöflichen Zwinger vor dem Heierstor unterwegs sein. Dort würden ihre Freunde sie niemals suchen, und bis es zum öffentlichen Prozess kam, wäre sie in den feuchten Kellern tief unter der Erde längst verfault.

***

Schon in den ersten Häusern fand Friedrich bereitwillige Helfer. Die Frauen übernahmen es, von Haus zu Haus zu laufen und dort nach Hermanna zu fragen. Die Männer schickten sie zum Platz vor der Kirche. Bald wurden Suchtrupps gebildet, die in die Umgebung ausschwärmen sollten.

Friedrich schloss sich Hagemeier an, weil er den am besten kannte. Zusammen gingen sie zum Dorfrichter, in dessen Stall sich weitere Bauern fanden. Friedrich wunderte sich, warum zu so früher Stunde so viel Betrieb war. Man rief sich Zahlen zu, der Richter hob die Hand und ließ sie fallen. Eine Versteigerung war im Gange. Im Koben zwischen den Männern sah Friedrich etliche Ferkel herumwuseln.

»Jau«, rief einer, »unsere besten Fickel – für Borchusen grad gut genug, was, Meinolf?« Er schlug dem vierschrötigen Nöllekenmeier auf die Schultern, der über beide Backen grinste.

Friedrich hatte Nölleken schon kennengelernt. Klara, mit der er des Öfteren die Möglichkeiten erörtert hatte, einen eventuellen Mörder unter ihnen ausfindig zu machen, hatte ihn gebeten, ins Nachbardorf zu reiten, sich den Bauern anzusehen und zu versuchen, mehr aus ihm herauszubringen, als es ihr zuvor gelungen war. Er hatte – angeblich in Hermannas Auftrag – den gleichen Vorwand benutzt wie Klara. Ein Fehler, wie sich gezeigt hatte. Wutentbrannt war der Nöllekenmeier ins Gutshaus gekommen und hatte die ahnungslose Hermanna gefragt, wie oft er denn noch erklären solle, dass er bei den Albrockern bleibe.

Hagemeier erklärte in knappen Worten, dass Hermanna vermisst werde und man sie suchen müsse. Die Männer schauten sich mit besorgten Mienen an und kratzten ihre Köpfe wie der Vorsteher.

»Hoffentlich war's nicht wieder der Mörder«, sagte Richter Tentrup, worauf er in verblüffte Gesichter blickte. »Ich mein ja nur – kann noch irgendwo ein Erbe sein, oder?«

»Jau«, rief jemand. »Euer Toneken, was?«

Friedrich konnte nicht erkennen, vom wem die Frage gekommen war, was auch dem Richter nicht gelang, obwohl er wütend alle Gesichter musterte. »Blödsinn«, sagte er dann. Einen Moment lang war es still, dann wurde getuschelt. Friedrich hörte noch ein paarmal den Namen Toneken, konnte aber nicht verstehen, was über ihn gesagt wurde.

Tentrup schlug vor, ins Rauschfeld zu gehen. Im Wald seien schon genug Leute, und wenn Hermanna im Moor festsitze, brauche sie am ehesten Hilfe. Das leuchtete allen ein.

In einer großen Gruppe wandten sie sich westwärts. Die sonst so behäbigen Bauern brachten die mit Kuhfladen übersäte Trift so schnell hinter sich, dass Friedrich nur mit Mühe Schritt halten konnte. Auf seine Schuhe zu achten, gab er bald auf.

Offenbar hatten die Albrocker Erfahrung darin, das Moor nach Vermissten abzusuchen. In einer langen Kette verteilten sie sich entlang eines kleinen Bachs und gingen gemeinsam auf das Sumpfgebiet zu. Friedrich war froh, Tentrup neben sich zu entdecken, der ihm riet: »Bleibt immer nah bei den anderen und achtet auf Eure Füße.«

Das war leichter gesagt als getan. Schon waren Friedrichs Gefährten hinter Büschen verschwunden. Nur noch ihre Rufe nach Hermanna waren zu hören.

Zaghaft stimmte Friedrich ein, setzte vorsichtig einen Fuß vor den anderen und vergewisserte sich nach jedem Schritt, dass seine Schuhe nicht im moorigen Grund versanken. Die Büsche, Gräser und Butterblumen konnten noch so hübsch aussehen, doch irgendwo vor ihm lauerte der Sumpf.

***

Pferdehufe dröhnten auf dem Pflaster, Wagen rollten und Stimmen ertönten. Hermanna wand sich und trat, soweit sich ihre Beine in der Enge eben bewegen ließen, doch es gelang ihr nicht, sich bemerkbar zu machen. Nach der Begegnung mit den Torwächtern war es lange geradeaus gegangen. Vermutlich fuhren sie auf der Westernstraße, die an der Marktkirche vorbei auf das Rathaus zulief. Dort waren sie jetzt wohl angekommen.

Ihr Gefährt musste einige Male ausweichen, sodass sie nicht sagen konnte, wohin es sich bewegte. Geradeaus durch den Schildern auf den Dom zu? Oder weiter zum Kamp? Jedenfalls ging es wieder lange geradeaus, dann nach rechts um eine scharfe Kurve. Ein Hoftor mit quietschenden Angeln musste geöffnet werden und schloss sich wieder.

Die Räder standen still.

Schritte entfernten sich und kamen zurück. Das Stroh über ihr wurde fortgeräumt, dann spürte sie ein paar Hände, die sie packten und forttrugen, ohne ihr Strampeln zu beachten. Sie hörte unterdrücktes Stöhnen, als das sperrige Bündel, das sie jetzt war, viele Treppenstufen hinaufgeschleppt wurde. Blind unter dem Sack und rauen Händen ausgeliefert, fühlte Hermanna wieder die Angst, die sie erst heiß überschwemmte und dann mit eisigen Knochenfingern ihren Rücken entlangstrich.

Ohne dass ein Wort fiel, wurde sie abgelegt. Jemand fummelte an den Stricken herum, dann hörte sie eine Tür, die sich schloss, einen Schlüssel, der herumgedreht wurde. Hermanna lauschte den Füßen nach, die eilig die Stufen hinabliefen. Allzu alt konnten ihre Entführer nicht sein.

Wieder lag sie auf harten Brettern, doch immerhin konnte sie sich ausstrecken.

Hermanna rollte herum und fühlte, wie die Stricke über dem Sack nachgaben. Ihre Arme waren frei. Schnell weitete sie den rauen Stoff, befreite ihre Beine und krabbelte heraus. In ihrer Kehle stieg ein erleichtertes Lachen auf, das durch den Knebel erstickt wurde, dann traten Tränen in ihre Augen.

Halb blind schaute Hermanna sich um und entfernte das Tuch aus ihrem Mund. Sie stand in einem geräumigen Zimmer mit einer Dachschräge. Zwei kleine Fenster am Fußboden ließen graues Tageslicht herein. Davor lag der Sack, aus dem sie sich gerade befreit hatte. Sie kniete darauf und spähte nach draußen, in der Hoffnung auf einen Hinweis darauf, wo sie sich befand. Doch unter sich sah sie nur Bäume und Dächer. Irgendwo in der Stadt musste sich das Haus befinden, in das man sie gebracht hatte. Doch ihr Gefängnis lag viel zu hoch, um durch das Fenster zu entfliehen.

Man hatte ihre Fesseln gelöst, hielt sie aber nach wie vor fest. Die Angst wich, dafür stieg Zorn in ihr auf. Sie rüttelte an der Klinke und schlug mit den Fäusten gegen die Tür. Nichts war zu hören. Sie lief wieder zum Fenster und versuchte, es zu öffnen. Irgendjemand draußen musste ihre Hilferufe doch hören.

Doch nichts rührte sich. Die Rahmen waren mit starken Stiften vernagelt. Ohne Werkzeug kam sie hier nicht weiter.

Hermanna sah sich im Raum um. Bett, Truhe, ein Waschtisch, das war alles. Unter dem Bett stand ein Nachttopf. Nirgendwo war etwas zu sehen, das geeignet gewesen wäre, die Nägel zu lösen. Hoffnungsvoll öffnete sie die Truhe. Ein paar Kleider lagen darin.

Erschrocken stellte sie fest, dass sie selbst noch ihr Nachtgewand trug. Ein langes weißes Hemd, sonst nichts. Darin wollte sie nicht gesehen werden, schon gar nicht außerhalb des Hauses an einer Straße mitten in der Stadt.

Ob die Sachen für sie gedacht waren? Sie nahm sie heraus und legte sie aufs Bett. Sogar Unterzeug und Schuhe lagen darunter. Frisch gewaschen anscheinend und sauber. Kurz entschlossen zog sie ihr Hemd über den Kopf und kleidete sich um. Alles war zu weit, dafür zu kurz, sodass sie sich vorkam wie ein aufgeschossenes Kind, das aus seinen Kleidern herausgewachsen war. Kindisch sahen auch die vielen Rüschen und Bänder aus, mit denen das Überkleid verziert war.

Eine Schere oder ein Messer hatte sie auch am Grund der Truhe nicht gefunden.

Hermanna setzte sich aufs Bett. Es war kein finsteres Loch in der Heiersburg, wo sie gelandet war, aber doch ein Gefängnis.

***

Hinter sich hörte er Flüstern. Verstohlen schaute Friedrich sich um. Niemand war zu sehen. Nur Gebüsch zwischen den dunklen Wasserlöchern, die er, ohne hineinzutreten, hinter sich gelassen hatte.

Flüsternde Moorhexen. Oder die Albrocker. Aber warum riefen die Bauern, wenn es denn welche waren, nicht wie er nach Hermanna?

Vor ihm lag ein weiteres Wasserloch. Binsen zeigten ihm an, wo der Rand verlief. Zu beiden Seiten wuchs dichtes Gebüsch. Einen Weg zu finden, und wenn es nur ein ausgetretener Trampelpfad wäre, erwartete er schon gar nicht mehr. Unschlüssig stand er vor dem Tümpel, sah, wie sich schemenhaft die Büsche darin spiegelten, suchte ein Abbild des Himmels, doch der war wohl zu grau.

Beim Anblick des unwegsamen Geländes spielte Friedrich mit dem Gedanken umzukehren. Seine Schuhe, sogar seine Beinlinge bis hoch zum Knie, waren nass vom Tau. Der kleine See schien tief zu sein. Klares Wasser stand über grundloser Dunkelheit.

Hermanna konnte darin nicht liegen. Friedrich sah keinen Grund, warum sie in finsterer Nacht im Moor herumstolpern sollte. Höchstens auf der Flucht … schnell wehrte er den grausigen

Gedanken ab. Zur Sicherheit sollte er nachsehen. Sie konnte – warum auch immer – genau wie er, aber bei Dunkelheit, hierhergekommen sein.

Er trat einen Schritt näher zum Ufer und nahm das Gewässer in den Blick. Nirgends schien etwas aufgewühlt zu sein.

Obwohl er nicht erwartet hatte, Hermanna hier zu finden, spürte Friedrich Erleichterung. Mit einem tiefen Atemzug richtete er sich auf. Er sollte den Rückweg antreten. Hier konnte er Hermanna doch nicht helfen.

Doch bevor er sich umdrehen konnte, hörte er ein Geräusch hinter sich. Gleichzeitig spürte er einen heftigen Stoß im Rücken. Das Flüstern fiel ihm noch ein, dann lag er mit dem Gesicht im Wasser.

Unter seinen Händen fühlte er keinen Widerstand. Da war nur Schlamm. Erschreckt versuchte er, Gesicht und Körper zur Oberfläche zu drehen. Das wenigstens gelang ihm.

Kein Grund zur Aufregung. Ins Wasser gefallen war er, sonst nichts. Oft genug hatte er doch in der Pader gelegen …

Ganz von allein traten seine Füße nach unten, um Grund zu finden. Er richtete sich auf. Am Ufer war niemand zu sehen.

Mit Schrecken merkte Friedrich, dass unter ihm nichts Festes war. Seine Füße fanden keinen Halt. Im Gegenteil – sie rutschten tiefer und zogen ihn mit sich. Schon schaute nur noch sein Oberkörper aus dem Wasser. Verzweifelt schob er die Beine in Richtung Ufer, was ihm der zähe Schlamm aber nicht erlaubte.

Er musste um Hilfe rufen, bevor er ganz versank. Die Bauern würden zu lachen haben, aber beistehen würden sie ihm gewiss. Bis auf den, der ihn gestoßen hatte …

»Zu Hilfe! Hierher …« Er brachte nur ein Krächzen zustande.

Ein paar Vögel flogen auf, sonst regte sich nichts. Um ihn herum war es ganz still, so als wären alle Menschen bis auf ihn dem Moorgeist zum Opfer gefallen.

***

Diether war auf dem Weg zum Schwarzen Bären. Den ihm bevorstehenden langen Tag begann er am besten mit einem guten Frühstück. Elseke sollte ihm eine Brotsuppe machen mit in Branntwein eingelegten Rosinen, die es bei Meschedes nie geben würde. Dazu Brot mit kaltem Huhn und ein warmes Bier, um sich für das schaurige Aprilwetter zu wappnen. Bei Baers wurde Diether so gut verpflegt wie bei seinen Klienten auf dem Lande, ein Gedanke, der ihn beherzt zum Eingang schreiten ließ.

Vor dem Gasthof blieb er stehen und sah zurück zum Rathaus, an dem er – weil er sich so früh nicht ärgern wollte – vorbeigegangen war, ohne einen Blick darauf zu werfen. Immerhin waren ein paar Handwerker bei der Arbeit. Wie es Friedrich wohl in Albrock gehen mochte? Diether vermisste den Freund nicht wenig. Bestimmt lag der Faulpelz noch unter einer warmen Bettdecke vergraben, für deren weiche Daunenfüllung zahlreiche Albrocker Gänse gerupft worden waren.

Ob er gar nicht mehr nach Paderborn zurückkehren wollte? Die Wolfenbütteler waren abgereist, das hatte man Diether ausrichten lassen. So groß konnte also die Gefahr für die Schlossherrin nicht mehr sein, dass Diethers bester Freund noch immer auf sie aufpassen musste.

Er öffnete die Tür zum Schankraum und drückte sich an der umlagerten Theke vorbei, um zu den Tischen im hinteren Bereich zu gelangen. Hier war es sonst ruhiger, doch heute nicht. Eine lautstarke Truppe schien schon so früh am Morgen Anlass zum Feiern zu haben. Oder waren die Frauen und Männer – vier sah er, hörte aber mindestens doppelt so viele – bei einem Fest seit gestern Abend im Schwarzen Bären versackt? Eine der Frauen hatte rote Haare, die Diether an etwas erinnerten, doch er bekam nicht zu fassen, an was.

Mit dem Rücken zu den Feiernden ließ er sich nieder und winkte Elseke heran.

»Die bleiben nicht mehr lange«, sagte sie mit einem Blick zum anderen Tisch, als sie zu ihm trat. »Der Kutscher ist schon bestellt.«

Diether nickte erleichtert und erklärte dem Mädchen seine Wünsche.

Während er auf seine Mahlzeit wartete, wurden in seinem Rücken lautstark Pläne für den Tag ausgebreitet. Sich neugierig umzudrehen, verbot er sich. Die Rede war vom Badehaus, das man aufsuchen wollte, und dem Bedauern darüber, dass in der heiligen

Bischofsstadt Männlein und Weiblein getrennt baden mussten. Das wurde in anzüglichem Ton von einem der Männer vorgetragen, während die Frauen dazu kicherten.

Elseke brachte ihm die heiße Suppe und ging weiter zu den fremden Gästen. Beladen mit leeren Weinkrügen und Bratenplatten kehrte sie in die Küche zurück. Offenbar war dies das Zeichen zum Aufbruch. Stühle wurden verrückt, Füße scharrten und Kleider raschelten.

Als die Gruppe tuschelnd und schäkernd an ihm vorbeizog, erlaubte er sich einen schnellen Blick. Beide Frauen hatten rote Haare. Die fleischigen Gesichter kamen ihm bekannt vor. Richtig – die Hexen aus dem Hörselberg, Georg Gogreves teure Basen in ihren gerüschten und bebänderten Kleidern. Sie ließen sich von ihren Ehekandidaten, wie ihre Mutter sie zu nennen beliebte, ins Gasthaus ausführen und betranken sich am frühen Morgen dermaßen, dass sie den Raum schwankend verlassen mussten. Ihre Gefährten hatten im Wohnraum des Wieckshauses gesessen. Schon da waren die auffälligen Bärte Diether bekannt vorgekommen …

Doch bevor er sich die Männer genauer ansehen konnte, hatten sie die Schänke verlassen. Dafür kam Elseke mit Bier und Huhn. Unaufgefordert setzte sie sich zu ihm.

»Hat schon Krach gegeben heute Morgen«, erzählte sie mit Verschwörerblick. »Die Kerle wohnen bei uns, aber heute Nacht war'n sie nicht da. Dann müssten sie auch nichts bezahlen, meinten sie. Denen hat's Jobst gegeben.« Sie kicherte. »Die Weiber war'n aber zum ersten Mal hier.«

»Wenn du mir sagst, wer die Männer sind, sag ich dir, wer *die* sind.«

»Weiß ich doch nicht. Aus Wolfenbüttel kommen sie, angeblich sind sie Hauptleute des Herzogs und in höchstem Auftrag hier.«

Sieh an. Hierher hatten sich Langenfeld und Vahlensieck also verzogen. Weder im Armenhaus noch im Schwarzen Bären hatte Diether sie erwartet, deshalb hatte er sie auch nicht sofort erkannt. Ohnehin hatte er sie bei seinem ersten Besuch in Albrock nur kurz über den Hof gehen sehen, in ihren Uniformen, über deren fremdartige Farben er sich damals noch gewundert hatte. Jetzt sahen sie ganz anders aus, trugen unauffällige Jacken und Kniehosen, und nicht einmal Federn zierte die Schlapphüte. Im Armenhaus waren sie in farbig geschlitzte Wämser gewandet gewesen. Schon da waren ihm die sorgfältig auf dem Spitzenkragen zurechtgelegten Locken des einen aufgefallen.

»Und wer sind nun die Frauen?« Elseke rümpfte ihre Nase, doch in ihren Augen stand die blanke Neugier.

Wohl wissend, dass seine Auskunft die Runde in der ganzen Stadt machen würde, antwortete Diether augenzwinkernd: »Das sind arme Frauen aus Höxter, die im Wieckshaus wohnen.«

»Die?« Mit dem Daumen wies sie zum Schankraum, den die Fremden längst verlassen hatten.

Diether nickte.

»Oje, oje.« Elseke schlackerte mit den Fingern, als ob sie sich die verbrannt hätte. »Lass das man bloß den ollen Gogreve nich hör'n.«

Diether war sicher, dass sie dafür schon bald selbst sorgen würde. Gogreve überraschen konnte es wohl nicht. Der würde sich höchstens wundern, wie schnell seine Nichten es geschafft hatten, sich und damit seine Familie ins Gerede zu bringen.

***

Seit einer Ewigkeit steckte Friedrich nun schon in diesem grauenhaften Wasserloch fest. Bis zu den Knien reichte ihm der saugende Matsch, der Rest war nass und erbärmlich kalt. Laut schrie er um Hilfe, doch niemand schien ihn zu hören.

Erneut warf er sich voll Verzweiflung dem Ufer entgegen, um die verflixten Binsen zu fassen zu kriegen. Wie jedes Mal erwischte er nur ein paar Stängel, an denen er sich einen Moment festkrallen konnte. Allzu bald aber verloren diese den Halt, und Friedrich hatte sie mitsamt den Wurzeln in der Hand. Inzwischen versagte er es sich, die Büschel wütend von sich zu schleudern, da ihn jede Bewegung tiefer in den Morast beförderte.

Immer wieder ließ er seine Blicke an den Gehölzen entlangwandern, die den See dicht umschlossen. Niemand war in Sicht, der ihm hätte helfen können. Abermals begann er zu rufen. Hatten die Albrocker etwa allesamt beschlossen, ihn elendiglich in der sumpfigen Tiefe zugrunde gehen zu lassen?

Aber warum? Die einzig mögliche Antwort war, dass er den Mörder mit seiner Fragerei aufgestört hatte. Zweifellos steckte der Bauer, der ihn gestoßen hatte, irgendwo im Gebüsch und sah seinem ohnmächtigen Gestrampel zu. Sollte er etwa laut »Ich weiß nichts« rufen, damit der Kerl Friedrich nicht ganz versinken ließ?

Doch warum halfen ihm die anderen Albrocker nicht? So weit entfernt konnten sie doch gar nicht sein. Nur einer von ihnen war der Mörder. Die anderen hatten keinen Grund, Friedrich zu schaden. Es sei denn, sie wüssten, wer der Mörder war, und schützten ihren Nachbarn.

Trotz der Angst, die bei dem Gedanken in ihm aufstieg, schrie Friedrich weiterhin um Hilfe und griff erneut nach vorn in die Binsen. Ohne Gegenwehr würde ihn der Nöck nicht kriegen.

***

Suchend wanderte Leonore durch die Stadt. Sonst waren immer ein paar Albrocker zu finden, die ihr über Hermannas Ergehen Auskunft geben konnten. Heute war weit und breit niemand zu sehen. Lag es etwa an der frühen Stunde? Längst war es hell; außerdem hatte sie die Bauern als Frühaufsteher kennengelernt.

Sie ging um das Rathaus herum, wo immer ein paar Marktstände aufgebaut waren. Doch diesmal gab es weder Butter noch Eier aus Albrock. An den Scharnen fragte sie nach, doch die Metzger hatten allesamt von keinem der Albrocker Bauern ein Schwein oder Kalb, nicht einmal ein Lämmchen gekauft. Die Gasthäuser? Aber Leonore hatte noch nie erlebt, dass die Albrocker schon vor dem Marktgeschäft zu trinken anfingen.

Unschlüssig lief sie an den Läden entlang, die zumeist noch gar nicht geöffnet waren. Früher hatte sie bisweilen Hermanna hier getroffen, die auf der Suche nach einem Stück Stoff oder Gewürzen für ihre Küche in die Stadt gefahren war. Dann hatten sie zusammen bei Pontanus am Kamp Papier für Hermanna erstanden und nebenbei mit spöttischen Bemerkungen die neuesten Ausgaben jesuitischer Literatur begutachtet, die der allerchristlichste Hofdrucker geflissentlich verlegte. Wenn sie Glück hatten, fand sich der eine oder andere französische Roman in seinem Angebot, das er mit regelmäßigen Reisen zur Frankfurter Buchmesse auffüllte.

Leonore hatte Hermanna in einem versiegelten Brief von ihrem Gespräch mit Kaspar berichtet, aber danach nichts von ihr gehört. Hoffentlich hatte sie den Brief überhaupt bekommen.

Dass die Wolfenbütteler abgereist waren, wusste sie von Georg Gogreve. Ebenfalls von ihm hatte sie erfahren, dass am Samstag Kunigunde zurückerwartet wurde, was Leonore, die Hermanna mitnichten außer Gefahr sah, mit großer Erleichterung erfüllte. Allzu bedrohlich war ihr der Angriff von Lubberts Freunden am Brunnen erschienen. Hinter dem Vorgehen Vahlensiecks und Langenfelds hatte ein Plan gesteckt, und bestimmt hatten sie den nicht einfach fallen lassen.

Sie gab ihre Suche auf und wandte sich entschlossen dem Kamp zu. Georg Gogreve konnte etwas wissen. Wenn schon nicht Leonore, so würde Hermanna aber doch den Ehemann ihrer Base benachrichtigen. Auch Diether, den Friedrich sicherlich über alle Entwicklungen auf dem Laufenden hielt, würde Bescheid wissen. Doch den wollte Leonore nicht fragen und schon gar nicht frühmorgens überfallen, wenn er womöglich noch zu Bett lag.

Im Vorbeigehen nahm sie wahr, dass vor dem Schwarzen Bären eine Kutsche stand. Sie gehörte Jobst, das wusste Leonore, doch er stellte sie häufig seinen Gästen zur Verfügung. Deren Wertschätzung kam dann in den Pferden zum Ausdruck, die der Wirt davorspannte. Heute waren es die schweren Braunen, die sich vor dem Bierwagen gut machten, aber nicht vor der zierlichen Kutsche.

Sie nahm die Gäste, die gerade aus dem Wirtshaus kamen und das Gefährt besteigen wollten, neugierig in den Blick. Zwei kichernde, auffällig gekleidete rothaarige Frauen, die sie noch nie gesehen hatte.

Anders die beiden Männer. Mit Schrecken erfasste Leonore, dass sie ihr nur zu gut bekannt waren. Sie waren unauffälliger gekleidet als in Albrock, aber es waren unverkennbar Vahlensieck und Langenfeld. Bevor er die Kutsche bestieg, zwirbelte Vahlensieck die runden Schnauzbartspitzen, und Langenfeld strich sich den Spitzbart.

Das Gefährt setzte sich in Bewegung und fuhr die Westernstraße hinab. Leonore sah ihm eine Weile nach, dann eilte sie durch den Kötterhagen zum Kamp hinauf. Jetzt hatte sie nicht nur Fragen an Georg, sondern auch eine Neuigkeit für ihn.

***

Da war etwas. Eine Bewegung im Wasser, wo es noch klar war, aber ohne dass sich die Oberfläche gekräuselt hätte. Es war eine Spiegelung, kein Fisch. Friedrich hörte auf zu rufen und sah gebannt zum Rand des Sees hinüber. Doch wo er gerade noch ein Rascheln der Büsche entdeckt zu haben glaubte, war jetzt alles still.

Ein Tier hätte vor seinem Geschrei längst Reißaus genommen. Ein Mensch also. Bestimmt kein Geist, der aus dem Nebel trat. Wer auch immer da gestanden hatte, er musste Friedrich gesehen haben. Seine Notlage war offensichtlich. Bis fast zu den Schultern reichte ihm das Wasser schon. Mit festem Griff legte sich das unheimliche Moor um seine Beine.

»Hierher«, schrie er, und – auch wenn es offensichtlich war – »ich versinke.«

Leiser und ziemlich hoffnungslos wiederholte er für sich: »Zu Hilfe. Ich versinke doch sonst …«

Jetzt war das Rascheln vor ihm. Er hob den Kopf. Die Büsche am Ufer, das er so verzweifelt zu erreichen suchte, teilten sich. Eine Gestalt, hinter der sich weitere drängten. Die Erste drehte sich um und rief den anderen zu: »Ich hab ihn gefunden.«

Verblüfft schaute Friedrich auf den Mann. Das Grinsen in seinem breiten Gesicht schien bis zu den Ohren zu reichen. Es war der Nöllekenmeier, den Klara des Mordes an Lubbert verdächtigte. Von ihm hätte Friedrich am wenigsten Hilfe erwartet.

Er trug einen dicken Knüppel in der Hand und kam auf Friedrich zu. Wollte er ihm überhaupt helfen? Friedrich schreckte zurück und verlor fast den Halt.

Der Bauer lachte. »Keine Angst – an dem sollt Ihr Euch festhalten«, rief er. Er streckte Friedrich den Stock entgegen.

Mit einiger Erleichterung, wenn auch immer noch misstrauisch, griff Friedrich mit beiden Händen zu. Nölleken zog, andere hielten ihn, und Stück für Stück gelang es Friedrich, seine Beine aus dem schmatzenden Morast zu ziehen. Als seine Füße plötzlich freikamen, fiel er mit dem Gesicht ins Wasser, ließ aber den Stock nicht los. Hand um Hand robbte er an ihm entlang zum Ufer, wo er schmutztriefend auf allen Vieren festen Boden erreichte.

Friedrich gelang es nicht, sich aufzurichten. Arme und Beine gaben unter ihm nach, als ob sie immer noch im Schlamm steckten. Erschöpft und vor Kälte zitternd blieb er liegen. Mochten die Bauern mit ihm tun, was sie wollten. Der Nöck hatte ihn nicht gekriegt.

***

Mit leisem Knirschen drehte sich der Schlüssel im Schloss. Hermanna fuhr auf und schaute zur Tür. Mit verkrampften Gliedern erhob sie sich vom Fußboden, wo sie durch das verschlossene Fenster in den grauen Morgen gestarrt hatte.

Nichts geschah. Niemand kam herein. Hatte man die Tür für sie geöffnet, damit sie sich hinausstehlen konnte? Oder stand jemand davor und lauschte? Sie wollte zur Tür stürzen, schreckte aber gleichzeitig davor zurück.

Erst nach einer ganzen Weile, in der sie nichts gehört hatte, fand sie den Mut, mit leisen Schritten auf die Tür zuzugehen. Kaum hatte sie ihr Ziel erreicht und wollte gerade die Hand auf die Klinke legen, da klopfte es laut und vernehmlich. Sie ließ die kleine Hoffnung fahren, die sich in ihr breitgemacht hatte, und ging zum Fenster zurück, bestrebt, möglichst viel Raum zwischen sich und ihren Besucher zu legen. »Herein« zu rufen, ersparte sie sich.

Wieder verging Zeit, in der Hermanna wie gebannt zum Ausgang starrte. Endlich öffnete sich die Tür. Nur wenig überraschte es sie, dass sich die hoch aufragende Gestalt Vahlensiecks durch den Spalt schob. Hinter ihm – etwas kleiner – kam Langenfeld. Er zog scheinbar verlegen die Schultern hoch.

Gleich sah Hermanna, dass die beiden dunkler und unauffälliger angezogen waren als in Albrock. Die Spitzenkragen fehlten, Hüte trugen sie keine, und an Ärmeln und Hosen sah sie kein buntes Band. Anscheinend hielten sie diesen Aufzug einer Entführung angemessen.

Vahlensieck verzerrte die vollen Lippen unter dem Zwirbelbart zu einem hämischen Grinsen und musterte Hermanna von oben bis unten. Wie schleimige Finger spürte sie seine Blicke auf ihrem Körper. Hermanna schüttelte den Ekel ab, der in ihr aufstieg.

Also wieder die gleiche Posse. Konnten sich die beiden nicht denken, dass sie ihr Schauspiel längst durchschaut hatte?

»Ich verlange, dass Ihr mich sofort freilasst«, sagte sie und tat einen Schritt zur Tür hin. »Es kann doch nicht angehen …«

Vahlensieck vertrat ihr den Weg. »Gott zum Gruße, edles Fräulein.« In lässiger Haltung verbeugte er sich und schwenkte die Hand in einer übertrieben zierlichen Bewegung. »Erlaubt, dass wir Euch unsere Aufwartung machen, nachdem wir erfahren haben, dass Ihr in der Stadt und in diesem Haus weilt.«

»Weil Ihr mich hierher entführt habt«, sagte Hermanna und bemühte sich, das Zittern ihrer Stimme zu unterdrücken. »Und eingesperrt, damit ich nicht entkommen kann.« An Vahlensieck musste sie hinaufschauen, wenn sie ihm ins Gesicht sehen wollte.

Mit verständnislosen Mienen sahen die Wolfenbütteler sie an. In Langenfelds Augen meinte Hermanna, ein Zwinkern zu sehen.

»Entführt? Eingesperrt?«, sagte Vahlensieck. »Die Tür war offen, als wir kamen.«

»Es war abgeschlossen, vorher.«

Vahlensieck strich über seine braunen Locken, und Langenfeld rieb sich die mageren Wangen. Beide schauten sie an, als zweifelten sie an Hermannas Verstand.

Sie spielten mit ihr wie zwei Katzen mit einer Maus. Hermanna ermahnte sich zur Besonnenheit. Oft genug hatte sie beobachtet, wie sich kluge Mäuse still verhielten, um den Jagdtrieb des sich nähernden Raubtiers nicht herauszufordern. Vielleicht konnte sie die Gelegenheit nutzen, denn die Tür stand noch einen Spalt offen.

»Wie auch immer«, gab sie kühl zurück und bewegte sich auf den Ausgang zu. »Ich werde diesen Raum jetzt verlassen, und Ihr werdet mich nicht daran hindern.«

Reines Wunschdenken, das merkte sie sofort. Langenfeld gab mit dem Rücken der Tür einen Stoß, die ins Schloss fiel, und stellte sich davor. Vahlensieck näherte sich ihr.

Hermanna wich zurück, doch er kam ihr zuvor und drängte sie zum Bett. Um nicht daraufzufallen, musste sie sich daraufsetzen. Sie wollte sich gleich wieder erheben, doch Vahlensieck stand vor ihr und presste mit seinen Knien ihre Röcke gegen die hölzerne

Bettwand. Seine Hände lagen auf ihren Schultern und hielten sie nieder. In seinem Atem roch sie Wein und Zwiebeln.

Angewidert drehte sie den Kopf weg und versuchte, zur Seite zu entkommen, doch er hielt sie fest. Wie in einen Schraubstock gespannt kam sie sich vor. Langenfeld stand an der Tür und knetete seinen Bart.

»Nun wehr dich nicht so, Täubchen«, zischte Vahlensieck ihr ins Ohr. Wieder musste sie den Kopf verdrehen, um der übel riechenden Wolke zu entgehen. Er schüttelte sie. »Merkst du nicht, dass es dadurch nur noch schlimmer für dich wird?«

»Wir wollen doch nur mit Euch reden«, sagte Langenfeld von der Tür her. »Isidor meint es gar nicht böse, aber wenn Ihr so widerspenstig seid …« Mit seinen braunen Augen schaute er sie an wie ein Hund, der um einen Wurstzipfel bettelte.

»Genau.« Zur Bestätigung schüttelte Vahlensieck sie erneut, ließ dann aber wenigstens ihre Schultern los. Ihre Beine blieben gefangen. Sie dachte an die Maus und verzichtete darauf, sich mit ihren Fäusten zu wehren.

»Reden?«, fragte sie. »Dazu bringt Ihr mich gefesselt in ein fremdes Haus?«

»Gefesselt? Wovon sprecht Ihr, liebe Hermanna?« Wieder rissen sie betont unschuldig die Augen auf, als könnten sie kein Wässerchen trüben.

»Wir sind nicht daran schuld, wenn Ihr unfreiwillig hier seid«, sagte Vahlensieck.

Sie musste wohl sehr ungläubig geschaut haben, was er mit zufriedener Miene zur Kenntnis nahm. Dann grinste er. »Aber wo wir uns schon so unverhofft treffen, verehrte Jungfer, können wir uns auch freundschaftlich unterhalten. Und lasst Euch gesagt sein: Es wird von Eurem eigenen Verhalten abhängen, ob wir Euch dann herauslassen.«

»Und worüber soll gesprochen werden?«

»Nun«, antwortete Vahlensieck, »Ihr kennt das Thema. Hatten wir nicht bereits das Vergnügen, es ausführlich zu erörtern? Erinnert Euch – wir trafen uns auf dem Hof in Albrock, und Ihr legtet uns nahe abzureisen. Danach wart Ihr ausgesprochen schweigsam, obwohl immer noch Fragen im Raum standen. Jetzt könnt Ihr reden. Ihr wisst, was ich von Euch hören will.«

Jetzt war es an Hermanna, große Augen zu machen. Was wollte er von ihr?

»Wisst Ihr *nicht*?« Vahlensieck schlug die Hände zusammen. »Na so was. Natürlich wollen wir von Euch, edle Herrin des Hauses Albrock, erfahren, wie Ihr es angestellt habt, unseren guten Freund Lubbert ins unwirtliche Jenseits zu befördern, wo er noch längst nicht zu weilen gedachte.«

Er griff an ihr Kinn und zwang Hermanna, ihm ins Gesicht zu schauen. In seinen zusammengekniffenen Augen glitzerte es gelb und gefährlich. »Euch hat er seinen Tod zu verdanken, davon lasse ich mich nicht abbringen. Wissen möchte ich nur, ob Ihr ihn selbst erschlagen habt. Oder habt Ihr einen Eurer Bauern dazu getrieben? Gebt es zu und sagt uns seinen Namen. Dann hängen wir ihn auf und nicht Euch.« Bedeutungsvoll zeigte er zur Zimmerdecke.

Hermanna vermied es, seinem Blick zu folgen. Was auch immer da oben war, konnte den Schreck nicht vergrößern, der in ihre Glieder fuhr. Sie war den Männern völlig ausgeliefert; wenn sie Hermanna töten wollten, würde sie niemand hindern.

Auf Langenfeld sollte sie lieber nicht setzen. Er tat zwar immer so, als wolle er Vahlensieck zurückhalten, hatte aber bei der Entführung mitgemacht. Nun stand er vor der Tür und ließ sie nicht hinaus. Sein Blick ruhte auf ihr, aber Hermanna hätte nicht sagen können, was in ihm vorging.

Sie unterdrückte einen Seufzer, weil sie den Männern ihre Angst nicht zeigen wollte. »Ich kann nicht etwas zugeben, von dem ich nichts weiß«, gab sie zurück. »Ihr verrennt Euch da …«

»Wir verrennen uns?« Wieder packte Vahlensieck ihre Schultern, warf sie jetzt sogar rücklings aufs Bett. Über sie gebeugt blies er ihr seinen stinkenden Atem direkt ins Gesicht. Dennoch gab sie seinen Blick trotzig zurück. Wenn sie nur ihre Beine freibekäme, denn dann könnte sie ihm zwischen seine treten.

Hatte Vahlensieck ihren aufschießenden Hass gespürt? Plötzlich ließ er sie los, richtete sich auf und plumpste neben ihr aufs Bett.

»Nun lass sie doch in Ruhe, Isidor«, rief Langenfeld. Er streckte die Hand nach ihr aus, blieb aber an der Tür stehen.

Der Angesprochene lachte und keuchte. »Ihr seid eine Hexe, werte Hermanna«, sagte er.

Sie stand auf, woran er sie nicht hinderte. Er richtete sich nur auf und seufzte. »Eine Hexe«, wiederholte er. »Ihr wisst ja, was mit denen geschieht. Ihr werdet brennen …«

Mit erhobenen Brauen sah Vahlensieck zu Langenfeld hinüber. »Bedauernswert, nicht wahr, Burkhard? Sie wird den gleichen Weg gehen wie all die armen Frauen, die in den finsteren Dörfern dieses abergläubischen Landstrichs ja alle Nase lang dem Scheiterhaufen zum Opfer fallen.«

Dann wandte er sich wieder an Hermanna. Es gelang ihm sogar, in seine gelblichen Augen so etwas wie Bedauern zu legen. »Aufhängen ist gnädiger, glaubt mir«, sagte er in sanftem Ton.

Trotz des Schauders, der ihr den Rücken hinablief, ging Hermanna zur Tür. Langenfeld hob bedauernd die Handflächen und hielt sie zu.

»Oho«, machte Vahlensieck hinter ihr. »Das Täubchen will entflattern.«

Er sprang auf und drehte sie an den Schultern zu sich herum. Wie vorhin sah er an ihr hinab, und wieder meinte Hermanna, seinen feuchten Blick direkt auf der Haut zu spüren.

»Ihr wollt doch nicht in diesem Aufzug auf die Straße laufen.« Er schnippte gegen ihre berüschte Brust. Sie zuckte zurück, doch er hielt sie fest und grinste.

»So oder so«, sagte er dann. Er ließ sie so abrupt los, dass sie ins Wanken geriet. Schnell straffte sie Rücken und Beine. »Ihr werdet uns zu Willen sein, sonst kommt Ihr hier lebend nicht heraus.« Als hätte er die größte Artigkeit von sich gegeben, schwang er seine Hand in ähnlich eleganter Weise wie vorhin.

Die gleichen Bewegungen machte er, als er sie langsam umrundete. So scharwenzelten bei Hofe Ritter um die Prinzessin herum. Hermanna hörte, wie in ihrem Rücken die Tür geöffnet wurde, doch sie war viel zu verblüfft, sich umzudrehen. Hinauslassen würden die Kerle sie sowieso nicht.

An der Tür gab es noch ein wenig Getuschel, das sie nicht verstand, dann wurde sie zugezogen. Hermanna hörte, wie sich der Schlüssel – gar nicht verstohlen diesmal – wieder im Schloss drehte. Sie blieb allein zurück.

Die Angst fasste sie und ließ sie nicht aus dem Griff. Ihre Beine zitterten, und das Schluchzen in ihrer Kehle war nicht zu unterdrücken. Sie sank in die Knie und kroch auf allen Vieren zum Fenster, wo sie das Gesicht an die winzige Scheibe legte und den Tränen freien Lauf ließ.

***

Mit einem Schreck setzte Friedrich sich auf. Neben ihm auf dem Nachttisch stand ein Napf mit einem Rest Suppe, daneben ein leer getrunkenes Glas Rotwein mit einem verschlagenen Ei darin. Zusammen mit der Hühnersuppe hatte Philippa es gebracht, fiel Friedrich ein. Nachdem jemand ihn entkleidet und ins Bett gepackt hatte. Das war Martin, der Knecht, gewesen. Vorher hatten ihn die Bauern hergeschleppt, zwar aufrecht, doch mit den Füßen über den Boden schleifend. Beruhigt lehnte er sich zurück. Jetzt wusste er wieder alles.

Nur nicht, wie er in das verdammte Moor gekommen war. Was hatte er dort zu suchen gehabt in aller Herrgottsfrühe? Deutlich stand ihm die Runde im Stall des Richters vor Augen. Man hatte Ferkel versteigert, und ein Borchusener – Nölleken – hatte den Zuschlag bekommen. Von einem Toneken hatten sie gesprochen. Dann waren sie zusammen zum Rauschfeld gezogen und hatten »Hermanna« gerufen …

Hermanna. Wieder fuhr er auf. Nach ihr hatten sie gesucht. Wie hatte er das nur vergessen können. Eilig verließ er das Bett. Sofort musste er sich erkundigen, ob man sie gefunden hatte. Er achtete nicht auf das leichte Schwanken, das ihn beim Aufstehen befiel, und suchte nach seinen Kleidern. Vergebens. Natürlich – die waren ja nass. Im Schrank hing die Kutte. Schnell zog er sie über und lief – schon viel sicherer auf den Beinen – die Treppe hinab.

Die Küchentür stand offen, Stimmen drangen heraus. Ungestüm betrat er den Raum und fragte: »Ist Hermanna zurück?«

Vom Küchentisch her schaute ihn eine ganze Reihe Leute verständnislos an. Er konnte doch nicht geträumt haben, dass Hermanna verschwunden war.

Doch bevor sich Hoffnung in ihm ausbreiten konnte, sagte Martin mit grantiger Miene: »Wie wohl? Wenn Ihr schlaft, statt nach ihr zu suchen …«

Was sollte das denn heißen?

Philippa sah von der Schüssel auf, in der sie einen flüssigen Teig anrührte. »Wie ich sehe, habt Ihr Euch erholt, Hochwürden. Ihr glaubt nicht, wie mich das erleichtert, nach dem Anblick, den Ihr am Morgen geboten habt. Wenigstens eine Sorge ist von uns genommen, wofür wir dem Herrn danken wollen.« Sie machte Anstalten, ihre Hände zu falten.

Das brauchte er jetzt nicht. »Und Hermanna?«, fragte er wieder.

»Die ist noch nicht wieder da.« Lieseke erlöste ihn aus der Ungewissheit. Dafür schoss die Angst in ihm hoch. Wenn Hermanna so lange fort war, ohne etwas von sich hören zu lassen, konnte ihr nur etwas Schlimmes zugestoßen sein.

»Ist denn überall nach ihr gesucht worden?« Er schaute in die Runde, wo noch Hagemeier, dessen Frau Maria, Richter Tentrup und Klara saßen. Lieseke machte ihm auf der Bank Platz, und Friedrich setzte sich zu ihnen. Ganz hinten an der Wand saß die kleine Anna und machte ein betrübtes Gesicht.

»Überall«, sagte Hagemeier. »Sogar mehrfach ...«

»Sie ist und bleibt verschwunden«, sagte Anna mit dünner Stimme aus ihrer Ecke heraus. »Wisst Ihr denn nicht, wo sie hin sein kann?« Sie presste eine Puppe an sich, die ihr wohl Hermanna ersetzen sollte.

Friedrich konnte nur den Kopf schütteln. Dann sah er schnell weg. Die kleine Anna sollte nicht merken, dass ihm genauso traurig zumute war wie ihr.

Hermanna wäre nie aus Albrock weggegangen, ohne jemand Bescheid zu sagen. Also hatte sie das Dorf unfreiwillig verlassen. Dahinter konnten nur die Wolfenbütteler stecken. Sie hatten Hermanna angegriffen und gedroht, sie auf den Scheiterhaufen zu bringen.

Friedrich bekam jedoch keine Gelegenheit, seine Befürchtung zu äußern.

»Ihr, Hochwürden«, sagte Tentrup, »habt ja wohl besonders eifrig nach unserer Herrin gesucht. Sehr ehrenwert von Euch, sogar in den Tümpeln zu forschen.«

Friedrich hob die Augenbrauen. Wie konnte der Mann jetzt Witze reißen?

Tentrup bemerkte wohl, dass sein Humor nicht ankam, denn er

rieb seine knubbelige Nase, deren Rötung sich schnell bis zu den Ohren ausbreitete. »Ist ja nur, weil wir neugierig sind, wie Ihr in das Wasserloch hineingekommen seid ...«

»Jau.« Hagemeier sprang ihm bei. »Habt wohl nicht aufgepasst, was?«

»Ihr wart doch in der Nähe«, gab Friedrich zurück. »Habt Ihr denn nichts gesehen?«

Beide schüttelten ihre Köpfe. Tentrup war immer noch rot.

Konnte er das glauben? Einer der Bauern hatte ihn gestoßen, da war er ganz sicher.

»Und meine Rufe habt Ihr auch nicht gehört?«, fragte er.

»Doch«, erwiderte Tentrup. »Und haben Euch geholfen ...«

Nach Ewigkeiten. Aber das zu erörtern war wohl jetzt nicht der richtige Zeitpunkt. Hermanna war immer noch in Gefahr, während Friedrich gerettet worden war.

»Meinen aufrichtigen Dank dafür«, sagte er deshalb nur. »Ihr habt mir wohl das Leben gerettet.«

Lieseke und Philippa hatten Püfferkes gebacken. Den Ersten stellte Philippa vor Friedrich auf den Tisch. »Ihr habt das Mittagessen verpasst, Hochwürden. Bestimmt seid Ihr hungrig«, sagte sie. Das hatte sie gut erkannt.

Doch noch bevor er den ersten Pfannkuchen verzehrt hatte, dachte er wieder an Hermanna. Sie musste gefunden werden, bevor sie womöglich ein böseres Schicksal traf als ihn.

»Und Ihr habt wirklich in jedes Wasserloch und hinter jeden Baum geguckt, um Hermanna zu finden?«, fragte er, an Tentrup und Hagemeier gewandt. Die hatten ebenfalls den Mund voll Gebäck und nickten nur.

Er schaute auf Klara und Maria. »Und im Dorf? Habt Ihr alles abgesucht? In jeden Raum, jede Scheune, jeden Stall geschaut?« Wieder Nicken. In Klaras braunen Augen standen Tränen.

»Wer weiß, wohin sie wieder unterwegs ist.« Philippa wies mit dem Kopf zu Anna hinüber, die ihrer Puppe Zöpfe flocht. »Bestimmt kommt sie am Abend frohgemut zurück und wundert sich über unsere Aufregung. Es wäre nicht das erste Mal ...«

Philippa hatte recht. Annas Besorgnis war groß genug, da sollte er nicht noch von den Wolfenbüttelern und womöglich einer Entführung anfangen.

Ohnehin traute er den Albrocker Bauern nicht mehr.

Doch mit wem sollte er jetzt Pläne zu Hermannas Rettung schmieden?

Wenigstens dieses Rätsel löste sich von selbst. Philippa stand auf, schickte Lieseke und Martin an die Arbeit und bedeutete Anna, ihr zu folgen. Hagemeier und Tentrup erhoben sich ebenfalls und drückten sich mit einem gemurmelten Gruß zur Tür hinaus. Maria und Klara blieben sitzen.

Bei Philippas Aufbruch hatte Friedrich ebenfalls seinen Platz verlassen wollen, blieb jetzt aber stehen. Er wusste, dass die beiden Dorffrauen zu den engsten Vertrauten Hermannas gehörten. In den letzten Tagen hatten sie manchmal – noch mit Hermanna – zu viert zusammengesessen. Sie hatten sich gut unterhalten. Für Klatschgeschichten aus der Stadt waren die Dörfler immer zu haben, und Friedrich hatte viel gelacht, wenn die Frauen ihre eigenen Leute aufs Korn nahmen.

Doch das hatten sie jetzt bestimmt nicht im Sinn.

»Wir wollten mit Euch reden«, erklärte Klara.

Maria nickte. »Brauchen die andern nicht zu hören. Wegen unserer Gäste, wisst Ihr. Geht keinen was an, woher sie kommen.«

Das hatte ihm Hermanna auch eingeschärft. Die Räuber waren keine Räuber, sondern Verwandte von Hagemeiers. »Eure Base. Es gibt doch wohl keine Schwierigkeiten mit dem Kind?«

»Das nicht«, antwortete Klara. »Mag aber sein, dass es mit Hermanna zusammenhängt.«

Die Räuber und Hermanna. »Was denn nun?«

Maria klopfte mit der Hand neben sich auf die Bank. »Kommt ein bisschen näher, dann muss ich nicht so laut reden.« Als er saß, beugte sie sich zu Friedrich hinüber. »Rötger ist ja erst mal in den Wald zurück, weil er Angst hat, dass die Soldaten zurückkommen. Aber morgens besucht er Hildegunde und das Kind, noch bevor es hell wird. Und heute Morgen hat er was gesehen«, sagte sie und erklärte sogleich, als Friedrich ungeduldig nickte: »Es war eine Kutsche und daneben vier Reiter. Lange vor Sonnenaufgang, und sie sind aus Albrock gekommen, meint er.«

»Kann doch sein, dass Hermanna darin entführt wurde«, sagte Klara. »Ich hab gleich, als ich es hörte, an Lubberts Freunde gedacht. Hermanna hat zwar nichts davon erzählt, aber von der Köster'schen weiß ich, dass die Kerle sie bei der Beerdigung angegriffen haben. Sie wollten sie für den Mord an Lubbert bestrafen, hätten sie gesagt. Was ist, wenn sie das jetzt getan haben?«

»Die waren mir schon immer unheimlich«, sagte Maria. »Schon wie sie durchs Dorf geschlichen sind …«

Friedrich fühlte sich erleichtert, weil er mit seinem Verdacht nicht allein war. Der Gedanke an Hermanna allein und hilflos in den Händen der Wolfenbütteler packte ihm neue Steine auf die Brust. »Ich hoffe von Herzen, dass diese Kerle Hermanna nicht entführt haben«, sagte er. »Aber viele andere Möglichkeiten bleiben wohl nicht mehr. Wusste Euer Räuber, wohin die Kutsche gefahren ist?«

Maria nickte. »Er meint, sie wäre nach Paderborn abgebogen. Mit mörderischer Geschwindigkeit …«

Und Hermanna darin, vielleicht gefesselt und hilflos allen Erschütterungen ausgesetzt. Ganz davon abgesehen, was die Unholde danach mit ihr gemacht hatten …

»Ich muss sofort hinterher.« Obschon ihm jetzt sogar Felsbrocken die Luft abschnürten, sprang Friedrich auf.

»Ich komme mit«, sagte auch Klara. »Wir fahren zu Leonore. Die wird uns helfen, Hermanna zu finden.«

»Und Diether auch.« Friedrich zog die Kutte fester um seinen Leib. Selbst wenn sein Freund Hermanna ihren Adelsstand nicht längst verziehen hätte, würde er sie doch nie in den Händen dieser Unholde sehen wollen.

***

Mittags kam die Sonne hervor. Im vollen Licht lagen die Bäume und niedrigen Häuser unterhalb von Hermanna. Jetzt war sie ein gutes Stück weitergezogen, und der Schatten des Hauses, in dem Hermanna sich befand, schob sich immer weiter über das Grün.

Mit verkrampften Beinen hockte sie seit Stunden am Fußboden und schaute hinaus. Allzu klein war der Ausschnitt der Stadt, den ihr die Fensterchen boten. Über roten Dächern und hohen Bäumen sah sie ein Stück des Busdorfkirchturms mit der kleinen Laterne darauf. Welche Seite er ihr zuwandte, konnte sie nicht erkennen.

Nirgends war ein Mensch zu sehen. Er hätte wohl auch auf eins der Dächer steigen müssen, damit sie sich hätte bemerkbar machen können.

Mühsam erhob sie sich, schüttelte und streckte ihre Beine, bis sie wieder Leben darin spürte. Sie wanderte durch ihre Dachkammer, die angesichts der spärlichen Möblierung Raum genug bot. Mit eng verschränkten Armen und den Blick auf ihre Füße gerichtet ging sie von der Truhe zum Waschtisch, von dort zum Bett, dann wieder zum Fenster, wo sie sich bückte und hinaussah. Nichts hatte sich verändert. Wie schon so oft rüttelte sie an der Türklinke und hämmerte gegen das dunkle Holz. Niemand hörte sie.

Immer schon hatte Hermanna es gehasst, eingesperrt zu sein. In früheren Jahren war das die Strafe gewesen, die Tante Philippa gern verhängt hatte, wenn sie den Eindruck hatte, dass ihre Nichten zu wild mit den Dorfkindern spielten. Auch die kleine Anna wurde oft genug gezwungen, gegen ihren Willen das Haus zu hüten. Sogar auf Hermannas Anweisung hin. Nie wieder wollte sie dem Kind das antun.

Auf Albrock wurde sie bestimmt schon längst vermisst. Dass sie allein ihrer Wege ging, kannte man zwar von ihr, da hatte sie sich nie dreinreden lassen. Auch nicht von Friedrich, der seine Aufpasserrolle ernst genommen hatte – mit Recht, wie man jetzt sah – und sie wohl mit schlechtem Gewissen suchen würde. Auch ihm hatte sie einiges abzubitten.

Spätestens nach dem Hellwerden hatte Philippa in ihrem Zimmer nachgeschaut und bemerkt, dass Hermanna ohne ihre Kleider verschwunden war. Oder Anna oder Lieseke. Sie würden das ganze Dorf nach ihr absuchen. Doch auf die Idee, dass Hermanna in den Händen von Lubberts Kumpanen war, kam wohl so schnell keiner. Außer Friedrich vielleicht – aber was würde es ihr helfen? Niemand – nicht einmal sie selbst – wusste, wohin man sie verschleppt hatte.

Sie setzte sich aufs Bett, vermied es jedoch, sich hinzulegen. Schlafend wollte sie schon gar nicht von Vahlensieck überrascht werden. Jeden Moment erwartete sie, Schritte zu hören und dass sich der Schlüssel im Schloss drehte. Sie lauschte aufmerksam, um kein Geräusch zu verpassen und sich rechtzeitig für weitere Angriffe zu wappnen.

Ohne es zu wollen – sie hatte sich schon mehrfach erschrocken – glitt ihr Blick zur Zimmerdecke hinauf. Darunter her zog sich freiliegend ein schwarzer Balken, in den dicke eiserne Haken gebohrt waren. Hermanna nahm an, dass sie zu einer ehemaligen Räucherkammer gehörten, wie sie auch auf Albrock zu finden war. Nachgeben würden die Haken nicht, falls Vahlensieck sie daran aufknüpfen wollte, denn Eichenbalken wurden steinhart vom Rauch.

Wieder nahm sie ihre Wanderung durchs Zimmer auf, ließ sich letztendlich aber doch vor dem Fenster nieder, um von der Freiheit wenigstens zu träumen. Wie gern wäre sie jetzt auf Albrock, um im Sonnenschein in ihren Beeten zu buddeln oder mit Friedrich und Klara in der warmen Laube zu sitzen. Mit Freuden würde sie Philippas gemurmelten Gebeten lauschen, und Annas Geplapper würde sie nur zu gern ertragen.

Stattdessen saß sie hier gefangen, mit Gefängniswärtern, die sie nur schwer einschätzen konnte. Vahlensieck hatte zwar deutlich genug gesagt, dass er Lubberts Tod an ihr rächen wollte. Aber warum dann die Entführung? Er hätte Hermanna einfach umbringen und dann schnell außer Landes verschwinden können. Manchmal schien es ihr, als ob er vor allem das Spiel liebte. Er wollte die Maus in Furcht und Schrecken sehen und sich daran ergötzen. Wenn sie daran dachte, wie eitel er immer seinen Schnurrbart zwirbelte, wurde ihr ganz übel.

Langenfelds Rolle dagegen war völlig undurchschaubar. Er wollte Hermanna schützen, wenn sein Freund zu weit ging, traute sich aber wohl nicht einzugreifen. Ob Vahlensieck ihn in der Hand hatte und ihn zum Mitspielen zwang? In Langenfelds Augen hatte sie Mitleid gelesen und einen Anflug von Wärme, doch vielleicht war das alles Teil eines abgekarteten Spiels.

Jedenfalls sollte sie nicht allzu viel Hoffnung darein setzen, dass Langenfeld sie aus der Gefangenschaft erretten würde. Gegen den rohen Vahlensieck war er wohl machtlos.

In ihre trüben Gedanken hinein klopfte es, und gleichzeitig öffnete sich die Tür. Den Schlüssel hatte sie überhört. Hermanna sprang sofort auf und stieß sich den Kopf heftig an der Dachschräge. Dann sah sie ein mit Schüsseln beladenes Tablett, dahinter erschien Langenfeld, der es vorsichtig trug. Der würzige Geruch nach gebratenem Huhn ließ ihr das Wasser im Mund zusammenlaufen. Langenfeld schloss mit einer Hand hinter sich ab, bevor er sich umdrehte und seine Last auf dem Waschtisch abstellte. Den Schlüssel steckte er in den Beutel, der an seinem Gürtel befestigt war.

Benommen sah Hermanna zu, wie Langenfeld Wein in die bereitgestellten Gläser goss und damit auf sie zukam. Sie wich zurück, stand aber gleich wieder vor der Wand.

Langenfeld lachte. »Es ist kein Gift darin, keine Angst. So leicht wird Isidor Euch nicht davonkommen lassen. Er ist durchaus gegen Euch eingenommen. Leider. Aber er ist nun mal nicht zu bremsen, wenn er sich etwas vorgenommen hat. Ich bin da viel umgänglicher, das werdet Ihr schon sehen.«

»Ach«, rief Hermanna. Der Zorn hatte den Schwindel wirkungsvoll vertrieben. »Gefeixt habt Ihr, als er mich angriff.«

»Zum Schein, verehrte Hermanna«, gab er zur Antwort, »nur zum Schein. Ich kann es mir schließlich mit meinem besten Freund nicht verderben. Obwohl – Euch zuliebe könnte ich mir manches vorstellen, was ich gegen seinen Willen tun würde. Kommt ganz darauf an ...«

Er brach ab und hielt ihr eins der gefüllten Gläser hin. Als sie es nicht sofort nahm, ließ er den Wein darin hin und her schwappen, sodass Hermanna gezwungen war, nach dem Glas zu greifen, bevor sein Inhalt ihr Kleid durchnässte. Der Durst plagte sie, dennoch nahm sie sich vor, nichts zu trinken. Mit einem bösen Blick ging sie an Langenfeld vorbei und stellte das Glas auf dem Waschtisch ab, ohne die gefüllten Schüsseln zu beachten. Hunger hatte sie ebenfalls.

»Nun ja«, sagte Langenfeld. »Ich denke, Euer Widerstand wird sich geben, wenn Ihr ein paar Tage hier seid. Dann werdet Ihr trinken und essen. Es wird mir eine Freude sein, Euch zuzusehen.« Er strich langsam über seinen Spitzbart.

Hermanna fühlte, wie ihr das Blut ins Gesicht schoss. »Ihr werdet es nicht wagen, mich so lange festzuhalten, sonst ...«

Weil sie nicht wusste, womit sie einem Mann drohen konnte, der zwar nicht größer, aber doch stärker war als sie, brach sie ab.

»Sonst was?«, wiederholte Langenfeld sofort. »Wollt Ihr mich schlagen, Jungfer?« Er lachte leise. »Nur zu – es ist immer eine Freude, Euch wütend zu sehen, liebe Hermanna. Wie ich Isidor kenne, wird er gern dazukommen, wenn wir uns prügeln. Ihr wisst ja, er ist weit weniger zimperlich als ich.«

Er versteckte sich wohl immer hinter Vahlensieck. Fehlte nur noch, dass er den nicht vorhandenen Schnauzbart zwirbelte.

Doch dann trat wieder der treue Hundeblick in Langenfelds Augen, und sein langes Gesicht wurde weicher. Ohne den üblen Freund im Hintergrund hätte er vielleicht sogar nett sein können.

Er setzte sich aufs Bett und klopfte neben sich auf die weiß bezogene Decke. »Vergessen wir Isidor und unseren Streit«, sagte er. »Lasst uns in Ruhe miteinander sprechen, liebe Hermanna.«

»Spart Euch das! Eure liebe Hermanna werde ich nie sein.«

Ungerührt sprach er weiter. »Es wird auch für Euch von Vorteil sein, glaubt mir das, *liebe Hermanna*.«

Es hatte doch zu viel von Vahlensieck auf ihn abgefärbt.

Sie blieb stehen. Er vermerkte es mit einem Kopfschütteln, machte: »ts, ts«, sagte aber nichts weiter. Stattdessen wies er mit der Hand zu den abgedeckten Schüsseln auf dem Waschtisch, deren Duft Hermanna quälte, obwohl sie so weit wie eben möglich davon entfernt stand.

»Ihr solltet etwas zu Euch nehmen, edles Fräulein, dann wäret Ihr bestimmt bald in besserer Stimmung.«

Wenigstens sagte er nicht mehr *liebe Hermanna* zu ihr.

»Heiterkeit ist meiner Lage nicht angemessen«, antwortete sie. »Lasst mich frei; das wäre das Einzige, was meiner Stimmung aufhilft. Obwohl sie Euch dann wohl immer noch nicht zugutekäme.«

»Sie ist und bleibt kratzbürstig«, murmelte er kopfschüttelnd vor sich hin. »Was soll das bloß werden …«

Er stand vom Bett auf, stellte sich vor sie hin und sah ihr ins Gesicht. »Er gefällt mir durchaus, Euer Eigensinn, das lasst Euch gesagt sein. Eine Frau mit einem eigenen Kopf, sage ich immer, wird nie langweilig.« Er fasste ihr unters Kinn, was sie heftig abwehrte. Dann lachte er. »Aber der Starrsinn wird Euch noch in Teufels Küche bringen, denn Vahlensieck gefällt so was gar nicht. Er liebt die Frauen unterwürfig, und notfalls hilft er mit Schlägen nach. Nur damit Ihr wisst, was Euch erwartet …«

»Er wird es nicht wagen …«

»Er wird«, erklärte Langenfeld. »Das könnt Ihr mir glauben.

Und ich weiß nicht, wie lange ich ihn noch von Euch fernhalten kann. Er will Euch unbedingt für den Mord an unserem Freund bestrafen. Beim Aufhängen wird es da nicht bleiben, fürchte ich.«

Weil sie nicht wollte, dass ihre Stimme ihre Furcht verriet, blieb Hermanna still.

Langenfeld musterte ihr Gesicht. »Da bekommt Ihr Angst, nicht wahr? Ganz blass seid Ihr geworden, scheint mir. Aber dazu gibt es keinen Anlass, solange ich in Eurer Nähe bin.«

Was ja mehrfach bewiesen wurde. Sie sagte aber nichts.

»Ihr müsst allerdings ein wenig mehr Wohlwollen zeigen, verehrte Hermanna, denn ich meine es nur gut mit Euch. In der Tat bin ich nämlich gekommen, um Euch um Eure Hand zu bitten …«

Hermanna stöhnte auf. Was für ein grausames Spiel sollte dies nun wieder werden?

Langenfeld redete ungerührt weiter. »Mein Antrag mag Euch überraschen, aber für mich ist der Gedanke nicht so neu, wie er Euch jetzt erscheinen mag. Gleich, als ich Euch zum ersten Mal sah, habt Ihr mir gefallen. Wisst Ihr noch, wie Ihr es meinem guten Freund Lubbert gegeben habt, im Rittersaal, nur wenige Tage vor seinem Tod? Es hat mich sehr beeindruckt, wie sprachlos er nach Eurem Abgang war.«

Jetzt war es Hermanna, der vor Verblüffung kein Wort zu erwidern einfiel. Langenfeld wollte sie anscheinend glauben machen, dass die Entführung seine Art der Brautwerbung war.

»Ihr braucht nur einzuwilligen, meine liebe Hermanna – nicht wahr, das darf ich jetzt sagen? –, dann lassen wir Euch sofort frei. Als meine Gattin seid Ihr vor Vahlensieck geschützt, und er wird nicht mehr wagen, Euch anzurühren.«

Hermanna glaubte ihm kein Wort. Aber was hinter dem überraschenden Ansinnen stecken mochte, wollte ihr auch nicht einfallen. Allerdings erinnerte sie sich noch sehr genau, dass Lubbert versucht hatte, sie mit einem seiner Freunde zu verkuppeln. Hatte Langenfeld sich etwa Hoffnung auf eine gute Mitgift gemacht? Sie würde jetzt – nach Lubberts Tod – noch größer ausfallen …

»Übrigens ist Euer Pfarrer, Kruse heißt er wohl, jederzeit bereit, uns hier in diesem Haus zu trauen«, meinte Langenfeld. »Sagt mir, wann es Euch recht ist, und ich schicke einen Boten.« Seine braunen Augen schauten sie an wie Kösters Harras.

Hermanna hielt den Zorn in sich nieder. Mit fester Stimme erklärte sie: »Ich gehe davon aus, dass Ihr mich mit Eurem Ansinnen verhöhnen wollt, Junker. Ernst nehmen kann ich es jedenfalls nicht. Aber wenn *Ihr* mich so ernst nehmt, wie Ihr es mich glauben machen wollt, dann gebt mir den Schlüssel zur Tür, damit ich mich von Eurem Anblick befreien kann.«

»Hoho«, rief Langenfeld. Sein Bart bebte.

Immerhin mal ein andrer Ton.

»So kenne ich sie, meine Hermanna.« Er seufzte. »Ihr werdet geradewegs Isidor in die Arme laufen, das ist Euch doch wohl klar.«

Sie konnte Langenfelds Anblick nicht mehr ertragen und drehte sich zur Wand um. Zuckerbrot und Peitsche, das war es, was Langenfeld ihr als Morgengabe brachte. So jemanden sollte sie heiraten?

»Ihr werdet es Euch überlegen«, sagte Langenfeld, der jetzt durch den Raum ging. »Lasst Euch ruhig Zeit. Ich werde sogar Isidor von Euch fernhalten, soweit mir das gelingt. Wenn Ihr zur Ruhe gekommen seid, werdet Ihr bestimmt Vernunft annehmen. Und wenn Ihr darüber nachdenkt, findet Ihr sicher ein paar liebenswerte Seiten an mir.«

Hermanna fühlte, wie ihre Augen vor Zorn brannten. Die Kerle wollten sie nicht freilassen – an nichts anderes konnte sie denken.

Hinter ihr waren wieder Schritte zu hören, dann öffnete und schloss sich die Tür. Sie drehte sich um. Langenfeld war verschwunden, und das Essen hatte er auch wieder mitgenommen. Die Kerle glaubten wohl, dass der Hunger sie erweichen würde.

Eine schöne Zwickmühle, in die sie hier geraten war. In ihrer Kehle spürte sie ein Glucksen, das ihr die Tränen in die Augen trieb. Der eine wollte sie aufhängen, der andere sie zum Traualtar führen. Aber da konnte Langenfeld so treue Hundeaugen machen, wie er wollte. Die erpresserische Brautwerbung würde sie nicht mehr vergessen. Und heiraten würde sie den nie.

***

Diether streckte sich im Sessel aus und legte die Füße auf einen Hocker. Ein Glas Wein stand in Reichweite. Er saß gemütlich in seiner Studierstube, wie er den großen Raum mit den Fenstern zum Abendlicht gern nannte. Jetzt war die Zeit, zu der er sich gern von dem redseligen Friedrich hätte unterhalten lassen. Was er wohl tat in Albrock?

Draußen schien nach einem kräftigen Schauer wieder die Sonne, die ihn durch die Butzenscheiben hindurch wohlig wärmte.

Gerade wollte Diether zu seinem Buch greifen, als er an der Hintertür ein Klopfen hörte und gleich darauf, wie sie geöffnet wurde. Gese zu dieser Stunde? Sie war morgens schon da gewesen. Hatte sie etwas vergessen?

In der Annahme, dass Gese zu ihm finden werde, blieb er sitzen. Wen hatte sie denn da bloß mitgebracht? Das Getrappel auf der Treppe wollte kein Ende nehmen.

Gespannt sah er zur Tür. Als Erster kam Friedrich, dessen Kutte vor Nässe triefte. Ihn hatte der Regen wohl erwischt.

»Du sitzt hier warm und trocken, während ich draußen im Moor versinke.« Sein rosigrundes Gesicht verzog sich voller Abscheu, als wäre er tatsächlich durch den Schlick gewatet.

»Das bisschen Regen«, gab Diether zurück. Wie erwartet zog Friedrich ein empörtes Gesicht.

Hinter ihm schoben sich eine der Albrocker Frauen – Klara, fiel Diether zu dem kleinen Gesicht ein – und in ihrem Gefolge Leonore durch die Tür. Klaras Umhang triefte ebenfalls. Sie legte ihn ab und schüttelte sich das Wasser aus den dünnen Haaren. Leonores braune Locken hatten keinen Regen abbekommen.

Klara kam gleich zu ihm ans Fenster. »Hermanna ist verschwunden«, rief sie mit aufgewühltem Gesicht, »seit dem frühen Morgen, und wir glauben, dass die Wolfenbütteler sie entführt haben.«

Diether erschrak, doch Friedrich ließ ihn nicht zu Wort kommen. »Ja, und ich habe einen tückischen Mordanschlag überlebt. Im Albrocker Moor. Und der Regen, in den wir unterwegs gekommen sind, war auch nicht ohne.« Er wies auf die Pfütze, die sich unter ihm bildete.

»Nun mal langsam.« Diether erhob sich vom Sessel. Friedrich schickte er hinaus, damit er sich der Kutte entledigte und Diethers Hausrock anzog. Dann bat er die Frauen an den großen Tisch, der selten Besucher sah und mit Büchern und Schriften vollgepackt war, die er zur Seite schob.

»Klara und Friedrich wollten, dass ich mitkomme«, sagte Leonore.

»Ich heiße Euch gern in meinem Haus willkommen«, entgegnete Diether. »Es ist ja wohl zum ersten Mal, oder?«

Leonore nickte, ohne ihn anzusehen. Dann schaute sie sich aber neugierig um. Diether folgte ihrem Blick an den bisher sparsam gefüllten Bücherregalen entlang. Sie lehnte sich halb über die Stuhllehne zurück; am liebsten wäre sie wohl aufgestanden und hätte die Titel studiert. Er verbot sich, auf Leonores straff gespanntes Mieder zu schauen.

Zwischen den Büchern hatte Diether Steinbrocken gelagert, die entweder historische Bedeutung für ihn hatten, wie einige Überreste des alten Paderborner Rathauses, oder die er ihrer besonderen Form und Farbe wegen in der Feldflur aufgelesen hatte. Auch die fanden Leonores Aufmerksamkeit.

Klara schien eher die Staubflusen auf dem Boden als die gesammelten Schätze zu mustern. Ihrem tadelnden Blick nach zu schließen, ging es im Haushalt ihres Dienstherrn sauberer zu.

Diether nahm Gläser aus dem Schrank und verschwand in die Küche, um mehr Wein zu holen. Wie erwartet fand er Friedrich, der sich im Stehen über Diethers Suppe hergemacht hatte. Gese hatte sie im Auftrag seiner Mutter am Morgen abgeliefert.

»War bestimmt übrig«, sagte Friedrich und biss von der Wurst ab. »Hab den ganzen Tag noch nichts gehabt.«

Diether überging den Mundraub – von Friedrich war er nichts anderes gewohnt – und strafte den Freund, indem er auf seine geborgte Kleidung wies. »Wusste gar nicht, dass ich auch Kutten im Schrank hab.« Diether lachte. Natürlich war sein Rock dem Freund viel zu lang, dafür zu eng, sodass sein Bäuchlein spitz im weißen Hemd unter den Knöpfen hervorlugte, die sich nicht hatten schließen lassen.

Diether packte Brot und Käse auf ein Brett, nahm den Weinkrug und ging Friedrich voraus die Treppe hinauf. Die Frauen standen am Fenster und schauten mit vorgebeugten Köpfen auf die stille Jühengasse, wo gemeinhin nichts zu sehen war. Bestimmt hatten sie sich eben noch im Raum umgeschaut. Diether schmunzelte. Er hatte nichts zu verbergen, außer dem Dreck in den Ecken, der sich – seit er sich die Putzaktionen Geses und der Mutter verbeten hatte – zusehends vermehrte. Heute war ihm das ein bisschen peinlich.

»Georg Gogreve wird wohl noch kommen«, sagte Leonore. »Ich hab meinen Neffen zu ihm geschickt. Er wird wissen wollen, was auf Albrock los ist.«

»Und er kann uns suchen helfen.« Klara nickte heftig mit dem Kopf.

Ob sie es nicht ein wenig übertrieben? Vielleicht hatte Hermanna ja einen heimlichen Geliebten, von dem niemand etwas erfahren sollte.

»Wir sollten mit dem Bericht über Hermanna warten, bis Georg da ist«, entschied er und forderte Friedrich auf zu erzählen, warum er allem Anschein nach direkt aus dem Sumpf bei ihm aufgetaucht war. »Du hättest nicht zu mir zu schwimmen brauchen, weißt du«, sagte er. »Es gibt Straßen ...«

»Haha«, machte Friedrich. »Als ob mich der Regenguss unterwegs noch hätte schrecken können, nach allem, was ich schon am frühen Morgen erlebt habe.«

Wie gewohnt setzte er sich groß in Szene für seinen Bericht, der dann aber überraschend kurz ausfiel. Anfangs lachte Diether noch über seinen ungeschickten Freund, der ins erstbeste Wasserloch fiel und hilflos darin herumstrampelte, doch als er merkte, in welcher Gefahr der geschwebt hatte, bekam er doch einen Schreck.

Friedrich schauderte es ebenfalls. »Die Bauern müssen die ganze Zeit in der Nähe gewesen sein. Geholfen haben sie mir aber erst, als ich schon fast versunken war. Und was glaubt ihr, wer ihnen voranlief?« Er machte eine bedeutungsvolle Pause und fuhr erst fort, als Diether ungeduldig mit der Hand winkte. »Dieser Nölleken aus dem Nachbardorf, von dem Klara erzählt hat ...«

Klara lauschte unbeteiligt und mit versteckter Ungeduld. Bestimmt hatte sie die Geschichte unterwegs zehn Mal gehört. »Maria hat den im Auge«, sagte sie nur.

»Aber es waren auch noch andere dabei.« Friedrich begann aufzuzählen, wen er erkannt hatte und wie die anderen ausgesehen hatten. Klara, die als Einzige wusste, um wen es sich handelte, nickte ab und an wissend.

Leonore schaute neugierig auf die Schriften neben sich auf dem Tisch. Mit einer freundlichen Handbewegung erlaubte Diether ihr, sie sich anzuschauen. Sie zog einen Pergamentbogen zu sich, den ihm vor ein paar Tagen ein Freund aus Studientagen, der aus München stammte, zugeschickt hatte.

Verwundert wies Leonore auf den Namen unter dem Text. Jeremias Drexel hieß der Verfasser, hinter seinem Namen ein SJ. »Ein Jesuit«, flüsterte sie.

»Sogar ein abtrünniger Protestant«, flüsterte Diether zurück.

»Ts, ts«, machte Leonore und begann zu lesen.

Diether hatte geahnt, dass die kurze Abschrift Leonore fesseln würde. Es ging darin um die jesuitische Einstellung zur Armut, die natürlich gottgewollt und dazu da war, die Armen für das Himmelreich zu läutern. Hatte allerdings Gott jemanden mit Macht und Reichtum beschenkt, folgte daraus, dass derjenige nicht schlecht sein konnte. War er es doch und plagte seine Untertanen, dann steckte der unerforschliche Ratschluss des Herrn dahinter, der diejenigen prüfen wollte, die unter dem Tyrannen zu leiden hatten.

Lubbert von Zinsdorf wäre wohl eine Geißel Gottes nach dem Geschmack der Jesuiten gewesen.

Früher war er sich mit Leonore darin einig gewesen, dass sie mit einem Gott, der so viel unsinnige Not und unverschuldetes Elend zuließ, nichts zu tun haben wollten, und schon gar nicht mit seinen finsteren Stellvertretern hierzulande, die solche Zustände auch noch guthießen.

»Du kannst dir die Schrift gern ausborgen«, sagte Diether, als Friedrich zum Ende kam. »Auch die anderen, wenn dir etwas gefällt.« Mit der Hand wies er über den Tisch hinweg auf die Bücher in den Regalen. Er staunte über sich selbst. Wie kam er dazu, so vertraut mit Leonore zu sprechen?

Sie lächelte ihn an, nickte aber nur kurz, weil unten wieder die Tür ging und gleich darauf Georg die Treppe hinaufkam.

Ohne Umschweife setzte er sich neben Diether an den Tisch. »Was ist mit Hermanna?«, fragte er. Sein rotes Haar stand vom Kopf ab, als wäre er in einen Sturm gekommen.

Ein unerwartetes Glücksgefühl stieg in Diether auf, das nichts mit dem Rotschopf zu tun hatte. Es lag an Leonore und ihrem Lächeln. Am liebsten hätte er laut gejubelt, was wohl niemand verstanden hätte und Georg am wenigsten.

Er kniff die Augenbrauen zusammen und sah Friedrich an. »Was ist denn nun mit Hermanna? Du quatscht und quatscht …«

Beide konnten ein Schmunzeln nicht unterdrücken. Friedrich hatte offensichtlich Leonore und ihn beobachtet und in Diethers Gesicht gelesen, was in seinem Inneren vorging. Georg schaute von einem zum anderen und schüttelte nur den Kopf.

Klara fing an zu erzählen. Hermannas Verschwinden fand Diether dann zum ersten Mal wirklich bedenklich, als er erfuhr, dass sie ohne ihre Kleider unterwegs war. »Als ob sie aus dem Bett fortgeflogen wäre«, meinte Klara und erzählte, wie sie im ganzen Dorf, in den Wäldern und Sümpfen gesucht hatten.

Er habe sofort an die Wolfenbütteler Freunde dieses Zinsdorf gedacht, meinte Friedrich. Dass sie so sang- und klanglos das Feld geräumt hatten, habe ihn gleich misstrauisch gemacht. Er hatte schon immer gern jede Gefahr übertrieben.

»Und warum bist du ihr dann nicht auf Schritt und Tritt gefolgt, wie du eigentlich solltest?«, fragte Diether.

»Wollte ich ja …« Friedrich biss sich auf die Lippen und drehte den Kopf zum Fenster. Niemand sollte wohl sehen, wie er vor Scham rot anlief.

»Hermanna war das nicht recht«, erklärte Klara. »Die braucht immer viel freien Platz um sich herum.«

»Und so früh am Morgen hat unser Fritzeken die Augen sowieso noch nicht auf.« Diether kannte Friedrichs Gewohnheiten zur Genüge.

»Hört endlich auf mit dem Blödsinn«, fuhr Georg sie an. »Ich hab Kunigunde mitgeteilt, dass hier alles in Ordnung ist. Morgen kommt sie zurück. Meint ihr, ich will ihr gleich eröffnen müssen, dass ihre Lieblingsbase in Schwierigkeiten steckt?«

Diether legte ihm die Hand auf den Arm. »Beruhige dich, Georg. Ob Hermanna von Albrock in Schwierigkeiten steckt, wissen wir noch nicht.«

»Sie *ist* in Schwierigkeiten, das weiß ich genau.« Alle Köpfe wandten sich Klara zu. »Ihr wisst noch nicht alles. Höchstwahrscheinlich haben nämlich die Wolfenbütteler sie entführt.«

Friedrich nickte, schaute aber zu Georg hinüber. »Klara hat recht«, sagte er. »Leider. Es gab Beobachtungen …«

Klara unterbrach ihn mit einer Handbewegung. Schnell erzählte sie von der Kutsche, die – von vier Reitern begleitet – früh am Morgen über die Waldwege zur Stadt gejagt war.

»Hat jemand die Reiter erkannt?«, fragte Diether.

»Dazu war es zu dunkel.«

Eben. Es war nicht gesagt, dass es die Wolfenbütteler waren, auch wenn das Zusammentreffen von Kutsche und Hermannas Verschwinden den Gedanken nahelegte.

»Ich kann mir das eigentlich nicht vorstellen«, sagte Diether und erzählte vom morgendlichen Zusammentreffen mit Lubberts Freunden. »Die Feier sah eher aus wie ein deftiges Frühstück nach einer durchzechten Nacht und nicht nach einer gerade stattgefundenen Entführung. Sie hatten Frauen dabei, aber keine von ihnen war Hermanna.« Dass es sich bei den Frauen um Georgs Basen handelte und wie die sich aufgeführt hatten, behielt er dem Freund zuliebe für sich.

»Sie sind also in der Stadt.« Friedrich wandte sich mit Genugtuung im Blick Diether zu. Er sah seine Vermutung wohl bestätigt.

»Als du heute Morgen zum ersten Mal ins Licht geblinzelt hast, mein lieber Lux«, sagte Friedrich, »da war die Entführung längst gelaufen. Wahrscheinlich hab ich sogar schon im Sumpf gesteckt. Was *du* dann im Schwarzen Bären mitgekriegt hast, war die Siegesfeier.«

»Mag sein.« Diether wollte sich nicht streiten, zumal der Verdacht gegen die Wolfenbütteler nicht ganz von der Hand zu weisen war. »Ich weiß von Elseke, dass die Männer in Jobsts Gasthof abgestiegen sind. Warum fragst du nicht deinen Bruder, ob sie eine Frau mitgebracht haben, die sie in ihren Räumen verborgen halten?«

»Das ist ein guter Einfall.« Ein wenig wich die Besorgnis aus Georgs Gesicht. Er stand auf und schlug Friedrich auf die Schulter. »Lass uns gehen und Jobst fragen.«

***

Die Fassade des Schwarzen Bären täuschte. Vor das alte Fachwerkhaus, das auf Kellern aus uralter Zeit gegründet war, hatte Friedrichs Bruder Jobst sich eine großartig ausgeschmückte Schaufassade gestellt. Doch wenn man hinter den Ziergiebel blickte, sah man, dass das rückseitige Gebäude bedeutend niedriger war. So fügte sich der vorgeblich steinerne Bau nahtlos in die prächtigen Kaufmannshäuser ein, die nur noch in ihren Hinterhöfen die bäuerliche Vergangenheit erahnen ließen.

Mit vielen Fenstern hatte der Bärenwirt Helligkeit in die vorderen Schankräume gebracht, doch Friedrich wusste, dass im hinteren Teil des Hauses finstere Stiegen und Ecken lauerten. In seiner Kindheit hatten sie ihm nicht wenig Angst eingejagt. So klar gegliedert wie die Stirnwand vor ihm war sein Vaterhaus nicht. Mit dem Gebäude nebenan und dahinter den Speichern, Ställen und Remisen waren schon zur Zeit seiner Eltern Elemente hinzugekommen, die weder in den Geschosshöhen noch im Raumschnitt zueinander passten.

»Was nicht passt, wird passend gemacht.« Den alten Handwerkerspruch zitierte Jobst gern, wenn er wieder einmal die ehemaligen Bauernhäuser umbaute, weil sie städtischen Ansprüchen nicht genügten. Er hatte auch die helle, mit aufwändigen Sandsteinornamenten und Karyatiden geschmückte Fassade davorgesetzt, die unbedingt prachtvoller hatte sein müssen als die des Stallmeister'schen Hauses etwas unterhalb zur Marktkirche hin.

Zu ebener Erde waren die Gaststube und zwei Stufen höher im Nebenhaus der Schanksaal untergebracht. Hinter jeder Fensterreihe der vier oberen Stockwerke konnte Hermanna verborgen sein. Wahrscheinlicher war es jedoch, dass die Wolfenbütteler sie im verwinkelten Hinterhaus versteckt hatten.

Georg neben ihm schaute ebenfalls an der Fassade hinauf. »Es wäre schön, wenn Hermanna jetzt am Erkerfenster stünde.«

»Das ist Jobsts Wohnstube. Ich glaube nicht, dass wir sie da finden«, antwortete Friedrich.

Sie betraten die Gaststube durch das ebenfalls sandsteinerne Portal, über dem der schwarz gemalte Bärenkopf prangte. Jobst stand hinter der Theke und zapfte Bier. Schwere, fast violette Tränensäcke zeugten vom Wirtshausleben, die Hamsterbacken davon, dass Friedrichs ältester Bruder es sich gern gutgehen ließ. Das lag wohl in der Familie. Friedrich schaute an seinem eigenen Bauch hinunter, der aber lange nicht so dick war wie der Jobsts unter der ledernen Wirtsschürze. Jobst war allerdings erheblich größer als er.

Die Kneipe war voll, doch als Jobst ihn und Georg sah, schickte er Elseke hinter die Theke und trat zu ihnen. »Ist jemand gestorben?«, fragte er. »Ihr guckt so bedröppelt.«

»Das nicht«, sagte Friedrich. »Lass uns raufgehen, da redet sich's besser.«

Jobst lotste sie an der Theke vorbei zum Seitenausgang. Sie betraten die schmale Deele, unter den Füßen das gleiche ausgetretene Tudorfer Pflaster wie in der Wirtsstube. Die Galerie oben an der Wand hatte Jobst erneuern lassen, breiter als zuvor und mit mächtigen Balken darunter. Wie das Geländer war sie geschnitzt und bunt bemalt. An beiden Seiten führten Treppen hinauf; das war wie früher geblieben.

Friedrich war lange nicht hier gewesen und kannte auch Jobsts neu eingerichtete Wohnstube noch nicht. Der öffnete ihnen mit stolzem Blick die Tür. »Schaut euch das an. Alles vom Feinsten und ganz neu.«

Sie traten ein, und sogar Georg machte große Augen. Geschnitzte Eichenmöbel und Täfelungen, bunt bestickte Wandbehänge, dick gepolsterte Diwane, goldene Kerzenleuchter und Rahmen – nicht einmal Goste von Köln hatte ihr und jetzt Friedrichs Haus so glanzvoll eingerichtet.

Mit einer übertrieben eleganten Handbewegung, die zur fleckigen ledernen Schürze nicht recht passen wollte, präsentierte Jobst das Prachtstück des Raums. An der Stelle des früheren Kachelofens stand jetzt ein ausladender marmorner Kamin. »Der ist aus einem einzigen Block geschnitten«, sagte er, »mit den gleichen Allegorien wie beim Bischof in der Wewelsburg.« Allegorien betonte er auf dem O statt auf dem I. Das passte auch besser zu den vollbusigen nackten Frauen, die für Nächstenliebe und Sanftmut standen. Baumhauers Hermann, der ja Baumeister des Bischofs sei, habe ihm das Kunstwerk aus Italien besorgt. Friedrich würde es allerdings nicht wundern, wenn der Kamin eher bei den Bauten Bischof Dietrichs übrig geblieben war.

»Nun setzt euch und rückt endlich damit raus, was los ist«, sagte Jobst. »Ich muss gleich wieder runter. Elseke schafft das nicht allein.«

Jobst selbst hatte sie mit seinen Angebereien aufgehalten, doch das hatte er wohl schon wieder vergessen.

Georg erzählte, weshalb sie gekommen waren. Als Jobst hörte, dass es um eine Verwandte von Kunigunde ging, war er sofort bereit zu helfen. Er war eben nicht nur ein Angeber. Georg äußerte seinen Verdacht gegen die Wolfenbütteler, und Jobst horchte auf.

»Die Kerle kommen mir sowieso dauernd quer, denen traue ich alles zu«, sagte er. »Meine Rechnung haben sie auch noch nicht bezahlt. Sie wollten mir weismachen, dass sie aus Albrock Geld zu kriegen hätten. Aber das hat dieser Lubbert von Zinsdorf auch schon gesagt, mit dem sie vor Ostern hier waren. Der hatte jedenfalls noch einiges auf dem Kerbholz stehen, und jetzt ist er tot. Ob mir Hermanna das bezahlt, wenn wir sie finden?«

Sein Bruder hatte Sorgen! Wenn die Wolfenbütteler von Geld aus Albrock gesprochen hatten, dann hieß das, sie hatten sich – wie Friedrich schon vermutet hatte – nicht endgültig von dort verabschiedet. Und wie wollten sie an das Geld kommen, wenn nicht durch Hermanna?

»Hast du denn gesehen, ob sie Hermanna mitgebracht haben?«, fragte er.

»Dumme Frage«, gab Jobst zurück. »Das hätte ich doch wohl sofort gesagt. Aber ich muss sie auch nicht gesehen haben. So frühmorgens schläft hier noch alles, da konnten sie im Haus tun und lassen, was sie wollten.«

Er stand auf. »Kommt mit. Sie tafeln noch, da können wir uns bei ihnen umgucken.« Er trat auf die Galerie und ging zu einer gegenüberliegenden Tür, hinter der sich ein langer Flur auftat. »Hier sind die neuen Gästezimmer«, sagte Jobst.

Früher waren es Speicher gewesen mit einer Falltür im Boden, die den Küchenmädchen den Zugang zu den Vorräten erleichterte. »Für die Mehlsäcke haben wir unten angebaut.«

Jobst öffnete die Tür des ersten Raums, dessen Fenster zum Marienplatz gingen. Mit Federn geschmückte Schlapphüte lagen auf einer Truhe zwischen den Betten; hier waren offensichtlich Vahlensieck und Langenfeld untergebracht. Doch von Hermanna war keine Spur zu sehen. Georg schaute in die Truhe, doch darin waren nur weitere Kleidungsstücke. Hermanna hätte ohnehin nicht hineingepasst.

»Was habt ihr mit den Falltüren gemacht?«, fragte Friedrich.

»Die sind zu. Wir haben neue Fußböden gelegt.«

Im nächsten Raum waren die Landsknechte und Barthel untergebracht. Auch dort keine Hermanna.

»Wir müssen überall nachsehen«, sagte Jobst. »Ostern ist vorbei, da sind viele Räume leer.« Er ging voraus und öffnete eine Tür nach der anderen. Sie stiegen in die darüberliegenden Stockwerke und schauten in jedes Gästezimmer. Hier war Hermanna nicht. Leer war auch der niedrige Dachboden, wo ärmere Leute ein preiswertes Nachtlager fanden. Unter dem sparsam ausgestreuten Stroh konnte Hermanna auch nicht verborgen sein.

Jobst führte sie über eine andere Treppe wieder nach unten und bog zum Hinterhaus ab. »Fragt sich, ob ich selbst mich hier noch auskenne«, sagte er und lachte. »Wir haben so viel umgerissen …«

Er schob einen Vorhang am Ende des Flurs zur Seite, hinter dem eine Tür verborgen war. »Die Gäste müssen hier nicht reingucken«, erklärte er. Ein nur schrittlanger Gang endete vor einer weiteren, ebenfalls geschlossenen Tür, die von innen mit einem Riegel gesichert war. Dahinter ging es zwei Stufen hinab.

Zu Friedrichs Jugendzeit hatten die Türen immer offen gestanden. Im Hinterhaus über dem Stall, wo auch die Dienstboten schliefen, war das Zimmer für die Kinder gewesen. Darüber lag der riesige Speicher, wo sie bei Regen gespielt hatten. Darin standen sie jetzt. Wie früher war der Raum völlig leer. Nur bei Jahrmärkten wurde er gebraucht, wenn die Händler jeden Gastraum belegten und ihre Waren hier oben lagerten.

Als sie die schmale Stiege hinabkletterten, drohten Friedrich wie am Morgen im Moor die Knie einzuknicken. Oft genug hatte Jobst in der undurchdringlichen Schwärze unter der Stiege gehockt und dem kleinen Bruder zwischen den offen liegenden Sprossen hindurch unvermutet an die Beine gegriffen. Wie ein Gespenst. Jobsts Lachen, wenn Friedrich vor Schreck die Stufen hinabgefallen war, hatte er jetzt noch in den Ohren.

Vorsichtig drehte Friedrich den Kopf. Unter der Treppe war es immer noch stockfinster. Beruhigend, dass Jobst vor ihm ging. Hätte er schon damals einen so glänzend kahlen Kopf gehabt, wäre er wohl in der Dunkelheit nicht verborgen geblieben.

Wenn Hermanna unter der Stiege läge, müsste sie tot oder wie ein Bündel verschnürt und geknebelt sein. Friedrich überwand seine Furcht – schließlich hatte er Räubern und Moorgeistern standgehalten – und schob seine Füße über den Boden, den er nicht sehen konnte. Außer auf loses Zeug stieß er auf kein Hindernis.

Jobst und Georg hatten bereits das nächste Stockwerk betreten, das gleich drei Stufen tiefer lag als das Vorderhaus. Ihre Eltern hatten mit dem Geld Gostes von Köln das Nachbarhaus gekauft, das fast Wand an Wand an das Baer'sche grenzte, und die Verbindungsgänge gebaut. Es war früher ein riesiger Kornspeicher gewesen, dessen offene Fläche Friedrichs Vater durch Wände unterteilt hatte. Je nachdem, wie die Balken verliefen, waren verwinkelte Flure übrig geblieben und unter den Dachschrägen niedrige Gänge. Hier hatten sie früher Fangen und Verstecken gespielt. Tageslicht drang nur ein, wenn die Sonne direkt über den winzigen Dachluken stand. In die schmalen Flure fiel auch dann nur diffuses Licht.

Doch jetzt war es überall dunkel, und Jobst zündete drei Laternen an, die an der Wand bereithingen. Wieder öffneten sie Türen und leuchteten in fremde Räume hinein. In manchen gab es Durchgänge zu kleineren Gelassen, die sie ebenfalls erforschten. Sie schauten in jeden Schrank und jede größere Truhe. Keine Hermanna.

Am Ende eines Flurs stand ein Schrank, der in Friedrichs Kinderzeit noch nicht da gestanden hatte. Doch er erinnerte sich, dass dahinter eine Tür war, die zum Raum ihres Kindermädchens geführt hatte.

»Warum hast du den Schrank davorgestellt?«, fragte er Jobst.

»Wir brauchen das Zimmer nicht, und hier war Platz dafür. Er ging durch keine Tür«, antwortete er.

Friedrich schaute sich den Fußboden genau an. Es gab keine Anzeichen dafür, dass der Schrank beiseitegerückt worden wäre. Der Staub um seine Füße herum schien seit Jahren unberührt. Er strich mit dem Finger hindurch und sah Jobst vorwurfsvoll an.

Der zuckte mit den Schultern. »Wer kommt hier hinten schon hin.«

Im Schrank war nichts. Die Bretter der Rückwand waren massiv und ohne Durchlass. Hier konnte Hermanna auch nicht verschwunden sein.

»Im Heu unten wird sie nicht sein, und in den Ställen wäre sie längst aufgefallen. Aber wir gucken trotzdem«, sagte Jobst.

Das einzig Lebendige, das sie zwischen den Heu- und Strohballen fanden, waren zwei Katzen, die eine Maus vor sich her jagte. Sie entkam durch ein offenes Fensterchen, vor dem sich die Katzen aufbauten. Die anderen Mäuslein waren wohl vor Angst erstarrt, denn es war kein Rascheln zu hören.

Im Stall fragte Jobst die Pferdeknechte nach Hermanna, doch die schüttelten nur die Köpfe.

Blieb noch der Keller. Auch dort gingen sie zu dritt von Raum zu Raum. Friedrich schaute sich alle Wände an, soweit sie hinter Bierfässern und Gerümpel zu sehen waren. Früher hatte es hier eine Geheimtür gegeben, doch Jobst hatte sie zugemauert. Weitere Öffnungen waren nicht zu erkennen.

Jobst öffnete die Kellertür, die auf den Weg vor der Abdinghofmauer führte. Friedrich trat hinaus und hielt sein Gesicht in den Abendwind. Gleich neben der Tür stand immer noch die alte Eibe. Ganz oben an der Spitze war ein bisschen Sonnenschein zu sehen.

Georg und Jobst kamen ihm nach.

»Tja …« Jobst strich sich mit einer vertrauten Geste die nicht mehr vorhandenen Haare aus der Stirn. »Das war's. Ihr werdet eure Hermanna anderswo suchen müssen.«

Georg biss auf seiner Unterlippe herum. Zufrieden war er sichtlich nicht mit dem Ergebnis.

Friedrich atmete tief ein. Auch er war enttäuscht. Ihm kam kein Gedanke, wo sie Hermanna jetzt noch suchen sollten. In der Stadt ebenso wie auf den Dörfern gab es so viele Verstecke, die sie im Leben nicht durchsuchen konnten. Und vielleicht war sie ja nicht mal in Paderborn versteckt.

***

Diether bemühte sich redlich, Klara und Leonore von ihrer Sorge um Hermanna abzulenken, doch sie hörten kaum zu. Als er von den katholischen Marotten seiner Mutter redete, die lustig genug waren, verzogen sie nur ihre Münder. Ein Lächeln war das nicht. Er kam sich bald vor wie der Narr des Bischofs, den auch niemand spaßig fand.

Leonore stand bei den Büchern und hatte sich schon einen kleinen Stapel herausgesucht. Hin und wieder zeigte sie ihm einen Titel, und sie tauschten einen verständnisinnigen Blick. Wie früher verstanden sie sich ohne Worte.

Klaras Züge blieben ernst und sorgenvoll. Sie krümelte mit dem Brot herum, ohne es zu merken, und schob sich nur manchmal ein Bröckchen in den Mund.

Endlich standen Friedrich und Georg in der Tür. Doch ihre Mienen waren so lang wie die der Frauen.

»Hermanna haben wir nicht gefunden«, sagte Friedrich gleich. Leonore und Klara seufzten tief auf. Klara versteckte ihr Gesicht hinter den Händen.

Die beiden Männer setzten sich an den Tisch. »Aber wir sind so viele Treppen gestiegen und Gänge abgelaufen, dass uns die Füße wehtun. Und Hunger hab ich jetzt auch.« Georg griff zu Brot und Käse und goss sich und Friedrich Wein ein.

»Dabei kann ich noch nicht mal sagen, ob wir alles gesehen haben«, erzählte Friedrich schon mit vollem Mund. Er schluckte den Bissen hinunter. »Baers Haus ist viel zu verschachtelt, und Jobst baut auch dauernd darin rum. Einen verborgenen Raum hätten wir wohl nicht gefunden.«

Georg stellte sein Weinglas ab. »Aber Jobst hat auf die Wolfenbütteler geschimpft. Meinst du wirklich, er würde ihnen helfen, Hermanna einzusperren?«

Friedrich steckte sich noch ein Stück Käse in den Mund. »Glaub ich ja auch nicht. Aber *wenn* er gemeinsame Sache mit ihnen macht, was ich ihm durchaus zutrauen würde, dann finden wir Hermanna nie.«

Georg nickte. Ganz weiß hob sich sein Gesicht von den roten Haaren ab.

Von Klara war ein Schluchzen zu hören, dann schniefte sie und nahm die Hände herunter. »Und was ist, wenn sie Hermanna längst umgebracht haben?«

»Wozu sollten sie das tun?«, fragte Diether. »Eine tote Gutsherrin nützt ihnen gar nichts.«

»Da hast du recht«, sagte Friedrich. »Sie brauchen sie noch. Jobst haben sie erzählt, sie warten auf Geld aus Albrock, und ohne Hermanna kommen sie da nicht dran.«

Georgs Gesicht färbte sich wieder rosig, und die Augen Klaras und Leonores belebten sich. Beide lächelten sogar ein wenig.

»Das ist eine Hoffnung«, sagte Georg. »Trotzdem sollten wir Hermanna bald finden.«

»Aber wo sollen wir noch suchen?« Klara war schon wieder den Tränen nahe.

»Wir müssen die Wolfenbütteler beobachten«, gab Georg zurück. »Ihnen überallhin folgen in der Hoffnung, dass sie uns zu Hermanna führen.«

»Das machen wir«, rief Friedrich, der am Käse herumsäbelte. »Eben sind sie noch im Schwarzen Bären gesessen. Wir gehen gleich hin.« Er stopfte sich den Mund voll, wischte sich die Krümel vom Wams und stand auf.

Diether wollte widersprechen, doch Friedrich zog ihn am Arm hoch. Leonore und Klara, die morgen nach Albrock reiten wollten, verabschiedeten sich.

Kaum standen die drei Männer auf der Jühengasse, machte sich auch Friedrich davon. »Ich fühle geradezu, wie mich ein Lungenkatarrh anfällt«, sagte er. »Morgen laufe ich den ganzen Tag hinter den Wolfenbüttelern her, versprochen.« Diether konnte sich den Gedanken nicht verkneifen, dass Friedrich ganz genau wusste, dass er dazu nicht allzu früh sein warmes Bett verlassen musste.

Sie verabschiedeten sich, und Georg zog Diether mit sich zum Rathaus, wo sie Aufstellung bezogen und hin und wieder unauffällig zum Schwarzen Bären hinübersahen. Manchmal schlenderten sie hin und her, immer den Blick auf die Tür unter dem Bärenkopf gerichtet. Betrieb war genug, sodass sie nicht auffielen. Eifrig gingen die Paderborner letzten Geschäften oder bereits ihren Feierabendvergnügungen nach. Jobsts Tür schloss und öffnete sich pausenlos.

Sie sprachen wenig. Georg dachte wohl an Kunigunde und den Kummer, den ihr Hermannas Verschwinden bereiten würde. Er seufzte ein paarmal und ballte die Fäuste.

Diether sagte nichts, um seinen Ärger darüber zu verbergen, dass er den schönen Abend statt in seiner gemütlichen Studierstube auf dem zugigen Rathausplatz verbringen musste. Georg machte sich Sorgen genug um die Base seiner Frau, da brauchte Diether ihm nicht noch ein schlechtes Gewissen einzujagen.

Er kannte Hermanna kaum und die Wolfenbütteler gar nicht. Was die ihr antun würden und ob sie sich dagegen zur Wehr setzen konnte, war für ihn schwer einzuschätzen. Diether hoffte, dass sie wirklich nur ein böses Spiel mit Hermanna trieben, wie sie selbst es gesagt hatte. Einer von ihnen hatte sogar den Hut vor ihr gezogen. Bestimmt würden sie Hermanna nicht ernsthaft verletzen.

Dennoch – eine vage Furcht blieb zurück. Eifriger nahm er wieder die Tür ins Auge.

Nach einer Weile schlug Diether Georg vor, ins Gasthaus hineinzugehen. Dort war es wenigstens warm. Mit einem heißen Bier stellten sie sich in den Durchgang mit gutem Blick auf den Saal. An der Theke standen noch die letzten Marktleute und wetteiferten mit roten Gesichtern darum, wer die höchsten Preise für seine Ferkel erzielt hatte. Das dabei verdiente Geld würde wohl kaum den Weg zurück auf die Dörfer finden.

In einer Ecke des Saals saßen die Wolfenbütteler beim Wein und sprachen leise miteinander. Entweder Georg oder Diether behielt sie im Blick, während der andere vorgab, den Gesprächen ringsum zu lauschen. Manchmal schien es am Tisch der Wolfenbütteler Streit zu geben, die Stimmen erhoben sich, wurden aber nicht laut genug, um das allgemeine Geschrei zu übertönen.

Beide Junker hatten sich für den Abend herausgeputzt. Ihre Wämser waren bunt geschlitzt, und um die Schultern lagen breite Kragen. Der mit dem Spitzbart war es gewesen, der vor Hermanna den Hut geschwenkt hatte. Er sah friedlicher aus als der andere, der immer mal wieder siegesgewiss seinen Schnurrbart zwirbelte. Das war bestimmt Vahlensieck. Der andere, also Langenfeld, schien sich Vorwürfe anhören zu müssen. Er nickte immer wieder und schwieg.

Endlos zog sich die Warterei. Draußen war es längst dunkel. Diether achtete schon lange nicht mehr auf die sinnlosen Gespräche ringsum und hielt sich gelangweilt an seinem Bier fest. Er war schon beim Vierten, als die Wolfenbütteler endlich aufstanden und sich durch die Menge zur Tür schoben. Diether und Georg wandten ihre Gesichter ab, drückten Elseke ihre Krüge und ein paar Münzen in die Hand und eilten ihnen nach.

Draußen standen die Verfolgten im Licht der Hauslaterne und rückten die Schlapphüte zurecht, die mit ausladenden Federbüschen gekrönt waren, weiß der eine, rot der andere. Die waren gut zu beobachten; so viel Pracht gab's in der Stadt an einem normalen Freitagabend nicht.

Dann setzten sich Vahlensieck und Langenfeld in Bewegung und marschierten zielstrebig auf den Kamp zu. Diether und Georg folgten schlendernd, um kein Aufsehen zu erregen. Die wippenden Federbüsche waren im Schein der Fenster und vereinzelter Lichter über den Türen gut den ganzen Kamp entlang zu verfolgen. Kurz nach Gogreven Haus waren sie verschwunden.

»Die Schäfergasse«, sagte Georg, »schnell …«

Sie liefen hinterher und sahen die beiden Männer gerade noch auf den Hof des Wieckshauses treten. Auch dort brannte ein Öllämpchen über der Tür. Sie traten ein und waren verschwunden.

Diether sah Georg an. »Du hast immer noch nicht aufgeräumt da drin.«

Georg scharrte mit der Schuhspitze zwischen zwei Pflastersteinen herum. »Wie sollte ich denn? Meine Tante verlangt ein Schlösschen für sich und ihre Töchter, und du weißt ja selbst, dass so etwas hier schlecht aufzutreiben ist. Alle meine Vorschläge hat sie abgelehnt. Ich habe den Verdacht, dass sie sich im Armenhaus inzwischen recht behaglich fühlt und ihre Töchter die Nähe zur Stadt genießen.« Er hob den Kopf, mied aber das Licht.

»Das tun sie offensichtlich.« Diether erzählte Georg jetzt, wo niemand anderes zuhörte, doch von dem morgendlichen Auftritt seiner Höxteraner Basen. »Sie schienen mir direkt aus dem Hörselberg zu kommen«, schloss er seinen Bericht.

Georg schaute auf. »Und zur Nacht empfangen sie ihre Liebhaber in unserem Armenhaus. Wir müssen etwas tun …« Im diffusen Licht zeigten sich tiefe Schatten um seine Mundwinkel.

»Aber nicht mehr heute«, sagte Diether. »Heute Nacht sind die Kerle sicher aufgehoben, und morgen sehen wir weiter.«

Er drehte sich um und ging den Kamp entlang seinem Zuhause zu. Zögernd folgte ihm Georg bis zu Gogreven Haus, wo sie sich verabschiedeten.

»Und mach deinem Alten Feuer unterm Ees«, empfahl Diether Georg zum Abschied noch in reinstem Paderbörnsch. Das verstand der Freund immer noch am ehesten.

Samstag, 12. April 1614

Friedrich wanderte zum Rathaus hinauf, wo schon wieder das übliche Gedränge herrschte. Rechts vom Rathaus hatten die Bauern ihre Stände aufgebaut, in der Scharne dahinter taten die Metzger ihr blutiges Handwerk, und die Waage, die im Untergeschoss des Neubaus als Erstes wieder eingerichtet worden war, wurde von auswärtigen Händlern umlagert, die vor dem Verkauf ihre Waren taxieren und versteuern lassen mussten.

Ein Blick durchs offene Fenster des Schwarzen Bären zeigte Friedrich, dass die Wolfenbütteler noch zu Tisch saßen. Er bummelte zum Rathaus hinüber und guckte an der Fassade hinauf, die er jeden Tag sah. Viel Gold glänzte in der Sonne. Oben am Himmel trieben weiße Wolken. Nach Regen sah es nicht aus. Ihm war nicht im Mindesten danach, heute schon wieder durchnässt zu werden.

Etwas stieß gegen seine Beine, und er sah hinunter. In einer Schubkarre lag ein halbes Schwein. Den kräftigen Schinken sah Friedrich schon geräuchert vor sich – unwillkürlich schmatzte er mit den Lippen. Der bärtige Mann, der die Karre schob, wies mit dem Finger nach unten. Schnell sprang Friedrich beiseite, damit ihm das Blut nicht auf die Schuhe tropfte. Dann setzte er wieder ein gleichmütiges Gesicht auf und genoss den Sonnenschein.

Diether und Georg hatten Hermanna gestern nicht gefunden, sonst hätten sie ihn bedenkenlos aus dem Schlaf geholt. Friedrich hoffte von ganzem Herzen, dass die Beobachtung der Wolfenbütteler heute dazu führte, dass man ihr Versteck fand.

Er steckte wieder in seiner Kutte, weil man damit in Paderborn am wenigsten auffiel. Kuttenträger – ob schwarz, braun, grau oder violett – sah man allenthalben, und niemand schaute genauer hin. Trotzdem sollte er nicht zu lange auf einem Fleck stehen. Als jüngster Bruder Jobsts Baers war er vielen bekannt, und man würde sich wundern, warum er sich so lange vor seinem Vaterhaus herumtrieb, ohne hineinzugehen.

Als er sich umdrehte, stand Maria Hagemeier vor ihm. Albrock war also auch in Paderborn zu Gast. Angestrengt schaute sie zum Markt hinüber. Er folgte ihrem Blick und sah Nölleken, den höchst verdächtigen Borchusener, hinter einem Tisch mit Eiern und Butter stehen. An einer Stange hingen fette, schon gerupfte Hühner, die sich Friedrich gut im Suppentopf seiner Haushälterin vorstellen konnte.

Er trat auf Maria zu und begrüßte sie. Sie nickte und schob ihn zur Seite. »Seine Frau ist schwanger, deshalb muss er selbst hier stehen«, sagte sie, ohne ihn einen Blickes zu würdigen.

»Und warum steht *Ihr* hier?«, fragte Friedrich.

Endlich schaute sie ihn an. »Einer muss doch nach ihm gucken«, sagte sie mit erhobenem Kinn, das zu klein war für ihr breites Gesicht. »Klara ist ja immer noch hier …«

»Klara kommt heute zurück nach Albrock, mit Leonore.«

»Gut«, sagte Maria, sonst nichts. Sie nahm wieder Nölleken in den Blick. »Er hat Verwandtschaft hier, ein paar Vettern vom gleichen Schlag wie er. Wenn er nun mit ihnen zusammen Hermanna entführt hat? Und das die vier Reiter waren neben der Kutsche?«

»Warum sollte er das tun?«

»Wenn er der Mörder war, ist ihm Hermanna vielleicht auf die Schliche gekommen.«

»Das hätte sie mir doch gesagt.«

»Na ja.« Was sie damit meinte, erläuterte sie nicht. »Jedenfalls folge ich ihm auf Schritt und Tritt und gucke, wer länger an seinem Stand herumsteht.« Sie trug einen Korb am Arm mit allerlei Gemüse darin, in dem sie von Zeit zu Zeit herumstocherte, wohl um zu verbergen, dass sie immer in die gleiche Richtung schaute.

Friedrich verbiss sich das Lachen, damit sie jetzt nicht *ihn* nach seinem Vorhaben hier ausfragte. Inzwischen fand er das Ganze selbst lächerlich genug. Warum stand er denn hier, wenn nicht die Wolfenbütteler für die Entführung verantwortlich waren? Aber dass jetzt mit ihm und der Hagemeier'schen zwei heimliche Kundschafter auf dem Rathausplatz herumschlichen, das war wirklich lustig.

Und nützlich war es auch. Dass ein Kuttenträger mit einer Dorffrau zusammenstand, war alltäglich und eine gute Tarnung.

Die hochwürdigen Herren waren großzügig mit ihrem geistlichen Ratschlag und erteilten ihn, wo immer die Schäflein ihres Zuspruchs bedurften.

Er stellte sich so neben Maria, dass er die Gasthaustür und sie den Marktstand im Auge behalten konnte. Doch worüber sollte er sich mit der Frau unterhalten? Um klerikalen Zuspruch hatte sie nicht gebeten.

Maria enthob ihn der Sorge. »Wie habt Ihr es eigentlich geschafft, in das Wasserloch zu fallen?«, fragte sie. Das Glucksen in ihrer Stimme war nicht zu überhören.

»Ich bin nicht gefallen«, rief er laut und schaute sich gleich um, ob ihn jemand gehört hatte.

Ihr Gesicht unter dem grauen Madonnenscheitel färbte sich dunkler. »Wie denn?«, fragte sie.

Er erzählte ihr, wie er die Ufer des Tümpels nach Hermanna hatte absuchen wollen und dabei ins Wasser gestoßen worden war.

»Ihr habt nicht gesehen, wer es war?« Sie nahm sein Gesicht fest in den Blick.

»Wie denn? Hab ich hinten Augen?«

»Und dann hat Euch das Moor gepackt«, stellte sie fest. »Ihr hättet nicht so strampeln dürfen, sagt mein Mann, und die Binsen in Ruhe lassen müssen. Das ist bei uns anders als hier in der Pader.« Immer noch sah sie ihn an. Ihre grauen Augen lagen tief in den Höhlen.

Dass Friedrich gestrampelt und nach den Binsen gegriffen hatte, das konnte der Hagemeier nur wissen, wenn er Friedrich bei seinem Kampf gegen den saugenden Schlick beobachtet hatte. Also waren die Bauern doch in der Nähe gewesen.

»Es waren viele im Rauschfeld unterwegs an dem Morgen«, sagte Maria und lachte dann. »Sogar Philippa hat gesagt, dass sie vorsichtshalber zu der kleinen Wiese an der Liemeke gegangen ist, wo Hermanna so gern war. Vielleicht mag sie Euch ja nicht, weil Ihr so oft mit Hermanna zusammenhockt. Oder sie hat Euch gestoßen, weil Ihr Eure Nase in Dinge gesteckt habt, die Euch nichts angehen.«

Offenherzig war sie jedenfalls und redseliger als ihr Mann. Es war nicht gerade ein schöner Gedanke, so viele Feinde im Dorf zu haben.

Maria reckte sich, um bessere Sicht auf Nölleken zu haben, und Friedrich drehte sich um. Der Bauer sprach mit der Frau vom Nachbarstand und setzte sich dann in Bewegung. Die Frau stemmte die Fäuste in ihre Hüften und stellte sich zwischen die Stände, wo sie jetzt ganze Mahlzeiten feilbieten konnte. Links gab es Fett und nackte Hühner, rechts türmten sich Kohlköpfe, in Säcken sah er getrocknete Bohnen und Erbsen. Frisches Gemüse war wohl noch nicht zu erwarten, obwohl Friedrich den ewigen Kapst und die muffigen Wurzeln vom letzten Jahr längst leid war.

»Er kommt auf uns zu.« Maria wandte sich rasch Friedrich zu. »Sagt etwas, damit er nichts merkt.« Sie sortierte das Gemüse in ihrem Korb und schaute hinein, als überlege sie, was noch fehle.

Beim Anblick von Rüben und Kohl fielen Friedrich mit einem Mal herumwuselnde Ferkel ein. »Wer ist eigentlich Toneken?«, kam ihm die Frage auch schon über die Lippen. So etwas nannte man wohl einen Gedankenblitz. Über all dem, was geschehen war, hatte er den Stall des Dorfrichters ganz vergessen. Jemand hatte von Toneken als möglichem Albrocker Erben gesprochen. Vielleicht fand sich hier ein weiteres Mordmotiv.

»Ach, Toneken.« Maria stapelte die roten Rüben in ihrem Korb. »Er ist ein bisschen beschränkt, aber groß und stark. Man sagt, dass Tentrup da ein Kuckucksei ins Nest gelegt worden sei. Aber nicht von Lubbert, damals war der noch gar nicht auf der Welt. Es gab ja früher schon adlige Herren auf Albrock, die ihre Finger nicht von den Dorffrauen lassen konnten.«

Doch wohl nicht des Bischofs Hofrichter, in dessen Gemach Friedrich auf Albrock genächtigt hatte? Dann hätte sich Toneken viel Zeit gelassen mit einem gewalttätigen Anspruch auf sein Erbe. Aber in einem beschränkten Kopf konnte so manches vorgehen, was kein anderer verstand.

Während Maria erzählte, war Nölleken an ihnen vorbeigegangen, ohne sie in der Menge wahrzunehmen. Er steuerte den Bären an. Jetzt schauten Friedrich und Maria in diese Richtung. Jobsts Tür öffnete und schloss sich unaufhörlich. Besonders an Samstagen machte er sein Geschäft, wenn die halbe Bevölkerung der umliegenden Dörfer in die Stadt strömte. Erst wenn es bei Baers voll und kein Stehplatz mehr zu haben war, verteilten sich die Leute auf die übrigen Gasthäuser.

Maria sprach weiter vom Dorfrichter, der in Albrock offenbar eine zwiespältige Rolle spielte. Er war dem Amtsvogt und damit dem Bischof und überdies als Burrichter der Gemeinde verpflichtet. »Mein Mann gibt ja nichts weiter, was irgendwem schaden könnte«, behauptete sie. Aber der Richter trug getreulich jede Verletzung der Huderegeln und jedes böse Wort, das zwischen den Familien fiel, nach Boke. Oft genug hatten ihn die Nachbarn von den Höfen gejagt, wenn er dann Strafgelder einziehen wollte, sodass ihm nichts anderes übrig blieb, als die Anschuldigung zurückzunehmen, wollte er nicht die Landsknechte dazuholen. Er war nicht gerade beliebt im Dorf, aber weil er auf einem der größten Höfe saß, musste man mit ihm leben.

»Er hätte im Auftrag des Amtsvogts Lubberts neue Vorschriften durchsetzen müssen«, sagte sie. »Mag sein, weil er nicht noch mehr Streit im Dorf haben wollte, dass er ihn deshalb umgebracht hat.«

»Und den beobachtet ihr auch?«, fragte Friedrich.

»Sowieso«, gab Maria zurück. »Er lebt ja mitten im Dorf, wo man jeden Pups mitkriegt.« Kaum gesagt, hielt sie sich die Hand vor den Mund.

Friedrich lachte, wurde aber gleich darauf abgelenkt, weil drei Pferde vor das Wirtshaus geführt wurden. Die Tür öffnete sich abermals, und heraus traten Vahlensieck und Langenfeld, gestiefelt und gespornt für einen Ausritt. Den dritten Gaul bestieg Barthel, der Leibbursche. Rücksichtslos bahnten sie sich ihren Weg durch die Menge und ritten an der Marktkirche vorbei auf das Westerntor zu.

Friedrich merkte erst, dass sein Mund offenstand, als Maria ihn mit dem Ellenbogen in die Seite stieß. Sie war wohl ebenfalls überrascht, sonst hätte sie sich das nicht getraut.

»Waren das nicht die Wolfenbütteler?«, fragte sie.

»Das waren sie«, bestätigte Friedrich. »Und eigentlich sollte ich auf sie aufpassen.«

»Na, die sind weg. Warum habt Ihr auch kein Pferd?«

Friedrich schalt sich selbst, weil er sein Pferd nicht mitgenommen hatte. Aber damit wäre er weniger unauffällig gewesen. Und außerdem – wollte er auf dem Rappen den Verdächtigen nachjagen? Sie würden ihn bald genug entdecken …

Besorgt fragte er sich, ob es bei ihrem Ausritt wohl um Hermanna ging. Das würde bedeuten, dass sie außerhalb der Stadt versteckt wäre. Er schwor sich, beim nächsten Mal besser vorbereitet zu sein.

»Ich werd mal Elseke fragen, wo sie hin sind.« Er verabschiedete sich von Maria, die ihm noch kurz folgte, um durch das Gasthausfenster festzustellen, mit wem sich Nölleken traf.

Elseke im Bären wusste von nichts, meinte aber, die Männer seien zum Mittagstisch zurück, weil sie den noch nie verpasst hätten. Dann fügte sie hinzu: »Ich weiß gar nicht, was ihr immer mit denen habt. Gestern schon Diether und Georg …«

Weil Friedrich nichts Besseres einfiel, sagte er nur: »Och – eine Geldgeschichte …«

Elseke lachte. »Demnächst könnt ihr auch in Jobsts Auftrag hinter den Kerlen her sein.«

Das fehlte noch. Doch Elseke zuliebe zog er ein belustigtes Gesicht.

Hier konnte er nichts mehr ausrichten. Genauso gut konnte er in Ludovicas missmutige Obhut zurückkehren und sich mit einem zweiten Frühstück stärken, das ihm nach der vielen frischen Luft durchaus nötig erschien. Sein Gelüste nach etwas Frischem, das der Anblick des vorjährigen Gemüses in ihm erweckt hatte, würde seine Haushälterin allerdings nicht befriedigen können. Ein bisschen Dörrobst würde sie auftischen, wo ihm doch der Sinn nach süßen dunkelroten Walderdbeeren stand. Im Sommer kaufte er sie immer selbst auf dem Markt und aß sie unterwegs …

Draußen stand Maria immer noch vor dem Fenster. Friedrich sah nur ihren grauen Dutt, weil der Kopf halb im Gastraum verschwunden war. Die Ellenbogen lagen auf der Fensterbank, und das Hinterteil reckte sich in die Luft, sodass unter dem ausladenden Rock stramme Fesseln in Holzschuhen herausschauten – sie sah ganz wie eine Bauersfrau aus, die nach ihrem versoffenen Mann Ausschau hielt. Nichts an ihr wies darauf hin, dass sie einen Mörder bespitzelte.

***

»Warte, Leonore«, rief Anna und schwenkte ihre Puppe. »Annelie und ich wollen dir noch was sagen.« Sie schloss die Tür hinter sich und lief auf Leonore zu.

Leonore war auf dem Weg zurück nach Paderborn, doch für Anna musste sie sich Zeit nehmen. Während ihres Besuchs hatte die Kleine still in der Ecke gesessen und kaum ein Wort gesagt. Die Puppe hatte sie fest an sich gedrückt, als ob sie aufpassen müsse, dass sie ihr nicht ebenso verloren ging wie Hermanna.

Zögerlicher als gerade noch kam Anna über den Hof auf sie zu. Annelie schob sie vor sich her. Zwei Paar runde grüne Augen sahen Leonore an. Sie ging Anna entgegen und legte ihr den Arm um die schmalen Schultern. »Komm, wir setzen uns auf den Brunnenrand in die Sonne.«

»Nein, dahin nicht«, sagte Anna und zog Leonore an der Hand zur Laube.

»Warum nicht dahin?«, fragte Leonore. Sonst hatte Anna gern am Brunnen gesessen, obwohl sie das nicht sollte.

»Da ist der Schatten«, antwortete sie. Leonore spürte, wie Anna zitterte. Statt zum Brunnen schaute sie in die Fliederbüsche neben ihrem Platz.

Leonore sah auf den Schatten, den der Brunnen warf. »So dunkel ist der doch gar nicht.«

»Du bist genauso dumm wie Hermanna«, sagte die Kleine, schlug sich aber gleich die Hand vor den Mund. »Entschuldige.«

Leonore lachte. »Schon gut. Große Leute müssen nicht immer schlau sein. Was meinst du denn mit dem Schatten?«

»Der stand da, hinter Lubbert.« Anna zeigte zum Brunnen. Zu ihrer Puppe sagte sie: »Nein, nein, Annelie, der tut dir nichts.« Dann sah sie Leonore an. »Annelie sieht den nämlich immer, und dann hat sie Angst.« Ihre Augen hatten sich verdunkelt wie die Hermannas, wenn sie aufgewühlt war.

»Wen?«

»Hab ich doch gesagt. Den, der hinter Lubbert stand.« Anna hatte wieder den ungeduldigen Blick in den Augen, mit Recht, denn Leonore verstand nichts.

»Am besten erzählst du ganz von vorn, Anna. Oder Annelie, wie ihr wollt. Wann stand denn ein Schatten hinter Lubbert?«

Anna rückte näher an Leonore heran und setzte sich die Puppe auf den Schoß, als ob die reden solle.

»Das war in der Nacht, als Lubbert noch gelebt hat. Die letzte Nacht, meine ich, bevor er tot war. Hermanna war mit denen im Badehaus, und ich hab durchs Fenster geguckt.« Sie schielte mit schräg gelegtem Kopf in Leonores Gesicht. Leonore strich ihr die braunen Locken zurück und nickte nur. Tadel wegen nächtlicher Ausflüge war jetzt wohl nicht angebracht.

»Erzähl weiter.«

Jetzt sprudelte alles aus Anna heraus, was sie in Lubberts Todesnacht erlebt hatte. Annelie hielt sie dabei fest umklammert.

»Lubbert war ja nicht angezogen, und darum hab ich die Augen zugemacht.« Sie kniff die Augen zusammen, als ob ihre Aussage dadurch glaubhafter würde. »Aber dann hab ich doch noch mal hingeguckt, ganz kurz nur, ehrlich, Leonore. Und da stand dann der Schatten hinter ihm. Lubbert hat den bestimmt nicht gesehen. Dann ist die Tür zugefallen …«

»Und du bist wieder ins Bett?«, fragte Leonore.

»Nein«, sagte Anna ganz leise. »Annelie wollte noch mal gucken, deshalb habe ich die Tür wieder aufgemacht. Aber da war nichts mehr.«

»Und vorher? Woher kam der Schatten denn?«

»Der war auf einmal da. Ich hab ja nur mal geblinzelt …« Wieder führte sie Leonore vor, wie sie aus schmalen Augenschlitzen heraus kaum etwas sehen konnte.

Leonore unterdrückte ein Schmunzeln. »Und wie sah er aus?«

»Na, schwarz eben. Wie ein schwarzes Gespenst.« Anna nahm die Puppe hoch und drückte sie an sich. »Und es hatte weiße Beine. Ein dunkles Gespenst auf weißen Beinen, so sah es aus. Davon träumt Annelie immer und wird nachts wach.«

Leonore drückte das Kind samt Puppe an sich. Sie hatte längst erfasst, dass Anna genau in dem Moment an der Tür gestanden hatte, als Lubbert ermordet worden war. Ein schwarzer Schatten auf weißen Beinen …

Bestimmt hatte der Mörder unter einem dunklen Umhang gesteckt und nackte Beine gehabt. Oder weiße Strümpfe getragen.

Vahlensieck und Langenfeld waren mit Hermanna im Badehaus gewesen. »Als du durchs Fenster geguckt hast, Anna, konntest du da sehen, ob Lubberts Freunde angezogen waren?«

»Oben herum nicht, und unten war der Bottich davor.« Anna kicherte und setzte die Puppe vor sich auf den Tisch. »Das war vielleicht lustig, als Lubbert den Abtritteimer über den Kopf kriegte.« Sie nahm einen leeren Becher vom Tisch und stülpte ihn über Annelies Kopf. »So, Leonore, guck. Und alles ist runtergelaufen.«

Leonore lachte mit und forschte in Anna Augen. Sie waren heller geworden. Es musste für das Kind eine Erleichterung sein, die ganze böse Geschichte endlich jemandem erzählen zu können.

»Glaubst du, Hermanna kommt bald zurück?«, fragte Anna und schaute Leonore an, als ob die jede Last von ihr nehmen könnte.

»Bestimmt«, sagte Leonore. »Sie würde dich doch nie allein lassen.«

»Hat sie aber. Schon einen ganzen Tag und eine Nacht lang. Wenn sie wiederkommt, kann sie was erleben.«

Zorn war besser als Trauer. »Genau. Dann sagst du ihr ordentlich die Meinung.« Hermanna würde sich sicher über alles freuen, selbst über eine Standpauke von Anna, wenn sie nur wohlbehalten zurück auf Albrock wäre.

Vom Dorf schallten Hufschläge zu ihnen hinüber. »Ob sie das ist?« Anna sprang auf und lief zum Hoftor, doch als sie den Reiter erkannte, kam sie mit hängenden Schultern zurück. Annelie hatte sie an der Hand gefasst und zog sie hinter sich her.

Leonore legte wieder den Arm um sie. »Hermanna kommt sicher bald.«

»Das sagt ihr immer.« Anna verzog ihr Gesicht und machte sich frei. Leonore sah ihr nach, wie sie langsam zum Haus zurückging. Die Puppe baumelte an ihrer Hand und wirbelte mit den Füßen kleine Staubwolken auf.

Alle Sorgen hatte Leonore ihr nicht abnehmen können. Aber wenigstens hatte die Kleine nicht gemerkt, welche Angst Leonore selbst um Hermanna hatte. Sie wollte möglichst bald nach Paderborn zurück, um zu erfahren, ob ihre Freunde sie endlich gefunden hatten.

Sie drehte sich um und begrüßte Menke von Wewer, denn der

war es, der von zwei Landsknechten begleitet in den Hof geritten kam.

»Ist Eure Freundin, die Jungfer von Albrock, im Haus?«, fragte er.

Leonore schüttelte den Kopf. »Leider nicht«, sagte sie. »Sie ist verschwunden, seit gestern.«

Menke kratzte sich mit vier Fingern den Bart. »Verschwunden? Wie kommt denn das?« Sein argwöhnischer Blick zeigte Leonore, dass er glaubte, sie sei davongelaufen.

»Wir meinen, sie ist entführt worden«, sagte sie. »Und dass die Freunde Lubbert von Zinsdorfs dahinterstecken. Sie sind jetzt in Paderborn. Ich bin gerade auf dem Weg dorthin.«

»Hm«, machte der Hauptmann. »Ich wollte mit dem Fräulein von Albrock Fragen erörtern, die ihre Herrschaft betreffen. Aber wenn sie nicht da ist …«

Bestimmt ging es um die Soldaten, die Kaspar aus Albrock forderte.

»Vielleicht könnt Ihr mit der Tante sprechen.«

»Die hat nichts zu sagen«, knurrte Menke. Dann sah er Leonore ins Gesicht. »Wäre es Euch sehr unangenehm, verehrte Jungfer, wenn ich Euch auf dem Weg in die Stadt begleiten würde? Ich muss sowieso dorthin.«

»Nicht im Mindesten.« Leonore unterdrückte ein zufriedenes Lächeln. Ihr war es sehr recht, an der Seite des Hauptmanns und von zwei Landsknechten begleitet durch den Albrocker Wald nach Paderborn zu reiten. Vor den Räubern hatte sie keine Angst, schon gar nicht, seit sie Hildegund und Rötger kennengelernt hatte. Doch irgendwo lief ein Mörder frei herum, und die Finsternis zwischen den Stämmen war Leonore unheimlich. Sie band den Braunen los, den sie von ihrem Bruder Erik ausgeliehen hatte, und Menke half ihr in den Sattel. Dann saß er selbst auf und bedeutete seinen Leuten mit dem Arm, ihm zu folgen.

Der Hauptmann musterte sie aus den Augenwinkeln. »Was habt Ihr über Eure Freundin gesagt?«, fragte er. »Entführt soll sie sein?«

»Glaubt Ihr mir das nicht?«, fragte sie zurück.

»Doch, doch«, sagte er. »Es kommt mir nur so unwahrscheinlich vor – gerade jetzt, wo ihr Vetter ermordet worden ist. Zwei

Schicksalsschläge für Albrock innerhalb weniger Tage. Ist das nicht ein bisschen viel auf einmal?« Er schob seinen Helm zurück. In seinen Augen meinte Leonore, ein Glitzern zu sehen. Er machte sich offensichtlich über sie lustig.

Sie richtete sich im Sattel auf. »Ihr habt wohl recht, wenn Ihr meint, Albrock habe keine weitere Heimsuchung gebraucht, Hauptmann. Aber so ist es nun mal. Außerdem hängen die beiden Ereignisse zusammen, wie ich schon sagte.«

»Ach ja, das habt Ihr gesagt.« Menke nickte. »Die Wolfenbütteler meint Ihr, Vahlensieck und Langenfeld.« Er schaute zwischen die Bäume auf der anderen Wegseite. »Na, dann erzählt mal, was geschehen ist.«

Leonore berichtete von den gewaltsamen Übergriffen auf Hermanna, ihrem Verschwinden und der Suche nach ihr, und dann von der Kutsche, die frühmorgens so auffällig schnell von Albrock in die Stadt gefahren war. »Es kann nicht anders gewesen sein, als dass Hermanna darin weggebracht wurde.«

»Dass Vahlensieck und Langenfeld das getan haben, wisst Ihr aber nicht genau.«

»Nein. Aber nach den ganzen Angriffen ...«

Menke schaute wieder in den Wald. Mit der Stelle, wo der Daumen fehlte, rieb er sich nachdenklich übers Kinn.

Ob sie ihm erzählen sollte, dass sie noch einen ganz anderen Verdacht gegen die Junker hegte? Menke war nicht dumm. Völlig zurückgewiesen hatte er ihre Vermutungen nicht.

»Da ist noch mehr«, sagte sie zögernd.

Er wandte sich zu ihr. »*Noch* mehr?«

»Ja, noch mehr.« Leonore wollte sich von seinen Zweifeln nicht ins Bockshorn jagen lassen. »Ich glaube nämlich außerdem, dass Langenfeld und Vahlensieck Lubbert von Zinsdorf ermordet haben.«

Der Hauptmann lachte. »So, so, Ihr habt den Fall gelöst.«

Leonore kniff die Augenbrauen zusammen. Er sollte ruhig sehen, dass sie sich ärgerte.

»Schon gut, Jungfer«, sagte er. »Ich nehme Euch schon ernst. Ihr habt sicher gute Gründe für Eure Behauptung.«

Sie erzählte ihm, was sie eben von Anna erfahren hatte. »Der Mord muss geschehen sein, als Hermanna mit den beiden Männern im Badehaus war. Hermanna war es nicht, also hat einer von denen zu einem Umhang gegriffen und ist Lubbert nachgegangen, ohne dass die anderen es mitbekamen. Oder vielleicht hat der andere es gemerkt und Hermanna abgelenkt. Was im Badehaus geschehen ist, wisst Ihr ja sicher.«

Menke bewegte den Kopf langsam auf und ab. »Der Zeitpunkt belastet auch Eure Hermanna, das ist Euch klar.«

Leonore hielt seinem Blick stand.

»Und die eigentliche Frage ist doch«, fuhr er fort, »warum Langenfeld und Vahlensieck ihren Freund umbringen sollten.« Jetzt hörte sich Menke an wie Diether.

»Wir wissen nur wenig über die drei«, erklärte Leonore, »aber ich kann mir nicht vorstellen, dass Lubbert irgendjemandem ein lieber und treuer Freund war. Vielleicht hat es einen Streit oder sogar eine alte Feindschaft zwischen ihnen gegeben. Und vielleicht war jetzt die Gelegenheit gekommen, auf die der Mörder schon lange gewartet hatte.«

»Das Kind hat nur den Schatten gesehen, sagt Ihr, und ist dann ins Haus zurückgegangen.« Er musterte den Waldrand neben Leonore, doch seine Augen wirkten so abwesend, dass er einen Räuber wohl gar nicht wahrgenommen hätte. »Den Mord selbst hat es nicht beobachtet.« Er sah sie wieder direkt an. »Wenn Eure Geschichte stimmt, Jungfer, hat der Mörder mit dem Holzscheit zugeschlagen und ist ins Badehaus zurückgelaufen. Die Leiche hat er dann wohl erst später, als die Luft rein war, in den Brunnen geworfen.«

Leonore war erleichtert. Menke schien sie wirklich ernst zu nehmen und spann ihre Vermutung sogar weiter. »Wenn es sich so abgespielt hat«, sagte sie, »dann ist Hermanna jetzt in der Hand von Mördern.«

»Eines Mörders. Es kann nur einer von ihnen gewesen sein. Der andere blieb im Badehaus.«

Damit schien das Thema für ihn erledigt zu sein. Er blinzelte durch die Baumwipfel in die Sonne. Der Weg vor ihnen war breiter geworden, nachdem sie bei Borchusen den Bach überquert hatten. »Wir sollten uns ein wenig beeilen«, sagte Menke, trieb sein Pferd an und galoppierte davon. Leonore tat es ihm nach und hatte ihn bald eingeholt. Zufrieden vermerkte sie Menkes anerkennenden Blick, als sie an seiner Seite dahinjagte. Die Hufschläge der Musketiere blieben zurück.

Sie hielten erst an, als der Hellweg in Sicht kam. »Hat gut getan, was?«, fragte Menke und lachte. Er schnallte den Helm vom Kopf und fuhr sich mit der vierfingrigen Hand durchs kurze graue Haar. Seine blauen Augen blitzten sie an, sein Gesicht unter dem Bart war gerötet. Eine breite Narbe leuchtete weiß daraus hervor. In der Ferne sah sie die Landsknechte näher kommen.

Leonore tätschelte den Hals des Braunen. Damit er sich nicht zu sehr abkühlte, aber auch, um zu verbergen, wie sehr sie außer Atem war, ritt sie langsam weiter. Menke schloss auf. Um seine Lippen lag ein Schmunzeln.

»Und was macht Ihr, wenn Ihr keine Mörder jagt, Jungfer?«, fragte er nach einer Weile.

Bereitwillig erzählte Leonore von ihrer Arbeit in der Stadt, die sie heute schon wieder zum großen Teil versäumt hatte. Mit schlechtem Gewissen dachte sie an den Zeigefinger des Schultheißen und hoffte, dass sie ihm nicht so bald über den Weg lief. Als sie von der Krätze berichtete, die sich immer mehr ausbreitete, nickte Menke. Als altgedienter Soldat wusste er nur zu genau, wovon die Rede war.

»Wisst Ihr, wie die Landsknechte das machen?«, fragte er. Sie schüttelte den Kopf. »Sie rösten die befallenen Hautstellen einfach am Feuer, das bringt die Viecher um. Wie das stinkt, könnt Ihr Euch sicherlich vorstellen.«

Das konnte Leonore. Aber nicht nur wegen des Gestanks würde sie die Methode ihren städtischen Patienten lieber nicht empfehlen.

»Und was ist mit den Räubern?«, fragte sie, weil sie nun auch ihre Neugier befriedigen wollte. »Nach dem Mörder unter ihnen braucht Ihr jetzt wohl nicht mehr zu suchen.«

»Ach, die Räuber …«, gab er zurück. Er bewegte seine Hand, als ob er sie, falls sie dort lauerten, in den Wald zurückscheuchen wolle. »Mir war klar, dass sie den Albrock'schen Erben nicht auf dem Gewissen haben. Ihr wisst selbst, dass es genug andere Verdächtige mit besseren Gründen gibt. Aber davon wollte der Amtsvogt nichts hören, und ich musste seinem Befehl folgen.«

»Die Räuber müsst Ihr sowieso jagen.« Leonore gab die Worte Kaspars wieder, um zu erfahren, wie sich sein Untergebener dazu stellte.

Menke fuhr sich mit der Hand durch den Bart. »Ja, ja, das müssen wir wohl.« Er schaute zwei Reitern nach, die sie gerade überholt hatten. »Aber es hat nicht viel Sinn, das sage ich Euch, Jungfer. Wir fangen sie und sperren sie ein, und kaum haben wir uns umgedreht, sind schon wieder neue da. Ohnehin haben die meisten von ihnen nichts Schlimmeres verbrochen. Man sollte den Leuten mehr Land geben oder Arbeit, dann müssten sie nicht aus Not die Gesetze brechen.« Er sah sie von der Seite an und lachte. »Aber erzählt das bloß nicht Plettenberg, Jungfer, sonst kann ich selbst in den Wald gehen.«

Leonore war doch ziemlich überrascht von seiner Eröffnung.

Der Hauptmann sprach nicht mehr viel, bis sie die Stadt erreichten. Kurz vor dem Westerntor mit dem grinsenden Wichart darüber zügelte er sein Pferd. Die Soldaten, die wieder aufgeschlossen hatten, schickte er voraus.

»Ihr habt gesagt, die beiden Junker seien in der Stadt. Wisst Ihr vielleicht auch, wo sie abgestiegen sind?«

Leonore sagte es ihm, und er nickte. Als sie erwähnte, dass ihre drei Freunde den Männern auf den Fersen bleiben wollten, grinste er. »Sie sollen aufpassen, dass sie nicht ebenfalls in den Brunnen fallen.«

Was er selbst vorhatte, verriet er nicht.

Am Anfang der Torgasse verabschiedeten sie sich freundschaftlich. Leonore schaute dem rotweißen Federbusch auf seinem Helm die Westernstraße hinauf nach. Ob er wohl zu Kaspar in den Sternberger Hof ritt?

Sie selbst trabte an der Mauer entlang zum Jühenplatz, um Erik sein Pferd zurückzugeben. Dann wollte sie sofort zu Diether. Wenn sie Hermanna noch nicht gefunden hatten, würde sie suchen helfen. Die Leute im Ükern mussten sich vorerst selbst um ihre Krätze kümmern, und wenn nicht – ein paar mehr juckende Arme war das Leben Hermannas wohl wert.

***

Vorsichtig nahm Burkhard von Langenfeld eine Treppenstufe nach der anderen. So gut war der Einfall nicht gewesen, gleich nach dem Mittagsmahl, bei dem wieder reichlich Schnaps geflossen war, seine widerspenstige Gefangene zu besuchen. Angeekelt hatte sie noch mehr Abstand von ihm gehalten als sonst.

Natürlich war Hermanna immer noch nicht bereit, ihn zu heiraten. Inzwischen beschlich ihn die leise Ahnung, dass auch dieser Einfall nicht besonders gut gewesen war. Nur Ärger hatte es ihretwegen gegeben. Isidor drängte ihn, er solle sie endlich knacken, und machte ihm Vorwürfe, weil er sie immer noch nicht so weit hatte, dass ihre Zeche auf Haus Albrock gehen konnte. Der Gastwirt hatte bereits nach Geld gefragt, und Berna und Beata wunderten sich, warum ihre Galane ihnen keine teuren Geschenke machten.

Ohnehin wurden die Weiber lästig. Sie waren von der Sorte, die unbedingt geheiratet werden wollten, und hielten – bei allem sonstigen Entgegenkommen – ihre Betten sauber. Trotz seiner Angeberei war es nicht einmal Isidor gelungen, seine Berna flachzulegen.

Hermanna war eine noch härtere Nuss, die zu knacken wohl auch dem Freund schwerfallen würde. Sie hielt sogar den Gemeinheiten Isidors stand, was Burkhard ziemlich beeindruckte. Isidor hatte angekündigt, sie sich selbst gefügig zu machen, wenn Burkhard weiterhin erfolglos blieb. »Aber dann heirate ich sie auch selbst«, hatte er gedroht, »und du kannst sehen, wo du bleibst.«

Burkhard musste ihn unbedingt von Hermanna fernhalten. Nur das würde sie davon überzeugen, dass er es gut mit ihr meinte. Am liebsten hätte er sie sogar freigelassen, aber das ging erst, wenn vor dem Pfarrer die Heiratspapiere unterzeichnet waren. Sie würde es einsehen müssen, auch wenn es Burkhard leidtat, sie so zu quälen.

Isidor würde das Spiel keinesfalls aufgeben, und auch er selbst wollte es nicht. Denn dann wäre alles, was er auf sich genommen hatte, umsonst gewesen. Dass Lubbert den Verlust ersetzt hätte, den sie durch seine Betrügereien erlitten hatten, daran glaubten sie beide schon lange nicht mehr. Lubbert hatte ihnen das Blaue vom Himmel versprochen und nur gelacht, als sie Geld von ihm forderten. Mit Hermanna hielten sie ein viel sichereres Pfand in Händen. Wenn Burkhard sie heiratete, hatte er eine schöne Frau, und Isidor und er hatten ein schönes Leben.

Es durfte nur nicht herauskommen, was sie für dieses Ziel getan hatten. Dann wäre es wohl besser, wenn möglichst bald viele Meilen zwischen ihm und dieser Stadt lägen …

Schwankend hielt er sich eine Weile an einem der rot gestrichenen Pömpel fest und nahm dann beherzt die nächste Treppe in Angriff. Erst mal schlafen, auch wenn sie dazu in den Gasthof zurückmussten. Ein Stündchen Ruhe, und danach sah alles anders aus.

Doch unten an der Treppe wartete die rothaarige Beata auf ihn.

Mit einer gezierten Bewegung legte sie ihm die Hand auf den Arm. Das hatte sie wohl Isidor abgeschaut. »Mein lieber Burkhard«, sagte sie. Ihre Stimme säuselte wie ein lauer Wind. »Ich muss Euch schelten. Was macht Ihr nur immer so lange da oben? Ich denke, Eure Tante ist alt und verwirrt und erkennt niemanden mehr?«

Er hielt an sich, um nicht zu lachen. Ein schönes Märchen hatten sie den Weibern da aufgetischt.

»Trotzdem braucht sie ab und an menschliche Gesellschaft«, gab er mit ernstem Gesicht und kaum lallend zurück. Auch sein Schwanken bekam er in den Griff und setzte hinzu: »Bin doch kein Unmensch …«

***

Diether stand im Garten des Wieckshauses und starrte durch die Baumwipfel auf eine Stelle unter dem Dach. War da nicht ein Gesicht am Fenster? Ein weißes Oval, durch die hellgrün belaubten Zweige kaum zu sehen?

Er machte Georg auf die Erscheinung aufmerksam, doch der sah nichts. Immer wieder bog der leichte Wind die Zweige vor den kleinen Durchblick auf das Haus. Er hätte auf einen Baum klettern müssen, um mehr zu sehen.

Mit den Köpfen im Nacken gingen sie rückwärts durch den Garten auf der Suche nach einem Platz, von wo aus sie das Fenster besser im Blick hatten. Doch überall standen Bäume davor. Mal wieder Leonores Einfall. Ohne ihren Hinweis würden sie sich jetzt nicht die Köpfe verrenken. Gleich als Diether ihr vom Ende ihrer Beschattung vor dem Armenhaus berichtet hatte, war sie mit dem Verdacht gekommen, dass die Wolfenbütteler Hermanna dort versteckt halten könnten.

»Wo sonst?«, hatte sie gefragt. »Bei Jobst wäre es jetzt viel zu gefährlich, nachdem ihr ihn aufmerksam gemacht habt.«

Auch Diether hatte ein mulmiges Gefühl beschlichen. Nachdem Hermanna immer noch nicht nach Albrock zurückgekehrt war, konnte es durchaus sein, dass Vahlensieck und Langenfeld sie entführt hatten. Vielleicht hatten sie wirklich zu schnell aufgegeben gestern.

Er schaute dauernd nach oben ins grüne Blattwerk, aber es war wie verhext. Immer wenn sie glaubten, freien Blick zu haben, war es das falsche Fenster. Dort war nichts. Das andere Fenster blieb verborgen. Georg blieb stehen, um zu beobachten, ob sich hinter den Butzenscheiben etwas tat, und Diether wanderte weiter auf der Suche nach besserem Blick.

Sie habe den Hauptmann auf Albrock getroffen, hatte Leonore erzählt, und dass er ihren Verdacht gegen die Wolfenbütteler nicht zurückgewiesen habe. Dann hatte sie noch von der kleinen Anna gesprochen, die einen Schatten gesehen haben wollte.

Diether hatte nur mit halbem Ohr zugehört, weil sein Unbehagen ständig gewachsen war. Er hatte selbst gesehen, wie viel Platz im Armenhaus war, und hätte längst daran denken müssen, dass Hermanna dort sein könnte. Abrupt war er aufgestanden. »Ich gehe zu Georg und dann ins Wieckshaus. Das will ich jetzt wissen«, hatte er gesagt.

»Bist eben doch ein heller Kopf«, hatte Leonore mit einem Lächeln geantwortet.

Jetzt stolperte Diether auf der Suche nach Erleuchtung durchs Gelände. Die Beete zwischen den Bäumen waren noch unbestellt, vorjährige Reste standen herum, dazwischen Matsch, der seine Schuhe völlig durchnässt hatte. Wo hatte er eben bloß gestanden? Er suchte nach dem Loch zwischen den Blättern, durch das er das andere Fenster gesehen hatte.

Immer mehr wurde es ihm zur Gewissheit, dass Hermanna in diesem Haus gefangen gehalten wurde. Nur schemenhaft war das Gesicht zu sehen gewesen, aber es hatte starr nach draußen geblickt. Wie eingesperrt hatte es gewirkt, nicht müßig und nebenbei, wie man gewöhnlich durchs Fenster sah.

Insgeheim tat er Abbitte. Leonore hatte doch recht gehabt. Es waren die Wolfenbütteler, die Hermanna entführt hatten, und wenn sie zu so einer Tat fähig waren, konnte man ihnen auch den Mord zutrauen. Vielleicht hatte es ja Streit zwischen Lubbert und seinen Freunden gegeben …

Diether stand still. Da war es wieder. Jetzt sah er sogar beide Fenster, die gleich unter dem niedrigen Dach ins Fachwerk eingelassen waren. Hinter den bleigefassten Glasscheiben eines Flügels und ganz nah an sie gepresst war deutlich ein helles Rund zu erkennen. Es bewegte sich plötzlich. Hatte Hermanna – wenn sie es denn war – ihn gesehen?

Er rief nach Georg, der mit ihm durch die Blätter spähte. »Bestimmt ist das Hermanna«, sagte Diether und winkte hinauf. Das Gesicht bewegte sich wieder und heftiger; eine Hand war zu sehen, die ebenfalls winkte. Warum öffnete sie denn das Fenster nicht?

»Lass uns reingehen.« Diether setzte sich in Bewegung.

Im gleichen Moment rief Georg: »Lass uns lieber den Schultheiß holen.«

»Das machen wir selbst«, sagte Diether. »Bis wir dem alles erklärt haben …«

Sie liefen zur Vordertür und rissen sie auf. Die blaue Tür zum Wohnraum war geschlossen, doch sie sparten es sich zu klopfen und gingen gleich hinein. Georgs Basen waren allein. Einander zugewandt, aber jede für sich, lagen sie mit Decken über den Füßen auf gepolsterten Liegen. Sie hatten wohl Pläne für ihre Hochzeit geschmiedet, denn ihre Gesichter waren rosafarben wie ihre Kleider. Unter gleichfarbigen Hauben drängelten sich rote Löckchen hervor. Vor ihnen standen Platten mit kleinen Kuchen und Weingläser.

So ging es also im Hörselberg zu.

Als Berna und Beata Georg erkannten, sprangen sie auf. Von zwei Seiten umarmten sie ihn gleichzeitig und versuchten, ihm Küsschen auf die Backen zu drücken. »Lieber Vetter«, riefen sie, »wie schön, dass du uns beehrst.« Georg machte sich los und stand mit hängenden Schultern vor ihnen.

Diether schob ihn beiseite und stellte sich vor die Frauen. »Ihr habt Hermanna von Albrock unter Eurem Dach versteckt. Wir verlangen, sofort zu ihr geführt zu werden.«

Berna und Beata schauten sich mit weit aufgerissenen Augen an. »Hermanna von Albrock?«, fragte die eine mit verständnislosem Ausdruck im runden Gesicht. »Die war bei Georgs und Kunigundes Hochzeit«, flüsterte ihr die andere ins Ohr.

»Ich hab's gleich geahnt«, gab die Erste seufzend von sich. »Da war etwas faul.« Ihr Gesicht nahm die gleiche Farbe an wie ihr Haar. Diether kannte das schon von Georg.

Mit schuldbewusster Miene wandte sie sich ihrem Vetter zu. »Sie haben uns erzählt, es wäre eine alte Tante, die man nicht allein lassen könne. Man müsse sie einsperren, weil sie sonst wegläuft und nicht zurückfindet.«

Die andere nickte. »Wir konnten doch nicht ahnen, dass sie Kunigundes Base da oben gefangen halten.«

Diether ging zur Tür. »Zeigt uns, wo sie ist.«

Die Frauen drängten sich an ihm vorbei und rannten die Treppe hinauf. Diether lief hinterher, Georg folgte.

Nachdem sie drei schmaler werdende Treppen und Galerien überwunden hatten, blieben die Schwestern vor einer Tür stehen.

»Unsere Dienstbotenkammer«, erklärte die eine.

Die andere drehte den Schlüssel im Schloss und öffnete. Hermanna stand mit verschränkten Armen mitten im Raum. Ihre Lippen waren fest zusammengepresst, als ob sie sich gegen weiteres Unglück wappnen müsse. Doch als sie die Frauen sah, öffnete sie den Mund, und ihre Augen wurden groß. Gleich darauf fiel ihr Blick auf Diether und Georg. Sie schlug mit einem Schluchzen die Hände vor den Mund. Noch nie hatte Diether ihre Augen so hell leuchten gesehen.

Die Hörselbergfrauen standen zwischen Hermanna und den beiden Männern. »Hermanna«, sagte die eine leise, während die andere mit geöffneten Armen auf sie zustürzte.

Hermanna erkannte die beiden rothaarigen Frauen offensichtlich gar nicht. Sie schob sie beiseite und stürzte auf Georg zu.

»Endlich«, rief sie. Ihre Augen waren voll Tränen. »Du kannst dir ja nicht vorstellen ...« Sie brach ab und schluchzte.

Georg streckte ohne Weiteres die Arme aus und zog sie an sich. Er streichelte ihren Rücken, als sie jetzt erst recht zu weinen anfing.

Diether wandte sich ab, weil ihm ebenfalls die Augen feucht wurden. Heißer Zorn erfasste ihn, als er an Langenfeld und Vahlensieck dachte, die im Schwarzen Bären ausgelassen getafelt hatten.

Nur kurz ließ Hermanna sich gehen, dann richtete sie sich auf. Mit einem letzten Schluchzer wischte sie sich ohne Umstände mit dem Rock durchs Gesicht. »Ich muss hier raus«, rief sie und war schon zur Tür hinaus. Georg versuchte noch, ihr an seinem Arm Halt zu geben, aber Hermanna rannte ihm davon.

Sie liefen ihr nach, doch sie war längst zur Haustür hinaus, als Diether und Georg unten ankamen. Draußen stand sie auf dem Vorplatz und streckte ihr strahlendes Gesicht der Sonne entgegen. Noch mehr als sonst standen ihr die blonden Locken vom Kopf ab. Hermanna hob die Arme und drehte sich langsam im Kreis, als wolle sie so viel Sonnenschein wie möglich einsammeln.

»Langenfeld ist Lubberts Mörder!«

Noch in ihrem Reisekleid stand Kunigunde Gogreve in der Tür und verkündete zu Diethers Überraschung die große Neuigkeit.

Hermanna fuhr auf. »Was? Woher weißt du das?«

Mit Verwunderung in den Augen sah Kunigunde auf ihre Base, ging aber erst zu Georg, um sich in den Arm nehmen zu lassen. Diether nickte sie nur kurz zu. Sie war wohl eben aus Wolfenbüttel zurückgekommen und konnte von Hermannas Entführung noch nichts wissen. Wahrscheinlich wunderte sie sich sehr, warum Hermanna in Gogreven Wohnstube die Polsterliege in Anspruch nahm.

»In Wolfenbüttel ist das Stadtgespräch. Sie waren Feinde«, antwortete Kunigunde und setzte sich zu Hermanna. Die Ähnlichkeit der beiden Frauen war verblüffend. Das gleiche honigblonde Haar, das Kunigunde zu einem zerzausten Knoten zusammengebunden hatte und Hermanna wie immer vom Kopf abstand. Zweimal der gleiche warme Ausdruck in dunkelblauen Augen, mit denen sie sich gegenseitig musterten.

»Was ist mit dir, Hermanna?«

»Später«, sagte diese. »Nun sag schon: warum Langenfeld?« Sie legte die Hand auf Kunigundes Arm und schüttelte ihn leicht, als könne die Antwort herausfallen. Kunigunde zog sich einen Sessel neben die Liege und setzte sich so, dass sie alle drei im Blick hatte.

Kunigundes Gesicht war fülliger als Hermannas und ihr Mund schmaler. Und ihre Kleidung war ebenfalls sehr unterschiedlich. Kunigundes eng anliegendes graues Gewand ohne jede Verzierungen zeigte ihre Figur, während Hermanna ziemlich formlos unter hellblauen Spitzenrüschen verborgen lag.

»Der Mord an Lubbert hat sich in Wolfenbüttel herumgesprochen«, erklärte Kunigunde, »Lubbert war immerhin bei Hofe angestellt, als Schatzmeister oder so etwas. Mit Langenfeld hat er sich damals geschlagen, darüber haben auch alle geredet.«

Diether hörte zu, obwohl sein Blick zumeist auf das Fenster gerichtet war. Er hatte sich auf der gepolsterten Bank im Erker niedergelassen, wo er den Kamp überblickte und die Wolfenbütteler sehen konnte, falls sie ins Armenhaus zurückkehrten. Georg saß weit vornübergebeugt auf seinem Stuhl.

»Warum haben sie sich geschlagen?«, fragte Hermanna. »Sie schienen mir beste Freunde zu sein.« Die Worte kamen nur schleppend. Kunigunde warf ihr einen besorgten Blick zu, den Hermanna mit einem leichten Kopfschütteln erwiderte.

»Das waren sie wohl mal«, sagte Kunigunde. »Aber Lubbert hat seinen Posten in der herzöglichen Kanzlei für Betrügereien und Unterschlagungen genutzt. Den Herzog hat er betrogen, aber auch seine Freunde und noch andere. Langenfeld hat dabei sein gesamtes Vermögen verloren. Vahlensieck besaß nicht so viel wie Langenfeld, hat aber auch einiges eingebüßt.«

»Und wie kam es zur Schlägerei?« Georg hob den Kopf, um seine Frau anzusehen. Über sein Gesicht huschte ein seliger Ausdruck, der nicht zur Frage passen wollte.

Kunigunde lächelte Georg an. Ganz heimlich feierten die beiden wohl ihre Rückkehr. Diether schaute auf die Straße, wo sich nichts tat.

»Langenfeld war so wütend«, sagte Kunigunde wieder mit ernstem Gesicht, »dass er Lubbert im Hof des Wolfenbütteler

Schlosses angegriffen hat. Es können nicht alle dabei gewesen sein, aber jeder in der Stadt will es mit eigenen Augen gesehen haben. Die Diener hätten anschließend viel Blut beseitigen müssen, hieß es.«

Während Kunigunde erzählte, griff sich Hermanna immer wieder an die Stirn und schob die Haut in die Höhe, als müsse sie ihren müden Augen Platz verschaffen.

»Und dann ziehen ausgerechnet die zusammen nach Albrock.« Diether schüttelte den Kopf.

Kunigunde schaute in die Runde, ohne Georg und Diether wahrzunehmen. Ihre Gedanken waren anscheinend noch immer bei Hermanna. »Alle haben sich gewundert«, sagte sie mit nachdenklicher Miene, die wohl nicht nur den Wolfenbüttelern galt, »dass die Streithähne dann doch zusammen ins Paderbörn'sche gezogen sind, nachdem Lubbert von seinem Erbe erfahren hatte. Schon da hat jeder erwartet, dass es unterwegs Mord und Totschlag geben würde. Und das ist ja auch eingetroffen.«

Ein Beweis für die Schuld Langenfelds an Lubberts Tod war das noch nicht. Außerdem steckte viel Klatsch und Tratsch hinter der Geschichte. Doch sie lieferte einen wichtigen Anhaltspunkt: ein mitgebrachter Streit zwischen Lubbert und Langenfeld, der in Albrock – warum auch immer – zu neuerlichem Ausbruch gekommen sein könnte.

»Er muss den beiden großartige Versprechungen gemacht haben«, sagte Kunigunde noch.

Dann streckte sie ihren Rücken, wie es auch Hermanna oft tat, und stand auf. »Jetzt ist aber Schluss damit«, sagte sie und nahm Hermannas Hand. »Mit dir stimmt doch was nicht. Ich will sofort wissen, was los ist. Schon, dass du dieses unmögliche Kleid trägst, ist seltsam. Und wenn ich dich da so liegen sehe, mache ich mir die größten Sorgen.«

Hermannas Augen füllten sich mit Tränen. »Frag nicht, Kunigunde. Es war schrecklich«, sagte sie mit zitternder Stimme. »Georg und Diether haben mich gerade erst gefunden.«

»Gefunden? Gerade erst?« Kunigunde sah von einem zum anderen, dann wieder auf ihre Base. »Wo warst du denn?«

Hermanna richtete sich ein wenig auf, bis sie gegen die Wand gelehnt fast aufrecht saß. Kunigunde legte den Arm um sie. Mit leiser Stimme und gesenktem Kopf gab Hermanna die Ereignisse ihrer Entführung wieder.

Um seinen Zorn über die unflätigen Angriffe der Männer auf die wehrlose Frau zu verbergen, schaute Diether angestrengt die Straße hinunter. Was er machen wollte, falls der weiße und der rote Federbusch auftauchten, wusste er nicht. Ihm war danach, die Kerle seine Faust spüren zu lassen. Unbestraft würde er sie nicht davonkommen lassen.

Hermanna hatte nicht alles erzählt, was ihr seit gestern Morgen widerfahren war, doch das wenige hatte sie augenscheinlich erschöpft. Sie legte ihren Kopf auf Kunigundes Schulter und ließ sich von ihr tröstlich umfangen.

Diether stand von seiner Bank auf, um sich zu verabschieden. Hermanna brauchte Ruhe, das war offensichtlich.

Kunigunde nickte ihm zu. »Hermanna bleibt erst mal bei uns, und morgen kommen wir alle zu dir, Diether.« Sie kündigte an, dass sie Kuchen mitbringen würde.

»Oh, Kuchen.« Hermanna lag wieder flach auf der Liege und hatte die Augen geschlossen. »Ich hab solchen Hunger.«

Unverwüstlich. Diether war beeindruckt. Er selbst hätte nach so einem schrecklichen Abenteuer bestimmt nicht ans Essen denken können.

Vor dem Schwarzen Bären tummelte sich eine Herde kräftiger Reitpferde. Irgendetwas ging in Baers Gasthof vor. Von Friedrich war weit und breit nichts zu sehen. Wahrscheinlich lag er zu Hause auf dem Ohr und hielt seinen Mittagsschlaf.

Unschlüssig blieb Diether vor dem Rathaus stehen. Sollte er zum Schultheiß gehen und ihn auffordern, Langenfeld und Vahlensieck zu verhaften? Eigentlich war ihm ganz vordringlich danach, die Unholde eigenhändig zu verprügeln, was er jedoch allein kaum schaffen würde. Georg und Friedrich konnte er sich bei diesem Geschäft nur schwer vorstellen. Still lachte er in sich hinein. Eher wären da schon die beiden Albrocker Frauen, die er in Gogreven Haus zurückgelassen hatte, und sogar Leonore eine Hilfe. Groß gewachsen waren alle drei; außerdem war ihnen gemeinsam, dass ihr Haar in Zeiten der Aufregung ein erstaunliches Eigenleben entwickelte.

Einen Moment lang stellte er sich vor, wie sie zu viert – er und drei wild gelockte Amazonen – die skrupellosen Entführer attackierten.

Diether schaute zum Jühenplatz hinüber und sah Leonores Gartentür offen stehen. Sie war also da und wartete bestimmt schon auf Nachrichten von Hermanna. Friedrich ebenfalls, aber der war verschwunden.

Hinter der Tür blieb er stehen und rief nach Leonore, doch es kam keine Antwort. Er scheute sich, unaufgefordert ihr Heiligtum zu betreten. Fast ein Jahr war er nicht mehr hier gewesen. Schien es ihm nur so, oder waren wirklich die Bäume und Büsche viel größer, als er sie in Erinnerung hatte? Auch das Gartenhaus, worin er das Labor des alten Dr. Theodor wusste, war verändert. Nicht gewachsen, das wohl nicht. Dann fiel es ihm ein: Im Sommer hatten dicke Kräuterbüschel vom Dach gehangen, die Leonore für den Winter abgeräumt hatte.

Zögernd ging er ein paar Schritte weiter in den Garten hinein, wo die Beete für die Neubepflanzung geglättet vor ihm lagen. Ganz hinten, wo das Gelände an die Stadtmauer grenzte, sah er Leonore auf den Knien hocken und in der Erde buddeln.

Wieder rief er nach ihr. Sie sah sich um, stand auf, wischte sich die Hände am Rock ab und kam auf ihn zu.

»Ich musste mich ablenken«, erklärte sie.

Diether nickte nur. »Hermanna ist wieder da. Du brauchst dir keine Sorgen mehr zu machen.«

Mit einem erlösten Seufzer ließ sie sich auf die Bank sinken, die das Gartenhaus umgab. »Wo war sie? Ist sie heil und gesund?«

»Ist sie.« Diether setzte sich neben sie. Dann erzählte er, wo sie Hermanna gefunden und was sie von ihr über die Entführung und Gefangenschaft erfahren hatten. Auch Kunigundes Bericht über Lubberts Verfehlungen und den Zorn Langenfelds gab er wieder.

»Siehst du«, meinte Leonore, »die beiden hatten einen Grund, Lubbert zu töten. Und sie sind skrupellos genug, so eine schreckliche Tat auch auszuführen. Anders als alle Verdächtigen sonst.«

Es war kein stichhaltiger Anhaltspunkt, aufgrund dessen jemand wegen Mordes vor Gericht gebracht werden konnte. Trotzdem mochte sie recht haben.

Diether bat Leonore, noch einmal genauer von Annas Beobachtungen zu erzählen, was sie ohne Umschweife tat. Vor dem Hintergrund von Kunigundes Bericht deutete alles darauf hin, dass einer von Lubberts Freunden der Mörder gewesen sein könnte.

»Und ich kann mir auch denken, warum«, fuhr Leonore fort. »Hermanna hat erzählt, dass Lubbert sie mit einem seiner Freunde verkuppeln wollte. Vermutlich Langenfeld. Der hat sich dann bestimmt gedacht, dass der Weg zum Reichtum ohne Lubbert viel leichter sein würde. Weil er Hermanna nicht kannte, hat er nicht damit gerechnet, dass sie nicht so leicht zu haben ist.«

»Aber sie deshalb zu entführen und gewalttätig unter Druck zu setzen? Sie können doch nicht ernsthaft daran geglaubt haben, sie auf die Art zu überzeugen.« Diether sah auf die Fliederbüsche vor der Mauer, die im Sommer dunkelrot blühen würden.

»Es gibt solche Männer«, sagte Leonore, »dumm und allzu selbstgewiss.«

Diether schaute sie fragend an.

Lachend setzte sie hinzu: »Nein, du bist diesmal nicht gemeint.«

Dann erkundigte sie sich nach den Frauen, die im Wieckshaus lebten und ihnen geholfen hatten, Hermanna zu befreien. Diether erzählte ihr von der unangenehmen Lage, in die der alte Gogreve die ehrwürdige Stiftung gebracht hatte.

»Und jetzt noch diese furchtbare Geschichte«, sagte er zum Schluss. »Wir werden das Haus räumen und anschließend exorzieren lassen müssen.«

Leonore grinste. »Pater Bodo!«

Einträchtig lachten sie über die Vorstellung, wie der Jesuit in seiner schwarzen Kutte weihwasserwedelnd und dichte Weihrauchwolken hinter sich herziehend auf den heidnisch bunt angemalten Treppen des ehemals so frommen Hauses unterwegs war.

»Wie nennst du sie?«, fragte Leonore dann. »Die Hörselbergfrauen?«

Diether nickte. So hatte er Berna und Beata schon beim ersten Kennenlernen getauft. Leonore mit ihren grünen Augen, dem hübschen Lächeln und den zerzausten braunen Locken, die in der Sonne rot aufleuchteten, hätte selbst in die sagenumwobene Zauberhöhle gepasst, wo es der Sage nach von schönen Frauen nur so wimmelte. »Sie sehen aus, als ob sie jedem Mann zum Verhängnis werden, der sich in ihre Nähe wagt.«

»Hört sich nach einem gefundenen Fressen für die Inquisition an.« Es sah Leonore ähnlich, dass sie sich um Georgs Basen sorgte, die sich durch ihr auffälliges Verhalten in Gefahr brachten. »Das darf eine Frau nämlich nicht«, sagte sie in bitterem Ton. »Ein wenig Lebenslust, ein wenig bunter Zierrat am Kleid, und schon ist sie eine Hexe. Verzaubert die Männer mit ihrem sündigen Leib, statt in Demut auf die ewige Glückseligkeit zu warten.« Sie riss einen Zweig vom Holunderbusch neben sich und zerbrach ihn in kleine Stücke. »Und wenn eine sich noch dazu auf Kräuter und andere Heilmittel versteht, sowieso. Die Leute führen alles auf Gott und Teufel zurück, was ihnen geschieht, und nicht auf normale Reaktionen ihres Körpers, ob nun gesund oder krank. Und die Kirche verstärkt diesen Aberglauben noch.« Aus den Bruchstücken des Holunders pulte sie den weißen Kern und zerrieb ihn.

Dieserart Klagen hatte sie bereits im vorigen Jahr erhoben. Sie litt wohl sehr unter der Missachtung ihrer beruflichen Kunst und ihrer Ehrbarkeit, die ihr von den Jesuiten, aber auch von katholischen Mitbürgern und Frauen wie Diethers eigener Mutter entgegengebracht wurde. Die alte Gogreve war auch so eine. Wenn sie je erfahren sollte, welch fideles Leben die Nichten ihres Mannes geführt hatten, war vermutlich die Hölle los in Gogreven Haus. Er nickte nur.

»Es ist doch unglaublich, dass sogar die Rechtsordnung Kaiser Karls von Schadenszauber spricht und ihn mit der Todesstrafe belegt.« Die letzten Reste vom Holunderzweig zerbröselte Leonore zwischen ihren Fingern.

Sie kannte sich gut aus. »*Constitutio Criminalis Carolina*«, bestätigte er. »Artikel 105.« Er stellte eine Tat unter Strafe, die niemand begehen konnte, weil Zaubern unmöglich war. Mit Diether wussten das viele kluge Köpfe an den Universitäten, denen aber niemand – angefangen beim Kaiser des Heiligen Römischen Reiches über die Jesuiten und viele Kirchenobere bis hin zum letzten Bauern – zu folgen bereit war.

»Wir werden noch in hundert Jahren Hexenprozesse haben.« Leonore unterstrich die düstere Prophezeiung, indem sie mit der flachen Hand auf die Bank klatschte, dass es sicher bis zu den Jesuiten nebenan zu hören war.

»Nicht nur die Möglichkeiten, sondern auch die Beschränkungen des Menschlichen sind es, die uns vom Tier unterscheiden«, zitierte Diether Cicero. Er meinte, dessen gedruckte Reden auch in Leonores Bücherregal gesehen zu haben.

»Ja, Tiere können nicht anders.« Leonore griff zu einem neuen Holunderzweig, der bereits Blätter getrieben hatte und sich nur schwer vom Busch löste. »Doch die Christen haben sich ein erstes Gebot gegeben: Du sollst nicht töten, das ich im Übrigen für ein allgemeines menschliches Gesetz halte. Es sollte auch für Hexen gelten und andere missliebige Personen.«

»Aber für die Wolfenbütteler nicht«, warf Diether grinsend ein. »Die möchte ich am liebsten rädern und vierteilen.«

»Gut, in dem Fall … Die Menschlichkeit muss Grenzen haben. Ich würde sie vorher noch teeren und federn.« Sie schlug mit dem Zweig auf die Bank, als habe sie noch andere Strafen im Sinn.

»Und dann anzünden.«

»Nun hör aber auf, brutaler Kerl.«

Wie hatte er nur auf ihr Lachen so lange verzichten können? Von ihren weit geöffneten und dennoch schön geschwungenen Lippen schien eine Kraft auszugehen, die alle Gesichtszüge in die Höhe schob und die Augen leuchtend grün zum Funkeln brachte.

Eilige Schritte näherten sich dem Gartenhaus. Diether nahm widerstrebend den Blick von Leonore. Pustend und schnaufend bog Friedrich um die Ecke. »Sie sind weg«, rief er aufgeregt und mit bedenklicher Röte im Gesicht. Er ließ sich zwischen sie auf die Bank plumpsen und schaute empört von einem zum anderen.

»Ihr sitzt hier gemütlich und macht eure Späßchen, wahrscheinlich sogar über mich, während ich hinter den Kerlen herjage. Als Einziger wohlgemerkt.« Seine grauen Augen sahen Diether mit so viel Abscheu an, als ob der direkt neben Friedrichs Schlangengrube dem Lotterleben fröne. »Und jetzt sind sie auch noch weg«, rief er. »Spurlos verschwunden. Niemand weiß, wo sie sind.«

»Ich nehme an, dass du von den Wolfenbüttelern sprichst«, sagte Diether. »Sind sie dir davongeritten?«

»Nicht nur mir. Ich hab sie gar nicht gesehen. Sie müssen durch den Keller raus sein.« Sein Blick zeigte, dass er diesen Abgang als persönliche Beleidigung auffasste. Von Baers Keller aus führte ein Weg an der Mauer des Abdinghofklosters entlang zur Pader hinab und von dort – sicher im Dickicht verborgen – aus der Stadt hinaus. »Jobst und der Hauptmann sind aber hinter ihnen her.« Friedrich nickte mit zufriedenem Gesicht. Der Tort, den ihm die Wolfenbütteler mit ihrer Flucht angetan hatten, war von ihm genommen.

Der Hauptmann! Deshalb hatten also die Pferde vor dem Schwarzen Bären gestanden.

»Ich musste schon wieder in Baers Haus treppauf, treppab laufen.« Friedrich stöhnte erbärmlich und rieb sich die Beine.

»Das ist die Gicht.« Leonore lächelte ein wenig, was Friedrich aber nicht sah. »Kaspar von Fürstenberg macht das genauso wie du. Bald wirst du nicht mehr laufen können.«

Schnell richtete Friedrich sich auf. »Du meinst …« Mit weit aufgerissenen Augen blickte er Leonore an.

Doch sie hielt seinem Blick stand, ohne mit der Wimper zu zucken. Friedrich schaute noch einmal auf seine Beine, dann stand er auf. Wahrscheinlich wollte er sich selbst überzeugen, dass mit ihnen alles in Ordnung war.

Leonore und Diether blinzelten sich zu.

Friedrich stellte sich breitbeinig vor sie hin, was seine von der Kutte bedeckte Gestalt noch ausladender machte. »Gicht – Blödsinn«, murmelte er. Dann zog er die Augenbrauen zusammen. »Wollt ihr jetzt wissen, was bei Baers los war, oder nicht?«

»Doch, natürlich«, sagte Leonore. »Wenn wir schon einen Augenzeugen haben …«

Friedrich hatte seine Standfestigkeit genug erprobt und ließ sich wieder auf der Bank nieder. Diether schob ein Bein über das Brett unter sich, damit er rittlings zu sitzen kam. So hatte er über Leonores Schulter hinweg Friedrich besser im Blick und kam ihr ein wenig näher.

»Ja, also …« Die Kunstpause gehörte dazu. Friedrich vergewisserte sich gern, dass alle ihm zuhörten.

Seit dem frühen Morgen habe er vor dem Gasthof gestanden, erzählte er dann. Die Wolfenbütteler seien fortgeritten, aber kurz darauf zurückgekommen. »Dann haben sie sich zu Tisch gesetzt, und ich konnte mir draußen mit knurrendem Magen die Beine in den Bauch stehen.« Das Stöhnen und Beinereiben ließ er diesmal.

»Und dann ist plötzlich der Hauptmann aufgetaucht.« Leonore wollte wohl seine Erzählung beschleunigen.

»Ja, mit einer Handvoll berittener Musketiere. Als alle Mann im Gasthaus verschwunden sind, hab ich mir gleich gedacht, dass es um die Wolfenbütteler ging, und bin hinterher. Und so war es auch. Der Hauptmann hat sofort an der Theke nach ihnen gefragt, aber als Elseke in den Saal zeigte, wo sie gerade noch gesessen hatten, waren ihre Plätze leer. Sie müssen geahnt haben, dass die Landsknechte ihretwegen da waren.«

»Und wie kam es dann, dass *du* nach ihnen suchen musstest?«, fragte Diether.

Leonore nickte, und ihre Locken kitzelten Diether an der Nase. »Ja, der Hauptmann war doch da«, sagte sie. »Was wollte er überhaupt?«

»Das hat er nicht gesagt«, antwortete Friedrich. »Und warum ich – ja, das war so. Jobst hatte nämlich keine Zeit, und als er mich sah, hat er mich mit den Soldaten hochgeschickt. Ich wusste ja, wo Vahlensieck und Langenfeld ihre Gastzimmer hatten.«

»Aber da habt ihr sie nicht gefunden.« Auch Diether war daran gelegen, die Geschichte abzukürzen. Er musste Friedrich noch eine wichtige Mitteilung machen.

»Nein. Da waren sie nicht. Der Hauptmann hat dann befohlen, das Haus zu durchsuchen, und ich sollte den Soldaten den Weg zeigen. Aber die waren so schnell, dass ich kaum nachgekommen bin. Sie haben jede Tür aufgerissen und mit ihren Musketen in allen dunklen Ecken herumgestochert. Und davon gibt's viele. Als wir endlich im Keller ankamen, stand hinten die Tür offen. Da war klar, wo die Kerle entkommen sind.« Mit dem Mundwerk war Friedrich doch schneller als auf seinen kurzen Beinen.

»Sie hatten ja auch Zeit genug«, sagte Diether.

Friedrich beachtete ihn nicht. Er war jetzt voll in Fahrt. »Draußen haben sich alle auf ihre Pferde geworfen und sind zur Pader runter. Mein großer Bruder auf seinem dicken Braunen hinterher. Nicht mal die sperrige Lederschürze hat er abgelegt. Wie die sich beim Reiten vor seinem Bauch beulte …« Friedrich grinste. »Als wenn er Zwillinge kriegt, die sich darin boxen.«

Bei der Vorstellung musste auch Leonore lachen. Schade, dass er ihre glänzenden Augen nicht sehen konnte.

Warum Jobst die Entflohenen suchte, war klar – sicher hatten sie die Zeche geprellt. Aber der Hauptmann? Er schien Leonores Verdacht tatsächlich ernst genommen zu haben.

»Nur schade, dass dein neuer Freund die Kerle verscheucht hat«, sagte Diether neben Leonores Ohr. Er konnte es nicht lassen, sie aufzuziehen. »Jetzt wird es womöglich dauern, bis wir unsere menschenfreundlichen Pläne ausführen können.«

Nun war es an Friedrich, ein fragendes Gesicht zu ziehen.

»Ein Späßchen«, erklärte Diether. »Hat nichts mit dir zu tun.« Er strich mit der Wange an Leonores Ohr, was sie nicht abwehrte, und sah wieder Friedrich an. »Übrigens – bevor ich es vergesse …« Genüsslich zog er die Mitteilung in die Länge. »Es ist ja nur eine Kleinigkeit gegenüber deiner weltbewegenden Neuigkeit …« Wieder machte er eine Pause. »Sitzt du auch bequem?«

»Nun sag schon.« Diether warf einen langen Blick auf Friedrich, dann zwinkerte er Leonore zu, die sich zu ihm umgedreht hatte.

»Wir haben Hermanna gefunden.«

Friedrich sprang auf. »Das sagst du erst jetzt«, rief er. »Wo ist sie? Wo war sie? Rede endlich, Mann.« Er packte Diether am Kragen, zog ihn hoch und schüttelte ihn unter zunehmendem Lachen. »Ist es wirklich wahr?« Er umarmte Diether und gleich darauf Leonore.

Noch einmal musste ausführlich berichtet werden, was Hermanna alles zugestoßen war und wie sie sie befreit hatten.

»Ich hab's geahnt«, sagte Friedrich, als Diether geendet hatte. »Aber Hermanna meinte ja, mein Misstrauen wäre übertrieben.«

Er ließ sich auf die Bank fallen und streckte die Beine von sich. Über sein Gesicht zog sich ein breites Lächeln, doch seine Augen waren feucht. Er blinzelte ein paarmal, dann setzte er sich auf und holte tief Luft.

»Ich hatte schon Angst, dass wir Hermanna nie finden«, sagte er, »jetzt, wo die Wolfenbütteler geflohen sind und uns nicht mehr zu ihrem Versteck führen können. Aber Hermanna ist wieder da, und sie sind weg. Meinetwegen können sie bleiben, wo der Pfeffer wächst, obwohl ich sie vorher noch zu gern grün und blau geschlagen hätte.«

Das hätte Diether auch gern getan. Aber außerdem hätte er gern gewusst, ob Vahlensieck und Langenfeld neben Hermannas Entführung noch Lubberts Tod auf dem Gewissen hatten. Der Hauptmann war hinter ihnen her. Vielleicht erwischte er sie ja, denn ohne Pferde konnte ihr Vorsprung nicht allzu groß sein.

Diether legte den Arm um Leonore. »Jetzt hast du anscheinend doch recht gehabt mit deinem Verdacht gegen die Junker.«

Friedrich hatte es gehört. »Dann haben wir ja jetzt nicht nur einen Lux, sondern auch eine Luxuria.« Er lachte schallend darüber, wie schön er sein Latein verbogen hatte.

Sonntag, 13. April 1614

Diether machte am Lichtenturm Halt, wo er die Aussicht genoss und das helle Licht, das ihn umgab. Feuerbein zuliebe hatte er den Ritt nach Süden über die Felder unternommen, doch ihm selbst hatte er genauso gut getan wie seinem Pferd. Er saß ab und ließ die Stute grasen. Für sich fand er einen Sitzplatz auf den Stufen des Turms. Über sich wusste er den Turmwächter, dessen braunen Schopf er von weitem zwischen den Zinnen erspäht hatte. Der Wächter hatte den Kopf nicht gedreht; ein Reiter aus der Stadt brauchte ihn nicht zu kümmern, und überdies schlief er wahrscheinlich.

Heute war der Tag des Heiligen Paternus, der als einer von vielen Stadtheiligen verehrt wurde. Sein Sinnbild war die Kerze in der Hand, die nach den Worten seiner Mutter ihr Licht auf alles Böse in der Stadt warf und es zum Vorschein brachte. Natürlich hatte sie ihn dazu bewegen wollen, heute das Hochamt zu Ehren des Heiligen zu besuchen. »Lass dich von Paternus und vom göttlichen Geiste erleuchten und ermahnen, statt dich auf dem Weg der Abtrünnigkeit immer weiter vom Licht zu entfernen«, hatte sie gesagt. Die Worte hatte sie bestimmt Pater Bodo abgelauscht.

Erleuchtung nach Art der Jesuiten. Diether wusste, dass sie das Böse in der Stadt vor allem bei Leuten wie ihm und Leonore suchten. Deren angeblich unheilige Umtriebe waren seit Jahren Stadtgespräch und konnten leicht zu einer Verfolgung als Hexe und Ketzerin führen. Wenn sie sich jetzt häufiger trafen, was er doch sehr hoffte, hatten die Jesuiten wieder einen Grund, wegen ihres angeblich lasterhaften Lebenswandels gegen sie zu hetzen, besonders dann, wenn seine Mutter wie früher schon das Feuer schürte.

Paternus' Licht hätte es heute nicht gebraucht. Die strahlende Morgensonne erhellte die unter ihm liegende Stadt mit dem schlanken Domturm in der Mitte. Wie sich trotzdem so viel finsterer Aberglaube unter ihren Dächern halten konnte, die rot glänzend zu ihm heraufleuchteten, war ihm ein Rätsel.

Nur allzu gern wäre er gestern mit Leonore zusammengeblieben, nachdem sie sich auf ihrer Gartenbank eng an ihn geschmiegt hatte. Aber sie war mit Friedrich zusammen aufgebrochen, um nach Hermanna zu sehen. Diether hatte gesagt, dass sie wahrscheinlich schliefe, doch sie hatten sich nicht abhalten lassen.

Bald würde er sie wiedersehen.

Der Platz um den Lichtenturm herum war kahl, weil man der Sicht auf den anrückenden Feind zuliebe alles Gebüsch abgeholzt hatte. Kleine blaue und gelbe Blümchen bedeckten zusammen mit borstigem Gras den Boden. Idyllisch war es hier nicht. Um mit Leonore zusammen zu sein, gab es schönere Orte.

Er stand auf, holte Feuerbein und ritt durch ebenso kahle Felder zurück, die aber bald im gleichen Grün prangen würden wie Leonores Augen. Mit denen konnte sie Diether verzaubern, da hatte die Mutter recht. Leonore zuliebe wäre er sogar in den ruchlosen Hörselberg eingedrungen.

Als er in die Stadt einritt, läuteten noch die Glocken, um auch dem Beter, der als Letzter den Dom verließ, sicheres Geleit durch die sündige Stadt zu bieten. Diether musste lachen, als er sah, wer diesmal der letzte Beter war. Mit dem Gesangbuch in der Hand scherte Bernd Gogreve am Ausgang des Schildern aus der Reihe seiner Verwandten aus und eilte zum Bären hinüber. Georg behielt sein frommes Gesicht bei und nickte nur kurz, während Kunigunde immerhin winkte. Hermanna sah Diether nicht unter ihnen.

Diether beeilte sich, nach Hause zu kommen, weil seine Gäste jetzt bald auftauchen würden. Schon am frühen Morgen war Gogreven Knecht bei ihm erschienen und hatte einen Berg Kuchen abgeladen. Er hatte angekündigt, dass der junge Herr und seine Frau nach dem Hochamt den Herrn Advokaten beehren würden und er auch Leonore und Friedrich Bescheid sagen solle.

Viel mehr als auf den Kuchen freute sich Diether darauf, Leonore bei sich zu haben. Lieber wäre ihm allerdings, wenn er sich dann nicht mehr mit der Frage, wer diesen Lubbert von Zinsdorf ermordet hatte, beschäftigen müsste. Von Paternus war in dieser

Frage keine Erleuchtung zu erwarten, das erschien ihm ziemlich sicher.

***

Der Spiegel zeigte Hermanna, dass sie das schreckliche Abenteuer gut überstanden hatte. Die Farben ihres Gesichts waren deutlich frischer als gestern, und sie trug ein Kleid, für das sie sich nicht schämen musste. Kunigunde hatte ihr das nachtblaue Gewand geliehen, dessen Farbe gut zu den Augen der Albrocker Frauen passte. Aus schmalen Schlitzen an Ärmeln und Rock quoll tiefgrüne Seide hervor. Das Haar hatte Hermanna zu einem sittsamen Knoten gebändigt, wie auch Kunigunde ihn trug. Aber eine Haube hatte sie nicht aufgesetzt, und auch die Kunigundes, die sie zum Kirchgang getragen hatte, war von ihrem Kopf verschwunden.

Nicht ohne Befriedigung nahm sie wahr, dass Friedrich den Blick nicht von ihr lösen konnte und sogar den Apfelkuchen mit Schlagrahm auf seinem Teller vergaß. Heute steckte er nicht in seiner Kutte, sondern trug ein samtenes Wams mit breitem Spitzenkragen. Er war groß, wenn er saß und seine kurzen Beine nicht zu sehen waren.

Noch nie im Leben hatte Hermanna es so genossen, frei zu sein. Aber noch besser war, dass die Wolfenbütteler verschwunden waren. Sie hoffte von ganzem Herzen, Langenfeld und Vahlensieck nie wieder sehen zu müssen.

Schon zum zweiten Mal bediente sie sich am Kuchen. Der Wein hatte ihr Gesicht bereits erhitzt, dennoch nahm sie noch ein Glas. Kunigunde lächelte ihr zu, was Hermanna mit einem glücklichen Gefühl erwiderte. Sie saß in einer gut gelaunten Runde mit lieben Freunden, und sie war heil und gesund. Doch immer noch lief ihr bei der Erinnerung an die überstandenen Schrecken ein krampfhaftes Schaudern über den Rücken, was sie schnell unterdrückte.

Diether Meschede schien sich zu freuen, sein Haus einmal belebt zu sehen. Sein Gesicht hatte geradezu geleuchtet vor Freude, als er seine Gäste willkommen hieß. Mit einem Glas Wein in der Hand lehnte er behaglich in seinem Stuhl. Wie ein alter Hausvater, fehlte nur noch die Nachtmütze auf dem Kopf. Hermanna unterdrückte ein Schmunzeln.

Er hatte sie in seine Studierstube gebeten, wo sie als Erstes seine Bücher in Augenschein genommen hatte. Sogar eine Abschrift des alten Parzival hatte sie entdeckt. Sie musste ihn fragen, ob sie Wolfram von Eschenbachs Werk ausleihen durfte. Ob es wirklich vollständig war? Zwischen den Schriften lagen schön geformte Steine.

Niemand schien große Lust zu haben, sich mit all den düsteren Geheimnissen und bösen Taten zu befassen, deretwegen sie hier zusammengekommen waren. Erst einmal ging es um das Hochamt im Dom, das auch Friedrich besucht hatte. Hermanna erklärte lachend: »Ich war noch zu schwach für die Messe.«

»Dann habt Ihr die segensreiche Strohmatte unseres Paternus verpasst«, sagte Friedrich. »Eins der vielen Wunder in unserer geheiligten Stadt. Sie ist fünfhundertsechsundfünfzig Jahre alt und noch wie neu.«

Mit ausholenden Gebärden erzählte Friedrich die Heiligenlegende nach und auch das, was Pater Röhrich, der die Predigt gehalten hatte, aus ihr gemacht hatte. Natürlich habe er dem heiligen Kerzenträger den gefallenen Lichtengel Luzifer gegenüber gestellt. Während Paternus für die gerechte Sache des allmächtigen Gottes sein Leben gelassen habe, sei der andere gegen den Allerhöchsten aufgestanden, habe ihm gleich sein wollen und sei für diese Hybris in die Hölle verbannt worden.

»Wenn du da gewesen wärest, Lux, hätte er sicher dich in den Blick genommen«, sagte er zu Diether. Röhrich schien viel Ähnlichkeit mit ihrem Pfarrer Kruse zu haben, dem zu Hermanna Predigten von gleicher Art einfielen.

»Und die Hexen?«, fragte Leonore, die wohl die Vorlieben des Jesuiten kannte. Sie hatte wieder das rote Mieder an, das ihr leicht gebräuntes Gesicht und die grünen Augen hervorhob. Der Grund für das Strahlen in ihrem Blick konnte aber auch ein anderer sein. Auffällig oft sah sie zu Diether hinüber, der so glücklich lächelte, dass man die schiefe Nase in seinem Gesicht gar nicht wahrnahm.

Friedrich schielte zu Hermanna hinüber, wie um sich zu vergewissern, dass sie auch zuhörte. »Gewandt wie immer ist er vom Licht, das Paternus auf das Böse geworfen habe, auf die Erleuchtung gekommen, die angeblich von der Hexenbrut namens Kepler ausgehe. Mit dem haben sie es jetzt ja alle. Hinter Kepler und allen, die seiner gottlosen Wissenschaft anhingen, stehe Luzifer, der Höllenfürst, der seine Macht vornehmlich über die Frauen ausübe, die für alles Übel dieser Welt verantwortlich seien. Man sehe es ja an Keplers eigener Mutter, die eine berüchtigte Hexe sei und demnächst brennen werde.«

Friedrich schien in seinem Element zu sein. In Albrock hatte er ebenfalls gern erzählt und sich dazu immer groß in Szene gesetzt. Er wirkte selbst wie ein Prediger, als er Röhrichs Worte wiedergab, mit denen er theatralisch auf die Strohmatte gezeigt habe: »'Ganz sicher wird Katharina Kepler kein ewiges Gnadenzeichen hinterlassen wie unser geliebter Paternus, der jetzt im Kreis der Heiligen vor dem Angesicht Gottes kniet und für uns alle betet.'«

»Aber ohne Matte.« Bei witzigen Bemerkungen war Diethers Ton unnachahmlich trocken.

Nachdem das allgemeine Gelächter verebbt war, sagte Leonore: »Nun lasst uns endlich auf Hermannas glückliche Rettung anstoßen, und dann will ich hören, was sie erlebt hat.«

»Muss das sein?«, fragte sie. »So gern erinnere ich mich nicht daran.«

Doch als Friedrich und Leonore sie bittend ansahen, straffte sie sich und gab einen kurzen Bericht über die beängstigende Zeit, die sie in den Händen der Entführer verbracht hatte.

»Ich hab immerzu aus dem Fenster gestarrt«, sagte sie zum Schluss. »Ewig hab ich da auf dem Boden gehockt.« Wieder durchzuckte sie ein Schauer. Leonore neben ihr nahm Hermannas Hand. »Und als endlich jemand aufgetaucht ist, dachte ich erst, dass es Vahlensieck und Langenfeld sind, die mich zum Narren halten. Doch dann hab ich an den hellen Haaren gemerkt, dass sie es nicht sein konnten, und gewunken.«

Alle schüttelten den Kopf über die abscheulichen Einzelheiten ihrer Gefangenschaft, die Hermanna am liebsten vergessen wollte.

»Es ist alles vorbei«, sagte sie, »bloß eins nicht: Mit unserem Pfarrer Kruse, der mich klammheimlich mit Langenfeld verkuppeln wollte, werde ich weiterleben müssen. Jedes Mal, wenn ich den Dickbauch sehe, werde ich daran denken müssen, wie er nach der Beerdigung mit den Kerlen getuschelt hat. Kruse muss gewusst haben, dass diese Ehe nur unter Gewalt zustande gekommen wäre.« Diesmal unterdrückte sie das Schaudern erfolgreich.

Georg nahm es ihr ab zu berichten, wie er mit Diether zusammen ihr Gefängnis gestürmt hatte. Als Kunigunde ihn mit ihrem warmen Lächeln ansah, wurde sein Gesicht rot wie sein Haar.

Hermanna trank noch einen Schluck Wein. Dann erkundigte sie sich bei Leonore: »Wie sieht es denn auf Albrock aus? Georg meinte, du wärest da gewesen?« Georg hatte gestern noch einen Kurier losgeschickt, der Tante Philippa von ihrer Befreiung unterrichten sollte.

Friedrich drängte dazwischen. »Und Ihr wisst auch noch gar nicht, in welche Gefahr ich in Eurem Moor geraten bin.«

Leonore hob ihre Hand. »Eins nach dem anderen, Friedrich. Hermanna muss erst wissen, dass es allen Albrockern gut geht.« Hermanna nickte dankbar. »Sie haben natürlich Angst um dich gehabt, vor allem die kleine Anna, obwohl sie gar nicht wusste, was dir widerfahren ist. Sie muss aber schon länger etwas mit sich herumgetragen haben. Als ich gehen wollte, kam sie mir nachgelaufen. Zitternd hat sie mir erzählt, was sie in der Mordnacht gesehen hat. Es wirft ein ganz neues Licht auf unsere Freunde aus Wolfenbüttel.«

»Anna?«, fragte Hermanna besorgt. »Ich hab ihr gar nichts angemerkt.«

»Du hattest wohl andere Sorgen«, sagte Leonore. Dann gab sie Annas Beobachtungen wieder. Hermanna erinnerte sich dunkel daran, wie die Kleine vor Lubberts Beerdigung von einem Schatten gesprochen hatte. Sie hatte sich nichts dabei gedacht.

Friedrich machte große Augen. »Das habt ihr gestern schon gewusst und mir nichts gesagt.«

Hermanna fühlte ihr schlechtes Gewissen. »Ich hab Anna nicht ernst genommen, wieder mal. Sie wollte mir davon erzählen, doch ich hatte nur meinen eigenen Kram im Kopf. Das arme Kind. Wie muss es sich geängstigt haben.«

»Das ist ja nun vorbei«, sagte Leonore. »Und von deiner Entführung hat sie nichts mitbekommen. Philippa hat ihr erzählt, du hättest nach Paderborn gemusst, was so falsch ja nicht war.« Mit ihrem warmen Lächeln konnte sie jedes Eis in der Brust schmelzen.

Leonore wandte sich allen zu. »Anna hat also den Mörder gesehen, wenn auch nicht die Tat an sich. Und zwar zu einer Zeit, als nur drei Leute in der Nähe des Opfers waren: Hermanna, die wir ausschließen können, und die beiden Wolfenbütteler. Einer von ihnen wird Lubbert nachgelaufen sein und ihn erschlagen haben. Anders kann es gar nicht gewesen sein.«

Hermanna überwand ihr Widerstreben und führte sich die Situation im Badehaus vor Augen. Es war anders gewesen, als Leonore vermutete.

Die anderen hatten Hermannas Zweifel wohl bemerkt und schauten sie an. »Ich hab in meinem Gefängnis auch schon daran gedacht, dass Vahlensieck oder auch Langenfeld Lubberts Mörder sein könnten«, sagte sie. »Dann hätten sie von Anfang an geplant, durch eine Heirat das Gut in ihren Besitz zu bringen. Aber ich meine, sie seien beide mit mir im Badehaus gewesen. Überall waren Hände …«

»Der Eindruck entsteht schnell in so einer Situation.« Das war Kunigunde. Georg sah sie mit erhobenen Augenbrauen an. »Ich habe schließlich auch meine Erfahrungen mit Lubbert gemacht«, murmelte sie. »Unangenehme Freunde hatte er schon immer.« Georg drückte seine Frau an sich.

Jetzt straffte Kunigunde ihren Rücken. Hermanna kannte diese Bewegung von sich selbst und wusste genau, wie viel Kraft sie gab. An Kunigunde konnte sie beobachten, wie sie dadurch an Größe gewann.

»Jedenfalls passt das, was ich in Wolfenbüttel erfahren habe, gut zu Leonores Verdacht«, sagte Kunigunde. »Ich bin davon überzeugt, dass es Burkhard von Langenfeld ist, der unseren missratenen Vetter auf dem Gewissen hat.«

Dann doch eher Vahlensieck. Der war gewalttätig, doch Langenfeld hatte Hermanna anders erlebt …

Kunigunde erzählte Friedrich und Leonore von den blutigen Auseinandersetzungen zwischen Langenfeld und Lubbert. »Er war ja für die Kriegskasse des Herzogs verantwortlich. Da hat er wohl minderwertige Münzen prägen lassen und damit nicht nur seinen Dienstherrn, sondern auch seine Freunde betrogen.«

»Die Albrocker Erbschaft hat Lubbert im letzten Moment gerettet«, erklärte Kunigunde. »Er musste bei Nacht und Nebel Wolfenbüttel verlassen, damit ihn die herzöglichen Jäger nicht kriegten. Warum ausgerechnet seine ärgsten Feinde ihn begleitet haben, war allen ein Rätsel. Jetzt wissen wir es. Sie wollten sich letztendlich doch an ihm schadlos halten. Mit der kleinen Mitgift Hermannas, die Lubbert Langenfeld versprochen hatte, konnte er sich angesichts der immensen Summe, die ihm verloren gegangen war, nicht zufriedengeben. Er wollte alles, und dazu führte der sicherste Weg über dich.« Sie sah Hermanna an.

Friedrich rieb sich das Kinn. »Und was ist mit den Albrocker Bauern? Und diesem Nölleken? Sie hatten mindestens ebenso gute Gründe, Lubbert umzubringen. Was sie mir angetan haben, spricht jedenfalls sehr für ihre Schuld.« Man sah ihm an, dass er darauf brannte, sein Abenteuer loszuwerden, sich aber nach der vorherigen Abfuhr nicht traute, ohne Aufforderung zu reden.

»Sie haben Euch etwas angetan?«, fragte Hermanna verwundert.

Friedrich schüttelte sich wiederholt, als er seine Furcht einflößenden Erlebnisse auf der Suche nach ihr im Albrocker Moor schilderte. Er kreuzte die Arme vor der Brust und zog die Schultern zusammen. Obwohl es Hermanna schien, dass er die Gefahr, in der er geschwebt hatte, ein wenig übertrieb, bekam sie doch einen Schreck. Ihretwegen hatte er so viel Angst ausgestanden.

»Von unten zog der Moorgeist meine Beine tiefer und tiefer in den Schlick hinein, und oben flutschten mir dauernd die Binsen durch die Finger«, erzählte er. Sein Gesicht verlor die Farbe.

Diether lachte. »Ich kann mir lebhaft vorstellen, wie unser Fritz mit seinen dicken Händen wütend ins Wasser gepatscht hat, weil es sich durchaus nicht vor ihm teilen und einen trockenen Weg freigeben wollte. Das hat er früher schon so gemacht.«

Hermanna schaute zu Friedrich, doch ihm schien der Witz auf seine Kosten nichts auszumachen, denn er lachte mit. Seine Furcht war trotzdem echt gewesen.

»Und Ihr habt deutlich gemerkt, dass Euch jemand gestoßen hat?«, fragte Hermanna.

»Ganz deutlich. Ich spüre jetzt noch die Stelle, an der die Hand aufgetroffen ist.« Sein Schaudern war nicht zu übersehen. Dann sah er ihr direkt ins Gesicht. »Es wird damit zusammenhängen, dass ich vorher die Albrocker vielleicht ein wenig zu neugierig nach ihrem Verhältnis zu Lubbert ausgefragt habe. Hätte ich wohl nicht tun sollen.«

»Und was heißt das jetzt für unseren Mord?«, fragte Diether. »Die Wolfenbütteler können dich nicht ins Moor befördert haben, die hatten im Schwarzen Bären zu tun.«

»Es muss nicht unbedingt mit dem Mord zusammenhängen«, erwiderte Hermanna. »Wie ich meine Bauern kenne, wollten sie Friedrich nur einen Denkzettel verpassen. Sie mögen es nicht, von Leuten ausgefragt zu werden, die sie nicht kennen. Vermutlich hat derjenige, der zugestoßen hat, gemeint, dass er einen von ihnen schützen muss.«

»Sie werden sich freuen, wenn sie hören, dass der Täter nicht in ihrem Dorf lebt«, sagte Kunigunde. »Ich hätte das sowieso nie angenommen ...«

Hermanna war ganz ihrer Meinung. Dem gemeingefährlichen Vahlensieck traute sie jede Schandtat zu, wenn auch nicht unbedingt Langenfeld, der eher seinen Bart streicheln als wirklich zugreifen würde.

»Ich weiß nicht, ob wir so sicher sein können, dass die Wolfenbütteler für den Mord verantwortlich sind«, sagte Diether. »Wir haben nicht einen handfesten Beweis, auch wenn alles auf die beiden zu deuten scheint. Einen zwingenden Beweggrund hatten sie wohl nach Lubberts Betrügereien. Sie waren zur fraglichen Zeit am Tatort, und die Mordwaffe, das Holzscheit, konnte jeder leicht finden. Nach wie vor sind sie aber nicht die Einzigen, auf die das alles zutrifft.« Er schaute zum Fenster. »Und jetzt sind sie auf der Flucht. Wir werden wohl nie erfahren – geklagt sei's Paternus mit der Kerze –, was sich in der verhängnisvollen Nacht am Albrocker Hofbrunnen zugetragen hat.«

Damit hatte er recht. Eine Ungewissheit blieb. Ein unbekannter Mörder im Dorf war wie ein Wurm im Apfel, der unabwendbar der Fäulnis anheimfiel. Aber alles wies darauf hin, dass der Wurm die Wolfenbütteler Farben trug und in seine Heimat zurückgekrochen war. Um ihre Albrocker musste Hermanna wohl keine Angst mehr haben.

Leonore ergriff wieder ihre Hand und drückte sie, als wolle sie ihre Gedanken bestätigen. Friedrich schielte bereits wieder zum Kuchen.

»Nun ja«, sagte Georg. »Wenn wir schon in den Mordfall kein Licht bringen können, so doch in die Hintergründe für Lubberts

Auftauchen. Kunigunde soll euch erzählen, was sie von ihrer Tante erfahren hat. Ihr werdet Augen machen. Der Drahtzieher im Hintergrund ist nämlich ...« Er legte Kunigunde die Hand auf den Arm und lächelte sie an.

Die zupfte an ihren Ärmeln herum, blickte auf ihren Mann, dann in die Runde. Sie sah nicht so aus, als ob sie die Geschichte unbedingt loswerden wollte.

»Na, wer schon?«, sagte sie und suchte Hermannas Blick. »Unser allmächtiger Oheim, Kaspar von Fürstenberg, natürlich. Er ist eigens an Wulfhards Krankenbett gereist und hat ihm das Testament diktiert. Geködert hat er ihn mit dem Versprechen, dem männlichen Erben – wer auch immer es sei – höchste Protektion zukommen zu lassen, einschließlich eines wichtigen und lukrativen Amts am Hof seines Bruders. Tante Katharina hat nur fassungslos zusehen können. Eingreifen konnte sie nicht, und als das Testament vor Zeugen unterschrieben war, konnte sie es auch nicht mehr einfach verschwinden lassen. Du glaubst nicht, wie wütend sie war. Wenn sie das vorher gewusst hätte, hat sie gesagt, wäre dafür gesorgt worden, dass Wulfhard das Zeitliche segnete, bevor Kaspar ihn besuchte.«

»Vor den Albrocker Frauen muss man sich in Acht nehmen«, sagte Diether.

Hermanna musste lachen. »Tante Katharina hat das nicht wörtlich gemeint, keine Angst.« Ganz sicher war sie sich dessen nicht.

»Und alles nur, weil der Bischof Soldaten braucht.« Leonore hatte kaum zu Ende gesprochen, da legte sie sich schon die Hand auf den Mund. Am liebsten hätte sie die Worte wohl zurückgenommen, doch Diether hatte sie gehört und schaute sie mit halb gesenktem Kopf an.

»Das weißt du von Kaspar, ist doch klar«, sagte er.

Leonore zuckte mit den Schultern. »Was nicht bedeutet, dass ich seinen Schachzug gutheiße«, gab sie zurück. »Du weißt genau ...«

»Ist schon gut«, sagte Diether. »Du kannst schließlich nichts dafür, wenn der Fürstenberger seine Finger überall reinsteckt.«

Warm lächelten die beiden sich an. Hermanna schmunzelte. Hier war offensichtlich Frieden geschlossen worden.

Leonore erzählte, was sie von ihrem alten Patienten über die vorgebliche Kriegsgefahr für das Hochstift erfahren hatte und welche Sorgen sich für ihn daraus ergaben. »Obwohl Dietrich ja ein Friedensfürst ist«, sagte sie mit spöttisch verzogenem Mund, »wusstet ihr das schon? Kaspar meint, das zeige schon sein Wahlspruch. Er ging so, glaube ich: ›Die Waffen soll man werfen weit, nach Frieden trachten alle Zeit. Kann's aber mal nicht anders sein, so schlag alsdann mit Freuden drein.‹«

»Bei den Fürstenbergern kann's schnell mal anders sein, das haben wir oft genug erlebt«, sagte Diether. »Und es sind ja nicht nur die Musketen. Ihre heimlichen Schliche bringen Unheil genug mit sich.«

Leonore nickte und wandte sich wieder Hermanna zu. »Dir soll ich von Kaspar ausrichten, dass du mit Menke rechnen musst. Er soll baldmöglichst in Albrock ein Fähnlein aufstellen. Vermutlich hatte sein Besuch gestern schon damit zu tun.«

»Ich schicke meine Leute nicht in den Krieg«, sagte Hermanna. Sogleich stieg in ihr die Furcht auf, dass ihr Trotz den Bauern nicht viel helfen würde.

»So weit ist es ja noch nicht«, sagte Friedrich. »Kaspar hat maßlos übertrieben. Wir haben seit fünf Jahren Waffenstillstand, und niemand wird unsere Grenzen überfallen.« Hermanna ließ sich nur zu gern von seinen Worten beruhigen und atmete erleichtert auf.

Leonore nickte. »Außerdem hatte ich den Eindruck, dass man mit dem Hauptmann reden kann. Er wird nichts Unmögliches verlangen und niemanden zum Kriegsdienst pressen, der nicht freiwillig kommt. Ganz bestimmt ist ihm nicht daran gelegen, weitere junge Männer zu verleiten, sich den vermeintlichen Räubern anzuschließen.«

***

Leonore war überrascht, dass Menke von Wewer in Diethers Haus nach ihr suchte. Gerade erst waren Gogreven mit Hermanna zurück nach Albrock gefahren, als es unten klopfte und Diether mit dem Hauptmann zur Tür hineinkam.

»Ich habe erst bei Eurem Bruder nach Euch gesucht, Jungfer«, sagte Menke zu ihr. »Er hat mir den Weg hierher gewiesen.« Also wusste Erik schon von ihrer Versöhnung.

Umstandslos setzte sich Menke zu ihnen an den Tisch. Es war immer noch reichlich von Kunigundes Kuchenspende übrig, die Diether wohl für Tage ernähren würde. Ein Blick auf den schon wieder kauenden Friedrich belehrte Leonore allerdings eines Besseren. Ebenso ausgehungert schien der Hauptmann zu sein, der gleich zugriff.

Alle schauten ihn erwartungsvoll an, doch er sprach erst, als sein Mund wieder leer war und er mit einem Schluck Wein nachgespült hatte. »War in der bischöflichen Kanzlei«, erklärte er. »Zu essen gibt's da nur Nüsse.« Leonore lachte. Sie wusste als Einzige sofort, bei wem er zu Besuch gewesen war.

Dann wandte er sich ihr zu. »Ihr habt mir einen guten Hinweis gegeben, Jungfer, gestern auf dem Weg hierher. Ich wollte Euch deshalb berichten – und Euren Freunden natürlich auch –, was aus der Sache geworden ist.«

Er nahm sich noch einmal Wein und setzte sich zurecht. »Auch mein Dienstherr«, Kaspar von Fürstenberg also, »war der Ansicht, dass sowohl Vahlensieck als auch Langenfeld allen Grund hatten, Lubbert von Zinsdorf zu ermorden. Warum, hat er mir nicht anvertraut. Aber er wies mich an, die beiden sofort in Gewahrsam zu nehmen.«

Kaspar hatte natürlich vor ihnen gewusst, was Lubbert in Wolfenbüttel angerichtet hatte, und auch, dass seine eigenen Freunde zu den Opfern der Betrügereien gehörten.

»Dass die Wolfenbütteler im Gasthaus nicht aufzufinden waren, hat sich wohl schon herumgesprochen«, sagte der Hauptmann. »Gefunden haben wir sie bisher nicht, obwohl uns Jobst Baer zu allen möglichen Verstecken geführt hat. Er wird auf seiner Zeche sitzen bleiben, fürchte ich.«

»Was ist denn mit ihren Pferden?«, fragte Leonore. »Die müssen doch einigen Wert haben und Jobst den Schaden ersetzen können.«

»Pferde gab's nicht«, sagte Menke. »Sie haben sich immer vom Wirt welche geliehen. Wir vermuten, dass sie die Gäule außerhalb eingestellt haben und jetzt fröhlich durch die Lande reiten.«

Leonore klärte ihn darüber auf, dass sich ihr Verdacht, Vahlensieck und Langenfeld steckten auch hinter Hermannas Entführung, bestätigt habe. Mit einigem Erstaunen vernahm er Diethers

Bericht über deren Gefangenschaft im Wiecks-Armenhaus und die spätere Befreiung.

»Zu schade, dass ich die Kerle nicht in die Finger bekommen habe«, gab Menke mit blitzenden Augen von sich.

Diether runzelte die Augenbrauen. »Lässt sie der Bischof denn nicht suchen?«

»Ich habe keinen Befehl dazu«, war die Antwort. »Er wird sich nicht mit dem Wolfenbütteler Herzog anlegen wollen.« Menke trank sein Glas leer. »Sie hätten sowieso nur mit Verbannung rechnen müssen. Der Mord wird sich nicht beweisen lassen, gefoltert wird in diesem Fall nicht, und der Entführten ist – zum Glück – kein größeres Leid geschehen. Eine kleine Genugtuung ist mir allerdings, dass sie mittellos unterwegs sind und wenigstens im Hochstift als vogelfrei gelten.«

»Bis sich das herumgesprochen hat«, sagte Diether. »Die werden sich bald ins Wolfenbüttel'sche durchschlagen und dort ein blutrünstiges Märchen vom Tod ihres Freundes in katholischen Landen und dem Verlust ihrer Leute vorbringen. Und niemand verfolgt sie.«

Menke nickte abgeklärt. »So ist das.« Er griff noch einmal zum Kuchen und nahm einen großen Berg Schlagsahne dazu.

***

»Dem Himmel sei Dank, dass alles vorbei ist und wir alle heil und gesund aus den entsetzlichen Geschehnissen hervorgegangen sind«, gab Tante Philippa mit inbrünstiger Stimme von sich, während sie einen weiteren Goldfaden durch das seidene Gewebe zog. Ein tiefer Atemzug hob ihre Brust und das dicke goldene Kreuz darauf. Rote, grüne und weiße Edelsteine funkelten im Sonnenschein, der durch ein Fenster auf Philippa und ihre Stickarbeit fiel. Auf Albrock war alles so, wie es immer gewesen war.

Hermanna hatte die Tante in ihrem Turmzimmer aufgesucht, nachdem Georg und Kunigunde sich verabschiedet hatten und nach Paderborn zurückgefahren waren. Doch zuerst hatte sie Anna drücken müssen, die von der fremden Kutsche angelockt ihre Spielkameraden verlassen hatte, zu denen sie sofort wieder zurückkehren musste. Die Wiedergutmachung hatte Hermanna verschoben; ohnehin war es fraglich, ob Anna über all den dringlichen Spielen jemals Zeit dafür finden würde.

Dann hatte Hermanna Martin, der sie mit feuchten Augen begrüßt hatte, gebeten, die Albrock'sche Fahne vom Dach zu nehmen. Über all dem vergangenen Trubel mit Lubbert und seinen bösartigen Freunden hatte sie nicht einmal zum Dach hinaufgeschaut. Das war ihr erst aufgefallen, als sie sich Albrock näherten und der Fahnenmast mit dem blauen Tuch sich über die Eichen erhoben hatte.

Kunigunde hatte sich gewundert, den Anblick aber eindrucksvoll gefunden. Bis Hermanna ihr erklärt hatte, dass er Lubbert zu verdanken war. Für sie würde der »Lappen« für immer mit dem verhassten Vetter verbunden bleiben. Sie konnte sich nicht vorstellen, ihn jemals wieder aufzuziehen.

Hermanna setzte sich auf die Ottomane neben Philippas Arbeitstisch und bewunderte die feinen Stiche, die sich im Stoff zu schimmernden Ornamenten verbanden. An den gebogenen Wänden hingen weitere Kunstwerke Philippas, die farbenfroh das Leben der Jungfrau Maria zeigten, aber nicht golden glänzten wie das Tuch vor ihr. Das liebliche Lächeln der Madonna war ausnehmend gut gelungen.

Philippa sah zu ihr her. »Es gibt wahrscheinlich mehr zu erzählen, als du bisher getan hast.«

Hermanna nickte und gab wieder, was in den letzten Tagen geschehen war. Sie verschwieg auch nicht die Mitwirkung des von Philippa so verehrten Pfarrer Kruse bei dem bösen Spiel.

Philippas Miene wechselte von Schreck zu Genugtuung, um dann einen ärgerlichen Ausdruck zu zeigen. »Von Lubberts Freunden hab ich ohnehin nur Schlechtes erwartet«, sagte sie, »aber Kruse … das geht zu weit.«

Mit einem nachdenklichen Blick in den Augen ließ sie ihr Stickzeug sinken. »Und meinst du auch, dass Langenfeld der Mörder war?«

Hermanna nickte, fragte sich aber insgeheim, ob das wirklich zutraf. Philippa sah ganz so aus, als ob sie ihre Zweifel teilte. In ihrem Blick fand sich keine Gewissheit.

»Weißt du etwas, das dagegen spricht?«, fragte Hermanna.

Die Tante senkte den Kopf und stichelte eifrig weiter. Nach einer Weile murmelte sie: »Und wenn es so wäre?«

Doch jemand aus Albrock. Eisig fuhr Hermanna der Schreck in die Glieder. »Sag schon! Hast du jemanden gesehen?«

Philippa sah ihr ins Gesicht. »Und *wenn* es so wäre?«, wiederholte sie mit Betonung. »Würdest du dann zum Hauptmann laufen?«

Wahrscheinlich nicht. Doch Hermanna sagte nur: »Kommt drauf an …«

Philippa fuhr mit dem Finger die goldenen Linien ihres Stickzeugs entlang. »Lass es uns dabei belassen, liebe Hermanna. Es ist gut so, wie es ist.«

Die Ansicht teilte Hermanna nicht. Wenn es in Albrock einen Mörder gab, dann musste sie das wissen. Schon um einschätzen zu können, ob er bei der nächsten Unstimmigkeit erneut zuschlagen würde.

»Weich mir nicht aus«, sagte sie und erforschte Philippas Gesicht. »Wen hast du beobachtet?«

Die scharfen Linien zogen sich immer von Philippas Mundwinkeln zu ihrem Kinn hinab, und die kleinen Fältchen um den Mund herum sahen aus wie eh und je. Auch die beiden Furchen zwischen den Augenbrauen waren Hermanna vertraut. Philippa hielt ihrem Blick stand, doch den Ausdruck darin konnte Hermanna heute beim besten Willen nicht deuten.

Sie hätte nicht sagen können, ob sie es schon früher geahnt hatte. Leise schlich sich ein Bild in ihren Kopf, das ihr bei genauerer Erinnerung nicht fremd war. Philippa am Brunnen mit dem Holzscheit in der Hand, das Hermanna weggeräumt hatte …

Tante Philippa hatte ihr wohl angesehen, welcher Verdacht sich in Hermannas Kopf aufbaute. Sie nickte und lächelte ein wenig.

»Es stimmt.« In gelassenem Ton bestätigte Philippa Hermannas düstere Ahnungen. »Ich habe Lubbert erschlagen. Du weißt, warum.«

Hermanna schüttelte wie betäubt den Kopf, um gleich darauf zu nicken. Sie kannte den Grund. Aber dass Philippa es in ihrem Alter auf sich genommen haben sollte, gegen den Drachen namens Lubbert anzutreten, das wollte ihr nicht in den Sinn.

Als Hermanna nichts sagte, erklärte Philippa: »Ich wollte es dir ohnehin erzählen, irgendwann, wenn sich die Wogen gelegt hatten. Du kannst es genauso gut schon jetzt wissen. Nach meinem

Tod kannst du die Geschehnisse in unserer Chronik vermerken. Dann darf jeder wissen, was ich getan habe. Man wird hoffentlich daraus schließen, dass sich die Albrocker Frauen zu wehren wissen, wenn ihnen und ihren Leuten unrecht geschieht.«

Frühestens wenn sie selbst sehr alt war, dann würde Hermanna diese Tat in der Familienchronik vermerken. Oder auch nie.

Doch verurteilen konnte sie die Tante nicht. Sie fühlte Bestürzung und Mitleid, sogar Dankbarkeit nahm sie in sich wahr. Aber keine Angst, wie man sie eigentlich vor einer Mörderin haben müsste.

»Erzählst du mir, wie es vor sich gegangen ist?«, bat Hermanna.

Philippa war dazu gleich bereit und schob ihr Stickzeug zur Seite. »Ich wusste ja aus den vorigen Nächten, dass Lubbert immer nachts zum Baden ging. Dann ist er betrunken, habe ich mir gedacht, und vielleicht unachtsam, wenn er austreten geht oder zum Brunnen, um sich abzukühlen. Deshalb habe ich mich im Gebüsch verborgen und abgewartet. Als du mit den Männern im Badehaus warst, stand ich am Fenster auf der Seite zum Wald.« Anna, wurde Hermanna klar, hatte auf der anderen Seite gestanden. »Ich hab auch gesehen, wie die Männer dich in den Zuber gezwungen haben.« Sie lachte leise. »Ich wollte eingreifen, aber du hast dich selbst gewehrt. Gut hast du das gemacht mit dem Eimer.«

Das war Hermannas einzige lustige Erinnerung an diese Nacht.

»Dann kam Lubbert hinausgetorkelt, und ich hab das Holzscheit erhoben und ihm in den Nacken geschlagen. Gar nicht mal besonders fest. Aber er ist gleich zu Boden gestürzt, und ich war froh, dass er sich nicht mehr gerührt hat.«

»Und das Holzscheit?«, fragte Hermanna. »Woher hattest du das?«

»Das hatte ich mir schon am Tag beiseitegelegt und von Anfang an in der Hand. Mit Schießgewehren kann ich ja nicht umgehen.«

Sogar an eine Mordwaffe hatte Tante Philippa gedacht.

»Weil die Tür ging«, erzählte sie weiter, »habe ich mich schnell hinter dem erstbesten Busch verborgen. Das warst du, die aus dem Badehaus gekommen ist. Dann stand mit einem Mal Martin neben mir. Ich hab mich vielleicht erschrocken. Er hat mir dann geholfen, Lubbert über den Brunnenrand zu hieven.«

Martin also auch. Auf ihrem Hof schien einiges vor sich zu gehen, von dem Hermanna nichts mitbekam.

»Wir waren nicht allein im Gebüsch«, setzte Philippa noch hinzu. »Es müssen einige Bauern hinter den Bäumen gestanden haben. Wir haben gehört, wie sie davonliefen. Schließlich wussten viele um diese einzige Gelegenheit, Lubbert nackt und wehrlos zu erwischen.«

»Anna hat dich ebenfalls gesehen, weißt du das?«

»Ja, sie hat mir von dem Schatten erzählt. Ich habe ihr geraten, es zu vergessen.«

»Anna meinte, sie habe unter dem Umhang weiße nackte Beine gesehen?«

»Ach das …« Philippa lächelte versonnen. »Ich hatte mein Kleid hochgebunden, damit es im Gestrüpp nicht nass wird.«

Hermanna schüttelte den Kopf. Völlig überlegt und kaltblütig war die Tante hinausgegangen, um Lubbert aus dem Weg zu räumen. Und sie wirkte auch jetzt noch nicht einmal zerknirscht. War da nicht sogar ein wenig Stolz in ihrem Gesicht?

»Am meisten freut mich«, sagte Philippa, »dass ich dem alten Kaspar noch mal ein Schnippchen geschlagen habe. Das hätte deiner Urgroßmutter gefallen.«

»Und es tut dir kein bisschen leid?«, fragte Hermanna.

Philippa seufzte. »Es ist nicht die erste Sünde, die ich für Albrock begangen habe, liebe Hermanna. Was meinst du, warum ich hier so mühselig ein Fädchen nach dem anderen durch den Stoff ziehe? Jetzt muss ich wohl noch ein wenig mehr Gold draufpacken.«

Mit abwägendem Blick musterte sie das Messgewand und ihre Garnvorräte. »Aber für Kruse wird das nicht«, sagte sie entschieden. »Das bekommt höchstens der Bischof …«

Ob der noch ein kostbares Gewand brauchte? Hermanna bezweifelte es.

Auf der Treppe waren leise Schritte zu hören. Die Tür öffnete sich, und Anna trat ein. Ihre Puppe schob sie wie immer vor sich her. Sie setzte sich zu Hermanna und ließ sich in den Arm nehmen.

»Siehst du, Hermanna, wie froh Annelie ist, dass du wieder da bist? Sie hat so viel geweint, dass ich mir große Sorgen um sie machen musste.« Annas Tonfall hörte sich an wie ihr eigener, wenn sie von einem kranken Nachbarskind sprach.

Hermanna nahm Annelie in die Hand und besah sie genau. »Krank ist sie nicht, sie hat nämlich kein Fieber. Nur ihre Augen sind ein bisschen trüb. Bestimmt von den Tränen. Schau mal nach, ob Tante Philippa noch ein wenig von dem Garn hat.«

Anna sprang auf, nahm ihr Annelie ab und verglich deren Augenfarbe mit den Fäden in Philippas Korb. »Grün ist da nicht«, sagte sie. »Nur Gold und Silber.«

Sie hob Annelies Rock an, den Hermanna aus einem Samtrest genäht hatte. »Aber ein neues Kleid könnte Annelie auch mal gebrauchen, Tante Philippa. Du hast noch so viel Glitzergarn. Willst du Annelie nicht auch so ein schönes Gewand machen wie das hier?« Sie hielt der Puppe einen Zipfel des Messgewandes vor den Körper. »Siehst du? Es passt so gut zu ihren braunen Locken.«

»Mal sehen«, sagte Philippa und blickte zu Hermanna. Die beiden Falten zwischen ihren Augen hatten sich einander angenähert, den Kopf hielt sie leicht schräg. Sie wartete darauf, dass Hermanna etwas sagte. Dass sie eine Entscheidung traf, ob Philippa weiter in der Lage sein würde, goldene Gewänder zu besticken. Hermanna lächelte ihr zu. Mit der Last auf ihrem Gewissen und dem drohenden Verlust des ihr so teuren Seelenheils war Philippa genug gestraft. Sie würde keinen weiteren Mord begehen.

Anna strich über eine Stelle des Messgewandes, wo das Gold besonders erhaben aufgebracht war. »Aber Annelie hat viel lieber Blumen als Kreuze. Kannst du das auch?«

Tante Philippa lachte leise. »Für Annelie sticke ich alles, Kind.«

ENDE

Personenverzeichnis

Personen in Paderborn

Dr. lic. Diether Meschede – Advokat, Sohn eines Paderborner Salzhändlers

Johann Meschede – Diethers Vater, Salzhändler, früher Salzkotten

Margret Meschede – Diethers Mutter, Schwester des bischöfl. Rentmeisters Antonius Barcholt*

Johanna, Sieghart – Diethers Schwester und Schwager

Gese, Henrich, Borius – Haustochter und Knechte der Meschedes

Leonore Theodor – städtische Bademutter, Hebamme, Baderin

*Friedrich Baer** – Diethers Freund, Kanoniker des Busdorfstifts

*Jobst Baer** – Friedrichs Bruder, Ratsherr und Gastwirt des »Schwarzen Bären«

*Goste von Köln** – Friedrichs verstorbene Großmutter

*Bernd und Georg Gogreve** – Söhne des Bürgermeisters Dr. Jobst Gogreve*

*Kunigunde Gogreve** – Georgs Ehefrau und Base Hermanna von Albrocks

Elisabeth, Berna, Beata – Verwandte der Familie Gogreve aus Höxter

Pater Röhrich, Pater Bodo** – Patres der von Dietrich von Fürstenberg eingerichteten Jesuitenniederlassung am Kamp

Pater Ewald – Kapuzinerpater aus Paderborn

*Dietrich von Fürstenberg** – Fürstbischof von Paderborn (1585–1618)

*Kaspar von Fürstenberg** – Bruder und Ratgeber des Bischofs Dietrich

*Heinrich Westphal** – 1604 vom Bischof eingesetzter Schultheiß der Stadt

Personen in Albrock

Hermanna von Albrock – Erbin und Verwalterin von Haus und Dorf Albrock

Philippa und Anna von Albrock – Tante und Base Hermannas mit Wohnsitz auf Haus Albrock

Lieseke und Martin – Magd und Knecht im Haus Albrock

Anton Hagemeier – Vorsteher der Gemeinde Albrock

Maria Hagemeier – seine Frau und Freundin Hermannas

Jörgen Tentrup – Dorfrichter

Josef Joistkemper – Templier der Albrocker Kirche

Pastor Kruse – Pfarrer der Albrocker Kirche St. Landolin

Klara – Haushälterin des Pfarrers und Freundin Hermannas

Katharina von Albrock – Tante Hermannas; Besitzerin von Haus Albrock mit Wohnsitz in Zinsdorf

Wulfhard von Zinsdorf – Katharinas Mann

Lubbert von Zinsdorf – Neffe Wulfhard von Zinsdorfs

Burkhard von Langenfeld, Isidor von Vahlensieck – Freunde des Lubbert von Zinsdorf aus Wolfenbüttel

Barthel – Leibbursche des Lubbert von Zinsdorf

Johann von Plettenberg – bischöflicher Amtsvogt

Menke von Wewer – Hauptmann der bischöflichen Landsknechte

Rötger, Hildegunde – ein entlaufener Kapuzinermönch und seine Frau

*Meinolf Nölleken, genannt Nöllekenmeier** – Eigenbehöriger des Hauses Albrock aus dem Nachbardorf Borchusen

*Hermann Schültgen** – Inhaber des domkapitularischen Schultenhofs in Borchusen

*Katharina Schültgen** – Hermanns Mutter, genannt Trineke

Hinrich Schültgen (Heinrich von Schultheiß)* – Sohn Katharinas und ihres verstorbenen Mannes Hinrich

* historisch überlieferte Personen

Glossar

Albrock – Die Darstellung von Haus und Dorf Albrock basiert auf der Geschichte des Dorfs Thüle im ehemaligen Kreis Büren (heute Kreis Paderborn) und der Herren von Hörde zu Boke mit dem Witwensitz Anna von Viermonds in Thüle. Alle Eigennamen wurden verändert, um deutlich zu machen, dass es sich um fiktive Personen handelt. Die Daten der Familiengeschichte wurden in einigen Fällen dem Zeitrahmen der Romanhandlung angepasst. Die Beschreibung der Topografie entspricht der Thüles und Umgebung. Beim Gutshaus Albrock handelt es sich um den Vorgängerbau des heutigen, im 17. Jahrhundert von den von Hörde'schen Erben erbauten Hauses, dessen Aussehen nicht überliefert ist. Quellen: Josef Tönsmeyer, Das Lippeamt Boke, Salzkotten-Boke 1968; Barbara Meyer, 1150 Jahre Thüle, Thüle 2006.

Bademütter – Von der Stadt bezahlte Hebammen, die darüber hinaus als Krankenpflegerinnen und Fürsorgerinnen tätig waren.

Bauernschaft, Burschaft – Das Stadtgebiet Paderborns war in ursprünglich vier, seit 1599 in fünf Bauernschaften aufgeteilt: Western-, Kämper-, Königsträßer-, Maspern- und Giers-Bauernschaft. Teilweise sind sie heute noch in den Kompanienamen der Schützenbrüderschaft vertreten.

Borchusen – Östlich gelegener Nachbarort Albrocks. Die Darstellung des Schultenhofs und seiner Funktionen folgt Josef Tönsmeyer (s. o.). Vgl. auch Rainer Decker, Der Hexen-Richter Dr. Heinrich von Schultheiß (ca. 1580–1646) aus Scharmede, in: 750 Jahre Stadt Salzkotten, Bd. 2, Paderborn 1996, S. 1045ff. Die Auseinandersetzungen zwischen den Nachbardörfern sind in der Thüler Ortsgeschichte dokumentiert.

Fünfer-Ausschuss – Organ der städtischen Finanzverwaltung mit der Aufgabe, die Steuern und Abgaben der Bürger einzuziehen sowie die jährliche Stadtrechnung zu überprüfen. Seit dem Mittelalter hatten Vertreter der Gemeinheit diese Funktion ausgeübt. Nach 1604 wurden »die Fünfer« obrigkeitlich bestimmt.

Gemeinheit, Gemeine – Gesamtheit der Einwohner der fünf Paderborner Bauernschaften sowie deren nach genossenschaftlichen Prinzipien organisierte Vertretung auf der Grundlage von Gewohnheitsrechten und mittelalterlichen Privilegien, die 1570 von Kaiser Maximilian II. bestätigt worden waren. Die Gemeinheit kontrollierte den Rat, der seit 1327 vom Bischof unabhängig gewählt wurde. Durch Ausweitung ihrer Privilegien und Abspaltung von der landesfürstlichen Religion war die Stadt im Lauf des 16. Jahrhunderts weitgehend autonom geworden. In einer Zeit der Ausbildung absolutistischer Herrschaft war es dagegen das Ziel der Paderborner Bischöfe, insbesondere Dietrich von Fürstenbergs, die Landesherrschaft und als deren wichtigstes Mittel die obrigkeitshörige Religionsausübung auch in den Gemeinwesen zu konstituieren. Die gegenläufigen Ansprüche von Stadt und Bischof mussten kollidieren. Gegen die mittlerweile korrupte und untereinander versippte Magistratsclique formierte sich um 1600 eine bürgerliche Opposition mit Liborius Wichart als Sprecher. Den Zwist unter den Stadtbürgern machte sich Dietrich zunutze, und es kam zur Katastrophe des Jahres 1604. Danach waren die Institutionen der Gemeinheit entmachtet. Rat und Bürgermeister waren nur noch Vollzugsorgan der vom Landesherrn eingesetzten Beamten Droste und Schultheiß, die jede Ämterbesetzung zu genehmigen hatten. Das Gerichtswesen, das der von Bischof und Bürgern bedrängte Magistrat schon 1601 Dietrich in die Hände gespielt hatte, blieb in seiner Hand. Hatten früher Verträge zwischen Stadt und Landesherrn die Verwaltungsangelegenheiten geregelt, war nun Erlassen, Rezessen und Mandaten zu gehorchen, die auch in die Religionsausübung hineinregierten. Manchem Einwohner wird es in der Folge schwergefallen sein, den Bürgereid zu leisten, der faktisch zum Untertaneneid geworden war.

Gewohnheit – Überkommenes, mündlich überliefertes Recht. Ein Gewohnheitsrecht entstand nach mindestens dreißig Jahren uneingeschränkter Nutzung oder Duldung.

Gräfte – wassergefüllter Schutzgraben um eine Burg oder einen Gutshof, auch Bestandteil städtischer Wallanlagen.

Hude – Unbebautes Wald-, Wiesen- oder Bruchgelände im Besitz der Allgemeinheit (»Allmende«), das von den Hudegenossen nach überkommenen Regeln genutzt werden konnte (Hudegenossenschaften).

Jesuitenkolleg – Ehemaliges Minoritenkloster mit Johanneskirche am Kamp, das Dietrich von Fürstenberg 1592 den Paderborner Jesuiten schenkte. Bis 1605 wurde es zum Kolleg ausgebaut, ab 1614 diente es nach einer Zwischenlösung in einem Bürgerhaus gegenüber der Johanneskirche als Gymnasium. Im vorliegenden Roman wurde der Bezug der neuen Schulräume um zwei Jahre vorverlegt.

Kröse – Weiße, gefältelte Halskrause, über Spanien und Holland verbreitet. In reformierten Gegenden durch flache Kragen abgelöst.

Landstände – Die Vertretungen der Städte und der Ritterschaft des Hochstifts.

Landwehr, Schling – Befestigungswerke zur Sicherung der Feldflur um eine Stadt oder ein Dorf herum. Sie bestanden aus ineinandergeknickten Dornenhecken (Knicks), deren bewachte Durchlässe »Schling« genannt wurden.

Lippstadt, Schlangen – Protestantische Orte im Paderborner Umland.

Marktkirche – Seit dem Mittelalter Kirche der Paderborner Bürgerschaft, deren Präsentationsrecht (Bestellung des Pfarrers) der Magistrat ausübte. Sie war mit den Predigern Martin Hoitband (bis 1569) und Hermann Tünnecken (1580–1604) das Zentrum des Protestantismus in der Stadt. Nach dem Dreißigjährigen Krieg wurde die Marktkirche abgerissen, um jede Erinnerung an den Protestantismus auszulöschen. Ihre Funktion übernahm die Jesuitenkirche, die bis heute Mittelpunkt der Marktkirchgemeinde ist. Der Standort der Kirche war der heutige Marienplatz.

Pontanus, Matthäus – Bischof Dietrich holte 1596 den Münsteraner Drucker in die Stadt, der fortan die bischöflichen und jesuitischen Verlautbarungen und Schriften zur Rekatholisierung der Stadt wie 1602 die »Agenda Ecclesiae Paderbornensis« Abt Rubens und zahlreiche katholische Liederbücher druckte.

Rathaus – Nachdem das 1473 errichtete Paderborner Rathaus baufällig geworden war, wurde auf Anstoß Bischof Dietrichs und auf der Grundlage beträchtlicher Haushaltsüberschüsse 1613 mit dem Abriss begonnen und bis 1615 das Rathaus zur heutigen Form und Größe auf- und bis 1620 ausgebaut.

Scharne – Verkaufsstände der Metzger an der Ecke Rathaus/Kötterhagen (Scharnegasse).

Schultheiß, Droste – Von Bischof Dietrich 1604 eingesetzte Beamte, die in seinem Auftrag die Beschlüsse und Geschäfte des Stadtrats zu überwachen hatten.

Scribonius und seine Räuberbande – Die Geschichte des Räubers Scribonius wurde von Wilhelm Hecker in: Haaren – 1000 Jahre, Paderborn 1975, beschrieben.

Tigge, Thy – Versammlungsstätte, Richtstuhl. Seit dem Mittelalter Sitz des Burgerichts für Aspedere (Maspern), eine der beiden Keimzellen der Stadt vor Karl dem Großen. Ein zweiter Burrichter mit Sitz am Markt war für das übrige Stadtgebiet zuständig. Die Burrichter entschieden über Schuldklagen, Vermögensstreitfragen und in Beleidigungssachen. Das städtische Gerichtswesen des 16. Jahrhunderts bestand aus Kriminal-, Go- und Freigericht mit der Appellationsmöglichkeit an den Oberhof in Dortmund. Nach 1601 beziehungsweise 1604 ging alle Gerichtsbarkeit auf den Bischof über, dessen Hofgericht auch als zweite Instanz fungierte. Appellationen an auswärtige Gerichte waren verboten.

Wichart, Liborius – Der 1576 und 1586 als Ratsherr bezeugte Gerber und Pelzhändler wurde 1586 wegen Nichterscheinens vor dem Freigericht in einer Beleidigungsklage verfemt. Ursprünglich wohl aus der Königssträßerbauernschaft, ließ er sich 1598 nach der Rückkehr in die Stadt im Ükern (Maspernbauernschaft) nieder, der als Brennpunkt des Protestantismus und des Widerstands gegen die Ratsoligarchie galt. Zusammen mit dem protestantischen Stadtsyndikus Dr. Wolfgang Günther war er nach 1602 Sprecher der bürgerlichen Opposition gegen Magistrat und Bischof mit dem Ziel der Unabhängigkeit vom Landesherrn und der Autonomie als protestantische Stadt auf der Basis überkommener Rechte. Im Jahr 1602 war Wichart einer der Rechnungskontrolleure, die dem korrupten Magistrat erhebliche Unregelmäßigkeiten nachwiesen. Anfang 1604 wurde er als Galionsfigur der protestantischen Bewegung zum Bürgermeister gewählt. Nach Einnahme und Unterwerfung der Stadt ließ Bischof Dietrich ihn am 30. April 1604 hinrichten.

Literatur und Quellen

Neben zahlreichen älteren und neuen Aufsätzen und Monographien zur Regionalgeschichte des Paderborner Landes vor allem Rainer Decker: »Bürgermeister und Ratsherren in Paderborn vom 13. bis zum 17. Jahrhundert«, Paderborn 1977; Jürgen Lotterer: »Gegenreformation als Kampf um die Landesherrschaft«, Paderborn 2003; Andreas Neuwöhner: »Den Kampf um die Freiheit verloren? Verwaltung und Finanzen der Stadt Paderborn ...«, Paderborn 2004; sowie als Grundlage die dreibändige Stadtgeschichte »Paderborn. Geschichte der Stadt in ihrer Region«, herausgegeben von Frank Göttmann, Karl Hüser, Jörg Jarnut, Paderborn 1999; sowie die in den einzelnen Anmerkungen angegebenen Quellen.

Barbara Meyer
FASTENZEIT
Broschur, 256 Seiten
ISBN 978-3-89705-627-5

»Mit Gespür für Spannung und Lokalkolorit begibt sich Meyer auf die Suche nach den Unwägbarkeiten des (scheinbar) tadellosen ostwestfälischen Provinzlebens.«
Neue Westfälische

»Herzhaft, pointiert, dem Domstädter direkt in die Seele geschaut. Nach ihrem Historienroman eine neue Meisterleistung.« Der Dom